Marie Cordonnier

Marie – Engel in Versuchung
Viviane – Sklavin der Rache

MARIE CORDONNIER

Marie – Engel in Versuchung

Viviane – Sklavin der Rache

Historische Liebesromane

Weltbild

Besuchen Sie uns im Internet:
www.weltbild.de

Genehmigte Lizenzausgabe für Verlagsgruppe Weltbild GmbH,
Steinerne Furt, 86167 Augsburg

Umschlagmotiv: Pino Daeni /Agentur Schlück
Gesamtherstellung: Oldenbourg Taschenbuch GmbH,
Hürderstraße 4, 85551 Kirchheim
ISBN 3-8289-7422-8

2007 2006 2005 2004
Die letzte Jahreszahl gibt die aktuelle Lizenzausgabe an.

Marie –
Engel in Versuchung

Sommer 1436

1. Kapitel

Die Stimme siegte über die düsteren Schatten der Kapelle. Sie schwang sich in die Höhe der Gewölbe, bis hinauf zu den kleinen Fenstern, die nur mit einfachstem, dickem Glas verschlossen waren. Sie verlieh dem schlichten Choral der Nonnen eine jubelnde Freude, die wenig zu den ernsten, verhärmten Gesichtern paßte, die sich über die gefalteten Hände neigten.

Thérèse de Manchon wirkte ebenfalls ernst, aber nicht verhärmt. Und es fehlte ihr sowohl an der Frömmigkeit als auch an der Ergebenheit der Ursulinerinnen von ›Dames de Forêt‹. Sie war nicht freiwillig in das bescheidene Kloster in der Nähe von Azincourt gekommen, und sie beabsichtigte auch keineswegs, allzu lange dort zu bleiben.

Trotzdem konnte sich die ruhelose junge Dame dem Zauber der unbekannten Sängerin nicht ganz entziehen. Ihre Blicke wanderten die Reihe der gesenkten Köpfe entlang; die Gestalten in der einheitlichen Tracht mit den engen, weißen Hauben und den dunklen Kutten ähnelten einander wie eine Schar gottergebener Raben. Die Sängerin kniete ganz außen, fast verborgen von der mächtigen Gestalt der Äbtissin. Louise de Luce oder Mutter Benedicte, wie sie hier hieß, war eine hagere Frau mit scharf geschnittenen Zügen und mitleidlosen dunklen Augen.

Sie hatte Thérèse empfangen und sie darüber aufgeklärt, was man von ihr im Kloster erwartete. Gehorsam, Frömmigkeit, Bescheidenheit und Demut. Dinge, von denen Thérèse de Manchon wußte, daß sie alle miteinander nur in höchst bescheidenem Ausmaße besaß – offensichtlich im Gegensatz zu dem Mädchen an der Seite der Mutter Oberin.

Mit kaum verhohlener Neugier musterte Thérèse das makellose, ovale Antlitz, dessen durchscheinende Haut wie hauchzarte Seide wirkte. Die goldbraunen, geschwungenen Wimpern und Brauen sowie der fein gezeichnete Mund schienen wie gemalt zu sein, als habe sie der Pinsel eines Meisters in vollkommener Perfektion erschaffen.

Die Haube verbarg die Haare, aber sie betonte gleichzeitig die klare, absolut reine Schönheit der Züge. Gütige Muttergottes, wie konnte ein Geschöpf mit einem solchen Gesicht Nonne werden! Ein Mädchen, kaum älter als sie selbst mit ihren 16 Jahren.

Über dieses Problem nachzudenken, half ihr über die endlose Litanei der Rosenkränze und Gebete hinweg, der sie nur mit halbem Herzen folgte. Doch erst nach geraumer Zeit fand Thérèse Gelegenheit, allein mit der jungen Nonne zu sprechen, die ihre Neugier erregt hatte. Sie begegnete ihr ein paar Tage später allein im Garten des Klosters, wo sie, über eine feine Stickerei gebeugt, im Schatten einer Linde saß. Als sie erstaunt aufsah, hob Thérèse mit einem Lächeln die Handflächen.

»Sagt es nicht, ich weiß es!« ergriff sie als erste das Wort. »Ich weiß, daß ich im Sudhaus sein sollte, um Schwester Donatienne zu helfen, aber es ist der erste Sonnentag seit langer Zeit. Ich habe es nicht fertiggebracht, zwischen den Mauern zu bleiben. Mir scheint, Euch treibt der gleiche, sehnsüchtige Wunsch nach Sonne. Verratet Ihr mir Euren Namen?«

»Ich bin Schwester Marie-Inconnue«, erwiderte das junge Mädchen. »Ihr seid Thérèse de Manchon, nicht wahr? Werdet Ihr als Novizin bei uns bleiben?«

»Gütige Mutter Gottes, nur das nicht«, platzte Thérèse ungestüm heraus, um sich sofort mit der Hand auf den Mund zu schlagen. Doch die junge Nonne bemängelte ihre Worte nicht, wie alle anderen es getan hätten. Sie lachte hellauf, und Thérèse sah, daß ihre Augen aus der Nähe die Farbe eines sonnenbeschienenen Waldteiches hatten. Eine eigenartige Mischung aus Grün und Blau, in der ein Hauch Gold mitschwang und die zu ihrem exquisiten Aussehen paßte.

»Man hat Euch ins Kloster gesteckt, um Euch zu bestrafen?« fragte sie und traf damit den Nagel genau auf den Kopf. »Wollt

Ihr Euch nicht setzen und mir erzählen, was Ihr so Verdammenswertes getan habt?«

»Ihr seid neugierig?« rutschte es Thérèse heraus, und die andere nickte mit einem leichten Lächeln.

»Ein beklagenswerter Fehler, ich weiß! Die Mutter Äbtissin bemängelt ihn bei jeder Gelegenheit, aber sie hat noch keinen Weg gefunden, ihn mir abzugewöhnen. Wollt Ihr mir nicht Eure Geschichte erzählen?«

Thérèse blinzelte verblüfft. Dieses Mädchen war entschieden eine eigenartige Nonne. Hielt man sie ebenfalls gegen ihren Willen hier fest? Sie wußte, daß es durchaus normal war, daß Familien, welche die Mitgift für ihre jüngeren Töchter nicht aufbrachten, jene dem nächstbesten Kloster anvertrauten. Monsieur de Manchon hatte keine Probleme mit der Mitgift seiner Tochter, aber Thérèse lehnte dafür den Gatten ab, den ihr Vater für sie ausgesucht hatte.

»Ein Scheusal«, schluchzte sie, vom eigenen Elend überwältigt, und schilderte die Ereignisse, während Schwester Marie-Inconnue ihre Stickerei sinken ließ. »Er ist mindestens so alt wie mein Vater, und er hat bereits zwei Frauen im Kindbett verloren. Ein mürrischer Mensch, dessen Kopf kaum noch Haare zieren und dessen Stimme klingt wie das Räderkreischen eines Fuhrwerks auf dem Pflaster. Lieber sterbe ich, als ihn zum Manne zu nehmen. Wenn mein Vater denkt, daß ich hier anderen Sinnes werde, dann täuscht er sich.«

Marie betrachtete die junge Edeldame, die neben ihr im Gras kauerte.

Das sittsame dunkle Gewand und die Novizinnenhaube vermochten nicht den Eindruck von Vitalität und Lebensfreude zu verbergen. Die dunklen Kirschenaugen funkelten temperamentvoll.

Doch Marie wußte, über welche Mittel die Äbtissin verfügte, um rebellische Geister zum Gehorsam zu zwingen.

Man mußte über große Kraft und Geduld verfügen, um ihr zu widerstehen. Thérèse de Manchon besaß nichts davon, das erkannte sie zu ihrem eigenen Erstaunen auf den ersten Blick.

Sie war reizend, unbesonnen und sehr, sehr jung. Marie kam sich gegen sie uralt vor.

»Ihr solltet lernen, Eure Gedanken nicht sofort auszusprechen«, riet sie ihr und nahm die Stickerei wieder auf. »Nur wenn die Äbtissin Eurem Vater berichtet, daß ihr fromm und gottergeben seid, könnt Ihr damit rechnen, daß man Euch nach Hause holt. Andernfalls ist es leicht möglich, daß Ihr diese Mauern nie wieder verlaßt.«

Thérèse mochte leichtsinnig sein, aber sie war nicht dumm. Sie vernahm sehr wohl den Unterton von Sehnsucht und Melancholie in diesem Ratschlag. »Seid Ihr ebenfalls gegen Euren Willen hier?«

Die junge Nonne schüttelte den Kopf. »Nein, das Kloster ist das einzige Zuhause, das ich kenne. Man hat mich als Säugling an der Pforte gefunden, und ich bin unter der Obhut der Mutter Äbtissin aufgewachsen. Niemand weiß, wer meine Eltern sind, deswegen nennt man mich Marie-Inconnue. Ich weiß nur, daß ich im Jahr der großen Schlacht von Azincourt geboren wurde, und damals ist vieles aus seiner gewohnten Ordnung geraten. Ich kenne keine andere Heimat als das Kloster der Damen vom Wald. Mir bleibt keine andere Wahl, als für immer hierzubleiben und den Schleier zu nehmen.«

»Wie schrecklich«, flüsterte Thérèse de Manchon. »Ich könnte es nicht ertragen, ein Leben lang eingesperrt zu werden. Ich ertrage es kaum diese wenigen Tage und Wochen.«

Auch Marie ertrug es nur schwer. Seit sie denken konnte, sehnte sie sich nach Freiheit, nach Lachen, nach Zuneigung, nach Zärtlichkeit und einer Familie, in der sie sich geborgen fühlen konnte. Die Äbtissin war eine fromme und gerechte Frau, aber ihrem Herzen mangelte es an Sanftmut und Liebe.

Sie hatte das Kind, das ihr das Schicksal geschenkt hatte, systematisch in allen Tugenden unterwiesen, die sie für ihre Nachfolgerin für angebracht hielt. Marie-Inconnue würde einmal die Oberin dieses Klosters sein, so daß sie eines nicht fernen Tages in Frieden ihre Seele Gott anbefehlen konnte. Marie wußte von diesen Plänen, und sie machten sie alles andere als glücklich. Aber sie hatte sich daran gewöhnt, nicht glücklich zu sein. Nur in der Musik fand sie Freude. Wenn sie sang, konnte sie alles vergessen, dann konnte sie sich dem Traum hingeben, nicht allein zu sein, für Menschen zu singen, die sie liebten. Denn irgendwo mußte es diese Menschen geben. Menschen, für die sie nicht Marie-Inconnue, die Unbekannte war, sondern jene Marie, die sie liebten.

Die endlose Traurigkeit in ihrem Blick berührte Thérèse ganz eigenartig, und sie faßte unwillkürlich nach der kühlen, zerbrechlich schmalen Hand der Nonne.

»Ich werde Euch helfen! Ich verspreche es Euch! Wenn ich dieses dumme Kloster verlasse, werdet Ihr mit mir kommen. Ich schwöre es! Wenn Ihr den Schleier noch nicht für immer genommen habt, kann Euch niemand befehlen, hierzubleiben.«

Marie lächelte sanft und befreite ihre Finger aus dem Griff der stürmischen kleinen Edeldame. Sie hatte in langen, einsamen Jahren gelernt, allen Hoffnungen zu mißtrauen.

»Macht keine Versprechen, die Ihr nicht halten könnt, Thérèse! Und nun lauft ins Sudhaus, ich höre die Mutter Äbtissin kommen ...«

Thérèse gehorchte unverzüglich, und sie kam gerade noch rechtzeitig aus dem Blickfeld der strengen Dame, deren energische Schritte Marie mit ihrem ungewöhnlich feinen Gehör schon von weitem vernommen hatte.

Marie ordnete ihre Stickerei und wartete mit gesenkten Lidern, bis die Frau sie ansprach, die so etwas wie ihre Mutter war. Sie respektierte Louise de Luce, die dem Kloster ›Le Forêt des Dames‹ schon so lange vorstand, daß sich auch die älteste Nonne nicht mehr daran erinnern konnte, wann sie als Novizin gekommen war, aber dieser Respekt mischte sich mit einer gehörigen Portion Furcht. Tief in ihrem Herzen wußte Marie, daß die Äbtissin ihr Leben in den Händen hielt und daß sie eine noch unüberwindlichere Mauer zu ersehnten Freiheit darstellte als alle steinernen Barrieren um sie herum.

»Habe ich da nicht die kleine Manchon an deiner Seite gesehen, Kind?« sagte die Äbtissin beherrscht, und lediglich das unmerkliche Heben ihrer schmalen Brauen bewies, daß sie im zutreffenden Falle diese Begegnung auf das schärfste mißbilligte.

Marie war zu stolz und zu fromm für eine Lüge. Sie nickte nur, die Hände über der Stickerei gefaltet.

Die Äbtissin gab einen Laut unterdrückter Unzufriedenheit von sich und zögerte kaum merklich. Marie wunderte sich darüber. Normalerweise setzte sie ihre Worte mit der Präzision eines Fechtmeisters, und ebenso tödlich schlugen sie ihre Wunden.

»Meide dieses Mädchen«, begann sie dann und fuhr sicherer werdend fort: »Ihr Vater hat sie zu uns gebracht, weil sie ihrer Familie den Gehorsam verweigert. Sie ist zur Ehe mit einem vermögenden Edelmann bestimmt, und wenn es uns gelingt, ihren starren Geist zu brechen, so erhalten wir genügend Gold, um endlich die bunten Glasfenster für die Kapelle in Auftrag geben zu können. Du siehst also, es ist in Gottes Sinn, das Mädchen zu disziplinieren. Jedoch glaube ich nicht, daß du die richtige Person bist, um ihr diese Tugenden nahezubringen. Du wirst im ungeeigneten Augenblick falsches Mitleid haben . . .«

»Ist es denn so falsch, auch die Sünderinnen zu lieben?« fiel ihr Marie überraschend ins Wort. »Christus persönlich hat es getan.«

»Heilige Mutter Gottes!« Es hörte sich weniger wie ein Hilferuf, sondern wie eine unwillige Bitte um Geduld an. »Deine Sanftmut und deine Freundlichkeit werden nur noch von der Herrlichkeit deines Gesanges übertroffen, Marie! Du wirst mir gehorchen und Mademoiselle de Manchon meiden!«

Marie erkannte den Befehl in diesen Worten und neigte den Kopf. Da die Flügelhaube so ihr Gesicht verdeckte, konnte die Äbtissin nicht erkennen, wie Marie die Lippen zusammenpreßte. Marie empfand Mitleid mit Thérèse, nicht mit sich selbst.

Sie hatte schon als Kind gelernt, daß ihre Träume nie in Erfüllung gehen würden, auch wenn es immer wieder Momente gab, in denen sie gewiß war, daß es irgendwo fern hinter den Klostermauern ein Leben gab, das nur auf sie wartete. Ein Leben an der Seite von Menschen, die sie liebten und denen sie etwas bedeutete. Menschen, die zu ihr gehörten und ohne die sie nur halb existierte.

Wenn sie sang, tat sie es in erster Linie für diese Menschen und dann erst zum Lobe Gottes. Eine Sünde, die sie noch nie zu beichten gewagt hatte, denn sie war sicher, daß die Mutter Äbtissin davon erfahren und sie streng tadeln würde.

Obwohl sie Thérèse in den nächsten Tagen mied, wie es ihr befohlen worden war, erkannte sie die helle, atemlose Stimme sofort, die in einer der folgenden Nächte ihren Schlaf störte, während eine ungeduldige Hand gleichzeitig heftig an ihrer Schulter rüttelte.

»Marie!« flüsterte die Stimme dringlich. »Bei allen Heiligen, Marie, wacht auf, sonst ist es zu spät. Wir müssen uns beeilen, so kommt endlich zu Euch . . .«

Sie wollte die Kerze entzünden, aber Thérèse de Manchon ließ es nicht zu. Im milchigen Licht des Mondes, der durch das hohe schmale Fenster von Maries Zelle fiel, war sie nur ein dunkler Schatten, mit einem ein wenig helleren, blassen Gesicht.

»Thérèse, was ist geschehen?« murmelte sie schlaftrunken.

»Schnell, kommt mit! Kleidet Euch an, es ist soweit! Wir fliehen!«

Marie traute ihren Ohren nicht. »Ihr seid toll, meine Liebe. Geht zu Bett und schlaft.«

»Nein, so hört doch. Ich konnte es Euch nicht mehr sagen, aber ich habe mich im geheimen Jacques d'Alespée versprochen, und deswegen werde ich auch nie den Mann heiraten, den mein Vater für mich bestimmt hat«, berichtete Thérèse hastig. »Er ist gekommen, mich zu holen, und ich habe ihm gesagt, daß ich nicht ohne Euch gehen werde. Nun steht endlich auf, sonst ist die Nacht vorbei, und unsere Flucht wird zu früh bemerkt . . .«

Verwirrt gehorchte Marie dem Befehl, von einer unbekannten Macht getrieben, die sie selbst nicht benennen konnte.

»Aber wohin wollt Ihr?« flüsterte sie, während sie ihr Nonnengewand über das grobe Hemd zog, die Bänder schloß und die Haube befestigte.

»Jacques kämpft in der Armee des Königs«, erklärte Thérèse und half ihr bei den Schlaufen und Schlingen wie eine Kammerzofe. »Ich werde mich unter den Schutz der Königin stellen, bis Jacques sich ausgezeichnet hat und mich heimführen kann. Er hat mir versichert, daß die Gemahlin unseres Königs eine liebenswürdige, fromme Dame ist, die ein Herz für andere hat. Sie wird auch Euch weiterhelfen können.«

»Und wo ist der König?« Im letzten Moment nahm Marie den schweren, dunklen Mantel aus ihrer Truhe und griff nach dem vertrauten Rosenkranz, der sie ein Leben lang begleitet hatte.

»In Paris, in Bourges, was weiß ich ... Er liebt es nicht, lange an einem Ort zu bleiben.« Thérèse öffnete vorsichtig die Tür und warf einen Blick in den Gang hinaus. »Und nun ... kommt ... leise ... wir müssen zum Obstgarten. Dort ist die Mauer an einer Stelle eingefallen, und dahinter wartet Jacques mit den Pferden.«

Marie lagen so viele Dinge auf einmal auf der Zunge, daß sie nicht wußte, was sie zuerst sagen sollte. Daß sie noch nie auf einem Pferd gesessen hatte, daß sie nicht einfach bei Nacht und Nebel das Kloster verlassen konnte, daß sie kein Recht hatte, die Hilfe der Königin zu fordern, da sie keine Edeldame war. Daß sie sich vor dem Unbekannten fürchtete ...

Nein, verbesserte sie sich selbst. Nein, sie hatte keine Angst. Aufregung erfüllte sie, Vorfreude, Erleichterung, der Drang, vorwärts zu stürmen und alles hinter sich zu lassen. Das begründete Wissen, richtig zu handeln. Sie umklammerte den Rosenkranz mit der linken Hand und schloß mit der rechten die Pforte ihrer Zelle in der sicheren Gewißheit, sie für immer hinter sich zu lassen.

Tiefe Stille lag in dieser Nacht über den Klostergebäuden. Es kam Marie vor, als hielte die Welt den Atem an. Kein Laut von Mensch oder Tier war zu hören, und das kaum merkliche Rascheln ihrer Kleider auf den Steinquadern des Ganges wirkte wie das Rauschen eines fernen Windes. Thérèse hatte ihre Zeit genützt und sich den Fluchtweg so genau eingeprägt, daß sie ihn sogar in völliger Dunkelheit fand. Wie sie dafür gesorgt hatte, daß die kleine Küchenpforte, die in den Kräutergarten führte, an diesem Abend nicht abgeschlossen worden war, wollte Marie lieber nicht wissen.

Sie folgte dem jungen Mädchen, und der Duft von Melisse und Lavendel, die am Wegrand wuchsen, würzte die frische Nachtluft. Thérèse faßte nach Maries Hand und eilte dann schneller zwischen den Apfel- und Birnbäumen hindurch, die bereits kleine Früchte angesetzt hatten und unter deren schweren, tiefhängenden Ästen sie sich bücken mußten, obwohl sie beide nicht sehr groß waren.

Über die Lücke in der Mauer half ihnen eine kräftige Hand, und Marie fühlte sich um die Taille gepackt und unsanft in das hohe Gras auf der anderen Seite gestellt. Sie hatte eben ihr Gleichgewicht wiedergefunden, als sie die rauhe, unwillige Stimme hörte.

»Zwei? Verdammt, Jacques, was soll dieser neue Unsinn? Ihr habt gesagt, es geht um Eure Liebste! Es war nicht die Rede davon, daß Ihr dieses verdammte Nonnenkloster entvölkern wollt!«

»Das ist Marie«, verteidigte Thérèse ihre neue Freundin. »Man will sie zwingen, den Schleier zu nehmen. Ich komme keinen Schritt mit ohne sie, Jacques! Ich habe ihr versprochen, daß sie mitkommen darf.«

»Weiber!« fluchte die erste Stimme und eine zweite, wesentlich angenehmere, versuchte zu vermitteln.

»Beruhigt Euch, Diable! Ihr könnt die Nonne hinter Euch in den Sattel nehmen, so wie ich es mit Thérèse tue. Warum wollt Ihr das arme Geschöpf seinem Unglück überlassen? Thérèse wird sich um sie kümmern, und sie wiegt nicht mehr als eine Handvoll Tauwerk. Und nun laßt uns reiten, ich habe keine Lust, am Ende noch erwischt zu werden. Ihr wißt, daß der König es haßt, wenn wir uns mit der Kirche anlegen. Seit Jeannes Tod ist er empfindlich.«

»Seid Ihr wahnsinnig, Jacques? Wir werden nur Schwierigkeiten bekommen. Es ist unsinnig genug, *ein* Mädchen zu entführen, aber das Fehlen einer weiteren Novizin wird dieses verdammte Kloster wie einen Bienenschwarm aufscheuchen.«

Die Stimme klang nun gedämpfter, aber sie verlor nichts von ihrer rauhen Unfreundlichkeit. Marie war angespannt wie eine Bogensehne.

Ihr Herz raste so laut, daß sie fürchtete, der wütende Recke würde sich auch noch über dieses verräterische Geräusch empören.

Sie sagte nichts. Sie brachte kein einziges Wort heraus. Sie stand im taufeuchten Gras, das ihre Schuhe und Rocksäume durchnäßte, und starrte mit brennenden Augen auf den hünenhaften Umriß jenes Mannes, dessen Aura von Stolz, Gewalttätigkeit und Aggression über sie hinwegfegte wie ein Sturm.

So sah es also aus, ihr Schicksal, dem sie in diesem Moment, in einer Mondnacht bei Azincourt begegnete. Sie wußte, daß er der Mann war, der ihr im Moment ihrer Geburt vor einundzwanzig Jahren bestimmt worden war.

Le Diable – sie hatte den frommen Himmel mit der erbarmungslosen Hölle vertauscht. Aber es war zu spät zur Umkehr. Und wenn sie es ganz genau betrachtete, dann wollte sie auch gar nicht umkehren!

2. Kapitel

»Ich muß von Sinnen gewesen sein, mich auf dieses Abenteuer einzulassen«, knurrte der Mann, und Marie, die erschöpft und bis auf die Knochen durchgeschüttelt vor dem bescheidenen Herdfeuer der Herberge kauerte, zwang sich, endlich den Blick zu heben.

Seltsamerweise hatte sie bisher keinerlei Neugier verspürt, das Antlitz des Mannes mit der barschen Stimme zu betrachten.

In ihrem Herzen kannte sie es bereits, und es schien eher eine Formalität zu sein, daß es sich auch vor ihren Augen zusammensetzte.

Le Diable, eine große, düster wirkende Gestalt, überragte seinen Begleiter um einiges. Irgendwie erinnerte er Marie an einen gefallenen Engel – und im Grunde war ja auch *le diable*, der Teufel, nichts anderes. Aber er war ein schöner ›Teufel‹. Sein edles, von der Sonne gebräuntes Gesicht wurde von einer scharfen Nase beherrscht; der Mund war verblüffend geschwungen und sinnlich, jetzt jedoch zu einem schmalen Strich zusammengepreßt.

Seine schwarzen Haare trug er im Gegensatz zu seinem Begleiter kurzgeschoren. Schwarze, dichte Brauen wölbten sich über den Augen, die so dunkel waren, wie Marie sie noch nie bei einem Menschen gesehen hatte. Da er zu allem auch noch schwarz gekleidet war, machte er seinem Namen alle Ehre.

Wie rauh, wie ablehnend seine Stimme klang. Eine Stimme, die überbeansprucht worden war. Die zuviel geschrien, zuviel gelitten hatte. Das Mitleid mit dem Jungen, aus dem schließlich dieser Kämpfer geworden war, stand in ihren klaren, ruhigen Augen, während sie ihn betrachtete.

Thérèse bemerkte Maries Aufmerksamkeit und beugte sich näher zu ihr. »Man nennt ihn Le Diable, aber eigentlich heißt er Ivo de Chazan und zählt zu den schrecklichsten Kriegern des Königs. Jacques hat ihn um Hilfe gebeten, falls es auf unserer Reise Ärger geben sollte,« erzählte sie leise. »Er sagt, es sind auch nach dem Frieden von Arras Räuberbanden unterwegs, die Reisende überfallen und Dörfer plündern. Es herrscht noch längst keine Eintracht im Königreich, auch wenn die Engländer immer weiter zur Küste zurückgedrängt werden.«

»Eine Nonne! Wahrhaftig, habt Ihr nicht genügend Schwierigkeiten mit dem Seigneur de Manchon am Hals?« hörte Marie Le Diable spotten. »Müßt Ihr Euch auch noch Ärger mit der Kirche einhandeln? Eine Nonne wa ...« Er unterbrach sich mitten im Satz, denn zum ersten Male nahm er das sanfte Antlitz, das von der weißen Haube umrahmt wurde, richtig wahr. Die dunkle Nacht war nur schwach vom Licht des Mondes erleuchtet worden, und bei dem Höllenritt in Richtung Paris, als Marie ihre Hände um seine Taille gelegt und sich festgeklammert hatte, hatte er nur einen feinen Duft wahrgenommen, der sich aus Minze, Lavendel und Weihrauch zusammensetzte und aus ihren Kleidern aufstieg. Das Aroma der Frömmigkeit, hatte er in Gedanken gespottet.

Doch in ihren großen, grün-goldenen Augen nahm er keine Frömmigkeit wahr. Zu seinem nicht geringen Erstaunen entdeckte er dort glühende Zuneigung, Hingabe, ein Willkommen, das ihn irritierte und mit dem er nichts anfangen konnte. Bei Hofe hätte er gewettet, daß diese Dame einem Flirt nicht abgeneigt wäre, aber eine Nonne? Diese Unschuld, die wie ein feiner Schleier über ihr lag, diese weltfremde Freundlichkeit, der kein böses Wort etwas anhaben konnte, brachte ihn endgültig um seine Fassung.

»Seht sie Euch doch an«, fuhr er fort und machte eine wegwerfende Geste, dann wandte er sich verächtlich ab. »Die Frömmigkeit und die himmlische Schönheit in Person. So ahnungslos und weltentrückt, daß sie sich und jeden, der die Tollheit begeht, sich ihrer anzunehmen, in Teufels Küche bringen wird.«

»Dann bin ich ja bei Euch durchaus an der richtigen Stelle, Seigneur«, antwortete Marie so unerwartet, daß er sich ihr ruckartig wieder zuwandte. »Wollt Ihr Euch des Problems meiner Gegenwart entledigen, indem Ihr meiner Begleiterin und mir weder zu essen noch zu trinken gebt, oder bevorzugt Ihr subtilere Methoden?«

Der ruhige, melodische Klang von Maries eigenartiger, unverwechselbarer Stimme stand in krassem Gegensatz zu dem herausfordernden Inhalt ihrer Worte. Sie hatte sich aufgerichtet, und da das dunkle Nonnengewand in dem schlecht erleuchteten Raum fast mit dem Hintergrund verschwamm, schien es, als würde ihr schönes Gesicht in der Luft schweben. Ein Gesicht, das Le Diable zu seinem eigenen Ärger an die Engel erinnerte, die er als Kind im Stundenbuch seiner armen Mutter bewundert hatte. Reine, überirdische Gestalten, losgelöst und fern von allem Schmerz und Schmutz der Welt. Nur Jacques d'Alespée konnte die Besonderheit würdigen, daß es diesem Nönnchen gelungen war, Le Diable sprachlos zu machen. Thérèse de Manchon jedoch hielt es für selbstverständlich, daß ein Chevalier schwieg, wenn er so zur Ordnung ge-rufen wurde. Sie wandte sich ihrem Liebsten zu.

»Marie hat recht, mein Herr«, flüsterte sie. »Wir sind nicht nur müde, wir sind auch hungrig und durstig. Gibt es in dieser Herberge keine Speisen?« Dann warf sie verstohlen einen Blick auf Le Diable.

Sie erhielt einen so drastischen und lästerlichen Fluch zur Antwort, daß sie unwillkürlich zu Marie hinübersah. Deren blasse Haut schien sich zwar eine Spur gerötet zu haben, aber sie nahm den Ausbruch Le Diables mit einer so stoischen Gelassenheit hin, daß er schon allein dadurch an Wirkung verlor. Es hatte fast den Eindruck, als sei der hochgewachsene Krieger danach verlegener als die fromme junge Frau.

Immerhin schritt er, nach einem mörderischen letzten Blick auf seine Widersacherin, zur Tür und brüllte nach dem Wirt, der, die Hände über dem dicken Bauch gefaltet, dienernd herbeitappte und seine Neugier nur unvollkommen verbarg. Eine Wißbegierde, die schlagartig in demütigsten Gehorsam umschwang, sobald er in die erbarmungslosen, kühlen Augen des schwarzen Seigneurs schaute, der ihn fixierte. So seltsam die Reisenden sein mochten, mit einem Herrn, der soviel Autorität und Bedrohlichkeit ausstrahlte, legte sich ein einfacher Mann besser nicht an. Er würde es sonst mit Sicherheit bereuen.

Die Kohlsuppe, die Marie und Thérèse danach aus einfachen Holzschalen löffelten, enthielt mehr Wasser als Gemüse oder gar Speck. Aber sie war heiß, und zusammen mit einer kräftigen Scheibe des groben Brotes, das offensichtlich frisch aus dem Ofen kam, beseitigte sie den gröbsten Hunger. Marie verzichtete auf den Wein, der den beiden Männern eine Grimasse und einen neuerlichen unterdrückten Fluch entlockte. In dieser Gegend wuchsen keine Reben, und das Getränk, das ein Wirt wie dieser in Fässern bezog, hatte mit Wein vermutlich soviel

Ähnlichkeit, wie diese Suppe mit einer feinen, gewürzten Wildpastete.

Sie nahmen die Mahlzeit schweigend zu sich, aber Marie bemerkte sehr wohl die Blicke, die Thérèse mit ihrem Ritter wechselte. In Gegenwart ihrer Freundin und Le Diables hielten sich beide mit Liebesbezeugungen zurück, aber Marie registrierte sehr wohl die leidenschaftliche Hingabe ihrer neuen Freundin an den schlanken, geschmeidigen jungen Mann, der sie entführt hatte. Jacques hingegen spreizte sich wie ein stolzer Hahn unter soviel Bewunderung. Beide kamen ihr wie Kinder vor, die sich halb trotzig, halb stolz gegen die Welt der Erwachsenen verschworen hatten.

»Ruht Euch aus, ich kümmere mich um die Pferde«, verkündete Le Diable nach der Mahlzeit und deutete auf die schmalen Holzbänke, die den Kamin umgaben. »Es hat keinen Sinn, mit zwei völlig erschöpften Frauen weiterzureiten. Vielleicht verfügt ja dieser Engel, den Ihr unsinnigerweise mit Euch herumschleppt, über die Fähigkeit, den Himmel dort oben zu unseren Gunsten zu beeinflussen. Betet, daß wir nicht verfolgt werden und daß sich die Pferde schnell erholen.«

Er stapfte aus dem Raum, ohne eine Antwort zu erwarten, und Marie legte Thérèse begütigend die Hand auf den Arm, ehe diese die sicher unverzeihlichen Dinge sagen konnte, die ihr so offensichtlich auf der Zunge lagen.

»Seid dem Seigneur de Chazan nicht böse«, entschuldigte Jacques d'Alespée seinen Begleiter. »Er ist temperamentvoll und aufbrausend, aber er ist der einzige Krieger, mit dem man ein solches Abenteuer wagen kann, ohne um sein Leben fürchten zu müssen. Alle anderen hätten sich geweigert, die Ruhe eines Klosters zu stören. Nur Le Diable schert sich wenig um derlei Bedenken. Mit seiner Hilfe werden wir Bourges in wenigen Tagen erreichen, und dort seid Ihr unter dem Schutz der Königin in Sicherheit.«

Marie nickte geduldig und streckte sich auf der schmalen Bank aus. Die Unbequemlichkeit bedeutete ihr wenig, denn die Bettstatt in ihrer Klosterzelle war kaum weicher gewesen. Sie schloß die Augen und versuchte das Geflüster zu überhören, als Thérèse und ihr Geliebter Zukunftspläne schmiedeten. Aber sie konnte sich einfach nicht auf das Gebet konzentrieren, mit dem sie ihre Seele wie üblich abends dem Himmel empfehlen wollte.

Zum ersten Male, seit sie sich zu dieser Flucht hatte verleiten lassen, fragte sie sich, wie ihr Leben außerhalb der Klostermauern eigentlich aussehen sollte. Sie besaß nicht mehr als einen Rosenkranz und die Kleider, die sie auf dem Leib trug.

Wie war es nur möglich, daß sie trotzdem diese völlige Ruhe empfand? Dieses sichere Gefühl, auf dem richtigen Weg zu sein und das Richtige zu tun. Sie glitt unmerklich in einen tiefen Schlummer und verlor sich in eigenartige Träume.

Sie, die noch nie einen Kampf erlebt hatte, hörte plötzlich Schlachtenlärm, sah die Flammen aus einer zerstörten Burg schlagen und eine dunkel gekleidete, gedrungene Frau, die aus dem Getümmel floh. Sie trug etwas in den Armen, und Marie wußte, ohne es zu sehen, daß es sich um zwei Neugeborene handelte. Zwei Zwillingsmädchen, die sie dem Tod im Schloß entriß, die sie zum Kloster im Wald brachte, das mit seinen bescheidenen Gebäuden und der kleinen, geduckten Kirche der Aufmerksamkeit der Soldaten entgangen war.

Hinter ihr sank die stolze Burg in Schutt und Asche, als Grabmal für eine unbeugsame, schöne, stolze Frau, die ihrem Widersacher sogar im Tod den Sieg entrissen und ihren Töchtern die Rache vererbt hatte.

Jene Rache, die nun auch Marie aus der behüteten Sicherheit ihres Klosters riß und sie mit einer verhängnisvollen Aufgabe in die Welt hinausschickte.

Sie spürte, wie sie hochgehoben und auf die Beine gestellt wurde, und einen verwirrenden Moment lang wußte sie nicht, ob sie eines jener Kinder war, die in dem Kissen der Amme ruhten, oder ob sie in die Wirklichkeit zurückgekehrt war. Als sie das warme, glatte Leder an ihrer Wange fühlte und das geschmeidige Heben und Senken der breiten Brust darunter, hob sie unwillkürlich den Kopf und sah direkt in die schwarzen Höllenaugen des Teufels. Goldene Funken des Spotts tanzten in diesem Blick, aber da war auch eine seltsame, staunende Verwunderung.

»Man könnte Euch um diesen Schlaf beneiden, Kind«, sagte Le Diable und verzog spöttisch den schöngeschwungenen Mund. »Habt Ihr einen Namen?«

Marie befreite sich aus seinem Arm und rückte ihre verrutschte Haube zurecht.

»Im Kloster nannte man mich Marie-Inconnue«, entgegnete sie und brauchte einen Augenblick, um sich wieder in der Wirklichkeit zurechtzufinden.

Das Feuer in der Herdstelle war herabgebrannt, und ein Blick nach draußen zeigte ihr, daß es kurz vor Sonnenaufgang sein mußte.

»Ein Engel namens Marie«, murmelte le Diable. »Marie-Ange wäre zutreffender als Marie-Inconnue. Und nun kommt, wir müssen weiter.«

Sie nickte.

»Ich weiß, wir werden erwartet ...«

Le Diable bezog ihre Bemerkung auf das Paar, das bereits bei den Pferden stand und ihnen entgegenblickte, aber Marie, die immer noch an ihren Traum dachte, hatte etwas ganz anderes gemeint. Jener eigenartige Traum hatte in ihr die sichere Gewißheit hinterlassen, daß sie nun nicht mehr allein war.

Sie zog ihren Umhang enger um sich und trat hinaus in den beginnenden Morgen. Hinter der Herberge krähte ein Hahn, und die Nüstern der kräftigen Streitrösser, die beide Männer ritten, dampften in der Morgenkühle. Es konnte nicht mehr lange dauern, bis in den geduckten Bauernkaten und den wenigen Steinhäusern, die sich um die windschiefe Kapelle des Dorfes scharten, das Leben erwachte. Das Konzert der Vögel hatte bereits eingesetzt, und eine frische Brise vertrieb den morgendlichen Nebel. Erste Rauchfahnen kräuselten sich über den Kaminen.

Marie ahnte nicht, daß ihre Augen in diesem rosa schimmernden Morgenlicht wie Smaragde wirkten. Der Mann, der sie wie einen Sack Mehl hinter sich auf sein Pferd hob, fragte sich, welche Farbe wohl ihre Haare haben mochten, die unter der fest schließenden Haube versteckt blieben.

»Vorwärts!« kommandierte Jacques d'Alespée. »Laßt uns reiten, ehe wir unliebsame Aufmerksamkeit auf uns ziehen! Ich möchte wetten, daß die Äbtissin einen Boten zu Monsieur de Manchon schickt, sobald sie begriffen hat, daß Thérèse ihr entschlüpft ist. Und ihr Vater wird unschwer ahnen, wer für ihre Flucht verantwortlich ist; er hat schließlich meine Bitte um Thérèses Hand abschlägig beschieden ...«

Marie fragte sich erneut, was die Mutter Äbtissin wohl zu ihrer Flucht gesagt hatte. Jene strenge, unzugängliche Frau, die bislang so ausschließlich über ihr Leben geherrscht und jede Stunde ihres Tages verplant hatte. Mit dem frommen Ziel, jene Tochter und Nachfolgerin aus ihr zu machen, die ihr das Gelübde versagt hatte. Seit sie denken konnte, war Marie in dem Bewußtsein aufgewachsen, ein Geschenk des Himmels an Louise de Luce zu sein. Die Erhörung ihrer Gebete, der Ton, aus dem sie jene vollkommene Braut Gottes formen konnte, die ihr vorschwebte. Ein Wesen aus Gebeten und Gehorsam. Wie ertrug sie das Scheitern all dieser Pläne?

»Werden wir nach Paris reiten?« fragte Thérèse, deren Augen abenteuerlustig funkelten und die sich nicht einen Deut um die Menschen scherte, die sie zurückgelassen hatte.

»Der König liebt weder die Stadt noch den Palast von St. Pol, in dem seine Mutter ihre letzten Lebensjahre verbracht hat«, antwortete Le Diable ungewohnt ausführlich. »Er bleibt überhaupt ungern an einem Ort. Er zieht es vor, dort zu sein, wo er gebraucht wird. Aber die Königin und ihr Hofstaat sind mit Sicherheit in Bourges zu finden. Seit sich seine Majestät eine hübsche Ma^itresse genommen hat, zieht sie es vor, ihn nicht mehr auf seinen Reisen zu begleiten. Wir umgehen Paris und reiten direkt nach Bourges. Je weniger Aufmerksamkeit wir dabei erregen, um so besser wird es für uns sein.«

»Der König hat eine Geliebte?« Die verblüffende Neuigkeit interessierte Maries Freundin mehr als das Ziel, an das ihr Ritt sie führen würde. »Wer ist sie?«

»Die Dame Agnès Sorel. Man sagt, sie habe die höchste Billigung«, fügte Jacques d'Alespée hinzu, als Le Diable keine Anstalten machte, die Frage zu beantworten. »Die Herzogin-Königin Jolande selbst, die Schwiegermutter des Königs, hat ihm das bezaubernde Geschöpf ins Bett gelegt, und es gibt nicht wenige im Königreich, die dies für ihre beste und klügste Tat halten.«

»Wie sieht sie aus? Ist sie schön?«

Le Diable gab einen Laut von sich, der sein Pferd scheuen ließ, und Marie mußte sich fester an seine Taille klammern, um nicht zu stürzen.

»So schön, wie man es von der Hure eines Königs erwartet, Mademoiselle. Und nun genug des müßigen Geplauders, laßt uns reiten!«

Marie konnte seinen Ärger und seine Verachtung spüren, als sein Körper sich anspannte. Er spornte sein Pferd zu einem rücksichtslosen Galopp an, so daß Marie übel durchgeschüttelt wurde und der vorbeifliegenden Landschaft nicht mehr als einen flüchtigen Blick gönnte vor lauter Angst, sie könnte herunterfallen. Als sie weiter über Le Diables Worte nachdachte, setzte sich ein hartnäckiger und verblüffender Verdacht in ihrem Kopf fest, ein Verdacht, der sich einfach nicht vertreiben ließ.

Le Diable haßte Frauen!

Nur ein Mann, der dem schönen Geschlecht mit höchster Verächtlichkeit begegnete, konnte soviel Geringschätzung in so wenige Worte legen. Seine eisige Höflichkeit ihr und Thérèse gegenüber zeigte deutlich, daß er im Grunde nichts lieber getan hätte, als sie beide irgendwo zwischen den Weißdornbüschen am Wegrand abzusetzen und davonzureiten, so schnell sein feuriger Rappe dies zuließ.

3. Kapitel

Die Türme von Bourges wirkten wie ein grausilberner Schattenriß vor dem rötlichen Himmel. Die Hauptstadt des Berry, am Zusammenfluß von Auron und Yevre gelegen, wurde von dem großen Schloß überragt, auf dessen Zinnen prächtige Banner wehten, deren Wappen Marie selbst dann nichts gesagt hätten, wenn sie sie auf diese Entfernung erkannt hätte. Sie fühlte sich zerschlagen und sehnte sich nur noch nach einem bescheidenen Lager, in dem sie ihre schmerzenden Glieder ausstrecken konnte.

Der wilde Ritt, zu dem Ivo de Chazan die kleine Gesellschaft gezwungen hatte, forderte seinen Tribut von den beiden Frauen. Thérèse de Manchon hatte längst aufgehört, Fragen zu stellen, und ihre Munterkeit war lähmender Erschöpfung gewichen. Sie lag in den Armen Jacques d'Alespées und nahm kaum wahr, daß sie kurz vor dem Schließen der Stadttore, im letzten Schein des Tageslichts, in die Stadt ritten. Hinter ihnen schoben die Wachen die mächtigen Torflügel zu, und Bourges rüstete sich zur Nacht.

Die beiden Ritter verharrten kurz auf dem Platz vor der Kathedrale, beide für einen Moment unschlüssig, wohin sie sich wenden sollten. Es kam nicht in Frage, daß Thérèse der Königin in diesem Zustand ihre Aufwartung machte, und Le Diable unterdrückte einen Fluch, als er begriff, daß seine Aufgabe mit der Ankunft in Bourges offensichtlich noch nicht beendet war.

»Nehmen wir Quartier im Gasthaus zur Krone«, schlug er vor, doch es hörte sich wie ein Befehl an. »Die Betten dort sind sauber, und der Wirt schenkt einen vernünftigen Wein aus. Ich nehme an, Ihr werdet die Dame Eures Herzens erst einmal ausschlafen lassen, ehe Ihr sie seiner Majestät präsentiert. Und was ihre fromme Freundin anbelangt ...« Er zögerte, sich des schwächer gewordenen Griffes um seine Mitte bewußt. »Sie droht mir jeden Moment aus dem Sattel zu fallen.«

Marie wollte gegen diese Unterstellung protestieren, aber

sogar dazu war sie zu schwach. Die vergangenen Tage waren wie in einem Nebel an ihr vorbei geglitten. Sie hatten nur noch einmal Rast in einer bescheidenen Herberge machen können, die übrige Zeit hatten sie unter freiem Himmel übernachtet und sich von dem ernährt, was die beiden Männer erjagten und was sich an steinhartem Brot und trockenem Käse in den Satteltaschen der Pferde befand. Sie war derartige Nahrung nicht gewöhnt und hatte bei den Mahlzeiten nur ein paar Bissen heruntergebracht, die sie mit Quellwasser hinabspülte. Zusammen mit der ungewohnten körperlichen Anstrengung forderte dies nun seinen Tribut.

Das ›La Couronne‹, in einer Seitengasse neben der großen Kathedrale Saint Etienne gelegen, war das beste Gasthaus der Stadt, und Maître Renard, der es führte, war mit Recht stolz auf das dreistöckige Gebäude, das sich um einen großen Innenhof zog, und den Ruf seiner Küche, die Reisende von weither lockte. Aus diesem Grund hob er auch bedauernd die Hände, als Le Diable zwei Räume von ihm forderte.

»Eine Kammer ist noch frei, Seigneur! Eine schöne Kammer, mit einem großen Bett. Mehr kann ich Euch auch für alles Gold von Bourges nicht anbieten ...«

Der Ritter war sich bewußt, daß er keine andere Möglichkeit hatte, als diese Kammer zu nehmen, und daß er es nur der stattlichen Anzahl von Münzen zu verdanken hatte, daß Maître Renard keine Fragen über die beiden Frauen stellte, die er mit d'Alespée über die Stiege hinauf nach oben schaffte.

Thérèse und Marie waren zu müde, um ihre Umgebung wahrzunehmen oder mehr abzulegen als die schmutzigen Mäntel und die Schuhe. Sie sanken in Kleidern auf das Lager und schliefen ein, sobald sie die sauber gestopfte Strohmatratze des Bettes und das lavendelduftende Linnen berührten.

Thérèse zusammengerollt in die Decke gekuschelt, wie ein kleines Kätzchen. Marie dagegen auf dem Rücken liegend, die Hände über der Brust gefaltet und reglos wie ein Marmorengel. Das Inbild von Frömmigkeit und gnadenloser Zucht.

»Arme Kleine«, murmelte Le Diable unwillkürlich, seltsam

angerührt von der disziplinierten Starrheit, die ihr schwacher, schmaler Körper sogar in tiefstem Schlaf noch zeigte. »Ihr wißt, daß es völliger Unsinn gewesen ist, sie aus der Sicherheit ihres Klosters zu reißen?«

»Thérèse wollte es«, verteidigte sich d'Alespée. »Und Ihr wißt so gut wie ich, daß ich keine Zeit habe, lange in Bourges zu bleiben. Ich besitze kaum einen Heller, und wenn ich den König um ein Lehen bitte, dann muß ich an seiner Seite sein und mich im Kampf gegen die englischen Feinde auszeichnen. Es kann nur gut sein, wenn sie am Hof der Königin eine vertraute Freundin zur Seite hat, damit sie nicht allein ist.«

»Ihr meint, eine fromme Freundin, die sie davon abhält, Dummheiten zu machen?« sagte ihm Le Diable auf den Kopf zu und lachte ihn spöttisch an. »Es gibt nichts und niemanden, was eine ehrgeizige Frau davon abhalten kann zu tun, was ihr vorschwebt. Je eher Ihr dies akzeptiert, um so ruhiger werdet Ihr leben, mein Freund. Nicht einmal diese da, trotz all ihrer Frömmigkeit, wird den Versuchungen des Hofes widerstehen können.«

D'Alespée warf dem schwarzen Ritter an seiner Seite einen zweifelnden Blick zu. »Täusche ich mich oder schwingt so etwas wie Bedauern darüber in Eurer Stimme mit?«

»Ihr täuscht euch«, entgegnete de Chazan knapp. »Ihr seht in mir keinen Toren, der sich in ein paar frommen grünen Augen verliert. Außerdem gibt es nur noch eines, was noch schlimmer ist als eine flatterhafte Frau – eine fromme Frau! Und nun laßt uns nach unten gehen. Wenn ich nicht augenblicklich etwas zu essen und zu trinken bekomme, werde ich diesen Dienst, den ich Euch erwiesen habe, noch mehr bereuen, als ich es ohnehin schon tue.«

Der Klang der Glocken drang mächtig und hallend in Maries Schlummer. Es waren volle Töne, die nichts mit der kleinen, scheppernden Glocke gemein hatten, die bisher ihren Tagesablauf zwischen Morgenandacht und Nachtgebet bestimmt hatte. Hier hörte sie den Ruf einer großen, reichen Kathedrale, die ihre Zwillingstürme über eine Stadt erhob, die sich nach Jahren des Hungers und des Krieges wieder anschickte, die alte Macht und Schönheit zu erreichen.

Es färbte auf Bourges ab, daß man den König lange Jahre hindurch den ›König von Bourges‹ genannt hatte, um ihn von dem englischen Eroberer zu unterscheiden, der nun immer mehr an den Kanal zurückgedrängt wurde. Damals hatte die Stadt ihm die Treue gehalten, und der Dank des Königs half ihr nun, die Wunden der Vergangenheit schneller als in anderen Städten zu schließen.

Marie schlug die Augen auf und sah verwirrt auf die schwere Balkendecke der niedrigen Stube. Dann merkte sie plötzlich, daß irgend etwas auf ihrer Taille lag, und als sie den Kopf drehte, blickte sie in das schlafende, entspannte Gesicht von Thérèse de Manchon, die ihren Arm um sie gelegt hatte und sich Wärme suchend an ihre Gestalt schmiegte. Thérèse schlief noch tief und fest, und nicht einmal der Klang der Glocken konnte diesen erschöpften Schlaf stören. Sie sah schmutzig, zerzaust und schutzbedürftig aus, und ihr Anblick brachte Marie schlagartig die Erinnerung wieder.

Sie waren in Bourges, am Ende ihrer Reise. Sie, Marie, hatte es gewagt, sich aus dem Machtkreis von Louise de Luce, der frommen Herrin des Klosters von ›Dames de Forêt‹ zu lösen. Aber noch wirkte die lebenslange Zucht nach, die ihr von Anfang an eingebleut worden war. Marie befreite sich sanft aus dem Griff der erschöpften Schläferin und rutschte vom Bett, um auf den leicht staubigen Bohlen des Bodens in die Knie zu sinken. Erst nachdem sie ihr Morgengebet beendet hatte, gab Marie ihrer Neugier nach.

Das kleine, quadratische Fenster der Kammer war mit bleigefaßten, milchigen Glasrauten verschlossen, und Marie mußte den Riegel heben, um die Flügel öffnen zu können. Sie blickte auf den Giebel des Hauses gegenüber, das sich bedenklich herüberneigte.

Von draußen drangen die Geräusche und Gerüche der erwachenden Stadt in die Kammer. Ein schwerfälliges Fuhrwerk mit riesigen eisenbeschlagenen Rädern, das eine stattliche Anzahl bauchiger Fässer geladen hatte, rumpelte die Gasse entlang. Die Milchverkäufer, Gemüsehändler und wandernden Hausierer priesen mit schrillen Stimmen ihre Waren an, und dazwischen sorgten bewaffnete Reiter für zusätzliches Chaos.

Einer von ihnen hob den Kopf und sah das blasse Gesicht unter der strengen Haube im Fenster. Er warf eine Kußhand zu Marie hinauf, und sie fuhr mit einem Laut des Entsetzens zurück. Noch nie in ihrem Leben hatte man ihr eine solche Aufmerksamkeit gegönnt! Das Gelächter der Bewaffneten mischte sich mit dem Hufgeklapper und dem Wiehern der Pferde. Marie merkte plötzlich, daß sie Hunger und Durst hatte, aber man hatte sie gelehrt, derartige irdische Wünsche hintenan zu stellen. Fasten stärkte die Demut und war gottgefällig.

»Oh ... lieber Himmel, ich könnte ein Pferd verspeisen und einen Brunnen austrinken«, rief in diesem Moment Thérèse de Manchon, die der Lärm endlich auch geweckt hatte.

Sie dehnte sich erst einmal genüßlich, stützte sich dann auf den Unterarm und sah zu Marie hin. »Was meint Ihr, ob es uns gelingt, eine Magd herbeizurufen? Soweit ich mich erinnere, befinden wir uns in einer Herberge und ...«

Marie hatte sich umgedreht, und ihre Freundin unterbrach sich mitten im Satz. »Gütige Mutter Gottes, wenn ich nur halb so schmutzig bin wie Ihr, sollten wir uns zuerst in Menschen zurückverwandeln. Was habt Ihr mit Eurer Haube gemacht? Habt Ihr darauf geschlafen?«

Unwillkürlich faßte Marie nach den traurig herabhängenden Resten des einstmals weißen und gestärkten Leinens, das nun eher grau schimmerte und in sehr merkwürdiger Form ihren Kopf bedeckte.

»So nehmt dieses häßliche Ding endlich ab«, forderte Thérèse und hüpfte mit frischem Elan vom Bett. »Wir müssen sehen, daß wir neue Kleider für Euch finden, und außerdem möchte ich ...«

Ein Klopfen unterbrach sie und als sie schwungvoll die Tür

aufriß, fand sie sich einer schüchternen Magd gegenüber, die nur darauf wartete, ihre zahlreichen Wünsche zu erfüllen. Mit Staunen beobachtete Marie, wie trotz ihres arg ramponierten Aussehens aus der kleinen, ungestümen Thérèse eine hochfahrende Edeldame wurde, die Befehle erteilte, denen erstaunlicherweise unverzüglich gehorcht wurde.

»Es gibt eine Badestube hinten im Hof«, entgegnete die Magd, als die Frage eines mit warmem Wasser gefüllten Zubers auftauchte. »Wenn Ihr wünscht, werde ich das Feuer anheizen und Euch zur Hand gehen. Um diese Zeit seid Ihr dort ganz allein! Bis dahin wird auch der Tuchmacher mit den Gewändern eingetroffen sein.«

Marie blinzelte verwirrt und überließ es ihrer Begleiterin, die Fragen zu stellen. Sie erfuhren, daß die Magd für ihre persönlichen Dienste abgestellt worden war und daß der Seigneur ihr mitgeteilt hatte, daß in Kürze eine Ausstattung für beide Damen geliefert werden würde.

Triumphierend drehte Thérèse sich um. »Sagte ich's nicht, er denkt an alles! Es gibt keinen liebenswürdigeren Ritter als Jacques!«

»Es ist nicht recht, daß auch ich seine Großzügigkeit in Anspruch nehme«, erwiderte Marie ruhig. »Vielleicht könnt Ihr mir helfen, dieses Gewand zu säubern, damit ich es wieder tragen kann. Und wenn man die Haube wäscht . . .«

»Papperlapapp«, schnitt ihr Thérèse das Wort ab. »Diese Fetzen werden verbrannt, sobald Ihr sie abgelegt habt. Ich bin sicher, Ihr werdet in modischen Gewändern hinreißend aussehen.«

Marie hielt es mit der Dame de Manchon, wie sie es mit der Äbtissin gemacht hatte.

Sie widersprach nicht, beschloß aber im stillen, die Dinge so zu tun, wie sie es für richtig fand.

Gegen das Badehaus hatte sie jedoch überhaupt nichts einzuwenden, und so folgte sie ihrer Gefährtin und der Magd nach einem reichlichen Frühstück in die Badestube, die sich als großes Kellergewölbe entpuppte, das vermutlich noch aus den römischen Zeiten der Stadt stammte. Polierte, wenn auch ein wenig gesplitterte Marmorbänke zeugten von ehemaliger Pracht, und eine Reihe leinenausgelegter Zuber kündete davon, daß man sich normalerweise nicht über die mangelnde Anzahl bei den Besuchern der Badestube beklagen konnte.

Madlon, die Magd, hatte das Feuer unter dem großen Wasserkessel angeheizt, und nun warteten zwei Zuber voll warmen Wassers auf die beiden jungen Frauen. Während Thérèse sich höchst ungeniert entkleidete und nackt in das Wasser sank, behielt Marie schamhaft das leinene Untergewand an, das sie über der Haut trug. Sie senkte die Lider, um die Blöße der anderen nicht zu sehen, genoß aber das ungewohnte Gefühl des warmen, angenehm duftenden Wassers.

»Marie! Ich bitte Euch, so zieht doch dieses dumme Hemd aus. Ich möchte wetten, es riecht wie ein ganzer Pferdestall auf einmal. Ihr seid nicht mehr bei den Damen des Waldes, und Ihr dürft mir glauben, daß es keine Sünde ist, sich den Schmutz von der Haut zu waschen. Ihr seid frei, es gibt niemand mehr, der Euch Vorschriften machen kann!«

Thérèses Argumente hatten etwas für sich, und so ließ Marie sich von Madlon helfen, das kritisierte Kleidungsstück auszuziehen. Dann aber sank sie so blitzschnell wieder in den Zuber, daß ihre Freundin nicht viel mehr als den cremefarbenen Schatten zarter Glieder sah. Aber dafür wurde die Frage nach Maries Haarfarbe gelöst. Ein schwerer, bräunlicher Zopf hing dick bis auf die Hüften herab, Haar, dessen schwere Fülle Madlon mit so vielen Eimern Wasser spülen mußte, daß sie zu zählen vergaß, wie viele es im einzelnen waren.

Während das Wasser, mit dem die Magd Maries Haare wusch, durch ein ausgeklügeltes System von Abflüssen im Boden verschwand, färbte sich das Badewasser dunkel, und Marie wollte sich nicht in das vorbereitete, saubere Tuch hüllen, ohne noch einmal mit klarem, reinem Wasser auch die letzten Reste dieser Brühe von sich gespült zu haben.

Sie stand neben dem Abfluß, als Madlon einen schweren Eimer lauwarmen Wassers über ihre Gestalt goß, und das Bild, das sich dem Manne bot, der die Badestube in diesem Moment unerwartet betrat, hätte nicht verführerischer sein können.

Eine Nymphe mit dem rosigen Körper einer vollkommenen Marmorstatue, die sich mit beiden Händen das nasse Haar aus der Stirn strich, so daß die ganze Gestalt in dieser Bewegung gestreckt wurde. Lange, schlanke Beine, die in wohlgerundete Hüften und eine winzige Taille übergingen, schmale Schultern und die verlockende Fülle eines überraschend üppigen Busens.

Erst der Schwall kühler Luft, der von der Tür her wehte, machte die drei Frauen auf den Besucher aufmerksam, und ein dreifacher entrüsteter Aufschrei riß ihn aus seiner Erstarrung und trieb ihn wieder nach draußen. Während sich Marie hastig in das Leinentuch hüllte, Thérèse bis zur Nasenspitze wieder in den Zuber tauchte und Madlon wütend schimpfend den leeren Eimer in Richtung Tür warf, stolperte Le Diable die Stufen zum Hof hinauf.

Dort blieb er ein wenig ratlos stehen, bemerkte nicht einmal die neugierigen Blicke der Pferdeknechte und Mägde, die im ›La Couronne‹ ihrem Dienst nachgingen. Was in Dreiteufelsnamen war das gewesen? Eine Vision? Ein Traum? Ein Spuk? Doch das Verlangen, das ihn bei diesem Anblick überfallen hatte wie ein wildes Tier, war nur allzu wirklich; allzu echt auch der Wunsch, zu erobern und zu besitzen.

War das noch die fromme, kleine Nonne, die zu Keuschheit und Reinheit erzogen worden war? Es schien eine völlig andere, verführerische und sinnliche Frau gewesen zu sein, eine Frau, die er fast schmerzhaft begehrte.

Sowohl Marie als auch Thérèse war indes das Vergnügen an ihrem Bad vergangen. Keine von ihnen hatte die dunkle Gestalt im Gegenlicht erkennen können, aber beide fühlten sich auf vage Art bedroht. Sie drängten sich schutzsuchend aneinander, bis Madlon mit den beiden Bündeln wiederkam, die der Tuchhändler inzwischen abgegeben hatte und die jene Kleider enthielten, die sie tragen sollten, wenn sie zu Königin Marie in den Palast gebracht wurden.

Thérèse hatte eine kurze Nachricht ihres Geliebten erhalten, die ihnen alles erklärte. Er würde am frühen Nachmittag ins ›La Couronne‹ kommen und sie beide abholen. Er bat sie, bis dahin bereit zu sein.

Während Thérèse über die schmucklosen, schlichten Gewänder murrte, strich Marie bewundernd über das fein gewirkte Genter Tuch eines dunkelblauen Kleides, das lediglich mit einem schmalen, elfenbeinfarbenen Spitzenkragen und Manschetten des gleichen Materials geschmückt war. Noch nie hatte sie ein derart prächtiges Kleidungsstück besessen, ganz zu schweigen von dem feinen Leinenhemd, den gewirkten Strümpfen und den passenden Lederschuhen, die sie nur mit ganz wenig Stroh ausstopfen mußte, damit sie ihren zierlichen Füßen paßten.

Madlon half ihr, die Schlaufen und Bänder zu schließen, ehe sie sich Thérèse zuwandte, die wesentlich mehr Zeit benötigte, um in das burgunderrote Samtkleid zu schlüpfen, das ihre dunklen Haare und Augen auf das Vortrefflichste betonte. Sie hätte sich etwas Glanzvolleres gewünscht, um die Königin zu beeindrucken, aber Marie wies sie sanft darauf hin, daß sie als Bittstellerinnen kamen und es deswegen wenig ratsam schien, Reichtum zu zeigen.

»Ihr habt recht«, seufzte die kleine Edeldame und schüttelte die Falten ihres Kleides aus. »Laßt uns in die Kammer gehen und dort unsere Haare trocknen. Es mißfällt mir, hier zu bleiben, wo jeder Bauerntölpel hereinplatzen kann.«

Wenig später saß sie auf einem Hocker am offenen Fenster und betrachtete das Leben unten auf der Gasse, während Marie versuchte, mit dem kostbaren Silberkamm, der sich in Thérèses Bündel befunden hatte, ihr die widerspenstigen schwarzen Locken zu zähmen.

Sie selbst hatte sich lediglich ein Tuch um die nassen Haare gewunden. Später würde sie wieder einen Zopf flechten, so wie sie es immer getan hatte, wenn sie, was selten genug der Fall gewesen war, ihr Haar hatte waschen können. Das Quellwasser, das den Nonnen für ihre Reinlichkeit und Pflege zur Verfügung gestanden hatte, war den größten Teil des Jahres so eiskalt gewesen, daß es alles andere als ein Vergnügen war, es sich über den Kopf zu gießen.

»Das genügt!« Ungeduldig schüttelte Thérèse ihre Mähne und erhob sich. »Und nun setzt Euch, damit ich Eure Haare kämme, Marie. Mit diesem Turban könnt Ihr kaum in den Palast gehen.«

Daran gewöhnt, widerspruchslos zu gehorchen, nahm Marie Platz. Sie schloß die Augen und genoß die gleichmäßigen Bewegungen, mit denen der Kamm durch ihr feuchtes Haar glitt. Es schien unter dieser Behandlung lebendig zu werden und trocknete in dem breiten Streifen Sonnenlicht, der um die Mittagszeit in die Kammer fiel.

Dabei verlor es auch die dunklen Schattierungen, die Thérèse bis dahin über seine wahre Farbe getäuscht hatten. Mit jeder Minute wurde es heller, goldener und feuriger.

»Unfaßbar!« rief sie endlich, gebannt von der sanften, gelockten Pracht, die sich in den rötlichen Goldtönen eines beginnenden Sonnenunterganges über das dunkle Blau des Kleides ergoß und bis zu Maries Hüften hinabreichte.

Ihre eigenen Haare waren schön, aber nichts im Vergleich zu dem seidigen, glänzenden Mantel, der ihre Freundin nun wie der Schein eines wärmenden Feuers umgab.

»Sich vorzustellen, daß Ihr diese Herrlichkeit hättet abschneiden müssen, wenn Ihr den Schleier genommen hättet. Ein Verbrechen!« Sie schüttelte den Kopf.

»Aber es sind doch nur Haare.« Marie lächelte, die Aufregung der anderen nicht ganz begreifend. »Man muß sie flechten, sonst fliegen sie in alle Richtungen. Das ist zu lästig. Wenn man sie nicht bändigt, besitzen sie eigenes Leben.«

»Untersteht Euch!« protestierte Thérèse, doch dann runzelte sie die Stirn.

Sie hatte Marie aus Mitleid und dem Wunsch nach Gesellschaft zur Flucht überredet, sie quasi überrumpelt, nicht jedoch, um neben einem strahlenden Stern zu verblassen. Denn genau dazu entwickelte sich Marie nun, nachdem sie ihre häßliche Klostertracht Stück für Stück abgelegt hatte.

Marie-Inconnue brauchte keine kostbaren Gewänder und keinen gleißenden Schmuck. Ihre klare, ruhige Schönheit erfreute das Gemüt und zwang unwillkürlich zum Lächeln.

»Nun, vielleicht habt Ihr recht,« meinte Thérèse aus ihrer aufkeimenden Eifersucht heraus. »Ich werde sie Euch flechten, damit Ihr sie mit einem züchtigen Schleier bedecken könnt. Es wird der Königin sicher nicht mißfallen, wenn sie sieht, daß Ihr weltlichen Tand und modischen Unsinn ablehnt.«

4. Kapitel

Königin Marie glich ihrer majestätischen Mutter, der Herzogin-Königin Jolande, ungefähr so, wie ein liebenswürdiger, molliger Spatz einem düsteren Falken gleicht. Sie liebte ihren Gatten, dem sie mit treuer Regelmäßigkeit ein Kind nach dem anderen schenkte, und begnügte sich damit, in Bourges einen frommen und äußerst biederen Hofstaat von edlen Damen um sich zu sammeln.

Sie hatte Jeanne d'Arc, die Jungfrau, die in Rouen auf dem Scheiterhaufen gestorben war, verehrt und wahrte ihr ein treues Angedenken, während ihr Gatte das Mädchen, das ihn zu Reims gekrönt hatte, kaum noch erwähnte. Denn Königin Marie war ebenso treu, gläubig und mildtätig, wie ihr Gatte launenhaft und unberechenbar war.

Gleichzeitig hatte sie jedoch eine Schwäche für Liebesgeschichten, und sie betrachtete mit wohlwollenden Blicken das dunkelhaarige Mädchen, das ihr Jacques d'Alespée an diesem Nachmittag zuführte. Sie wußte, daß der Seigneur de Manchon im Ruf stand, erbarmungslos zu sein, und sie wußte auch, daß er bereits vier seiner fünf Töchter an Ehemänner verschachert hatte, die seine Macht und seinen Reichtum mehrten. Väter seiner Art mißfielen ihr heftig.

»Seid uns im Kreise unserer Damen herzlich willkommen,

Dame Thérèse«, sagte sie und machte keinen Hehl aus ihrer Sympathie. »Ihr werdet bei uns eine sichere Heimat finden, bis der Seigneur d'Alespée Euch jene Zukunft bieten kann, die Ihr verdient habt. Wollt Ihr mir nicht auch Eure Begleiterin vorstellen?«

Die Königin hatte der grazilen Gestalt, die hinter der Dame de Manchon in eine tiefe Reverenz versunken reglos verharrte, einen interessierten Blick zugeworfen. Es war ihr nicht entgangen, daß Le Diable persönlich, der kriegerische Seigneur de Chazan, ihr den Arm geliehen hatte, um sie zur Königin zu geleiten. Sie hatte andeutungsweise Gerüchte über das Abenteuer vernommen, das hinter der kleinen Manchon lag, und es sah sowohl d'Alespée und auch ganz besonders dem Seigneur de Chazan ähnlich, nicht einmal den Frieden eines Klosters zu respektieren. Welche Rolle indes diese scheue Fremde spielte, die kaum wagte, den Blick von den Fliesen des Bodens zu heben, hatte ihr noch niemand verraten.

»Man nennt mich Marie-Inconnue, Majestät.« Marie ergriff für sich selbst das Wort, und auch jetzt wieder schlug ihre melodiöse, süße Stimme alle in den Bann. »Die Äbtissin der Damen vom Wald hat mich als Findelkind auf ihrer Schwelle gefunden und aufgezogen.«

»Ihr habt die Gelübde abgelegt?« Die Königin richtete sich entrüstet auf, aber Marie hielt dem strafenden Blick stand.

»Nein. Noch nicht. Man hat es von mir erwartet, gefordert, aber ich konnte es nicht. Nicht einmal um den Preis meiner Sicherheit ...«

Die Königin runzelte die Stirn und winkte der Sprecherin, näher zu treten. »Ihr wollt also keine Nonne werden, Kind? Wie sehen Eure Pläne dann aus?«

»Vielleicht kann ich Eure Dienerin werden, Majestät!« bot Marie mit der ganzen grenzenlosen Unschuld ihres Herzens an. Sie spürte, daß die Königin unglücklich war und litt. Sie trat an das Taburett heran, auf dem die Königin im Kreise ihrer Damen saß, und versank erneut in einen anmutigen Hofknicks.

»Meine Dienerin? Ich bitte Euch, Kind ... was habt Ihr im

Kloster gelernt?« Es hatte den Anschein, als habe die Königin die Dame Manchon in diesem Moment völlig vergessen, so fasziniert war sie von Marie.

»Ich kann schreiben und lesen, sticken, beherrsche alle Arbeiten des Hausstandes und der Küche«, zählte Marie bescheiden auf und vergaß dabei das Wichtigste.

»Und sie hat die schönste Stimme des ganzen Königreichs, Majestät«, fügte Thérèse eifrig hinzu, die diesen Fehler sofort bemerkte.

Königin Marie schmunzelte und erlaubte damit auch ihren Damen ein gedämpftes Lachen. »Mir scheint, Ihr habt eine Freundin, die für Euch in die Schranken tritt, Marie-Inconnue. Seid willkommen in Bourges, ich bin sicher, wir werden für Euch einen Platz in diesem Hause finden, an dem Eure Talente zur Wirkung kommen. Und nun seid bedankt, Seigneurs. Ich nehme an, daß Ihr Wichtigeres zu tun habt, als dem Geplauder meiner Damen zuzuhören.«

Ivo de Chazan und Jacques d'Alespée verneigten sich respektvoll und verließen den Innenhof, in dem die Königin die beiden jungen Frauen empfangen hatte.

Marie sah ihnen unter halb gesenkten Wimpern nach und bekämpfte den plötzlichen Impuls, Le Diable zurückzurufen. Wann würde sie ihn wiedersehen? Er konnte doch nicht so einfach wieder aus ihrem Leben verschwinden? Sie glaubte noch seine Arme unter ihren Fingern zu spüren, als er sie zur Königin geführt hatte. Mit keinem Wort, mit keiner Silbe hatte er zu erkennen gegeben, ob er die Verwandlung, welche die neuen Kleider bewirkten, überhaupt bemerkt hatte.

»Versteht Ihr das Spiel mit der Laute, meine Liebe?« erkundigte sich die Königin in diesem Moment und deutete auf ein Instrument, das in ein Samttuch eingeschlagen auf einer Truhe lag.

Marie nickte und enthüllte vorsichtig das Instrument. Es war aus glänzend poliertem Holz und mit verschlungenen Elfenbeinmustern eingelegt – kein Vergleich zu der bescheidenen Ausführung, auf der sie ihre Kunst gelernt hatte, aber die

Anzahl und Ausrichtung der Saiten war dieselbe. Marie ließ sich auf dem Polster nieder und schlug ein paar vorsichtige Akkorde, um sich mit dem Instrument vertraut zu machen.

Der wunderbare Klang des Instruments beseitigte auch die letzte Nervosität, und Marie stimmte eine fröhliche kleine Ballade an, die zwar das Mißfallen der Mutter Oberin erregt hätte, die aber sowohl bei ihrer Majestät als auch bei ihren Damen auf höchstes Gefallen stieß.

»Bravo!« Sogar die Königin ließ ihre Sticknadel sinken und klatschte in die Hände. »Ihr singt wie eine Nachtigall, meine Liebe. Wie mir scheint, bin ich der Dame de Manchon zu Dank verpflichtet, daß sie Euch mit an meinen Hof gebracht hat.«

Das Wohlwollen der Königin zeigte sich auch an dem großen hellen Gemach, das man Marie im Palast anwies. Staunend betrachtete sie die bezaubernd mit Blumen und Blätterranken bemalten Wände, die geschnitzten Holzbalken und die bunt glasierten Fliesen des Bodens. Ein mächtiges Bett mit prächtigen grünen Samtvorhängen und gedrechselten Pfosten stand in einer Ecke, der breite Kamin war mit steinernem Maßwerk eingefaßt. Gepolsterte Hocker, ein prächtig geschnitzter Stuhl mit Rückenlehne, ein viereckiger Tisch und zwei große, geschnitzte Truhen vervollständigten die Einrichtung. Der Betstuhl war ebensowenig vergessen wie ein Wandtisch mit einem großen Spiegel und einem breiten, gepolsterten Hocker davor.

Sogar in der tiefen Fensternische lagen Kissen, damit die Bewohnerin des Gemachs bequem saß, wenn sie den Ausblick über die Stadt und die Flüsse hinweg, bis weit über das sommerliche Land genoß. Über die Felder, die zum ersten Mal seit vielen Jahren wieder Früchte trugen, und über Gärten und Obstbäume, die auch für den Herbst und den Winter Nahrung versprachen. Es schien, als wolle die Natur die gleiche Hoffnung zeigen, wie die Menschen im ganzen Königreich sie empfanden, seit sich sogar Paris unterworfen hatte.

Beinahe ein wenig verlegen stand Marie inmitten dieses Gemachs und wußte nicht, wohin sie ihre Aufmerksamkeit zuerst richten sollte. Die Dame Henriette de Macy, die ihr dieses

Quartier angewiesen hatte, war längst wieder gegangen und hatte sie sich selbst überlassen.

In ihrer Ratlosigkeit suchte Marie Trost im Gebet, aber noch während sie die Hände über dem geschnitzten Pult faltete, fühlte sie sich von der Schönheit der hölzernen Rosetten und Ranken abgelenkt.

Alles in diesem schönen Kabinett schien an einen Garten zu erinnern, und Marie begriff nicht, was ihr die Ehre verschaffte, so fürstlich untergebracht zu sein. Handelte es sich um einen Irrtum, oder reichte die Güte der Königin so weit?

Sie hätte gerne Thérèse deswegen gefragt, aber sie wußte nicht, wo jene sich befand. Die Freundin war mit einer zweiten Ehrendame verschwunden, vermutlich, um ihre eigene Unterkunft in Augenschein zu nehmen. Marie stand auf, zum ersten Male, seit sie denken konnte, das Gebet fliehend.

Als sie sich dem Fenster zuwandte, erhaschte sie einen Blick auf das Abbild ihrer Gestalt im glänzenden Glas. Gebannt von diesem völlig fremden Anblick blieb sie stehen. Bis jetzt hatte sie sich selbst höchstens einmal flüchtig im sonnenbeschienenen Wasser oder dem spiegelnden Boden eines blankpolierten Kupfertopfes gesehen, nie jedoch in solcher Klarheit wie in diesem Glas.

Sie kam sich selbst wie eine Fremde vor. Wer war dieses Mädchen im dunkelblauen Gewand, das ihr aus großen, hellen Augen entgegensah? Das den Kopf stolz erhoben hielt und das zierliche Kinn vorgereckt? Marie, die Unbekannte? Marie-Ange, der Engel, wie Le Diable sie spöttisch genannt hatte? Marie, die Sängerin der Königin?

»Ein Königreich für Eure Gedanken, fromme Marie-Ange!« sagte in diesem Moment eine rauhe Stimme von der Tür her, und sie fuhr mit einem leisen Laut des Erschreckens herum. Le Diable stand in der offenen Pforte und musterte sie aus seinen glühenden schwarzen Augen.

»Ich ... ich habe nicht gehört, daß Ihr um Einlaß gebeten hättet«, sagte sie mit einem Anflug von Tadel in der Stimme, der ihr selbst nicht bewußt war.

»Vielleicht habt Ihr es in Eurem Gebet vor dem Götzen Spiegel überhört, meine Schöne«, spottete er, schloß die Tür und kam dann unaufhaltsam auf sie zu. »Solltet Ihr gerade dabei sein, die weibliche Eitelkeit in Eurem andächtigen Herzen zu entdecken?«

»Meine Ohren sind ausgezeichnet«, entgegnete sie ruhig, obwohl ihr Herz so raste, daß sie fürchtete, keinen Atem mehr zu bekommen. »Seid Ihr nur nachlässig, oder denkt Ihr, daß mir keine Höflichkeit gebührt, Seigneur?«

»Ihr habt nicht nur eine melodische Stimme, sondern auch eine höchst spitze Zunge, *ma petite*!« erhielt sie zur Antwort, dann sah ihr Besucher sich kurz um. Es schien ihr fast, als prüfe er, ob alles zu seiner Zufriedenheit sei. »Fühlt Ihr Euch wohl?« fügte er dann, überraschenderweise, hinzu.

»Aber natürlich.« Verwundert sah sie ihn an, einmal mehr gefangen von der Anziehungskraft, die er auf sie ausübte. »Die Königin ist äußerst gnädig zu mir gewesen, und ich weiß nicht, wie ich ihr jemals für all diese Wohltaten danken soll.«

»Es ist die Pflicht der Reichen und Mächtigen, den Armen und Schwachen zu helfen, habt Ihr das nicht gewußt, *petite* ...«

Sie standen jetzt so nahe voreinander, daß Maries Rocksäume seine schwarzen Stiefel streiften, und sie konnte das schwache Aroma aus Leder, Holzrauch und Harzen riechen, das ihn umgab, als habe er zu lange neben einem Lagerfeuer gesessen.

»Du bist schön, kleine Marie-Ange«, meinte er unvermittelt und entfernte flink das bestickte Band, das den Schleier über ihren Haaren hielt. »Rot!« murmelte er überrascht und berührte die festgesteckten Flechten mit den Fingerspitzen. »Eine weitere Überraschung.«

Das Blut schien plötzlich schneller durch Maries Adern zu rauschen, und eine Woge der unterschiedlichsten Gefühle überflutete sie. Sie war unfähig, der Hand Einhalt zu gebieten, die eine Nadel nach der anderen aus ihren Haaren zog und schließlich mit aufreizender Geschicklichkeit die Flechten löste, bis sich die offenen Locken wie ein Mantel aus Licht und Feuer um sie bauschten.

Sie konnte sich nicht rühren. Sie stand einfach da, den Kopf, der für die Masse dieser Haare viel zu schmal zu sein schien, ein wenig nach hinten geneigt, damit sie besser in das harte, kantige Kriegergesicht sehen konnte. Jenes Antlitz, das sie nicht müde wurde zu betrachten, das seine eigene Anziehungskraft hatte, gegen die die glatte Schönheit des Seigneur d'Alespée völlig unbedeutend wirkte.

Le Diable war von der Sonne tief gebräunt, und auf den Wangen und um das Kinn tönten die Schatten des nachwachsenden Bartes die Haut noch dunkler. Maries Blick glitt unwillkürlich zu seinem schöngeschwungenen Mund, zu diesem spöttischen sinnlichen Mund, der sie so anzog.

»Was bist du, meine Schöne?« raunte er heiser. »Engel oder Hexe? Gebet oder Sünde? Trost oder Versuchung?«

»Findet es heraus«, hörte sich Marie zu ihrer eigenen Verwunderung antworten.

»Ist das nicht ein zu gefährliches Spiel für eine fromme Dame?« spottete er, und ehe sie reagieren konnte, lag sie schon in seinen Armen.

Sie erstarrte, als sie den festen Männerkörper so nah an ihrem Leib spürte, die Wärme, die von ihm ausging. Ihr Atem ging schwer und heftig.

»Laßt mich«, flüsterte sie, erschreckt von den eigenen wilden Gefühlen und noch mehr von jenen, die sie so deutlich in Le Diable spürte. »Ich bitte Euch, laßt mich!«

»Dazu ist es zu spät, mein Engel!« antwortete er rauh und senkte seine Lippen auf die ihren.

Erstarrt duldete Marie die Berührung, die so ganz anders war als die wenigen kühlen, in die Luft gehauchten Küsse, die sie von ihrer frommen Ziehmutter manchmal erhalten hatte.

Le Diable war nicht kühl, nicht distanziert und nicht fern. Seine Lippen fühlten sich seidig und unerwartet weich, aber auch heiß und drängend an. Er eroberte ihren Mund mit der Gründlichkeit eines Feldherrn, der sein Territorium kennenlernen möchte. Es kam ihm nicht in den Sinn, daß sie halb ohnmächtig um Luft ringen könnte und nur deshalb so hingegeben in seinem Arm ruhte, weil sie ohne diesen Halt zu Boden gesunken wäre.

Marie war dem leidenschaftlichen Ansturm machtlos ausgeliefert. Sein Kuß zeichnete und verbrannte sie. Die starken, sehnigen Hände, die ihre Taille umspannten und nach oben glitten, um ihre üppigen Brüste zu berühren, weckten eine seltsame Sehnsucht in ihr. Sie schluchzte unwillkürlich auf, als sie spürte, wie ihr Körper weich und nachgiebig wurde und nach etwas zu verlangen schien, von dem sie nicht einmal ahnte, was es war.

Ihr Aufschluchzen brachte Le Diable schlagartig in die Wirklichkeit zurück, und nun erst sah er die Tränen, die über die blassen Wangen der jungen Frau liefen, die ihn verstört, aber auch voller Sehnsucht anschaute.

»Zum Henker«, fluchte er und drückte sie unwirsch in den großen gepolsterten Sessel. Dann sah er sich um und entdeckte auf einer der Truhen ein Tablett mit einer Karaffe Wein und mehreren Gläsern. Er schenkte Wein in eines und reichte es Marie.

»Hier trinkt, *petite,* und beruhigt Euch. Ich bin ein grober Kerl, aber ich bin kein Landsknecht, der eine Nonne vergewaltigt. Verzeiht, ich weiß nicht, was in mich gefahren ist. Ich habe Euch nicht aufgesucht, um Euch weh zu tun, ich wollte Euch beruhigen . . .«

In kleinen Schlucken trank Marie von dem kühlen frischen Wein von der Loire und bemerkte plötzlich zu ihrem nicht gelinden Erstaunen, daß ihr Kleid geöffnet war. Auch das Band des dünnen Hemdes, das sie darunter trug, hing gelöst über den Stoff, und ihre Brüste waren bis zu den rosigen Spitzen entblößt. Sie hatte nicht gespürt, daß er sich an ihrer Kleidung zu schaffen gemacht hatte, und sie zerrte hastig mit der freien Hand den Stoff höher. Sanfte Röte stieg ihr in die Wangen, und verlegen trank sie den Wein aus, den er ihr gereicht hatte.

»Wie Ihr seht, birgt das Leben bei Hofe seine Gefahren«, sagte er lakonisch, und jeder andere hätte ihn für völlig beherrscht und gelassen gehalten.

Marie hingegen spürte den Vulkan unter der Oberfläche, die

mühsam beherrschten Wünsche, das gewaltsam zurückgehaltene Feuer.

»Ich war eigentlich gekommen, Euch davor zu warnen. Es kann sein, daß die Dame de Manchon nicht die richtige Person ist, Euch zu schützen oder zu helfen. Und so ... Zum Henker, es liegt mir nicht, gedrechselte Phrasen zu dreschen, *petite*. Was ich sagen will ist, nehmt meine Hilfe in Anspruch, wenn Ihr sie benötigt. Ich habe dafür gesorgt, daß Ihr vernünftig versorgt seid. Sagt Eurer Kammerfrau, daß sie mir einen Boten schicken soll, wenn es erforderlich ist.«

Maries Atem hatte sich langsam wieder beruhigt, und sie gab den Kampf mit den Haken und Ösen ihres Gewandes auf. Eine innere Stimme sagte ihr, daß er schon einmal mehr von ihr gesehen hatte als nur ihre Brüste wie heute. Er mußte der Mann im Badehaus gewesen sein. Der Fremde, der sie überrascht hatte, als sie nackt aus dem Zuber gestiegen war. Doch sie behielt ihr Wissen für sich und wandte ihren Verstand dem Wesentlichen zu.

»Ich habe keine Kammerfrau ...«

»O doch, Ihr habt. Sie wird Euch eine gehorsame Dienerin sein, Ihr könnt ihr vertrauen. Sie wird auch dafür sorgen, daß Ihr all diesen Plunder und jene modischen Torheiten zur Verfügung habt, die für die Damen bei Hofe unverzichtbar sind. Es soll nicht so aussehen, als wäret Ihr weniger als die Dame de Manchon.«

Seine Worte ließen nur einen Schluß zu. »Ihr habt das veranlaßt? Warum tut ihr das für mich? Es ist nicht nötig, daß Ihr mir Almosen zukommen laßt?«

»Almosen?« Le Diable gab einen Laut des Unmutes von sich. Marie merkte, daß er sich amüsierte, auch wenn sie nicht ahnte, worüber. Doch auch in ihrer Naivität und Weltfremdheit wußte sie, daß es ungewöhnlich war, daß er ihr eine solche Protektion und einen solchen Schutz angedeihen ließ.

Doch was hatte sie für eine Wahl?

Und was hatte es für einen Sinn, gegen etwas anzukämpfen, was sie von Anfang an als gegeben hingenommen hatte? Sie gehörte Le Diable, sie wußte es, auch wenn es ihm selbst vielleicht noch nicht bewußt war.

»Betrachtet es als Buße für meine zahllosen Sünden«, spottete er, als sie weiterhin schwieg. »Sagt nicht die Bibel, daß wir unseren Nächsten Gutes tun sollen, wenn wir uns einen Anspruch auf das Paradies sichern wollen?«

»Gott ist kein Kaufmann, der nach Haben und Soll urteilt«, erwiderte sie und überraschte ihn mit dieser Antwort. »Ihr lästert, Seigneur.«

»Ihr werdet noch merken, daß das meine übliche Art mich auszudrücken ist, petite!« entgegnete er zynisch. »Und nun seid Eurem himmlischen Herrn befohlen. Ich verlasse Bourges, und Ihr werdet fürs erste von meiner unliebsamen Gegenwart befreit sein.«

Er war schon an der Tür, als ihn ihre samtweiche Stimme anhielt. »Wohin geht Ihr?«

»Nach Chinon zum König«, antwortete er und warf einen düsteren Blick auf die zierliche Gestalt, deren Haare in dem Sonnenlicht, das durch das Fenster hereinfiel, wie lebendige Flammen wirkten.

»Ich gehöre zu seinen Rittern«, fuhr er fort. »Meine Aufgabe ist der Kampf und nicht das Entführen von widerspenstigen Jungfern aus einsamen Klöstern.«

»Ihr habt getan, was Ihr tun mußtet«, entgegnete Marie rätselhaft. »Niemand von uns kann gegen sein Schicksal an. Reitet mit Gott und seid bedankt für alles. Ich werde Euch in meine Gebete einschließen.«

Le Diable zerbiß einen Fluch zwischen den Zähnen und stürmte hinaus, als habe sie ihn beschuldigt, jener Rüpel zu sein, als der er sich aufgeführt hatte. Warum in Dreiteufelsnamen hatte er zugestimmt, dieses Geschöpf aus seinem Kloster zu verschleppen? Warum hatte er dieser Dummheit die Krone aufgesetzt, indem er Marie mit den nötigen Mitteln versah, bei Hofe das Leben einer Dame von Stand zu führen? Nicht für eine einzige der freizügigen Damen, die sein Bett geteilt hatten, hatte er dies je getan. Weshalb also ausgerechnet für eine davongelaufene Nonne? Marie, die eine Hand auf ihren Busen legte, spürte das Rasen ihres eigenen Herzens. Sie hatte Angst. Nicht so sehr vor Le Diable, sondern vor sich selbst und ihren eigenartigen Reaktionen.

Sie hatte in dem spiegelnden Glas gesehen, daß ihr Aussehen völlig verändert war, aber nun hatte sie das Gefühl, daß auch ihr ganzes Wesen anders geworden war.

5. Kapitel

Im Grunde unterschied sich das Leben am königlichen Hof in Bourges nicht gewaltig von jenem, das Marie im Kloster geführt hatte. Königin Marie war sehr religiös, und sie begann ihre Tage stets mit einer endlosen Messe und beendete sie im andächtigen Gebet. Dazwischen lagen unendliche Stunden, die über Stickereien verbracht wurden oder in denen man sich um die Dinge des Haushaltes kümmern mußte und deren Aufregungen sich darin erschöpften, ob der Verbrauch der Kerzen gestiegen war oder nicht.

Thérèse de Manchon brauchte keinen Monat, um sich von ganzem Herzen zu langweilen, denn ihr Liebster war mit Le Diable zum König geeilt, und außer kurzen Botschaften hörte sie wenig Neues von ihm. Wie es hieß, residierte König Charles augenblicklich in Sens, und wann er nach Bourges zurückkehren würde, stand in den Sternen. Er verbrachte seine Zeit in diplomatischen Scharmützeln mit Herzog Philippe von Burgund und – wie man hinter vorgehaltener Hand flüsterte – in den Armen der bezaubernden Agnès Sorel.

Mit Sicherheit war Königin Marie keine Schönheit, und die zahllosen Schwangerschaften, immer wieder gefolgt vom vergeblichen, verzweifelten Kampf um das Leben der schwachen Säuglinge, hatten nicht dazu beigetragen, ihre Jugend zu erhalten, aber Marie verstand trotzdem nicht, wieso seine Majestät seine Gemahlin derart vernachlässigte. Thérèse de Manchon war die einzige, die sie danach zu fragen wagte, als sie an diesem Nachmittag gemeinsam den Befehl der Königin erfüllten und sich damit beschäftigten, die schweren Gewänder der hohen Frau zu lüften und auf Motten zu kontrollieren, ehe sie wieder in die großen Truhen gepackt wurden.

Eine anstrengende Arbeit, um die sich die anderen Damen gedrückt hatten, denn der Kampfer, der zwischen den Stoffbahnen lag, reizte die Lungen, und der Staub brachte einen ständig zum Niesen.

»Die Dame Sorel soll den schönsten Busen des Königreiches besitzen.« Thérèse wiederholte den übelwollenden Klatsch, den sie vernommen hatte. »Sie war Ehrendame der Herzogin von Lothringen, als sie an den Hof kam. Sie blieb, als die Herzogin weiterreiste, und seitdem ist der König Wachs in ihren Händen. Denkt Euch nur, Marie, den König zu beherrschen ...«

»Ich denke eher, daß es nicht sehr sittsam ist, bei einem verheirateten Manne zu liegen«, bemerkte Marie und setzte ein Niesen hinter diese Kritik, als sie eine Wolke von Staub aus einem schweren, pelzgefütterten Umhang schüttelte. »Das Sakrament der Ehe ist heilig. Das sollte sich auch bis an den Hof der Dame von Lothringen herumgesprochen haben.«

»Pah!« Thérèse rümpfte abfällig die hübsche kleine Nase. »Manchmal höre ich die Mutter Äbtissin in Euch sprechen, Marie. Ihr seid nicht mehr im Kloster, auch wenn hier pausenlos gebetet wird und sich Eure frommen Lieder allgemeiner Beliebtheit erfreuen. Hört auf, dieses Ding zu schütteln, und packt es wieder in die Truhe. Man könnte meinen, die Königin hätte den Mantel bei einem Ritt durch die Wüste getragen ...«

Marie lachte hell auf. »Was wißt Ihr schon von der Wüste?«

»Sicher nicht so viel wie Ihr«, meinte Thérèse beleidigt. »Bei dieser maurischen Kammerfrau, die Ihr da habt und die mich jedes Mal zu Tode erschreckt, wenn sie mir über den Weg läuft! Es sieht Le Diable ähnlich, Euch mit Dienstboten zu versehen, die ebenso häßlich und fremd sind wie er selbst ...«

Marie ließ den kritisierten Umhang aus schwerem braunem,

gerissenen Samt sinken und runzelte die Stirn. Der spitz zulaufende hellgrüne Mennin, von dessen oberstem Ende ein zarter gleichfarbener Schleier bis zur Taille der ebenfalls grünen Atlasrobe wallte, betonte die Reinheit ihrer Züge und das Leuchten ihrer grünen Augen.

»Ihr ängstigt Euch vor Fatma? Welch ein Unsinn, sie ist die Güte in Person. Ihr urteilt nach dummen Äußerlichkeiten, Thérèse! Und der Seigneur de Chazan ist weder häßlich noch fremd.«

Die Dame de Manchon machte sich ohnehin so ihre Gedanken über die verblüffende Großzügigkeit, mit der Ivo de Chazan ihre Gefährtin unterhielt. Man hätte auf bestimmte, sehr eindeutige Gedanken kommen können, wäre der Seigneur de Chazan wie Jacques d'Alespée seit Wochen nicht mehr in Bourges gewesen. Daß Chazan es auf Bitten der Königin getan hatte, mochte sie nicht glauben, wenngleich es der Tratsch behauptete.

»Man sagt, sie sei die Amme Le Diables gewesen«, platzte Thérèse heraus. »Sie sei als halbes Kind mit aus dem Morgenland gekommen, wo Chazans Vater vor Jerusalem gegen die Heiden kämpfte. Ihre Herrin, eine Sarazenin, starb bei der Geburt des einzigen Sohnes. Im Grunde ist Le Diable ein halber Heide! Weshalb seine Majestät ihn wie einen Edelmann behandelt, ist mir ein Rätsel. Sein Reichtum kann über den entscheidenden Makel seiner Geburt nicht hinwegtäuschen.«

»Ihr redet Unsinn«, wies Marie die Freundin energisch zurecht. »Wenn der Seigneur de Chazan den Namen seines Vaters trägt, dann müssen seine Eltern verheiratet gewesen sein, und wenn Ihre Ehe vom König anerkannt wurde, dann muß sie in einer christlichen Kirche geschlossen worden sein. Le Diable mag zwar einen teuflischen Charakter haben, aber dennoch ist er Untertan des Königs von Frankreich und getaufter Christ.«

Die Logik dieser Argumente wischte die junge Edeldame mit einer Handbewegung einfach fort. Sie neigte ohnehin zu Vorurteilen, und daß Le Diable sie auf ihrer Flucht wie ein Kind und nicht wie eine Dame behandelt hatte, trug nicht dazu bei, daß sie ihn in besserem Lichte sah.

»Seid vorsichtig, Marie!« raunte sie und sah sich in der Kleiderkammer um, als befürchte sie einen heimlichen Lauscher. »Wenn Ihr durch die Gnade der Königin einen Gatten finden wollt, dann solltet Ihr darauf achten, nicht zu eng mit Le Diable in Verbindung gebracht zu werden. Sein Ruf ist so abscheulich wie sein Benehmen. Er ist kein Seigneur, mit dem eine Dame sich einlassen darf.«

Marie ersparte sich die ohnehin sinnlose Antwort. Sie tat lieber ihre Arbeit. Von Kind auf daran gewöhnt, jede Minute des Tages zu nutzen und niemals müßig zu träumen, fand sie ohnehin, daß ihr Leben am Hofe von Bourges sich in erster Linie durch Bequemlichkeit und Müßiggang auszeichnete.

Wie fast jeden Nachmittag saß sie mit ihrer Laute in einer Fensternische in den Gemächern der Königin, mit keiner anderen Aufgabe, als zu singen oder Musik zu machen.

Marie hatte entdeckt, daß es neben den frommen Chorälen eine ganze Reihe schöner Balladen und Lieder gab, und es bereitete ihr Vergnügen, ihre neue Herrin mit jenen Liebesliedern zu erfreuen, denen sie mit soviel Hingabe lauschte. Unwillkürlich fragte sie sich heute dabei, ob auch die junge Maˆitresse seiner Majestät diese Lieder sang und was eine Frau fühlen mochte, die für immer alle Ehrbarkeit und Moral aufgegeben hatte. War Agnès Sorel glücklich? Bot ihr die Liebe des Königs Entschädigung für Ehre, Respekt und einen guten Ruf?

Obwohl Marie das schlichte Chanson voller Hingabe sang, war sie mit ihren Gedanken nicht bei den edlen Damen, die ihrer Königin Gesellschaft leisteten und gemeinsam mit ihr an einer großen Altardecke für die Kathedrale von Saint Etienne arbeiteten. Die Worte voller romantischer Liebe und sehnsüchtiger Hingabe zauberten den kantigen Umriß der Gestalt eines schwarzen Kriegers vor ihr inneres Auge. Sie riefen die Erinnerung an die verhängnisvolle Schwäche wach, die sie in seinen Armen empfunden hatte. An ihre eigene schamlose Hingabe, die süße Sehnsucht, die sie erfüllt hatte.

Und sie erinnerten sie an all die Nächte, in denen sie schlaflos in ihrem riesigen Bett lag und, von einer seltsamen Unruhe berührt, nicht schlafen konnte. In denen sie mit rasendem Herzen an die kühnen Zärtlichkeiten und Küsse dachte, die ihr zu Bewußtsein gebracht hatten, daß ihr Körper sich mehr wünschte, als auf den Knien zu liegen und Buße zu tun. Stunden, in denen ihr Herz voll heißer Sehnsucht pochte und sie darüber nachdachte, was ihr die Zukunft wohl bringen mochte. Doch sie wußte nur, daß die Dinge ihren Lauf nehmen mußten.

»Majestät, Madame, ein Bote ...«

Marie unterbrach ihren Gesang und ließ die Laute sinken. Der staubbedeckte Ritter, der auf den schwarz-weißen Bodenfliesen vor Königin Marie kniete, war offensichtlich eine weite Strecke in vollem Galopp geritten, und seine Botschaft scheuchte den friedlichen Hofstaat auf wie ein Fuchs den Hühnerstall. Der König kam! Der König kam mit allen seinen Männern, Ratgebern und Kriegern nach Bourges, um das Sonnwendfest mit seiner Gemahlin zu feiern!

Innerhalb kürzester Zeit summte der Palast vor emsiger Betriebsamkeit, und Marie eilte hinter der verkniffenen Dame de Saint Pol her, welche sie wie eine Magd in alle vier Himmelsrichtungen zugleich entsandte und nie mit etwas zufrieden war. Königin Marie hatte sie dieser ältlichen Hofdame zur Seite gegeben, ohne zu ahnen, daß zwischen den beiden ungleichen Frauen so etwas wie eine Feindschaft auf den ersten Blick existiert hatte.

Die hagere Dame mit dem langen, scharfen Gesicht und der giftigen Zunge gehörte zu den Vertrauten der Königin. Über ihren Gatten sprach niemand, er hatte sich offensichtlich das Mißfallen seiner Majestät zugezogen und trat nicht bei Hofe auf. Dame Angèle konzentrierte alles, was sie an menschlichen Gefühlen aufbrachte, auf die Königin und ihren Sohn Gilles de Saint Pol.

Marie hatte den dicklichen jungen Edelmann mit den verweichlichten Zügen kurz nach ihrer Aufnahme bei Hofe kennengelernt und bemühte sich seitdem nach besten Kräften, ihm aus dem Wege zu gehen. Er hielt sich für einen blendenden Kavalier und wurde nicht müde, die eigenen Vorzüge zu rühmen, wenn man die Dummheit beging, sich auf ein Gespräch mit ihm einzulassen.

Marie hatte es aus ahnungsloser Freundlichkeit anfangs getan, und nun folgte er ihr, wann immer er sie sah, mit der Anbetung eines jungen Hündchens, das um ein wenig Liebe bettelt. Sie wußte, daß es diese Zuneigung war, die Angèle de Saint Pol eifersüchtig machte, obwohl sie, Marie, wahrhaftig keinen Wert auf die Freundschaft des aufdringlichen Edelmannes legte.

Hinzu kam, daß die Dame der Meinung war, daß eine durchgebrannte Nonne weit unter ihrem kostbaren, einzigen Kind stand und im Grunde nicht einmal die Güte ihrer Majestät verdiente. Daß Marie auch heute nicht gegen ihre Ungerechtigkeiten protestierte, sondern sich redlich bemühte, ihr ständig zu Diensten zu sein, verstärkte nur ihren Zorn. So sehr sie nach Fehlern suchte, die sie der jungen Frau vorwerfen konnte, sie fand keine. Maries Sanftmut, ihr Gehorsam, ihre Freundlichkeit weckten unangenehme Erinnerungen in Dame Angèle.

Schon einmal hatte sie erbittert eine junge Frau gehaßt, die ihr nur mit Herzensgüte und Freundlichkeit begegnet war. Marie erinnerte sie an ihre Schwägerin Melisande de Guînes, obwohl sie nicht sagen konnte, worin diese Ähnlichkeit genau bestand. Vielleicht war es die Stimme, diese süße, fröhliche Art, die Dinge beim Namen zu nennen und damit jedermann vom einfachsten Knecht bis hin zur Königin zu bezaubern. Melisande war ums Leben gekommen, nachdem die englischen Soldaten die Burg von Mesnières nach der Schlacht von Azincourt verwüstet hatten. Ein schrecklicher Tod, aber einer, der Angèle mit Erleichterung erfüllt hatte, was immer ihr verstorbener Gatte damit auch zu tun gehabt haben mochte.

Angèle de Saint Pol bekreuzigte sich hastig, denn es war besser, die Gespenster der Vergangenheit ruhen zu lassen. Marie bemerkte die Geste aus den Augenwinkeln und fragte sich, für welche Sünde die Dame wohl Abbitte leistete, denn daß ihre

Gedanken keine angenehmen waren, bewiesen der verkniffene Mund und die schmalen, bösen Augen. Dame Angèle tat ihr leid, obwohl Marie keinen Grund hatte, ihr freundlich gesinnt zu sein.

Ihre befremdliche Fähigkeit, hinter die Masken der Menschen zu sehen, ermöglichte es ihr zu erkennen, daß die Dame Zeit ihres Lebens unter ihrer eigenen, unschönen Erscheinung gelitten hatte und nur die Angst, verletzt zu werden, sie zum Angriff auf alle anderen trieb. Aber dennoch war sie eine loyale und tüchtige Dienerin der Majestäten, und niemand fand etwas an ihren Befehlen für Küche und Vorratslager auszusetzen. Im Gegenteil, als sich der Hof nach einer lärmenden, chaotischen Ankunft am späten Abend im Schein von Hunderten von Kerzen zu Tisch setzte, bogen sich die Schragentische unter den Köstlichkeiten, die in kürzester Zeit herbeigezaubert worden waren.

Marie hatte noch nie einen derartigen Überfluß gesehen, geschweige denn eine so unvorstellbare Anzahl von Menschen, die sich an dieselbe Tafel setzte. Ein querstehender Tisch am Kopfende des Saales überragte alle anderen. Dort saßen vor dem Hintergrund leuchtender Wandbehänge und bestickter Bilder der König, seine Gemahlin und die höchsten Würdenträger des Reiches. Rechts und links neben dem Eingang standen zwei Tranchiertische, wo die Küchenmeister mit gefährlich wirkenden Messern Wildbret und Geflügel tranchierten, während Scharen von Dienern die Ragouts, Suppen, Gemüse und Beilagen herbeischleppten.

Im Schein der Kerzen, Fackeln und Leuchter funkelten die Juwelen, Goldstickereien und kostbaren Gewänder der Gäste wie die Sonnenstrahlen, wenn sie durch die bunten Glasfenster von Saint Etienne fielen. Fatma hatte Marie in das prächtigste Gewand gehüllt, das die so wunderbar gefüllten Truhen in ihrem Gemach enthielten. Marie konnte es sich nicht versagen, immer wieder vorsichtig über den seidigen Samt zu streichen, der einen seltenen tiefen Braunton besaß und in dem je nach Lichteinfall goldfarbene Reflexe schimmerten.

Sie trug das tunikaartige, schlichte Samtüberkleid über einem cremefarbenen Seidenhemd, dessen bauschige, mit zarten Goldblüten bestickte Ärmel durch die geschlitzten Samtärmel blitzten und dessen breiter goldener Saum über ihren Fußspitzen sichtbar wurde, weil der Überrock sich vorne zwei Handbreit über den Boden hob. Dafür endete er hinten in einer kleinen Schleppe. Das Oberteil ließ die weißen Schultern frei und sank in einem V-Ausschnitt auf einen breiten goldenen Gürtel, der die Robe unterhalb ihrer Brüste hielt.

Fatma hatte gegen Maries Protest den Ausschnitt des Untergewandes herabgezogen, so daß lediglich eine schmale goldene Borte um den dunklen Stoff lief. Ein Rahmen, der die Blicke auf ihre Haut lenkte und deren Blöße von keinem Schmuckstück gemildert wurde. Trotzdem galt die Aufmerksamkeit nicht zuerst der lieblichen Wölbung ihres Busens, sondern Maries offenfallenden Haaren, die nur von einem schmalen goldenen Reif um die Stirn gehalten wurden, in dessen Mitte ein Smaragd mit ihren grüngoldenen Augen um die Wette leuchtete.

Es gab mit Sicherheit kostbarer gekleidete und reicher geschmückte Damen im Saal, aber keine, die durch die Zusammenstellung ihrer Farben spektakulärer und auffälliger gewirkt hätte. Marie saß unter den ledigen Hofdamen der Königin, und Charles selbst wählte die Edelleute aus, mit denen diese Jungfern ihre Teller teilen sollten. Ob es allerdings mit rechten Dingen zuging, daß sich Le Diable an ihrer Seite niederließ, vermochte Marie nicht zu beurteilen.

Sie senkte züchtig die Lider und erwiderte seinen formvollendeten Gruß in höfisch korrekter Art. Auch zu diesem Fest trug er Schwarz. Allerdings nicht Leder, sondern Samt und schwere Seide, und zwischen den Falten blitzten goldene Knöpfe. Marie erkannte jenen speziellen, männlichherben Duft aus Rauch und Leder wieder, der ihn auch hier umgab und der zu ihm zu gehören schien wie das spöttische Funkeln seiner nachtschwarzen Augen.

»Ihr seht mich entzückt, Marie-Ange«, raunte er mit seiner heiseren Stimme und führte ihre kühle, zitternde Hand an die

Lippen. Diese leichte, fast nur gehauchte Berührung jagte einen Schauder der Erregung durch ihren Körper, und unwillkürlich atmete sie schneller. »Die unscheinbare dunkle Raupe, die mir in einem klösterlichen Obstgarten vor die Füße gefallen ist, hat sich in einen schillernden Schmetterling verwandelt. Gestattet mir, Euch zu sagen, daß Ihr die Schönste in diesem Saal seid.«

»Ihr spottet«, murmelte sie befangen, während er den juwelenverzierten Becher füllen ließ, der für sie beide bereitstand. »Für die Kleidung seid Ihr verantwortlich, und Ihr solltet wissen, daß man Fatma mit keiner Gewalt der Erde oder des Himmels zurückhalten kann, das zu tun, was sie für richtig erachtet.«

Den Kampf mit ihrer schweigsamen, kunstfertigen Kammerfrau hatte Marie bereits nach wenigen Tagen aufgegeben, und Le Diables Grinsen bewies ihr, daß er genau damit gerechnet hatte. »Plagt sie Euch?«

»Sie quält mich und verwöhnt mich zugleich«, erwiderte Marie ehrlich. »Stimmt es, daß sie Eure Amme gewesen ist?«

Für einen kurzen Moment hatte sie den Eindruck, daß er es leugnen wollte, dann senkte er den Kopf. »Das ist lange her. Hier, trinkt, der König möchte fröhliche Gesichter um sich sehen.«

Marie nippte an dem Becher, der vom kühlen Wein beschlagen war und auf dem sich deshalb die Male der kräftigen Finger abzeichneten, die ihn eben gehalten hatten. Sie sah zum Kopfende der Tafel hin, wo Königin Marie soeben ihrem Gatten den großen Pokal reichte. Noch nie hatte sie im ruhigen, eher bäuerlichen Antlitz der Monarchin eine solche Anbetung und Liebe gesehen.

So liebte sie also tatsächlich diesen wetterwendischen und schwachen Monarchen, der seine Anhänger verriet und dem Scheiterhaufen preisgab. Obwohl sie die Jungfrau verehrt hatte, machte sie ihm keine Vorwürfe. Welch seltsames Ding die Liebe doch war, wenn sie alle Proportionen derartig verzerrte:

»Eßt, schöne Dame! Ihr seht aus, als könntet Ihr durchaus ein wenig Nahrung vertragen ...« Die Stimme des Seigneurs de

Chazan riß sie aus ihren Grübeleien. Er reichte ihr das Messer mit einem Stück safttropfendem Braten, und Marie mußte sich zu ihm beugen, so daß er einen ungehinderten Blick in jenen herausfordernden Ausschnitt genießen konnte. Weshalb der Seigneur danach nach dem Becher griff und ihn wie ein Verdurstender in einem Zug hinabstürzte, konnte Marie indes nicht begreifen.

Sie teilten ein eigenartiges Mahl miteinander. Marie aß sehr wenig, weil sie sich immer noch nicht an die üppigen Mahlzeiten im Palast gewöhnt hatte, und Le Diable hielt sich in erster Linie an den Wein, der in reichen Mengen ausgeschenkt wurde. Er saß stumm und mahnend neben ihr, und wenn er einmal etwas von sich gab, dann troffen seine Worte vor Sarkasmus. Wie zum Beispiel, als er über Thérèse sprach.

»Monsieur de Manchon ist wutschnaubend in Sens aufgetaucht und hat Wiedergutmachung für die zerstörte Ehre seiner jüngsten Tochter gefordert. Dummerweise hat er dabei ein paar herbe Worte über junge Damen verloren, die ohne das Sakrament der Ehe ihre Tugend verloren haben, und das hat seine Majestät verständlicherweise erbost.«

»Und?« Marie hob die Augen zu dem spöttischen Gesicht und unterdrückte den närrischen Impuls, die scharfen Falten zu berühren, die sich von den Nasenflügeln zu den Mundwinkeln zogen. »Ihr wißt, daß ich auch den Rest der Geschichte hören möchte, warum spannt Ihr mich auf die Folter? Bereitet Euch das Vergnügen?«

Die glühenden dunklen Augen verengten sich unmerklich, und ein weiterer Becher Wein folgte den vielen anderen.

»Nun, unser König kam zu der Einsicht, daß der Seigneur de Manchon ohnehin über zuviel Einfluß und Besitz verfügt. Er nahm ihm die Domäne von Méru und gab sie als Lehen an seinen verdienten Krieger Jacques d'Alespée. Wir werden also in Kürze eine Hochzeit feiern, zu der de Manchon ein säuerliches Einverständnis gegeben hat.«

Marie warf einen Blick zu Thérèse hinüber, die an der Seite des Seigneur d'Alespée strahlte und sich ihres Sieges freute. Jacques betrachtete sie mit einem gnädigen Lächeln, und Marie runzelte unwillkürlich die Stirn. Er sah zufrieden aus, wie ein Mann, dessen Pläne aufgegangen waren. War es möglich, daß er mehr den Reichtum dieser Ehe als die Gattin selbst genoß?

»Ist es möglich, daß er genau das im Sinne gehabt hat?« murmelte sie aus ihren Gedanken heraus vor sich hin. »Im Grunde gibt es ja keine Schlachten mehr, in denen er sich hätte auszeichnen können, wie er es Thérèse erzählt hat . . .«

»Ihr habt einen scharfen Blick, *petite*.« Auch Le Diable hatte seine Stimme gedämpft. »Es kann einer Ehe nur nutzen, wenn sie aus bestimmten nüchternen Erwägungen geschlossen wird. Sie überleben die schön gedrechselten Worte und den trüben Rausch der Sinne . . .«

»Ihr seid verheiratet?!« Marie drang einmal mehr durch seinen Panzer aus Ironie und Eis.

»Ich war es vor langer Zeit. Meine Gemahlin ist verstorben, und mit ihr der Erbe, den sie eigentlich zur Welt hätte bringen sollen.«

»Oh, das tut mir leid . . .«, wisperte Marie.

»Ich habe es vergessen«, gestand Le Diable. »Es muß in einem anderen Leben gewesen sein. Ich war zwanzig, ein junger Tor. Ihr könnt versichert sein, daß ich inzwischen meine Lektion gelernt habe. Warum eßt Ihr nicht, habt Ihr keinen Hunger?«

Marie sah auf ihren Teller, den sie beide kaum berührt hatten. Die Fleischsoße hatte das Brot durchweicht, auf dem der Braten serviert worden war, und zwischen den Festgästen rannten die Windhunde des Königs umher, die darauf hofften, daß man ihnen den einen oder anderen Bissen zuwarf. In dem offenen Bereich, zwischen den Tischen in der Mitte des Saales, führten Gaukler ihre Kunststücke vor, und auf der Galerie saßen Musikanten mit Blas- und Zupfinstrumenten, deren schrille Musik das musikalische Ohr der jungen Frau beleidigte.

Das ganze Fest glich der Tafel, fand Marie. Überfülle, die darin hinderte, die einzelnen Dinge richtig zu genießen. Lärm, der in den Ohren schmerzte, und Gelächter, das schrill zu werden drohte. Sie war sich der neugierigen Blicke bewußt, die ihr und dem Seigneur de Chazan galten, und auch der Tatsache, daß er immer noch darauf wartete, daß sie ihm seine Frage beantwortete.

»Ich bin satt«, entgegnete sie knapp. »Wißt Ihr, wie lange seine Majestät in Bourges bleiben wird? Wie seine weiteren Pläne aussehen?«

»Wie es scheint, will er den Sommer in Bourges verbringen. Er meidet den Einzug in Paris, zu dem ihn seine Minister und Ratgeber auffordern. Er haßt die Stadt, die sich den Engländern unterworfen hat, seit seiner Kindheit. Die demütigenden Erfahrungen, die er dort bei der Fehde zwischen Armagnacs und Burgundern machen mußte, hat er nicht vergessen. Wir werden sehen, ob es der schönen Agnès gelingt, ihn dazu zu überreden.«

»Die Demoiselle Sorel? Ist sie mit ihm gekommen? Könnt Ihr sie mir zeigen?«

Ivo de Chazan schenkte ihr ein Lächeln, das mehr dem Zähnefletschen eines Raubtieres glich. »Sie hält sich im Hintergrund. Sie würde nie gemeinsam mit der Königin auftreten, man hat sie für ihre Rolle vorzüglich ausgebildet, und ich zweifle nicht daran, daß dies die Handschrift Jolandes von Aragon ist. Ihr werdet Eure Neugier noch ein wenig zügeln müssen.«

Der Umstand, daß sich in diesem Moment die Königin erhob, befreite Marie von einer Antwort. Sie sah den herrischen Wink der Dame Saint Pol, die sie an die Seite ihrer Majestät rief. Sie ahnte, daß die Edeldame ihr damit die Freude an dem Bankett verderben wollte, aber sie konnte ja nicht ahnen, daß Marie für diesen Ruf mehr als dankbar war. Befreite er sie doch aus einer Gesellschaft, die sie zunehmend nervöser machte.

»Entschuldigt mich, Seigneur! Ich werde gebraucht«, sagte sie leise und verließ ihren Platz.

Ivo de Chazan sah ihr nach, wie sie ihre Reverenz vor der Königin machte, die daraufhin ein paar Worte zu ihrem Gemahl sagte, der jedoch nur mürrisch aufblickte und dann sein Gespräch mit dem Bastard von Orleans weiterführte, als wäre nichts geschehen. Es kümmerte ihn sichtlich wenig, daß seine Gemahlin das Fest verließ, und er begegnete ihr mit mühsam verborgener Ungeduld. Er gehörte nicht zu den Ehemännern, die sich um Höflichkeit bemühten.

Le Diable hingegen sah mit dem schmerzlichen Gefühl des Verlustes die stolze junge Frau mit den schimmernden rotgoldenen Haaren hinter der Königin aus dem Saal verschwinden. Es kam ihm vor, als leuchteten die zahllosen Kerzen plötzlich weniger hell, und der schwere Wein schmeckte mit einem Mal schal und sauer.

6. Kapitel

Marie schloß die Tür der königlichen Suite hinter sich und blieb einen Herzschlag lang zwischen den beiden wachhabenden Soldaten stehen, die links und rechts des Einganges mit aufgerichteten Hellebarden reglos im Schein der blakenden Fackeln verharrten. Die Königin hatte ihre Gebete abgekürzt und ihre Damen ungeduldig davon geschickt, sobald sie das Nachtgewand trug. Es bedurfte keiner sonderlichen Phantasie, um zu erahnen, daß sie mit dem Besuch seiner Majestät rechnete.

Marie raffte ihre Röcke und unterdrückte den Schauer, der sie überlaufen wollte. In diesen Teil des Palastes drang der Lärm des Festes nur von Ferne, und die mächtigen Mauern bewahrten auch in einer Sommernacht herbstliche Kühle. Sie wandte sich zur Treppe, um ihr eigenes Gemach aufzusuchen, als sie plötzlich einen heftigen Griff um ihren Arm verspürte und in einen Seitengang gezogen wurde.

»Was ... wer seid Ihr ...«, keuchte sie entsetzt und versuchte sich zu befreien.

»Dame Marie, ich bitte Euch ...«

Im Dämmerschein des unzureichend beleuchteten Ganges, der zu den Quartieren der Wache hinunterführte, erkannte sie die massige Gestalt des Seigneurs St. Pol, der sie in die schmale Nische eines Fensters drängte. Er roch nach Schweiß und Wein, nach fettem Essen und ungelüfteten Kleidern. Sie ekelte sich vor ihm. Sie versuchte vergeblich, sich aus dem Klammergriff seiner dicken Finger zu befreien, aber sie konnte weder nach links noch nach rechts ausweichen.

Die Mauern sperrten sie ein.

»Laßt mich, Seigneur! Ich bitte Euch, Ihr seid betrunken ...«, flehte sie ängstlich, ballte ihre freie Hand zur Faust und stemmte sie gegen seinen Körper. Doch es war, als wollte sie sich in ein Moospolster stemmen, das überall dort nachgab, wo es fest sein sollte.

»Ihr seid wunderbar, Marie! Die schönste Dame des Hofes! Ihr müßt die Meine werden ... Ich liebe Euch über alles! Wie herrlich Ihr seid ...«, stammelte er, ohne auf ihre beschwörenden Proteste zu hören. Er klemmte sie zwischen der Wand und seinem Körper ein, und Marie spürte seine tastenden Finger in ihrem Ausschnitt.

Von wildem Abscheu erfüllt, schlug sie blindlings zu und fand sich unerwartet von der massigen Leibesfülle befreit, die sie behindert hatte. Die Haare, die ihr ins Gesicht gefallen waren, raubten ihr für einen Moment die Sicht, und als sie endlich mit beiden Händen die Locken zurückgestrichen hatte, sah sie gerade noch, wie sich Ivo de Chazan die Manschetten seines Wamses zurechtzog. In der Nische sank Gilles de Saint Pol langsam in sich zusammen und rutschte an der Wand entlang. Aus einem Winkel seines trotzig verzogenen Mundes lief eine dunkle Spur, und seine Augen waren geschlossen.

»Heilige Mutter Gottes, habt Ihr ihn getötet?« hauchte Marie.

»Mit einem einzigen Faustschlag? Ihr überschätzt meine Kräfte, und nun kommt, ehe dieses Stück Mist wieder auf die Beine taumelt und noch mehr Ärger macht. Ich ahnte, daß man Euch nicht allein lassen kann.«

Marie stemmte sich trotzig gegen die Richtung, in die er sie drängte.

»Wir können ihn nicht so einfach liegen lassen. Vielleicht ist er verletzt. Wenn die Dame St. Pol davon erfährt, daß Ihr ihren Sohn ...«

»Der Sohn dieser Dame ist ein verwöhnter Schwächling, der keine Ahnung davon hat, wie man sich benimmt, und seine Mutter gehört wahrhaftig nicht zu den Frauen, deren Meinung mich kümmert. Und nun hört gefälligst auf zu zetern, sonst drängt sich mir der Eindruck auf, ich sei im unrechten Moment gekommen.«

Marie preßte die Lippen aufeinander, gleichermaßen empört über seinen Verdacht wie über die Art, mit der er sie von Gilles de St. Pol befreit hatte. Sie ahnte den Ärger voraus, den ihr dieses Ereignis bei Dame Angèle bescheren würde.

Ihre Sorge deswegen war daran schuld, daß sie nicht auf den Weg achtete. Sie gingen in die falsche Richtung, und inzwischen kannte sie den Palast gut genug, um zu merken, daß Le Diable sie nicht zu ihrem Gemach führte. Wohin führte er sie? Doch wenig später beantwortete sich ihre Frage von selbst.

Ivo de Chazan stieß eine Pforte auf, und es umfing sie der nächtliche Blütenduft des königlichen Gartens, der sich bis zum Flußufer hinzog. Die Brise hier draußen war ein himmlischer Gegensatz zu der dumpfen, abgestandenen Luft der endlosen Palastgänge. Die milde Sommernacht wurde von dem Licht des fast vollen Mondes erhellt, das alles wie verzaubert erscheinen ließ. Grillen zirpten, und irgendwo fern am Fluß erhob sich die Stimme einer jubelnden Nachtigall.

Marie stand still und lauschte, während sie in tiefen Zügen die balsamische Luft einatmete. Der unerwartete Genuß ließ sie erbeben.

»Der Mond verwandelt Euch in eine Fee«, murmelte Le Diable gedämpft neben ihr, und Marie spürte seinen Atem über die bloße Haut ihres Dekolletés streichen.

Eine verheißungsvoller, federleichter Hauch, der wie eine Liebkosung war.

Sie bedauerte, daß Ivo hinter ihr stand, so daß sie sein Gesicht nicht sehen konnte. Sie war nur auf ihr Gefühl angewiesen, und das verriet ihr, daß er sich mühsam beherrschte. Daß er so angespannt wie die Sehne einer Armbrust war und daß er mit aller Macht darum kämpfte, sie nichts davon ahnen zu lassen.

»Es gibt keine Feen«, widersprach sie sanft, und nur das angestrengte schnelle Heben und Senken ihrer Brust verriet, daß auch sie von der Spannung angesteckt war, die sich zwischen ihnen aufbaute.

»Aber Engel«, erwiderte er leise und führte sie tiefer in die Nacht hinein, bis sie vor sich das mondbeschienene Band des Flusses schimmern sahen und sich das leise Murmeln des Wassers zu den anderen Stimmen der Nacht gesellte.

Die verzauberte Atmosphäre schlug Marie mehr und mehr in ihren Bann. Sie befand sich nicht mehr im Palast von Bourges, sondern in jenem unerreichbaren Land ihrer Träume, dort, wo sie wußte, daß sie geliebt wurde und nicht nur ein namenloses Geschöpf war.

Ivo de Chazan, den man Le Diable nannte und dem die schönsten Frauen bisher nicht mehr bedeutet hatten als ein Trank kühlen Weines an einem heißen Tag, eine kurze Entspannung zwischen zwei Kämpfen, ertappte sich bei dem Wunsch, daß er wissen wollte, was hinter dieser makellosen Stirn vorging. Ahnte sie überhaupt, zu welchem Zwecke er sie durch die Nacht führte? Konnte sie es wissen, oder fügte er den Sünden seines Lebens eine weitere hinzu, wenn er dieses bezaubernde Kind seiner Unschuld beraubte?

»Ihr solltet mir befehlen, Euch schnellstens ins Schloß zu bringen und Euch künftig zu meiden«, sagte er leise.

Marie antwortete nicht. Sie sah ihn an und erkannte in seiner kantigen Silhouette den Schattenriß des Mannes wieder, der in der Tür des Badehauses gestanden hatte. Sie fühlte sich ihm auf eigenartige Weise nahe, und sie war sich plötzlich ihres Körpers auf eine Art bewußt, wie sie es noch nie zuvor erlebt hatte.

Eine lähmende, himmlische Schwere ließ das Blut langsamer durch ihre Adern fließen. Die Sehnsucht, die sie empfand, war so heftig, daß sie fast schmerzte. Ein süßes Prickeln lief über ihre Haut. Sie hatte sich nie so beseelt, so absolut mit Leben erfüllt und erwartungsvoll gefühlt.

Das Licht des Mondes zeichnete Formen und Schatten in ihr erwartungsvolles Antlitz. Es beleuchtete die heftig klopfende Ader an ihrem Hals und verlor sich in dem zärtlichen Tal zwischen ihren Brüsten. Es dämpfte das Feuer ihres Haares zu blassem Kupfer und ließ die Lippen schimmern, die sie, ohne es selbst zu merken, mit der Zunge befeuchtet hatte. Le Diable war nicht der Mann, der einer solchen Versuchung noch länger hätte widerstehen können.

Er umfaßte ihre Schultern, und die warme Haut, die seine Daumen dabei berührten, schien unter dem Kontakt zu erglühen. Mit einem unterdrückten Laut, halb Seufzer halb Fluch, zog er Marie an sich und suchte ihren Mund. Er fand ihn willig, weich und so zärtlich entgegenkommend, daß es keinen Zweifel daran geben konnte, daß sie ihn ebenso begehrte wie er sie.

Marie schlang ihre Hände um seinen Nacken und berührte mit den Fingerspitzen seine Haare, die sich verblüffend weich und längst nicht so drahtig anfühlten, wie sie es erwartet hatte. Sie gab sich ganz den leidenschaftlichen Küssen hin, seinen Lippen, die von ihrem Mund zu ihren Schläfen wanderten und glühende Spuren auf ihre Haut zeichneten. Sie erweckten ein seltsames Feuer in ihr und den merkwürdigen Wunsch, sich unter der Berührung seiner Lippen aufzulösen.

Eher unbewußt nahm sie wahr, daß er sie am Flußufer auf einen der trockenen Heuhaufen bettete, die darauf warteten, in die Scheuern eingebracht zu werden. Der liebliche Duft der Sommernacht mischte sich mit Wohlgeruch trockener Kräuter und welkender, aromatischer Gräser. Eine kaum merkliche Brise strich über ihre bloße Haut, dort, wo Le Diable die Schnüre ihres Kleides löste, damit er ihre herrlichen Brüste ungehindert liebkosen konnte.

»Wie schön du bist, Marie-Ange«, murmelte er bewundernd. »Ich wußte nicht, daß es soviel Liebreiz geben kann. Ich sterbe vor Verlangen, meine Kleine. Ich muß dich besitzen ...«

Doch seine Hände verrieten keine tödliche Schwäche. Sein Geschick verriet, daß ihm die weibliche Kleidung kein Geheimnis war. Er hielt erst inne, als Marie nackt auf dem Bett aus Samt- und Seidenstoffen lag.

»O Gott, wie zart du bist, wie weich und weiblich. Eine Versuchung, der nicht einmal ein Heiliger widerstehen könnte. Ich werde dir zeigen, wie schön die Liebe sein kann, ehe es ein anderer tut. Hab keine Angst, ich werde versuchen, dir nicht weh zu tun.«

Marie hätte ihm sagen können, daß sie keine Angst fühlte, sondern nur Verlangen, Erregung, Feuer, Lust. Gefühle, die neu und ungewohnt für sie waren und die sie nicht einzuordnen wußte. Sie begriff nur, daß sie eine befremdliche Sehnsucht erfüllte, die große Ähnlichkeit mit Schmerz hatte. Ein hungriges Bedürfnis, das nur Le Diable stillen konnte, der nun mit seinen Küssen der rauhen, zärtlichen Spur seiner Hände folgte und ihren vernachlässigten, unerforschten Körper neu erschuf.

Sie spürte das Spiel der Lippen, seine Zunge, die über ihre Haut strich, den Mund, der sich unvermutet um die Knospe einer Brust legte, während um die andere ein Daumen kreiste. Sie empfand die erotischen Liebkosungen bis tief in ihr Innerstes. Sie erzitterte unter dem plötzlichen Ansturm der Sinnlichkeit, die er in ihr entfachte. Ein leiser Schrei entfloh ihr, und sie wölbte sich seinen kundigen Händen entgegen.

»Pst, Kleines«, besänftigte Le Diable das bebende Mädchen. »Wir sind erst am Anfang, nicht so ungeduldig! Welche Leidenschaft du doch hinter deinen züchtig gesenkten Lidern verborgen hast . . .«

Sie drängte sich gegen warme Haut und erkannte, daß auch er seine Kleider abgelegt hatte. Ihre suchenden Handflächen berührten keinen Stoff, sondern sehnige Muskeln, straffe Haut und die Spuren vereinzelter Narben. Sie streichelte voller Neugier über die mächtigen Schultern, die sich zu einer überraschend schmalen Taille verjüngten. Sein Po war straff und fest.

Sie spürte, daß auch er erzitterte, als sich ihre Hände dorthin verirrten und ihn streichelten. Sein Stöhnen entlockte ihr ein leises, zärtliches, aber auch triumphierendes Lachen.

»Katze!« entgegnete Le Diable, der seine ganze Beherrschung benötigte, um dieser Mischung aus Naivität und sinnlicher Leidenschaft nicht sofort nachzugeben.

Niemand hatte Marie je gesagt, was sich zwischen Mann und Frau gehörte oder nicht. Sie war in dem Bewußtsein aufgewachsen, daß ihr Leib nur das Gefäß ihrer Frömmigkeit zu sein hatte und daß alle Regungen und Sehnsüchte dieses Leibes verleugnet werden mußten.

Sie hatte dieses Gebot, wie so viele andere, hinter sich gelassen und durch ihr natürliches Gefühl, durch ihren Instinkt für das Richtige ersetzt. Sie mochte es, diesen Mann zu berühren. Es faszinierte sie, seine Haut zu streicheln und zu erfahren, daß es ihm gefiel, wenn sie es tat. Sie liebte seine Haut, seine Wärme, die Glätte und die Härte, die sie erkundete.

Der Urinstinkt Evas trieb sie in die Arme Ivo de Chazans, mit einer für ihn völlig unerwarteten Lust und unverfälschten Sinnlichkeit. Bereitwillig folgte sie dem Druck seiner Hände und öffnete sich für ihn. Als er sie dort berührte, stöhnte sie leise und lustvoll auf.

Die intime Berührung sorgte dafür, daß sich alle Nerven ihres Körpers zusammenzogen und sie keuchend die Beine weiter spreizte, als könne sie dadurch Erlösung finden. Sie sehnte sich nach mehr und wußte doch nicht, wonach. Sie empfand eine schmerzliche Leere, die gefüllt werden mußte, die sie erzittern ließ, und sie flehte um Erlösung.

»Bitte, o bitte, so laßt mich doch nicht so allein ...«, raunte sie und glitt mit ihren Nägeln über seinen Rücken, ohne zu merken, daß sie dabei rötliche Spuren hinterließ.

Der Schmerz brachte Le Diable soweit wieder zu Besinnung, daß er zögerte, ehe er mit seiner männlichen Härte ihren Schoß berührte. Was tat er ihr an? Er war ein gewissenloser Schuft! Ein brutaler Rohling, der eine kleine Nonne vergewaltigte!

Aber bei Gott, bei dieser Nymphe, die sich mit ihrem heißen Körper an ihn drückte und die wie die Verführung in Person wirkte, erinnerte nichts mehr an eine fromme Betschwester. Sie war Venus und Circe in einer Person, das lockende Verderben, in das sich ein Mann blindlings stürzte, ohne an das Morgen zu denken.

»So komm doch!« flehte Marie heiser und zog ihn näher. »Ich bitte dich!«

Er wußte, daß er es bereuen würde, aber es war zu spät zur Umkehr. Er hob sie ein wenig an, ehe er so langsam und behutsam wie möglich in sie eindrang. Marie schloß instinktiv die Beine um ihn und hob sich jener fremdartigen Härte entgegen, die sie ganz zu erfüllen schien.

Als er vor dem Widerstand verharrte, der sich ihm entgegenstellte, erzitterte sie vor Furcht, daß er zu früh damit aufhören würde. Doch dann bewegte er sich wieder, und sie schrie leise auf, als sie einen sanften Schmerz verspürte.

Er wollte sie um Verzeihung bitten, aber es war ihm nicht möglich, sich noch länger zu beherrschen. Der stürmische, leidenschaftliche Rhythmus ihrer Vereinigung ließ Marie alles andere vergessen. Erstaunt stellte sie fest, daß sie plötzlich von unglaublich schönen Empfindungen erfüllt war.

Diese Empfindung nahm die Gewalt eines Sturmes an und trieb sie höher und höher. Sie kam sich vor wie ein trockenes Blatt im Herbst, das der Wind mit sich in den Himmel hinaufriß, und sie merkte erst nach einer Weile, daß dieses heisere, kehlige Stöhnen von ihr selbst kam.

Sie drängte sich Le Diable noch heftiger entgegen, denn sie ahnte, daß nur er ihr Erlösung schenken konnte. Sie fühlte, wie die Spannung fast unerträglich wurde, bis sie sich ganz plötzlich und mit ungeheurer Gewalt in ihr entlud. Sie zitterte am ganzen Leib, bis sie und La Diable schließlich Erlösung fanden und ermattet zusammensanken.

Benommen und verwirrt schlug Marie die Augen auf. Das Lied der Nachtigall drang in ihr Bewußtsein. Ungestört von menschlicher Gesellschaft schmetterte der kleine Vogel seine Lebensfreude in die Nacht hinaus. Marie lächelte verträumt und lauschte, ohne die kühle Luft auf ihrer schweißfeuchten Haut und das schwere Gewicht des Mannes zu fühlen, dem sie verbunden war. Sein Kopf lag auf ihrer Schulter, während sich ihre festen, runden Brüste gegen seinen Oberkörper preßten. Die unmerkliche Veränderung ihrer Atemzüge weckte Ivo de Chazan aus seinem Sinnestaumel. Er befreite sie vorsichtig von seiner Last, zog sie jedoch so besitzergreifend an sich, daß sie entzückt ihren Kopf an seiner Schulter barg. In diesem Moment waren keine Worte nötig. Sie lagen eng aneinander geschmiegt im samtigen Dunkel der Nacht und lauschten dem Lied der Nachtigall.

Es war ein zeitloser, losgelöster Augenblick, der keine Reue und keine Schwierigkeiten kannte. Es war richtig, so wie es geschehen war. Richtung und gut. Marie hatte es von dem Moment an gewußt, als sie Ivo de Chazan an der Klostermauer hatte stehen sehen.

7. Kapitel

»Diese Person ist eine Hexe. Eine Verführerin, verderbt und falsch hinter ihrer Maske aus scheinheiliger Frömmigkeit!« Angèle de Saint Pols Stimme hob sich zu schrillem Kreischen, und die Königin unterdrückte einen ungeduldigen Seufzer. Sie hatte den Eindruck, daß dieses Lamento schon Stunden dauerte. Kaum hatte ihre alte Freundin das Ende der Morgenmesse abwarten können.

Man hätte meinen können, Gilles de Saint Pol sei einem ganzen Banditenheer in die Arme gefallen und nicht einem einzelnen Ritter, der noch dazu nichts anderes getan hatte, als die Ehre einer Dame zu verteidigen, die dieser Nichtsnutz gefährdet hatte. Gilles de Saint Pol, der aus der einzigen Ehe der Dame mit einem Edelmann stammte, dessen Namen man bei Hofe besser nicht mehr erwähnte, erwies sich mehr und mehr als Sohn seines schurkischen Vaters.

Dabei hatte er es nur der Zuneigung der Königin für seine Mutter zu verdanken, daß er trotz der Verbrechen seines Vaters in Ehren bei Hofe aufgenommen worden war. Königin Marie hatte selbst mit dem Grafen de Mesnières, dem Onkel des jungen Mannes, geredet, und sie wußte, daß diesem von seinem Bruder Guy de St. Doye soviel Leid zugefügt worden war, daß es über menschliches Begreifen hinausging. Trotzdem hatte er für Gilles gesprochen.

Aber es war besser, diese Geschichte vor Dame Angèle nicht zu erwähnen. Sie weigerte sich hartnäckig, an die Schuld ihres Mannes zu glauben, und sie betrauerte seinen Tod, obwohl man in den Ruinen des abgebrannten Stadthauses seine Leiche nicht gefunden hatte und sie beide wahrhaftig keine Ehe geführt hatten, die des Erinnerns wert gewesen wäre.

Die Skandale und Geschichten, die sich um Guy de St. Doyes absonderliche Vorlieben gerankt hatten, waren sogar der Königin zu Ohren gekommen. Sie pries es im stillen als Glück, daß der Sturz des Großkämmerers auch seine ehemaligen Freunde mit sich gerissen hatte. Was um Himmels willen trieb die Dame Angèle, erneut einen Skandal mit ihrem Namen zu verbinden?

»Marie-Inconnue ist mir eine gehorsame Dienerin, meine Liebe!« unterbrach sie die flammenden Beschwerden und ließ sich ihren Überdruß deutlich anmerken. »Ich habe noch nie bemerkt, daß sie einem der Kavaliere begehrliche Blicke zuwirft oder sich in irgendeiner Weise skandalös benimmt. Sie ist die Freundlichkeit und Demut in Person. Vielleicht ist es gerade das, was Euer Sohn falsch verstanden hat?«

»Ihr müßt Sie zur Rede stellen«, forderte die Dame Saint Pol. »Es geht nicht an, daß sich ein Findelkind ohne Namen, eine fortgelaufene Nonne über einen Kavalier des Hofes lustig macht und ihm Schaden zufügt.«

»Den Schaden hat ja wohl der Seigneur de Chazan angerichtet, und den werde ich nicht dafür tadeln, daß er einer Jungfer half«, entgegnete die Königin frostig. »Ich möchte jetzt nichts mehr davon ... Oh! Willkommen, mein Herr!«

Letzteres galt dem König, der sehr formlos und unangemeldet die Gemächer seiner Gemahlin betrat und auf die beiden Damen sah, die respektvoll vor ihm in die Knie sanken. Mit seinen 33 Jahren war König Karl keine besonders respekteinflößende Erscheinung. Von mittlerer Größe, mit derben Gesichtszügen und einem Kopf versehen, der zu groß für seine Gestalt und die mageren Beine wirkte, machte er auch auf dem Höhepunkt seiner Macht keinen besonders furchteinflößenden Eindruck.

Die Königin liebte ihn trotz seiner wenig einnehmenden Gestalt, aber da auch sie nicht über körperliche Vorzüge verfügte, war er nur zu bereit gewesen, seine ganze Zuneigung der schönen Agnès zu schenken. Nun runzelte er die Stirn beim Anblick der beiden edlen Frauen, die, obwohl in kostbare Stoffe gekleidet und mit Juwelen bestückt, doch eher zwei biederen Hausfrauen glichen.

»Was hat Le Diable denn nun schon wieder verbrochen?« Der König hatte die letzten Worte seiner Gemahlin gehört und ließ sich von ihr informieren. Der Dame de Saint Pol, die er ohnehin nicht leiden konnte, verbat er mit einer Geste das Wort. Am Ende der Erzählung runzelte er unwillig die Stirn. »Es mißfällt mir, daß eine Dame nicht einmal im Hause des Königs vor Zudringlichkeiten sicher ist. Schickt nach Eurer Sängerin, Madame. Ich möchte sie kennenlernen!«

Aus diesem Grund war es ausgerechnet Angèle de Saint Pol, die Marie-Inconnue die Nachricht überbrachte, daß der König sie zu sehen wünschte. Sie fand sie bei der Toilette, als Maries maurische Kammerfrau eben dabei war, den zarten Spitzenkragen der silberfarbenen Samtrobe zu befestigen, die sie an diesem Morgen trug.

Obwohl nur mit einem züchtigen viereckigen Ausschnitt versehen, der kaum das Schlüsselbein freigab, wirkte das Gewand, das sich wie eine zweite Haut um ihren Oberkörper schmiegte, äußerst reizvoll. Der matte Grauton verstärkte den rosigen Schimmer von Maries Haut und das Feuer ihrer üppigen Haare, die an diesem Morgen in einem silbernen Netz gebändigt wurden.

»Beeilt Euch, man läßt den König nicht warten«, sagte die Dame Saint Pol so eisig, daß Marie unwillkürlich zusammenzuckte. Sie spürte den Haß, den ihr die andere entgegenbrachte, und ahnte, weshalb sie noch tiefer in deren Achtung gesunken war. Doch sie verzichtete auf eine entsprechende Antwort. Sie wußte der offenen Feindschaft nicht zu begegnen, und sie mied eine Auseinandersetzung, die den Graben nur vertieft hätte.

So wie sie auch den Blick ihrer schweigsamen Kammerfrau gemieden hatte, als jene die grasbefleckte Robe und das eingerissene Unterkleid betrachtete, das sie am Abend zuvor getragen hatte, ehe sie beides in ein Tuch hüllte und zur Seite legte.

Erstaunlicherweise begegnete ihr Fatma danach jedoch nicht mit der Verachtung, wie Marie erwartet hatte, sondern umsorgte sie mütterlicher als zuvor. Sie war es auch, die der Dame Saint Pol einen Blick zuwarf, der es an Verachtung mit deren aufnehmen konnte. Etwas lag in dieser stummen Zurechtweisung, das sie Maries Gemach hoch erhobenen Hauptes verlassen ließ.

Der jungen Frau entging der stumme Machtkampf, sie hatte Mühe, sich in der Wirklichkeit zurechtzufinden. Seit der Seigneur de Chazan sie in der vergangenen Nacht in ihr Gemach gebracht hatte, wo er sie auf ihrem mächtigen Bett mit verwirrender Sanftheit ein letztes Mal geliebt hatte, glaubte sie in einem Traum gefangen zu sein.

Nur die verräterische Schwäche ihres Körpers, die gesteigerte Empfindsamkeit ihrer Nerven und der wohlige Nachschauer überreich genossener Liebe verrieten, daß ihre Leidenschaft Wirklichkeit gewesen sein mußte. Daß sie endgültig und für immer nicht mehr zu den jungfräulichen Damen des Waldes gehörte, über die Louise de Luce herrschte.

Sie fürchtete, man würde ihr die zügellose Nacht ansehen und die Küsse Le Diables wie Brandmale auf ihrer Haut erkennen. Aber der König sah nur eine scheue, liebliche Sängerin, die in eine ehrfürchtige Reverenz voller Anmut und Grazie versank.

Ihre Bescheidenheit gefiel ihm ebenso sehr wie ihre melodiöse Stimme, und ehe sich Marie versah, stand sie im Mittelpunkt der Aufmerksamkeit des ganzen Hofes. Wie es schien, bekam ein jeder, der das Ohr des Königs besaß, eine Wichtigkeit, die weit über sein normales Ansehen hinausging.

Eine Sängerin, die Zugang zum Arbeitskabinett seiner Majestät hatte, weil er es liebte, ihr zu lauschen, während er die Schriftstücke und Briefe überflog, die seine Aufmerksamkeit erforderten, wurde unversehens zum Gegenstand des Interesses und des Klatsches. Zum Mittelpunkt von Spekulationen und Plänen.

Marie versuchte, diese Entwicklung zu mißachten. Sie sang jene melancholischen Balladen und Liebeslieder, die der König so gerne hörte, und schwieg zu allen Fragen, die Thérèse oder andere stellten. Karl von Valois sehnte sich nach der Dame Agnès, die sich in Bourges in strenger Zurückhaltung übte, um nicht das Mißfallen der Königin zu erregen, genau wie Marie sich nach dem Mann sehnte, der sie geliebt und verlassen hatte.

Schließlich, in ihrer Verzweiflung und obwohl sie sich genierte, fragte sie Fatma, doch nicht einmal seine alte Kinderfrau wußte, wohin der Seigneur de Chazan verschwunden war.

So saß sie denn regelmäßig mit ihrer Laute in der Fensternische schräg hinter dem Arbeitstisch des Königs und versuchte mit den Figuren auf den kostbaren Wandteppichen zu verschmelzen. Manchmal kam es ihr so vor, als nähme sie der König nicht einmal als Person zur Kenntnis. Er nickte ihr zerstreut zu, wenn sie kam, und daß sie zurückblieb, wenn er den Raum verließ, entging ihm ebenfalls.

Dafür lernte Marie den Herrscher in diesen Stunden recht gut kennen. Mit ihren feinen Sinnen begriff sie, daß er – obwohl nicht herausragend intelligent oder brillant – sein Bestes für das Königreich tat. Er war immerhin klug genug, sich hervorragender Berater zu bedienen, und er traf seine Entscheidungen nur nach reiflicher Überlegung.

Man brachte ihm wachsenden Respekt entgegen, allein Marie fühlte, daß er tief unter seiner beherrschten Oberfläche noch immer der unsichere, scheue Dauphin war, der fürchtete, nicht der Sohn seines Vaters, sondern jener des königlichen Bruders, des Herzogs von Orleans, zu sein. Jenes Mannes, dessen Tod der Beginn der grausamen Fehde zwischen Armagnacs und Burgundern gewesen war und dessen Verhältnis mit Königin Isabeau kein Geheimnis geblieben war. Lediglich in der Gegenwart der schönen Agnès wagte er sich zu entspannen, und Marie erkannte erstaunt, wie stark die Dame den König zum Besten Frankreichs beeinflußte.

Der König ließ es sich auch nicht nehmen, die Hochzeit des Seigneurs d'Alespée mit Thérèse de Manchon mit aller Pracht zu feiern. Marie beugte das Haupt über die gefalteten Hände, als er in der Kathedrale von Saint Etienne die strahlende Braut höchstpersönlich dem stolzen Bräutigam übergab, während der wutschnaubende Seigneur de Manchon gute Miene zum bösen Spiel machen mußte.

Nach der Messe versammelte sich die Festgesellschaft im königlichen Palast zu einem üppigen Bankett, das bis in die Nacht hinein andauerte.

Marie gehörte zu den jungen Edeldamen, die der Braut das Geleit in das geschmückte Gemach gaben. Thérèse wirkte ungewohnt blaß, und Marie spürte, daß die junge Frau sich ungeachtet aller Abenteuer, die hinter ihr lagen, plötzlich fürchtete. Ihre Mutter, die Dame de Manchon, eine Frau von gewaltigem Körperumfang und ausgeprägtem Phlegma, tätschelte ihr nachlässig die Schulter, als sie sich in ihre Arme stürzte und mit den Tränen kämpfte.

»Je nun, Kind. Es ist Sache einer Ehefrau, ihren Gatten willkommen zu heißen. Du wirst sehen, es geht vorüber, so unangenehm es auch für unsereins ist. Tu deine Pflicht, wie du es vor dem Altar geschworen hast.«

Thérèse sah mit großen Augen zu ihrer einzigen Freundin auf, und Marie verspürte unwillkürlich Mitleid mit ihr. Sie half ihr die Flechten zu lösen und begann das Haar zu kämmen, während die übrigen Damen das Brautbett aufschlugen und die Laken mit duftenden Blumen bestreuten. »Laßt Euch nicht ängstigen«, murmelte sie mit gedämpfter Stimme, zu der zitternden Braut gebeugt. »Ihr liebt den Seigneur d'Alespée, und er wird Euch mit Zartheit begegnen. Fürchtet nicht den Schmerz, die Wonne läßt ihn Euch bald vergessen ...« Thérèses Augen wurden groß und erstaunt. Im Spiegel starrte sie die elegant gekleidete Dame an, in die sich die ehemalige Novizin verwandelt hatte. »Woher wollt Ihr wissen ... Marie! Ihr habt doch nicht ... Ausgerechnet Ihr? Mit wem?«

Sie wurden glücklicherweise von der lärmenden Festgesellschaft unterbrochen, so daß Marie die Fragen nicht beantworten mußte, auf die sie keine Erwiderung geben wollte. Die Freunde und Gefährten des Bräutigams führten einen reichlich angetrunkenen d'Alespée herbei, der sich leicht schwankend auf den Beinen hielt und dem es nicht immer gelang, seinen Blick auf die scheue Braut in ihrem prachtvoll bestickten Hemd zu konzentrieren.

Unter allgemeinem Gelächter und derben Scherzen ging die traditionelle Zeremonie des Brautbetts vonstatten, und Marie verspürte Mitleid mit der Braut, die auf bloßen Füßen immer weiter zurückwich. Madame de Manchon drängte die fröhliche Schar mit ihrer Körperfülle nach draußen, und als Marie einen letzten Blick zurückwarf, ehe sich die Pforte hinter ihr schloß, sah sie nur Thérèses ängstliches Antlitz, das ihrem Gatten zugewandt war, der sie ungeschickt in seine Arme nahm. Sie hatte das deutliche Empfinden, daß ihre Freundin in diesem Moment liebend gerne im Kloster der ›Dames de Forêt‹ gewesen wäre.

Ganz im Gegensatz zu ihr. Die häusliche Eheszene und das Wissen um das, was vor diesen beiden lag, weckte in ihr ein nagendes, schmerzliches Gefühl der Sehnsucht. Ein dummer Wunschtraum, dem sie nur widerstehen konnte, wenn sie ihrem Zorn auf Ivo de Chazan freien Lauf ließ. Sie hatte ihn vergeblich unter den Festgästen gesucht, und die Gerüchte, die ihr zu Ohren gedrungen waren, besagten, daß er sich mit einem Trupp Soldaten auf die Jagd nach Plünderern und Deserteuren gemacht hatte, die immer noch in den längst befreiten Provinzen des Königreiches ihr Unwesen trieben.

Die verächtliche Unerbittlichkeit, mit der Le Diable seine Kämpfe ausfocht, hatte ihm den Ruf des unbesiegbaren Ritters eingetragen, eines Mannes von eiserner Stärke und erbarmungsloser Durchschlagskraft, der die diplomatischen Feinheiten des Hofes verweigerte. Man fürchtete und bewunderte ihn zugleich.

Marie selbst weigerte sich, über ihre genauen Gefühle für ihn Rechenschaft abzulegen. Sie fürchtete die Ausschließlichkeit, die sie dann entdecken würde. Das demütigende Wissen, daß sie Wachs in seinen Händen war. Daß sie ihm alle Fehler und Sünden ohne Zögern verziehen hätte, wenn er nur dagewesen wäre.

Was würde sie tun, wenn er vor ihr stand? Sowohl die Möglichkeit, daß er sich an das erinnerte, was zwischen ihnen gewesen war, wie die andere Alternative, daß er es längst vergessen hatte, mißfiel ihr. Sie wußte nicht, was sie sich wünschen sollte. An seiner Seite bleiben zu können? Marie-Inconnue, das Mädchen ohne Namen und ohne Zukunft an der Seite eines vermögenden, edlen Ritters, der einen geachteten Namen trug? Ein närrischer Traum!

»Singt uns ein Liebeslied, Marie-Inconnue!« Das war die Stimme des Königs, die sie in die Wirklichkeit zurückbrachte. »Reicht ihr eine Laute!« wies er die Musiker an. »Es ist der richtige Augenblick, um uns allen das hohe Lied der Liebe zu singen.«

Und so war es jenes bezaubernde Bild, das Le Diable als erstes ins Auge fiel, als er staubig und erschöpft im Eingang des Festsaales stand und die Augen vor der plötzlichen Helligkeit zusammenkniff.

Die Frau, vor der er zu fliehen versucht hatte, damit er nicht ständig an sie denken mußte, zu Füßen seines Königs auf einem Taburett, die romantischen Liebesworte einer Ballade auf den Lippen, während sie Charles Valois ansah, als sei sie die Verkörperung der Minne persönlich.

Die Festgesellschaft respektierte ihren Gesang mit ungewohnter Stille, und ihre wohltönende Stimme verlieh den Worten von Leidenschaft und Sehnsucht eine so innige Betonung, daß sogar sein Herz davon angerührt wurde. Für einen verzauberten Moment lang wünschte er sich, daß ihm diese Hingabe gelten würde, daß sie anders wäre als alle anderen Frauen. Dann freilich prasselte der Beifall, und er sah, wie der König sich über Maries Hand neigte und ihr etwas sagte, daß sie sichtbar erröten ließ.

Wenn es noch einen weiteren Beweis für ihre Vertrautheit mit dem König gebraucht hätte, hier bekam er ihn. Die Gerüchte, die ihm zugetragen worden waren, hatten also recht. Die Favoritin des Königs lief Gefahr, von einer entzückenden Nachtigall entthront zu werden. Um so mehr, als man munkelte, daß Madame Agnès ein Kind erwartete und somit gerade nicht im Stande war, die glanzvolle Position, die sie innehatte, zu verteidigen.

»Kann es sein, daß Euer frommes, jungfräuliches Herz die Schmerzen der Liebe erlebt hat, über die Ihr so seelenvoll zu singen wißt?« hatte der König die Sängerin gefragt, und es fiel Marie nicht ein, ihren Souverän zu belügen.

Sie hatte die Lider gesenkt und geschwiegen. Aus diesem Grund entging ihr auch die leichte Unruhe am Saaleingang, wo der müde Krieger entdeckt worden war und nun von allen Seiten um Bericht gebeten wurde.

»Erlaubt, daß ich mich zurückziehe, Majestät«, murmelte sie respektvoll. Die Königin und die älteren Edeldamen hatten sich schon verabschiedet, als die Braut den Saal verließ, und Marie wünschte inzwischen nichts sehnlicher, als ebenfalls in der Stille ihres eigenen Gemaches endlich die Augen schließen zu können.

»Wer ist der Edelmann, der Euer Wohlgefallen erregt hat?« beharrte der König und warf einen Blick durch den Saal. »Nennt mir seinen Namen, und ich bitte ihn, daß er Euch begleitet. An einem solchen Abend ist es nicht ratsam, allein durch die Gänge des Schlosses zu gehen. Mancher Seigneur hat dem Wein zu heftig zugesprochen, um die nötige Höflichkeit zu wahren.«

»Es gibt keinen Edelmann, Sire!« erwiderte Marie verlegen. Denn selbst wenn sie den Namen genannt hätte, den ihr Herz rief, er wäre ja gar nicht in Bourges gewesen, um diesen Auftrag seines Königs auszuführen. »Ich bin nur eine schlichte Frau und keiner besonderen Aufmerksamkeit Eurer Majestät wert.«

»Ihr seid zu bescheiden, Marie-Inconnue!« rügte sie der König. »Ihr besitzt die seltene Fähigkeit, Euren Monarchen von seinen Sorgen abzulenken, und das ist alle Fürsorge wert. Ich bestehe darauf, daß Ihr ... Chazan! Seid Ihr das wirklich?«

Marie fuhr herum, und die Laute entglitt beinahe ihren zitternden Händen. Die erste Röte ihres Antlitzes wich marmorner Blässe unter dem verächtlichen, beiläufigen Blick, der sie traf wie der Hieb einer Peitsche. Sie sah, daß er das Knie beugte, sie sah die Spuren eines Risses auf seiner Wange, der, kaum vernarbt, von den Kämpfen kündete, die hinter ihm lagen.

»Ihr kommt zu spät, um Monsieur d'Alespée zu seiner Hochzeit zu gratulieren, wir haben ihn bereits seiner Braut übergeben«, scherzte der König und bedeutete ihm, sich zu erheben. »Auch besteht das Festmahl nur noch aus schäbigen Resten, aber sicher lehnt Ihr den Wein nicht ab, der noch reichlich fließt!«

Charles von Frankreich machte einem Lakaien Zeichen, den kostbaren juwelenbesetzten Pokal zu füllen, der vor ihm stand, und reichte ihn dann mit eigenen Händen an Chazan weiter. Die ungewöhnliche Ehrenbezeugung fand allgemeine Aufmerksamkeit, und Le Diable erwiderte sie, indem er den Pokal bis auf den letzten Tropfen austrank. Als er ihn zurückreichen wollte, schüttelte der Monarch den Kopf.

»Behaltet ihn als Entschädigung für das versäumte Fest, mein Freund, und setzt Euch. Berichtet, was Ihr erreicht habt ...«

Marie wich zur Seite und nutzte das geschwundene Interesse des Königs, um den Saal zu verlassen. Sie reichte einem der Lakaien das Instrument und lief, so schnell es ihre voluminösen Röcke eben erlaubten, in ihre Kemenate. Der feine weiße Musselinschleier ihres spitzen Hennins wehte wie eine Fahne hinter ihr her, und die Wachen, an denen sie vorbeistürmte, schauten ihr verblüfft nach. Es kam selten vor, daß eine der königlichen Ehrendamen so wenig auf Würde und Eleganz achtete.

Sobald sie ihre Zuflucht erreicht hatte, schlug sie die Türe hinter sich zu und lehnte sich nach Atem ringend gegen das geschnitzte Holz. Fatma fuhr von dem Taburett am Kamin auf, wo sie über einer Näharbeit eingenickt war, während sie auf ihre Herrin wartete.

»Du kannst gehen, ich brauche dich heute nicht mehr«, meinte Marie, bevor Fatma etwas sagen konnte.

»Ihr könnt schwerlich dieses Gewand ausziehen, ohne daß ich Euch die Bänder dafür löse«, widersprach die Maurin ruhig.

»Ich kann«, trotzte Marie. »Ich kann und ich werde. Geh! So geh schon ...«

»Ihr seid völlig außer Fassung. Was ist passiert?« Fatma erinnerte die junge Frau in ihrer ruhigen Überlegenheit so sehr an die Mutter Äbtissin, daß sie unwillkürlich die Hände zu Fäusten ballte.

»Le Diable ist zurück«, flüsterte sie und zwang sich dann, die verkrampften Finger wieder zu entspannen. »Er ist gekommen, und aus irgendeinem rätselvollen Grund haßt er mich. Was habe ich ihm getan?«

»Er haßt alle Frauen, seit seine Gattin ihn belogen und betrogen hat«, antwortete Fatma ernst. »Er hat sich geschworen, nie wieder einer Frau zu trauen.«

Es war das erste Mal, daß sie beide über den Mann sprachen, der Maries Gedanken und Gefühle beherrschte. Beide hatten sie es vermieden, ihn zu erwähnen.

Fatma, weil sie mit der Geduld des Alters wußte, daß die Dinge Zeit brauchten, um zu reifen. Marie, weil sie fürchtete, daß sie sich noch tiefer in ein Netz verstrickte, in dem sie jetzt schon gefangen war.

»Er war erst neunzehn, als er sich in Elaine de Brissart verliebte«, erzählte Fatma unaufgefordert. »Als sein Vater beim Seigneur de Brissart wegen der Heirat vorsprach, lief er offene Türen ein, denn die Brissarts waren arm und ohne Einfluß. Elaine zählte am Tag ihrer Hochzeit fünfzehn Lenze, sie war dunkelhaarig, braunäugig, zart und scheu wie ein Reh. Vom ersten Tag an verabscheute sie Ivo. Sie nannte ihn hinter seinem Rücken einen heidnischen Mauren und vergoß Ströme von Tränen, als er sich ihr im Ehebett näherte. Er versuchte es mit Geduld, er verwöhnte sie und gönnte ihr den Luxus einer Königin. Sie dankte es ihm, indem sie nach acht Monaten Ehe einen Sohn zur Welt brachte, der nicht nur blond war, sondern auch noch die blauesten Augen der Welt hatte. Augen wie sein bester Freund Vincent de Chailly!«

»Aber ...« Marie brach ab.

»Das ist kein Beweis, meint ihr? Sie hat es ihm selbst ins Gesicht geschrien, daß er nicht der Vater des Kindes ist, ehe sie am Kindbettfieber starb.«

Maries Herz pochte so rasend, daß sie kaum atmen konnte. »Und Chailly?« Sie mußte es fragen, obwohl sie die Antwort bereits ahnte.

»Er hat ihn bei einem Turnier getötet, nachdem er ihm den Leichnam seines Sohnes übergab«, beendete Fatma die schlimme Geschichte.

»Nein!« entfuhr es Marie. »Er würde nie ein unschuldiges Kind töten, nur um Rache zu üben!«

»Das brauchte er nicht«, erwiderte Fatma. »Das Kind war um Wochen zu früh gekommen, und es hat seine Mutter nur um wenige Tage überlebt.

An seinem winzigen Sarg schwor Ivo de Chazan, nie wieder einer Frau zu trauen und von nun an aller Freundschaft zu einem Mann zu entsagen.«

»Heilige Mutter Gottes«, hauchte Marie und wischte sich über die Stirn, als könne sie damit auch die unliebsamen Bilder fortwischen, welche die Maurin vor ihr heraufbeschworen hatte. Sie sank mit bebenden Knien auf den nächsten Hocker und suchte nach den Worten eines Gebetes, das diesen Schrecken lindern konnte. Doch sie fand keines.

8. Kapitel

»Es war abscheulich!« Thérèse d'Alespée tupfte sich die Tränen mit einem Spitzentüchlein aus den Augenwinkeln und neigte den Kopf mit der modischen Flügelhaube näher zu Marie. »Ich begreife nicht, wie ich das Tag um Tag und Jahr um Jahr aushalten soll. Er hat mir weh getan, und dann hat er gegrunzt wie ein Schwein und sich auf den Rücken geworfen und geschnarcht. Ich muß verrückt gewesen sein, er ist vermutlich um kein Haar besser als der Gatte, den mein Vater für mich ausgesucht hatte. Aber bei ihm hätte ich wenigstens die Hoffnung gehabt, daß ihn über kurz oder lang der Schlag trifft.«

Marie unterdrückte ein Lächeln. So sehr sie ihre Freundin deswegen bedauerte, daß sie ihre ersten Erfahrungen in der Liebe ausgerechnet mit einem betrunkenen Rohling hatte machen müssen, so wenig war anzunehmen, daß Thérèse tatsächlich den hübschen Seigneur d'Alespée gegen eine kahlköpfigen Witwer eintauschen wollte.

»Beruhigt Euch, Thérèse«, tröstete sie die junge Edeldame. »Wenn Euer Gemahl über seinen schmerzenden Schädel hinausdenkt, wird er zutiefst betroffen sein und Euch um Verzeihung bitten. Werft ihm nicht einen Fehler vor, für den er nicht allein verantwortlich ist. Eure Hochzeitsgäste haben so oft und so ausgiebig auf sein Wohl getrunken, daß er vermutlich den Überblick verloren hat, wie oft sein Becher gefüllt wurde.«

Thérèse beruhigte sich sogar schneller, als Marie angenommen hatte. Sie zupfte sich die aufwendige Atlasrobe zurecht, die ihre hübschen Brüste herausfordernd entblößte, und kam auf die Frage zu sprechen, die sie im geheimen die ganze Zeit beschäftigt hatte.

»Man könnte meinen, Ihr seid die Ehefrau und nicht ich«, begann sie ein wenig lauernd. »Woher wißt Ihr all diese seltsamen Dinge? Ich kann mir nicht vorstellen, daß die Mutter Äbtissin Euch dieses Wissen vermittelt hat. Führt Ihr uns alle mit Eurer unschuldigen Miene an der Nase herum?«

Das Gespräch wurde mit gedämpften Stimmen geführt, denn die beiden Damen saßen in einer Fensternische des großen Saales, wo der König seine morgendliche Audienz gewährte. Eine Abordnung des Bischofs von Paris machte ihre Aufwartung, und mit einem Ohr hörte Marie, daß sich seine Eminenz der Bischof Cauchon darüber beschwerte, daß der König keine Anstalten machte, nach Paris zu kommen.

Marie wußte, weshalb, denn sie hatte die Diskussionen im Arbeitskabinett seiner Majestät gehört. Charles verabscheute die Stadt, die ihm als Dauphin mit Spott und Hohn begegnet war. Die Stadt der Orleans, der Armagnacs und der Burgunder, ja sogar der Engländer. Alle hatten sie sich mit ihr geschmückt und ihre Helfer unter Bürgern, Handwerkern oder Adeligen gefunden.

Ehrgeizige, die ihre eigenen Interessen verfolgten wie der Schlächter Caboche oder seine Eminenz Pierre Cauchon, der den Vorsitz des Gerichtshofes geführt hatte, der die Jungfrau Jeanne auf den Scheiterhaufen geschickt hatte.

»Marie? Wo seid Ihr mit Euren Gedanken? Warum antwortet Ihr nicht?«

Thérèse zog sie ungeduldig am Samtärmel ihres grauen Gewandes und brachte sie so in die Wirklichkeit zurück. Glücklicherweise entdeckte sie in diesem Moment Jacques d'Alespée, der sehr blaß, aber aufrecht und gerade den Saal betrat und suchend seinen Blick über die Menge schweifen ließ, bis er Maries begegnete.

»Euer Gemahl«, wies sie Thérèse auf ihn hin. »So, wie er aussieht, ist er das wandelnde schlechte Gewissen. Wenn Ihr es geschickt anfangt, werdet Ihr mit Sicherheit für Eure mißglückte Hochzeitsnacht entschädigt werden. Lächelt, Thérèse, und sei es nur, um allen Klatschmäulern zu beweisen, daß die Dame d'Alespée eine beneidenswerte Person ist.«

Marie hatte die richtigen Worte gefunden. Thérèse gab sich einen Ruck und schenkte dem vorsichtigen Jacques ein so strahlendes Lächeln, daß Marie sich auf die Lippen beißen mußte. Die sichtliche Erleichterung in den Zügen des jungen Ehemannes war schon fast wieder komisch anzusehen. Unwillkürlich glitten ihre Gedanken wie so oft in letzter Zeit zu Ivo de Chazan. Jene magische Sommernacht am Ufer der Auron hatte ihr Blut mit einem gefährlichen Gift verseucht. Es war ihr ebenso unmöglich, die erstaunlichen Zärtlichkeiten zu vergessen, die sie durch Le Diable kennengelernt hatte, noch ihre eigene schrankenlose Hingabe. Die Erkenntnis, einen Teil von sich selbst gefunden zu haben, einen Teil nach dem sie sich immer gesehnt hatte.

Le Diable befand sich nicht unter den Höflingen, die sich im Audienzsaal drängten. Sie brauchte sich nicht suchend umzuschauen, um das zu wissen. Sie hätte es mit all ihren Sinnen gefühlt, wenn er hier gewesen wäre.

Inzwischen hatte der junge Ehemann die beiden Edeldamen erreicht, und die Zerknirschung, mit der er sich über Thérèses Hand neigte, reizte Marie zum Lachen. Sie mußte die Augen abwenden, und dabei glitt ihr Blick zu dem Gefolge des Bischofs von Paris.

Es handelte sich um eine Reihe frommer Mönche, die in ihren Kutten wie eine gleichförmige Masse von braunen, reglosen Steinen wirkte. Den Kopf unter der Kapuze fromm gesenkt, die Hände vor der Brust in den weiten Ärmeln vergraben und stumm wartend, während der Brief vorgetragen wurde, den Pierre Cauchon an den König geschrieben hatte. Einer der Mönche jedoch, das fiel Marie auf, zeigte weniger Aufmerksamkeit und ließ seinen Blick über die Menge schweifen.

Als er sie anschaute, erstarrte sie. Sie hatte diesen Mönch noch nie gesehen, und doch wußte sie mit jäher Furcht, daß jener scheinbar müßig schweifende Blick von Anfang an der Suche nach ihr gegolten hatte. Der schwerfällige, nicht allzugroße Bruder hatte die Kapuze der Kutte noch tiefer über sein Gesicht gezogen als alle anderen. Sie nahm nur das kühle Funkeln heller Augen wahr, die unter buschigen, grauen Brauen lagen, den scharfen Schwung einer hakenförmig gewölbten Nase und die Ahnung eines seltsam üppig geformten Mundes. Ein Antlitz wie aus Stein geformt und für Marie so bedrohlich, daß ein Frösteln unkontrollierter Furcht sie durchlief. Sie wußte nicht, wer er war, aber ihr Instinkt verriet ihr, daß dort die Verkörperung des Bösen stand. Daß dieser fromme Mönch hinter seinen gefalteten Händen und dem demütig gesenkten Kopf Tod und Verderben bedeutete. Einmal mehr fragte sie sich, warum der Himmel sie mit dieser Fähigkeit bestraft hatte, hinter die Masken der Menschen zu sehen. Es lebte sich nicht gut mit diesem Wissen, das ihr ungewollt zufiel und ihre Ruhe störte.

»Ihr erlaubt, daß ich Euch meine Gattin entführe, Dame Marie?« sagte in diesem Moment Jacques d'Alespée, und Marie nickte gezwungenermaßen. Auch in ihm spürte sie jene merkwürdige, sorgsam verhüllte Verachtung, mit der ihr die Menschen seit einiger Zeit begegneten. Sie paßte zu Thérèses Neugier und zu dem Getuschel, das hinter ihrem Rücken folgte.

Doch Marie ahnte nicht im geringsten, was der Grund dafür war. Mit Ausnahme der Dame St. Pol und ihres dicklichen Sohnes hatte sie keine Feinde, und sie bemühte sich redlich, bescheiden im Hintergrund zu bleiben und den hohen Herrschaften zu dienen, die ihr in Bourges Zuflucht gewährt hatten. Daß es genau dies war, was zu Klatsch Anlaß gab, konnte sie in ihrer Unschuld nicht ahnen.

Sie wandte sich ebenfalls zum Gehen, bedrängt von den eigenen Empfindungen und von den vielen Menschen, die ihr fremd waren und ihr Furcht machten. Königin Marie hatte sie auf Bitten ihres Gemahls von ihrem Dienst als Ehrendame befreit, und wenn sie nicht für den König sang, hatte sie Muße, ihren Tag nach eigenem Ermessen zu gestalten. Unwillkürlich wählte sie heute den Weg in die Palastkapelle.

Das kleine Heiligtum, in dem die Königin jeden Morgen die Messe hörte, war an diesem Vormittag menschenleer. Das ewige Licht glühte über dem steinernen Altarkreuz, und die Sonne warf juwelenbunte Lichter durch die Rosetten der Glasfenster auf die Steinquader des Bodens. Marie hatte normalerweise keine Probleme, sich auf ihre Gebete zu konzentrieren.

Sie sah ihre Flucht aus dem Kloster der Damen vom Wald

nicht als Flucht vor Gott an. Er hatte jedem Menschen seine Aufgabe in die Wiege gelegt, und ihre lag nicht hinter Klostermauern. Sie mochte die Äbtissin verärgert und gekränkt haben, und dafür bat sie um Vergebung, aber sie hatte nichts getan, was den Zorn himmlischer Mächte hätte erregen können.

Heute indes fand sie nicht den inneren Frieden, den sie zum Gebet benötigte. Zu viele irdische Gedanken und Ängste geisterten durch ihren Kopf, den sie in den Händen barg.

»Bereut Ihr Eure Sünden?« riß sie eine tonlose, gleichsam knisternde Stimme aus ihrer Versenkung. Eine Stimme, die wie das böse Rascheln eines eisigen Herbstwindes in müden Blättern klang und ihr einen Schauer der Furcht über den Rücken jagte. »Paulus sagt in seinen Briefen an die Korinther: Flieht die Hurerei! Alle Sünden, die der Mensch tut, bleiben außerhalb des Leibes, wer aber Hurerei treibt, der sündigt am eigenen Leibe!«

Marie fuhr auf und starrte den Mönch an, der die frommen Worte im falschen Sinn interpretierte und sie ihr wie das Urteil eines Henkers an den Kopf warf. Das bunte Licht der Glasfenster erreichte nicht seine Augen. Erloschen, wie graue Steine lagen sie in seinem faltigen Gesicht, das davon kündete, daß er einst noch massiger gewesen sein mußte und daß ihn nun Krankheit oder Askese hatten schmaler werden lassen.

»Wer seid Ihr? Was werft Ihr mir vor?« fragte sie gedämpft.

»Seid Ihr nicht die Hure des Königs, meine Tochter; jene sündige Person, die unseren Monarchen mit ihren Liedern bezaubert und ihn davon abhält, seine Pflicht zu tun? Jene Schlingpflanze des Teufels, deren Dasein allen frommen Geboten Hohn spricht? Die für ihre Sünden in den Tiefen der Hölle büßen wird?«

Marie zuckte zusammen und erhob sich von den Knien. »Seid Ihr des Wahnsinns?« rief sie, ohne darauf zu achten, daß sie sich vor einem Altar befand. »Wie könnt Ihr solche Dinge behaupten? Kein Wort davon ist wahr!«

»Nein?« Der Mönch verringerte den Abstand zwischen ihnen, und ein knochiger Finger schoß aus dem Ärmel der Kutte auf ihr Gesicht zu, als wolle er ihr die Augen ausstechen.

»Dann schwört hier im Angesicht Gottes, daß Euer jungfräulicher Leib von keinem Manne entehrt wurde. Daß Ihr noch die keusche Novizin seid, die der Versuchung widerstehen konnte, ihren Schwur zu brechen. Schwört, und ich glaube Euch!«

Marie preßte die Hand auf ihr wild klopfendes Herz und starrte den Mann an, der wie das jüngste Gericht vor ihr stand. Obwohl sie eine knappe Handbreit größer war als er, wirkte er in diesem Moment doch mächtiger und höher, als er es in Wirklichkeit war.

»Wer seid Ihr, daß Ihr einen solchen Schwur von mir verlangen könnt?« fragte sie leise. »Wer seid Ihr, daß Ihr Rechenschaft von mir fordert? Ich kenne Euch nicht.«

»Schwört!« donnerte er ungerührt.

Woher konnte er wissen, daß sie diesen Schwur verweigern mußte? Daß sie sich zwar nicht dem König, aber seinem schwarzen Krieger hingegeben hatte. Aus einer Liebe heraus, die, wie der Apostel auch gesagt hatte, alles ertrug, alles glaubte, alles erhoffte und alles duldete. Aus Gefühlen heraus, die dieser fanatische Mönch nie und nimmer empfinden konnte, denn alles an ihm war Haß. Tod. Vernichtung und Bosheit.

»Um einen Schwur von mir zu verlangen, müßtet Ihr selbst rein und ohne Sünde sein, Bruder«, fuhr sie fort, und ihre Furcht wich mehr und mehr der Überzeugung, daß sie es war, die hier das Recht vertrat. »An Euren Händen klebt Blut, und in Eurem Herzen regiert die Heimtücke. Weshalb verfolgt Ihr mich und die Meinen?«

Die ruhige Frage hatte eine unerwartete Wirkung auf den Mönch. Er taumelte wie unter einem Schlag zurück, die Augen geweitet und den wulstigen Mund zum Schrei geöffnet, ohne daß jedoch ein Laut herauskam. Er keuchte, und Marie spürte die Angst, die plötzlich und schleimig aus all seinen Poren kroch.

»Du und die Deinen ...«, wiederholte er krächzend.

Marie fragte sich selbst, was ihr diese seltsame Formulierung eingegeben hatte. Schließlich war sie allein, und es gab niemanden, den sie zu den Ihren zählen konnte. Es gab nichts als Träume, Erinnerungen, Wahrnehmungen aus einer anderen, ferneren Welt.

»Bei Gott, also auch du!« keuchte der Mönch und trat erneut näher, um Marie aus schmalen, toten Augen zu mustern. »Natürlich, das Haar, der Mund, die Augen ... Eine weitere teuflische Variation der Hexe! Clemence hat mich betrogen, ich habe es geahnt. Das Kloster, es war jenes der Damen vom Wald, nicht wahr? Die Äbtissin hat mich belogen ... du bist also dort aufgewachsen. Und deine Schwester?«

Marie konnte mit der wirren Anklage wenig anfangen, aber sie brachte es nicht fertig zu lügen.

»Ich weiß nichts von einer Schwester«, gab sie zu. »Aber ich bin in jenem Kloster groß geworden, dessen Namen Ihr genannt habt. Ihr könnt mir keinen Vorwurf daraus machen, daß ich nicht den Schleier genommen habe. Gott verlangt nicht, daß man für Wohltaten bezahlt, und selbst wenn dem so wäre, dann habe ich mit meiner Hände Arbeit wahrhaftig genügend dafür geleistet.«

Ein heiseres, grauenvolles Gelächter schüttelte den Mönch. Ein Lachen, das so wenig Menschliches und Fröhliches an sich hatte wie das Eis auf einem winterlichen Teich.

»Um so besser«, sagte er boshaft, als er sich wieder gefaßt hatte. »Ob Hexe oder Hure, es bleibt sich gleich. Der sündige Leib ist derselbe. Du wirst Buße tun für deine Sünden und für die deiner dummen Mutter. Du wirst von mir hören! Wie ganz besonders gut sich dies doch trifft ... Gott hat seine strafende Hand auf deinen Scheitel gelegt, Marie-Inconnue!«

Der Name schien ihn aus einem ihr unbekannten Grund ganz besonders zu amüsieren. Marie zitterte. Wie gelähmt sah sie ihm nach und vernahm das unregelmäßige Klatschen seiner Sandalen, bemerkte erst jetzt den schwankenden, hinkenden Gang.

Sie versuchte vergeblich, die Panik zu unterdrücken, die sie überfallen hatte.

»Heilige Mutter Gottes, wer war das?« stammelte sie und

wandte sich wie hilfesuchend dem Bildnis des Gekreuzigten auf dem Altar zu.

Daß die Mutter Äbtissin den Bischof von Paris von ihrer Flucht in Kenntnis gesetzt haben sollte, vermochte sie nicht zu glauben. Zum einen war sie nicht so wichtig, zum anderen würde Louise de Luce diesen Fehler sich selbst anlasten, und ihre eigenen Fehler pflegte sie zu verschweigen. Aber von wem sonst sollte der Mönch erfahren haben, aus welchem Kloster sie entkommen war? Was wußte er von ihrem Dasein?

Die ohnehin nicht sehr stabile Ruhe ihres Lebens in Bourges war mit einem Male dahin. Buße tun für ihre Sünden und jene ihrer Mutter? Sie wußte ja nicht einmal, wer diese Mutter gewesen sein sollte. Sie war tot. Mit dieser Gewißheit war sie aufgewachsen, aber plötzlich entdeckte sie, daß sie gerne mehr von ihr hätte wissen mögen.

Hatte sie ihr Kind absichtlich den Nonnen gegeben? Hatte man es ihr fortgenommen? War sie eine verzweifelte Edeldame gewesen, die nach einem Fehltritt von ihrer Familie in ein Kloster verbannt worden war, um dort die Furcht ihrer Sünde zur Welt zu bringen? Hatte sie bei dieser Geburt den Tod gefunden?

Aber nein, Louise de Luce hatte sie stets als Findelkind bezeichnet, wenngleich sie nie einen Zweifel daran gelassen hatte, daß sie aus gutem Hause sein mußte, daß ihre Mutter keine Bäuerin oder Bürgerin gewesen sein konnte. Woher nahm die Mutter Oberin eigentlich diese Gewißheit? Wußte auch sie viel mehr, als sie ihr jemals verraten hatte? Wieso hatte sie selbst nie die vielen Fragen gestellt, die ihr plötzlich in den Sinn kamen?

Mit einem Male begriff sie, daß die strenge klösterliche Erziehung, der man sie unterworfen hatte, auch den Sinn gehabt haben konnte, sie von überflüssigen Fragen abzuhalten. Sollte ihr Leben als Nonne wirklich eine Sühne für die Sünden ihrer Mutter sein?

Bis Thérèse de Manchon in das Kloster kam, hatte Marie nie an der Richtigkeit der Entscheidungen der Mutter Oberin gezweifelt. Sie hatte sie in Demut hingenommen, und sie hätte es vermutlich auch weiter getan, wäre ihr nicht die Saat der Rebellion von einer temperamentvollen, leichtsinnigen jungen Dame eingepflanzt worden.

Marie bekreuzigte sich hastig. Sie verließ die Kapelle, um sich auf die Suche nach dem Mönch zu machen. Sie hätte ihn nicht gehen lassen dürfen. Er mußte ihr diese Fragen beantworten!

9. Kapitel

»Nicht so hastig, meine Schöne! Mir scheint, es ist an der Zeit, daß wir ein wenig miteinander plaudern. Oder ist Euer Tag derart ausgefüllt von Euren neuen Ehren, daß Ihr Eure alten Freunde vergessen habt?«

Le Diable lehnte im Hof des Palastes an einem Brunnen, und seine spöttischen Worte führten dazu, daß Marie mitten in der Bewegung verharrte. Ihr Kopf flog in die Richtung, aus der seine Stimme gekommen war, und sie nahm sein Bild in sich auf. Wie üblich war er in Schwarz gekleidet; an seiner Seite hing funkelnd ein silberner Dolch.

Die Wunde an der Wange, die ihr schon gestern aufgefallen war, kündete weniger von verlorenen Kämpfen als von lässig errungenen Siegen. Marie konnte nicht verhindern, daß sie bemerkte, wie sich die ledernen Kniehosen über seinen muskulösen Beinen spannten, und sie erinnerte sich an das Gefühl seiner Haut unter ihren Fingerspitzen. Glühende Hitze rann durch ihren Körper, und heftige Sehnsucht erfaßte sie, ließ sie in Hitze erglühen.

»Mein Tag ist leer ohne Euch«, sagte ihr Herz, aber diese Worte sprach sie nicht aus. Sie zwang sich zu einem höflichen distanzierten Gruß, verriet sich jedoch gleich selbst, indem sie besorgt hinzufügte: »Ihr seid verletzt?«

»Nur ein Kratzer.« Er winkte ab und kam näher. »Ihr seid noch schöner, als ich Euch in Erinnerung habe«, murmelte er, und Marie benötigte ihre ganze Kraft, um nicht einfach an seine Brust zu sinken. Mit einem Schlag hatte sie das unliebsame Erlebnis in der Kapelle vergessen.

»Das neue Glück des Königs«, fügte er hinzu, und seine Stimme klang nun merklich kühler. »Ihr habt nicht versäumt, Eure Karten geschickt auszuspielen, meine Dame. Die Nachtigall des Königs, so nennt man Euch. In der Tat, ein hübscher Titel. Aber achtet darauf, daß Ihr Madame Agnès nicht über den Weg lauft, man munkelt, daß sie wild entschlossen sei, Euch die Smaragdaugen auszukratzen. Sie verliert nicht gerne.«

Marie blinzelte, sah ihn fassungslos an. An diesem Tag hatten sich alle gegen sie verschworen. Erst der fremde Mönch, und nun auch noch Ivo de Chazan!

»Ihr seid närrisch!« rief sie aufgebracht, und der Zorn half ihr, die Fassung wieder zu finden. »Wenn Ihr nur gekommen seid, um mich zu beleidigen, dann hättet Ihr auch fortbleiben können. Was fällt Euch ein?«

»Beleidigen? Da sei Gott vor«, widersprach er spöttisch. »Ich bin gekommen, Euch meine Bewunderung zu Füßen zu legen, schönste Dame. Ihr habt es meisterlich verstanden, Euch einen mächtigen Beschützer zu sichern. Ich habe Euch unterschätzt.«

»Ihr kennt mich nicht«, entgegnete Marie traurig, und ihre Empörung war plötzlich wieder verflogen. »Bitte, laßt mich vorbei.«

»O nein, so einfach werdet Ihr es Euch nicht machen!« Le Diable griff nach ihrem Arm, und diese Berührung erfüllte sie beide mit einer seltsamen Magie. Ihre Augen trafen sich, und Marie versank in dem schwarzen Feuer seines Blickes, das sie lähmte und gleichzeitig auf eine unerhörte Weise lebendig machte. Wie sie ihn liebte! Wie sie ihn vermißt hatte!

»Ich bin die Eure, und Ihr wißt es!« sagte sie aus diesem Gefühl heraus, doch Ivo de Chazan ließ ihren Arm los, als hätte er sich daran verbrannt.

»Dann habt Ihr eine höchst eigenartige Weise, das zu zeigen«, knurrte er böse.

»Der König hat mich nie angerührt«, erwiderte Marie fest.

»Ich singe für ihn, das ist alles. Er schätzt die Musik, denn sie vertreibt seine Schwermut, und er ist Madame Agnès, zum Leid der Königin, sehr ergeben.«

»Erwartet Ihr, daß ich das glaube?« Le Diable konnte es kaum fassen. Entweder war sie die raffinierteste Lügnerin, die er je kennengelernt hatte, oder er hatte sich von seiner eigenen Eifersucht und dem Klatsch des Hofes wie ein Tanzbär an der Nase herumführen lassen.

»Glaubt es oder glaubt es nicht«, antwortete Marie mit ihrer wohlklingenden Stimme, die ihren Worten noch mehr Nachdruck verlieh. »Man hat mich gelehrt, daß eine Lüge Sünde ist.«

Es lag etwas so Bezwingendes in ihrer Haltung, ihrer Aussage, ihrer ganzen Persönlichkeit, daß sich der mißtrauische Ritter in diesem Moment wie ein gescholtener Junge vorkam. Es stand in seinen verblüfften Zügen, und Marie mußte unwillkürlich lächeln. Ein Lächeln, das wie eine sonnenbeschienene blaue Quelle auf den Mann wirkte, der ihr noch vor wenigen Augenblicken ohne die geringsten Skrupel am liebsten den schlanken Hals umgedreht hätte.

»Kommt!« forderte er sie unerwartet auf und hielt ihr die Faust hin, damit sie nach höfischer Sitte ihre Hand darauf legen konnte. »Ich werde den Versuch machen, Euch zu glauben, und ich hoffe mit Gott und für Euch, daß ich es nicht bereuen werde.«

Marie zögerte.

Eine innere Stimme sagte ihr, daß es besser wäre, nicht nur die Bitte um Begleitung abzulehnen, sondern auch alles, was sich daraus ergeben konnte. Es würde nur Schmerz verursachen. Tödliche Qual und Tränen. Sie mußte verrückt sein, wenn sie es trotzdem tat.

»Wohin bringt Ihr mich?« fragte sie, nachdem er sie schweigend zu den Ställen geführt hatte, wo er sein Pferd satteln ließ und für sie einen sanften Zelter herbeiführte, dessen reich geschmückter Damensattel mit Sicherheit Thérèses Neid erregt hätte.

»Laßt Euch überraschen. Sehnt Ihr Euch nicht manchmal

danach, den summenden Bienenstock des Palastes hinter Euch zu lassen?«

Woher konnte er das wissen? Sie hatte sich diesen heimlichen Wunsch nicht einmal selbst einzugestehen gewagt. Schon im Kloster hatte sie sich stets durch die Mauern eingeengt gefühlt, und auch hier erging es ihr nicht anders, mochten sie im Palast auch noch so schön mit Teppichen geschmückt oder mit wundersamen Szenen bemalt sein. Der gepolsterte Sitz am Fenster war bald ihr Lieblingsplatz geworden, denn dort konnte sie wenigstens der Illusion nachhängen, die Freiheit der Landschaft genießen zu können.

Ohne Begleitung verließen sie die Stadt, hielten sich am Ufer der Auron und erreichten um die Mittagszeit das Ziel ihres Ausfluges, von dem Ivo de Chazan am Morgen selbst noch nicht gewußt hatte, daß er ihn antreten würde.

Die kleine Burg, welche die Brücke am Fluß beherrschte, war nicht mit dem Palast in Bourges zu vergleichen, aber sie wirkte wehrhaft und bestens gerüstet. Auf den Zinnen sah man die Federkappen der Bogenschützen, und die herabgelassene Zugbrücke war von mehreren Bewaffneten bewacht. Auf dem höchsten der fünf Vierecktürme flatterte eine Standarte, auf der Marie das Kreuz von Jerusalem erkannte, um das sich eine Rose rankte.

Die respektvollen Ehrenbezeichnungen der Wache bewiesen Marie schnell, daß an ihrer Seite der Herr der Burg und des Dorfes ritt. Offensichtlich nahm er hier Quartier, wenn er sich in Bourges befand, und suchte die Stadt nur auf, wenn seine Anwesenheit dort über längere Zeit erforderlich war. Sie sah sich neugierig im Vorwerk um, das die eigentliche Burg schützte, die man danach über eine zweite Zugbrücke erreichte.

Le Diable beantwortete die Grüße, die ihm galten, nur nebenbei, er warf die Zügel seines Pferdes einem herbeieilenden Knecht zu und half Marie von ihrem Zelter. Sie fühlte sich ein wenig steif, aber jener Ritt, der nun bereits mehr als zwei Monate zurücklag, hatte sie das Reiten halbwegs gelehrt. Le Diable nickte dem herbeieilenden Haushofmeister zu und führte Marie die Stufen in die große Halle hinauf. Auch hier erkannte sie den ordentlich geführten Haushalt an den frischen Binsen, die den Boden bedeckten, und am honigmatten Glanz der polierten Tischplatten und Schauschränke.

Le Diable ließ ihr jedoch keine Zeit, sich umzusehen, sondern wandte sich einer schmalen Steintreppe zu, die sich mit einem halbhohen, von Steinmetzhand in ein Rankenwerk verwandeltes Geländer nach oben zog. Er bog in keinen der beiden Gänge ab, die davon abzweigten, sondern stieg unverdrossen höher.

Aus den schmalen Fenstern fiel dämmeriges Licht in das Treppenhaus, und Marie war völlig unvorbereitet auf den gleißenden Sonnenschein, der sie umfing, sobald Ivo de Chazan eine schmale Pforte aufstieß, bei der er sich sogar bücken mußte, damit er mit seiner hohen Gestalt hindurchpaßte. Sie blinzelte geblendet und spürte, daß er sie über die Schwelle leitete, ehe sie, von Wärme und Duft umfangen, atemlos stehenblieb.

Sie befand sich auf dem zinnenbewehrten Dach des Haupthauses, dessen äußere Mauern so hoch gezogen waren, daß sie gegen den Wind Schutz boten, der hier oben zweifelsohne oft wehte. Diese Mauern schienen ein kleines Paradies zu umfangen. Bunt glasierte Fliesen bedeckten den Boden, und wo das Auge hinfiel, standen in Töpfen und Wannen, in Kübeln und Körben üppig blühende Pflanzen. Zumeist Rosen in allen Farbtönen und Blütengrößen, dazwischen dufteten Lavendel und Thymian, Salbei und Melisse.

Zu ihrer Rechten befand sich eine Art offene Laube, mit schlanken Steinsäulen, die rundherum mit farbigen Glasstückchen geschmückt waren und wirkten, als seien sie mit bunten Bändern umkränzt. Beide Bänke und ein steinerner Tisch wurden von einer Fülle von Rosen umrankt, und das hölzerne Gitter, das ihnen Halt bot, warf ein Rautenmuster aus Licht und Schatten über den Boden, auf dem ein kostbarer Teppich lag, in dessen Muster sich die Blüten wiederholten.

Über all dem schwebte wie ein sommerliches Lied das Summen von Bienen und anderen Insekten, während die Schwalben hoch über ihnen durch das Azurblau des Sommerhimmels schossen und mit schrillen Schreien ihre Lebensfreude verkündeten. »Wie schön das ist«, flüsterte Marie und berührte vorsichtig eine schwere, dunkelrote Rose, deren Gewicht der dornige schlanke Stiel, auf dem sie schwebte, kaum tragen konnte.

»Der Garten meiner Mutter«, sagte Ivo de Chazan ruhig. »Ich habe einen maurischen Gärtner aus Spanien kommen lassen, der ihre Rosen pflegt und dafür sorgt, daß sie die Schwankungen unseres Klimas vertragen. Sie sind in Behältnisse gepflanzt, damit man sie in kühleren Zeiten ins Haus tragen kann.«

»Warum ... warum habt Ihr mich hierhergebracht?« Marie wandte ihm das Gesicht zu, aber er weigerte sich, sie anzusehen. Sein Blick glitt über sie hinweg zu den glitzernden Säulen der Laube.

»Das Lied, welches Ihr gestern abend für den König gesungen habt, hat mich daran erinnert«, gab er zu, und sie hatte den Eindruck, daß er sich jedes Wort abringen mußte. »Ich bin seit Jahren nicht mehr hier oben gewesen ...«

»Aber ...« Sie sprach nicht weiter, doch ihre Handbewegung, mit der sie die blühende Pracht umfaßte, sagte mehr als alle Worte, was sie meinte.

»Ich wollte, daß alles so bleibt, wie es meine Mutter schätzte«, entgegnete Le Diable. »Das bedeutet nicht, daß ich mich in Rosenlauben wohlfühle. Die Zeiten meiner Jugendtorheiten sind vorbei.«

Marie ahnte, daß er damit auf seine Gemahlin anspielte, aber sie verriet nicht, daß sie Bescheid wußte. Wie konnte man einen Mann betrügen, der das Herz hatte, ein solches Kleinod über Jahre hinweg zu hüten?

»Mein Vater ließ diesen Garten vor vielen Jahren anlegen, um ihr Heimweh zu lindern. Er brachte meine Mutter aus Jaffa mit. Sie war die Tochter eines jüdischen Händlers, bezaubernd schön, gut und in ihrem Herzen christlicher als andere, die sie für ihren Glauben und ihre Hautfarbe verurteilt haben. Hier oben konnte sie vergessen, daß sie aus Liebe in ein kaltes und unfreundliches Land entführt worden war.«

Marie schluckte. »Das klingt, als würdet Ihr es Eurem Vater zum Vorwurf machen, daß er es getan hat.«

»Wenn er sie in ihrer Heimat gelassen hätte, würde sie vielleicht noch leben«, erwiderte er und verriet damit mehr von seinen Gefühlen, als ihm lieb war.

»Wenn er das getan hätte, gäbe es Le Diable nicht, und das würde mir das Herz brechen.« Marie sagte es so schlicht, daß Ivo de Chazan die Bedeutung ihres Satzes erst ein paar Herzschläge später voll erfaßte.

»Geht nicht so leichtfertig mit Eurem Herzen um, meine Kleine«, murmelte er rauh und nahm sie endlich in seine Arme. »Es tut nicht gut, sich derart an einen Menschen zu hängen. Laßt uns den Sommer genießen, es soll Euer Schaden nicht sein.«

Marie unterließ es, ihn auf den Widerspruch in seinen Worten hinzuweisen. Der gekränkte, eifersüchtige Mann, der sie die »Nachtigall des Königs« genannt hatte, war ebenso Le Diable wie der verschlossene Burgherr, der sich seine Gefühle nicht anmerken lassen wollte. Er zürnte sich selbst, sobald er seine Maske fallen ließ und mehr von sich preisgab als das Bild, das der Hof von Le Diable geschaffen hatte. Er hielt die Welt auf Distanz. Er fürchtete keinen Kampf, aber jede sanfte Empfindung.

Das respektvolle Klopfen an der Pforte erforderte Aufmerksamkeit, und Chazan gab Marie frei, um zu öffnen. Zwei Lakaien in schwarz-silberner Livrée begannen in der Laube den Tisch für einen Imbiß zu decken, was Marie plötzlich daran erinnerte, daß sie an diesem Tag außer einer Scheibe Brot mit Honig und einem Becher Milch noch nichts zu sich genommen hatte. Ihr Magen hatte sich mühelos an die üppigen Mahlzeiten des Hofes gewöhnt und protestierte schmerzend gegen aufgezwungenes Fasten.

Sie mußte nicht zweimal aufgefordert werden zuzugreifen. Sie ließ sich zu gerne auf den üppigen Seidenpolstern nieder und naschte von den zahllosen Köstlichkeiten, die in Schüsseln, auf Platten und in leinenausgelegten Körbchen bereitstanden.

Chazan selbst trank lediglich etwas Wein und sah ihr dabei zu, wie sie mit kindlichem Vergnügen alle Speisen durchprobierte.

Er wurde nicht müde, die verschiedenen Facetten ihrer Persönlichkeit zu studieren. Die stolze kleine Novizin, die jene anstrengende Flucht mit zusammengebissenen Zähnen und ohne einen Laut der Klage hinter sich gebracht hatte, während ihre Gefährtin pausenlos jammerte, gehörte der Vergangenheit an. Im Moment erinnerte sie ihn eher an ein verspieltes Kätzchen, das zwischen Sahne und Kuchen schwankte, sich nicht entscheiden konnte und deshalb genußvoll beides probierte.

Sie brachte seine Phantasie auf Abwege, und er griff hastig nach dem Weinbecher, um die plötzliche Hitze zu lindern, die in seinem Körper aufstieg. Er erinnerte sich nur zu gut an die Süße dieser Lippen und die unvermutete Leidenschaft, als sie seine Küsse mit einem Hunger erwidert hatten, der dem seinen in nichts nachstand. Beim Henker, daß es ihm so schwerfallen würde, kühles Blut zu bewahren, hatte er selbst nicht ahnen können!

Marie ließ das Aprikosentörtchen sinken, in das sie eben hatte beißen wollen. Ihre außergewöhnliche Sensibilität ließ sie die Veränderung der Atmosphäre so deutlich spüren wie das Nahen eines Gewitters. Zu Beginn ihrer gemeinsamen Stunden war er wütend gewesen. Eifersüchtig, zornig und böse, danach nüchtern, abwartend und von distanzierter Höflichkeit. Die Ankunft auf seiner Burg hatte ihn dazu verleitet, wenigstens ein paar seiner sorgsam verborgenen Geheimnisse zu lüften, und nun hatte sich seine Stimmung erneut geändert.

Er strahlte eine fiebrige Spannung aus, an die sie sich nur zu gut erinnerte und auf die ihr Körper unverzüglich reagierte. Verlangen erfüllte ihn, eine verräterische Schwäche. Unwillkürlich befeuchtete Marie sich die Lippen. Feine Schweißperlen bildeten sich auf ihrer Stirn, doch sie machte keine Anstalten, sie fortzuwischen.

Es war, als läge feinstes Glas zwischen ihnen, und jede falsche Bewegung würde es zersplittern lassen. Das Törtchen rutschte aus ihren Fingern und fiel zwischen die Schüsseln, ohne daß sie es merkte. Le Diable registrierte die feine Röte, die ihr langsam in die Wangen stieg.

»Beim Henker, Ihr seht aus, als könntet Ihr jeden einzelnen meiner Gedanken lesen«, fluchte er plötzlich unbeherrscht und sprang auf. Es kam selten vor, daß er sich so verlegen fühlte.

»Es tut mir leid«, murmelte Marie. Das Rot auf ihren Wangen vertiefte sich, und sie senkte die Lider. Sie konnte nur hoffen, daß er nicht ahnte, wie leidenschaftlich sie nach ihm verlangte.

»Wie ist das möglich?« Le Diable schüttelte den Kopf, als könne er damit den Spuk vertreiben. Zwei tiefe Falten furchten seine Stirn.

»Ich weiß es nicht«, flüsterte Marie. »Ich habe es schon als Kind gemerkt. Sobald ich meine Aufmerksamkeit auf jemanden richte, empfinde ich seine Gedanken und Gefühle mit, als wären es meine eigenen. Normalerweise kann ich es besser verbergen. Die Menschen mögen es nicht, wenn man sie durchschaut. Die Mutter Oberin wurde immer sehr böse, wenn ich mich verplapperte. Ich kann es nicht abstellen ...«

»Bei Gott ...« Le Diable unterdrückte im letzten Moment einen Fluch. »Es gibt Momente, in denen ich mich wirklich frage, ob du nun Engel oder Hexe bist. Ich sollte die Finger von dir lassen, aber ... Ich kann es nicht!«

»Warum wehrt Ihr Euch dagegen?« fragte Marie verwundert und stand ebenfalls auf. Sie trat so nahe zu ihm, daß sie ihre Handflächen auf seine Brust legen konnte und den Wein in seinem Atem roch. Sie fühlte, wie seine Brust sich heftig und angestrengt hob und senkte. Sie schaute Le Diable an. »Wehrt Euch nicht. Ich tue es doch auch nicht. Es ist ohnehin stärker als unser Wille! Es ist vorherbestimmt.«

Seine Arme schlossen sich um sie, und er drückte mit einer eher groben Bewegung ihren Kopf an seine Schulter. Sie hörte seinen dumpfen Herzschlag, während sie die Augen schloß und sich dem Fieber ergab, daß unter seinen Händen in ihr aufloderte. Sie ergab sich, besiegt von der Erkenntnis, daß es nur ein Wort für die vielfältigen Empfindungen geben konnte, die Ivo de Chazan in ihr weckte. Liebe.

10. Kapitel

»Ihr?« Angèle de Saint Pol erblaßte und hielt sich an der geschnitzten Lehne des gepolsterten Sessels fest, aus dem sie sich eben erhoben hatte.

Sie erkannte das steinerne Gesicht unter der Mönchskapuze auf den ersten Blick, und sie fand ihre Ahnungen, die sie stets für sich behalten hatte, bestätigt.

Guy de St. Doye war nicht der Mann, der die Dummheit beging, in einem Feuer umzukommen, das in seinem eigenen Schlafzimmer ausbrach. Noch dazu, wenn er bei Ausbruch des Brandes im Begriffe gewesen war, die Tochter des eigenen Bruders zu vergewaltigen. Eine dumme Anwandlung von Begierde, die ihn ruiniert hatte. Neben dem Schrecken empfand Dame Angèle auch so etwas wie Schadenfreude.

»Ich sehe Euch entzückt über meine Auferstehung«, grüßte der Mönch die kreidebleiche Edeldame und ließ sich ruhig in einem Stuhl nieder, während sie immer noch um Fassung rang.

»Guy«, murmelte sie mit bebenden Lippen. »Warum habt Ihr Euch als Mönch verkleidet? Wollt Ihr mir weismachen, daß Ihr Buße für Eure Sünden tut?«

»An diese Möglichkeit habe ich, ehrlich gesagt, noch nicht gedacht!« Ein zynisches Lächeln, das die Augen nicht erreichte, spielte um seinen Mund. »Ihr seht mich in dieser zugegeben uneleganten Aufmachung, weil ich in Bourges eine Aufgabe zu erfüllen habe und weil es mir nicht angemessen erscheint, meine Auferstehung bekannt zu machen.«

»Ihr seid mit der Abordnung des Bischofs von Paris gekommen«, erriet seine Gattin. »Was habt Ihr vor? Euer Name ist bei Hof geächtet, und der König hätte Euer Leben gefordert, wenn Ihr nicht vorher verschwunden wärt. Richard hat dafür gesorgt, daß Eure Verbrechen nicht in Vergessenheit gerieten.«

»Richard! Dieser Schwachkopf ist ohnehin an allem schuld«, fuhr der falsche Mönch auf. »Wo steckt er? Warum ist er nicht hier?«

»Er ist bei der Herzogin-Königin in Angers, und wenn nicht dort, dann bei seinen Töchtern.«

»Die Töchter der Hexe, in der Tat, Ihr liefert mir das Stichwort, meine Liebe. Es gibt, wie Ihr Euch unschwer denken könnt, einen triftigen Grund für mein Erscheinen bei Euch.«

Die Dame Saint Pol schnaubte indigniert. »Daß es nicht die Liebe zu Eurer Familie ist, war mir klar. Habt Ihr einmal darüber nachgedacht, was Eure unverzeihlichen Taten für mich und für Euren Sohn bedeutet haben? Ich habe all meinen Einfluß bei der Königin aufwenden müssen, damit wir den schlimmen Skandal überstehen konnten.«

»Helft mir, und Ihr werdet das Recht bekommen, Euch an jenen, die all das verschuldet haben, zu rächen. Wollt Ihr, daß Gilles der nächste Graf von Mesnières wird und das Vermögen in seine Hände übergeht?« Guy de St. Doye hatte eine Art, seine Ziele zu formulieren, die seine Gattin stets sehr beeindruckt hatte. Es gab beileibe keine Zuneigung zwischen ihnen, aber ihr Sohn war ein gemeinsames Band, und seine Zukunft wollten sie beide gesichert sehen.

»Wie wollt Ihr das fertigbringen?« Die Dame lachte verächtlich. »Dazu müßt ihr schon den König beseitigen, denn er wird nicht bereit sein zu vergessen.«

»Ich sehe, wir verstehen uns.« Der Mönch nickte und schob seine Hände zu beiden Seiten in die Ärmel der Kutte. »Genau das ist mein Plan und meine Aufgabe. Hört mir zu, denn Ihr werdet mir helfen ...«

Er begann einen Plan zu entwickeln, und je länger er sprach, desto fassungsloser betrachtete ihn seine Gattin, bis sie schließlich hilflos auf das Taburett sank. Sie sah den Mönch ungläubig und entsetzt an.

»Wollt Ihr behaupten, der Bischof sähe lieber einen englischen König auf dem französischen Thron?« sagte sie, als er geendet hatte.

»Selbstverständlich, wenn dieser König ein unmündiges Kind ist, das über seine Ratgeber manipuliert werden kann. Denkt nach, Frau! Ich habe das Wort Cauchons, daß ich nach dem Tod des Königs in alle meine Ämter und Ehren wieder eingesetzt werde. Entscheidet Euch, auf wessen Seite Ihr stehen wollt.«

Das war beileibe keine Frage für Angèle de Saint Pol, vor allem nicht, wenn sie bedachte, welche Rolle Marie-Inconnue in diesem verbrecherischen Plan spielen sollte. Woher wußte ihr Gatte von dem Haß, den sie für dieses Mädchen empfand?

»Und warum gerade die Sängerin?« konnte sie sich nicht zurückhalten zu fragen.

»Wo bleibt Euer Verstand?« bellte Guy de St. Doye. »Ist Euch die Ähnlichkeit entgangen? Wißt Ihr nicht, daß das Kloster der Damen vom Wald eine Gründung der Grafen von Mesnières ist? Wohin sonst hätte Clemence die neugeborenen Zwillinge bringen sollen, wenn nicht dorthin? Ich hatte sie gleich im Verdacht, aber die Äbtissin hat es steif und fest abgestritten, als ich es ihr auf den Kopf zusagen wollte. Es war ein Fehler, dem Weib zu glauben. Aber andererseits ... es verleiht unserem Triumph die entsprechende Würze, findet Ihr nicht auch? Melisandes Tochter, die verachtete Hure des Königs ...«

Seine Gattin starrte ihn an, und sogar sie hatte Mühe, einen furchtsamen Schauer zu unterdrücken. »Es waren Zwillinge, hat es geheißen. Wo ist das zweite Kind?«

»Offensichtlich tot. Es ist ohnehin ein Wunder, daß eines von ihnen überlebt hat. Neugeborene, die unter solchen Umständen zur Welt kamen.«

»Melisandes Tochter ...«, murmelte die Dame Saint Pol. Melisande de Guînes, ihre schöne Schwägerin, die keinen Hehl aus ihrem Mitleid mit der knochigen Angèle gemacht hatte, die an den Krüppel Guy de St. Doye gefesselt war. Aber nun würde sie sich für all diese Demütigungen rächen können! Mit einem Ruck hob sie den Kopf.

»Ich bin die Eure! Sagt mir, was ich zu tun habe, und erinnert Euch an mich, wenn wir gesiegt haben«, gab sie ihr Einverständnis.

»Wußte ich's doch.« Der Mönch lachte sein unheimliches Lachen und nickte ihr zu. »Laßt uns ein Ende machen mit den

Töchtern der Hexe! Stellt Euch vor, wie es sein wird, am Ende zu triumphieren!«

Ihre Blicke trafen sich, und Angèle, die nur wenig Skrupel besaß und vor Haß und Neid das Maß verloren hatte, schrak vor der nackten Rachgier zurück, die auf den Zügen des Mannes stand, den sie geheiratet hatte. Melisande de Guînes hatte seine Liebe voller Abscheu zurückgewiesen und damit das Verhängnis für sich und ihre Kinder heraufbeschworen.

Marie ahnte nichts von den schwarzen Wolken, die sich über ihrem Haupt zusammenzogen. Der verwunschene Garten zwischen den Zinnen der Burg schien so wenig zur realen Welt zu gehören wie der Mann, der für kostbare Augenblicke darauf verzichtete, jene Maske aus Rücksichtslosigkeit, Spott und Unverletzbarkeit zu tragen, die zu ihm gehörte wie das schwarze Glühen in der Tiefe seiner Augen.

In seinen Armen, zwischen den üppig gepolsterten Seidenkissen der Laube fühlte sie sich auf seltsame Weise losgelöst und ein Teil des Sommers und der Blumen, die sie umgaben und deren Düfte sie mit jedem Atemzug in sich aufnahmen. Sie hob verträumt die Hand und berührte mit ihren Fingerspitzen die verschorfte Wunde auf seiner Wange. Er würde eine Narbe zurückbehalten. Das Zeichen eines Hiebes, den er erhalten hatte, so wie die Narben seines Herzens von einer leichtsinnigen, dummen Person geschlagen worden waren, die ihn verraten und betrogen hatte.

»Ich würde mir wünschen, über Eure Fähigkeit zu verfügen, in anderen Menschen zu lesen«, murmelte er, während er jeden einzelnen Finger ihrer schmalen Hand küßte. »Dann würde ich wissen, was hinter Eurer Stirn vorgeht, wenn sich das Grün Eurer Augen verdunkelt. Woran denkt Ihr, *Petite*? Es mißfällt mir, wenn Ihr mich flieht, und sei es auch nur in Gedanken . . .«

Seine Lippen fanden die Innenseite ihres Handgelenkes und vereitelten ohnehin jeden Versuch, einen klaren Gedanken zu bewahren. In dem Wissen, daß sie einem launischen Schicksal diese Stunden stahl, leistete sie keinen Widerstand, als er sie aus ihren Kleidern befreite. Keine falsche Scham beeinträchtigte die Natürlichkeit, mit der sie sich mit Körper und Seele hingab. Bedingungslos, ohne etwas zu fordern und ohne den kleinsten Zweifel an der Richtigkeit dessen, was sie tat.

Für Le Diable wurde sie damit zu einer Frau, die er nicht einordnen konnte, die sich so sehr von allen anderen unterschied, daß ihn das Rätsel ihrer vielschichtigen Persönlichkeit ebenso anzog, wie die unbestreitbare Verführungskraft ihres makellosen Körpers.

Bis jetzt war er keiner Frau begegnet, unter deren wundervoller kühler Haut ein solches Feuer geglüht hatte.

»Es wäre ein Verbrechen gewesen, deine Schönheit für immer und ewig unter dem strengen Habit einer Nonne zu verstecken«, raunte er heiser und liebkoste die zarten Linien ihrer Hüften, ehe seine Hand nach oben glitt und die feste Rundung ihrer Brüste umschloß. Er spürte, wie die festen Spitzen sich aufrichteten und gegen seine Hand drückten, und er stöhnte unwillkürlich auf. Marie hatte nicht gewußt, daß ihr Körper über so viele so empfindsame Stellen verfügte und daß schon die leichteste Berührung Ivos dort einen Sturm der Leidenschaft in ihr weckte und den Wunsch, ganz mit diesem Mann zu verschmelzen. Das sinnliche Spiel, daß Ivo de Chazan mit seinen Lippen und seiner Zunge spielte, ließ sie leise wimmern.

Sie merkte nicht, daß er sich mit Absicht zurückhielt, um ihr seine Macht zu demonstrieren. Daß er sie beherrschen wollte, um dieses Mal die Kontrolle zu behalten, damit er nicht wie in jener Mondnacht wie ein verliebter Jüngling den Kopf verlor. Er glaubte, sich dessen sicher zu sein.

Sein Mund wanderte tiefer, bedeckte den flachen Bauch mit spielerischen Küssen und winzigen Bissen, die ihr ein übermütiges Kichern entlockten, das abbrach, als seine Lippen noch weiter nach unten glitten und er sanft ihre Beine spreizte, so daß sie links und rechts von seinen Schultern ruhten.

»Wie schön du bist, meine Geliebte«, sagte er rauh. »Keine dieser Rosen kann zarter und schöner sein als du ...«

Marie keuchte auf, als er sie mit der Zunge liebkoste und sie auf eine Art und Weise berührte, wie sie intimer nicht sein konnte. Sie stöhnte auf, wollte dieser süßen Qual entfliehen und drängte sich ihm doch nur näher entgegen, weil es so schön war, daß sie nicht genug davon bekommen konnte.

Wie ein Vulkan brach die Ekstase in ihr auf, und als Le Diable im selben Moment mächtig und stark in sie eindrang, schrie sie vor Wonne hell auf. Ihre Augen weiteten sich, und er spürte die Schauer der Lust, die über ihren Körper liefen und ihn nur noch mehr erregten.

Es war mehr, als ein Mann ertragen konnte! Sie empfing ihn so köstlich, so fest, kam seinen Bewegungen so leidenschaftlich entgegen, daß seine Beherrschung sich in absolut nichts auflöste.

Es schien ihm, als gäbe er sich selbst auf, als schenkte er sich in dem gleichen Maße dieser leidenschaftlichen, sinnlichen Frau, wie sie sich ihm freudig und bedingungslos hingab.

Gemeinsam wurden sie zu einem Höhepunkt der Leidenschaft fortgerissen, wie ihn Ivo de Chazan noch mit keiner Frau erlebt hatte. Es fiel ihm schwer, in die Wirklichkeit zurückzukehren, und auch Marie lag heftig atmend und mit geschlossenen Lidern da, als hätte sie alle Lebenskraft an ihn dahingegeben.

Sie war eine Kostbarkeit, etwas ganz Besonderes, und er wollte sie künftig mit seinem Leben schützen. Das schwor er ihr in diesem Moment, auch wenn seine Lippen stumm blieben. Sie hatte an sein Herz gerührt, von dem er gedacht hatte, daß es schon vor vielen Jahren empfindungslos geworden war. Aber er vergaß nicht, daß er damals gelernt hatte, seine Schwüre für sich zu behalten, einer Frau nicht die Macht über sich zu geben.

Marie spürte seinen Atem an ihrer Wange. Wie sie ihn liebte! Aber auch ihre Lippen blieben stumm.

Eine innere Stimme sagte ihr, daß es nicht ratsam wäre, ihn das volle Ausmaß seiner Macht über sie erkennen zu lassen. Noch war nicht die Zeit gekommen, allen Argwohn zu vergessen.

Sie fröstelte plötzlich, denn der angsteinflößende Schatten einer dunklen, verkrüppelten Gestalt stand plötzlich vor ihren Augen. Ihr war eiskalt, obwohl die Sonne noch hoch am Himmel stand ...

11. Kapitel

»Wo habt Ihr gesteckt? Dame Angèle hat nach Euch gesucht, der König hat nach Euch geschickt, und niemand konnte sagen, wo Ihr Euch befindet? Ihr habt eine Wichtigkeit erreicht, die mich erstaunt.«

Marie hörte den Unterton von Neid in Thérèse d'Alespées Stimme. Sie hatte sich als Maries Beschützerin gefühlt, als eine Art Herrin, die einer armen Waise den Weg in ein glanzvolles Leben öffnete. Nun hatte sich der Schmetterling aus eigener Kraft in den Himmel geschwungen und sie auf der Erde zurückgelassen. Zudem entpuppte sich die Ehe, die sie sich so trotzig erstritten hatte, nicht als das vollendete Paradies, das sie voller Naivität erwartet hatte. Kein Wunder, daß sie Marie so vorwurfsvoll anschaute und die Arme in die Hüften stemmte.

»Es tut mir leid, Euch verärgert zu haben«, sagte Marie sanft, ohne die Fragen zu beantworten. Thérèse war in das Zimmer gestürmt, wo Fatma sich bemühte, ihre zerzausten Haare zu entwirren, um Marie in der kurzen Zeit, die noch bis zum abendlichen Bankett blieb, wieder in einen präsentablen Zustand zu versetzen.

»Wo wart Ihr?« wollte Thérèse wissen, ohne sich um die Anwesenheit der dunkelhäutigen Kammerfrau zu kümmern, die sie normalerweise ängstigte.

»Nicht im Palast«, wich Marie aus. Ihre verhängnisvolle Leidenschaft für Le Diable mußte ihr Geheimnis bleiben. »Ihr habt mir nie gesagt, daß ich eine Gefangene dieser Mauern bin und das Schloß nicht verlassen darf.«

»Das seid Ihr auch nicht.« Die Dame d'Alespée schüttelte unwirsch den Kopf. »Aber hat Euch nie jemand mitgeteilt, daß Ihr Euch bei der Oberhofmeisterin abmelden müßt, wenn Ihr geht?«

Nein, natürlich hatte das niemand getan. Jedermann hatte angenommen, daß die Novizin ohne Eltern und Familie ohnehin keine Menschenseele kannte, wohin also sollte sie gehen? Weshalb das einzige Dach verlassen, unter dem sie Schutz gefunden hatte?

Marie ersparte sich eine Antwort. Im Grunde wäre sie liebend gerne allein gewesen, um die Geschehnisse dieses langen Tages in Ruhe zu überdenken. Sie hatte das befremdliche Gefühl, daß es für ihr Leben und ihre Zukunft wichtig war, daß sie nichts vergaß und nichts von dem übersah, was sich in den vergangenen Stunden ereignet hatte.

Doch es fiel ihr schwer, an etwas anderes als die heiße Leidenschaft und die beschützende Zärtlichkeit zu denken, mit der ihr Le Diable begegnet war. Eine Freundlichkeit, die in so krassem Gegensatz zu seinem sonstigen, harten Wesen stand, daß sie sie für die Zukunft hoffen ließ.

Kaum etwas in ihrem bisherigen Leben war ihr so schwer gefallen, wie ihre Hände aus seinem Griff zu befreien, als er ihr vor den königlichen Ställen aus dem Sattel half. Sich von ihm abzuwenden und in den Palast zu gehen. Es war nur ein kleiner Abschied, da sie sich beim Bankett wiedersehen würden, und doch bereits eine Wunde, die schmerzte.

»Das Bankett des Königs findet heute zur Ehre der Abordnung aus Paris statt.« Thérèse wechselte das Thema, als ihr klar wurde, daß Marie ihr Geheimnis für sich behalten würde. »Wie es scheint, möchte seine Majestät sich nicht mit dem Bischof anlegen, aber er wirkt auch wenig daran interessiert, auf die Vorschläge seiner Eminenz einzugehen. Jacques sagt, daß ihm daran liegt, Zeit zu gewinnen und keine Mißstimmung aufkommen zu lassen.«

Marie neigte den Kopf, damit Fatma den samtüberzogenen, eisblauen Hennin auf den hochgesteckten Haaren befestigen konnte, von dessen Spitze ein hauchfeiner silberner Schleier wehte. Der enge, spitz zulaufende Kopfputz umspannte ihre Schläfen wie ein Ring, und sie hätte gerne darauf verzichtet. Aber er war nun einmal die modische Krönung der silberblauen Robe, die sie trug. Mit dem schlichten Schnitt und ohne die üppige Schleppe, die den Edeldamen zustand, betonte das Gewand gerade durch seine Einfachheit Maries Schönheit.

Ohne den Schmuck ihrer auffälligen Locken, die völlig unter dem Hennin verschwunden waren, erinnerte sie Thérèse zwar wieder an die fromme Novizin, die sie im Kloster getröstet hatte, aber der tiefe V-Ausschnitt, der ihre Brüste halb entblößte, war alles andere als klösterlich. Und die cremefarbene Haut bekam durch das stählerne Blau der Robe einen besonders seidigen Schimmer.

»Wie schön Ihr seid«, flüsterte Thérèse neiderfüllt. »Kein Wunder, daß der König in Eurer Gegenwart freundlicher dreinschaut. Werdet Ihr ihn erhören? Habt Ihr ihn schon erhört?«

Marie runzelte unwillig die Stirn. »Wann werdet Ihr aufhören, mir ständig ein- und dieselbe dumme Frage zu stellen?« entgegnete sie nüchtern. »Ich habe nicht im geringsten die Absicht, die Dame Agnès zu entthronen, und ich liebe die Königin zu sehr, um sie durch eine solche Beleidigung zu kränken.«

Die neue Madame d'Alespée gab einen leisen Laut der Ungeduld von sich. Sie wollte sich nicht wieder vertrösten lassen, wie Marie dies am Vormittag so geschickt getan hatte. »Ihr braucht Euch nicht auf das hohe Roß der tugendsamen Dame zu setzen, Marie! Ich weiß, daß Ihr nicht mehr die Jungfrau seid, für die Ihr Euch ausgebt ...«

Marie antwortete nicht, aber die sichtbare Röte, die über ihr Antlitz glitt, verriet sie nur zu deutlich. Die Jahre im Kloster waren schließlich nicht spurlos an ihr vorübergegangen. Daß sie eine Sünde beging, indem sie sich Le Diable hingab, wußte sie auch ohne ihre einzige Freundin.

»Ihr braucht Euch nicht zu schämen!« Thérèse d'Alespée drängte sich näher an sie, als sie aufstand, damit Fatma die weiten Ärmel, deren Futter bis zum Boden reichte, richtig drapieren konnte. »Es ist schließlich keine Schande, seinem König zu dienen. Ihr besitzt sein Ohr und sein Herz, was wollt Ihr mehr? Niemand bei Hofe übt größeren Einfluß auf ihn aus. Ihr habt Macht!«

»Ihr redet Unsinn!« widersprach Marie. Sie spürte deutlich, daß Thérèse etwas auf dem Herzen hatte, daß sie eine Bitte aussprechen wollte, die Marie ohnehin nicht erfüllen konnte. »Bitte, verschont mich mit diesen Spekulationen. Außerdem habt Ihr selbst gesagt, daß wir uns beeilen müssen. Ehe das Bankett beginnt, werde ich die Dame St. Pol aufsuchen müssen.«

In diesem Moment erschien es ihr sogar ratsamer, sich den spöttischen Spitzen ihrer Feindin auszusetzen, als eine junge Frau vor den Kopf stoßen zu müssen, die sie trotz deren Fehler und ihres Ehrgeizes mochte.

»Bitte!« Thérèse packte sie am Arm und hielt sie zurück. »Der König ist nicht bereit, seine verdienten Kämpfer über das bisherige Maß hinaus zu ehren. Aber das ist ungerecht. Mein Gatte ist der jüngste Sohn seiner Familie, er kann nur zum Grafen werden, wenn der König ihm eine Grafschaft zuspricht ...«

Da war sie also, diese Bitte, die Marie so gefürchtet hatte, weil sie ihr nicht nachkommen konnte.

»Seid vernünftig, meine Liebe,« appellierte sie an Thérèse. »Es steht nicht in meiner Macht, den König um Titel und Grafschaften zu bitten. Ihr wißt doch selbst am allerbesten, daß ich nur die Gnade der Königin besitze und sonst nichts!«

»Und das hier?« Die Dame d'Alespée zupfte an Maries Kleid und machte dann eine Handbewegung, die das ganze prächtig ausgestattete Gemach umfaßte. »Wer hat Eure Truhen mit Gewändern gefüllt? Eure Wohnung mit Wandbehängen und Eure Schatulle mit juwelenbesetzten Nadeln und goldenen Gürteln? O ja, ich bin vernünftig, Marie-Inconnue, vernünftig genug, um zu wissen, daß sich hinter Eurem heuchlerischen, heiligen Getue eine raffinierte Person versteckt.«

Marie erblaßte. Einen solchen Streit hatte sie gefürchtet und vermeiden wollen. Thérèses Worte taten ihr weh.

»Ihr tut mir unrecht«, entgegnete sie trotzdem ruhig. »Ihr wißt genau, daß ich diesen vermeintlichen Reichtum dem Seigneur de Chazan verdanke, der mich großzügig ausgestattet hat, weil er sich Vorwürfe machte, mich aus der Sicherheit des Klosters gegen sein besseres Wissen entführt zu haben.«

»Le Diable? Nein, das glaube ich nicht mehr, auch wenn Ihr zur Tarnung diese Maurin in Euren Diensten habt. Ihr wollt dem Hof glauben machen, daß dies so ist, aber niemand hält es für die Wahrheit. Le Diable hat kein Herz für die Damen. Er nimmt sie und vergißt sie, sobald er ihr Bett verlassen hat. Er hat sich noch nie die Mühe gemacht, einer von ihnen Geschenke zu machen.«

Marie preßte die Hände gegeneinander und zermarterte sich den Kopf nach einem Argument, das Thérèse endlich zum Schweigen bringen würde. Begriff die junge Frau nicht, daß sie dabei war, ihre oberflächliche Freundschaft in Abneigung zu verwandeln?

»Was fordert Ihr von mir?« fragte sie müde und resigniert.

»Den Dank für das, was ich für Euch getan habe«, erklärte Thérèse d'Alespée kühl. »Ohne mich würdet Ihr immer noch fromme Lieder singen und vergeblich von der Freiheit träumen. Ihr hättet ja nicht einmal den Mut gehabt, mich zu begleiten, wenn ich Euch nicht überrumpelt und einfach mitgezerrt hätte.«

»Meinen Dank? Ich habe Euch längst gedankt ...«, wehrte sich Marie.

»In Worten!« Die junge Edeldame winkte verächtlich ab. »Worte sind wohlfeil. Taten beweisen viel mehr. Es gibt da eine Grafschaft, die an das Besitztum der Alespées grenzt und die ein paar reiche Marktflecken umfaßt. Setzt Euch beim König dafür ein, daß mein Gatte der Graf von Gaucourt wird, und wir sind quitt.« Thérèse d'Alespée rauschte aus dem Gemach und klemmte sich die meterlange Schleppe, die ihr Hofkleid zierte, in der zufallenden Tür ein. Weder Fatma noch Marie waren ihr behilflich, als sie die Pforte noch einmal aufstoßen mußte, um die üppigen, bestickten Atlasfalten zu bergen.

Marie, weil sie das Gesicht in den Händen verborgen hatte. Fatma, weil sie in den langen Jahren ihres Lebens gelernt hatte, daß man für Damen wie Thérèse nicht mehr als ein herumstehendes Möbelstück war, das man nicht zur Kenntnis nahm.

»Heilige Mutter Gottes, was soll ich tun?« fragte Marie traurig. Sie wußte, daß Thérèse sich von einer Freundin in eine Feindin verwandeln würde, wenn sie sich widersetzte. Eine weitere Feindin an einem Hof, wo man ihr ohnehin nicht sehr freundlich gesinnt war. Aber selbst wenn sie es gewollt hätte, hätte sie Thérèse nicht helfen können. Sie alle irrten sich, wenn sie ihr Einfluß auf den König unterstellten. Ihn anzusprechen, ihn gar mit Bitten zu belästigen würde nur sein ohnehin ständig schwelendes Mißtrauen wach rufen.

Freilich ... Marie ließ die Hände sinken, und eine kleine steile Falte zeigte sich auf ihrer sonst so glatten Stirn. Wenn sie nun absichtlich das Mißfallen des Monarchen erregte, so sehr, daß er nicht einmal mehr ihre Musik hören wollte? Einen ersten Schritt dazu hatte sie an diesem Tag ja bereits getan. Sicher hatte es den König verärgert, daß man sie nicht fand, als er nach ihr schickte. Wenn sie in Ungnade fiel und er sie nicht mehr in seiner Nähe duldete, brauchte sie auch derartige Bitten nicht vorzubringen. Sicher würden ihr dann zwar die niedrigsten Arbeiten im Haushalt der Königin übertragen, aber das war immer noch besser, als der Gegenstand von Intrigen und Phantasien zu sein.

Sie würde einen Weg finden müssen, diesen Plan zu verwirklichen. Möglichst bald, damit es für die Dame d'Alespée so aussah, als habe sie sich zu spät an Marie gewandt. Daß seine Majestät unter schwankenden Stimmungen litt und eine einmal gefaßte Meinung oft änderte, wußte der ganze Hof. Niemand würde Absicht hinter Maries Handlungen vermuten.

Auch Marie verließ das Zimmer, ohne ihre Kammerfrau weiter zu beachten, aber bei ihr war diese Unhöflichkeit so ungewohnt, daß die hagere Maurin nachdenklich wurde. Sollte sie ihrem Herrn von diesem Gespräch berichten, oder war es besser, sich nicht einzumischen? Sie mißtraute der Macht, die das Mädchen über Le Diable hatte.

Schon einmal hatte ihn eine Frau tief verletzt, und sie wurde das eigenartige Gefühl nicht los, daß diese ihm noch schlimmere Wunden zufügen würde.

Die geradezu mütterlich liebenswürdige Weise, mit der Angèle de Saint Pol sie darauf hinwies, daß sie sich abzumelden habe, wenn sie den Palast verließ, verblüffte Marie ebenso wie das Lächeln, das diese Rüge begleitete. Das ungewohnte Wohlwollen, das sich auf Dame Angèles Gesicht abzeichnete, brachte die junge Frau so aus der Fassung, daß ihre übliche Menschenkenntnis sie im Stich ließ. Konnte es sein, daß sie sich zum ersten Male getäuscht hatte? Daß Dame Angèle all diese Rügen und Ermahnungen nur mit den besten Absichten ausgesprochen hatte?

»Es hat Euch halt eine Mutter gefehlt, die Euch an die Hand genommen hätte«, fügte die Dame hinzu, als hätte sie Maries Gedanken gelesen. »Habt Ihr denn so gar keine Ahnung, wer die Frau war, die Euch zur Welt gebracht hat? Gab es nicht ein Tuch, ein Schmuckstück oder einen Hinweis auf die Person, die Euch in das Kloster brachte?«

Marie schüttelte den Kopf. »Die Mutter Oberin hat nie etwas davon erzählt, Dame Angèle«, antwortete sie gehorsam. »Meine Fragen hat sie stets mit dem Hinweis beschieden, daß wir alle Gottes Kinder wären und er unser Vater.«

»Eine wahrhaft fromme Frau«. Die Edeldame nickte. »Es muß sie gekränkt haben, als Ihr geflohen seid. Habt Ihr denn keine Nachricht hinterlassen?«

Obwohl sich Marie über dieses plötzliche Interesse an ihrer Flucht wunderte, gab sie bereitwillig Auskunft. Sie wollte keine neue Kritik heraufbeschwören. »Es blieb mir keine Zeit ...«

»Und in den letzten Wochen bei Hofe? Habt Ihr Euch nicht eines Schreibers bedient, um Ihr eine Nachricht über Euren sicheren Verbleib zukommen zu lassen? Ich bin sicher, daß die reisenden Mönche Euch in einem solchen Falle gerne behilflich wären ...«

Marie erwähnte nicht, daß sie keines Schreibers bedurfte, da sie lesen und schreiben konnte, obwohl sie nicht von hoher Geburt war.

»Ich hätte nicht gewußt, was ich der Mutter Oberin sagen sollte ...«, erwiderte sie ein wenig schuldbewußt. Sie hatte selbst ein schlechtes Gewissen, wenn sie daran dachte.

Doch es wäre schwierig gewesen, eine solche Nachricht zu schreiben, denn es konnte nicht gelingen, all die Empfindungen und Gefühle, die Marie bewegt hatten, in ein paar knappen Zeilen zusammenzufassen.

»Nun, Kind, das ist nicht schön«, seufzte Dame Angèle. »Ich rate Euch, zur Beichte zu gehen und die Sünde des Hochmuts und der Mißachtung zu beichten. Bestimmt wird Euch einer der frommen Mönche, die derzeit bei Hofe sind, in der Schloßkapelle die Beichte abnehmen. Nehmt seine Buße auf Euch und bemüht Euch künftig um mehr Demut.«

Die Erwähnung der Mönche brachte Marie schlagartig die Erinnerung an das alptraumartige Erlebnis in der Kapelle zurück, das sie bisher so erfolgreich verdrängt hatte. Einem solchen Manne zu beichten, würde ihr schlicht unmöglich sein. Seine bösartigen Drohungen und der Haß, den er ausgestrahlt hatte, ließen sie auch jetzt noch erschauern.

Dame Angèle deutete die Reaktion des Mädchens als Erfolg ihrer Strategie. Es fiel ihr schwer, freundlich zu Marie zu sein, aber das Mädchen war offensichtlich so gutgläubig und treuherzig wie seine Mutter. Auch Melisande de Guînes hatte jene Aufrichtigkeit und Sanftmut besessen, die einem vernünftigen Menschen schlicht dumm erscheinen mußte. Keine Vorsicht, kein Mißtrauen trübte den Blick.

»Geht morgen vormittag in die Kapelle und erleichtert Euer Gewissen«, riet sie. »Und nun laßt Euch ansehen, wir wollen doch, daß Ihr beim Bankett Ehre einlegt. Es soll in Paris nicht heißen, daß der Hof in Bourges provinziell und schäbig ist, nicht wahr? Wir können mit den schönen Damen des Herzogs von Burgund sehr wohl konkurrieren. Ihr müßt Euch mehr anstrengen.«

Entgeistert duldete Marie, daß Dame Angèle hier eine Falte zurechtzog und dort einen Ärmel richtete. Dann korrigierte sie auch noch den ohnehin weiten Ausschnitt, indem sie die Ärmel über die Rundung der Schultern etwas nach unten zog. Marie fand ihre bis zu den Spitzen entblößten Brüste schamlos, aber sie wagte in diesem Moment keinen weiteren Konflikt heraufzubeschwören.

»Ihr sitzt zur Linken des Königs«, verkündete Dame Angèle. »Damit er nicht erst nach Euch senden muß, wenn er Eure Musik hören will. So, und nun sputet Euch, ich höre die Fanfaren, die den Beginn des Festes verkünden.«

Es blieb ihr keine Zeit, das Gewand wieder in seinen ursprünglichen Zustand zu versetzen, und sie hoffte inständig, daß es nicht vollends über die Spitzen ihrer Brüste rutschen würde, deren rosige Höfe sie fast zu sehen meinte, obwohl das glücklicherweise nicht der Fall war. Sie wagte kaum zu atmen, aber ihre Blässe vertiefte nur ihre Schönheit. Sie ließ ihre Augen grüner, ihre Lippen roter wirken und sie verletzlich und weiblich-zart erscheinen.

Der König neigte sich begeistert über die Hand seiner schönen Musikantin, und das Getuschel des Hofes erhielt neue Nahrung, als Marie auf der Empore Platz nehmen durfte, die allein dem König und seinen Gästen vorbehalten war. Charles bemerkte erfreut, daß Marie-Inconnue entzückend gerundete Brüste besaß, die förmlich nach der Berührung eines Mannes schrien.

Ivo de Chazan biß die Zähne aufeinander, als er Zeuge wurde, wie der König genau das tat. Sein Gesicht wirkte hart wie Stein, als er den Bankettsaal verließ, statt am Tisch Platz zu nehmen. Niemand nahm es zur Kenntnis, denn die Einfälle Le Diables wunderten den Hof längst nicht mehr, nur Marie suchte umsonst nach der vertrauten Gestalt, während die ungenierten Komplimente des Königs sie von einer Verlegenheit in die andere stürzten.

Charles trank mehr, als er aß, und sein Blick, der sich förmlich an ihrem Busen festsaugte, bereitete ihr schreckliches Unbehagen. Warum hatte ausgerechnet Dame Angèle, die doch der Königin ergeben war, sie dem König förmlich auf den Schoß gesetzt? Stunden um Stunden mußte sie diese Blicke und Aufmerksamkeiten ertragen.

»Erlaubt Ihr, daß ich für Euch singe, Majestät?« fragte sie schließlich und versuchte, ihre Verzweiflung zu verbergen. Wenn sie die Laute hielt, mußte sie ihren Platz verlassen und konnte auf Distanz gehen. Durfte man einem König auf die Finger klopfen?

»Heute nicht, meine Schönste!« erwiderte der König und machte damit ihre Hoffnungen zunichte. »Bleibt an meiner Seite und laßt Euch unterhalten. Wahrhaftig, die Schönheit Eurer Stimme kann mit dem Glanz Eurer Erscheinung konkurrieren.«

Marie fühlte voller Entsetzen, wie die Hand des Königs sich hoch um ihre Taille legte und bei dieser Gelegenheit schon wieder ungeniert die Festigkeit jener köstlichen Rundungen prüfte, nach denen es ihn so offensichtlich gelüstete. Er zwickte sie förmlich in den Busen. Diese ungehobelte Liebkosung, und noch dazu vor den Augen aller, bestürzte Marie. Aber da die Königin die Tafel schon verlassen hatte, hatte sich die Stimmung deutlich gelockert.

»Verzeiht, Majestät, aber ...«

Die Erschütterungen und Aufregungen des Tages forderten ihren Tribut. Erschöpft, verängstigt und zutiefst verunsichert schaute sie sich um, suchte um Hilfe. Plötzlich wurde der Saal zu einem wirren Karussell aus Lichtern, Farben, Lärm und Stimmen, das sich schneller und schneller um Marie drehte. Sie schwankte am Rande einer Ohnmacht, was schließlich sogar den König ängstlich und ihn betroffen innehalten ließ.

»Meine Kleine? Seid Ihr krank? Was fehlt Euch?« Er verbarg seine Enttäuschung nicht.

»Nichts, Majestät ...«, wisperte Marie. »Verzeiht, ich fürchte, es war ein zu langer Tag für mich ... Mir ist nicht wohl ...«

Ohne es zu wissen, hatte Marie das einzige Mittel gefunden, das Charles von Frankreich ernüchtern konnte.

Selbst von labiler Gesundheit, haßte er Krankheiten und Schwächen. Die panische Angst, sich anzustecken, verdrängte blitzartig seine Begierde.

»Ihr habt die Erlaubnis, Euch zurückzuziehen, meine Dame«, meinte er mürrisch. »Ich werde Euch meinen Hofarzt schicken, damit er Euch untersucht. Ich möchte nicht, daß Ihr Schaden leidet.«

Auf den Arm eines eilends herbeigewinkten Edelmannes gestützt, durfte Marie die Tafel verlassen. Er kümmerte sich in vollendeter Höflichkeit um ihr Wohlergehen, und erst, als er sich im Schein des Fackellichtes vor ihrer Tür verneigte, fiel Marie auf, was für ein bemerkenswert gutaussehender Ritter dieser Edelmann war. Unter einem schwarzen Schopf funkelten tiefblaue Augen, und eine winzige Narbe verlieh seinem Mund einen leicht spöttischen Zug.

»Seid Ihr sicher, daß ich nicht nach dem Bader schicken soll?« erkundigte er sich mit einer sehr angenehmen, melodischen Stimme.

Marie schüttelte abwehrend den Kopf. »Habt Dank, Seigneur, das ist nicht nötig ...«

Der Edelmann verbeugte sich. »Colin d'Harigny zu Euren Diensten, edle Dame!«

»Ich habe Euch noch nie bei Hofe gesehen«, stellte Marie fest, von ihrem eigenen Interesse für diesen Mann verblüfft. Er gefiel ihr, nicht wie Le Diable, aber etwas sagte ihr, daß sie ihm vertrauen konnte, daß sie bei ihm in Sicherheit war.

»Seit der Krieg fast vorbei ist, ist die Zahl der Feldhauptmänner bei Hofe geringer geworden«, beantwortete er gutwillig ihre Frage. »Die Domäne d'Harigny benötigt ihren Herrn dringender, und ich gestehe, daß ich mich nur ungern von meiner Gattin und meinen Kindern entferne. Ich bin zu glücklich, sie zu besitzen.«

»Ihr seid zu beneiden, daß Ihr eine Familie habt«, sagte Marie sehnsüchtig und bekämpfte den unsinnigen Wunsch, ihn hereinzubitten und länger mit ihm zu plaudern. »Ich danke Euch für Euer Geleit, Seigneur d'Harigny! Gehabt Euch wohl!«

»Seid Gott befohlen, schöne Dame!« grüßte er freundlich, und Marie benötigte ihre ganze Selbstbeherrschung, um die Tür hinter sich zu schließen und ihn auszusperren. Wie seltsam dieser Mann sie doch berührte!

Aber hatte sie nicht auch ohne den Seigneur d'Harigny alle Probleme dieser Welt? Mit einem Liebsten, der nicht wie versprochen zum Bankett gekommen war, und einem König, der sie für sein Spielzeug und Eigentum hielt?

Marie war müde. Entsetzlich müde. Aber gleichzeitig hatte sie Angst, schlafen zu gehen. Ihr Kopf schmerzte, und sie fürchtete den kommenden Tag.

12. Kapitel

»Wer seid Ihr? Was habt Ihr an meinem Bett zu suchen?« Marie starrte in das rundliche, rosige Gesicht unter einer frisch gestärkten weißen Haube. Die Fremde mit der molligen Figur steckte in einem peinlich sauberen Dienstboten-Gewand mit blendend weißer Schürze und lächelte Marie an.

»Ich bin Eure neue Kammerfrau, Dame Marie!« verkündete die Frau freundlich und befestigte die Vorhänge mit den bestickten Bändern an den Pfosten.

»Wo ist Fatma? Ich brauche keine neue Kammerfrau, ich habe bereits eine.« Marie setzte sich auf und rieb sich den Schlaf aus den Augen. Es fiel ihr schwer, so unmittelbar nach dem Erwachen logisch zu denken.

»Dame Angèle hat mich geschickt, Euch zu Diensten zu sein«, erzählte die Frau. »Sie sagt, eine Dame wie Ihr benötigt jemanden, der in den Fragen der Mode und der Haartrachten besser bewandert ist. Es geht nicht an, daß es Euren Toiletten an der nötigen Eleganz fehlt . . .«

Daß sich ausgerechnet Angèle de Saint Pol um ihre Erscheinung kümmern sollte, kam Marie ebenso unwahrscheinlich vor wie die Tatsache, daß jene tatsächlich die Stirn gehabt haben sollte, Fatma fortzuschicken. Immerhin war diese von Le Diable in ihre Dienste gebeten worden, und Dame Angèle hatte ihr nichts zu befehlen. Sie würde mit ihr sprechen müssen, sobald sie angekleidet war.

Marie entdeckte bald, daß ihre neue Magd ebensowenig zu fassen war, wie man Wasser mit gespreizten Fingern schöpfen konnte. Sie redete ununterbrochen, ohne auch nur ein wichtiges Wort zu sagen. Sie kümmerte sich scheinbar um jeden von Maries Wünschen, aber sie schien im geheimen anderen Befehlen zu folgen, und sobald Marie ihr Widerstand entgegensetzte, gab sie nach, kam aber auf Umwegen genau auf den Punkt, den Marie ursprünglich abgelehnt hatte.

Ehe sie sich dagegen wehren konnte, fand sie sich mit ihrem Rosenkranz versehen, das Gesicht hinter einem Schleier versteckt, auf dem Weg in die Kapelle zur Andacht und Beichte. Nicht, daß sie etwas dagegen einzuwenden gehabt hätte, aber es wäre ihr lieber gewesen, den Zeitpunkt dafür selbst zu bestimmen und ihn sich nicht von einer liebenswürdigen, aber äußerst unnachgiebigen Kammerfrau diktieren zu lassen. Marie konnte sich nicht gegen die Überzeugung wehren, daß jene sie hinter ihrem Schwall aus Höflichkeiten verachtete, obwohl sie sich bisher nicht die kleinste Andeutung einer Respektlosigkeit zuschulden hatte kommen lassen.

Unwillkürlich hielt sie hinter dem dichten Musselin Ausschau nach Le Diable. Sie hatte so viele Fragen an ihn und sehnte sich nach seiner beunruhigenden Gegenwart. Aber sie sah nur Colin d'Harigny, der im Innenhof mit zwei anderen Edelmännern sprach, sie jedoch nicht bemerkte. Wie seltsam, daß sie ihn vertrauenswürdiger fand als Ivo de Chazan.

Sie trat in das mit farbigem Licht durchflutete Halbdunkel der königlichen Kapelle, beugte das Knie und bekreuzigte sich. Sie wollte den Himmel um Beistand bitten, aber sie dachte nicht daran zu beichten. Sie konnte die Liebe, die sie für Le Diable empfand, nicht bereuen, denn diese Liebe brachte viel zuviel Wärme und Glück in ihr bisher so einsames Leben.

Die vertrauten, milchigen Perlen des Rosenkranzes glitten durch ihre Finger, doch während sie die Litanei der Gebete murmelte, befaßten sich ihre Gedanken mit ganz anderen, weniger frommen Dingen. Sie mußte Le Diable finden, er mußte ihr helfen. Ihm allein traute sie die Tollkühnheit und den Mut zu, sie vor den unwillkommenen Aufmerksamkeiten des Königs zu retten.

Ein leises Geräusch wie ein Zischen erweckte ihre Aufmerksamkeit, und als sie sich umsah, sah sie eine blasse Hand, die den Vorhang des Beichtstuhles zurückschlug und sie heranwinkte. Eine knöcherne Männerhand, die bis zum Gelenk in einer Mönchskutte steckte und alle ihre dunklen Ängste aufs neue weckte.

Marie umklammerte das ziselierte Kreuz des Rosenkranzes, als könnte es ihr Kraft und Mut schenken. Sicher war es nur Einbildung, daß sie sich danach besser fühlte und imstande war, sich zu erheben. Eine fremde Macht zog sie zu dem geschnitzten Gehäuse des Beichtstuhles, obwohl sie wußte, daß sie es bedauern würde. Eine innere Stimme, die sie aufforderte, Stärke zu zeigen und sich dem Bösen nicht zu beugen.

»Du läßt mich warten, ich rate dir nicht, dies zur Gewohnheit werden zu lassen«, zischte die bereits vertraute, böse Stimme durch das Gitter.

Marie war dankbar für die Düsterheit der schmalen Zelle, die es ihr ersparte, die unheimlichen Einzelheiten des Gesichtes zu erkennen, das sich von der anderen Seite dagegenbeugte. Mehr als einen hellen Schatten konnte sie nicht sehen.

»Laßt mich in Frieden!« antwortete sie schlicht.

»Du hast nicht das Recht, mir Befehle zu erteilen, Tochter einer Hexe. Du bist hier, um zu gehorchen!«

Marie schwieg betroffen und fand erneut Trost in der Berührung der Rosenkranzperlen, die sie mit leisem Klicken durch die Finger gleiten ließ. Sie trotzte dem finsteren Mönch und seinen absurden Drohungen, indem sie einfach stumm blieb.

»Du bist gestern abend vor dem König geflohen, Marie-

Inconnue«, sprach die Stimme weiter. »Das wirst du nie wieder tun! Du bist ihm zu Willen, bis du andere Befehle von mir bekommst.«

Maries Finger hielten inne. »Ihr seid närrisch«, rief sie und dämpfte dann ihre Stimme. »Gestern habt Ihr die Bibel zitiert und mich eine Hure geschimpft, heute werft Ihr mir vor, daß ich anständig geblieben bin.«

»Es ist deine Buße für deine Sünden und die deiner Mutter, dich zu opfern! Nur so kannst du dem Tod entgehen. Gott hat dich ausgewählt!« Die bedrohliche Rede des Mönchs übte eine hypnotische Wirkung auf Marie aus. Gefangen in einem unsichtbaren Netz, wagte sie es nicht, sich zu bewegen. Es kam ihr vor, als spiele sie eine Rolle in einem Drama, das längst vor ihrer Zeit geschrieben worden war.

»Du wirst gehorchen oder sterben«, flüsterte die bösartige Stimme.

»Dann tötet mich gleich«, wollte Marie sagen, aber im selben Moment sah sie Le Diable vor sich, und die Worte blieben ihr im Halse stecken. Nein, sie wollte nicht sterben. Nicht jetzt, wo sie zum ersten Male in ihrem Leben das Glück kennengelernt hatte, wo sie glaubte, einen Menschen gefunden zu haben, der zu ihr gehörte und der das gleiche für sie empfand.

»Was verlangt ihr?« fragte sie, und der Rosenkranz entglitt ihren steif gewordenen Fingern. Mit einem hellen Klirren fiel er nach draußen, auf die steinernen Quader, wo er liegenblieb. Eine glänzende Spur aus hellen Perlen, die sich um das Kreuz fädelten, in dessen Mitte ein schimmernder Mondstein saß.

Marie hatte den Verlust nicht bemerkt, aber der Mönch beugte sich heraus und nahm den Rosenkranz an sich. Der jungen Frau entging, wie sich seine Augen verengten, als er das fromme Utensil genauer betrachtete und jenen Mondstein erkannte, den er nur zu oft zwischen den Händen Melisande de Guînes gesehen hatte. Ein Beweis, den er längst nicht mehr benötigte; aber es konnte nur gut sein, wenn Marie diesen Stein nicht mehr besaß. Marie, die mit verkrampften Händen darauf wartete, daß er endlich weitersprach.

»Ihr werdet dem König zu Willen sein«, fuhr er fort. »Ihr müßt ihm so vertraut werden, daß Ihr Eingang in seine privatesten Gemächer bekommt. Gebt ihm Euren verderbten Leib! Danach erhaltet Ihr weitere Befehle. Und nun geht! Geht, ehe man Euch erneut sucht!«

Daß der Mönch sogar von ihrer Abwesenheit am Vortag wußte, trug noch mehr dazu bei, Maries Schrecken zu verstärken. Es kam ihr vor, als rückten die Mauern des königlichen Palastes enger um sie zusammen, als würde sie erstickt und um ihren eigenen Willen gebracht. Der Wunsch nach Freiheit, der in ihr aufgeflammt war, wurde unterdrückt von dem lebenslang gelernten Gehorsam. Sogar die Bibel forderte den Gehorsam vom Weibe. Wer war sie, sich dagegen zu wehren?

Wie blind trat sie aus der Kapelle und, geblendet vom plötzlichen Sonnenschein, übersah sie die letzte Stufe und stolperte. Ein Paar hilfsbereite Arme fingen sie auf, und Marie erkannte Colin d'Harigny, der sie vor einem Sturz bewahrt hatte.

Hastig befreite sie sich aus seinem Griff. »Seid bedankt, Seigneur«, stammelte sie verlegen und wich zurück.

»Mir scheint, ich bin immer gerade dann zur Stelle, wenn Ihr Hilfe braucht, Dame Marie«, meinte er lächelnd und stützte sie vorsichtig, bis sie ihr Gleichgewicht wiedergefunden hatte. »Man täuscht sich leicht mit diesen Stufen, wenn man aus dem Dunkel ins Licht tritt. Habt Ihr Euch weh getan? Ihr seid sehr blaß ...«

Marie ignorierte tapfer den stechenden Schmerz in ihrem Knöchel. Sie schüttelte den Kopf. »Nein, es ist alles in Ordnung. Ich habe mich nur erschreckt ... Laßt Euch nicht aufhalten, Seigneur.«

Sie wartete darauf, daß er ihr versicherte, nicht in Eile zu sein. Sie sehnte sich so sehr nach einem Menschen, dem sie sich anvertrauen konnte und der ihr einen Rat gab. Aber der Seigneur d'Harigny war sichtlich in Eile. Er bedachte sie mit einer eleganten Verneigung, verabschiedete sich und eilte dann zu den Ställen. Marie ertappte sich dabei, daß sie die Frau beneidete, die zu ihm gehörte und seine Kinder geboren hatte.

Wie es sich wohl lebte als angesehene und respektierte Herrin eines eigenen Hauses? Als Frau, die ihre Eltern kannte und sich ihrer selbst sicher genug war, um sich nicht in dem bösartigen Spinnennetz eines bedrohlichen Mönches zu verfangen?

Sie würde es nie erfahren. Tapfer schluckte sie die aufsteigenden Tränen hinunter und ging vorsichtig weiter. Jeder Schritt tat weh, aber der Schmerz erinnerte sie wenigstens daran, daß sie lebendig war. Daß sie lebte und daß es vielleicht doch irgendwo in diesem Palast einen Menschen gab, dem sie ihr Herz ausschütten konnte. Die Frage war nur, wen konnte sie nach Le Diable fragen, ohne Verdacht zu erregen?

Seit Fatma ihr Gemach nicht mehr betrat, war auch diese Verbindung abgerissen. Thérèse d'Alespée hingegen hatte ihr deutlich zu verstehen gegeben, daß sie sich in der Rolle der Nehmenden und nicht länger in jener der Gebenden sah. Marie hätte den hochnäsigen, prachtvoll gekleideten Pagen fast übersehen, der seine Reverenz machte und ihr die Aufforderung überbrachte, zum König zu kommen.

»Seine Majestät wünscht Eure Lieder zu hören«, sagte er vieldeutig, und der Blick, der seine Worte begleitete, sorgte dafür, daß sich Maries blasse Wangen röteten. Trotzdem bewahrte sie die Fassung und sah den Jungen so stolz und streng an, bis dieser, von plötzlicher Verlegenheit überfallen, die Lider senkte.

»Ich komme«, gab Marie zurück. »Aber sagt mir zuvor, wo ich den Seigneur de Chazan finde. Ich habe eine dringende Nachricht für ihn.«

»Le Diable?« Der Page zuckte mit den Schultern. »Ich würde wetten, daß er beim Schwerttraining ist. Man sagt, daß er ganze Vormittage damit zubringt, seine tödliche Geschicklichkeit mit dieser Waffe zu üben.«

»Und wo tut er das?«

»Neben der Waffenkammer ist ein Übungsboden, der allen Seigneurs zur Verfügung steht«, gab der Page ein wenig freundlicher Auskunft. »Wenn Ihr es wünscht, kann ich Euch hinführen ...«

»Seid bedankt«, entgegnete Marie. Sie beging nicht den Fehler, dies für plötzlich wiederentdeckte Höflichkeit zu halten. Sie wußte genau, daß der Page in einer Mischung aus Neugier und Gehorsam handelte. Neugier, weil er wissen wollte, was sie mit dem schwarzen Ritter zu schaffen hatte, und Gehorsam, weil man ihm aufgetragen hatte, sie zu seiner Majestät zu bringen.

Wenn er sie zu Le Diable führte, sorgte er lediglich dafür, daß sie keine Möglichkeit fand, wieder zu verschwinden. Es schien, als habe sich bis zum letzten Pagen in diesem Palast alles gegen sie verschworen.

13. Kapitel

Ivo de Chazan wischte sich mit einem Leinentuch den Schweiß von der Stirn und ließ das mächtige Breitschwert sinken, das ein anderer Mann als er mit beiden Händen führen mußte. Er war erschöpft, weil er versucht hatte, seine Wut beim Kämpfen loszuwerden, aber immer noch hatte sein Zorn nichts an Intensität verloren.

Daß er, als er das Tuch sinken ließ, ausgerechnet Marie gegenüberstand, dem Gegenstand seines Zorns, verschlug ihm für einen Moment die Sprache. Mit brennenden Augen musterte er Marie-Inconnue, die er für sich lieber Marie-Ange nannte.

Das schlichte, schlüsselblumengelbe Unterkleid, über dem sie eine Robe aus haselnußfarbenem Samt trug, die mit goldenen Borten gefaßt war, betonte ihre zerbrechliche Schönheit. Die Haare, die nur von einem Schleier bedeckt waren, ließ sie offen fallen. Sie wirkte schutzbedürftig und hilflos. Doch er war nicht mehr der Narr, der darauf hereinfiel und sich lächerlich machte.

»Es erstaunt mich, Euch hier zu sehen«, sagte er barsch an Stelle einer höflichen Begrüßung. »Hat Euch niemand gesagt, daß es unschicklich ist, diese Räume als Dame zu betreten?«

Marie sah aus den Augenwinkeln zu dem Pagen, der höflich im Eingang stehengeblieben war und so tat, als habe er die rüden Worte nicht gehört. Deswegen also diese Bereitwilligkeit, sie zu begleiten. Vermutlich würde er die neueste Blamage von Marie-Inconnue mit Begeisterung unter seinesgleichen verbreiten. Und dann bekäme sie Flügel, würde über die Zofen und Kammerfrauen in die Gemächer wandern und Tagesgespräch sein.

Aber in diesem Moment war es ihr egal, denn sie verstand nicht, warum Le Diable sich ihr gegenüber so grob verhielt. Es schien, als habe es für ihn den wundervollen Nachmittag unter den Rosen nie gegeben. Als sei sie nur eine weitere jener Frauen, die er verachtete und haßte.

»Ich mußte kommen«, sagte sie aus dieser Unsicherheit heraus. »Gestern ...«

»Gestern ...«, unterbrach er sie zynisch und legte das Schwert auf die mächtige Platte des länglichen Tisches, auf dem sich eine weitere Reihe gefährlicher Waffen befand, genau wie an den Wänden, an denen Hellebarden, Lanzen, Bögen und Schwerter hingen. »Gestern war ich dumm genug, einem schmachtenden Blick und ein paar leisen Worten zu glauben. So lange, bis ich heute die Torheit beging, eine Erklärung für das Schauspiel gestern beim Bankett fordern zu wollen. Ich habe nicht erwartet, Euch hier zu sehen, nachdem Ihr vorhin Eurer neuen Kammerfrau die Aufgabe überlassen habt, mir reinen Wein einzuschenken.«

Er griff nach einem schmaleren Schwert, das er prüfend mehrmals durch die Luft hieb. Der sirrende Ton zerrte an Maries ohnehin angespannten Nerven. Der Mann in den schwarzen Lederhosen, den engen spanischen Stiefeln und dem halboffenen, hellen Leinenhemd wirkte so bedrohlich wie ein Raubtier. Sie konnte seine Verachtung förmlich greifen.

»Was hat sie Euch gesagt?« forschte sie, die Stimme gedämpft, damit der Page ihr Gespräch nicht mithören konnte. »Sie hatte keinen Auftrag von mir!«

»Nein?« Le Diables weiße Zähne leuchteten in seinem dunklen Gesicht. Doch es war kein Lächeln, das seine Lippen verzerrte. »Spricht es nicht für sich, daß Ihr Fatma davongeschickt habt? Habt Ihr sie für eine Spionin gehalten, die mir heimlich Bericht über Euren Verrat erstattet?«

»Ich habe niemand verraten!« Marie machte einen Schritt auf ihn zu und fand sich von dem Degen auf Distanz gehalten, der das schmale Goldband berührte, das ihr Kleid unterhalb der Brüste raffte. Eine Bewegung nach vorne, und die mörderisch scharfe Waffe würde durch den Stoff dringen. Marie hielt inne.

»Ihr bedroht mich?« flüsterte sie fassungslos, und in ihren riesigen Augen stand soviel Ungläubigkeit, daß sich seine Stirn rötete.

»Verzeiht, schönste Dame!« Die Waffe sirrte durch die Luft, und die Spitze zeigte zu Boden. »Die Botschaft, die ich erhalten habe, war klar. Meidet die Nachtigall des Königs, wenn Ihr keinen Ärger bekommen wollt. Wer bin ich, daß ich einen solchen Befehl mißachte? Gehabt Euch wohl und empfangt meine besten Wünsche für Eure Zukunft. Ich habe zu tun, wie Ihr seht.«

Er wandte sich zur Seite und setzte einen Weinkrug an die Lippen. Sie sah das dünne rote Rinnsal, das aus seinem Mundwinkel rann und über den sehnigen Hals nach unten bis zum Hemdkragen lief. Unwillkürlich hob sie die Hand, um die Fingerspitzen auf seinen Arm zu legen, aber Le Diable wich ihr geschickt aus.

»Dame Marie, der König erwartet Euch«, sagte in diesem unpassendsten aller Momente der Page, der sich zu langweilen begann, weil er nicht mit anhören konnte, was zwischen Le Diable und der Sängerin gesprochen wurde. »Ihr habt gesagt, es dauert nur einen Moment ...«

»Geht, schöne Dame«, forderte sie auch Ivo de Chazan auf. »Man läßt den König nicht warten, wenn er einem die Ehre seiner Gunst schenkt.«

»Und gestern ...«, fragte Marie tonlos.

»Gestern?« Le Diable lachte auf. Ein Ton, der Marie einen Schauder über den Rücken jagte. »Gestern habt Ihr Eurer Sammlung von Narren ein weiteres Exemplar hinzugefügt. Ihr könnt stolz darauf sein. Euch ist gelungen, was seit Jahren keiner Frau gelungen ist, Ihr habt mich für einen Nachmittag lang glauben lassen, daß ich unrecht haben könnte. Die Hand des Königs an Euren reizenden Brüsten hat mich jedoch eines Besseren belehrt. Gehabt Euch wohl und eilt, damit seine Majestät nicht ungeduldig wird ...« Marie schluckte und hob dann unwillkürlich das Kinn in einer stolzen Geste.

»Ein Narr, wahrhaftig, das seid Ihr, Monsieur Diable!« sagte sie und wandte sich so temperamentvoll zum Gehen, daß ihre Röcke um sie wirbelten und der zarte Schleier hinter ihr herwehte. Soviel zu ihrer Hoffnung, in Le Diable denjenigen zu finden, der ihr raten konnte. Soviel zu ihrer Liebe.

»Führt mich zu seiner Majestät!« sagte sie absichtlich laut zu ihrem jugendlichen Begleiter. In diesem Moment wollte sie Ivo de Chazan so verletzen, wie er sie verletzt hatte. Sie glühte vor Rache, ohne zu bemerken, daß es das erste Mal war, daß sie ein so unchristliches Gefühl empfand und sich nicht einmal dafür schämte.

Sie konnte auch nicht ahnen, wie sehr sie damit ins Schwarze getroffen hatte. Die wütenden Attacken, mit denen Le Diable an diesem Vormittag in der Waffenkammer einen Gegner nach dem anderen besiegte, festigten seinen Ruf als gnadenloser Kämpfer. Allerdings ahnte keines seiner Opfer, daß es diesen furiosen Angriffen ausgesetzt war, weil Ivo de Chazan die Hände des Königs über den Körper einer Frau wandern sah, die er für sich beanspruchte.

Marie hingegen unterhielt den König mit einer Reihe von so traurigen Liedern, daß er die Feder sinken ließ, mit der er ein Pergament nach dem anderen beschrieben hatte, und ihr einen stirnrunzelnden Blick zuwarf.

»Was bedrückt Euch, meine schöne Freundin? Es wäre mir ein echtes Vergnügen, Euch zu helfen, wenn Ihr mir den Grund für diese abgrundtiefe Melancholie verratet, die Euch bewegt.«

Marie ließ ihr Instrument sinken und sah auf ihre schmucklosen, schmalen Hände. Unwillkürlich mußte sie an Thérèse d'Alespée denken, die seit ihrer Eheschließung einen prächtigen Rubin an der Linken trug.

»Es ist nichts, Sire«, erwiderte sie leise. »Verzeiht, wenn ich Euch nicht fröhlich genug erscheine.«

»Dann sagt, womit ich Freude in Eure Augen zaubern kann? Es wäre mir ein Vergnügen.«

»Die Grafschaft von Gaucourt für Jacques d'Alespée und seine junge Gemahlin«, antwortete sie mutig.

»Und für Euch?« Der König runzelte die Stirn. Er schien diese Bitte für den Anfang einer ganzen Reihe von Forderungen zu halten.

»Ich bin nicht unbescheiden, Sire.« Marie schaute auf und begegnete dem Blick des Königs. »Ich bitte nicht für mich. Lediglich für die Gefährtin, der ich zu Dank verpflichtet bin, weil sie mich davor bewahrt hat, den Schleier nehmen zu müssen.«

»Eure Genügsamkeit zeichnet Euch aus«, entgegnete der König, als er erkannte, daß Marie es ernst meinte. »Ich will Euch zu Gefallen sein, aber hört mich an: Meine Großmut gilt in erster Linie Euch, auch wenn ich Eure Bitte für andere erfüllen werde. Freilich, solltet Ihr es Euch nicht zur Gewohnheit machen, derartige Wünsche vorzutragen.«

Der König war aufgestanden und trat an das Taburett, auf dem die Musikantin mit ihrer Laute saß. Ein wesentlich züchtigerer Ausschnitt als am Abend zuvor verbarg die Schätze, nach denen er sich sehnte, vor seinen Augen, aber er küßte vielsagend die Innenfläche der Hand, an die er einen auffallenden, rechteckigen Smaragd steckte, der links und rechts von einem kleineren Diamanten eingerahmt wurde. Der Ring eines Königs, der Maries schmale Hand durch sein Gewicht nach unten zog.

»Sire, das kann ich nicht annehmen!« Marie wollte den Ring wieder abziehen, aber der König umschloß ihre Rechte mit beiden Händen.

»Man lehnt das Geschenk seines Königs nicht ab, Marie-Inconnue. Ihr bereitet mir Freude, erlaubt mir, das gleiche für Euch zu tun . . .«

Wenn er sich so benahm, besaß der König einen männlichen

Charme, für den Marie um so empfänglicher war, als ihr an diesem' Tag nur Unfreundlichkeiten begegnet waren. Ihre Sehnsucht nach einem Menschen, der sie liebte und nicht nur als Objekt oder als Mittel zum Zweck benützte, machte sie anfällig für ein wenig menschliche Wärme. So anfällig, daß sie sich nicht wehrte, als der König ihren Mund mit den Fingerspitzen berührte.

Von draußen klang das Kommando der Wachen und der scharfe Befehl eines Offiziers, der verkündete, daß ein hoher Edelmann oder Ratgeber des Königs Einlaß begehrte. Unwillig gab Charles seine schöne Sängerin frei und trat hinter den breiten Tisch, an dem er bis eben gearbeitet hatte. Der Konnetabel de Richemont und der Bastard von Orleans traten ein, und ihre Nachrichten vertrieben die Freundlichkeit aus dem Gesicht des Königs.

Philippe von Burgund hielt zwar nach außen hin die Abmachungen des Vertrages von Arras ein, aber er fand immer wieder Mittel und Wege, die eigene Macht zu sichern und die des Königs von Frankreich zu schwächen. Beide Ratgeber versäumten nicht, ihrem Herrscher zu erklären, wie wichtig es wäre, endlich in Paris einzuziehen, um den Anspruch auf die größte Stadt des Landes zu untermauern.

Maries Finger glitten leise über die Saiten der Laute, und sie fragte sich, ob sie recht daran getan hatte, der Erpressung der Dame d'Alespée nachzugeben. Würde sie als Gräfin wieder die liebenswürdige Gefährtin sein, der sie vertrauen konnte, oder hatte sie Marie, die Dummheit begangen, ihr einen Weg zu Macht und Einfluß zu zeigen?

Sie bemerkte den müßigen Blick, den ihr der Konnetabel zuwarf und der eher gleichgültig über ihre Gestalt glitt, doch dann weiteten sich seine Augen, als er den Ring an ihrer rechten Hand bemerkte. Der Stein versprühte jedes Mal, wenn Marie die Seiten berührte, sein grünes Feuer. Trotzig hielt sie dem Blick des Heerführers stand. Es gab nichts, wofür sie sich schämen mußte.

Doch das Erstaunen in seinem Gesicht machte ihr erneut die

seltsame, zwiespältige Position klar, in der sie sich am Hofe des Königs befand. Alles sprach gegen sie. Jeder hielt sie ohne den kleinsten Zweifel für ... wie hatte es dieser schreckliche Mönch ausgedrückt? Für die Hure des Königs.

Eingesponnen in dieses Netz aus Gerüchten, Möglichkeiten und Vermutungen sehnte sich Marie nach der ruhigen und geordneten Umgebung des Klosters, das sie verlassen hatte. Dort hatte sie sich für unglücklich gehalten, doch diese Empfindung war lachhaft neben dem, was sie nun fühlte, nachdem Le Diable sie zurückgewiesen hatte. Jetzt erst wußte sie, was Unglück wirklich war.

Aber durch Le Diable hatte sie auch erst erfahren, was wirkliches Glück bedeutete, nichts war vergleichbar mit dem, was sie in seinen Armen empfand.

»Ihr könnt gehen, Dame Marie!« sagte der König, der endlich bemerkt hatte, daß sein Konnetabel das Mädchen einmal zu oft betrachtete.

Marie nahm ihre Laute, sank in eine respektvolle Reverenz, ehe sie so schnell aus dem Arbeitskabinett huschte, daß die Männer ihre Abwesenheit bereits vergessen hatten, als sie die Tür hinter sich ins Schloß zog. Sie war sich dieser Tatsache bewußt, und das vertiefte nur ihre Melancholie. Nicht einmal der König, der Gefallen an ihr fand, brachte soviel Zuneigung für sie auf, daß sie über den Augenblick hinausreichte.

Aber vielleicht lag der Irrtum schlicht auf ihrer Seite? War es nicht denkbar, daß sie zuviel erwartete? Daß es diese allumfassende, bedingungslose Liebe, die sie zu empfinden glaubte, gar nicht gab? Daß sie einem Traum nachjagte, einem Traum, der nichts mit der Wirklichkeit zu tun hatte und aus jenen Nebeln entstanden war, die von Kind an ihre Träume und Erinnerungen beschattet hatten?

Was trieb sie an, so hartnäckig und wider jede Vernunft die eigene Integrität bewahren zu wollen? Mußte sie nicht auch an ihre Zukunft denken? Was sollte aus ihr werden, wenn der Hof weiterzog und sie sich durch ihre vermeintliche Affäre mit dem König die Zuneigung der Königin verscherzt hatte? Wenn sie allein und ohne Freunde in Bourges zurückbleiben mußte? Wäre es nicht besser, den Stolz zu vergessen, sich hinzugeben und sich dafür ein wenig Sicherheit zu erkaufen?

Schon während sie dies dachte, wußte Marie, daß eine solche Lösung ihrer Probleme nicht in Frage kam. Daß es tief in ihr eine Richtschnur gab, die ihr den Weg wies und der sie gegen jede Vernunft und jede Sicherheit folgen mußte, weil es ihr so vorbestimmt war.

Sie barg das kostbare Instrument in jenem geschnitzten Kasten, der im Vorzimmer des Königs dafür bereit stand, und ging davon, ohne sich um die Blicke und das Getuschel der Wartenden oder der Lakaien zu kümmern.

Sie verspürte Hunger und merkte erstaunt, daß der Nachmittag bereits fortgeschritten war und sie sich mehrere Stunden beim König aufgehalten haben mußte. Vermutlich fragten sich all diese Neugierigen, ob sie in dieser langen Zeit tatsächlich nur Musik gemacht hatte.

Unwillkürlich warf sie den Kopf in den Nacken und hielt sich gerader als sonst. Sie hatte nur Gott und dem eigenen Gewissen Rechenschaft abzulegen, und sie wußte, daß sie sich nichts hatte zuschulden kommen lassen. Noch nichts, denn die Drohungen des Mönchs lasteten wie düstere Gewitterwolken auf ihr. Sie hatte Angst, auch wenn sie das hinter Stolz und Unnahbarkeit zu verbergen versuchte.

Marie erreichte ihr Gemach, als eben die neue Kammerfrau heraustrat und eine Reihe von Gewändern über dem Arm trug. Die junge Frau runzelte die Stirn.

»Was tut Ihr mit diesen Kleidern?«

»Farben wie diese entsprechen nicht dem Geschmack des Königs«, erklärte die mollige Dienerin überheblich. »Dame Angèle hat mich strengstens angewiesen, dafür zu sorgen, daß Ihr künftig nur noch Roben tragt, die seiner Majestät Gefallen erregen.«

»Untersteht Euch!«

Marie riß der Frau ganz unerwartet die Gewänder aus dem Arm und trug sie in ihr Gemach zurück, wo sie den bunten Stapel aus Samt, Atlas, Seide und Brokat einfach auf das breite Bett warf. »Wie kommt Ihr dazu, über meinen Kopf hinweg zu entscheiden!« rief sie empört, während die Frau mit gehorsam gesenktem Blick und verschränkten Händen an der geschlossenen Tür stehenblieb. »Wie kommt Ihr dazu, dem Seigneur de Chazan Botschaften auszurichten, die ich Euch nie aufgetragen habe? Ich bin nicht zufrieden mit Euch! Geht! Schickt mir meine alte Kammerfrau zurück!«

Marie war selbst erstaunt über die Autorität, die plötzlich in ihrer sonst so sanften Stimme klang. Aber das Maß der Dinge war voll. Sie hatte nicht die Absicht, einer Kammerfrau zu gehorchen, die ihr Angèle de Saint Pol aus welchen Gründen auch immer aufzwingen wollte.

»Ihr seht angegriffen und erschöpft aus«, entgegnete die Dienerin so milde, als hätte sie die aufgebrachten Worte Maries nicht gehört. »Ich habe Euch Gewürzwein vorbereitet und mir die Freiheit genommen, einen kleinen Imbiß bereitzustellen!«

Maries Augen folgten unwillkürlich der Handbewegung, die zu einem kleinen Tisch wies, der vor ihrem Lieblingsplatz am Fenster gedeckt war. Einige Schüsseln waren noch bedeckt, aber sie nahm plötzlich den Duft frisch gebackenen Brotes wahr. Ihr leerer Magen meldete sich, und wie von selbst bewegte sie sich auf die Köstlichkeiten zu, die auf sie warteten.

»Ich danke Euch«, sagte sie eine Spur friedfertiger, aber nicht weniger konsequent als zuvor. »Bitte verlaßt mich und befolgt meine Anweisungen.«

Sie hob einige Deckel an und übersah so, daß die Frau ihr einen sehr unwilligen Blick zuwarf, ehe sie eine nachlässige Reverenz andeutete und die Tür eine Spur zu laut hinter sich ins Schloß warf.

Marie beachtete es nicht, sie grub ihre Zähne in eine Scheibe Brot, die sie zuvor üppig mit dem bereitstehenden Honig beträufelt hatte. Sie nahm auf dem Fenstersitz Platz und streifte den Schleier von den Haaren, ehe sie die beiden bunten Flügel aufstieß und in tiefen Zügen die frische Luft atmete, die der leichte Sommerwind vom Fluß heraufwehte.

Aber vor ihrem Auge stand nicht der glitzernde Fluß, über dem die Schwalben in den blauen Himmel stiegen. Sie sah die muskulöse Gestalt eines wütenden Ritters vor sich, der nicht sein Schwert, sondern seine Worte benutzt hatte, um ihr eine tödliche Wunde zu schlagen.

Le Diable hatte ihr nach dem gleichgültigen, dem leidenschaftlichen und dem liebevollen Antlitz sein wahres Gesicht gezeigt. Das des rücksichtslosen Teufels, der sich keinen Deut um die Gefühle anderer scherte!

Jetzt erst kamen die Tränen, und Marie-Inconnue machte sich nicht die Mühe, sie von den Wangen zu wischen. Sie weinte, ohne daß ein Laut über ihre Lippen kam. Wenn sie eines gelernt hatte im Kloster der Damen vom Wald, dann war es, wie man seinen Kummer für sich behielt. Unaufhaltsam rannen die Tränen aus ihren Augen, liefen über die Wangen und näßten die Spitzen ihres Kleides.

14. Kapitel

»Marie! Marie! Ich ... Ihr weint?«

Thérèse d'Alespée, die in das schöne Gemach stürmte, unterbrach sich selbst mitten im Satz. Eine Frau, die das Herz des Königs besaß, der er einen Ring geschenkt hatte, der das Lösegeld einer Provinz wert war, und die so nebenbei dafür sorgen konnte, daß ein junger Edelmann eine Grafschaft bekam, von der hatte sie nicht erwartet, sie in Tränen aufgelöst vorzufinden.

»Kann ich Euch helfen?«

Marie starrte verwirrt in das hübsche, herzförmige Gesicht mit den dunklen, glänzenden Augen.

»Ist Euch nicht gut?«

Die besorgten Fragen rissen sie aus ihrer Erstarrung, und sie schüttelte langsam den Kopf. Niemand konnte ihr helfen. Nicht einmal die Gefährtin ihrer Flucht, die offensichtlich bereits von der Großmut des Königs vernommen hatte und nun kam, um ihren Dank auszusprechen.

»Was kränkt Euch?« Thérèse gab noch nicht auf.

Das Leben, war Marie versucht zu antworten. Das Leben und die Menschen. Blieb es ihr nicht einmal vergönnt, in Ruhe weinen zu können? Mußte sie auch Rechenschaft dafür ablegen, daß ihr das Herz brach?

Müde hob sie endlich eine Hand und berührte ihre feuchten Wangen. Weit draußen über dem Fluß ballten sich die dunklen Wolken eines heraufziehenden Gewitters zusammen, und jetzt erst spürte sie, daß ihr in der Schwüle das Untergewand am Körper klebte und daß sie das Brot, auf das sie einen solchen Heißhunger verspürt hatte, nicht einmal zu Ende gegessen hatte. Sie warf den Rest zwischen die Schüsseln auf dem Tisch und erhob sich. Thérèse trat näher und bewunderte den Ring, der bei dieser Bewegung sein Feuer versprühte.

»Wahrhaftig, man könnte Euch beneiden«, seufzte sie. »Wie ist der König? Verdient er die leidenschaftliche Liebe, mit der die Königin an ihm hängt? Freilich, die Krone verschönt einen nicht sehr ansehnlichen Mann, findet Ihr nicht auch?«

Thérèses Lachen klang schrill in Maries Ohren. Inzwischen hatte jene auch den Kleiderstapel auf dem Bett entdeckt.

»Gebt Ihr das Zeug den Armen?« fragte sie weiter. »Ihr solltet Eurer Kammerfrau befehlen, daß sie es verkauft. Es gibt genügend reiche Bürgersfrauen und Töchter in Bourges, die gutes Gold für solche Roben geben, auch wenn sie nicht mehr ganz Euren Ansprüchen genügen.«

Ihre Ansprüche, Marie hätte fast bitter gelacht, aber nicht einmal dazu fand sie sich fähig. »Seid Ihr gekommen, Euch zu bedanken?« murmelte sie mit einer Anmaßung, die ihr selbst fremd war.

Thérèse zuckte zusammen und lachte wieder auf diese falsche, schrille Art. Marie spürte ihre Unsicherheit, aber auch Thérèses anerzogene Arroganz, die alle Edeldamen dieses Hofes offensichtlich in so reichem Maße besaßen und die nun ihre Antwort bestimmte.

»Ist es Euch peinlich, liebste Freundin?« entgegnete sie. »Dann will ich Euch nicht mit meinem Dank belästigen. Ich wußte, daß ich mich auf Euch verlassen kann. Es freut mich, daß ich mit meinem spontanen Entschluß dazu beigetragen habe, die Melancholie unseres geliebten Königs zu mildern. Er wird es zu schätzen gewußt haben, daß Ihr noch Jungfrau wart.«

Marie verzichtete darauf, sie zu korrigieren. Sie wußte, daß Thérèse im Grunde nur einen Menschen liebte, sich selbst. Wenn sie es bisher nicht in vollem Umfang zur Kenntnis genommen hatte, dann nur aus reinem Selbstschutz. Sie hätte so gerne daran geglaubt, in ihr eine Vertraute und Freundin gefunden zu haben. Aber sie wußte zu gut, daß die ganze Verbundenheit, die die junge Gräfin ihr vorspielte, nur auf dem Irrtum beruhte, daß sie Marie für die Geliebte des Königs hielt.

»Habt Ihr neue Gewänder in Auftrag gegeben?« erkundigte sich ihre Besucherin weiter und naschte von den großen Kirschen, die in einer silbernen Schale zwischen den kalt gewordenen Gerichten standen. »Ihr solltet mit Eurer Kammerfrau zu Jacques Coeur gehen. Er ist mehr als ein Händler. Man sagt, daß er die schönsten Stoffe Europas in seinem Laden hat. Seide aus China, Damaste aus Venedig und Spitzen so zart wie Spinnweben. Wollt Ihr, daß ich Euch zu ihm begleite?«

Marie hatte von dem Kaufmann reden hören, der zu den engsten Rat- und Geldgebern des Königs zählte. Auch von dem prächtigen Stadtpalast hatte sie gehört, den er sich in Bourges errichtet hatte. Aber so neugierig sie war, dieses Wunderwerk aus Stein zu sehen, so wenig wollte sie es in Begleitung von Thérèse tun.

Wie kam Thérèse auf die Idee, daß sie neue Kleider in Auftrag geben würde? Sie hatte nicht einmal genügend Geld für die alten besessen. Sie waren ein Geschenk von Le Diable, und schon allein deswegen war ihr alles daran kostbar und unersetzbar.

»Ich werde mir ebenfalls neue Gewänder anfertigen lassen«, fuhr Thérèse fort. »Elfenbein und Cremefarben, man sagt, der

König schätzt diese Töne an einer Frau ...« Das Lauernde, das in diesen letzten Worten mitschwang, hätte Marie zum Lachen gereizt, wäre sie nicht so bedrückt und verzweifelt gewesen. Träumte die junge Gräfin etwa davon, ebenfalls die Aufmerksamkeit des Königs zu erregen? Sie, die einen Gatten, einen guten Namen und alle Ehren hatte, von denen Marie nur träumen konnte?

War diese Welt denn vollends närrisch geworden?

»Würdet Ihr mich bitte alleine lassen?« murmelte sie erschöpft. »Ich habe Kopfschmerzen, und ich fühle mich nicht wohl.«

»Wie schade!« Thérèse schnalzte mitfühlend mit der Zunge. »Achtet auf Euch, dem König mißfallen kranke Menschen. Er leidet unter den eigenen Gebrechen so sehr, daß er sich nur mit Gesunden umgibt. Seht Ihr nicht, wie er die Königin meidet, wenn sie sich von ihren Fehlgeburten nur schwer wieder erholt?«

»Was kümmert's Euch, wenn ich ihm mißfalle, Ihr habt doch, was Ihr wolltet«, brauste Marie auf.

»Ts ts ...«, machte Thérèse erneut. »Ihr seid mißgestimmt, meine Freundin. Wie schade, dabei wollte ich Euch eben mit der neuesten Grille unterhalten, die unserem gemeinsamen Freund Le Diable eingefallen ist. Dieser Mann ist eine Quelle der Überraschungen.«

Marie erstarrte. Schon der Name senkte sich wie eine Nadel in ihr Fleisch. Konnte es sein, daß die andere ahnte, was sie für den schwarzen Ritter empfand, oder war ihre Bemerkung nur ein Teil des allgemeinen Tratsches?

»Man erzählt sich, daß er den König gebeten hat, ihm das Kommando über die Truppe zu geben, welche die Ecorcheurs jagen soll!« erklärte ihre Besucherin ein wenig undeutlich, denn sie bediente sich immer noch bei den Kirschen. Und als sie Maries verständnislosen Blick sah, fügte sie hinzu: »Die Schinder. Die Kriegerbanden, die das Land unsicher machen und die Provinzen tyrannisieren. Er ist des Hoflebens überdrüssig, wenn Ihr mich fragt, er kann sein sarazenisches Blut nicht verleugnen. Dieser Mann ist ein Heide und kein christlicher Ritter!«

Marie hatte Mühe, die Fassung zu bewahren und sich vor Thérèse nichts anmerken zu lassen. Sie wußte, welche Gründe le Diable dazu veranlaßten, sein Leben aufs Spiel zu setzen. Er wollte lieber sterben, als dabei zusehen, wie der König besaß, was er für sein eigen gehalten hatte.

»Nun, wie dem auch sei, Ihr benötigt ihn nicht mehr als Beschützer. Ich für meinen Teil bin froh, daß er den Hof verläßt. Es sollte nicht erlaubt sein, daß Bastarde wie dieser Mann den hochgeborenen Edelleuten ebenbürtig behandelt werden ...«

Marie zuckte zusammen. »Redet Ihr so auch über den Grafen von Dunois?« fragte sie kühl. »Immerhin ist er der Bastard des Herzogs von Orleans, während die Eltern Le Diables meines Wissens nach in allen Ehren verheiratet waren.«

»In Ehren!« Thérèse kicherte. »Eine jüdische Sarazenin und ein christlicher Ritter. Ihr übertreibt es mit Eurer Gutmütigkeit, Marie! Ihr werdet noch lernen müssen, daß es wichtig ist, die eigene Position zu verteidigen. Vergeßt Le Diable!«

Doch genau das konnte Marie nicht tun. Sie verließ das abendliche Mahl unter dem Vorwand von Kopfschmerzen und wurde auf diese Weise sogar ihre aufdringliche neue Kammerfrau los. Erstaunlicherweise, denn die Art, wie diese Frau Maries Befehle überhörte und nur das tat, was sie selbst für richtig hielt oder was andere ihr aufgetragen hatten, besaß etwas Gespenstisches.

Während die Dämmerung auf den Fluß und die Stadt herabsank, machte sich Marie daran, ihren Plan zu verwirklichen. Sie konnte Le Diable nicht einfach gehen lassen, ohne den Versuch unternommen zu haben, ihm zu erklären, was passiert war. Auch wenn er nichts mehr von ihr wissen wollte, wollte sie ihn darüber aufklären, daß sie ihn niemals betrogen hätte.

Glücklicherweise hatte sie verhindert, daß die Kammerfrau ihre einfacheren Gewänder verschwinden ließ. Hastig kleidete sie sich in einen schlichten, dunklen Leinenrock, zu dem sie eine einfache bäuerliche Bluse und ein schwarzes, geschnürtes

Mieder trug. Ein großes, schwarzes Umschlagtuch mußte genügen, um die Bluse und das auffällige Haar zu verstecken. Lediglich die feinen Lederslipper paßten nicht zu der bescheidenen Aufmachung.

Ein Mädchen in solchen Kleidern ging barfuß oder in Holzpantinen, aber daran hatte Marie noch nie Gefallen gefunden. Und nach den einfachen Sandalen im Kloster waren die schön genähten, weichen und bequemen Schuhe eine wahre Entdeckung für sie gewesen. Die Pantoffeln, Slipper und Stiefelchen, die zu den prächtigen Gewändern gehörten, die ihre Truhen füllten, hatten sie entzückt.

Marie löschte die Kerze und verließ vorsichtig ihre Kammer. Glücklicherweise begegnete ihr keine Menschenseele auf dem Weg zur Dienstbotentreppe. Wie gut, daß sie auf den Spuren von Dame Angèle den Palast nicht nur von seiner glanzvollen Seite kennengelernt hatte. Als sie die Wache am Tor passierte, versuchte sie die schnippischen kleinen Mägde zu imitieren, die im Schloß ihren Dienst taten.

»Meine Herrin schickt mich zum Quartier von Le Diable. Ich habe eine Botschaft für ihn. Wo finde ich ihn?« zwitscherte sie und wiegte sich ein wenig in den Hüften, um den Mann von einem Blick in ihr Gesicht abzuhalten.

»Wahrhaftig, dieser schwarze Teufel hat mehr Glück bei den hochgeborenen Weibern, als er's verdient«, scherzte der Soldat und kniff sie kräftig in die Kehrseite.

Marie quietschte empört und erntete ein Lachen. »Du findest den Mauren in seinem Haus an der östlichen Stadtmauer. Bist wohl noch nicht lange im Dienst hier, Kleine? Brauchst du einen schönen Freund, der dir die Zeit vertreibt?«

»Später vielleicht«, erklärte Marie und bemühte sich, den Dialekt der einheimischen Mägde nachzuahmen, was ihr auch unschwer gelang. »Sag mir deinen Namen, damit ich nach dir fragen kann, wenn ich dich nicht find'!«

»Man nennt mich den starken Franquet, meine Schöne, und wer bist du?«

Marie schlüpfte an ihm vorbei, ehe er sie festhalten konnte.

Sein Fluch begleitete sie, während sie in den Schatten der nächsten Gasse tauchte und sich zu orientieren versuchte. Sie folgte der Gasse zur Kathedrale und erinnerte sich daran, daß sie bei ihrem Ritt zu Le Diables Burg die Stadt durch das westliche Tor verlassen hatten. Die Essensdüfte aus unzähligen Töpfen und Pfannen verrieten die einfachen, aber nahrhaften Genüsse der Handwerker und Bürger.

Der Geruch nach Speck und Kohl, zusammen mit dem Duft von frisch geschnittenem Gras und blühenden Sommerblumen, legte sich über den üblichen Gestank aus den Unratgruben und Gerbergassen. Das Licht der Herdfeuer und Unschlittkerzen fiel auf die Straßen hinaus. Kinder, die Wein oder Wasser in Krügen geholt hatten, begegneten ihr ebenso wie Handwerksburschen und brave Bürger, die auf dem Weg nach Hause oder in die nächste Schänke waren.

Keiner beachtete die junge Frau, die für den schönen Abend zu warm gekleidet war und sich scheu an den Hauswänden entlang drückte, wo in den Eisengestängen die bunten Schilder der Handwerker knarzten. Die meisten Läden waren schon vorgeschlagen, aber Marie meinte dennoch, noch nie so viele verschiedene Waren an einem einzigen Ort gesehen zu haben.

Sie bog um die nächste Ecke und erreichte die Rue d'Auron, eine schöne Straße, wo sich prächtige Residenzen und Bürgerhäuser aneinander reihten. Lediglich eines von ihnen wirkte heruntergekommen und verlassen. Verblichene schwarze Spuren und zerborstene Balken verrieten, daß es einem Brand zum Opfer gefallen sein mußte und daß sich niemand die Mühe gemacht hatte, das riesige Anwesen wieder aufzubauen. Für einen Moment fiel Maries Blick auf das einstmals prächtige Wappen, das, nun halb von Gras und Ranken überwachsen, nur noch die Andeutung eines Fabeltieres und zweier gekreuzter Schwerter zeigte.

Seltsam vertraut berührt von diesem Anblick blieb sie stehen und starrte auf den Stein. Es mutete sie an, als müsse ihr das Wappen etwas sagen. Als rühre es an eine Stelle in ihrem Herzen ... Doch, so sehr sie sich auch den Kopf zermarterte, sie fand keine Antwort darauf. Sie hatte weder das Wappen noch das Haus je gesehen.

Sie konnte sich nicht einmal daran erinnern, daß es ihr aufgefallen war, als sie mit Le Diable hier vorbeigeritten war, und doch – es fiel ihr schwer weiterzugehen, und sie warf immer wieder einen Blick über die Schulter zurück, bis sie die Ruine des abgebrannten Stadthauses des Grafen von Mesnières nicht mehr von den anderen Gebäuden unterscheiden konnte.

Sie erreichte das Stadttor und passierte den großen Brunnen, um den sich ein paar schwatzende Frauen und spielende Kinder scharten, die ihr neugierig nachblickten, ehe sie ihr Gespräch fortsetzten. Marie wagte nicht, nach dem Haus Le Diables zu fragen, sie hoffte unsinnigerweise, daß sie es irgendwie erkennen würde. Daß es in seiner Weise typisch für den Mann war, den sie liebte, so wie die Waffen und die Kleidung die er trug.

Doch hätte sie nicht die gebückte Gestalt der Maurin gesehen, die eben das doppelflügelige Tor zum Hof schloß, wäre sie nie auf den Gedanken gekommen, das behäbige Fachwerkhaus mit seinen weiß gekalkten Mauern mit Le Diable in Verbindung zu bringen. Es wirkte eher wie das Heim eines wohlhabenden Händlers.

»Ihr?« Fatma starrte in das blasse Gesicht, in dem die hellen grünen Augen funkelten. »Wie ist es Euch gelungen, aus dem Palast zu kommen? Was wollt ihr?«

Marie seufzte. »Mußt du das fragen, Fatma? Ich werde nicht zulassen, daß er geht, ohne mich zuvor angehört zu haben.«

»Ihr werdet Eure liebe Not damit haben«, warnte die alte Dienerin. »Er trinkt. Schon seit heute nachmittag, und wenn man's ihm auch nicht ansieht, ich möchte wetten, daß er kaum noch weiß, was er tut. Er hat Krug auf Krug in sich hineingestürzt. Laßt ihn in Frieden, um Eurer beider Seelenheil willen. In dieser Stimmung ist er gefährlich und kaum zu bändigen.«

Marie hörte nicht auf die Maurin. Sie drängte sich an der gebückten Gestalt vorbei und zwängte sich in den Hof. Aus den Ställen und den Scheunen hörte man Gelächter, Pferdewiehern und Hundegebell, doch das große Haus lag dunkel und schweigend vor ihr. Wie von einem Magneten angezogen, ging Marie darauf zu.

Sie begriff zu gut die Verzweiflung, die Le Diable erfüllte, denn sie litt unter der gleichen Qual. Er mußte sie anhören! Egal, ob ihm der Wein bei den Ohren herauskam oder nicht!

15. Kapitel

Er saß vor der glimmenden Glut eines Kaminfeuers, und soweit sie es beurteilen konnte, trug er noch immer die ledernen Kniehosen und das durchschwitzte Hemd, wie am Vormittag im Waffenhof. Die kurzen Haare waren zerzaust, als sei er sich zu oft mit den Fingern hindurchgefahren. Düster starrte er in das rötliche Flammenspiel, während er, die Beine weit von sich gestreckt, in einem halbhohen Lehnstuhl saß und einen silbernen Weinbecher in der rechten Hand hielt.

Marie preßte eine Hand auf ihr wild pochendes Herz. Eben noch hatte sie genau gewußt, was sie sagen wollte, aber nun fehlten ihr plötzlich die Worte. Sie konnte nur dastehen und ihn betrachten, mit brennenden Augen und schmerzendem Herzen. Wie sehr sie ihn liebte!

Das Umhängetuch entglitt ihren Händen, und das leise Geräusch, mit dem es die frischen Kräuter streifte, die auf den Boden gestreut waren, erregte die Aufmerksamkeit des Mannes am Feuer. Er fuhr herum, und der Wein schwappte über den Rand des Bechers auf seine Oberschenkel. Sein Fluch erstickte, als er das Mädchen erkannte, das in der Tür stand und ihn ansah.

»Seid Ihr das wirklich oder habt Ihr mir ein Gespenst geschickt, um mich vollends um den Verstand zu bringen ...«, murmelte er düster. »Warum seid Ihr nicht beim Bankett des Königs? Er wird nicht auf seine Nachtigall verzichten wollen, die ihm mit ihrem Gesang die Schwermut vertreibt und seine Nächte mit ihrer Glut wärmt.«

»Ihr seid betrunken«, sagte Marie vorwurfsvoll und trat endlich näher. »Ihr stinkt abscheulich, und der Rotwein schwappt vermutlich schon bis oben in Euren Stiefeln. Schämt Euch!«

Das brüllende Gelächter des Mannes brachte sie zur Besinnung. »Ich kann mich nicht erinnern, etwas so Spaßiges gesagt zu haben, Seigneur!« meinte sie beleidigt.

»Findet Ihr es denn nicht schreiend komisch, wenn die Geliebte des Königs die ehemalige Nonne herauskehrt und mir Moralpredigten über meine ausschweifenden Trinkgewohnheiten hält?«

»Ich war Novizin und nicht Nonne«, korrigierte Marie erbittert. »Ihr kennt den Unterschied sehr genau. Hört auf, mich zu beleidigen.«

»Was wollt Ihr?« Schlagartig war das Lachen aus dem dunklen Gesicht gewichen. Er erhob sich leicht schwankend und kam bedrohlich auf sie zu.

Maries Herz raste, aber sie wich keinen Schritt zurück, das Kinn stolz nach vorne gestreckt. Selten hatte sie verlockender und verführerischer auf den einsamen Mann gewirkt. Sie war die Versuchung schlechthin, die Versuchung, die Ivo de Chazan beim Wein zu vergessen versucht hatte und die dennoch noch immer sein Blut vergiftete.

Zornerfüllt packte er sie an den Oberarmen und schüttelte sie so heftig, daß sich einer der Zöpfe löste und über ihre Schulter fiel. »Könnt Ihr mich nicht in Frieden lassen, Hexe?«

Daß er sie mit demselben Schimpfwort bedachte wie der unheimliche Mönch, entlockte Marie ein bitteres Lachen. Hatten denn alle Männer den Verstand verloren? Gab es nicht einen unter ihnen, mit dem man vernünftig reden konnte?

»Hexe! Engel! Hure! Was Euch nicht alles einfällt, wenn Ihr von mir sprecht, mein Herr«, fauchte sie unwillig. »Mein Name ist Marie, geht das noch in Euren Schädel hinein, oder gluckert bereits der Wein durch alle Windungen Eures umnebelten Hirnes?«

»Vermutlich fallen mir diese Worte bei Eurem Anblick ein, weil Ihr dies alles seid, Weib!« entgegnete Le Diable grob, und ehe Marie eine Bewegung machen konnte, hatte er sie rüde in seine Arme gerissen und senkte seinen Mund auf ihren. Ohne Rücksicht, wild und gierig war sein Kuß, mit dem er heiß und gewalttätig ihre Sinne eroberte.

Marie taumelte und klammerte sich notgedrungen an den muskulösen Schultern fest. Das Zimmer drehte sich vor ihren Augen, sie bekam keine Luft mehr, aber gleichzeitig schien sie endlich wieder vom Leben erfüllt zu sein. Die verheerende Wirkung, die Ivo de Chazan schon unter normalen Umständen auf sie hatte, wurde durch ihre Schwäche und ihre Verzweiflung nur verstärkt. War sie deswegen hierher gekommen, um sich ohne Wenn und Aber in seine Arme zu flüchten? Sie vermochte es nicht zu sagen. Sie konnte nicht mehr denken, sie konnte nur noch fühlen.

Ihr war schwindelig, als sie die rauhen Hände auf ihrem Körper spürte, Berührungen, die sie demütigen und beleidigen sollten und doch nur das süße Feuer der Sehnsucht in ihr entzündeten.

Sie verstand den Kummer, der ihn in diesen berauschten Zustand versetzt hatte, denn sie fühlte die gleiche Pein. Vielleicht sogar noch intensiver, denn ihr war der Trost des Alkohols verwehrt.

Sie wußte, daß sie beide den primitiven Rausch bereuen würden, der sie in diesem Moment beherrschte, und konnte ihm dennoch nicht widerstehen.

»Bitte, laßt mich Euch erklären«, keuchte sie, als es ihr endlich gelang, genügend Atem zu schöpfen, um diese Worte hervorzubringen. Aber sie schnappte schon wieder nach Luft, als er ihr einfach die Bluse aufriß, das Mieder herabzerrte und ihre entblößten Brüste küßte, deren Spitzen sich verräterisch härteten.

»Spar dir deine Erklärungen«, knurrte Le Diable und biß spielerisch in die rosigen Knospen, so daß Marie leise aufschrie. »Ich werde nicht noch einmal die Dummheit begehen, zwischen Mann und Frau auf Worte zu setzen. Ich spüre, warum du gekommen bist. Du willst mich. So wie ich dich will. Mehr gibt es nicht zwischen uns!« Marie wimmerte auf, als seine Finger ungeniert ihre Röcke lüpften und mit der verräterischen Geschicklichkeit eines Kriegers, der sein Vergnügen suchte, wo immer er es auf die Schnelle fand, in ihren Schoß drangen.

»Siehst du, wie bereit du bist?« triumphierte er. »Komm, mein Täubchen, laß mich spüren, wie du bebst!«

Wie von Sinnen riß er ihr die Kleider vollends vom Leib und drückte sie auf den Boden. Marie spürte die getrockneten Kräuter und die Kühle der glasierten Steinfliesen unter ihrem Rücken. Ohne Zärtlichkeit oder Rücksicht spreizte er ihre Beine und öffnete die Bänder seiner Hose. Sie war wütend auf ihn und gleichzeitig erregt bei der Vorstellung dessen, was gleich zwischen ihnen passieren würde. Sie wollte in das maskenstarre Teufelsgesicht schlagen und zitterte doch vor Verlangen und Leidenschaft.

Die Leichtigkeit, mit der er in sie drang, verriet und entlarvte sie. Ihr heiserer Aufschrei ging in seinem wütenden Knurren unter, und der Sturm, den er mit seinen heftigen Bewegungen entfachte, trug sie beide aus der Wirklichkeit davon. Noch nie hatte er Marie auf solche zerstörerische, erbarmungslose Weise genommen.

Das war keine Liebe mehr, das war Kampf.

Marie begriff, daß er ihr seinen Stempel aufdrücken wollte, daß er zwischen Gewalt und Liebe, zwischen Verzweiflung und Ekstase schwankte und in diesem Moment nicht mehr er selbst war.

Das verzerrte, gequälte Gesicht des Mannes, den sie liebte, dämpfte Maries Empörung und gab ihr die Zärtlichkeit zurück. Sie streichelte mit sanfter Hand seinen Rücken und seine breiten Schultern und gab sich ihm in bedingungsloser Liebe hin.

Marie ahnte nicht, daß ihre geistige Kraft in diesem Augenblick so groß war, daß ihre Gefühle sogar durch den zerstörerischen Nebel drangen, der Le Diable umfing. Er öffnete die Augen und tauchte in den klaren grünen Blick Maries wie in das erfrischende Wasser eines tiefen Teiches.

Was tat er nur? Wollte er soviel Liebreiz, soviel Anmut und Zärtlichkeit wirklich brechen, zerstören? War er tatsächlich der Schurke, den alle in ihm sahen? Ein Mann ohne Gewissen, der nur seinen Wünschen und Vorstellungen lebte, der sich über Moral und Sitte hinwegsetzte und sich nicht darum kümmerte, ob er Unheil säte?

Sie fühlte, wie er innehielt, wie er mit übermenschlicher Kraft die Gewalt, die ihn beherrschte, unter Kontrolle zu bringen versuchte. Dieser Kampf zwischen Gut und Böse, zwischen Krieg und Frieden, zwischen Glauben und Mißtrauen verschlug ihr den Atem.

Sie konnte darin nur ihre unendliche Liebe einsetzen. Ihre Hingabe und ihr Vertrauen in das Edle und Schöne in ihm. Denn es war vorhanden, sie hatte es gesehen und gespürt an jenem Nachmittag zwischen Himmel und Erde.

Auch Ivo de Chazan dachte in diesem Moment daran, und es schien ihm, als umgäbe Marie noch immer ein Hauch dieses Rosenduftes.

Wenn sie ihn doch nur lieben könnte! Wenn sie ihm doch nur gehören würde!

»Ich liebe Euch von ganzem Herzen!« sagte sie in diesem Moment mit ihrer schönen, unverwechselbaren Stimme. »Ihr seid der einzige Mann, dem ich mich schenke, und es wird nie einen anderen geben. Ihr seid mein Atem, mein Sehnen, mein Glück.«

Marie spürte das Beben, das durch seinen Körper ging, und sie nahm ihn in sich auf, als er sich in ihr verströmte und schweißgebadet über ihr zusammensank.

Und dann brach auch über ihr der Himmel zusammen, und sie wurde hinaufgetragen in eine schwindelnde, überwältigende Höhe der Gefühle. Sie waren eins. Nicht mehr zwei fremde Menschen mit ihren eigenen Sehnsüchten und Nöten, sondern ein wundervolles Ganzes, das untrennbar zusammen gehörte.

»Ihr müßt gehen! Bitte!« Fatmas Stimme drang störend in Maries glückliche Träume. Am liebsten hätte sie nicht darauf geachtet, genausowenig wie darauf, daß sie an der Schulter gerüttelt wurde, doch es gelang ihr nicht. Sie war wach.

Sie wollte sich aufrichten, aber ein schweres Gewicht hielt sie auf dem Boden – Le Diable, versunken in einen tiefen, erschöpften Schlaf, lag halb auf ihr, und Marie war sich sicher, daß nicht einmal Schlachtenlärm ihn jetzt geweckt hätte.

Sie schaffte es schließlich, sich aus seiner Umarmung zu winden, und er zuckte nicht einmal mit den Wimpern. Fatma stand über sie gebeugt, die Kleider, die Le Diable so rücksichtslos entfernt hatte, mißbilligend in den ausgestreckten Händen. Marie entriß ihr das Hemd und streifte es über. Der klaffende Riß über den Brüsten ließ sich jedoch nur mit beiden Händen zusammenhalten. »So könnt Ihr nicht gehen«, seufzte Fatma. »Ich habe Euch gewarnt. Er ist nicht bei Sinnen, wenn er soviel trinkt. Seid Ihr unverletzt?«

»Natürlich«, entgegnete Marie ruhig und begutachtete den Rest ihrer Kleidung. »Dachtet Ihr, er würde mich umbringen?«

»Viel scheint nicht gefehlt zu haben«, murmelte die Alte und warf einen vielsagenden Blick auf die blauen Male an Maries Schultern. »Wenn ihn der Teufel packt, dann ist es besser, seine Gesellschaft zu meiden. Kommt, ich gebe Euch einen Umhang.«

»Einen Umhang, wozu?«

»Ihr müßt fort sein, wenn er aufwacht«, drängte Fatma. »Er wird sich nicht an alles erinnern können. Er wird die Geschehnisse für einen Spuk halten. Für die Hirngespinste eines Betrunkenen. Das ist auch besser für alle.«

Marie strich sich die losen Haarsträhnen aus der Stirn, die aus ihrer vorher so ordentlichen Frisur geglitten waren. Sie betrachtete stirnrunzelnd den schlafenden Mann. »Man sollte ihn zu Bett bringen.«

»Das können die Lakaien erledigen, wenn Ihr fort seid«, beharrte die alte Dienerin.

»Und warum kann ich nicht bleiben?« Marie haßte sich selbst für die sehnsüchtige Frage.

»Wollt Ihr, daß der König seinen Rivalen verhaften läßt?« entgegnete Fatma müde. »Wollt Ihr ihn noch tiefer ins Unglück stürzen? Genügt es nicht, daß Ihr jene Furien zum Leben erweckt habt, die ihn heute nacht wieder in ihren Klauen gehalten haben? Ihr seid nicht gut für ihn. Er ist ein Edelmann. Wer seid Ihr? Spürt Ihr nicht, daß Ihr das Mal des Königs auf der Stirn tragt?«

Marie mußte der alten Frau recht geben. Sie senkte besiegt den Kopf. Sie hatte keine Familie, die ihre Rechte vertrat. Sie war nichts weiter als eine dahergelaufene Novizin, von der Gnade des Königs abhängig und unfähig, für sich selbst zu sorgen in einer Welt, die nach Rang und Namen urteilte. Niemand trat zu ihrem Schutz und für ihre Rechte ein. Was hatte sie denn erwartet von diesem Besuch bei Le Diable? Daß er sie bat, seine Gemahlin zu werden? Es wäre die einzige Möglichkeit gewesen, diesem Dilemma zu entkommen, und gleichzeitig die absurdeste. Die Sängerin des Königs und ein Edelmann, wie sollte das zusammen passen?

»Ihr dürft nicht mehr kommen«, beschwor Fatma sie inständig. »Man hat mir befohlen, Euch zu meiden. Eure Beschützer sind mächtiger als eine alte Amme und ein unglücklicher Krieger.«

Marie unterdrückte einen Seufzer und legte den Rest ihrer beschädigten Kleider an. Würde sie sich je daran gewöhnen können, daß andere über sie bestimmten? Weil sie ihr eigenes Leben leben wollte, war sie aus dem Kloster geflohen, und nun war sie erneut in Gefangenschaft geraten.

Manipuliert, gebraucht und davongeschickt.

»Ein Fackelträger wird Euch bis in die Nähe des Palastes begleiten, dann müßt Ihr selbst sehen, wie Ihr hineinkommt, ohne Verdacht zu erregen!« Fatma faßte sie am Arm und zog sie aus dem Raum. In der offenen Tür warf Marie einen Blick zurück.

Le Diable hatte einen Arm unter seine Wange geschoben, und sein Kopf wurde von dem rötlichen Schein der Glut beleuchtet. Schatten und Licht modellierten seine Züge, das Gesicht, das

Marie so sehr liebte. Sie hätte gerne ein letztes Mal über seine Haare gestrichen oder wenigstens seine Lippen berührt, doch Fatma zerrte sie ungeduldig weiter. Ihr blieb nichts anderes übrig, als sein Bild in ihrem Herzen zu bewahren.

»Hier, nehmt das!« Die alte Dienerin hatte den Umhang schon bereit gelegt, und auch der Fackelträger wartete im Hof.

Ein schweigsamer, kleiner Mann mit einem bäuerischen Gesicht, das halb unter einem Schlapphut verschwand. Er sprach nicht mit Marie, als er durch die nächtliche Stadt vorausging, aber ihr war auch nicht nach Reden zumute.

Jeder Schritt, der sie dem Palast näherbrachte, schien tiefer in das unweigerliche Verderben zu führen. Und sie hatte keine andere Möglichkeit, als zu gehorchen.

16. Kapitel

»Der Hof bricht nach Chinon auf!« Thérèse d'Alespée brachte Marie diese Neuigkeit, die über den Notenblättern saß, die ihr der König vor ein paar Tagen geschickt hatte. Der König, der seit jenem Gespräch mit dem Konnetabel und dem Grafen Dunois in hektische Betriebsamkeit verfallen war und keine Zeit für Musik mehr zu haben schien.

»Nach Chinon?« Marie wußte mit dieser Nachricht nichts anzufangen. Sie streifte die Feder sorgsam ab und schloß das Tintenfaß, ehe sie sich ihrer Besucherin zuwandte. Sie wirkte blaß und angegriffen, denn sie hatte mehrere Tage im Bett verbracht, geschüttelt von einem hartnäckigen Fieber, das sie sich trotz des schönen Sommerwetters zugezogen hatte und das nicht weichen wollte.

Eine Krankheit eher der Seele und des Herzens als des Körpers. Marie wußte nicht mehr, wie es ihr gelungen war, in den Palast zu schlüpfen und sich in ihr Bett zu flüchten. Die Schmerzen, die ihren Kopf wie einen Reif umfangen hatten, wichen fiebrigen Schauern, und bis zum Morgen hatte sie ihre Umgebung nicht mehr erkannt und ihrer Kammerfrau einen gehörigen Schrecken eingejagt.

Inzwischen war sie wieder halbwegs genesen, aber die Spuren des Leids waren noch in ihren Augen und der durchsichtigen Blässe zu erkennen, die die Adern bläulich durch ihre zarte Haut schimmern ließen.

»Der König verbringt die meiste Zeit des Jahres in Chinon, habt Ihr das nicht gewußt?« Thérèse wunderte sich, irritiert auch von Maries mangelnder Begeisterung. »Es ist an der Zeit, unsere Reisevorbereitungen zu treffen. Laßt Eure Noten ruhen, der Aufbruch ist bereits für übermorgen festgesetzt. Hat man Euch denn noch nicht benachrichtigt?«

Mit jener müden, resignierten Fügsamkeit, die sie seit ihrer Krankheit zeigte, nickte Marie.

Pernelle, ihre gebieterische Kammerfrau, bestimmte den Ablauf ihres Tages. Daß es ihr nicht umgehend gelungen war, die Krankheit zu besiegen, hatte sie als persönliche Niederlage empfunden. Dame Angèle, in deren Auftrag sie handelte, hatte ihr herbe Vorwürfe gemacht.

Wie sollte der König sein Herz an eine blasse, leidende Kranke verlieren? Je früher Marie-Inconnue ihre Schönheit und Lebensfreude zurückgewann, um so besser würde es für Pernelle sein. Es gehörte zu ihren Aufgaben, die empfindliche Schöne zu behüten, die Dame Angèle und ihr schurkischer Gatte für ihre Pläne benötigten.

Auch jetzt unterbrach sie das Gespräch der beiden jungen Frauen, indem sie Marie einen jener stärkenden Tränke reichte, die sie mehrmals am Tag zu sich nehmen mußte. Sie versetzten das Mädchen in einen Zustand angenehmer Betäubung, der es ihr erlaubte, ohne große Aufregungen zu sein, und ihren müden Verstand lähmte, und damit verhinderte, daß sie jene Tränen weinte, nach denen ihr eigentlich zumute war.

»Ihr seid doch hoffentlich gesund genug, die Reise anzutreten?« erkundigte sich Thérèse besorgt, und Marie nickte ergeben. Seit ihr Gatte die offizielle Lehensurkunde der Grafschaft erhalten hatte, die sein Herz begehrte, hatte Thérèse sich enger als zuvor an die Sängerin des Königs angeschlossen.

Marie machte sich keine Illusionen über diese Freundschaft. Früher oder später würde Thérèse den nächsten Gefallen fordern, und dann einen und noch einen ... Vorausgesetzt, daß der König wieder den Wunsch nach Maries Gegenwart verspüren sollte.

Im Moment hatte er nur mit Bedauern davon gehört, daß sie indisponiert war, und ihr Geschenke gesandt.

Eine wundervolle, mit hauchzarten Elfenbeinranken eingelegte Laute, Notenblätter, Früchte, Spitzen und ein entzückend illustriertes Stundenbuch. Ansonsten aber hatte es den Anschein, als sei er völlig in seine Beratungen mit den wichtigsten Männern des Königreiches vertieft.

Die Boten aus Burgund, aus den Provinzen und den Städten des Landes gaben sich in Bourges die Tür in die Hand. Marie, nach all den Informationen, die sie vor ihrer Krankheit aufgeschnappt hatte, glaubte zu wissen, daß Chinon der erste Schritt auf dem Weg nach Paris sein würde, aber sie behielt ihre Meinung für sich. Sie hatte überhaupt gelernt, stumm zu bleiben. Es interessierte ohnehin niemanden, was sie zu sagen hatte.

»Habt Ihr gehört, daß die Delegation des Bischofs von Paris wieder abgereist ist?« plauderte Thérèse weiter. »Man sagt, der König habe es abgelehnt, sich mit Pierre Cauchon zu treffen. Um so besser, ich bin es leid, an allen Ecken und Enden des Palastes auf diese unheimlichen Mönche zu treffen, die vor lauter Frömmigkeit keinen Gruß über die Lippen bringen.«

Marie erinnerte sich vage daran, in ihren Fieberträumen ein steinernes Gesicht im Schatten einer düsteren Kutte gesehen zu haben, und sie erschauerte unwillkürlich. Sie hatte die Kapelle gemieden und ihr Zimmer kaum verlassen, aber sie ahnte, daß sie damit jenem schrecklichen Kuttenträger noch nicht entkommen war. Er war kein Mann, der sich von irgendeinem Hindernis abschrecken ließ. Sie wußte, daß er nur auf den richtigen Augenblick zum Zuschlagen wartete. Und der Hieb, den er dann führte, würde tödlich sein. Das Verderben und das Böse, das ihn umgaben, konnten nur in den Tod führen. Sie hatte es gespürt, als er an ihrem Bett stand und das stumme Duell gegen die Reinheit ihrer Seele ausfocht.

»Ihr müßt die Truhen Eurer Herrin packen«, wies die Gräfin Maries Kammerfrau an, als sei sie berechtigt, ihr Befehle zu erteilen. »Dame Angèle hat mir gesagt, daß Ihr einen Platz in ihrem Wagen haben könnt. Schade, ich hatte gehofft, wir würden zusammen zu Pferd reisen und unterwegs ein wenig plaudern können ...«

Marie verspürte wenig Lust auf dieses Geplauder. Sie verabscheute den Klatsch und die dummen Bemerkungen, die Thérèse verbreitete, und es fiel ihr mit jedem Tag schwerer, ihre Freundschaft zu erwidern. Seit jener demütigenden Rückkehr aus dem Hause Le Diables hatte sie einen guten Teil ihres naiven Kinderglaubens eingebüßt. Sie mußte sich endlich abgewöhnen, in dummen Phantasien vor der eigenen Einsamkeit zu fliehen. Es gab niemanden, der zu ihr gehörte, und niemand, der für sie in die Schranken trat.

Sie hatte sich der Mutter Oberin und dem Kloster entzogen, aber die Drohungen des unheimlichen Mönches hatten alles wieder zurückgebracht. Sie war durch ein halbes Königreich geritten, nur um am Ende wieder das Knie vor einem Mann Gottes zu beugen. Vor der Macht, die er besaß. Der Himmel war gnädig mit den armen Sündern, die Menschen waren es zumeist nicht.

»Hört Ihr mir überhaupt zu, Marie? Manchmal habt Ihr den Kopf derart in den Wolken, daß man meint, mit einer Statue zu sprechen«, beschwerte sich Thérèse und raffte unwillig ihre Röcke.

»Madame ist noch geschwächt«, verteidigte Pernelle ihre Herrin. »Es ist vielleicht besser, wenn Ihr ein anderes Mal wiederkommt, Dame Thérèse.«

Die junge Gräfin war so eilig bemüht, diesem Rat zu folgen, daß Marie fast gelächelt hätte. Ihre geltungsbedürftige Freundin machte diese Pflichtbesuche nur, um einen Kontakt nicht abreißen zu lassen, von dem sie sich etwas versprach. Es gab nicht vieles, über das sie beide miteinander reden konnten, so gerne sich Marie auch irgendeinem Menschen anvertraut hätte. Sie hatte so viele Fragen, und die Not ihres Herzens war so groß, daß sie sich täglich mehr nach echter Zuwendung und Trost sehnte.

Sie sah, daß Pernelle sich tatsächlich an den Truhen zu schaffen machte.

»Wenn Ihr alles durchseht, dann schaut bitte noch einmal, ob Ihr meinen Rosenkranz findet«, mahnte sie zum wiederholten Male. »Er muß irgendwo sein. Der Gedanke, daß ich ihn verloren haben könnte, ist mir arg.«

Daß sie ausgerechnet das einzige Stück, das wirklich und wahrhaftig ihr Eigentum war, nicht mehr fand, paßte zu den übrigen Mißlichkeiten. Seit sie denken konnte, hatte er ihre Gebete begleitet. Ein frommes Requisit, das mehr war als nur die hübsche Arbeit eines geschickten Goldschmiedes. Nicht einmal die Mutter Oberin hatte ihn ihr streitig gemacht, obwohl ihr eigener Rosenkranz sehr viel schlichter und bescheidener war und nur aus Holzperlen und Silberdraht bestand.

»Ich habe bereits alle Taschen kontrolliert«, versicherte Pernelle, und Marie konnte es ihr glauben oder nicht. Aber sie war zu müde, um der Dienerin zu widersprechen. Zu müde, um selbst nach ihrem Rosenkranz zu suchen. Zu müde für das Leben überhaupt. Am liebsten hätte sie ihr Bett nicht mehr verlassen und wäre für immer dahingedämmert. Fort in jene dunklen Schatten, dort, wo man nicht dachte, nicht fühlte, nicht litt ...

Thérèse hatte die Wahrheit gesagt. Der Hof versank in hektische Abreisevorbereitungen, denn die Königin sollte mit all ihren Damen ebenfalls nach Chinon übersiedeln. Als Marie in dem holpernden, großen Reisewagen saß, den Angèle de Saint Pol für angemessen hielt, schwirrte ihr der Kopf. Das geruhsame Leben im Kloster hatte sie nicht auf die Generalstabsarbeit eines königlichen Umzuges vorbereitet und auf die Menschenmenge, die sich in einem endlosen Zug aus Wagen, Reitern, Karren, Bewaffneten und Soldaten quer durch das Königreich auf den Weg machte. Die Bewohner von Bourges sahen die hohen Herrschaften mit einem lachenden und einem weinenden Auge ziehen. Einerseits hatte es ihnen geschmeichelt, der Mittelpunkt des Königreichs von Frankreich zu sein, andererseits lebte es sich geruhsamer ohne die Soldaten, Edelleute und Diplomaten, die sich in der Enge der Gassen drängten, Quartier verlangten und die Preise verdarben.

Marie hatte den gefütterten Ledervorhang der Kutsche zur Seite geschlagen und sah die Türme von Saint Etienne aus ihrem Blickfeld verschwinden. Wenig später rumpelten die eisenbeschlagenen Räder über die Zugbrücke am Stadttor, und die Landstraße erstreckte sich nun vor dem königlichen Reisetroß. Der Sommer neigte sich dem Ende entgegen, und Marie schaute über die abgeernteten Felder zum Fluß hinüber. Wenn man ihm weiterfolgte, immer weiter, bis zu jener trutzigen kleinen Burg ...

Nein, sie wollte nicht daran denken. Es hatte keinen Sinn, diesen Erinnerungen nachzuhängen und erneut die Traurigkeit zu wecken, die ohnehin zu ihrer treuesten Begleiterin geworden war. Wo sich Le Diable wohl befand? Welcher Feind ließ ihn vergessen, daß er mehr war als eine muskulöse, gut funktionierende Kampfmaschine, daß er eine Seele besaß, ein Herz und menschliche Gefühle?

»So schließt doch endlich diesen Vorhang. Wir atmen ja nur Staub!« befahl die Dame Saint Pol ungeduldig, und Marie zuckte zusammen.

Sie löste die Bänder und befolgte den Befehl. Dämmeriges Halbdunkel umfing sie, Dame Angèle und die beiden Kammerfrauen, die einander ähnelten wie ein rundliches, leinenbezogenes Ei dem anderen. Sie unterdrückte das unbehagliche Gefühl, daß ihr diese drei vermittelten, und schalt sich eine Närrin. Man tat ihr nur Gutes, und sie vergalt es mit Mißtrauen.

Marie schloß die Augen. Sie fühlte kein Verlangen nach einem Gespräch. Ganz in die Welt ihrer eigenen Gedanken verloren, versuchte sie erneut den Spuren Ivo de Chazans zu folgen, der so endgültig aus ihrem Leben verschwunden war. Sie hatte nichts mehr von ihm gehört, aber sie konnte die Erbitterung spüren, die ihn erfüllte, die ihn antrieb und die Gefahr suchen ließ, als wollte er für immer vergessen machen, daß er noch einmal so töricht gewesen war, an Liebe und Treue zu glauben. Er zog in den Kampf, um diese Empfindungen, diese Sehnsüchte auszumerzen, die eines Ritters unwürdig waren. Aber was hatten sie schon erreicht, all diese Kämpfer? Ein zerstörtes Königreich, Zwietracht, die ein ganzes Land auseinanderriß und Hunger, Elend und Armut. Wann würden Männer endlich begreifen, daß es auch eine Zeit der Ruhe geben mußte? Eine Zeit zum Säen und Aufbauen, zum Lachen und Lieben? In Ruinen wuchs kein neues Leben, kein neues Königreich und kein neues Glück.

Nicht alle waren imstande, nach generationenlangem Krieg einen neuen Anfang zu machen. Jene wie der schreckliche Mönch, die das Verderben an ihren Fersen trugen, mußten erst vernichtet werden.

Marie erschrak selbst vor der Endgültigkeit dieser Einsicht. Doch es gab eine Gewißheit tief in ihr, etwas, das tief in ihrem Herzen ruhte und die Gesetze ihres Handelns diktierte. Dieser Mann, der sich unter der frommen Kutte versteckte, der Heimtücke und Haß verbreitete und sich der schwarzen Pest gleich unsichtbar machen konnte, mußte getötet werden. Und mit derselben Klarheit wußte sie auch, daß sie zu seinem Untergang beitragen würde. Daß es geradezu ihr Auftrag war, für sein Ende zu sorgen.

Die endlose Rüttelei über die ausgetrockneten Landstraßen des Königreiches ließ der jungen Frau eine Menge Zeit, müßig den eigenen Gedanken nachzuhängen. Dame Angèle war am zweiten Tag auf einen Zelter umgestiegen, weil sie die Luft in der Kutsche zu stickig fand, und so gab es außer Pernelle, die über Maries Gesundheit wachte, niemanden, der ihr Vorschriften machte und sie anhielt, sich zu beschäftigen.

Manchmal kam es Marie so vor, als besäße sie keinen Einfluß auf die Bilder, die sich in ihrer Vorstellung zusammensetzten, als drängte sich ein fremder und zugleich vertrauter Geist in sie und forderte Beachtung. Sie versuchte sich zu widersetzen, mit Pernelle zu plaudern oder sich auf die Landschaft zu konzentrieren, aber es gelang ihr nicht. Immer wieder von neuem fand sie sich dem ausgeliefert, was sie vor ihrem geistigen Auge sah.

Eine verzweifelte Frau in einem blutbeschmierten Hemd, die den Dolch umklammerte, der aus ihrer Brust ragte. Der Mann im Samtwams, der zusah, wie sie starb, und der wie eine jüngere, gemeinere Version des finsteren Mönches wirkte. Die entsetzten Kinder, die Zeugen des Mordes wurden, und die weinende Amme, welche die Neugeborenen an sich drückte, als wolle sie ihr gefährdetes, winziges Leben mit dem eigenen Körper schützen.

In ihrem Geist gewannen die Gestalten an Leben, hörte Marie den Fluch, den die Sterbende dem Mörder mit letzter Kraft zurief.

»Sei verflucht, Guy de St. Doye! Meine Töchter sollen dir zum Verderben werden. Sei verflucht, bis in die Hölle deiner eigenen schwarzen Seele!«

Maries Lippen bewegten sich, aber sie sprach die Worte nicht aus, die in ihrem Geist widerhallten.

In diesem Moment holperte die Kutsche in ein tiefes Schlagloch. Einen Augenblick lang herrschte absolute Stille, dann senkte sich der hölzerne Kasten kreischend in den Lederbändern, die ihn trugen, und das Gefährt kam abrupt zum Stehen. Marie fuhr hoch. Was war geschehen? Stimmen und Flüche drangen von draußen herein, und wenig später erstattete ein Diener Bericht.

Pernelle gab seine Botschaft weiter. »Dieser Tölpel von Kutscher! Die Nabe des rechten Hinterrades ist gebrochen. Weiß der Himmel, ob das überhaupt zu reparieren ist. Wir müssen aussteigen.«

Dankbar für jede Art von Abwechslung folgte Marie der Aufforderung.

Sie blinzelte im Sonnenlicht und sah sich um. Ihr verunglückter Wagen hielt den restlichen Troß auf, denn die Straße war zu schmal, daß die anderen vorbei konnten. Sie waren am Morgen in Loches aufgebrochen und hofften, bis zum Abend Chinon zu erreichen, was mit dem riesigen Troß ohnehin eine gewagte Hoffnung war. Der Unfall gefährdete den Zeitplan zusätzlich.

Das allgemeine Durcheinander war entsetzlich. Sogar der König wurde aufmerksam und ritt die kurze Strecke zurück, um sich selbst davon zu überzeugen, was geschehen war. Er wollte keine Zeit verlieren.

Als erstes fiel sein Auge auf Marie-Inconnue, die am schlanken Stamm einer jungen Birke lehnte und verträumt in die Blätter hinaufsah, deren gelbe Spuren bereits den Herbst ankündigten. Mit ihrem schlichten, veilchenfarbenen Reisekleid und der sittsamen weißen Haube, deren breites Band unter ihrem Kinn hindurchführte und ihr schmales Gesicht einrahmte, entzückte sie sein schönheitsdurstiges Auge. Man hatte ihm gesagt, sie sei leidend, nicht fähig zu singen oder zu musizieren, aber nun fand er sie zwar angegriffen, aber entzückender als je zuvor.

Er überließ es seinen Begleitern, sich um den Unfall zu kümmern, und stieg neben der Birke vom Pferd. Marie schrak auf und versank in einen respektvollen Knicks, als sie den Mann erkannte, der sie erfreut musterte.

»Ihr seid hoffentlich nicht zu Schaden gekommen, meine Liebe?« erkundigte er sich besorgt.

»Nein, Sire.« Marie lächelte. »Ein wenig durchgeschüttelt, sonst nichts.«

»Es braucht einen Schmied, um das Rad in Ordnung zu bringen«, berichtete nun der Graf von Dunois, der den König eskortiert hatte. »Am besten räumt man den Wagen zur Seite, damit der Troß passieren kann, sonst werden wir bis in die Nacht hinein aufgehalten.«

»Veranlaßt das.« Der König nickte, dann nahm er Marie bei der Hand. »Und sorgt mir für einen sanften Zelter, damit die Dame Marie mit uns reiten kann. Es kommt nicht in Frage, daß Ihr hier am Straßenrand lagert und auf einen Handwerker wartet, meine Schöne. Reitet an meiner Seite, ich werde Euch die Tourraine zeigen. Ihr werdet sehen, in Chinon blühen noch die letzten Rosen . . .«

Und so kam es, daß Marie neben dem König in das Städtchen Chinon einritt. Begrüßt von den Bürgern und den Honoratioren der Stadt, begleitet vom Getuschel und den neugierigen Blicken, die ihr auch hier folgten. Die neue Geliebte Charles. Die Nachtigall. Die Sängerin. Die Hure.

Der Mann, der am Fenster seines Quartiers stand und den Einzug beobachtete, preßte die schöngeschwungenen Lippen aufeinander und verengte die schwarzen Augen. Was hatte es für einen Sinn gehabt, aus Bourges zu fliehen, wenn die Erinnerung doch bei ihm blieb und die Wirklichkeit ihn einholte?

Ivo de Chazan starrte mit flammenden Blicken auf die schöne, anmutige Reiterin, die eben bezaubernd lächelnd zum König aufsah und etwas zu ihm sagte. Sie trug ein tiefgrünes Reitkostüm, das ihre schlanke Gestalt betonte, und er wußte nur zu genau, wie schmal und zerbrechlich die schlanke Taille sich anfühlte, wenn er sie mit zwei Händen umspannte.

Der König beugte sich huldvoll zu ihr herab, und niemand konnte die unverhohlene Zuneigung übersehen, die er seiner Begleiterin entgegenbrachte. Derselben Frau, die ihm Ivo, gesagt hatte, daß sie ihn liebte. Daß er ihr Atem, ihr Sehnen, ihr Glück sei.

Eine Lüge. Hart und kalt wie der Morgen, an dem er aufgewacht war und festgestellt hatte, daß sie ohne ein Wort gegangen war, daß sie ihn belogen hatte.

17. Kapitel

Grau und gedrungen überragte das Schloß von Chinon die Stadt am Ufer der breiten Vienne. Die riesigen Bastionen und Türme, die mächtige Wallmauer beeindruckten Marie mehr als der eher schmucklose Palast in Bourges. Der Weg hinauf war steil, doch ehe sie über die Hauptzugbrücke unter dem Uhrenturm hindurch in den Hof des Château de Milieu reiten konnte, hatte sie eine Feuerprobe ganz eigener Art zu bestehen. Sie wußte, wie jeder im Königreich, daß es im großen Saal von Chinon gewesen war, wo die Jungfrau das Knie vor dem damaligen Dauphin von Frankreich gebeugt hatte, um ihm mitzuteilen, daß sie ausgesandt worden war, für seine Krönung in Reims zu sorgen. Eine Krönung, die unter anderem auch die Gerüchte um den möglichen Vater des Königs zum Schweigen bringen sollte.

Die Menschen von Chinon waren fromm und bewahrten die Erinnerung an die jungfräuliche Kriegerin, die in Rouen auf dem Scheiterhaufen gestorben war. Sie ehrten ihren König, weil Jeanne es von ihnen verlangt hatte, aber es fiel ihnen schwer, vor dem Manne mit den unsteten grauen Augen und der traurigen Gestalt Respekt zu empfinden. Um so mehr, als er sich im Moment einmal mehr eher um seine Frauengeschichten als um das Königreich zu kümmern schien, das ihn brauchte.

Marie konnte die Unzufriedenheit der Menschen spüren und die Feindseligkeit, die ihrer Schönheit und ihrer Bevorzugung galten. In Chinon würde sie sich nicht in die Anonymität flüchten können wie in Bourges. Daß sie an der Seite des Königs in die Stadt einritt, empfanden die Bürger von Chinon als Affront gegen die Königin und die guten Sitten. Die mißgünstigen Blicke, das Flüstern, die gezischten Verwünschungen klangen in ihren Ohren so laut wie die Posaunen des jüngsten Gerichtes.

Daß die Gemächer, die man ihr im Château de Milieu anwies, wesentlich größer und prächtiger waren als jene in Bourges, verstärkte nur den boshaften Klatsch und den Neid. Hier hatte sie ein eigenes Ankleidekabinett und einen Raum für ihre Kammerfrau, sogar ein Betzimmer und einen kleinen Söller, auf den sie hinaustreten und über das Land sehen konnte.

Marie indes, weit entfernt, den neuen Luxus zu genießen, fand sich unglücklich in einer Entwicklung gefangen, auf die sie längst keinen Einfluß mehr hatte. Wenn sie um etwas bat, etwas anordnete oder wünschte, dann wurde es erst von ihrer Kammerfrau geprüft, und nur wenn es jenen geheimen Anweisungen nicht widersprach, die Pernelle offensichtlich erhalten hatte, konnte Marie damit rechnen, daß es geschah. Meist jedoch sprach sie mit einer höflichen Wand. Pernelle nickte, versprach alles zu erledigen und tat nichts.

Die vom König versprochenen letzten Rosen des Sommers schmückten in verschwenderischer Fülle ihre Kemenate, aber der süße, fast schon zu aufdringliche Duft legte sich wie eine düstere Wolke auf Maries Gemüt. Das Übermaß der Verschwendung, das sich über sie ergoß, erweckte ihr Mißtrauen und widersprach ihrem Sinn für Gerechtigkeit. Sie hatte nichts getan, um das alles zu verdienen, und sie war auch nicht bereit, die besondere Leistung zu erbringen, die dafür von ihr erwartet wurde. Sie würde nicht die Geliebte des Königs werden, und wenn es sie umbrachte!

Sie suchte Zuflucht im Betstuhl, vor dem das Tafelbild einer flämischen Madonna hing, die mit gefalteten Händen und entrücktem Blick ihr Gebet verrichtete. Ein wundervolles Gemälde, von Meisterhand gemalt, bei dessen Anblick Marie unwillkürlich an die Mutter Oberin denken mußte. Jene hätte Himmel und sogar ein Stück der Hölle in Bewegung gesetzt, um einen solchen Schatz in ihrem Kloster zu besitzen. Was sie wohl dazu sagen würde, daß ausgerechnet eine abtrünnige Person wie Marie-Inconnue vor etwas so Schönem und Kostbarem ihr Gebet verrichten durfte?

Doch das Gebet, in dem sie Frieden zu finden hoffte, kam nicht über ihre Lippen. Ohne ihren Rosenkranz, den sie für immer verloren hatte, schienen ihr auch die Worte der frommen Litaneien entfallen zu sein. Die Worte, die sie an die Himmelskönigin richtete, kamen wirr und weltlich direkt aus einem gequälten Herzen.

Was sollte sie tun? Wie sich entscheiden? Wem gehorchen? Im Kloster der Damen vom Wald hatte das die Mutter Oberin für sie festgelegt. Erst jetzt begriff Marie, wieviel Ruhe und Sicherheit ihr diese Tatsache verschafft hatte, auch wenn sie damals dagegen rebelliert hatte. Sie war es nicht gewohnt, eigene Entscheidungen zu treffen.

Seit sie denken konnte, hatte sie sich einer stärkeren Macht gebeugt, die Autorität respektiert und die eigenen Wünsche zurückgestellt. Allerdings war es eine fromme Macht gewesen, die von den heiligen Geboten sanktioniert und geleitet wurde, deren Moral sie nie in Frage gestellt hatte. Was sie allerdings auch nie wirklich bei jenen Mächten getan hatte, die augenblicklich über ihr Leben bestimmten. Doch die unverhohlene Verachtung der Bürger von Chinon war ein Schlag gewesen, hatte ihre Ahnungslosigkeit zerstört.

Doch woher sollte sie den Mut nehmen, sich all dem zu widersetzen? Sie war nicht mutig. Sie hatte Angst. Furcht vor den schrecklichen Bildern, die sie in immer kürzeren Abständen heimsuchten. Sie empfand Panik, wenn sie daran dachte, was der König von ihr erwartete, und kaltes Grauen vor der Möglichkeit, daß sich der schreckliche Mönch auch in Chinon an ihre Fersen heften könne.

Sie fürchtete die Dame Angèle und noch mehr jene Gewißheit in sich selbst, die ihr sagte, daß die Dinge ihren Lauf nehmen mußten, was immer sie auch dagegen einzuwenden hatte. Das Rad des Schicksals drehte sich, und niemand konnte es aufhalten.

Also senkte Marie den Kopf und ließ sich von Pernelle für das Fest des Königs schmücken, mit dem dieser im großen Saal seine Ankunft in Chinon zu feiern gedachte. Ihr Gewand hatte die Farbe alten Elfenbeins und war mit zarten Goldranken bestickt. Goldene Borten an den weiten herabhängenden Ärmeln und am Saum des Rocks glitzerten um die Wette mit dem breiten goldenen Gürtel, der die Robe unter den Brüsten hielt.

Die Kammerfrau bürstete Maries Haare, bis sie wie ein rotgoldener Schleier über ihren Rücken fielen und im Licht der Kerzen wie helles Feuer glänzten. Ein schmaler Kranz aus kleinen, weißen Rosenblüten hielt die Locken, und eine besonders schöne Blüte, die an ihr Dekolleté gesteckt war, lenkte die Aufmerksamkeit auf die Wölbung der alabasterfarbenen Brüste.

»Wie schön Ihr seid!« Pernelle war sichtlich stolz auf ihre gelungene Arbeit, und Marie starrte die fremde Frau an, die ihr aus dem polierten Silberspiegel entgegensah. Bis auf den sanften roten Ton der Lippen und das helle Grün der Augen schien sie nur aus Gold und Elfenbein zu bestehen. Eine Statue, und kein menschliches Wesen.

Der Page, der kam, um sie zum König zu geleiten, betrachtete sie immer wieder von der Seite, als könne er seinen Augen nicht trauen. Marie spürte, unangenehm berührt, die Blicke. Sie beschleunigte instinktiv den Schritt, aber der Junge hielt sie auf, als sie sich zum großen Saal wenden wollte.

»Ich habe Anweisung, Euch in die Privatgemächer seiner Majestät zu bringen, Dame!« sagte er mit jener Mischung aus Gehorsam und kaum verborgener Sensationsgier, die seinesgleichen kennzeichnete. »Bitte folgt mir!«

Marie verharrte im Schritt. Ihr Blick flog den breiten Gang entlang, zur großen Flügeltür, die von zwei Bewaffneten flankiert in den großen Saal führte. Was sollte sie tun? Den Gehorsam verweigern? Sich mit einem naseweisen Pagen anlegen? Das verbot ihr der Stolz von allein.

Sie reckte das Kinn eine Spur höher, raffte das Gewand mit den Fingerspitzen und ging dorthin, wo der Junge auf sie wartete, deutlich enttäuscht darüber, daß sie keine Silbe sagte, sondern einfach die Richtung änderte.

»Die Dame Marie-Inconnue, um deren Gesellschaft seine Majestät gebeten hat«, verkündete er vorwitzig und öffnete die Tür zum Kabinett des Königs.

Marie errötete über die Zweideutigkeit dieser Ankündigung und sank hinter der Schwelle in eine graziöse Reverenz, während sie die mürrische, gereizte Stimme des Monarchen vernahm.

»Ich will nichts mehr von Euren Vorschlägen hören, Chazan! Eure Verdächtigungen sind schlicht albern. Es ist nur noch eine Frage der Zeit, bis wir die Engländer endgültig aus dem Land vertrieben haben. Haltet Euch an die Aufgabe, die Euch gegeben wurde, und kümmert Euch nicht um meine Sicherheit, dafür gibt es genügend andere Leute bei Hofe. Und nun gehabt Euch wohl und gesellt Euch zu meinen Gästen im Festsaal!«

Marie war nicht imstande, aus ihrer Reverenz wieder aufzustehen. Sie hatte Le Diables Gegenwart schon im Niedersinken gespürt, und die Worte des Königs hatten nur bestätigt, was sie fühlte. Unter halb gesenkten Lidern betrachtete sie die vertraute Gestalt. Von der Narbe auf der Wange kündete nur noch ein hellerer Streifen in seiner Bräune. Er trug die Uniform eines königlichen Feldhauptmannes und hielt den Helm unter dem Arm.

Wie vornehm und kühn er aussah! Groß und kämpferisch, ritterlich und nobel neben einem König, dessen körperliche Mängel in seiner Gegenwart nur noch mehr ins Auge fielen. Der König selbst schien diesen Kontrast ebenfalls als peinlich zu empfinden, denn er trat hinter den mit Dokumenten bedeckten Tisch, als wolle er sich dort vor soviel Männlichkeit in Schutz bringen.

Der Seigneur de Chazan befolgte den Befehl mit einer knappen Verneigung, dann trat er zurück und verließ den Raum. Marie versuchte ihn mit aller Kraft ihrer Gedanken zu beeinflussen, daß er ihr wenigstens einen Blick schenkte, sie zur Kenntnis nahm, aber er schaute ungerührt an ihr vorbei. Wie konnte er so gleichgültig, so kalt und gefühllos an ihr vorbeigehen? Spürte er nicht das schmerzliche Sehnen ihres Herzens? Die grausam zärtliche Sehnsucht, die sie wider jede Vernunft noch immer für ihn empfand?

Die Tür fiel hinter ihm ins Schloß, und Marie zuckte zusammen, als sei eine Kanonenkugel neben ihr eingeschlagen. Sie blinzelte gegen die aufsteigenden Tränen an. Es hatte keinen Sinn zu weinen. Sie hatte bereits ganze Ströme von Tränen vergossen, umsonst ...

»Meine schöne Freundin!« Die Hand des Königs reckte sich ihr entgegen, und Marie legte die zitternden Finger hinein. »Erhebt Euch, Dame Marie! Sagt mir, ist alles zu Eurer Zufriedenheit in Chinon?

»Ihr seid zu gütig, Sire«, murmelte Marie mit ungewohnt heiserer Stimme. »Ich verdiene soviel Ehre nicht.«

»Unsinn!« beschied sie der König, und in seiner Stimme

klang jene Nervosität mit, die stets dicht unter der scheinbar gelassenen Oberfläche schlummerte. »Ich wünsche, daß Ihr Euch wohlfühlt, daß Ihr mich mit Eurem Lächeln entzückt und mit Eurer Stimme begeistert. Ich bin Euer König, ich befehle Euch, diese Ehren anzunehmen. Erhebt Euch ...«

Marie war dankbar für die schweren Röcke ihrer Robe, die das Zittern ihrer Knie verbargen. Sie spürte die Lippen des Königs auf ihrer Hand und unterdrückte den Impuls, sie hastig zurückzuziehen.

»Ich habe meine Laute dabei, Sire, soll ich Euch etwas vorsingen ...« Verzweifelt versuchte sie ihn davon abzuhalten, auch noch die Innenseite ihres Handgelenkes zu küssen.

Der König fuhr hoch, gab ihre Hand frei und nickte heftig. »Singt, meine kleine Nachtigall! Vertreibt mir die Sorgen, die auf meinen Schultern lasten. Ihr könnt nicht ahnen, wie schwer es ist, König zu sein. Diese Krieger und ihre ungestüme Art ...«

»Ihr tut dem Seigneur de Chazan unrecht«, verteidigte Marie spontan den Mann, den sie liebte, obwohl er ihr wahrhaftig keinen Grund dafür gegeben hatte. »Er ist Euch ein treuer Diener, und es lag sicher nicht in seiner Absicht, Euch zu verärgern ...«

»Es ist ihm aber gelungen!« brummte der König. »Dieser Sarazene mit seinen Landsknechtsmanieren gehört auch zu jenen, die denken, daß der König nur eine Marionette ist. Ich werde sie alle lehren, mich zu respektieren! Ich bin weder bereit, mich vor dem Engländer noch vor der Kirche zu beugen!«

Der König hatte sich aus einem beschlagenen silbernen Krug jenen einfachen Wein aus dem Anjou eingeschenkt, den er vor allen anderen bevorzugte. Er setzte das reich ziselierte, venezianische Glas an die Lippen, aber dann fiel sein Blick auf Marie, und er ließ es wieder sinken, ohne getrunken zu haben. Für Sekunden hatte die junge Frau den seltsamen, befremdlichen Eindruck, er müsse sich besinnen, wer sie war und was sie hier tat. Er machte einmal mehr den Eindruck eines Mannes, der unter der Last seiner Pflichten zusammenzubrechen drohte.

»Singt!« befahl er knapp und ließ sich, das Glas in der Hand, in einem Sessel nieder. »Singt, meine kleine Nachtigall, und haltet Euch aus der Politik heraus ...«

Marie neigte den Kopf und griff nach ihrer Laute, die der Page bereitgelegt hatte. Sie wußte inzwischen, welche Lieder der König bevorzugte und welche Weisen ihn beruhigten, wenn er in dieser gereizten, schwierigen Stimmung war, die meist mit Kopfschmerzen einherging. Sie fragte sich, ob er das Bankett und den Ball vergessen hatte, aber sie wagte nicht, ihn daran zu erinnern. Wenn er sich beruhigte, wenn er einschlief, wie es manchmal geschah, dann bedeutete das auch einen Aufschub für sie.

Die fiebrige Leidenschaft, die der König während des letzten Teils der Reise immer wieder bewiesen hatte, die Vertrautheit, mit der er ihre Taille umfaßte, wenn ihm danach war, oder wenn er gar ihre Brüste berührte, hatte sie bereits fürchten gelernt. Es konnte nicht mehr lange dauern, bis er mehr von ihr wollte, und sie begriff nicht, was ihn davon abhielt, sich ihre Gunst mit Gewalt zu nehmen.

Marie ahnte in ihrer Unerfahrenheit nicht, daß sie es bei König Karl mit einem zutiefst unsicheren und schüchternen Menschen zu tun hatte, der trotz seiner hohen Stellung von lähmender Scheu war, den ihre reine Schönheit verunsicherte und zugleich hemmte. Die wenigen gierigen Zärtlichkeiten, die er sich bei Marie Inconnue herausnahm, waren mehr ein quälender Versuch als eine wirkliche Eroberung. Er wartete auf ein Zeichen ihrer Bereitwilligkeit, auf jene erotischen Signale, die Agnès Sorel so deutlich zu geben verstand.

Doch Marie blieb stets sie selbst. Unschuldig, bezaubernd und charmant. So rein, daß er es nicht wagte, sich an ihr zu vergreifen. So keusch, daß er von ihrem makellosen Körper träumte, aber doch nicht mehr davon sah, als die verführerischen Roben preisgaben, die sie trug.

Marie hingegen, an die ungenierte Direktheit des Sieur des Chazan gewöhnt, an die Eroberung eines Mannes, der sich nahm, ohne zu fragen, und der ihren Leib in Brand setzte, fand den König seltsam und beunruhigend. Wie verweigerte man sich einem Mann, der um nichts bat? Der einen mit Wohltaten und Ehren überhäufte, aber dann doch nichts dafür wollte? Bei dem man ständig etwas befürchtete, das schließlich doch nicht eintrat?

»Majestät ...«, sagte Marie vorsichtig, aber der König gab keine Antwort. Halb in dem hohen gepolsterten Sessel hängend, die dünnen Beine weit von sich gespreizt, hatte ihn tatsächlich der Schlaf übermannt. Ihre sanften Balladen hatten ihn in eine Traumwelt versetzt und seiner schmerzenden Stirn Ruhe verschafft.

Sie legte vorsichtig die Laute ab und huschte näher, um das venezianische Glas zu packen, das ihm bereits aus den Fingern zu fallen drohte und von dem ein paar Tropfen auf den Boden getropft waren, wo das Windspiel des Königs sie eben aufleckte.

Im letzten Moment konnte sie das Glas davor bewahren, auf dem Boden zu zerschellen. Sie wollte es auf das Tablett neben die Papiere auf dem Tisch stellen, und dabei fiel ihr Blick zufällig auf ein paar Zeilen des aufgefalteten Briefes, der direkt vor dem König lag.

»... Die Mutter Äbtissin gibt an, das Mädchen habe als Findelkind vor der Klosterpforte gelegen. In feines Linnen gehüllt, in dem sich lediglich ein kostbarer Rosenkranz, aber kein Hinweis auf ihre Familie befand. Die fromme Frau hielt dies für einen himmlischen Fingerzeig und zog das Kind auf, mit dem Vorsatz, sein Leben der Kirche zu weihen und es möglicherweise zu seiner Nachfolgerin zu machen.«

Marie keuchte auf. Kein Zweifel, hier war von ihr die Rede. Der König hatte Nachforschungen anstellen lassen, ohne ihr etwas davon zu sagen. Weshalb?

Ein zweites Pergament lag halb über dem Brief, so daß sie es anheben mußte, um weiterlesen zu können. In diesem Moment öffnete sich die Tür, und der Graf Dunois stand im Raum, gefolgt von zwei düsteren Gestalten. Bei dem Anblick der einen wurde Marie schreckensbleich. Dann jedoch hörte sie ein Röcheln und blickte entsetzt auf den Boden.

Zu ihren Füßen, auf den schwarz-weißen Fliesen, wand sich

das Windspiel der Königs in grotesken Zuckungen, Schaum stand vor seiner Schnauze, und mit einem letzten erschreckenden Laut blieb er reglos liegen. Vergiftet von den Tropfen, die er heimlich aufgeschleckt hatte.

»Gift!« sagte die eisige, tote Stimme des Mönches, und eine klauenartige Hand deutete auf sie. »Die Hure hat den König vergiftet! Der Himmel sei ihrer Seele gnädig!«

Marie öffnete die Lippen, aber kein Ton kam heraus. Ihre entsetzten Blicke wanderten vom König, der noch immer tief und fest schlief, zu dem Hund und dann zu dem Glas in ihrer Hand. Der Wein! Der Wein, den der Hund aufgeschleckt hatte!

»Wachen! Verhaftet diese Person auf der Stelle und werft sie in den Kerker! Ihr da, holt den Medicus des Königs! Schnell!«

Der Bastard von Orleans war ein Mann von hoher Tatkraft und großem Durchsetzungsvermögen. Ehe Marie sich rühren konnte, hatte er ihr das Glas aus den Fingern gewunden, und zwei Bewaffnete flankierten sie auf dem Weg nach draußen, wobei sie sie grob an den Armen gepackt hielten und sie mehr trugen als führten.

»Aber ich ...« Marie fand ihre Stimme zurück, doch niemand hörte auf sie. Von allen Seiten liefen Wachen herbei, und die Fackeln, die zu beiden Seiten des Ganges in den eisernen Halterungen flackerten, warfen gespenstische Schatten die Wände entlang.

»Ihr haftet mit eurem Leben dafür, daß die Hure nicht entkommt!« sagte in diesem Moment der Mönch, und Marie drehte sich so heftig zu ihm um, daß ihr Blütenkranz von den Haaren glitt und zu Boden fiel. Niemand beachtete das kleine Malheur.

»Ihr wißt, daß das nicht stimmt! Ihr lügt!« schrie Marie.

Der Mönch lachte, aber es klang so schrecklich, daß jedes weitere Wort in ihrer Kehle stecken blieb. Sie kannte dieses Lachen. Der Mann in ihren Alpträumen, der Mörder ihrer Mutter, hatte genauso gräßlich gelacht. Nun hatte er ein neues Opfer gefunden!

18. Kapitel

Der Kranz aus halb verwelkten Rosenblüten lag unweit der königlichen Suite auf einem Treppenabsatz. Vergessen, zertreten und von niemandem beachtet. Ivo de Chazans Blick fiel darauf, und unwillkürlich bückte er sich nach dem zierlichen Gebilde. Blütenblätter rieselten herab, und der zarte Duft von Rosenöl stieg an seine Nase.

Le Diable schloß die Augen, doch es nützte nichts. Auch so sah er die Trägerin dieser Blüten mit quälender Deutlichkeit vor sich, in jener blaßgoldenen, entzückenden Robe, mit gelöstem Haar und den riesigen grünen Augensternen. Marie-Ange. Ob sie noch beim König war? Wieso fand er dann ihre Blüten auf dem Gang? Weshalb überfiel ihn dieses Gefühl plötzlicher Gefahr?

»Chazan? Verdammt, wo kommt Ihr her? Ich habe Euch überall gesucht!« Dunois schoß aus den Gemächern des Königs und bedeutete seinem Kampfgefährten mit einem herrischen Wink einzutreten. »Ihr wißt, was passiert ist?«

»Nein, wie sollte ich?« Le Diable zwang sich, mit seinen Gedanken in die Wirklichkeit zurückzukehren.

»Man hat versucht, den König zu vergiften!« berichtete der Bastard von Orleans knapp, ehe er die Tür zum Privatkabinett des Königs öffnete. »Glücklicherweise ist der Anschlag fehlgegangen. Ich wurde rechtzeitig gewarnt, so daß nur das Lieblingswindspiel des Königs von dem vergifteten Wein gekostet hat . . .«

»Also doch«, murmelte Chazan mit finster gerunzelter Stirn. »Ich hab' ihn gewarnt, aber er wollte mir nicht glauben. Er hat mich regelrecht hinausgeworfen . . .«

»Und seiner Mörderin die Tür geöffnet!« fügte der Bastard grimmig hinzu.

Unwillkürlich ballte sich Ivo de Chazans Faust um die zarten Rosenblüten. »Seiner Mörderin?« wiederholte er fragend.

»Natürlich! Ihr kennt sie. Die Sängerin, jene lügnerische

Novizin, die Ihr an den Hof gebracht habt. Wir haben sie mit dem Gift in der Hand gefaßt!«

Le Diable starrte seinen Kampfgenossen an und zweifelte an sich selbst. »Marie-Inconnue? Ihr träumt, das ist nicht wahr!«

»Und ob das wahr ist! Ich habe sie verhaften und in den Kerker legen lassen. Und nun kommt. Der König erwartet uns, er will nähere Informationen von Euch.«

Ivo de Chazan hatte gehofft, seinen König nie wieder in dieser kopflosen, hysterischen Verfassung anzutreffen. Seit sich das Kriegsglück für ihn gewendet hatte, war er ein anderer geworden. Sicherer, souveräner und nicht mehr so nervös und feige, wie er es einmal gewesen war.

Der knapp vereitelte Anschlag indes hatte ihn in ein zitterndes Bündel Angst verwandelt, das bei jedem Laut zusammenzuckte und sich jammernd darüber beschwerte, daß er betrogen und belogen worden sei. Nur seine engsten und vertrautesten Ratgeber befanden sich im Raum. Ernste Männer, die der Lage entsprechend düster dreinschauten. Die begriffen, daß sie für den kopflosen Monarchen handeln mußten, weil er selbst dazu im Augenblick nicht fähig zu sein schien.

»Wieso habt Ihr mich nicht viel eher gewarnt, Chazan?« fuhr der König seinen Feldhauptmann an, als trage dieser Schuld an dem Vorfall. »Woher habt Ihr die Information, daß mir die Engländer nach dem Leben trachten? Sprecht, ich warte . . .«

Ivo de Chazan, der für eben diese Warnung am selben Abend hinausgeworfen worden war, schluckte. Sowohl wegen der Ungerechtigkeit seines Monarchen, als auch wegen der offensichtlichen Ungeheuerlichkeit, daß Marie-Ange diese Tat begangen haben sollte.

»Sire, es liegt auf der Hand, daß Euer Tod dem Feind nützt«, entgegnete er vorsichtig. »Der Dauphin ist zu jung, um an Eurer Stelle zu regieren. Im Falle Eures Ablebens wäre Frankreich die Beute, um die sich der englische König und der Herzog von Burgund streiten würden.«

»Und so, wie die Kräfte im Moment verteilt sind, hat der Herzog von Burgund mehr Chancen als die Engländer«, fügte

Dunois knapp hinzu. »Erlaubt, daß wir den Spion, den Chazan gefangen hat, dem sehr hochnotpeinlichen Verhör unterziehen. Ebenso wie die Sängerin!«

»Marie-Inconnue?« Der König fuhr zusammen, als sei er geschlagen worden. Sein Blick glitt zu der kostbaren Laute, die immer noch auf dem Hocker neben dem mächtigen Kamin lag. »Ihr seid sicher, daß Sie es war, die Domino den vergifteten Wein gab?«

Die Leiche des Hundes war inzwischen hinausgeschafft worden, aber der König bebte noch immer unter dem Schock, den er erlitten hatte, als er vom Hofmedicus gerüttelt aus seinem tiefen Schlaf erwacht war und den Kadaver des Tieres zu seinen Füßen entdeckt hatte.

»Ich fand sie mit dem Glas in der Hand, Sire«, bestätigte Dunois. »Die beiden Mönche, die mich begleitet haben und mich warnten, sind meine Zeugen. Wir haben die Flüssigkeit in der Karaffe inzwischen auch noch zwei anderen Hunden gegeben, mit demselben Ergebnis. Der Tod tritt unter Krämpfen un-verzüglich ein.«

»Ihr wurdet von Mönchen gewarnt?« wunderte sich Ivo de Chazan. »Was für Mönche?«

»Boten des Bischofs von Paris«, entgegnete der Bastard. »Sie erreichten uns gerade noch rechtzeitig, um den Mord dieser raffinierten Hure zu vereiteln. Nur eine Stunde später ... Es ist nicht auszudenken.«

»Bei Gott! Ausgerechnet Pierre Cauchon? Was hätte der Bischof davon, diesen Anschlag zu vereiteln? Und was geschieht nun mit ihr ...«

Le Diable brachte es nicht fertig, den Namen auszusprechen, der ihm auf der Zunge lag.

»Nach der Befragung wird sie verurteilt und hingerichtet!« verkündete der Bastard, ohne den König zu Rate zu ziehen. »Als Giftmischerin verdient sie den Scheiterhaufen. Allerdings wäre es sinnvoll, den Anschlag nicht bekannt werden zu lassen. Niemand darf erfahren, in welcher Gefahr der König geschwebt hat und wie knapp seine Rettung war. Man wird sie aufknüpfen, irgendwann im Morgengrauen, ohne großes Zögern und ohne überflüssige Zeugen ...«

Ivo de Chazan kam sich vor, als habe ihm der Bastard einen Schlag in den Magen versetzt. Es fiel ihm schwer, sich nicht unter den Schmerzen zu krümmen, die er empfand. »Ihr wollt sie ... ohne Verhandlung ... ohne Gericht ...«

»Das Gericht ist der König«, erklärte der Konnetabel de Richemont hart. »Wir haben geschworen, sein Leben und seine Herrschaft zu schützen. Verräter und Mörder haben den Tod verdient, oder wollt Ihr das abstreiten? Habt Ihr Mitgefühl für diese Dirne? Seit wann laßt Ihr Euch von einer hübschen Larve beeinflussen?«

»Ich kann es nicht glauben«, jammerte der König und sprach damit die Worte aus, die Le Diable auf der Zunge hatte.

»Nicht Marie-Inconnue! Nicht sie! Soviel Schönheit und Zauber ... Sie ist so fromm, so unverdorben, rein und lieblich, so überirdisch ...«

Le Diable registrierte die vielsagenden Blicke, die sich die übrigen Männer zuwarfen. Ihr Urteil über Marie-Inconnue stand bereits fest, ehe man die angeblich Schuldige überhaupt befragt hatte. Die Hure des Königs. Eine ehrgeizige Schöne, die sich ungeschickterweise in den Fängen der Politik verstrickt und zu hoch gespielt hatte.

»Vergeßt sie!« forderte der Konnetabel schroff. »Eine Hure von vielen ...«

»Ihr vergeßt Euch!« Für einen Moment war der König der Souverän, der er sein sollte. Seine gebieterische Haltung verschaffte ihm unverzüglich Respekt. »Verhört das Mädchen, aber behandelt es wie die ehrsame Jungfer, die sie in meinen Augen ist, bis ihre Schuld bewiesen wird. Wenn sie von meinen Feinden gedungen wurde, um mich zu vernichten, so ist ihnen der Erfolg versagt geblieben.«

Das ungläubige Schweigen wurde von der eindringlichen Stimme des Bastards gebrochen.

»Sire, Ihr solltet Euch zum Empfang begeben«, riet er. »Eröffnet an der Seite Ihrer Majestät den Ball und vergeßt, was sich heute abend ereignet hat. Ihr habt Eure Ratgeber und Diener dafür.«

»Ja ... ja ... in der Tat.« Wie in einem Tagtraum befangen wischte sich der König den Schweiß von der Stirn und sank wieder in sich zusammen. »Kümmert Euch um diese unliebsame Sache. Wie dumm, daß ich Bischof Cauchon nun zu Dank verpflichtet bin. Ich werde nach Paris gehen müssen ...«

Gefolgt von dem Konnetabel und dem Bastard verließ er den Raum. Es glich einer Flucht. Einer Flucht vor dem, was geschehen war, und einer Flucht vor dem, was sich daraus ergeben mußte. Der letzte Sohn Isabeaus von Bayern war kein tapferer Mann, und die Krone drückte ihn schwer.

Ivo de Chazan zwang sich, an der nachfolgenden Beratung teilzunehmen, ohne seine Gefühle zu verraten. Er schob es auf seinen Wunsch, informiert zu sein, aber es war auch ein Gutteil Selbstschutz dabei. Er wollte nicht allein sein, den eigenen Gedanken und Gefühlen ausgeliefert. Erst als sich die Männer mit ernsten Mienen voneinander trennten, jeder mit einem Auftrag versehen, fiel ihm auf, daß er die ganze Zeit den Kranz Rosen in der Hand gehalten hatte.

Die zerdrückten Blüten waren von seiner Haut und seinem Blut warm geworden, die entdornten Stiele hatten eine Spur in seine Handfläche gegraben, und eine zerdrückte Knospe fiel vom Stiel ab. Die Blätter lösten sich und segelten zu Boden. Le Diable beugte das Knie und las sie vom Boden auf. Erst dann verließ er als letzter das Kabinett des Königs. Mit schwerem Schritt und gebeugtem Kopf.

Marie sank auf das Stroh, weil ihre Beine sie nicht mehr trugen. Sie schaute sich um und konnte nicht fassen, was sie sah. Das dämmerige Gelaß wurde nur durch das Mondlicht erleuchtet, das in schmalen Streifen durch das kleine vergitterte Fenster fiel. Es war kalt, feucht und gottverlassen zwischen diesen Wänden.

Die waffenklirrenden Schritte der Wachen hatten sich entfernt, und Marie blickte wieder entsetzt auf das breite Eisenband, das ihr rechtes Handgelenk umfing und dessen Kette in einem Ring an der Wand endete. Sie konnte sich kaum zwei Schritte von der Strohschütte entfernen, dann straffte sich die Kette. Die rostigen Glieder wirkten auf dem goldbestickten Stoff ihres Gewandes irgendwie obszön. Ob der Rost Flecken auf dem kostbaren Kleid hinterließ?

Sie hörte ein schrilles, kurzes Lachen und begriff erst hinterher, daß sie selbst es war, die diesen schrecklichen Laut ausgestoßen hatte. Wahrhaftig, es war nicht der Zeitpunkt, sich Sorgen um ihr Kleid zu machen! Sie hatte mehr zu verlieren als eine kostbare Robe. Es ging um ihr Leben!

Wer würde ihr schon glauben, daß sie unschuldig war? Daß sie nur das Glas hatte retten wollen und nichts vom Gift im Wein gewußt hatte? Heilige Mutter Gottes, sie war nicht imstande, eine Maus zu töten, geschweige denn den König! Einen Mann, mit dem sie Mitleid verspürte, und von dem sie wußte, wie sehr er unter der Bürde seiner Geburt litt. Aber wer würde schon ein ehrliches Zeugnis für sie ablegen?

Dame Angèle? Sicher nicht. Ihre Freundlichkeit der letzten Wochen war nur gespielt gewesen und nie von Herzen gekommen. Genau betrachtet, bekam sie jetzt sogar etwas seltsam Zielgerichtetes. Hatte sie nicht alles getan, um sie, Marie, in die Arme des Königs zu treiben? War nicht sie es gewesen, die dafür gesorgt hatte, daß Marie jene herausfordernden Kleider trug, die sie bei jeder Gelegenheit unter den Augen des Hofes förmlich entblößten? War sie, ohne es zu ahnen, Mittel zum Zweck gewesen, um die Wachsamkeit des Königs einzuschläfern?

Was hatte der Brief zu bedeuten, den sie auf dem Tisch des Königs entdeckt hatte? Wer hatte jene Nachforschungen in Auftrag gegeben? Wer machte sich die Mühe, ihr Schicksal zu prüfen und nach ihrer Herkunft zu forschen? Und vor allem, weshalb?

Wieso hatte sie diese befremdliche Ahnung, daß ihre Herkunft etwas mit den Ereignissen zu tun haben konnte, die nun über sie hereingebrochen waren? Und wie sollte sie das Rätsel jemals lösen, wenn sie selbst nicht mehr wußte als das, was in diesem Pergament stand?

Auch Thérèse d'Alespée würde es weit von sich weisen, ihr zu helfen. Dazu fürchtete sie viel zu sehr um ihre neugewonnenen Ehren. Vielleicht verspürte sie sogar einen Hauch von Schadenfreude, denn Marie war sich des Neids nur zu bewußt, mit dem ihre alte Gefährtin ihren Aufstieg bei Hofe beobachtet hatte.

Blieb noch der Seigneur de Chazan, der beim König gewesen war, als sie kam. Der bezeugen konnte, daß jener Wein sich bereits im Kabinett befunden hatte. Allein, man würde ihr vorhalten, daß sie danach mehr als genug Zeit besessen hatte, ein verhängnisvolles Gift in des Königs Wein zu schütten. Nein, Le Diable, der schon immer eine schlechte Meinung von ihr gehabt hatte, würde nicht verhindern, daß man sie des Mordes anklagte. Er verachtete sie ohnehin.

Marie wollte die Hände vor das Gesicht schlagen, aber die schwere Kette erlaubte es ihr kaum, den Arm zu heben. Mit einem verzweifelten Seufzer zog sie die Beine an und lehnte sich gegen die feuchte Wand. Nach und nach drang die Nässe durch den Stoff, und als sie bemerkte, daß hinter ihr an der Mauer Wasser herablief, war es bereits zu spät.

Sie fror so sehr, daß ihre Zähne hilflos aufeinanderschlugen. Das hohle Geräusch hallte von den steinernen Wänden wider. Marie preßte die bebenden Lippen aufeinander und bemühte sich um Beherrschung, doch es fiel ihr unendlich schwer. Die Erkenntnis, daß es auf dieser Welt keinen Menschen kümmerte, ob sie lebte oder starb, war schwer zu ertragen. Niemand würde auch nur eine Träne um sie vergießen.

Dabei hatte sie doch eben erst zu leben begonnen. Und es hatte so wenige Stunden gegeben, die ihr Freude bereitet hatten, so wenige Augenblicke des Glücks und der Seligkeit. Marie versuchte ihre Gedanken auf diese kostbaren Momente zu konzentrieren, ihre erbärmliche Lage zu vergessen und sich an den Erinnerungen zu berauschen, die sie in ihrem Herzen vergraben hatte. Sie versuchte, nicht das faulige, muffige Stroh und den Modergeruch des kalten, feuchten Verlieses zu riechen, sondern den Duft der Rosen, die Wärme der Sonne an dem Tag, als der Mann, den sie liebte, sie zärtlich in den Armen gehalten hatte.

Sie klammerte sie an diesen Traum, bis ihr Geist sich beruhigte und sie erschöpft tiefer in das Stroh sank, soweit die Kette das erlaubte. Sie schlief nicht richtig, befand sich eher in einem Dämmerzustand, in dem ihr Geist den körperlichen Schmerzen und sinnlosen Grübeleien entrückt war.

Sie hörte weder die schrillen Schreie des verhafteten Spions, der unter den Fäusten der Folterknechte aufheulte, noch den dumpfen Klang der Glocken, welche die Nacht in meßbare Zeitabschnitte teilte. Eine Stunde nach der anderen verrann, und sie schlief immer noch, als die Schieferdächer von Chinon im ersten Schimmer der Morgenröte rötlich aufleuchteten.

19. Kapitel

»Marie! Marie-Ange! Bei allen Heiligen, wie kann man in dieser abscheulichen Lage nur so schlafen! So wacht doch auf, ich bitte Euch!«

Die Stimme klang rauh und ungeduldig, aber Marie glaubte immer noch, daß sie träumte, wollte es glauben. Sie weigerte sich instinktiv aufzuwachen. Sie wollte lieber denken, sie sei noch auf jenem höllischen Ritt in Richtung Bourges, wo diese Stimme im selben ungeduldigen, barschen Tonfall Befehle erteilt hatte. Die sie gescholten, vorwärtsgetrieben und beruhigt hatte, ehe sie erfuhr, daß sie auch sanft, zärtlich und ungemein aufregend sein konnte.

»Man könnte meinen, Ihr befändet Euch in Eurem Himmelbett, meine Kleine! Keine Spur eines schlechten Gewissens scheint Euch zu bedrücken. So kommt doch endlich zu Euch, ich bitte darum!«

Die Stimme wurde unterstützt durch eine Hand, die ungeduldig an ihrer Schulter rüttelte, so daß die Kette klirrend in ihrem eisernen Ring schwang. Durch Maries Lider stach der Schein einer Fackel, und sie begriff, daß ihr gar nichts anderes übrig blieb, als sich der Wirklichkeit zu stellen. Sie strich sich mit der freien Hand die wirren Haare aus der Stirn und öffnete langsam die Augen.

Ivo de Chazan, der sich auf ein Knie niedergelassen hatte, war unmittelbar vor ihr. Er machte sich mit einem Schlüssel an ihrem Handgelenk zu schaffen, und ehe Marie vollends begriff, was geschah, klappte das eiserne Band auf, und sie konnte ihre Rechte wieder frei bewegen. Ungläubig schloß sie die Linke darum und rieb die rötlich angelaufenen Spuren, die das Eisen auf ihrer zarten Haut hinterlassen hatte. Der Schmerz stach wie tausend Ameisen.

Mit dem Erwachen kam auch die Angst. Unwillkürlich kauerte sie sich enger in die Ecke, zog die Beine an und drückte sich gegen die feuchten Steine der Wand. Weshalb mußte ausgerechnet Le Diable kommen und sie zum Verhör abholen? Weshalb strafte sie der Himmel in diesem Moment mit dem Nachgeschmack vergangener Seligkeit?

Ihre Augen gewöhnten sich langsam an das Licht der Fackel, und sie entdeckte die zwei Soldaten, die hochaufgerichtet vor der halb offenen Tür standen und vor Waffen starrten. Männer wie jene, die sie in das Verlies gezerrt hatten. Dieselben?

»Was wollt Ihr von mir?« fragte sie. »Ich bin unschuldig! Ich weiß nicht, wer den Wein des Königs vergiftet hat. Ich ...«

»Psst! Kein Wort oder du bringst uns beide in Teufels Küche!« zischte Le Diable und packte sie an den schmalen Schultern. »Du hast die Wahl, Kleines! Entweder du folgst mir, oder du machst Bekanntschaft mit den königlichen Folterknechten! Entscheide dich, aber bitte schnell. Dies ist nicht der Augenblick für müßiges Geplauder.«

Marie starrte in das harte, scharf geschnittene Antlitz. Einmal mehr wußte sie nicht, was sie von ihm und seinen Worten halten sollte.

Kam er denn nicht, sie zum hochnotpeinlichen Verhör abzuholen?

»Ich bin unschuldig!« wiederholte sie stur. Sie war viel zu verängstigt und zu verwirrt, um in logischen Zusammenhängen denken oder verstehen zu können, was ausgerechnet Le Diable von ihr wollte und weshalb er mit ihr wie mit einem ungezogenen, kleinen Kind schimpfte.

»Laß uns die Prüfung dieser Frage auf später verschieben, Kleines«, wehrte er ab und deutet auf ein Bündel zu Maries Füßen. »Zieh das an. Wir brauchen dein Gewand, schnell, eil dich!«

»Aber wie soll ich ... halt, was tut Ihr?«

»Die Arbeit einer Kammerzofe, wenn du noch länger trödelst.«

Ehe Marie es sich versah, hatte er die Schlaufen und Bänder der kostbaren Robe gelöst, die nun schmutzig und feucht war. Sie rutschte an ihr herab, und sie stand nun in ihrem feinen Hemd vor ihm. Als er auch danach griff, kreuzte sie hastig die Arme vor dem Körper. Hatte er den Verstand verloren? Wollte er sie angesichts der beiden Soldaten vergewaltigen?

»Seid Ihr total verrückt? Was soll das? Ich bitte Euch, laßt mich ...«

»Es geht nicht anders«, murmelte Le Diable und verbarg ihre zarte Gestalt mit seinen breiten Schultern vor den Blicken der Männer. »Wenn dir dein Leben lieb ist, dann stell keine Fragen. Hier, das sind die Gewänder eines Pagen, das Hemd, die Hosen, das Wams. Zieh dich um!«

Für einen Moment erschien ihm die blasse, zierliche Gestalt Maries wie eine überirdische feenhafte Erscheinung. Ein Anblick, der dem Mann, obwohl er darauf gefaßt gewesen war, die Kehle eng werden ließ und ihn in seinem tollkühnen Vorhaben erneut bestätigte.

Nein, soviel Liebreiz durfte nicht sinnlos zerstört werden, nur weil ein schwacher König sich nicht entscheiden konnte, in welche Richtung seine Politik sich wenden sollte. Marie nestelte ungeschickt an den Schlaufen und Bändern der fremden Kleider, die sie nicht einmal bei ausreichender Beleuchtung korrekt hätte anlegen können. Le Diables Hilfe wurde einmal mehr benötigt.

Es dauerte für seine Ungeduld viel zu lange, bis sie halbwegs normal aussah, zumindest, was den unteren Teil ihrer Erscheinung betraf.

»So muß es gehen«, beschloß er. Dann ergriff er die Flut von Maries Haaren, die sich im Wams verfangen hatten und die er mit einem höchst seltsamen Ausdruck durch seine Hände gleiten ließ, ehe er sich einen Ruck gab. »Es tut mir leid, Kleines, aber ein Opfer mußt du wohl bringen«, murmelte er und zückte den juwelengeschmückten Dolch, den er an seinem Gürtel trug.

Ehe Marie begriffen hatte, was er da tat, hatte er ihren ganzen Schopf mit einer Faust umfangen und schnitt das prächtige Haar rücksichtslos und ohne das geringste Zögern direkt über seiner Hand in ihrem Nacken ab. Ihr Kopf fühlte sich plötzlich unerwartet leicht und fremd an. Ihr leiser schmerzlicher Aufschrei erstickte unter der harten Männerhand, die ihren Mund bedeckte.

»Keinen Laut!« sagte er unterdrückt. »Das wächst nach, aber dein Leben ist nicht ersetzbar. Und nun komm! Setz die Kappe auf und halte dich eng bei mir. Schlag die Augen nieder und sag kein Wort.«

Le Diable zerrte eine enge Kapuze über ihren Kopf, die ihr Gesicht umschloß, und drückte ihr zusätzlich eine Filzkappe tief in ihre Stirn.

»Wenn ich dir einen guten Rat geben darf, bleib an meiner Seite. Solltest du zu fliehen versuchen, hast du nicht die geringste Chance.«

Marie starrte auf die Wolke rotgoldener Haare die über der zerknitterten Robe lag. Sie konnte nicht fassen, was mit ihr passierte. Unwillkürlich faßte sie an ihren Kopf und berührte nur den groben Filz der Kappe.

Sie vernahm, wie er den Männern in gedämpftem Tone Anweisungen gab, deren Sinn sie nicht verstand. Sie sah lediglich, daß einer der Bewaffneten Kleid und Haare an sich raffte und der andere die Börse verschwinden ließ, die Le Diable ihm in die Hand drückte.

Dann wurde sie am Arm gepackt und stolperte blindlings eine steile Treppe hinauf, einen Gang entlang und wieder eine Treppe weiter.

Die klobigen Schuhe, die zu ihrem eigenartigen Kostüm gehörten, waren ein gutes Stück zu groß, sie mußte aufpassen, sie nicht zu verlieren. Die letzten Stufen endeten vor einer eisenbeschlagenen Pforte, die von innen mit einem Riegel gesichert war und an der Le Diable nach Atem ringend inne hielt. Marie sah im Dämmerlicht die Anspannung auf seinen Zügen, und sie spürte die mühsam verborgene Besorgnis, die ihn erfüllte. Wovor hatte er Angst? Handelte er ohne Erlaubnis? War es möglich, daß er sich ihretwegen über Befehle hinwegsetzte? Nein, sie mußte sich täuschen.

»Wohin bringt Ihr mich?« flüsterte sie angstvoll.

»Fort von hier«, antwortete Ivo de Chazan knapp. »Ich korrigiere einen Fehler. Ich hätte dich nie an den Hof bringen dürfen.«

Marie erstarrte. »Was wollt Ihr damit sagen? Könnt Ihr mir nicht endlich erklären ...«

»Später!« fiel er ihr ins Wort. »So Gott will, werdet Ihr alle Zeit der Welt haben, Eure Fragen zu stellen, aber jetzt haltet den Mund.«

Marie preßte die Lippen aufeinander und verspürte zum ersten Male rechtschaffenen Zorn wegen der Selbstverständlichkeit, mit der jeder Unterordnung von ihr forderte. Was hatte sie gewonnen mit ihrer Artigkeit und dem verzweifelten Wunsch, es allen recht zu machen? So, wie es aussah, nicht viel mehr als einen geschorenen Kopf und die zweifelhafte Sicherheit einer Flucht unter den Fittichen eines Mannes, der nicht versäumt hatte, ihr zu zeigen, wie sehr er sie verachtete.

»Sagt mir, wohin Ihr mich bringt, oder ich gehe keinen Schritt mehr weiter«, sagte sie gereizt. »Wer sagt mir, daß ich Euch vertrauen kann?«

»Niemand«, räumte er ein. »Du wirst das Risiko eingehen

müssen, Kleines. Und jetzt komm! Es sei denn, du hättest es dir anders überlegt und möchtest in den Kerker zurück ...«

Welch eine Frage! Das Licht des hellen Vormittages flutete herein, denn Le Diable hatte inzwischen die Pforte aufgestoßen, und Marie erkannte, daß sie sich in einem der Wirtschaftshöfe des Schlosses befinden mußten. Sie hörte das Hämmern der Schmiede und das Wiehern von Pferden. Gackerndes Federvieh pickte im Staub im Schatten der Mauern, und eine dicke Katze putzte sich neben dem Ziehbrunnen.

Ein paar Mägde schleppten Körbe voller Leinen zum Waschhaus, und gegenüber wurde ein Fuhrwerk mit Brennholz entladen. Jeder schien in seine alltägliche Arbeit vertieft, und keiner interessierte sich für den bewaffneten Mann und den schmächtigen Pagen, die aus den Unterkünften der Soldaten ins Freie traten.

Le Diable schubste Marie grob vorwärts, und seine Flüche, die er über den vermeintlich saumseligen Jungen ergoß, ließen an bildhafter Deutlichkeit wenig zu wünschen übrig. Als sie die Pferdeställe erreicht hatten, vermutete Marie, daß ihr Oberarm mit blauen Flecken übersät und ihre Ohren für immer beschädigt waren. Sie hatte nicht geahnt, daß es solche Flüche und Beleidigungen überhaupt gab.

Lediglich die Tatsache, daß ringsum auf den Mauern Bewaffnete standen, hielt sie davon ab, sich über die rüde Behandlung zu beschweren. Sie begriff, daß es nicht ratsam war, überflüssige Aufmerksamkeit auf sich zu ziehen. Ein wütender Ritter, der seinen Diener schimpfte, gehörte zum Alltag. Ein Diener, der sich gegen diese Behandlung wehrte, würde dagegen eine Sensation sein, etwas, wonach sich alle umdrehten.

Sie passierten das Holzfuhrwerk und kamen unter den Torbogen, der den Wirtschaftshof von den Vorwerken und Bastionen trennte. Hier gab es noch mehr Bewaffnete. Sie lehnten an den Mauern, standen in Gruppen zusammen oder besserten ihre Armbrüste aus. Sie würfelten, unterhielten sich oder maßen ihre Kräfte. Marie bemerkte, wie Le Diable die Schultern krumm machte, damit er kleiner wirkte, und die verstohlene

Handbewegung, mit der er seinen breitkrempigen Filzhut tiefer in die Stirn zog.

Sie schluckte und begriff zum ersten Mal, welches Risiko er einging, indem er sie rettete. Es ließ sie erschreckt den Atem anhalten. Er setzte seinen Namen, seine Ehre und seine Zukunft für sie aufs Spiel. Wenn man ihn dabei ertappte, daß er ihr half, den Folterknechten des Königs zu entkommen, dann würden sie gemeinsam in den Kerker unter dem Schloß zurückkehren.

Aber weshalb tat er das? Was trieb ihn dazu, sich für eine Frau zu ruinieren, die er für eine lügnerische Hure halten mußte? Noch eine dieser Frage, die sie später stellten wollte. Jetzt hatte sie Mühe, seinen ausholenden Schritten zu folgen und die demütige Haltung eines gescholtenen Jungen einzunehmen, der sich am liebsten unsichtbar machen würde und doch seinem Herrn zu Diensten sein mußte.

Sie staunte selbst am allermeisten darüber, daß niemand diesen Schwindel durchschaute. Sie passierten die gähnende Wache, gingen über die breite Zugbrücke und schlugen den Weg zur Stadt hinunter ein, ohne daß ein einziger Ruf sie aufhielt. Sie tauchten in das Gewirr der engen Gassen, und Marie wagte vorsichtig, wieder zu atmen.

Ivo de Chazan beachtete weder die Bettler noch die Hausierer, die seine Aufmerksamkeit zu erregen suchten. Er marschierte mit eiserner Zielstrebigkeit an Läden, Fleischbänken und Handwerksbetrieben vorbei. Marie bekam kaum noch Luft. Die Angst, die Kraftlosigkeit und die Tatsache, daß es mehr als vierundzwanzig Stunden her war, daß sie zum letzten Male etwas gegessen oder getrunken hatte, begannen ihren Tribut zu fordern. Vor ihren Augen drehten sich bunte Kreise, und sie mußte sich mit aller Kraft auf den schwarzen, breiten Rücken vor sich konzentrieren, um nicht vor Schwäche ohnmächtig zu werden.

Als er mit einem Mal stehen blieb, lief sie so hart in ihn hinein, daß er sie gerade noch festhalten konnte, ehe sie vor ihm auf das Pflaster sank. Ein Blick in ihr wachsbleiches Antlitz sagte ihm genug.

Marie-Inconnue war am Ende ihres Mutes und ihrer Nerven.

»Reißt Euch zusammen«, fuhr er sie dennoch an. »Wir sind da, aber ich kann schlecht einen ohnmächtigen Pagen auf meinen Armen in das Haus meines Freundes tragen.«

Maries Lider zitterten, und mit einem schwachen Nicken ihres Kopfes deutete sie an, daß sie ihn verstanden hatte. Schwankend folgte sie ihm in das schmale, düstere Haus, das sich wie ein Schemen zwischen die übrigen Gebäude der engen Gasse drückte.

Le Diable schien sich darin auszukennen, denn er ging auf eine Tür zu, die er ohne Anklopfen öffnete. »Du wartest hier!« befahl er, ehe er sie wieder hinter sich schloß.

Sie lehnte sich gegen die gekalkte Mauer des Ganges, und allmählich konnte sie in dem Dämmerlicht Einzelheiten unterscheiden. Eine steile, hölzerne Stiege führte in das erste Stockwerk hinauf, während linker Hand eine zweite geschlossene Tür vermutlich in die Küche ging.

Marie schloß dies aus dem Duft nach frischgebackenem Brot, der durch die Ritzen des Holzes drang und sie die quälende Leere in ihrem Magen um so schmerzhafter empfinden ließ. In diesem Moment hätte sie alles für eine Scheibe Brot und einen Schluck Wasser gegeben.

Was ihr sonst an diesem Haus auffiel, war die ungewöhnliche Stille, die es erfüllte. Eine Stille, wie sie von absoluter Leere kam. Von verlassenen Räumen und längst aufgegebenen Kammern. Wie paßte das zu dem frischen Brot?

»Komm, du bist in Sicherheit!« Sie hatte den Seigneur de Chazan nicht kommen hören und fuhr erschrocken auf. »Oben ist eine Kammer, in der du dich verbergen kannst, bis wir ungefährdet die Stadt verlassen können.«

Mit einer Eigensinnigkeit, die Marie soeben neu an sich entdeckte, faßte sie nach seinem Arm.

»Sagt mir, was Ihr vorhabt, oder ich schreie ganz Chinon zusammen«, forderte sie. »Wofür haltet Ihr mich? Für eine hirnlose Gans, der man nichts erklären muß, weil sie es ohnehin nicht begreift?«

»Madonna! Konntest du deine Fähigkeit zum Denken nicht vorher entdecken?« stöhnte Le Diable und verdrehte die Augen. »Begib dich nach oben, dann will ich versuchen, dieses Chaos zu klären, obgleich ich bezweifle, daß es mir gelingt.«

Es mißfiel Marie plötzlich, daß er sie duzte. Es war ein anderes Du als jenes, das er in den seltenen Stunden ihrer Liebe benutzt hatte. Die augenblickliche Vertraulichkeit klang nach Geringschätzung, nach Mißachtung und Beleidigung.

Er behandelte sie wie eine Magd, die er nach Belieben herumkommandieren konnte und der er keine Rechenschaft schuldig war. Weder das eine noch das andere gefiel ihr. Trotzdem erklomm sie hinter ihm die steile, knarrende Treppe und trat in die enge Kammer mit den schiefen Wänden, deren Tür er öffnete.

Eine bescheidene Bettstatt mit einem Strohsack und einer Decke, ein dreibeiniger Hocker und ein grober Tisch bildeten die ganze Einrichtung. Marie fühlte sich an ihre Klosterzelle erinnert und blickte sich unwillkürlich um, ob sie irgendwo ein einfaches Kreuz an der Wand fand. Doch sie sah nur kahle Wände, die vor einem Jahrhundert zum letzten Male gekalkt worden waren, und die Spuren nachlässig beseitigter Spinnweben.

»Ich nehme an, du weißt nicht, daß man dich benutzt hat, um den König zu beseitigen«, begann Le Diable plötzlich und hockte sich halb auf die Tischkante. »Wir haben bei unserer Jagd auf die Ecorcheurs in der Nähe von Orleans einen Boten geschnappt, der mit geheimer Korrespondenz des Bischofs von Paris an den Herzog von Burgund unterwegs war. Aus den Dokumenten und seinem mehr oder weniger ausführlichen Geständnis ging hervor, daß Cauchon einen Mann nach Bourges geschickt hatte, der den Mord am König in die Wege leiten und sich Komplizen besorgen sollte. Dummerweise kam er nicht mehr dazu, uns den Namen des Mannes oder seine Beschreibung zu geben.«

Marie schauderte. Sie wußte intuitiv, daß der Bote seine Folterung nicht überlebt hatte. Es war die übliche Art der hohen

Herren, mit seinesgleichen umzugehen, und Le Diable hatte vermutlich bei derlei Aktionen noch weniger Skrupel als andere.

»Ich habe nicht ...«, begann sie und wurde sofort unterbrochen.

»Es war dumm von mir, dich aus der Sicherheit deines Klosters zu reißen. Aber was geschehen ist, ist geschehen. Ich hätte wissen müssen, daß auch in einer Novizin eine Frau steckt mit allen Schwächen. Alle werden vom Glanz verführt und vom Ehrgeiz geblendet.«

Ivo de Chazan hieb mit der rechten Faust unwillig auf die linke Handfläche. Marie starrte ihn aus weit aufgerissenen Augen an. Ihre Ohren hatten seine Worte aufgenommen, aber ihr Verstand weigerte sich, ihre Bedeutung zu akzeptieren.

»Ihr glaubt, ich hätte von diesem verbrecherischen Plan gewußt? Ich sei bereit gewesen, den König zu vergiften?« fragte sie fassungslos und sah ihn aus großen Augen an. »Aber weshalb in Gottes Namen habt Ihr mich dann befreit? Weshalb habt Ihr mich nicht dem Profoß übergeben und der Gerechtigkeit ihren Lauf gelassen?«

»Eine berechtigte Frage«, sagte der Seigneur bitter und nickte. »Ich stelle sie mir selbst seit gestern abend. Ich nehme an, es ist darauf zurückzuführen, daß mir jede Art von Verschwendung mißfällt. Es hätte nichts an dem Tatbestand geändert, wenn man dich den Händen eines Folterknechtes übergeben hätte. Es wäre ein sinnloser Tod gewesen.«

»Ein sinnloser Tod ...«, wiederholte Marie und ließ sich auf die Kante des Bettes sinken, weil ihr plötzlich die Knie so heftig zitterten.

Zuviel war in den vergangenen Stunden auf sie eingestürzt. Zwischen Angst und Hoffnung, zwischen Liebe und Verzweiflung, zwischen Empörung und Gleichgültigkeit hin- und hergerissen fand sie in der Tatsache, daß Le Diable ihren Tod nicht wünschte, einen reichlich galligen Trost. »Und wo bin ich hier?« murmelte sie.

»Du befindest dich im Hause des Geldverleihers Joshe Abraham«, erklärte Ivo de Chazan, als habe er ihren Einwurf nicht vernommen. »Man hat seine Frau und seine Tochter getötet, als La Trémoilles vor ein paar Jahren alle Juden aus dem Königreich Frankreich vertreiben wollte, seitdem lebt er allein mit seiner alten Mutter in diesem Haus. Niemand wird auf den Gedanken kommen, daß er dir Unterschlupf gewähren würde. Du mußt einige Zeit hier bleiben, bis ich Chinon verlassen kann, ohne Verdacht zu erregen. Der Anschlag auf den König hat für große Aufregung gesorgt. Versprich mir, daß du diese Kammer nicht verläßt und dich auch vom Fenster fern hältst.«

Marie betrachtete die verdreckten, kleinen Scheiben und dachte, daß man dahinter ohnehin nicht einmal einen Schatten erkennen würde, aber sie versagte sich diese Bemerkung. Sie nahm die Kappe ab und streifte die enge Kapuze von ihrem Kopf. Unwillkürlich fuhr sie sich mit den Fingern durch die wenigen stoppeligen Locken, die von ihren schönen Haaren übriggeblieben waren. Sie fühlten sich höchst seltsam an.

»Es mußte sein«, verteidigte sich Ivo de Chazan unaufgefordert. »Falls man uns kontrolliert hätte, wäre dein Haar zu auffällig gewesen. Hinzu kommt, daß es besser sein wird, wenn wir dich auch weiterhin als Jungen ausgeben.«

»Aber man wird mich vermissen«, flüsterte Marie beklommen.

»Ich habe dafür gesorgt, daß man eine junge Frau an deine Stelle setzt. Sie ist in der vergangenen Nacht im Armenspital verstorben, und man wird sie in deine Kleider hüllen. Nach erfolgtem hochnotpeinlichen Verhör fällt es nicht mehr so leicht, einen einzelnen Menschen zu identifizieren, und den Frauen wird ohnehin das Haar geschoren. Sei froh, daß du nicht diese Erfahrung machen mußtest ...«

»Wird man den Schwindel glauben?« Marie hatte noch immer ihre Zweifel.

»Das bleibt abzuwarten«, seufzte der Seigneur. »Wichtig ist auf jeden Fall, daß du verschwunden bleibst. Daß es keine Marie-Inconnue mehr gibt, sondern nur einen kleinen Pagen. Einen von vielen in dieser Stadt.«

Er fügte nicht hinzu, daß es schon sehr dunkel sein mußte, wenn man die junge Frau, die vor ihm saß, für einen Burschen halten sollte. Auch ohne den spektakulären Schmuck ihrer sonnenfarbenen Haare hatte Marie nichts von ihrer Schönheit verloren.

Im Gegenteil, die hellen, rötlich goldenen Lockenfransen, die sich um ihr schmales Gesicht ringelten, verliehen ihr den verwirrenden Zauber eines feenhaften Waldgeschöpfes. Einer zierlichen Nymphe, die sich unter die Menschen verirrt hatte. Unzweifelhaft weiblich, egal, ob sie nun die Tracht eines Mannes oder die einer Frau trug.

Vielleicht war es dieser Eindruck, der ihn dazu verleitete, an das Lager zu treten und sie in seine Arme zu ziehen. Er senkte die Lippen auf ihren kühlen Mund. Zu einem Kuß, der so verzweifelt und hungrig war, so unerwartet und grausam süß, daß Marie ihn nicht einmal erwidern konnte, nur dulden, hinnehmen. Er raubte ihr den letzten Rest ihrer Kraft.

Als der Seigneur sie freigab, sank sie nach Atem ringend auf den Strohsack, während die Tür klappte und leise Schritte sich über die Treppe entfernten. Marie blieb mit geschlossenen Augen liegen und berührte mit den Fingerspitzen traumverloren ihre schmerzenden Lippen, die noch nach Ivo de Chazans Kuß schmeckten.

Vielleicht war sie längst gestorben, und all diese Dinge erlebte sie nur im Traum? In Wirklichkeit würde Le Diable doch nie auf die Idee kommen, seine Gefühle über seine Vernunft siegen zu lassen?

20. Kapitel

Marie wußte nicht, was schlimmer war, die Untätigkeit oder die Stille, die sie umgab. Wenn wirklich ein alter Geldverleiher und seine Mutter in diesem Hause wohnten, dann schienen sie durch die Räume zu gleiten und nicht zu gehen. Jeden Morgen fand sie ein Tablett mit Wasser und Essen vor ihrer Tür, sonst zeigte nichts an, daß noch andere Menschen hier lebten.

Selbst die normalen Geräusche der Stadt drangen nur gedämpft bis in ihr Versteck.

Das Läuten der Glocken, die Schreie der Händler und der Lärm des alltäglichen Chinon blieben wie Bodensatz auf dem unregelmäßigen Pflaster in den Gassen zurück. Marie hätte zu gerne gewußt, was sich im Palast ereignete, ob die Täuschung entdeckt worden, ob Le Diable verhaftet worden war. Doch die Woche neigte sich dem Ende zu, ohne daß sie eine Nachricht erhalten oder ihr düsterer Retter sich hätte blicken lassen.

Weshalb kam er nicht? Weshalb überließ er sie Tag um Tag ihren eigenen Gedanken und ihrer Einsamkeit? Weshalb befreite er sie nicht von der peinigenden Folter des Grübelns? Von dem Zwang, das eigene Leben mit kritischem Verstand zu prüfen? Was hatte sie schon getan, außer zu gehorchen und stets zu tun, was man ihr sagte? Hatte ihr der Himmel dafür Atem und Verstand geschenkt? Hatte sie nicht die Gaben ihres Lebens müßig verschwendet?

»Ein Königreich für deine Gedanken, Kleines!«

Die Stimme traf sie vollkommen unvorbereitet. Einmal mehr hatte Le Diable seine Fähigkeit unter Beweis gestellt, sich mit der Lautlosigkeit eines Raubtieres zu bewegen. Er stand in der Tür, und das schiefe Lächeln, mit dem er sie musterte, ließ Maries Herzschlag einen Moment lang aussetzen. Sie saß auf dem Hocker am Tisch und hatte den Kopf auf die Arme gelegt, von wo sie ihn nun langsam hob und sich bemühte, ihrer Antwort einen ruhigen, gelassenen Ton zu verleihen.

»Ihr seid großzügig mit Euren Gaben, Seigneur«, murmelte sie spröde. »Könnt Ihr Euch vorstellen, daß ich fast verrückt geworden bin vor Sorge? Allein, in einem Geisterhaus, dessen Bewohner den Kontakt mit mir meiden?«

»Verzeih dem alten Joshe und seiner Mutter, sie haben gelernt, dem zu mißtrauen, was sich christlich nennt. Ich bin gekommen, um dir zu sagen, daß wir noch heute die Stadt verlassen. Ich muß nach Paris, ehe der König dort einzieht. Ich reite lediglich in Begleitung eines Pagen, damit kein Verdacht auf meine Mission fällt.«

Marie schluckte. »Und meine Flucht?«

»Du bist unter den Händen des Folterknechtes gestorben. Niemand hat sich die Mühe gemacht, den Leichnam zu prüfen. Weder der Konnetabel noch der König wollten das Ergebnis ihrer Befehle besichtigen, und der Henker von Chinon hat genügend Gold bekommen, um den Mund zu halten. Marie-Inconnue hat ihre letzte Ruhe in einem Armengrab gefunden, und niemand nennt mehr ihren Namen.«

Es berührte Marie seltsam, von ihrem ›Tod‹ zu hören. »Und wer bin ich nun?« fragte sie tonlos.

»Im Moment ein x-beliebiger Page. Einer jener Hungerleider, die von ihren zwar edlen, aber verarmten Eltern jedem Ritter angeboten werden und die auf eine Chance lauern, sich im Kampf auszuzeichnen, um einmal selbst das Schwert tragen zu dürfen. Ein Naseweis, zu jung und zu schmächtig, um bereits von sich reden zu machen.«

Auch diese Auskunft befriedigte die junge Frau nicht ganz. »Und wer werde ich sein, wenn dieses Abenteuer zu Ende ist und wir nicht von den Häschern gefaßt und hingerichtet werden?« beharrte sie.

Le Diable trat zu ihr und faßte sie an den Händen, um sie in seine Arme zu ziehen. »Dann wirst du Marie-Ange sein, die liebenswürdige Gefährtin meiner Tage. Ich hoffe, du denkst nicht daran, mich zu verlassen?«

Das klang eher nach einer unterschwelligen Drohung als nach einer Frage. Er bestimmte über sie. Verfügte sie zu seinem Eigentum. Marie machte sich steif in seiner besitzergreifenden Umarmung.

»Wie könnte ich«, erwiderte sie spöttisch. »Euer raffinierter Plan hat mich auf Gedeih und Verderb an Euch ausgeliefert. War es das, was Ihr beabsichtigt habt, als Ihr mich befreit habt?«

Le Diable gab es nicht zu, aber sie begriff auch ohne Worte, daß ihm die Entwicklung der Dinge ausgesprochen zusagte.

»Kommt! Wir haben keine Zeit für lange Diskussionen«, befahl er, ohne seinen Griff zu lockern. »Die Pferde warten im Hof, und je eher wir dieses unheilvolle Pflaster hinter uns lassen, um so ruhiger wirst du atmen können. Verbirg dein Haar und vergiß deine Kappe nicht. Am Stadttor hältst du dich in Höhe der Kuppe meines Pferdes und sagst kein Wort, falls wir aufgehalten werden. Überlaß mir die Antworten ...«

Glücklicherweise schenkten die Bewaffneten dem Ritter und seinem Pagen keine Aufmerksamkeit. Die Hufe ihres Pferdes polterten über die Bohlen der Zugbrücke, und Marie verglich im stillen ihren Einzug in der Stadt mit der jetzigen Abreise. Es gab keinen Jubel und keine Blumen, aber auch keine gezischten Beleidigungen und keine spürbare Verachtung. Dieses Mal begleiteten sie nur die tiefhängenden Wolken und der böige Wind, der an ihrem Umhang zerrte. Die Vienne floß dunkel und behäbig in ihrem Bett, und die Barken der Fischer strebten bereits dem Ufer zu. Sie wagte nicht, sich nach der Burg umzusehen.

»Vorwärts!« Le Diable gab seinem Pferd die Sporen, und Marie versuchte, sich an das eigenartige Gefühl des Reitens im Herrensattel zu gewöhnen.

Es fiel ihr schwer, das vorgegebene Tempo mitzuhalten, und als Le Diable die Pferde bei einbrechender Dunkelheit im Schritt gehen ließ, war sie kaum noch fähig, sich im Sattel zu halten. Als er endlich am Rande einer Lichtung Halt machte und ihr bedeutete, daß sie dort übernachten würden, rutschte sie so steif aus dem Sattel, daß sie kaum einen Schritt gehen konnte. Sie sank auf einen Wurzelstock und rieb sich mit unterdrücktem Stöhnen die Schläfen.

»Hier, trink!« Ivo de Chazan hielt ihr einen Trinkschlauch hin, und Marie nahm durstig einen großen Schluck, ohne zuvor nach dem Inhalt zu fragen.

Heißes Feuer rann durch ihre Kehle, und keuchend rang sie nach Atem, während er mit einem Grinsen den Schlauch davor bewahrte, zu Boden zu fallen.

»Nicht so hastig, meine Kleine. Das ist *eau de vie* aus gebrannten Äpfeln. Du wirst sehen, gleich geht es dir besser. Hier, hüll dich in die Decke, bis ich ein Feuer entfacht habe.«

Er tat nicht nur das, er raffte auch die herumliegenden Blätter zusammen und häufte sie in einer windgeschützten Kuhle an, so daß die erschöpfte junge Frau auf ein überraschend bequemes Lager sinken konnte, nachdem sie das Brot und den Käse verzehrt hatte, die ihren Reiseproviant darstellten.

»Was ist das für eine Mission, die Ihr in Paris zu erfüllen habt?« erkundigte sie sich, um das Schweigen zwischen ihnen zu brechen.

»Seine Eminenz der Bischof von Paris muß beim Mordanschlag auf den König die Finger mit im Spiel gehabt haben. Er hat nicht umsonst den Vorsitz beim Prozeß gegen Jeanne d'Arc gehabt. Doch Richemont braucht Beweise, um ihn entlarven zu können. Die Spur oder den Namen des Spions, der den König verrät . . . und das möglichst, ehe sich Karl von Valois in eigener Person in Gefahr begibt, indem er nach Paris geht.«

»Der Mönch«, entgegnete Marie ruhig.

»Welcher Mönch?« Ivo de Chazan runzelte seine Stirn, während er noch weiteres Holz in das Feuer legte. »Von wem sprichst du?«

Marie zögerte. Wie sollte sie die Grenze ziehen zwischen dem, was wirklich geschehen war, und dem, was sie in ihrem Herzen wußte? Wie konnte sie Le Diable erklären, daß sie das Böse, das dieser Mann ausstrahlte, mit all ihren Sinnen wahrnehmen konnte?

»Er hat mich in der Kapelle des Schlosses von Bourges angesprochen, an jenem Tag, ehe ich . . .« Marie brach ab und zwang sich, die Erinnerungen, die sich dazwischen drängten, zu vergessen. Sie holte tief Atem und konzentrierte sich.

»Er forderte mich auf, dem König in allem zu Diensten zu sein. Mir Zugang in seine Privatgemächer zu verschaffen und auf seine weiteren Befehle zu warten. Ich sah ihn, an jenem Abend, als man mich verhaftet hat. Er war einer von jenen Männern, die mit dem Grafen Dunois in das Kabinett des Königs traten. Er war es, der mich beschuldigt hat, die Mörderin zu sein, ehe die anderen überhaupt die Zusammenhänge zwischen dem Tod des Hundes und dem Glas in meiner Hand hergestellt hatten ... Hat ihn denn niemand als Zeugen vernommen?«

»Ein Mönch? Ich weiß nichts von einem Mönch, aber du könntest recht haben. Der Habit ist eine gute Verkleidung. Es gibt viele dieser Sorte bei Hofe. Die Königin erhofft sich Hilfe vom Himmel, damit ihre Kinder nicht sterben, und der König selbst wird nicht müde, seine Frömmigkeit zu betonen, seit er mit Hilfe der Jungfrau in Reims gekrönt worden ist.«

Ivo de Chazan biß sich auf die Unterlippe. »Würdest du dir zutrauen, den Mann zu identifizieren? Erinnerst du dich an sein Aussehen? Würdest du ihn erkennen, wenn er dir begegnet?«

Marie mußte nicht einmal die Augen schließen, um das harte, steinerne Antlitz vor sich zu sehen. Sie verspürte nicht den Wunsch, ihn noch einmal zu treffen. »Natürlich«, erwiderte sie fröstelnd, »er hat das Antlitz des Todes, und an seinen Händen klebt viel Blut. Er tötet, was er liebt ...«

Ihre eigenartige, belegte Stimme berührte den Seigneur de Chazan wie ein eisiger Hauch. Er schüttelte sich unwillkürlich. »Das heißt, du könntest ...«

»Nein! Ich werde nicht nach Chinon reiten«, widersetzte sich Marie, die glaubte, daß er dies von ihr verlangen würde. »Nie wieder!«

»Das ist auch nicht nötig«, erwiderte Le Diable überraschenderweise. »Die beiden Mönche sind am Tag nach deiner Verhaftung mit einer Botschaft des Königs zum Bischof geschickt worden. Es schien seiner Majestät angebracht, seiner Eminenz unmißverständlich und mit eigener Hand mitzuteilen, daß der Abschlag gescheitert ist und daß er seine bisherige Politik ohne Einschränkungen fortsetzen wird. Wir müssen den Mann finden, ehe der König in Paris einzieht!«

Marie zog die Decke enger um sich. »Ich hatte gehofft, ihn nie wieder erblicken zu müssen ...«

»Ich bin an deiner Seite! Ich schwöre dir, daß er dir nichts Böses mehr zufügen wird«, versprach Ivo de Chazan entschieden.

Marie sah zu ihm hinüber. Der Schein des Feuers spielte auf seinen Zügen, und ihr Herz flog ihm zu. Sie wußte, daß es nicht in seiner Hand lag, diesen Schwur zu halten. Daß sie beide nur Figuren in einem Spiel waren, welches eine höhere Macht über ihre Köpfe hinweg entschied.

»Du glaubst mir nicht?« Le Diable entdeckte zu seinem eigenen Erstaunen, daß er Maries Gedanken lesen konnte. Er erhob sich, kam um das Feuer herum und ließ sich an ihrer Seite nieder. »Du wirst noch lernen, daß ich bereit bin, die Meinen zu verteidigen.«

»Bin ich das denn, die Eure?« flüsterte Marie. »Erinnert Euch, Ihr sprecht mit der Hure des Königs.«

»Hast du es schon vergessen?« Chazan umfaßte ihre Finger. »Marie-Inconnue ist tot. Vergangen, begraben und verstummt, mein kleiner Page.«

Marie spürte, wie er sie besitzergreifend an sich zog. Sie fühlte mit feinen Sinnen den Kampf, den er in seinem Inneren ausfocht. Die Anstrengung, die es ihn kostete, diesen Schnitt zu machen und das Gestern auszulöschen. Er mußte es tun, um die eigenen Handlungen vor seinem Gewissen zu rechtfertigen, das ihm zusetzte, weil er eine Dirne und vermeintliche Mörderin ihrer gerechten Strafe entzogen hatte. Weil er diese Frau begehrte und sich aus diesem Grund über die Gebote hinwegsetzte. Weil er Schwäche zeigte und nicht die Stärke, die er selbst von sich erwartete.

»Ihr belügt Euch selbst«, sagte sie aus diesem Empfinden heraus, aber Ivo de Chazan gab ihr keine Antwort.

Er verschloß ihre Lippen mit einem leidenschaftlichen Kuß und zog sie auf das Blätterlager hinab. Maries Vernunft sagte ihr, daß sie ihn zurückweisen sollte. Aber gleichzeitig wußte sie, daß sie das nicht tun würde. Daß sie sich viel zu sehr nach ihm sehnte. Nach ihm und nach dem Vergessen, daß sie in seinen Armen fand.

Im Gegensatz zu ihr waren ihm die Schnüre und Verschlüsse männlicher Kleidung kein Geheimnis. Im Nu hatten sich seine Hände Eingang verschafft, und Marie keuchte auf, als er das

Band löste, das ihre Brüste plattdrückte, damit sie überzeugender den Pagen spielen konnte. War es die plötzliche Freiheit oder die Erwartung, die ihre Knospen hart werden ließ? Sie drängte sich enger in seine Arme und gab sich dem Feuer hin, das seine Hände auf ihrer Haut entfachte.

Sie öffnete unter seinem heißen, begehrlichen Kuß bereitwillig die Lippen und erwiderte ihn voller Leidenschaft, lockte und führte Le Diable in Versuchung.

Marie erschauerte kurz, als sie auf ihren nackten Brüsten die kühle Luft spürte, aber dann schlossen sich seine Lippen um eine der Spitzen, reizten und liebkosten sie, bis sie vor sinnlicher Qual halb außer sich war und ihren Körper dem seinen entgegenhob und ihre Hüften an seinen rieb.

In der Ferne schrie ein Käuzchen, aber die beiden Liebenden waren für die Welt um sie herum verloren Sie streiften sich gegenseitig die Kleider ab, und Ivo de Chazan entdeckte aufs neue das sinnliche Vergnügen, das es ihm bereitete, diesen vollkommenen, wunderbaren Körper zu streicheln, die Kurven nachzufahren, ihren festen Busen zu spüren und das lustvolle Zittern zu fühlen, das Marie durchrann, wenn seine Zärtlichkeiten kühner wurden. Es gefiel ihm und erregte ihn nur noch mehr, wenn er sah, mit welcher natürlichen Sinnlichkeit sie reagierte.

Wenn sie in seinen Armen lag, verkörperte sie jene unbeschreibliche Mischung aus süßer Unschuld und heißer Leidenschaft, die ihn in einen blinden Tölpel verwandelte. Er wurde Wachs unter ihren Händen, und sie weckte eine so unglaubliche Begierde in ihm, daß er Angst hatte, sie damit zu zerstören.

Seine Finger glitten über die seidigen Locken, drangen in ihren Schoß. Erregt spürte er, wie bereit sie für ihn war, wie ihr Körper ihn willkommen hieß und sich für ihn öffnete.

Marie warf hilflos wimmernd den Kopf hin und her, als er mit dem Daumen jene empfindliche Stelle berührte, sie reizte und ihr eine solche Lust schenkte, daß sie kaum noch zu ertragen war. Sie klammerte sich an seine Schultern und biß sich so heftig auf die Unterlippe, daß er einen kleinen Blutstropfen entdeckte. Erschrocken hielt er inne und küßte ihr sanft den kleinen Tropfen weg.

»Nicht«, raunte er. »Ich will dir nicht weh tun. Ich will dir Vergnügen bereiten, keine Qual . . .«

»Ihr quält mich, wenn Ihr aufhört . . .«, flüsterte Marie und öffnete sich dem Finger, der erneut in sie eindrang. Sie stöhnte auf, bog sich ihm entgegen, dann schloß sie ihre Hand um ihn, um ihm genausoviel Vergnügen zu bereiten, wie er es ihr schenkte.

Sein Aufstöhnen bewies ihr, daß auch sie Macht über ihn hatte, daß es ihm gefiel, was sie tat. Er fühlte sich so warm und fest unter ihren streichelnden Fingern an, so groß und stark.

Sie wollte ihn in sich spüren, wollte, daß er sie ausfüllte, wollte ihn nicht nur mit ihren Fingern umschließen. Und sie wollte nicht länger darauf warten. Sie drängte ihm ihren Schoß entgegen und schlang das Bein über seine Hüften, um ihm noch näher zu sein. Da drehte er sich so, daß sie plötzlich auf ihm saß. Sie schrie überrascht auf, als sie spürte, wie er in sie glitt, und sie fühlte ihn so kraftvoll und stark, daß sie einen Moment lang reglos verharrte und das Gefühl auskostete, so voll und ganz von ihm ausgefüllt zu werden.

Le Diables Hände schlossen sich um ihre schmalen Hüften und hoben sie sacht an. Mehr brauchte sie nicht. Sie nahm seinen Rhythmus auf, wandelte ihn und paßte ihn dem eigenen Verlangen an. Ihre Brüste wippten, als sie das Tempo beschleunigte und sich einer wilden, ungezügelten Göttin gleich dem köstlichen Schauer hingab, den dieses Spiel in ihr hervorrief.

Sie schrie auf, als sie spürte, wie sie den Höhepunkt erreichte, im gleichen Moment, zu dem auch er den Gipfel der Lust erklomm.

Ermattet und zufrieden, erfüllt von Wonne, sank sie über ihm zusammen. Zufrieden, darüber, dem Schicksal einen kleinen Moment des absoluten Glücks abgetrotzt zu haben.

»Meine wunderbare Nymphe«, hörte sie ihn flüstern. »Meine begehrenswerte, wundervolle Fee. Du gehörst mir! Niemand wird dich mir jemals nehmen. Kein König, kein Bischof, kein

Mönch und kein Profoß. Wir werden die Leidenschaft neu entdecken ...«

Marie hielt die Augen geschlossen und schmiegte sich enger an ihn. Ob er irgendwann begreifen würde, daß dies mehr war als nur blindwütige Raserei? Daß man solche Seligkeit nur erreichen konnte, wenn sich nicht nur die Körper, sondern auch die Herzen im Einklang befanden? Wie dumm er doch war, dieser starke, wundervolle, tapfere Mann!

21. Kapitel

Marie hatte sich Paris anders vorgestellt. Prächtiger, ordentlicher, majestätischer. Die Stadt, die sich ihr im Herbst 1436 bot, war nur mehr ein Abglanz vergangener Herrlichkeit. Die Bürger hatten andere Sorgen gehabt, als ihre Häuser zu pflegen, und den Rest hatten die wechselnden Eroberer und die vielen Kämpfe besorgt. Obwohl immer noch groß und gewiß beeindruckend, haftete der Stadt der Ruhm vergangener Größe in einer deprimierenden Gegenwart an.

Nicht einmal die Stadttore befanden sich in einem ordentlichen Zustand. Das erste, zu dem sie kamen, war mit Balken und Bohlen verbarrikadiert, und der traurige zinnenlose Turm, der es hätte bewachen sollen, hätte mit Sicherheit keinen feindlichen Armeeführer länger davon abgehalten, die Stadt einzunehmen.

»Das Tor beim Kloster der Jakobiner ist offen, wenn Ihr in die Stadt wollt«, verriet ihnen ein Bauer, der seine Schweine vorbeitrieb, und Le Diable riß sein Pferd mit einem unterdrückten Fluch herum. Marie, die sich im Verlauf des Ritts an die stumme Rolle gewöhnt hatte, die sie an seiner Seite zu spielen hatte, folgte in vorgetäuschtem Gehorsam. Es war eine eigenartige Beziehung, die sich zwischen ihnen entwickelt hatte.

Vorsichtig, mißtrauisch und abwartend von seiner Seite.

Marie war sich der Tatsache, daß sie ständig beobachtet, geprüft und gewogen wurde, nur zu bewußt. Ivo de Chazan suchte nach Fehlern, nach Gründen, die es ihm ermöglichen konnten, den Gefühlen zu entfliehen, die sie in ihm erweckte. Der Verrat, den er in Chinon vermeintlich begangen hatte, lastete ihm schwer auf der Seele, auch wenn er sich nach außen hin ungerührt gab.

Marie ihrerseits blieb bis auf die vertrauten Momente ihrer Leidenschaft zurückhaltend. Sein Mißtrauen kränkte sie, und die Tatsache, daß er sich hartnäckig weigerte, seine Gefühle für sie einzugestehen, verletzte sie zusätzlich. Sie schmolz in seinen Händen, sobald er sie berührte, aber kaum war die Leidenschaft vorbei, befand sie sich wieder in der tristen Gegenwart.

Sie fürchtete, daß sie im Moment nicht mehr als ein Spielzeug für ihn war. Was würde geschehen, wenn er ihrer überdrüssig wurde? So oft sie sich das auch fragte, sie fand keine Antwort darauf.

Sie erreichten das Jakobinertor gegen Mittag, und die Wache ließ sie passieren, da sie sich in einer ganzen Gruppe von Händlern befanden, die mit ihren Fuhrwerken, Lasttieren und Pferden den schmalen Durchgang so gründlich versperrten, daß man sie ohne große Kontrolle hindurchwinkte. Marie, die sich verstohlen umsah, bemerkte die ärmlich gekleideten Bewohner und die große Schar von Bettlern, die sich an der Klosterpforte drängten. Offensichtlich ging es der Bevölkerung auch nach dem Ende der Kriegshandlungen nicht sehr gut.

Der Seigneur de Chazan ließ sich in eine Unterhaltung mit einem Armbrustschützen verwickeln, der ihm eine Herberge in der Nähe der großen Kathedrale Nôtre Dame empfahl und ihm gleichzeitig riet, das linke Ufer zu meiden.

»Das Revier der Pfaffen und Studenten, mein Freund«, meinte er grinsend. »Die einen wie die anderen sind Meister darin, einen ahnungslosen Mann um seinen wohlgefüllten Beutel zu erleichtern. Geh lieber in den ›Bunten Hahn‹. Wenn du dem Wirt sagst, daß ich dich geschickt habe, wirst du keine Klagen haben!«

Von den staubigen Wämsen der beiden Reisenden getäuscht, hielt er sie für gutgläubige Burschen aus der Provinz, die ihr Glück in der soeben befreiten Stadt suchen wollten. Solche wie sie passierten fast jeden Tag das Jakobinertor, und er hatte gemeinsam mit seinem Freund dem Wirt, bereits eine Menge Börsen erleichtert, wenn die Kerle vom schweren Wein betrunken in ihrer Kammer lagen und am nächsten Morgen nicht mehr wußten, was sich ereignet hatte.

Le Diable durchschaute die Absichten des Mannes, aber er bedankte sich überschwenglich und mit einem Anklang eines bäuerlichen Akzents, der Marie fast ein Lachen entlockt hätte. Im letzten Moment senkte sie den Kopf und preßte die Lippen aufeinander. Der Armbrustschütze fühlte sich in seiner Einschätzung der Reisenden bestätigt und fügte seiner Empfehlung noch eine genaue Beschreibung des Weges hinzu.

Maries kurzer Anflug von Amüsiertheit verschwand beim weiteren Weg durch die Stadt. Sie konnte nicht ahnen, daß Paris unter der Knute der englischen Herrschaft gut ein Viertel seiner Bevölkerung verloren hatte. Sie fühlte sich bedrückt von den zerfallenen Häusern, den leeren Fensterhöhlen und den eingetretenen Türen, die schief in ihren Angeln hingen.

Die wenigen Fassaden, die noch über intakte Fenster, ganze Schindeln und Wetterhähne auf dem Dach verfügten, machten durch den Gegensatz den Verfall nur um so deutlicher. Je weiter sie jedoch in das Herz von Paris vordrangen, desto mehr häuften sich die Zeichen von Aktivität und neuem Aufschwung. Da und dort waren Handwerker dabei, geborstenes Fachwerk zu ersetzen, Mauern zu kalken oder Ruinen freizuräumen, damit neu gebaut werden konnte. Über dem Lärm und dem Geschrei der Menschen, dem Kreischen der Räder und dem Hufgetrappel der Pferde hing ein Hämmern und Sägen, das davon kündete, daß die Stadt dabei war, sich wieder aus dem Staub zu erheben.

Der ›Bunte Hahn‹ war einer jener Gasthöfe, die sich zu Zeiten der englischen Besatzung einer gewissen Beliebtheit bei den Offizieren erfreut hatten. In der Rue de la Calandre gelegen, spreizte er sich zwischen zwei Fachwerkhäusern, und seine günstige Lage nahe der Brücke von Saint Michel verschaffte ihm eine bunt gemischte Gästeschar, die den sauren Wein trank und die herzhafte Küche der Dame Geneviève schätzte, die über die Küche herrschte.

Schon vor dem Abendläuten war die Gaststube brechend voll, und nachdem Le Diable die Pferde in den rechteckigen schmalen Hof gelenkt hatte, dauerte es noch geraume Zeit, bis auf sein herrisches Rufen ein Pferdeknecht herbeischlurfte und die beiden Tiere in den Stall führte.

Marie registrierte sehr wohl, daß ihr Begleiter die Empfehlung des Armbrustschützen nicht ausrichtete, als der Wirt ihnen seine Aufmerksamkeit schenkte, sondern in knappem, militärischem Ton Quartier und ein Mahl forderte. Im Unterschied zu vorhin verströmte er nun eine Autorität, die den feisten Wirt zum Buckeln brachte und ihnen eine der besseren Kammern der Herberge eintrug.

Mit schweren eichenen Möbeln eingerichtet, mit eisernen Kerzenleuchtern und einem eigenen Kamin ausgestattet bot sie einen Luxus, der Marie unwillkürlich einen Seufzer entlockte. Sie war die Lager am Straßenrand, die feuchten Nebelnächte und die ständige Angst satt. Sie wollte ihren Kopf auf sauberes Leinen betten und wenigstens für eine Nacht lang alles vergessen. Am liebsten in Ivo de Chazans Armen, da dieser Raum nur ein einziges riesiges Bett besaß, dafür gedacht, mindestens vier bis sechs Personen Platz zu bieten.

»Du bist müde«, stellte er dann auch fest, als sie sich die Schläfen rieb und die Kappe abnahm, nachdem er den Riegel der Tür von innen vorgelegt hatte.

»Nicht nur das«, entgegnete sie leise. »Ich komme mir vor, als hätte ich den Schmutz des ganzen Königreiches an mir. Ich würde meinen Arm für eine Stunde im Badehaus geben!«

»Das kommt nicht in Frage«, beschied er knapp. »Beides nicht. Behalte deinen Arm und vergiß das Badehaus, ich werde Anweisung geben, daß man uns einen Zuber mit warmem Wasser bringt. Nach einer Mahlzeit werde ich dich verlassen und mich in der Stadt umsehen. Ich muß wissen, wo ich den Bischof finde und wie ich mir Zutritt in seinen Haushalt verschaffen kann ...«

»Ich bitte Euch, seid vorsichtig!« Marie hatte unwillkürlich seinen Arm ergriffen, da sie bereits gelernt hatte, daß er sich derartigen Bitten normalerweise unwirsch entzog. Er vertrug keine Ermahnungen.

»Hast du Angst?« Le Diable suchte in den grünen Augen nach einer Bestätigung. Nach der Antwort auf die Fragen, die er nicht zu stellen wagte.

»Ihr unterschätzt diesen Mann«, murmelte Marie verlegen und senkte die Lider. »Er ist kein frommer Mönch, der sich aus Ehrgeiz oder Gehorsam für seinen Bischof schuldig gemacht hat. Er verfolgt eigene, böse Pläne. Wenn er anderen dient, dann nur, solange es seinen Zielen nützt.«

»So ängstlich kenne ich dich überhaupt nicht, meine tapfere Schöne«, entgegnete Le Diable und küßte sie auf den Mund. »Versprich mir, daß du keinen Schritt vor die Tür machst und niemandem außer mir die Tür öffnest, wenn ich fort bin!«

Marie gab das Versprechen leichten Herzens. Sie kannte sowieso keinen Menschen in dieser riesigen, fremden Stadt. Der Druck um ihre Schläfen verstärkte sich, und sie hatte plötzlich das seltsame Empfinden, daß ihr jemand etwas mitteilen wollte. Eine Warnung, eine Nachricht, was auch immer. Ihr Kopf schmerzte, und unwillkürlich rieb sie sich die Schläfen mit den Fingerspitzen. »Der Mondstein«, flüsterte sie vor sich hin. »Achtet auf den Mondstein ...«

»Welcher Mondstein?« Der Sieur de Chazan bemerkte ihre marmorne Blässe und schüttelte sie sanft. »Von welchem Mondstein sprichst du?«

»Ich ... oh ... ich weiß nicht ...« Marie sah ihn verständnislos an.

»Du hast gesagt: Achtet auf den Mondstein! Was meinst du damit?«

Marie konnte sich nicht erinnern. »Ich ... ich weiß es nicht«, wiederholte sie. »Welcher Mondstein ...?«

Ivo de Chazan runzelte die Stirn, dann ließ er die Sache auf sich beruhen. Das Mädchen war müde, verängstigt und bis an die Grenzen seiner Kraft ausgelaugt. Es hatte wenig Sinn, es auf unbedacht dahingesagte Worte festzunageln. Es war ohnehin schwer, hinter die vielen Gesichter zu sehen, die sie besaß.

Je intensiver er Marie beobachtete, um so rätselhafter erschien sie ihm. Sie hatte etwas an sich, das extreme Reaktionen provozierte. Anders konnte er sich sein Verhalten in Chinon nicht erklären, das so gar nicht im Einklang stand mit seiner Ehre und seinen Pflichten als Ritter des Königs.

»Warte, bis das Wasser kommt und die Magd unser Essen gebracht hat, dann kannst du dich säubern und ausruhen«, riet er und ging zur Tür.

Marie nickte stumm und sah ihm nach. Sie begriff selbst nicht ganz, was in ihr vorging. Auf dem letzten Teil ihrer Reise hatte sie zunehmend den seltsamen, unerklärlichen Eindruck gewonnen, daß sie nicht mehr alleine war, daß ihr jemand zur Seite stand, sie schützte und warnte.

Jemand, der nichts mit Ivo de Chazan zu tun hatte, der aber zu ihr gehörte, obwohl sie ihn nicht kannte und ihn keiner Person und keinem Gesicht zuordnen konnte. Hatten die Ereignisse der letzten Zeit bewirkt, daß sie allmählich ihren armen Verstand verlor?

Sie hörte ein Geräusch an der Tür und stülpte sich schnell die Filzkappe über die Locken. Gerade noch rechtzeitig, ehe eine Magd und zwei Knechte einen Zuber und mehrere Eimer heißes Wasser herbeischleppten. Während die Männer sofort wieder verschwanden, um noch einmal Wasser zu bringen, hielt die dralle Magd den schmalen, fremden Junker durchaus für einen zweiten Blick wert. Sie machte sich an ihrer Schürze zu schaffen und kam langsam näher.

»Wünscht Ihr jemanden, der Euch den Rücken schrubbt, junger Herr?« säuselte sie und strich Marie aufdringlich über die Schultern.

Die jedoch fuhr zurück, als habe man sie geschlagen, und brachte hastig Abstand zwischen sich und das Mädchen, dessen

Brüste die reichlich enge Bluse spannten, die sie unter dem schmuddeligen Mieder trug.

»So schüchtern, Kleiner?« Die Magd lachte. »Bitte, wenn Ihr nicht wollt, Eure Sache. Falls Ihr es Euch aber noch anders überlegt, fragt nach Jeannette, und es wird mir ein Vergnügen sein, Euch behilflich zu sein.«

»Bringt das Essen und laßt mich allein«, kommandierte Marie mit ihrer tiefsten Stimme, in der Hoffnung, keinen Verdacht zu erregen.

»Wie's beliebt«, zwitscherte die Magd und ging hüftschwingend hinter den Knechten hinaus, die soeben die zweite Ladung Wasser gebracht hatten.

Obwohl Marie beim Anblick des dampfend warmen Bades kaum an sich halten konnte, wartete sie, bis alle gegangen waren. Dann stürzte sie zur Tür, legte den Riegel vor und begann sich endlich zu entkleiden. Sie rückte sich einen Hocker neben den Zuber, auf dem sie das Tablett mit dem Essen bereitstellte, und dann ließ sie sich in das Wasser sinken. Sie mußte zwar die Beine so weit anziehen, daß die Knie aus dem Wasser standen, aber das minderte die Wohltat trotzdem nicht.

Seit sie in Bourges den Luxus regelmäßiger Bäder kennengelernt hatte, fiel es ihr schwer, darauf zu verzichten. Vorsichtig legte sie den Kopf auf den hölzernen Rand des Zubers und schloß die Augen, während sie langsam und genüßlich eines der leckeren Pastetchen aß, die mit grober Hammelpastete gefüllt waren, ihr aber trotzdem so mundeten, als kämen sie direkt von der Tafel des Königs.

Karl von Valois würde nach Paris aufbrechen; Ivo de Chazan hatte es ihr im Verlauf ihres Ritts erzählt. Seine Ratgeber hatten ihn endlich davon überzeugt, daß er das Herz seines Königreiches in Besitz nehmen mußte, wenn er ungestört herrschen wollte. Noch lauerte der Herzog von Burgund im Hintergrund, und niemand konnte genau sagen, wie weit dessen maßloser Ehrgeiz ging. Ganz zu schweigen von den Engländern, die sich nach wie vor das Recht auf die französische Krone anmaßten.

Das schnell kühler werdende Wasser mahnte sie, ihre Zeit

nicht zu verträumen. Marie benützte die grobe Seife, die ihr die Magd bereitgelegt hatte, um die letzten Spuren des Ritts zu beseitigen und die kurzen Haare zu waschen. Sie war dankbar dafür, daß diese Kammer keinen Spiegel besaß, denn der geschorene Schopf, so angenehm leicht er sich anfühlte, erinnerte sie ständig daran, daß sie ihren angestammten Platz in der Welt verloren hatte.

Im Grunde hatte sie ihn schon aufgegeben, als sie Thérèse gefolgt war. Der Aufenthalt bei Hofe war ohnedies nur ein Zwischenspiel gewesen, ein Traum, der nichts mit der Wirklichkeit zu tun hatte. Sie kam ohne Bedauern, ohne die Aufmerksamkeit des Königs aus, ohne den heimlichen Neid der anderen Hofdamen, ohne die zuckersüße Falschheit der Dame Angèle und die endlosen Gebete der Königin. Doch was wollte sie statt dessen?

Die Schande, die heimliche Geliebte Ivo de Chazans zu sein? Die Sicherheit geschlossener Klostermauern? Damit endete die Liste bereits. Was konnte sie tun? Allein, ohne Besitz, ohne Familie, mit nichts als einer Stimme, die Bewunderung erregte? Im Grunde belog sie sich ebenso, wie Le Diable es tat.

Sie wollte nur nicht dem hoffnungslosen Traum in die Augen sehen, den sie hegte. Die unsinnige Vorstellung, in der sie sich als geachtete und ehrbare Gattin an der Seite Ivo de Chazans sah, als Gattin, die ihm Kinder schenkte, seinem Haus vorstand und dafür sorgte, daß er sich nicht in seinen tollkühnen Abenteuern umbrachte.

In der Tiefe ihres Herzens wußte sie, daß dies ihr größter Wunsch war, aber ihr Verstand sagte ihr gleichzeitig, daß ein solcher Wunsch nichts als eine unverzeihliche Dummheit war. Daß sie nicht das Recht hatte, sich eine solche Zukunft auszumalen. Sie war eine Namenlose, eine Vergessene, wenn nicht gar bereits eine Tote. Sie blieb an Le Diables Seite, weil sie wußte, daß sie eine Aufgabe zu erledigen hatte. Daß sie einen längst vorgezeichneten Weg gehen mußte, einen Weg, dessen Ende noch nicht erreicht war.

Mit einem abgrundtiefen Seufzer erhob sie sich aus dem Wasser und griff nach einem Leinentuch, um sich abzutrocknen. Dann sah sie zweifelnd auf ihre schmutzstarrenden Kleider. Sie brachte es nicht über sich, Hemd und Wams erneut anzulegen, und so wagte sie sich kühn an das Bündel, das Le Diable hinter sich auf dem Sattel gehabt hatte und das er beim Eintreten in die Kammer einfach auf den nächsten Hocker geworfen hatte.

Zu ihrer Freude fand sie tatsächlich zwei frische Hemden, die zwar reichlich zerknittert waren, deren feines Leinen und elegante Spitzenverzierung indes den wählerischen Geschmack eines Mannes verrieten, der Wert auf Qualität legte. Marie schlüpfte aufatmend in das bescheidenere von beiden und wollte eben das Bündel wieder verschnüren, als ihr der Dolch entgegenfiel.

Eine feine, zierlich gearbeitete Waffe, eher geschaffen für die Hand einer Frau als für die eines Mannes. Kurz, aber tödlich scharf, der Stahl mit verschlungenen goldenen Ornamenten verziert. Ein fremdländisches, schönes Stück, das gut in der Hand lag und das sie ohne darüber nachzudenken unter das Kopfkissen des Betts schob.

In dem Wissen, eine solche Waffe in Reichweite zu haben, würde sie leichter die Ruhe finden, nach der sie sich jetzt sehnte. Ihre Kopfschmerzen waren zurückgekehrt, und sie sank unverzüglich in einen schweren, von düsteren Träumen heimgesuchten Schlaf.

Es waren die alten Bilder, die diesmal mit verschärfter Deutlichkeit und in allen Einzelheiten vor ihr standen. Der Mord an ihrer Mutter, der triumphierende Mörder, die Flammen, die das Schloß einhüllten, die fremden Soldaten, die plündernd durch die Gänge zogen und mit Fäusten und Waffen die schweren Türen einschlugen. Erst nach geraumer Zeit wurde ihr klar, daß letzteres kein Traum war, daß wirklich jemand an die Tür ihrer Kammer hämmerte und Einlaß begehrte. Jemand, der lästerlich fluchte und an dessen Wortwahl sie unzweifelhaft Le Diable erkannte. Trotzdem hielt sie die Waffe in der Hand, als sie vorsichtig den Riegel zurückschob und durch einen kleinen Spalt hinausspähte.

Er brach mitten im Wort ab, als er die grazile Gestalt sah, die nur eines seiner Hemden trug, das ihr bis zur Mitte der schlanken Oberschenkel reichte. Die nachlässig zusammengezogenen Bänder gaben die verführerische Rundung einer Brust frei, und in ihren weit aufgerissenen Augen schimmerte eine Verlockung, der kaum ein Heiliger widerstanden hätte.

Schnell schloß er die Tür hinter sich, legte den Riegel vor und wollte sie schon in die Arme nehmen, da sah er die gefährliche Waffe, die sie in der Rechten hielt.

»Beim Henker«, brummte er unwillig, nahm ihr vorsichtig den Dolch aus der Hand und warf ihn auf den Tisch. »Wofür hältst du das, Kleines? Für ein Spielzeug? Du hättest mich verletzen können.«

»Ich hatte Angst«, antwortete sie schlicht.

»Ach, Marie-Ange, mein kleiner Engel ...« Er drückte sie an sich und hauchte einen Kuß auf ihr Haar, das nun wieder hell und kupfern schimmerte. »Ich weiß, daß du dich fürchtest. Aber ich schwöre dir, daß es bald vorbei sein wird. Es tut mir leid, daß ich dich in diese Sache hineingezogen habe, aber du bist die einzige, die mir diesen verdammten Mönch zeigen kann ...«

Er küßte sie auf die Stirn, die Wangen, die Schläfe, dann fanden seine Lippen ihren Mund. Marie erschauerte. Der jähe Wechsel von Schlaf zu Wachen, von Furcht zu Leidenschaft war zuviel für ihre angespannten Nerven. Le Diable spürte es. Er hob sie sanft unter den Knien an und bettete sie wieder zwischen die Kissen und Decken, in die sie sich vorhin so wohlig gekuschelt hatte.

»Schlaf, mein Engel ...«

»Ihr müßt hungrig sein«, murmelte Marie. »Und das Badewasser ist längst kalt ...«

»Ich war im Badehaus, mein Herz. Ich dachte, man merkt es.« Es war einer seiner seltenen Scherze, und Marie fragte sich, ob sie nicht schon träumte – er hatte sie doch ›mein Herz‹ genannt, oder nicht?

Dieses Mal störten keine Alpträume ihren Schlummer. Ihre

tiefen und ruhigen Atemzüge waren das einzige Geräusch in der stillen Kammer. Ivo de Chazan hatte einen Fensterflügel geöffnet und starrte zwischen den gegenüberliegenden spitzen Dächern hindurch auf das silbrig schimmernde Band des Flusses, das im hereinbrechenden Abendlicht immer dunkler und tiefer wirkte.

Immer wieder schüttelte er den Kopf. Sein eigenes Verhalten verblüffte ihn. Er hatte Marie zu Bett geschickt, obwohl ihn sein Verlangen nach ihr wie ein ständiger, niemals befriedigter Hunger plagte. Er hatte seine eigenen Wünsche für ihr Wohl geopfert. Er konnte sich nur zu genau erinnern, wann er so etwas zum letzten Male getan hatte. Und er hatte es bereut. Würde er es auch dieses Mal bereuen müssen?

22. Kapitel

Marie verzog das Gesicht, als sie die Hosen und das Wams erblickte, die neben ihrem Bett lagen. Sauber, neu und mit dezentem Paspelbesatz hätten sie das Herz eines richtigen Pagen vermutlich entzückt, aber sie sah nur, daß es einmal mehr Männerkleider waren. Es mißfiel ihr, diese Rolle zu spielen.

»Kann ich nicht das Gewand einer normalen Bürgerin tragen?« bat sie Le Diable flehend, der soeben seine Stiefel anlegte. »Die kurzen Haare könnte ich unter einer Haube verbergen.«

»Und was meinst du, was unser reizender Wirt zu der Tatsache sagt, daß wir als Herr und Page gekommen sind und als Mann und Frau gehen?« erkundigte sich Ivo de Chazan stirnrunzelnd. »Fühlst du dich imstande, mich zu begleiten? Im Universitätsviertel wirst du in diesen Kleidern nicht so vielen Gefahren ausgesetzt sein.«

»Das Universitätsviertel? Was wollen wir dort?« Marie dehnte sich wie ein Kätzchen und kroch widerwillig aus dem

Bett. Auf dem Tisch fand sie eine Waschschüssel und einen Krug Wasser sowie ein frisches Leinentuch.

Le Diable sah ihr bei der morgendlichen Toilette zu, erfreut über den Anblick, den sie in ihrem zu großen Hemd und mit den bloßen Füßen bot.

»Seine Eminenz der Bischof hat eine Menge Freunde an der Universität von Paris«, erklärte er. »In ihrem Kreise fühlt er sich sicher, denn die einfachen Bürger haben ihn nicht gerade mit offenen Armen empfangen. Man macht es ihm mehr und mehr zum Vorwurf, daß er das Tribunal geleitet hat, das *La Pucelle*, die Jungfrau, auf den Scheiterhaufen geschickt hat. Von den Engländern hat man nichts anderes erwartet, aber von einem Franzosen, und noch dazu von einem Bischof ...«

Marie schlüpfte so blitzschnell in das Knaben-Wams, daß er nicht mehr als einen Schatten sah. Sie befestigte die Schnallen und Schnüre und zupfte die Manschetten zurecht. Dann griff sie nach der Bürste, die sich ebenfalls bei ihren neuen Sachen befand, und machte sich energisch daran, das wilde Lockengewirr auf ihrem Kopf zu glätten. Doch die Locken, die sonst glatt gezogen wurden, weil ihre langen Haare so schwer waren, zeigten sich nun ausgesprochen widerspenstig und ringelten sich in alle Richtungen, sobald sie die Bürste wieder sinken ließ.

»Wenn dieser Bischof Mordanschläge plant und Helfer wie den schrecklichen Mönch hat, dann kann ich es den einfachen Leuten in dieser Stadt nicht verübeln, daß sie ihn verabscheuen«, murmelte Marie. »Ich teile ihre Meinung, ohne ihn zu kennen. Was habt Ihr vor?«

»Wir sehen uns um«, meinte Le Diable nur.

Marie sollte bald erkennen, was sich hinter dieser knappen Bemerkung verbarg. Die folgenden Tage verschwendeten sie in dem vergeblichen Versuch, Eingang in den Haushalt seiner Eminenz zu finden.

Doch weder die Fuhrknechte noch die Boten, die Händler oder die Soldaten bekamen den Bischof jemals zu Gesicht. Er hatte sich in seinem schönen Stadthaus förmlich verbarrikadiert, und wenn auch viele Mönche und Priester dort ein- und ausgingen, so entdeckte Marie doch kein bekanntes Gesicht unter ihnen.

»Es hat keinen Sinn«, meinte Ivo de Chazan schließlich. »Wir verschwenden unsere Zeit auf der Suche nach einem Phantom.«

»Und jene Leute, die Fatma fortgeschickt haben?« wandte Marie ein. »Ich habe es nicht veranlaßt. Es muß jemand gewesen sein, der über meinen Kopf hinweg einen Plan verfolgt hat, von dem ich keine Ahnung hatte.«

Le Diable runzelte die Stirn. »Es war die Dame Angèle de Saint Pol, die Haushofmeisterin der Königin. Sicher keine besonders sympathische Person, aber doch eine Edelfrau ohne jeden Tadel. Sie ist der Königin treu ergeben, und nicht einmal der böse Skandal um ihren Mann konnte ihrem Ruf nachhaltig schaden ...«

»Welcher Skandal?«

Normalerweise interessierte sich Marie nicht für den Hofklatsch, aber Einzelheiten über die Mutter des Edelmannes Gilles mit den aufdringlichen Händen erschienen ihr plötzlich wichtig zu sein.

Le Diable zuckte mit den Schultern. »Genaues weiß eigentlich niemand. Es hat etwas mit dem Brand im Stadthaus der Mesnières zu tun, und der Graf von Mesnières besitzt seit jener Zeit die besondere Aufmerksamkeit des Königs. Wie es scheint, hat sein Bruder, Guy de St. Doye, der Gatte von Dame Angèle, der bei jenem Brand ums Leben kam, so abscheuliche Verbrechen begangen, daß niemand außer dem König nähere Einzelheiten darüber kennt.«

»Guy de St. Doye ...« Der Name kam Marie bekannt vor, obwohl sie nicht wußte, weshalb. »Wißt Ihr mehr über die Angelegenheit?«

»Genaueres könnte höchstens Colin D'Harigny wissen«, räumte Le Diable ein. »Er hat in die Familie eingeheiratet.«

»Ihr kennt ihn?« Marie erinnerte sich an den sympathischen Edelmann mit den wundervollen blauen Augen, den sie in Bourges getroffen hatte.

»Du offensichtlich auch«, knurrte Ivo de Chazan, der einen unkontrollierten Anfall von Eifersucht bekam, als er Maries Lächeln bemerkte.

»Er hat mich in mein Gemach geleitet, an jenem Festabend, als Ihr nicht ...« Marie brach ab und errötete schamhaft. Sie wollte nicht mehr an jene Zeit denken.

Merkwürdigerweise erging es Le Diable genauso. Er hatte kein besonders gutes Gefühl in dieser Angelegenheit, obwohl er sich doch eigentlich im Recht hätte befinden müssen.

»D'Harigny hat eine Tochter des Grafen Mesnières geheiratet«, erklärte er. »Eine hinreißende Schönheit, wie behauptet wird. Sie hat aus einem unserer tapfersten Ritter und Feldhauptleute einen zahmen Hauskater gemacht, der sich mehr um seine Güter und plärrenden Kinder als um den Kampf kümmert.«

Marie unterdrückte ein trauriges Lächeln. Was Le Diable von diesen ›Hauskatern‹ hielt, war nicht mißzuverstehen.

Sie konnte es dem Seigneur d'Harigny nicht vorwerfen, daß er seine Familie wichtiger fand als alles andere.

Aber vermutlich konnte man das nur verstehen, wenn man selbst keine hatte. Wenn man eine Ausgestoßene war.

»Weshalb war Dame Angèle daran gelegen, mich von Fatma zu trennen?« Marie kam wieder auf den Ausgangspunkt des Gespräches zurück. »Pernelle, die Fatma ersetzte, war eine eigenartige, selbstherrliche Person. Sie mißachtete jede Bitte von mir und setzte ihren Ehrgeiz darein, mich so zu schmücken, daß es hart an der Grenze des guten Geschmacks war.«

»Weshalb hast du dir das gefallen lassen?« wollte Le Diable wissen.

Marie fühlte sich angegriffen und explodierte unversehens.

»Was erwartet Ihr? Oh, ihr Männer! Habt Ihr Euch ein einziges Mal, seit wir uns kennen, Gedanken darüber gemacht, was es bedeutet, nicht zu wissen, wer man ist? Ohne Schutz, ohne Familie, ohne Namen und ohne Vergangenheit und Zukunft zu sein? Verachtet, machtlos, herumgestoßen und benutzt zu werden von Euch, vom König, von anderen?« Ihre klare Stimme hallte in seinen Ohren wider. Nein, Ivo de Chazan hatte sich nie Gedanken darüber gemacht. Für ihn war Marie nicht machtlos. Ganz im Gegenteil. Sie besaß einen Einfluß auf ihn, von dessen Macht sie keine Ahnung hatte. Und solange er es verhindern könnte, würde sie es auch nie erfahren. Er würde sich nicht einer Frau ausliefern, auch wenn sie so faszinierend und verführerisch wie diese war.

»Ihr übertreibt«, sagte er deswegen so ungerührt, daß Marie wütend mit dem Fuß aufstampfte.

»Ich übertreibe!« wiederholte sie empört. »Natürlich. In dieser Welt, in der Männer bestimmen, muß eine Frau übertreiben, die es wagt, die Dinge beim Namen zu nennen. Wenn es nach Euch ginge, wären wir harmlose, hirnlose und anschmiegsame Geschöpfe, die nur dazu auf der Welt sind, ihrem Herrn und Meister zu dienen. Habt Ihr Euch einmal überlegt, daß, wäre es wirklich so, in jedem Nonnenkloster das pure Chaos herrschen müßte? Tut es aber nicht. Die Ordnung, die Strenge und die Vernunft, die dort ihren Sitz haben, täten dem Königshof gut.«

»Mir scheint, du sehnst dich danach ...« Ivo de Chazan begriff selbst nicht genau, weshalb er so wütend auf den schlanken, angriffslustigen Pagen war, der die Hände in die Hüften gestemmt vor ihm stand.

»Ich hätte es gewußt, wenn ich zur Nonne geboren wäre«, entgegnete Marie einfach. »Das Kloster hat mir eine Heimat geboten, aber ich konnte nicht länger bleiben. Ich habe eine Aufgabe zu erfüllen, die mich ruft.«

Ivo de Chazan packte sie aufgebracht an den Schultern und schüttelte sie in seiner üblichen, rücksichtslosen Art. »Die Aufgabe, den König zu ermorden?« rief er gereizt. »Das scheint mir nicht die richtige Beschäftigung für entflohene Novizinnen zu sein.«

»Geht das jetzt schon wieder von vorne los?« Marie, die mühsam versucht hatte, ihre Fassung zurückzugewinnen, verlor erneut die Fassung. »Dort ist die Tür. Geht zum Profoß von Paris und liefert mich aus. Bei allen Heiligen, entscheidet Euch doch endlich, ob Ihr mir glauben wollt oder nicht! Fehlt es Euch an der Intelligenz oder am Mut dafür?«

Sie hätte fast gelacht beim Blick in das fassungslose Männergesicht. Sprachlos und mit halb offenem Mund schaute Le Diable sie an. In den schwarzen Höllenaugen glomm jedoch schließlich eine Spur Bewunderung auf.

»Hab' ich dich je für ein zaghaftes Wesen gehalten? Ich muß meine Menschenkenntnis verloren haben«, räumte er ein und löste endlich den rohen Griff um ihre Schulter. Aber nur, um Marie dann wesentlich sanfter in die Arme zu ziehen und ihren Kopf an seiner Schulter zu bergen. »Zieh deine Krallen wieder ein. Ich will dir nichts Böses. Ich will nur verhindern, daß jene Mächte, die gegen den König arbeiten, in Paris erreichen, was in Chinon gescheitert ist. In wenigen Tagen wird die Stadt ihrem Souverän zujubeln, aber kann sie auch für seine Sicherheit garantieren?«

»Wenn Ihr Bedenken habt, dann sorgt dafür, daß er vor allen Angriffen abgeschirmt wird«, schlug Marie praktisch vor. »Daß Vorkoster sein Essen und seine Getränke prüfen, daß kein fremder Edelmann an ihn herankommt. Der Konnetabel und der Graf von Dunois werden Euch sicher dabei unterstützen. Wenn es so einfach wäre, den König zu töten, hätte man sich nicht auf so verstohlen umständliche Art meiner Person bedienen müssen.«

Das, was sie sagte, klang logisch, aber Le Diable runzelte trotzdem die Stirn. Er wollte die junge Frau nicht weiter darauf hinweisen, daß ihre Rolle in dem schrecklichen Drama von Chinon ebenfalls die eines Opfers gewesen war.

Der Unbekannte, der den König töten wollte, hatte eine Täterin präsentiert. Eine Mörderin, die keine Verteidiger gehabt und die ihr Leben verloren hätte, wenn sich Le Diable nicht eingemischt hätte. Da ja so deutlich gewesen war, wer der ›Schuldige‹ war, nachdem man sie auf frischer Tat ertappt hatte, wäre doch niemand auf die Idee gekommen, jemand anderen zu verdächtigen.

Und dennoch: war die Nachtigall des Königs benutzt worden

oder hatte man sie absichtlich ausgewählt? Wenn ja, würde es bedeuten, daß man auch nach ihrem Leben trachtete. Daß man sie beseitigen wollte, aus welchen Gründen auch immer. Welches Geheimnis verbarg Marie-Ange, das so tödlich war, daß es mit ihr begraben werden sollte?

Dennoch schien ihr Vorschlag die einzige Möglichkeit zu sein, die Gefahr in Grenzen zu halten. »Du hast recht, mein Engel«, gab er zögernd zu. »Ich muß dem Troß des Königs entgegenreiten und mit Dunois und Richemont sprechen.«

»Und ich?« Marie hob den Kopf und schaute ihn an. Le Diable wirkte nachdenklich, die Lippen hatte er zu einem schmalen Strich zusammengepreßt.

»Es gibt keine andere Möglichkeit, aber ich fürchte, du bist noch immer in Gefahr«, sagte er nach einem tiefen Atemzug. »Versprich mir, daß du in dieser Kammer bleibst, bis ich zurück bin? Verlaß sie keinen Schritt und sprich auch mit niemandem.«

»Wie stellt Ihr Euch das vor?« fragte Marie ärgerlich. »Möglicherweise dauert es Tage, bis Ihr wiederkommt.«

»Ich werde verbreiten, daß du Fieber hast und krank bist. Die Magd wird dich versorgen, mit dem nötigen Gold erreicht man alles. Der Wirt dieser Herberge weiß einen Zusatzverdienst zu schätzen ...«

Marie gefiel der Plan keineswegs besonders gut. So anstrengend die Suche im Universitätsviertel auch gewesen war, sie hatte es genossen und die Freiheit ihrer neuen, unweiblichen Kleidung schätzen gelernt. Sie wollte nicht Stunde um Stunde in dieser Kammer eingesperrt darauf warten, daß Le Diable wiederkam, geplagt von den eigenen Ahnungen und Phantasien, die sie fürchtete.

»Gehorche! Ich bitte dich darum!« Es waren die drei Worte ›ich bitte dich‹, die Marie entwaffneten. Ivo de Chazan gehörte nicht zu den Menschen, die diese Worte oft aussprachen.

Er nahm sich, forderte oder bestimmte.

Bitten hatte sie ihn noch nie gehört.

Irgendwann in seinem stürmischen Leben mußte er es verlernt haben, denn Marie war sich sicher, daß ihn die Frau, die den Rosengarten angelegt hatte, dieses Wort gelehrt hatte. Sie nickte widerstrebend. »Ich gehorche! Versprecht Ihr mir, daß Ihr bald zurückkehrt?«

»Hast du Angst, daß ich dich alleine hier zurücklasse? Du hast mein Wort, daß ich wiederkomme.«

Ihre Blicke trafen sich. Marie wußte, daß sie nicht mehr verlangen konnte. Wenn er schon sein Wort verpfändete, durfte sie es nicht anzweifeln, sonst verletzte sie seinen Stolz. »Ich glaube Euch«, murmelte sie und erwiderte den leidenschaftlichen Kuß, mit dem sie beide dieses Abkommen besiegelten.

Doch dieser Glaube fiel ihr schwerer und schwerer, als die Tage mit quälender Langsamkeit vorüberglitten. Es schien ihr, als kenne sie mittlerweile jedes Astloch in den Balken der Decke und die Stimme eines jeden Hausierers, der gebackene Pasteten, Messerschleifen oder neue Bänder für die Damen anpries. Paris rüstete sich zum Empfang des Königs, und seine Ankunft warf bereits ihre Schatten voraus.

Marie hatte die Eintönigkeit ebenso satt wie die dralle Magd, die es sich offensichtlich zum Anliegen gemacht hatte, den hübschen Pagen zu verführen. Sie ließ keine Gelegenheit aus, seinen Arm zu berühren, ihn zu bewundern oder ihm den üppigen Anblick ihres gewaltigen, kaum gebändigten Busens zu gönnen. Anfangs amüsierte sich die junge Frau darüber, aber als die andere gar nicht aufgab, fühlte sie leichte Verzweiflung.

An diesem Morgen hatte Jeannette sich in einen prächtigen blauen Rock, ein schwarzes Mieder und eine weiße Bluse gezwängt, die kaum diesen Namen verdiente. Der Stoff spannte über ihrer Figur, und sie drückte sich an Marie, die neben dem Fenster stand und düster auf die Straße hinausstarrte, wo mehr Menschen als je zuvor unterwegs waren und vorübereilten.

»Nun, Ihr seid doch längst wieder gesund, junger Herr«, säuselte sie dabei. »Wollt Ihr mich nicht zum Empfang des Königs begleiten? Man sagt, daß er das Stadttor gegen Mittag erreichen wird.«

»Der König kommt bereits heute?« Marie hatte keine Ahnung davon gehabt.

»So ist es«. Jeannette genoß es, ihre Neuigkeiten zu verkünden. »Nun, mein Hübscher? Wollt Ihr mich nicht doch begleiten?«

Sie drängte sich so nahe an Marie, daß jene nur zu deutlich riechen konnte, daß sie zwar neue Kleider trug, aber ihr Körper auch weiterhin nach einer Mischung aus Schweiß und Küchendünsten duftete. Sie wollte zurückweichen, doch in diesem Moment legte Jeannette einen Arm um ihre Schultern und berührte mit der flachen Hand ihren Oberkörper. Auch wenn Marie ihre Brüste bandagiert hatte, spürte Jeannette doch sofort, daß da unter dem weiten Pagenwams mehr war als nur die flachen Muskeln eines Mannes! Dafür kannte sie den Unterschied zwischen Mann und Frau viel zu gut.

Mit einem Schrei wich sie zurück und starrte Marie ungläubig aus weit aufgerissenen Augen an. »Ihr seid gar kein Mann! Ihr seid ...«

»Eine Frau, wie du, meine Liebe«, bestätigte Marie, des Theaters und der Mißverständnisse müde. »Es wurde Zeit, daß du es endlich merkst!«

»Und ich dachte schon ...« Jeannette unterbrach sich und begann plötzlich zu lachen. Sie schüttelte sich förmlich aus vor Lachen, und Marie bekam schon Angst, daß der bebende Busen das Mieder vollends sprengen würde. Endlich wischte sich die Magd die Lachtränen aus dem runden Gesicht und fand ihre Sprache wieder.

»Du bist das Schätzchen des Seigneurs, nicht wahr?« meinte sie kichernd. »So ein Halunke! Was hast du mit deinen Haaren gemacht? Haben Sie dich im Armenhaus geschoren? Es ist nicht leicht, sein Geld auf der Straße zu verdienen, was? Du kannst von Glück sagen, daß du einen Beschützer gefunden hast, auch wenn er reichlich finster dreinschaut. Hauptsache, er ist gut zu dir. Das ist er doch – oder?«

Marie protestierte nicht dagegen, daß Jeannette sie für eine Dirne hielt. Le Diable war ihr Beschützer, das stimmte schließlich. Und gut war er auch zu ihr, zumindest soweit ...

»Wie man's nimmt«, beantwortete sie die Frage schließlich.

»Er sperrt mich hier ein. Er hat verlangt, daß ich die Kammer nicht verlasse, bis er zurück ist.«

»Aber doch nicht heute!« widersprach Jeannette. »Heute kommt der König nach Paris, und alle Welt ist auf den Straßen. Es gehört sich nicht, daß du hier herumsitzt und Trübsal bläst an einem solchen Tag!«

Marie war da ganz ihrer Meinung. Etwas trieb sie hinaus und ließ sie das voreilige Versprechen vergessen, das sie Le Diable gegeben hatte. »Aber was soll ich tun? Ich hab' ja nicht einmal andere Kleider, nur diese. Und so will ich nicht hinausgehen.«

Es war ein Gefühl, daß Jeannette verstehen konnte. »Ich helfe dir!« verkündete sie kurzentschlossen. »Wir müssen zusammenhalten, findest du nicht? Ich werde sehen, was ich für dich auftreiben kann. Warte hier!«

Ehe Marie antworten konnte, war sie schon hinausgewirbelt. Der König kam nach Paris. Marie versuchte ihre Gedanken zu ordnen. Wo war Ivo de Chazan? Weshalb hatte er ihr nicht wenigstens eine Nachricht geschickt? Aber durch wen? Jeder Bote hätte bedeutet, daß er ihre Existenz verriet. Sie fühlte förmlich die Zwickmühle, in der Le Diable steckte. Er konnte nur persönlich kommen, und dazu war im Moment keine Möglichkeit, wenn er sich unter den Männern des Königs befand.

»So!« Jeannette kehrte mit einem Bündel unter dem Arm zurück und breitete ihre Schätze auf Maries Bett aus. Es handelte sich um einen grauen, halbwegs sauberen Rock, ein grobes Leinenhemd, ein braunes Schnürmieder sowie eine ordentliche, weiße Flügelhaube. Die Tracht einer sittsamen Magd.

»Leider habe ich keine Schuhe«, bedauerte sie. »Du wirst diese Stiefel darunter tragen müssen, wenn du nicht barfuß gehen willst. Worauf wartest du? Zieh dich um, komm schon. Wir wollen doch keine Zeit versäumen. Ich nehm' dich mit, du bist das erste Mal in Paris, nicht wahr?«

Marie nickte mit dem Kopf und streifte das Wams und die Hosen ab. Für einen Moment zögerte sie und fragte sich, ob sie anstelle des Hemdes ihr eigenes, wesentlich feineres behalten sollte. Doch es war so kurz, wie es bei Männern üblich war, und für einen Rock erschien es ihr viel zu knapp, wenn sie keine zusätzlichen Unterröcke besaß.

»Schön bist du«, stellte Jeannette anerkennend fest und betrachtete den makellosen Rücken, über den Marie nun das Hemd streifte, und die zerbrechlich schmale Taille. »Du könntest einen Edelmann verführen. Weißt du das? Was hast du da auf der Schulter?«

»Ein Muttermal«. Marie zuckte mit den Schultern. Sie dachte nie an dieses Mal, und sie verriet der anderen auch nicht, daß Ivo de Chazan tatsächlich ein Edelmann war.

»Es sieht aus wie ein Stern«, fand Jeannette. »Ein Schmuck für unsereinen, der weder über Gold noch edle Steine verfügt. Ist der Seigneur dein erster Beschützer? Ist er nett zu dir?«

Marie nickte. Bei Jeannette mußte man nicht viel sagen, die redete wie ein Wasserfall, und sie war so begeistert über das Abenteuer, daß sie an Stelle des amourösen Erlebnisses bekam, daß sie anerkennend nickte, als Marie schließlich vor ihr stand.

»Schön bist du!« wiederholte sie neidlos. »Und jetzt komm, wenn wir uns eilen, sind wir noch vor dem König auf dem Vorplatz von Nôtre Dame und können uns einen guten Platz sichern. Ich kenne ganz gut einen der Priester, die dort die normale Messe lesen, und er hat mir versprochen, einen Platz für mich freizuhalten.«

Marie ahnte, daß es keine sehr fromme Bekanntschaft war, die den Priester und die Kneipenmagd verband, aber sie machte keine Bemerkung darüber. Sie hatte das Recht verloren, über einen frommen Mann zu urteilen, der seine Gelübde brach. Sie eilte hinter Jeannette her und tauchte in das Gewimmel der Bürger von Paris, die alle in die Richtung der großen Kathedrale mit den Zwillingstürmen strebten, die sich gegen den hellen Himmel dieses Sonnentages wie Stein gewordene Spitze abzeichneten.

23. Kapitel

Der König, der die Nacht in der Abtei von St. Denis verbracht hatte, präsentierte sich der Bevölkerung von Paris im vollen Glanz seiner Macht. Zu Pferd und mit einem goldbestickten, juwelenverzierten Wams, das seine schmächtigen Schultern kaschierte, die unruhigen Augen unter dem Schatten des Kronenhutes verborgen, bot er in der Tat einen majestätischen Anblick. Die Pariser jubelten ihm indes weniger aus Respekt als aus Erleichterung zu. Ihnen war es völlig egal, ob sein Vater der König oder dessen Bruder Orleans gewesen war, Hauptsache, er brachte ihnen den Frieden, der es ihnen ermöglichte, ihre einstmals so reiche und mächtige Stadt wieder aufzubauen.

Seine Ratgeber, die ihn umgaben und beschützten, musterten die Menge mit kritischen Blicken, und die breite Phalanx der Bewaffneten demonstrierte Macht und Autorität. Als der Troß endlich die Ile de la Cité erreicht hatte und der König vor den Stufen von Nôtre Dame aus dem Sattel stieg, stand die Sonne bereits hoch am Firmament. Niemand erinnerte sich an diesem Tag an den schmächtigen, verlachten Prinzen, der als elftes Kind einer allgemein verhaßten Mutter und fünfter Sohn des Königs lediglich den Titel eines Grafen von Ponthieu besessen hatte, ehe ihn die Ereignisse als einzigen Erben der Krone am Leben ließen.

Auch Marie beugte mit allen anderen das Knie. Sie konnte kaum glauben, daß sie noch vor wenigen Wochen im Arbeitskabinett des Königs musiziert hatte, daß sie Teil dieses prächtigen Schauspiels gewesen war, das sie nun mit ganz anderen Augen betrachtete.

Sie versuchte unter den Streitern des Königs Le Diable zu entdecken, aber es gelang ihr nicht in der drängenden Menge. Von allen Seiten wurde sie geschubst und gestoßen. Sie hatte Mühe, Seanette nicht zu verlieren, bis diese sie um das Handgelenk faßte und zu einem Seiteneingang des großen Gotteshauses zog. Marie warf einen bewundernden Blick nach oben, wo das steinerne Maßwerk sich in zierlichen Bögen türmte, während Jeannette mit beiden Beinen auf der Erde blieb und sich um ihr Fortkommen kümmerte.

Niemand beachtete die beiden ungleichen Frauen in ihrem ärmlichen Sonntagsstaat. Alle Augen waren auf das große Portal gerichtet, wo der Bischof von Paris den König unter den achtundzwanzig Statuen der Könige von Israel und Judäa empfing. Jeannette wollte zum Eingang der Sakristei, der neben dem Portal des heiligen Stephans lag. Dort wartete ihr Gönner, der versprochen hatte, daß sie dem wichtigen Spektakel im Schutze einer der zahllosen Kapellen, die das Innere der großen Kirche wie ein Kranz umgaben, folgen dürfte.

»Wer ist das Mädchen?« murrte der verblüffte Geistliche unwillig, als Jeannette mit ihrer neugewonnenen Freundin auftauchte. »Hab' ich dir nicht gesagt, du sollst allein kommen? Denkst du, es ist ein Kinderspiel für mich, dich heimlich hier hineinzuschmuggeln?«

»Jetzt habt Euch nicht so«, erklärte Jeannette fröhlich. »Ihr werdet es schon nicht bereuen, mir einen Gefallen getan zu haben. Meine Freundin ist ohnehin so schmal und schlank, die findet hinter jeder Säule einen Platz!«

Das Geläut der Glocken schwoll zu einem donnernden Triumph an, und der Abbé verzichtete auf weitere Debatten. Er trat zur Seite und winkte die beiden Frauen in einen schmalen, düsteren Gang, in dem es so betäubend nach Feuchtigkeit, Moder und Weihrauch roch, daß Marie im ersten Moment kaum Luft bekam. Hastig bekreuzigte sie sich.

»So kommt doch!« zischte er und unterstrich seine Worte mit einer hastigen Handbewegung.

Jeannette und Marie stolperten über eine verborgene Stufe und fanden sich in einem schmalen Kämmerchen, wo in ordentlichen Regalen Kerzen in allen Größen und Formen lagerten. Durch eine enge Pforte gelangen sie in einen weiteren Gang, der entstanden war, als die Kapelle, hinter der sie sich jetzt befanden, für das Grab eines längst verstorbenen Domherrn umgebaut worden war. Der Gang endete hinter dem dreiflügeligen großen Tafelaltar, der bunte Szenen der Auferstehung Christi zeigte. Gegenüber, zwischen den Säulen, ragte der mächtige Hauptaltar auf, wo die Chorherren, Mönche, Priester und Bischöfe im Staat ihrer prächtigen Ornate auf den König warteten.

»Kein Wort, und wagt es nicht, auch nur einen Fingerbreit von der Stelle zu weichen«, raunte der Abbé. »Ich komme nach der Messe und hole Euch wieder ab!«

»Keine Angst, wir passen auf«, wisperte Jeannette, bereits völlig von dem Schauspiel in Anspruch genommen, das vor ihren Augen ablief. Marie starrte ebenfalls nach vorne, jedoch mit so marmorbleichem, angespanntem Gesicht, daß sie selbst wie eine der gemalten Figuren auf dem Altarbild wirkte. Eine schlichte Madonna, die eben erst begriffen hat, daß sie den Ereignissen machtlos ausgeliefert ist. Sie spürte kaum, daß Jeannette sie in die Seite puffte.

»Siehst du die pompösen Gewänder?« flüsterte sie dicht an ihrem Ohr. »Man könnte neidisch werden, findest du nicht? Aus diesem lila Chorrock zum Beispiel könnte man eine prächtige Robe machen. Weshalb die Kirche, die Armut und Bescheidenheit predigt, sich derart schmückt, möchte ich zu gern einmal wissen.«

Marie kam zu sich und massierte sich die schmerzenden Schläfen. Sie kämpfte erneut gegen das mächtige, absonderliche Empfinden, nicht länger dem eigenen, freien Willen unterworfen zu sein. Sich in einer Situation zu befinden, in der sie tat, was vor langen Zeiten vorherbestimmt worden war.

»Der König, sieh nur! Das muß der König sein.«

Sie betrachtete ihn mit geübtem Blick.

»Was er für häßliche Beine hat«, stellte Jeanette dann fest. »Auf dem Pferd hat er mir besser gefallen. Er sollte immer nur reiten, wenn er Respekt erwartet.«

Über Maries blutleeres Gesicht glitt der Schatten eines Lächelns. Ob die Mächtigen wußten, wie gnadenlos sie vom Volk beurteilt wurden? Von jenen, die ohnehin nichts zu verlieren hatten?

»Er kann schlecht in die Kirche reiten«, raunte sie. »Auch wenn diese groß genug dafür wäre.«

Das wiederum reizte Jeannette zu einem Kichern. »Der Griesgrämige, an der Seite des Königs, der grauhaarige Krieger mit den vielen Falten im Gesicht. Ich wüßte nur zu gerne, wer das ist...«

»Der Konnetabel Richemont«, murmelte Marie. »Und auf seiner anderen Seite geht der Graf von Dunois. Dort hinten, das sind die Feldhauptleute...«

»Zum Henker, du kennst diese Männer?« Jeannette wandte kurz den Kopf und sah Marie an. Blankes Erstaunen malte sich auf ihren Zügen ab.

Marie merkte erst jetzt, daß sie sich fast verplappert hätte, und versuchte zu korrigieren. »Ich war in Bourges, als der König dort einzog. Der Seigneur hat sie mir gezeigt, und ich kann Gesichter gut behalten...«

Zufriedengestellt von der plausibel klingenden Erklärung wandte Jeannette sich wieder dem König und seinem Gefolge zu. Sie wollte nicht einen Moment dieses Geschehens verpassen. Marie, die gut einen Kopf größer war, konnte ohne Schwierigkeiten über sie hinwegsehen. Sie erkannte, daß die Feldhauptleute wie auf Kommando einen Halbkreis um den König bildeten, der nicht nur prächtig wirkte, sondern ihn sicher auch schützen sollte.

In diesem Moment entdeckte sie Ivo de Chazan. Zum ersten Male sah sie ihn in vollem glänzendem, kriegerischem Staat, und ihr Herz weitete sich vor Liebe zu ihm. Er trug das schwarz-rote Wappenhemd der Chazans über einem blankpolierten Harnisch, das Schwert an der Seite und den Kopf mit den schimmernd schwarzen Haaren unbedeckt. Den Helm mit dem schwarz-roten Federbusch unter dem Arm, blickte er reglos nach vorn, dorthin, wo der König eben das Knie vor dem Altar beugte.

Er erinnerte Marie an eine straff gespannte, dunkle Bogensehne. Dies war ein Krieger, ein Mann, bereit, sich in den Kampf zu werfen, ohne Rücksicht auf das eigene Leben. Seine Härte, sein Mut und seine streitbare Haltung schüchterten sie ein, und sie mußte sich zwingen, sich daran zu erinnern, daß es auch einen anderen Ivo de Chazan gab. Einen zärtlichen, liebenswürdigen, spöttischen und besorgten Liebsten, der allerdings viel zu selten unter dieser harten Schale zum Vorschein kam.

Die Messe hatte längst begonnen, als sie mühsam in die Wirklichkeit zurückfand. Dies war nicht der Ort, über ihre verzweifelte Liebe nachzusinnen. Aus der Macht der Gewohnheit folgte sie der frommen Liturgie und bewegte stumm die Lippen. Jeannette hingegen bekreuzigte sich nur hastig und ließ ihre Blicke dann weiter über die Begleitung des Königs, seinen umfangreichen Hofstaat und die Mächtigen der Stadt Paris wandern, die nun das Kirchenschiff gefüllt hatten und mit ihrem Herrscher zusammen Gott für den neugewonnenen Frieden dankten. Sie hatten das vor ein paar Jahren auch anläßlich der Krönung des englischen Königs zum Monarchen von Frankreich getan, aber daran wollte sich im Moment niemand mehr entsinnen.

Die angesehenen Bürger waren nicht weniger prächtig anzuschauen als die Edelleute. Marie erlag ebenfalls der Versuchung, ihre Blicke wandern zu lassen, während die frommen Gesänge und Gebete in geschraubtem Latein an ihrem Ohr vorbeirauschten. Die Vertreter der Bürgerschaft und der Zünfte standen an diesem Tag gleichberechtigt neben dem Adel, und mancher erhoffte sich von dieser Tatsache mehr Einfluß und Macht für die Stadt.

Maries Aufmerksamkeit wurde von einer gedrungenen, prächtig gewandeten Gestalt gefesselt, die sich so weit im Schatten hielt, daß sie nur den Schimmer von Pelz und das Glimmen eines Edelsteines sah. Es war wie ein Zwang, immer wieder mußte sie dorthin schauen, obwohl sie kaum Genaueres wahrnehmen konnte. Einmal, als der Mann seine Stellung änderte, sah sie, daß er eine goldene Gliederkette mit einem Mondstein-Anhänger trug. Der Stein schien ein eigenes Leben zu besitzen. Milchig und sanft glühte er im Dunkel wie ein winziger Stern. Ein Licht, das Marie zu sich rief und sie aufforderte zu kommen.

»Bist du verrückt, was tust du?« Jeannette packte Marie gerade noch rechtzeitig, bevor sie aus ihrem Versteck schlüpfen konnte. »Du kannst hier nicht weg!«

»Ich muß«, widersetzte sich Marie.

»Unsinn! Willst du mich in Schwierigkeiten bringen? Du weißt genau, daß wir ...«

»So laß mich!« Marie riß sich los und kümmerte sich nicht um Jeannette, die hilflos dabei zusah, wie ihre Gefährtin aus dem Versteck kroch und an der Wand der kleinen Kapelle entlang zum Hauptschiff schlich.

»Heilige Mutter Gottes, sie ist verrückt«, seufzte sie entsetzt. »Man wird sie fassen und wieder ins Armenhaus stecken. Wie soll ich das nur ihrem Seigneur beibringen? Er wird mir den Kopf abreißen.«

Marie dankte für den Umstand, daß sich die meisten Lichter und Kerzen auf das Hauptschiff und den großen Altar konzentrierten. Da sie sich nach links wandte und auf Zehenspitzen in den rückwärtigen Teil des Gotteshauses schlich, verschwand sie für flüchtige Blicke in einem Meer aus Schatten und Körpern.

Wenn sie überhaupt jemandem auffiel, so sah er nur das blasse Oval eines Gesichtes, den bleichen Schatten einer Bluse, und ehe er sich fragen konnte, was eine Frau in so einfachem Gewand hier suchte, war sie bereits wieder von der samtigen Dunkelheit verschluckt.

Marie versuchte einen Bogen zu schlagen und in den Rücken des Mannes mit dem Mondstein zu kommen. Es war ihr gleichgültig, daß sie gegen den gesunden Menschenverstand handelte und mehr als leichtfertig ein gewaltiges Risiko einging. Sie handelte wie von einer unbekannten Macht angetrieben, als würde sie von einem Magneten angezogen, der sie ihren Weg finden ließ und verhinderte, daß sie aufgehalten wurde, ehe sie das tat, wozu sie bestimmt war.

Sie warf einen eher beiläufigen Blick nach links auf die bunte Rosette des prächtigen Glasfensters, das mit seinen zehn Metern Durchmesser einen Kreis aus Farbe und Licht auf die nah nebeneinander knieenden Menschen warf. An jedem anderen Tag wäre sie sicher von der Schönheit und Meisterschaft dieses Wunderwerkes aus buntem Glas angerührt gewesen, heute mied sie das Licht. Nun ging es lediglich darum, die unerwünschte Helligkeit zu meiden.

Auf der linken Seite der mächtigen Kathedrale zog sich eine Reihe weiterer, kleinerer Kapellen entlang, die der jungen Frau Schutz boten. Als sie ihrer Meinung nach ungefähr die richtige Höhe erreicht hatte, befand sie sich in einem winzigen Schrein, welcher der Muttergottes gewidmet war. Das Kind, das die Marienstatue an sich gedrückt trug, veranlaßte Marie dazu, sich erneut zu bekreuzigen.

»Steh mir bei, Herr Jesus!« flehte sie inbrünstig. »Gib, daß mein Mut und meine Kraft nicht wanken.«

Es fiel ihr schwer, diese kleine, so schützend wirkende Kapelle wieder zu verlassen. Während sich die Stimmen der Gläubigen zum Lobpreis Gottes vereinten, schob sie sich vor, bis sie sich hinter dem Mann mit dem Mondstein befand. Sie sah die massige Breite seiner verformten, unregelmäßigen Schultern, den Schimmer der Goldkette und den fromm geneigten Kopf, doch sie wußte, daß er nicht betete, sondern nur auf den richtigen Moment lauerte. Daß er wie sie den Fortgang der Messe verfolgte und den Segen des Bischofs nur als Signal für das Ende der Frömmigkeiten ansah.

Er war kostbar gekleidet, und der feine venezianische Samt seines Wamses paßte zu den braungoldenen Federn, die von seinem Barett hingen. Da er kniete, sah Marie, daß seine Füße in eleganten Schuhen aus spanischem Leder steckten und die dürren Beine in engen gewirkten Hosen aus feinstem Wolltuch.

Es war diese Pracht, die Marie verwirrte. Sie paßte so gar nicht zu der Aura aus Bösartigkeit und Haß, die ihn umgab. Zu dieser Ausstrahlung des Bösen schlechthin, die sie in dieser Ausschließlichkeit bisher nur bei einem einzigen Menschen gespürt hatte. Bei dem Mörder ihrer Mutter!

Bei dem Mönch, den sie mit Le Diable gesucht und nicht gefunden hatte, weil er längst kein Mönch mehr war. Weil er seine Gesichter und Kostüme wechselte wie das Böse selbst.

Ivo de Chazan, Edelmann des Königs von Frankreich und einer der wenigen im Kreise um den Konnetabel de Richemont und den Grafen Dunois, der von dem Anschlag wußte, der gegen das Leben des Königs geführt worden war, hatte Mühe, sich auf die frommen Rituale der Messe in Nôtre Dame zu konzentrieren. In seinen Augen war es heller Wahnsinn, den König diesem frommen Spektakel auszusetzen. Wäre es nach ihm gegangen, hätte er dafür plädiert, ohne Aufenthalt das alte Königsschloß des Louvre aufzusuchen, in dem seine Majestät wohnen wollte.

Charles verabscheute den Palast von St. Pol, in dem seine Mutter gestorben war und in dem sein vermeintlicher Vater, der König, die langen Jahre seines Wahnsinns verbracht hatte. Er wollte nicht dort wohnen, und niemand hatte ihm widersprochen. Als letzter hatte der englische Regent, der Herzog von Bedford, den weitläufigen Palast bewohnt. Eine Tatsache, die ebenfalls dazu beitrug, daß der König den Palast mied.

Da sich Karl von Valois jedoch auch geweigert hatte, in einen der anderen Paläste zu ziehen, die den Mächtigen seines Reiches gehörten oder sich in der Hand wohlhabender Bürger befanden, blieb nur noch die alte Königsburg des Louvre als Wohnsitz über.

Das Te Deum erklang, getragen von feierlichen Stimmen, durch den Dom, und Ivo de Chazan warf unter halb gesenkten Lidern einen weiteren, prüfenden Blick in die Runde. Die Reihe der Feldhauptleute stand wie eine Phalanx im Rücken des Königs. Die tapfersten Männer des Reiches schützten ihren Herrn mit ihrem Leben. Alle kannte er persönlich, und einige von ihnen schätzte er besonders.

Colin d'Harigny zum Beispiel, der noch an der Seite der Jungfrau Orleans befreit hatte. Den einäugigen Graf von Mesnières, der sein eines Auge bei der Belagerung von Compiègne eingebüßt hatte, und nicht zuletzt den strengen Richemont, Graf von Bretagne und Gatten der Schwester des Herzogs von Burgund. Philipp von Burgund hatte gehofft, den Seigneur de Richemont mit dieser Heirat auf seine Seite zu ziehen, aber er hatte sich verrechnet. Dieser Krieger blieb seinem König und dessen Schwiegermutter, Jolande von Aragon, Anjou, Sizilien und Jerusalem treu ergeben.

So wie alle Männer, die sich nun erhoben, um dem Monarchen das Geleit aus der Kathedrale zu geben, nachdem der Bischof seinen Segen ausgesprochen hatte. Ivo de Chazan preßte die Lippen aufeinander. Für ihn war Pierre Cauchon selbst im Ornat des Bischofs kein frommer Kirchenmann, sondern ein intriganter, ehrgeiziger Schuft, ähnlich wie Georges de la Trémoilles, der entmachtete Schatzkanzler, dessen unumschränkte Macht glücklicherweise längst der Vergangenheit angehörte.

Man sagte, Michel de Lassay, der Ritter Königin Jolandes, habe seine Finger im Spiel gehabt, als der Schatzkanzler entmachtet worden sei, aber Le Diable hatte sich damals auf dem Schlachtfeld befunden und nur Gerüchte darüber vernommen.

Sein Blick kreuzte sich mit dem des Sieur de Lassay, der sich wie er argwöhnisch umgesehen hatte. Eisblaue, kühle Sommeraugen, die sich mit dem dunklen, funkelnden Höllenblick trafen. Ein unmerkliches Nicken auf beiden Seiten. Keine besonderen Vorkommnisse. Hatte er die Gefahr übertrieben? Sich lächerlich gemacht mit seiner vehementen Forderung, das Leben des Königs in Paris mit allen verfügbaren Mitteln zu schützen? Hatte er sich von Maries Panik anstecken lassen?

Der König erhob sich von seinen Knien und schritt nun langsam durch die breite Gasse, die ihm die Menschen freigaben, auf den Lichtkreis der großen Rosette zu, die man auch das Wunder von Nôtre Dame nannte. In dem Moment jedoch, in dem er den Fuß in dieses bunte, funkelnde Rund setzte, geschahen so viele Dinge auf einmal, daß später nur die wenigsten von den Menschen, die dabei waren, genau sagen konnten, was sich wirklich ereignet hatte.

In den Reihen der prächtig gewandeten Edelmänner, Damen und Bürger kam es zu einer Bewegung, die sich fortsetzte wie eine Welle, bis sich ein gedrungener Mann freikämpfte, der sich mit blitzendem Dolch auf den König stürzte. Das ganze geschah indes so blitzschnell und überraschend, daß sogar der

Konnetabel de Richemont zur Seite taumelte. Als der Attentäter jedoch vor dem König aufragte, stand ebenso plötzlich eine andere, dritte Gestalt dazwischen.

Wie gelähmt erkannte Ivo de Chazan das Mädchen in der ärmlichen Tracht der bescheidenen Bürgerin. Die Bewegungen, die Anmut, die Geschmeidigkeit ließen nur einen Schluß zu, auch wenn er wegen der steifen Haube ihre Gesichtszüge nicht deutlich erkennen konnte.

Sein Herz wußte, daß es Marie-Ange war. Marie-Ange, die er in der Sicherheit der Herberge geglaubt hatte! Wie zum Teufel kam sie in die Kirche? Woher hatte sie diese Gewänder? Für einen Herzschlag lang überkamen ihn Zweifel und Zorn. Danach jedoch unverzüglich eine so grauenvolle, lähmende Angst, wie er sie noch nie verspürt hatte.

Der tödliche Dolch stieß zu! Der König wurde von Colin d'Harigny heftig zurückgerissen, und Marie-Ange brach mit einem leisen Laut des Schmerzes vor den Füßen des Monarchen in sich zusammen. Ein Laut, der Diable aus seiner Erstarrung weckte und ihn alles andere vergessen ließ. Der ihn die Qual, die Marie erfüllte, im eigenen Fleisch spüren ließ und alles auslöschte, was sie jemals getrennt hatte.

Er schoß vorwärts, bekam den Mörder am Wams zu fassen, aber er zögerte einen verhängnisvollen Augenblick zu lange, als er Richemonts befehlsgewohnte Stimme hörte. »Beim Henker. Das ist die Sängerin. Marie-Inconnue!«

Der Attentäter riß sich los, und Le Diable, zwischen dem Verlangen, seine hilflose Liebste zu schützen, und der Pflicht, dem Mann nachzulaufen, traf eine Entscheidung, von der er selbst am meisten überrascht wurde. Während andere Feldhauptleute dem Schurken nachsetzten, der mit teuflischer Geschicklichkeit in die Menge tauchte, sank er neben Marie auf die Knie und zog sie sacht in seine Arme.

Aus einer üblen Schulterwunde sickerte Blut, und ihr Antlitz war so leichenblaß. Ihre Lider flatterten, und mühsame Atemzüge hoben kaum merklich ihre Brust. Noch lebte sie.

»Marie-Ange! Um Himmels willen, Marie-Ange! Bitte, komm

zu dir ... bitte ... Du darfst nicht sterben! Nicht du! Verlaß mich nicht!« Es war Le Diable gar nicht bewußt, daß er diese flehenden Worte laut aussprach.

»An einer Schulterwunde stirbt niemand, Chazan!« mischte sich Colin d'Harigny ein, der das Mädchen erkannt hatte, das ihn in Bourges so nachhaltig beeindruckt hatte. »Allerdings wäre es vermutlich sinnvoll, diese Wunde zu verbinden. Wie in Dreiteufelsnamen kommt sie hierher?«

»Eine interessante Frage«, knurrte nun auch der Konnetabel de Richemont und runzelte die Stirn. »Meines Wissens ist das Mädchen in Chinon unter den Händen des Folterknechtes gestorben, der sie verhören sollte, weil sie einen Mordanschlag auf das Leben des Königs verübt hatte!«

»Ein Leben, das sie heute unzweifelhaft gerettet hat!« konstatierte Colin d'Harigny trocken. »Unsere ganzen Vorbereitungen hätten nichts genützt ohne ihr heldenhaftes Eingreifen. Sie hat ihr Leben in die Wagschale geworfen, um den König zu retten. Was geschieht mit ihr?«

»Sie ist verhaftet! Nehmt sie mit«, kommandierte der Konnetabel, der seine Blicke nicht von Ivo de Chazan nehmen konnte. Man sah ihm an, daß er schon dabei war, Schlüsse zu ziehen und Zusammenhänge herzustellen.

»Wahrhaftig, ein verwundetes Kind«, mischte sich jetzt auch der Graf von Mesnières ein, der an der Seite des Königs stand und bisher nichts gesagt hatte. »Wenn Ihr sie vernehmen wollt, Richemont, dann laßt ihr erst helfen. Wenn Ihr erlaubt, werde ich mich darum kümmern und dafür sorgen, daß Ihr später die Fragen stellen könnt, die Euch auf der Zunge liegen.«

»Nein!« Le Diable hob den Blick, den er bisher nicht von Maries reglosem Antlitz genommen hatte. »Ich sorge für sie. Sie ist ...«

»Den Teufel werdet Ihr tun!« brauste Richemont auf. »Ihr habt mir selbst eine Reihe von Fragen zu beantworten, mein Freund, und zwar unverzüglich. Ich möchte wetten, daß Ihr Eure Finger ...«

»Seigneurs!« Die ruhige, wenngleich ein wenig zittrige

Stimme des Königs setzte dem beginnenden Streit ein unmittelbares Ende. »Der Graf von Mesnières scheint mir genau der richtige Mann zu sein, Licht in diese Sache zu bringen. Ich unterstelle Marie-Inconnue seinem Schutz. Ich werde ihr Verhör persönlich führen, sobald sie dazu im Stande ist. Bis dahin werdet Ihr Euch nach meinen Befehlen richten. Alle werden dies tun!«

Der Graf von Mesnières winkte seinem Schwiegersohn, der die leichte Gestalt der ohnmächtigen Sängerin auf seine Arme nahm, und sie verließen die Kathedrale durch einen Seiteneingang, während der Auszug des Königs sich fortsetzte, als habe es die gefährliche Unterbrechung nie gegeben.

Ivo de Chazan blieb stehen und sah dem Grafen nach, der Marie davontrug. Seine Fäuste ballten sich, und er mußte sich zusammenreißen, um dem Befehl des Königs zu folgen. Nicht daß er Mesnières mißtraute, schon eher Marie. Jedes Mal, wenn er sie allein ließ, fand er sie in einer noch gefährlicheren und noch auswegloseren Situation wieder.

»Kommt, Chazan, Ihr bleibt an meiner Seite, und betet zu Gott, daß Ihr eine plausible Erklärung für die Rätsel habt, die Ihr mir aufgebt! Ich habe Euch bisher für einen aufrechten und vertrauenswürdigen Lehnsmann unseres Königs gehalten!« knurrte der Konnetabel de Richemont und gab ihm einen groben Stoß, der ihn aus seinen Gedanken riß und ihm gleichzeitig klar machte, daß nicht nur Marie, sondern auch er selbst sich in Gefahr befand.

Er konnte von Glück sagen, daß der Konnetabel nicht auf der Stelle seine Festsetzung verlangt hatte. Doch wenn er unter Arrest stand, was konnte er dann für Marie tun? Wie sie retten?

Eine scharfkantige Form drückte sich in seine Handfläche, und erst jetzt wurde ihm bewußt, daß er etwas in der Faust hielt.

Etwas, das er dem Attentäter vom Wams gerissen hatte, als dieser sich aus seinem Griff befreit hatte. Unwillkürlich sah er darauf hinab. Es handelte sich um eine abgerissene Gliederkette aus schwerem Gold, in deren Mitte ein zierliches Kreuz hing, das eigentlich gar nicht zu dem für einen Mann geschaffenen Schmuckstück paßte.

Es war ein ziseliertes Silberkreuz mit einem großen Mondstein, der sanft und tröstlich im Halbdunkel der Kirche glühte. Ein Edelstein, der ihn an Marie erinnerte. Schön, aber undurchsichtig. Mysteriös und von einer Faszination, der er nicht widerstehen konnte.

24. Kapitel

Marie blickte in tiefgrüne, besorgte Augen. In ein Frauengesicht, das sie noch nie gesehen hatte und von dem sie doch wußte, daß sie es kannte. Das sich in allen Einzelheiten wie ein Bild aus fernen Träumen vor ihr zusammensetzte. Die junge Frau schien nur wenig älter als sie selbst zu sein, und ihre gelbe, schlichte Robe war von erlesener Eleganz. Sie bildete einen eigenwilligen Kontrast zu den flammend roten, ungebärdigen Haaren, die von einem Goldnetz nur mühsam gebändigt wurden.

»Wer seid Ihr?« murmelte sie heiser. »Ich könnte schwören, daß . . .«

»Daß du mich kennst, Marie?« unterbrach die andere und lächelte. Sie hatte eben die Stichwunde gesäubert und verteilte nun großzügig einen kühlen, kräuterduftenden Balsam darauf, der augenblicklich den tobenden Schmerz beruhigte, der von dort ausstrahlte. »Ich dachte mir, daß du es auch besitzt . . .«

»Was besitze ich?« Mit dem nachlassenden Schmerz erwachten Maries Lebensgeister wieder. »Wo bin ich? Wie komme ich hierher? Was ist passiert?« Sie versuchte sich aufzurichten, wurde aber sanft daran gehindert.

»Deine Wunde wird wieder zu bluten anfangen, wenn du nicht still liegst. Du bist im Louvre, Kind. Im Palast des Königs, und dort in den Räumen, die der Graf von Mesnières mit seiner

Familie bewohnt. Du wurdest vom König seinem Schutz anvertraut, obwohl dieser nicht ahnen konnte, wie sehr der Graf berechtigt ist, dein Leben und deine Sicherheit zu schützen. Willkommen zu Hause, Marie. Wir haben auf dich gewartet.«

»Ihr sprecht in Rätseln.« Marie sah ihr zu, wie sie die Wunde mit sauberen Leinenstreifen verband. »Wer seid Ihr? Wollt Ihr mir nicht Euren Namen sagen?«

»Ich bin Alison de Lassay, Marie. Die Tochter Richard de St. Doyes, des Grafen Mesnières und seiner Gattin Melisande de Guînes.«

Marie stutzte, weniger weil die Dame de Lassay diese Information besonders betonte, als vielmehr, weil all diese Namen plötzlich ein Echo in ihr weckten.

Ihr den Eindruck vermittelten, vor einer Tür zu stehen, die sich langsam öffnete und endlich den Blick auf Unbekanntes und doch Vertrautes freigab.

»Der Mönch, der Mann mit den steinernen Augen, er hat sie getötet, nicht wahr ... So wie er den König töten wollte. Er ist es, Guy de St. Doye, der Mörder ...«, murmelte sie wie in Trance, darauf gefaßt, ausgelacht zu werden, aber die Dame de Lassay nickte nur.

»Du weißt es also«, flüsterte sie heiser.

»Wer seid Ihr?« wiederholte Marie ihre Frage und verschlang ängstlich die Finger ineinander.

»Deine Schwester«, erwiderte Alison de Lassay. »Eine deiner Schwestern, Marie. Der Graf von Mesnières ist unser Vater, und Guy de St. Doye der Mörder unserer Mutter, sein schurkischer Bruder und das Verhängnis, das unser aller Leben überschattet.«

»Wie ist das möglich? Woher wollt Ihr das wissen? Wie es beweisen? Ich bin ein Findelkind. Niemand kennt meine Eltern, und außer einem Rosenkranz mit einem Mondstein befand sich nichts in meinem Steckkissen. Ich wurde vor der Pforte eines Klosters abgelegt, und niemand weiß, wer ich bin. Marie-Inconnue ... und den Rosenkranz habe ich auch verloren.« Marie sonst so schöne Stimme klang angestrengt, gebrochen. Sie wollte sich keine Hoffnungen machen, die doch nur wieder zerstört werden würden.

»Du besitzt noch etwas, Marie«, fügte Alison hinzu. Sie drehte der Verletzten ihre rechte Schulter zu und zog den weiten Ausschnitt ihres Kleides ein wenig zur Seite. Auf ihrer makellosen weißen Schulter befand sich der bräunliche Stern eines Muttermales. Exakt das gleiche Mal, das Marie auf ihrer eigenen Schulter hatte.

»Und du hast deine Träume, dein Wissen«, fuhr Alison fort. »Melisande de Guînes hat ihr Leben geopfert, um uns zu schützen, und sie hat jeder ihrer Töchter die geheimnisvolle Macht vererbt, das eigene Schicksal zu bestimmen. Ich habe die Bilder im Feuer gesehen, und ich wußte sofort, daß du es bist, als sie dich in dieses Gemach getragen haben. Vertrau dem, was du fühlst, Marie!«

Ihre Hände fanden sich zum festen Griff, und etwas von Alisons Ruhe und Zuversicht floß auf die Jüngere über. Mit einer Mischung aus verblüfftem Respekt und aufkeimender Zuneigung sah Marie in das makellose Antlitz.

Sie war noch zu fassungslos, um sich zu freuen. Zu verblüfft, um zu begreifen, daß sich mit einem Schlag ihr ganzes Leben geändert hatte. Zu verwirrt, um über diesen Augenblick hinauszudenken. Dafür kehrte die Erinnerung an die Dinge zurück, die sich unmittelbar zuvor ereignet hatten.

»Der König! Ist er in Sicherheit?«

»Du hast ihm das Leben gerettet, Marie«, bestätigte Alison. »Aber Guy de St. Doye ist einmal mehr entkommen. Ich nehme doch an, daß er es war, denn die Beschreibung trifft nur zu genau auf ihn zu.«

»Der Mörder unserer Mutter.« Marie nickte. »Ich habe ihn erkannt, wenngleich ich seinen Namen nicht wußte. Er verdient den hundertfachen Tod.«

»Er wird ihn finden«, erwiderte Alison mit eigentümlich flacher Stimme. »Aber erst, wenn alle vier Töchter von Melisande ihre Kräfte miteinander vereinen. Noch sind wir erst drei ...«

Sie unterbrach sich, als die Tür aufgestoßen wurde, und zu

Maries Erstaunen wirbelte eine zweite prächtig gekleidete Edeldame in den Raum, die bei ihrem Anblick stehenblieb, als sei sie gegen eine Mauer gelaufen.

»Sie ist . . .«, begann sie.

»Sie ist unsere Schwester, Nadine!« bestätigte Alison, die sich für einen Moment die Schläfen massierte und sich dann einen merklichen Ruck gab. »Gib ihr einen Kuß, aber achte auf ihre Schulterwunde. Danach wäre es vielleicht sinnvoll, wenn du unseren Vater und unsere Männer herbringst. Ich habe den Eindruck, Marie benötigt im Moment die Hilfe der ganzen Familie.«

Marie starrte die zweite Frau an, als sehe sie ein Gespenst. Obwohl sie eh schon bleich gewesen war, verlor sie nun auch den Rest von Farbe und war unfähig, sich zu bewegen. Das verzweifelte, schmerzverzerrte Gesicht ihrer sterbenden Mutter, hier war es lebendig, rosig, klar und schön, mit veilchenfarbenen Augen und einem zärtlichen Mund, der ihre Stirn küßte.

»Seid Ihr Melisande? Sie ist doch tot . . . gestorben von der Hand eines Mannes, der . . .« Marie brach ab. Sie zweifelte am eigenen klaren Verstand.

Aber auch Nadine d'Harigny fuhr zurück, als sei sie geschlagen worden. Erst als Alison ihr beruhigend eine Hand auf den Arm legte, löste sich der Bann.

»Nadine sieht unserer Mutter am ähnlichsten«, sagte Alison leise und strich Marie leicht über die Stirn. »Sie ist die älteste von uns, und du wirst sie fürchten lernen, denn sie neigt zur Tyrannei.«

»Unsinn!« Nadine d'Harigny lachte so fröhlich und mitreißend, daß Marie sich dabei ertappte, wie sie unwillkürlich lächelte. »Nur weil dich deine Intuition befähigt, ein wenig mehr als normale Menschen zu erkennen, mußt du nicht gleich meinen, daß du keine Fehler machst, liebste Alison. Und du mußt keine Angst mehr haben, Marie! Wir sind alle für dich da, und ich bin sicher, daß wir diesen gordischen Knoten entwirren werden, in den so viele wichtige Männer verwickelt sind.«

Sie eilte aus dem Zimmer, und Marie sah ihr benommen

nach. Sie begriff, was Alison mit Tyrannei meinte, wenn sie von ihrer Schwester sprach. Nadine war eine sehr starke Persönlichkeit, die alle in ihren Bann zog, und sie neigte zu einem schwungvollen Kommandoton.

»Keine Angst«, meinte nun auch Alison. »Du wirst entdecken, daß du ihr gewachsen bist. Sie schüchtert einen lediglich beim ersten Kennenlernen so ein. Sie meint es nur gut, wenn sie die Dinge in die Hand nimmt und sie nach ihrem Willen zu regeln versucht ...«

Marie lehnte sich in die weichen Kissen zurück. Ihre Schulter fühlte sich ein wenig taub an, aber sie hatte gar keine Muße, diesem gedämpften Schmerz nachzugeben. Ihr Kopf dröhnte, und die Neuigkeiten, die für kurze Zeit die Geschehnisse überlagert hatten, rückten wieder in den Hintergrund. Was hatte sich in der Kathedrale ereignet, was würde nun geschehen, nachdem offensichtlich halb Paris wußte, daß Marie-Inconnue nicht tot war, so wie es Ivo de Chazan behauptet hatte. Was geschah, wenn man ihn der Lüge bezichtigte?

Alison de Lassay las in dem blassen, angespannten Gesicht Angst und Sorge. Sie wagte nicht, Maries Gedanken zu unterbrechen, denn sie spürte instinktiv die Gefahr, die über ihrer unbekannten Schwester schwebte. Sie schien die Liebe ebenso wie den Haß auf sich zu ziehen. Sie hatte von der unbekannten, schönen Sängerin gehört, die den König in Bourges bezaubert hatte, und sie kannte die häßlichen Gerüchte von der durchgebrannten Nonne, die ehrgeizig und raffiniert sein sollte.

Aber keine ihrer Ahnungen hatte sie darauf vorbereitet, in dieser Nachtigall eine ihrer Schwestern wiederzufinden. Eines der beiden Zwillingsmädchen, die an jenem verhängnisvollen Tag geboren worden waren, als die Schlacht von Azincourt verloren wurde und die Burg von Mesnières zerstört wurde.

»Um wen fürchtest du?« fragte sie leise.

Marie begegnete ihrem Blick. Seltsamerweise vertraute sie der anderen bedingungslos. Sie, die ein Leben lang ihre Gedanken und Gefühle stets für sich behalten hatte, begriff, daß diese Vorsicht Alison gegenüber fehl am Platze war. Daß sie Verständnis für alles haben würde und bedingungslos auf ihrer Seite stand.

»Um Le Diable«, gab sie zu, den Namen benützend, unter dem Ivo de Chazan bekannt war. »Er hat mich in Chinon gerettet, und man wird ihm vorwerfen, daß ich noch am Leben bin. Man darf ihm nichts Böses tun! Er hat aus den edelsten Motiven gehandelt.«

»Ivo de Chazan? Der Sarazene? Der Eisenfresser und Frauenhasser? Konntest du dein Herz keinem einfacheren und liebenswürdigeren Kavalier schenken?« Obwohl sich Alison nicht besonders für Klatsch begeisterte, hatte sie am Hofe der Herzogin-Königin Jolande und dem ihres Schwiegersohnes Charles eine Menge Gerüchte über Le Diable gehört. Gerüchte, die ihn zu einem überragenden Kämpfer stempelten, ihm aber im Umgang mit Frauen zum Vorwurf machten, daß er kein Herz besaß.

»Mich haßt er nicht ...«, protestierte Marie.

»Liebt er dich denn?« wollte Alison wissen.

»Ich weiß es nicht ...« Marie wich ihrem Blick aus. Über ihre verzweifelte Sehnsucht und Liebe zu Le Diable wollte sie nicht sprechen. Im Moment ging es um Wichtigeres, um sein Leben.

Das Gespräch wurde ein weiteres Mal von Nadine d'Harigny unterbrochen, die drei Männer in das Gemach führte, wie sie in ihrer Erscheinung nicht unterschiedlicher hätten sein können. Maries helle Augen glitten von einem zum anderen, in dem Versuch, sie einzuordnen und einzuschätzen. Colin d'Harigny erhielt als einziger ein Lächeln. Welch ein schönes, beeindruckendes Paar er und Nadine doch waren.

An seiner Seite stand ein Mann, der wie eine Schwertklinge aus Silber wirkte. Das helle Haar, die hellen sommerblauen Augen, der geschmeidige, schlanke Körper ließen ihn jenen Erzengeln ähneln, die Marie in den heiligen Büchern des Klosters bewundert hatte.

Sie registrierte, daß sein besorgter Blick der Frau an ihrer Seite galt. Für den Seigneur de Lassay war sie nur im Zusammenhang mit ihrer Schwester interessant. Sie ertappte sich bei dem sehnsüchtigen Wunsch, nur ein einziges Mal diese ausschließliche, bedingungslose Zuneigung in schwarzen Höllenaugen zu entdecken.

All dies nahm sie in Sekundenbruchteilen wahr, ehe sie ihren aufmerksamen Blick auf den ältesten Mann in diesem Trio konzentrierte. Einen hageren Mann in den Fünfzigern mit eisengrauen Haaren und den tief eingegrabenen Zeichen erlittenen Leides im Gesicht. Er besaß nur noch ein Auge, und die schwarze Klappe, welche die Narben verdeckte, verlieh ihm das Aussehen eines Briganten. Doch weder der berührte Ausdruck des gesunden Auges noch die Sanftheit, mit der er nach ihren verschlungenen Händen griff, paßten dazu.

Dieser Mann war durch alle Höhen und Tiefen eines langen Lebens gegangen und besaß nun die Demut eines Menschen, der sich beugt, ohne gebrochen zu werden.

»Marie-Ange, ich wüßte keinen Namen, der besser zu dir paßt!« sagte er heiser.

»Woher wißt Ihr ...?« fragte sie fassungslos, denn nur Le Diable nannte sie bei diesem Namen.

»Von einem Teufel, der sich für euch in die Schlacht geworfen hat, meine Schöne!« antwortete Colin d'Harigny, der nun endlich Maries Zügen jene Ähnlichkeit zuzuweisen vermochte, die ihn in Bourges so verwirrt hatte.

Die rötlich blonden Locken waren nicht so flammend wie jene von Alison, nicht so kupferfarben wie die von Nadine, aber unzweifelhaft aus derselben Farbpalette. Die grünen Augen heller als die von Alison und eher in Grün-Gold-Schattierungen gehend als ins Violette, aber ihr Schnitt, die dunklen Wimpern, der stolze Schwung der Brauen, das alles war exakt gleich.

Alle drei Schwestern besaßen jenen noblen, feinen Zug und einen verführerischen Mund, der einen Heiligen in Versuchung führen konnte. Oder einen Teufel, wie in diesem Falle.

»Wo ist er? Wieso ist er nicht hier?« wandte Marie sich nun an Colin d'Harigny, ohne jedoch ihre Hände aus dem Griff ihres Vaters zu lösen.

Nadines Gatte zögerte, entschloß sich dann jedoch zu einer

ehrlichen Antwort. Da er die beiden anderen Schwestern kannte, setzte er voraus, daß auch Marie keine Frau war, die beim kleinsten Windstoß zusammenbrach.

»Der Konnetabel de Richemont hat ihn unter Arrest gestellt. Noch sind die Anklagen nicht präzisiert, aber man spricht von Hochverrat. Was natürlich Unsinn ist. Chazan ist viel zu stolz, um seine Ehre auf's Spiel zu setzen. Er hat sein Blut mehr als einmal für den König vergossen, und seine Loyalität steht außer Zweifel. Ich weiß nicht, was passiert ist, aber ich nehme an, daß sich die Vorwürfe klären werden und er freikommt.«

»Er hat mich in Chinon vor der Folter bewahrt und mir zur Flucht verholfen. Er hat mich als Page verkleidet aus dem Schloß geschmuggelt«, gab Marie leise zu. »Die Beweise sprachen gegen mich. Niemand wollte mir glauben, daß ich nichts mit dem Giftanschlag auf den König zu tun hatte. Sie haben eine Mörderin aus mir machen wollen. Der Mönch und Dame Angèle . . .«

»Angèle de Saint Pol?« fuhr der Graf von Mesnières auf. Er hatte versucht, seiner Schwägerin die Untaten ihres Gatten nicht anzulasten, aber es war ihm immer schwergefallen, der verkniffenen Dame mit Höflichkeit zu begegnen.

»Das erklärt einiges. Sie hat dem König nie verziehen, daß er Guy geächtet und damit den Sohn, den sie so anbetet, um den Grafentitel gebracht hat. Sie würde jede Gelegenheit ergreifen, wieder Macht und Einfluß zu erhalten. Wir müssen sofort verhindern, daß sie die Stadt verläßt. Wir brauchen ihre Aussage vor dem König.«

»Ich übernehme das.« Michel de Lassay verschwand, aber nicht ohne seine Frau geküßt zu haben.

»Ich gehe zu Richemont«, bot Colin d'Harigny an. »Ich wette, er wartet bereits auf mich. Er weiß, daß Ivo und ich Waffenbrüder sind und daß ich nicht an den Unsinn glaube, den man ihm vorwirft.«

»Und Ihr müßt Euren Einfluß beim König geltend machen, Vater«, fügte Alison nun drängend hinzu. »Aber bittet ihn, die näheren Einzelheiten für sich zu behalten, wenn Ihr ihm sagt, wer Marie ist. Er soll über Le Diable und Marie-Inconnue urteilen, nicht über unsere auf so wunderbare Weise entdeckte Schwester.«

»Hältst du das für richtig?« Der Graf von Mesnières sah seine schöne Tochter an, die er sehr liebte, die ihm aber manchmal ein wenig Furcht einjagte. Schließlich war sie es, die stets mit sicherer Überzeugung behauptet hatte, daß alle Töchter Melisandes am Leben waren und wieder vereint werden würden. Wieder einmal hatte sie recht gehabt. Doch woher konnte sie all dieses wissen? Welche Macht, welche Kräfte besaß diese so zierliche und ungewöhnliche junge Frau?

»Es ist wichtig!« meinte sie nun und sah Marie an. »Und es beantwortet vielleicht ein paar Fragen, die Marie-Ange gerne geklärt hätte. Vertraut mir, Vater!«

»Ich muß es wohl tun«, entgegnete der Graf und gab Maries Hände frei. »Du bist in Sicherheit, Kind. Du brauchst keine Angst mehr zu haben«, fügte er hinzu. »Niemand wird es in Zukunft wagen, dir ein Leid zuzufügen. Erlaube, daß wir uns deiner Angelegenheiten annehmen.«

Marie sah ihm nach, als er mit langsamen, schwerfälligen Schritten den Raum verließ. Dann schaute sie ihre Schwestern an. »Ich wollte, ich könnte ihm glauben.«

Sie unterbrach sich, berührte ihre Stirn mit den Fingerspitzen und hob erneut die Lider. »Arrest? Bedeutet das, man hat ihn in ein Verlies gebracht?«

Die Erinnerung an feuchte klamme Kälte, an moderndes Stroh und demütigende Angst überfiel Marie. Daß ausgerechnet ihr stolzer Liebster dieser Erniedrigung ausgesetzt sein sollte beunruhigte sie mehr als das eigene Schicksal.

Nadine tauschte einen Blick mit Alison, und jene nickte unmerklich, worauf sie in ein für Marie völlig unverständliches Lachen ausbrachen.

»Ihr lacht?« fragte sie empört.

»In der Tat.« Nadine schmunzelte. »Der Gedanke, daß ausgerechnet Le Diable die Männer unserer Familie ergänzen sollte, ist mir noch nie gekommen.«

»Warum sollte er es tun?« Marie versank in Melancholie. »Er liebt mich ja nicht einmal. Er begehrt mich höchstens ... Er ist ein Edelmann, ein Feldhauptmann des Königs, und ich ...«

»Du, meine Liebe, bist die Tochter des Grafen Mesnières, die Schwägerin wichtiger Männer, nicht unvermögend und zudem so schön, daß es sogar unseren König gerührt hat. Du bist nicht mehr das Findelkind der Nonnen vom Wald. Dein Schicksal hat sich gewendet – vergiß Marie, die Unbekannte.«

Marie betrachtete die beiden Frauen, die an ihrem Bett standen. Alison räumte eben die Leinenbinden und Salbentöpfe zusammen, die sie zum Versorgen der Wunde gebraucht hatte, und Nadine wartete auf eine Antwort von ihr. Die Selbstverständlichkeit, mit der die beiden sie akzeptiert hatten und ihr abenteuerliches Los hinnahmen, ließ sie zum ersten Male daran denken, daß auch diese beiden Frauen von jenem schlimmen Tag an, als ihr Onkel seine übelste Schurkerei beging, heimatlos und mutterlos gewesen sein mußten. Daß sie Hunger, Einsamkeit, Elend und Gefahr kennengelernt hatten und daß sie wußten, was Verzweiflung war.

»Ich will nicht, daß er meinen Namen liebt«, sagte sie aus diesen Gedanken heraus. »Ich will, daß er *mich* liebt.«

»Und du bist dir deiner Gefühle sicher?« fragte Alison, obwohl sie die Antwort schon kannte. Doch ihr lag daran, daß Marie-Ange den Tatsachen ins Auge sah. Vielleicht war sie sich selbst nicht genau im klaren darüber, was es bedeutete, einen so schwierigen und höllischen Charakter zu lieben.

Sie wirkte bei all ihrer Schönheit so unglaublich sanft und liebenswürdig, dermaßen gut und freundlich, daß Alison einen Moment bezweifelte, ob Marie einem Mann wie Le Diable gewachsen war.

»Ich würde für ihn sterben«, antwortete Marie so selbstverständlich und ruhig, daß alle weiteren Fragen sich von selbst erledigten.

Nadine und Alison nickten nur. Sie wußten, was in ihrer Schwester vorging. Sie wußten es nur zu gut, denn auch sie besaßen diese Ausschließlichkeit der Gefühle.

»Dein Leben ist nicht gefragt«, seufzte Alison. »Aber vielleicht dein Stolz, dein Mut und deine Kraft.«

Noch war Marie nicht in Sicherheit. Die schlimmste und verheerendste Wunde konnte ihr Le Diable schlagen. Würde er es tun? Nicht einmal Alison wußte dies vorherzusagen.

25. Kapitel

Marie hatte nicht erwartet, daß diese Audienz, zu der der König sie geladen hatte, in aller Öffentlichkeit stattfinden würde. Der große Thronsaal des Louvre konnte es zwar nicht mit jener beeindruckenden Halle in Chinon aufnehmen, aber es mangelte nicht an einschüchternder Atmosphäre. Schwere Säulen zu beiden Seiten trugen die Gewölbe, und die Banner des Königs schmückten die Wände. Bis an die Zähne bewaffnete Soldaten bewachten den Eingang, und der Weg zum Thron erschien Marie viel zu lang, obgleich ihr die Wunde kaum noch Beschwerden bereitete.

In zwei mächtigen Kaminen brannten große Holzscheite, aber auch ihnen gelang es nicht, die klamme Kälte aus dem Gemäuer zu vertreiben, das in den vergangenen Jahren kaum genutzt worden war.

Marie rief sich Nadines und Alisons Ratschläge in Erinnerung und hob das Kinn. Es war diese zugleich stolze und anrührende Geste, die ihr die Aufmerksamkeit aller eintrug und dazu führte, daß das leise Gemurmel bei ihrem Eintritt vollends erstarb. Der Graf von Mesnières, dem sie der König in Nôtre Dame anvertraut hatte und der ihr in den letzten Tagen tatsächlich als Vater liebgeworden war, trat an ihre Seite. Er reichte ihr die Faust, damit sie die Hand darauflegen konnte, und führte sie nach vorne.

Seine Anwesenheit, seine Berührung gab Marie Trost und verlieh ihr Kraft. Die Kraft, den Blicken standzuhalten, die über ihre Erscheinung glitten. Nadine und Alison hatten sie mit einer Raffinesse gekleidet, die sich deutlich von den verführerischen Roben unterschied, welche die Dame Saint Pol für sie ausgewählt hatte.

Sie trug ein schlichtes Gewand mit einer bescheidenen Schleppe aus venezianischem Samt. Das tiefe Nachtblau schimmerte bei jeder Bewegung violett auf. Keine Stickerei, keine Goldtresse und kein aufwendiger Gürtel unterbrachen diese Farbe. Sogar das breite Band, welches die Zartheit ihrer Taille betonte, war aus dem gleichen Stoff. Lange Ärmel, deren Säume bis auf den Boden reichten, bedeckten ihre Hände bis dort, wo die Finger begannen. Der dunkelblaue Hennin, von dessen oberster Spitze ein kaum merklich hellerer, blauer Musselinschleier wehte, betonte das ebenmäßige Oval ihres Antlitzes. Der gerade Ausschnitt spannte sich eine Handbreit unter den schmalen, makellosen Schultern und bedeckte so die volle Wölbung der Brüste, deren verlockender Schwung nur angedeutet wurde.

Ivo de Chazan, der aufrecht neben dem Konnetabel de Richemont stand, kam es vor, als sehe er Marie in diesem Moment zum ersten Male. Sie wirkte wie das vollendete Bild einer edlen, vornehmen Dame. Sein kleiner Page hatte sich in einen edlen Schmetterling zurückverwandelt, doch Le Diable wußte noch nicht genau, ob er dies bedauern oder sich darüber freuen sollte.

Es war sicher klug vom Grafen Mesnières, sie dem König in der vollen Pracht ihrer Schönheit zu präsentieren, es würde seinen Zorn mildern und ihn ablenken. Wehmütig dachte Le Diable daran, wie Marie in seinen Armen gelegen, welche Leidenschaft sie ihm gezeigt hatte. Diese Edeldame dort schien fern von jeder Glut zu sein. Sie wirkte kühl, stolz und sehr ehrbar. Mehr wie eine Prinzessin als wie eine Angeklagte.

Jetzt beugte sie das Knie in einer anmutigen Reverenz vor dem König, der stirnrunzelnd auf sie herabsah. Marie verharrte in ihrer Verneigung und bot dem Monarchen das bezaubernde Bild einer demütigen Edeldame. Ein Tableau, dem sein schönheitsdurstiges Auge nicht widerstehen konnte, obwohl er inzwischen wieder in die Arme der Dame Agnès Sorel zurückgekehrt war, von der man weiterhin munkelte, daß sie sich in der Hoffnung befand.

»Erhebt Euch, Dame Marie!« sagte er denn auch ein wenig unwirsch. »Wir haben Euch diese Audienz gewährt, um zu klären, was in Chinon und in Notre Dame unter Eurer Mitwirkung geschehen ist.«

Marie folgte dem Befehl, und in diesem Augenblick entdeckte sie Ivo de Chazan. Ganz in Schwarz gewandet, das Wams lediglich mit einer schweren Goldkette geschmückt, barhäuptig und ohne jede Waffe stand er neben dem Konnetabel. Ihr Herz setzte einen Schlag aus, und ihre Knie zitterten. Sie wagte nicht, in die glühenden schwarzen Augen zu blicken, aus Angst, ihre Stärke würde weichen.

»Beantwortet alle Fragen des Königs nach bestem Wissen und Gewissen, dann kann Euch nichts geschehen«, hatte ihr Colin d'Harigny geraten, aber es fiel ihr schwer, dieser neuen Familie zu vertrauen, die sich an ihre Seite gestellt hatte. Weniger, weil sie ihnen nicht glaubte, sondern weil sie viel zu lange niemanden gehabt hatte, der für sie eintrat und sie beschützte. Sie mußte erst lernen zu vertrauen.

»Erinnert Euch an jenen Abend in Chinon« befahl der König knapp.

Marie senkte den Blick und begann zu erzählen. Aber zu ihrer Geschichte gehörte so vieles, das diese hohen Herrn nichts anging. Ihr Herzklopfen beim Anblick von Le Diable, der dem König seine Warnung überbracht hatte, die kränkende Ankündigung des eingebildeten kleinen Pagen. Plötzlich stand die Szene in aller Deutlichkeit wieder vor ihren Augen.

»Der Seigneur de Chazan befand sich bei Euch, als ich kam, Sire«, begann sie leise und wurde dann zunehmend sicherer. »Er hatte Euch vor einem möglichen Anschlag gewarnt, und Ihr wolltet ihm keinen Glauben schenken. Ihr habt seine Manieren beklagt und mich aufgefordert, Euch auf der Laute vorzuspielen. Ihr nahmt selbst den Weinkrug, um Euch einzugießen, aber dann habt Ihr das Glas in der Hand behalten, ohne zu trinken. Als mir auffiel, daß Euch vor Erschöpfung die Augen zugefallen waren, nahm ich Euch das Glas aus der Hand, das Euch jeden Moment aus den Fingern zu rutschen drohte. Ich stand mit dem Glas in der Hand da, als sich die Tür öffnete und der Mönch mich zu beschuldigen begann. Der Konnetabel kann Euch berichten, was danach geschah ...«

Der König nickte langsam, und Marie kam es vor, als sei er mit dem, was sie gesagt hatte, zufrieden. Sie wagte einen Blick auf Richemont, konnte aber in den beherrschten Zügen des alten Soldaten keinen Hinweis auf seine Gefühle oder seine Gedanken finden. Sie fürchtete ihn, weil er schon einmal ihre hochnotpeinliche Befragung, sogar ihren Tod gefordert hatte. Wie sollte sie ihm jetzt trauen?

»Setzt Euch, Dame Marie«, befahl der Monarch zu ihrem Erstaunen und deutete auf einen Stuhl mit halbhoher Lehne, der zu Füßen des Thrones stand. »Wir wissen, daß Ihr eine Wunde davongetragen habt und daß Eure Gesundheit noch nicht ganz wiederhergestellt ist. Wir möchten nicht, daß Euch diese Zusammenkunft erschöpft.«

»Es geht mir gut«, entgegnete Marie ernst, mehr an die schwarze Gestalt neben Richemont gerichtet, als an den König.

»Führt die Dame Saint Pol herein!«

Marie spürte das Erstaunen, das Le Diable über diesen Befehl empfand, dessen Sinn er nicht begreifen konnte. Sie sah Angèle de Saint Pol entgegen, die mit verkniffenem Gesicht und in demütiger Haltung den gleichen Weg zurücklegte, den sie selbst vorhin hinter sich gebracht hatte. Ein Weg, bei dem der Dame jedoch niemand Unterstützung anbot. Marie erschauerte unter dem giftigen, haßerfüllten Blick, der auf sie gerichtet wurde.

»Verlest das Geständnis dieser Frau«, befahl der König, »ehe ich das Urteil über sie fälle.«

Michel de Lassay trat vor und entfaltete das Pergament, das er in der Hand trug, bevor er mit lauter Stimme zu lesen begann. Marie wußte bereits, was Dame Angèle ausgesagt hatte, aber Ivo de Chazan konnte das pure Erstaunen nicht verbergen, das er empfand, während der Seigneur de Lassay die weinerlichen Entschuldigungen der Dame vortrug, die alles auf ihren Gatten schob, von dem sie bis dahin geglaubt hatte, daß er gestorben sei.

»... Er forderte den Gehorsam einer Gattin von mir. Verlangte, daß ich seine Pläne unterstützte und keine Fragen stellte. Ich fürchtete ihn so sehr, daß ich in meiner Verzweiflung tat, was er verlangte. Ich sollte die entlaufene Novizin zur Geliebten des Königs machen. Sollte sie sich sträuben, sollte ich sie zwingen, seiner Majestät zu Willen zu sein. Sie war gehorsam, aber schwer zu leiten. Ihre Kammerfrau gab ihr regelmäßig Kräutertrank, der dafür sorgte, daß sie sich ruhig verhielt. Am Abend des Anschlags allerdings weigerte sie sich, die Flüssigkeit zu trinken, was unsere Pläne durcheinander brachte. Sie sollte im Bett des Königs gefunden werden, wenn man den Anschlag entdeckte. Mein Gatte wollte dafür sorgen, daß man sie unzweifelhaft als die Mörderin des Königs entlarvte und anklagte.«

Daß sich die Dame, statt zu bereuen, auch noch darüber beschwerte, daß Marie ihren Befehlen nicht so gehorcht hatte, wie sie sich das wünschte, rief ein Murmeln der Empörung bei den Anwesenden hervor. Auch wenn Dame Angèle versucht hatte, die Intrige ihrem schurkischen Gatten anzulasten, so blieb noch genügend Böses, das aus ihr selbst entsprungen war und Marie verletzt hatte. Angèle de Saint Pol zog die Schultern hoch, als wolle sie sich in sich selbst verkriechen, als der König die Hand hob und sein Urteil verkündete.

»Wir, der siebte Charles dieses Namens, von Gottes Gnaden König von Frankreich, verbannen Euch von unserem Hof. In Anbetracht Eurer edlen Geburt habt Ihr Euch in ein Karmeliterinnenkloster zurückzuziehen, welches Ihr nie wieder verlassen werdet. Euer Sohn wird der Vormundschaft seines Onkels, des Grafen von Mesnières, unterstellt. Wir wollen ihm nicht die Untaten seiner Eltern anlasten. Wir hoffen, Dame, daß Ihr die verbleibende Zeit Eurer Jahre nutzt, um Buße zu tun für die schrecklichen Dinge, die Ihr einem unschuldigen Geschöpf zugefügt habt!«

Auf einen Wink de Lassays tauchten plötzlich aus dem Hintergrund zwei schwarzgewandete Nonnen auf, die nach einer Verneigung vor dem König die fassungslose Dame in ihre Mitte nahmen und davonführten. Sie hatte offensichtlich nicht damit gerechnet, daß dieses Urteil so schnell und unbarmherzig durchgeführt werden würde. Marie bekam nicht zum ersten Male einen Geschmack davon, wie gründlich die Männer ihrer beiden Schwestern ihre Arbeit zu erledigen pflegten, wenn es darum ging, Nadines und Alisons Wünsche zu erfüllen.

Danach wandte sich der König den Geschehnissen in Nôtre Dame zu, und Marie fuhr auf, als der Konnetabel dem König die zerrissene Kette mit dem Kreuz überreichte, die Ivo de Chazan dem Meuchelmörder bei seiner Flucht abgerissen hatte. Das einzige, wirklich existierende Beweisstück für ihre Identität.

»Ihr kennt dieses Schmuckstück?« erkundigte sich der Graf von Richemont, der ihre Bewegung ganz richtig gedeutet hatte.

»Das Kreuz mit dem Mondstein«, flüsterte Marie. »Es ... es gehörte mir. Es schmückte einen Rosenkranz, den ich in Bourges verlor. Mein einziges Besitztum; mit Sicherheit hat der Mönch es in der Kapelle gefunden und an sich genommen. Jetzt weiß ich auch, weshalb ich diesen schrecklichen Mann erkannte, auch wenn ich sein Gesicht nicht sah. Der Stein hat meine Aufmerksamkeit erregt ... der Mondstein ... Er hat ihn an sich genommen ...«

Die verkrüppelte, gedrungene Gestalt von Guy de St. Doye vor Augen, schwankte Marie, obwohl sie saß. Sie spürte den schützenden Arm ihres Vaters, während die Untersuchung fortschritt. Der König, der als einziger neben dem Grafen von Mesnières über den tatsächlichen, vollen Umfang der Untaten von dessen Bruder Bescheid wußte, fällte schließlich in Abwesenheit des Schurken sein Urteil.

»Wir, König Karl von Gottes Gnaden, erklären Guy de St. Doye, den Seigneur von Songons und Molins, für vogelfrei. Jeder, der ihm im Königreich Frankreich Unterschlupf oder

Hilfe gewährt, macht sich mitschuldig. Ein jeder Untertan meines Reiches ist aufgefordert, ihn zu ergreifen und der weltlichen und göttlichen Gerechtigkeit zuzuführen. Er ist des vielfachen Mordes, des Hochverrats und der Spionage überführt und zum Tod durch Erhängen verurteilt. Dies soll in allen Provinzen verkündet werden und gelten!«

Sogar Marie erschauerte unter der Wucht dieses Urteils. Aber es war nur gerecht. Auch wenn er nach seinem letzten Mordversuch entkommen war, würde es ihm künftig nicht mehr möglich sein, unter einer Maske weitere Verbrechen zu begehen. Sogar der Bischof von Paris mußte sich diesem Verdikt anschließen, wenn er nicht selbst Verdacht erregen wollte.

Er hatte seinen Handlanger ohne Gewissensbisse geopfert, und Marie fragte sich, woher Alison die sichere Gewißheit nahm, daß Guy de St. Doye eines Tages den Töchtern seines Opfers gegenüberstehen würde. War es nicht viel wahrscheinlicher, daß er zuvor gefaßt und hingerichtet wurde?

»Wir verkünden zudem«, fuhr der König nach einer kurzen Pause fort, »daß alle Vorwürfe, die gegen die Sängerin Marie-Inconnue erhoben wurden, des Inhalts entbehren. Sie ist uns eine geschätzte Dienerin, der wir nicht nur viele schöne Stunden, sondern das Leben selbst verdanken. Ihr habt Euer Blut wie das eines Kriegers für Euren König vergossen, Marie-Inconnue. Wenn es etwas gibt, das wir für Euch tun können, so sprecht es aus.«

Überrascht von der gnädigen Aufforderung glitten Maries Blicke vom König zu ihrem Vater, von Colin d'Harigny zu Michel de Lassay. Sie war nur von Männern umgeben, nachdem man Angèle Saint Pol abgeführt hatte, außer ihr befand sich keine Frau im Saal, die ihr hätte raten können. Aber hatte sie nicht gelernt, auf sich selbst zu hören, ihre eigenen Entscheidungen zu treffen? Und gab es nicht eines, das sie sich mehr wünschte als alles andere? Sie verließ ihren ehrenvollen Sitz und sank erneut ehrerbietig vor dem König in die Knie.

»Da sich meine Unschuld bestätigt hat, bitte ich Eure Majestät, dem Seigneur de Chazan nicht nachzutragen, was er für mich getan hat. Er hat aus den edelsten Motiven gehandelt und verdient es nicht, getadelt oder gar bestraft zu werden. Er hat den Seigneur Konnetabel immerhin davor bewahrt, einen Tod auf sein Gewissen zu laden, den er mit Sicherheit bereut hätte.« Diesen kleinen Seitenhieb auf den unerbittlichen, stolzen Heerführer konnte sich Marie nicht verkneifen.

Das heisere Lachen des Königs bewies ihr, daß ihm die kleine Spitze gefiel, die dem ersten Soldaten seiner Schwiegermutter galt und der im Grunde seines Herzens Jolande von Anjou mehr ergeben war als seinem Monarchen. Marie jedoch hielt den Kopf demütig gesenkt und versagte sich den Blick in Le Diables Richtung, der bei ihren Worten sichtbar zusammengezuckt war.

»Eure Großmut in Ehren«, entgegnete der König dann ein wenig mürrisch und ließ seine Augen zwischen Marie-Inconnue und Le Diable hin- und herwandern. »Aber seid Ihr sicher, daß Le Diable sie verdient?«

»Ja!« antwortete die junge Frau schlicht, und nur ihre beiden Schwestern hätten verstanden, daß dieses kleine Wort ein bedingungsloses Bekenntnis zu Ivo de Chazan war.

Für Le Diable selbst klang es eher leise, fast wie eine Pflichtübung, die der christliche Anstand und die Nächstenliebe diktierten. Die Frauen, mit denen er bisher zu tun gehabt hatte, machten um jede noch so kleine Sache viele Worte, so daß sich das simple ›Ja!‹ für ihn wie eine Absage an all das anhörte, das sie beide verband.

»Tretet vor, Seigneur de Chazan!« befahl der König nach kurzem Zögern, und der Konnetabel gab den Weg frei, den er bisher so eisern blockiert hatte. »Ihr habt Eure Freiheit einer schönen Fürsprecherin zu verdanken. Allein wir müssen doch feststellen, daß Ihr Eure Pflicht zum Gehorsam dem König gegenüber schwer verletzt habt. Ihr habt Euch angemaßt, die Entscheidungen des Konnetabels anzuzweifeln und gegen seinen Willen zu handeln. Ihr habt die Pflicht eines jeden Soldaten schwer verletzt, egal, was immer Euch dazu bewogen haben mag.«

Jedes seiner Worte war wie ein Stich in Maries angstvolles Herz. Das war nicht die Art von Gnade, die sie erfleht hatte. Das war eine schwere Zurechtweisung für einen Mann, der die Disziplin verletzt hatte und nun seinen Ungehorsam vorgehalten bekam. Wie würde Le Diables teuflischer Stolz mit dieser Rüge fertigwerden?

»Es geht nicht an, daß ein jeder Unserer Feldhauptleute Entscheidungen nach eigenem Gutdünken fällt«, fuhr der König fort. »Es scheint Uns angebracht, Eure abenteuerlichen Neigungen zu zügeln und mehr Disziplin von Euch zu fordern. Vielleicht wird es Euch ruhiger machen, wenn Ihr eine Gemahlin habt und für Eure Nachkommen sorgen müßt. Wir befehlen Euch hiermit, unverzüglich die jüngste Tochter des Grafen von Mesnières zur Gattin zu nehmen. Wir werden sie Euch selbst am Altar zuführen, und Wir hoffen, daß die Sanftmut und die Freundlichkeit dieser Dame einen guten Einfluß auf Euch ausüben! Unser Hofkaplan wird diese Ehe heute nachmittag segnen.«

Marie, ohnehin schon blaß bis an die Lippen, war bei dieser auch für sie völlig überraschenden Ankündigung noch bleicher geworden. Für Le Diable, der in den Tagen seines Arrestes nicht den kleinsten Hauch eines Gerüchtes über sie und ihre neue Familie gehört hatte, sah es aus, als stände sie am Rande einer Ohnmacht, weil sie ihn an eine andere Frau verlor.

Er konnte es nicht ertragen, sie so zu sehen, und lediglich die eiserne Faust Colin d'Harignys, der ihn zurückhielt und ihn mit einem mörderischen Blick zur Ordnung rief, verhinderte, daß er dem König in aller Öffentlichkeit widersprach.

Der Monarch beendete die Audienz mit einer gnädigen Handbewegung, und Ivo de Chazans Blick suchte Marie-Inconnue. Aber sie schritt, kaum daß sie sich aus ihrer Reverenz aufgerichtet hatte, zwischen dem Grafen von Mesnières und Michel de Lassay hinaus. Wäre er nicht so aufgebracht gewesen, wäre ihm vielleicht aufgefallen, daß auch sie nicht ganz freiwillig ging.

»Beruhigt Euch, mein Freund!« Colin d'Harigny mußte seine

ganzen, nicht unbeträchtlichen Kräfte aufbieten, um ihn zurückzuhalten. »Ihr habt das Wort des Königs gehört. Beugt Euch und gehorcht.«

»Ich kann nicht«, erwiderte Le Diable und hielt dem steinernen Blick des Konnetabel stand, der auf seiner anderen Seite wachte und offensichtlich damit rechnete, daß er sich seinen Weg mit Gewalt freikämpfen wollte. »Ihr wißt es! Man sagt, Ihr liebt Eure Gemahlin, dann können Euch die Gefühle des Herzens nicht völlig fremd sein. Wenn Ihr schon kein Einsehen mit mir habt, dann denkt doch an Marie-Inconnue! Sie braucht einen Gatten, einen Beschützer. Sie verdient mehr als das Leben einer Sängerin bei Hof.«

»Kümmert Euch nicht um das Mädchen«, winkte der Konnetabel ab und wich auch dem Blick Colin d'Harignys aus, der ihm vergeblich eine stumme Botschaft zu übermitteln versuchte. »Es ist der Wunsch des Königs, daß Ihr Gehorsam zeigt, und Ihr werdet es nicht wagen, Euch dem Befehl Eures Souveräns zu widersetzen. Gebt mir Euer Wort, oder ich lasse Euch bis zum Nachmittag erneut arretieren.«

»Ich kann nicht«, wiederholte Ivo de Chazan.

»Ihr müßt«, fügte nun auch d'Harigny hinzu. »Tut es und vertraut der Weisheit des Königs.«

Die steilen Falten auf der Stirn des Mannes vertieften sich, und seine Schultern sackten herab. Umzingelt und ohne Chance zu widersprechen, neigte Ivo de Chazan in stummem Gehorsam den Kopf. Nie in seinem ganzen Leben war ihm etwas so schwer gefallen. Der Konnetabel nickte zufrieden und wandte sich zum Gehen, nicht ohne d'Harigny einen strengen Blick zuzuwerfen.

»Ihr seid dafür verantwortlich, daß die Befehle des Königs befolgt werden, d'Harigny!«

Der Edelmann nickte, aber als der Konnetabel gegangen war, betrachtete er seinen Freund. »Was geht in Euch vor, Ivo? Ihr habt die Warnung gehört . . .«

»Ich gehorche«, knirschte Le Diable. »Aber nicht mehr. Niemand kann mich zwingen, neben einer kleinen adeligen Gans zu leben, die mir der König aufzwingt. Sie kann meinetwegen in meinem Haus herrschen, aber nicht in meinem Herzen. Dort ist Marie-Anges Platz, und wenn es in diesem Königreich keinen Ort gibt, wo wir zusammenleben können, dann werden wir uns unter einem anderen Himmel einen Platz suchen.«

»Ruhig Blut«, warnte Colin, der seinen Part in der Lektion, die der König seinem rebellischen Seigneur erteilen wollte, nur widerwillig spielte. Hätte ihn nicht seine Gattin Nadine energisch dazu aufgefordert, hätte er sich ohnehin geweigert. »Wollt Ihr Eure Entscheidungen nicht noch einen Tag aufschieben?«

»Einen Tag«, fuhr Le Diable auf. »Bis nach der Hochzeit, meint Ihr? Erwartet Ihr, daß ich von meiner aufgezwungenen Braut so hingerissen bin, daß ich meine Liebe fortwerfe wie ein rostiges Schwert? Kennt Ihr mich so wenig?«

»Wollt Ihr nicht wenigstens etwas über meine schöne Schwägerin wissen, die Euch angetraut werden soll?« fragte Colin und baute ihm damit eine Brücke, aber sein Freund schüttelte energisch den Kopf.

»Bleibt mir vom Leib damit. Sagt mir lieber, wo der Graf von Mesnières Marie-Inconnue untergebracht hat. Ich muß mit ihr reden, ich muß ihr erklären ...«

»Erst nach Eurer Eheschließung!« Colin schüttelte den Kopf. »Auch ein Befehl des König!«

Die dunklen Augen flammten, und Colin trat unwillkürlich einen Schritt nach hinten. Doch Le Diable hob weder die Fäuste, noch stieß er den lästerlichen Fluch aus, der ihm auf der Zunge lag. Sein Blick jedoch war so mörderisch, daß ein anderer als Colin d'Harigny mit Sicherheit die Flucht ergriffen hätte.

26. Kapitel

Auch Marie machte sich Sorgen um ihren heißblütigen Geliebten, nachdem sie sich endlich halbwegs beruhigt hatte. Es mißfiel ihr, daß der König sie nach abenteuerlicher Wendung ihres Lebens dazu benützte, Le Diable zu disziplinieren. Sie vertraute sich ihren Schwestern an.

»Er ist kein Mann, der einen solchen Befehl einfach hinnimmt. Er wird etwas völlig Unmögliches tun und sich wieder in Ungnade bringen«. Sie rang die Hände, während sie unruhig und mit nervösen Schritten das Gemach durchmaß.

»So setz dich endlich«, kommandierte Nadine, der das Gerenne auf die Nerven ging. »Du bist schlimmer als eine ganze Kinderstube zusammen.« Als Mutter von vier lebhaften Kindern konnte sie das beurteilen, und auch Alison, die ihre beiden Kleinen unter der Obhut der Urgroßmutter und ihrer Haushofmeisterin gelassen hatte, mußte bei diesem Vergleich unwillkürlich lächeln.

»Was soll ich tun?« wiederholte Marie verzweifelt.

»Fasse dich in Geduld«, riet ihr Alison. »Aber vielleicht sollte ich dir sagen, daß den Konnetabel und unseren Vater eine langjährige Freundschaft verbindet. Sie stehen beide in den Diensten Jolandes von Anjou, der Herzogin-Königin und Mutter von Königin Marie. Vater wird zu verhindern wissen, daß deinem tollkühnen Ritter Böses widerfährt, weil er für dich gekämpft hat.«

Marie nickte zögernd. Nicht ganz überzeugt, aber doch akzeptierend, daß sie keine andere Wahl hatte. Dem König hatte es gefallen, in ihr Leben einzugreifen, und sie hatten beide keine Möglichkeit, ihm zu widersprechen. Sie setzte sich und nahm ihren Stickrahmen, doch statt des bunten Bildes sah sie nur Le Diables Gesicht vor sich. Sie sehnte sich entsetzlich nach ihm.

Sie gehörte zu ihm, aber nicht, weil der König es befahl, sondern weil sie beide es so wollten.

»Colin! Endlich!« rief Nadine, als die Tür sich öffnete und ihr Gatte hereinkam. Einen Moment lang betrachtete der hochgewachsene Edelmann die drei schönen Schwestern, die, ihre Röcke sorgsam über Taburetts gebreitet, vor ihm saßen. Einmal mehr sagte er sich, daß Melisande de Guînes eine ungewöhnliche Frau gewesen sein mußte, um so einzigartige Töchter auf die Welt zu bringen.

»Erzähle!« forderte Nadine, die sein Schweigen ungeduldig machte. »Was plant Le Diable?«

»Er beugt sich zähneknirschend dem Befehl des Königs«, begann Colin und erntete ein zweistimmiges, leicht enttäuschtes »Oooh!« von Nadine und Alison, während Marie nichts sagte. Sie sah ihn nur an, und er erkannte erstaunt, daß sie als einzige begriff, daß dies nicht die ganze Geschichte war.

»Danach allerdings will er die kleine adelige Gans verlassen, die er auf Befehl des Königs heiraten soll und mit Marie-Ange als Söldner in die Welt hinausziehen ...«

»Ist er verrückt?« wunderte sich Nadine. »Er will seine Ehre, seinen Namen, sein Lehen, alles aufgeben? Ich habe ihn stets für einen der stolzesten und arrogantesten Männer gehalten, die sich am Hof befinden.«

»Wir haben mit äußerster Mühe verhindert, daß er dem König auf höchst rüde Art zu verstehen gegeben hat, was er von seinem Befehl hielt«, entgegnete Colin. »Dein künftiger Schwager, Liebste, ist wild entschlossen, seine kleine Sängerin auf Händen zu tragen.«

»Er liebt mich ...«, flüsterte Marie, und eine sanfte Röte stieg ihr in die Wangen.

»Rasend. Bis zur Besinnungslosigkeit und jenseits aller Vernunft«, bestätigte Colin ernst. »Mit einer Leidenschaft, die ich ihm nicht zugetraut hätte und die in krassem Widerspruch dazu steht, daß er bisher alles verachtet hat, was weiblich war.«

»Wie wundervoll!« Maries Stimme, die ohnehin über eine Macht verfügte, die ihre Familie erstaunte, klang in diesem Moment so hinreißend, daß sich Colin d'Harigny unwillkürlich räuspern mußte.

»Ich muß mich ankleiden! Ich muß die schönste Braut sein, die jemals vor dem Altar gestanden hat ...«

»Le Diable wird es nicht sehen«, entgegnete ihr Schwager. »Er sieht dich mit seinem Herzen, und dieses Bild braucht keine kostbaren Kleider und keinen Schmuck ...«

Erst als er es ausgesprochen hatte, wurde Colin d'Harigny die Stille bewußt, die seine Worte bewirkt hatten. Drei Frauen sahen ihn an. Seine Gattin in bedingungsloser Liebe, denn sie wußte, daß er unter der rauhen Schale des Kriegers das Herz eines Poeten hatte. Alison mit leichtem Amüsement, denn sie bemerkte, daß es ihm peinlich war, daß er soviel von sich preisgegeben hatte, und Marie ein wenig zweifelnd.

Unter all den scheltenden, barschen, leidenschaftlichen und knappen Worten, mit denen Le Diable sie bis jetzt bedacht hatte, war nicht eines gewesen, das von solch hingebungsvoller Liebe gezeugt hätte.

»Trotzdem ist es dem Anlaß vielleicht angemessen, daß Marie nicht in Sack und Asche geht«, sagte Alison und vertrieb damit die aufkommende Rührung. »Komm, Nana, wir werden unsere Truhen plündern, damit Ivo de Chazan nicht nur das Herz aufgeht, sondern auch seine Augen. Es kann nicht schaden, einen Mann mit Schönheit zu blenden. Auch wenn er noch so verliebt ist, und in diesem speziellen Falle wird es vielleicht auch dem König gefallen ...«

Der Branntwein, den Ivo de Chazan in beachtlichen Mengen hinuntergeschüttet hatte, rumorte in seinem Magen, und er schalt sich einen Narren. Seit jener verhängnisvollen Minute, in der Marie unter dem Dolch des Meuchelmörders in Nôtre Dame zu Boden getaumelt war, war sein Leben völlig aus den Fugen geraten. In jenem verzweifelten Moment hatte er nicht nur die Tiefe seiner leidenschaftlichen Liebe zu ihr erkannt, sondern auch alle Regeln vergessen, die bisher sein Leben bestimmt hatten.

Daß er sich trotzdem dem Zwang unterwerfen und seinem König gehorchen mußte, wenn jener von ihm verlangte, dem Grafen von Mesnières zu Gefallen zu sein, brachte ihn jedoch an den Rand eines Tobsuchtsanfalles. Ausgerechnet Mesnières, den er wegen seines Rufs und seiner Tapferkeit stets respektiert hatte, benützte ihn, um eine seiner Töchter zu verheiraten. Vermutlich eine altjüngferliche Person, so häßlich, daß er es nicht einmal hatte wagen können, sie an den Hof zu bringen.

Jedes Mal, wenn er mit seinen Gedanken an diesem Punkt angelangt war, tauchte Marie-Anges Gesicht vor seinen Augen auf. Er sah ihre schmale, zerbrechlich wirkende Figur, die dennoch so weiblich und wohlgerundet war. Er sah ihre ruhigen, wunderschönen Augen vor sich, er hörte ihre wohlklingende Stimme. Wann hatte er sein Herz an sie verloren? Möglicherweise schon auf jenem unsinnigen Ritt, als sie die hysterische Braut d'Alespées beruhigt hatte und ihr nicht ein Laut der Klage über all die Unbill, die er ihr zugemutet hatte, über die Lippen gekommen war.

Doch je mehr er an seine süße, leidenschaftliche, unvergleichliche Marie-Inconnue dachte, desto mehr Zorn und Rebellion erfüllte ihn. Weshalb ausgerechnet er? Gab es keinen anderen Edelmann, dem der König die mißratene Tochter seines Feldhauptmannes hatte anhängen können? Hatte er für diese Meuterei, die im Grunde niemandem geschadet und allen nur genützt hatte, wirklich eine derartig vernichtende Strafe verdient? Die schmucklose Schloßkapelle der alten Königsburg schien ihm für die freudlose Hochzeit angemessen. Wie es seine Gewohnheit war, hatte er sich von Kopf bis Fuß in Schwarz gehüllt, und die düstere Farbe entsprach exakt seiner Stimmung. Von dem Konnetabel de Richemont und dem Grafen Dunois flankiert, wartete er neben dem Geistlichen auf die Braut. Einige Schritte entfernt stand der Graf von Mesnières mit seinen beiden Schwiegersöhnen und den Töchtern.

Er hätte gerne gewußt, ob sie der Braut ähnlich sahen, aber beide hatten den Schleier ihrer Haube vor das Gesicht gezogen, und er konnte kaum den vagen Umriß der Züge wahrnehmen. Immerhin schienen sie gute Figuren zu haben und trugen Roben von höchster Eleganz. Und obwohl er sich geschworen hatte, sich keine Gedanken um seine künftige Gemahlin zu machen, konnte er sich doch nicht vorstellen, daß Colin d'Harigny oder Michel de Lassy Männer waren, die sich eine häßliche Gemahlin suchen würden.

Er unterdrückte einen weiteren der zahlreichen Flüche, die ihm auf der Zunge lagen, und straffte die Schultern. Wenn der König denn darauf bestand, daß er diese Farce einer Eheschließung hinter sich brachte, dann wollte er es tun. Schnell, nach Möglichkeit, damit er anschließend seiner eigenen Wege gehen konnte.

Das leise Rascheln schwerer, kostbar bestickter Röcke, die sich zu einer meterlangen Schleppe verjüngten, riß ihn aus seinen Grübeleien. An der Seite des Königs, der einen breitschultrigen Mantel trug, der ihn bis zu den Knöcheln bedeckte, schritt eine Frau, die ganz in cremefarbene Spitze gehüllt war. Ein dichter elfenbeinfarbener Schleier wehte von den Doppelhörnern ihrer Haube und verbarg ihre Züge ebenso wie die Einzelheiten ihrer Figur. Lediglich die Anmut, mit der sie schritt, und wie sie ihre Finger auf die geballte Faust des Königs gelegt hatte, verriet, daß es sich um ein junges, schlankes Mädchen handeln mußte.

Ivo de Chazan preßte die Lippen so hart aufeinander, daß sie nur noch einen dunklen Strich in seinem maskenhaft starren Gesicht bildeten. So nahm das Unheil denn seinen Lauf. Der König legte die leichte, kühle Hand der Braut in Le Diables ausgestreckte Rechte, und der Priester begann mit der Zeremonie.

Marie spürte deutlich Le Diables mühsam beherrschten Zorn, die kalte Wut, die ihn in diesem Moment erfüllte, und sie versuchte, ihn mit der ganzen Macht ihrer unendlichen Liebe zu erreichen, ihm etwas von der überwältigenden Seligkeit zu übermitteln, die sie erfüllte und den Wunsch in ihr weckte, die ganze Welt zu umarmen.

Ivo de Chazan fühlte sich beobachtet, und er versuchte vergeblich, den dichten Schleier mit seinen Blicken zu durchdringen. Ein feiner Duft nach Veilchen und Minze stieg aus den Gewändern seiner Braut, und etwas an der Art, wie sie vertrauensvoll ihre Finger in seine Hand gelegt hatte, rührte an sein Herz.

Die beiden Chorknaben rechts und links des Priesters schwangen ihre Weihrauchfässer. Die hellen Rauchfäden hüllten sie ein und überdeckten den Frühlingsduft, der von seiner Braut ausging und der ihn an etwas erinnerte, das seinem Gedächtnis entfallen war und das ihm nicht einfiel, auch wenn er noch so sehr grübelte.

Der Priester hatte seine Gebete beendet und kam nun zu der eigentlichen Zeremonie. Er sprach Ivo de Chazan langsam die Worte des Eheschwurs vor. Ein tiefer, verzweifelter Atemzug weitete die Brust des Mannes, und mit rauher, abgehackt klingender Stimme wiederholte er mühsam die Sätze.

»Ich, Ivo de Chazan, nehme Euch, Marie-Ange ...« Er konnte nicht weitersprechen und mußte sich zwingen, fortzufahren. »Nehme Euch, Marie-Ange de Mesnières, zu meinem Weib und zur Gefährtin. Ich schwöre, Euch zu achten und zu ... lieben in Freude und Leid, in Krankheit und Gesundheit, für alle Tage, bis daß der Tod uns scheidet.«

Unglaublicherweise kam kein Blitz vom Himmel, um diese Lügen zu strafen. Und während er vom Schmerz überwältigt die Augen schloß, hörte er die leise, melodische und unverwechselbare Stimme Maries, die seinerseits den Schwur wiederholte. Er vergaß zu atmen.

»Ich, Marie-Ange de Mesnières, nehme Euch, Ivo de Chazan, zu meinem Gatten und Gefährten. Ich schwöre, Euch zu lieben, zu gehorchen und zu achten in Freude und Leid, in Krankheit und Gesundheit, für alle Tage meines Lebens, bis daß der Tod uns scheidet.«

Es war Marie, die fest nach der erstarrten Hand ihres Gatten griff und sie mit innigem Druck umfing, während die lateinischen Worte des Segens über den schweren goldenen Ringen gesprochen wurden, die einer der Chorknaben auf einem Tablett hochhielt.

»Der Ring!« mahnte der Pfarrer den Bräutigam und bedeutete ihm, mit der Zeremonie fortzufahren. Wie in Trance griff Le Diable nach dem kleineren der goldenen Reife und schob ihn über den zierlichen Ringfinger Maries. Erst dann hob sie die Hände, schlug den Schleier zurück und griff nach dem zweiten Ring, um ihn auf die kräftige Hand des Mannes zu schieben, dem sie soeben angetraut worden war. Ihre Blicke versanken ineinander, und für einen verzauberten, unendlichen Augenblick lang schien ihre Liebe sie wie ein Schimmer aus Gold zu umgeben und sie der Wirklichkeit zu entrücken.

Sogar der König, der diese Heirat im Grunde seines Herzens nicht billigte und nur dem Wunsch des Grafen von Mesnières und dem des Konnetabels nachgegeben hatte, fühlte sich angerührt von der strahlenden Kraft dieses Gefühles, das über alle Konflikte und Gefahren gesiegt hatte.

Während der Pfarrer sich dem Altar zuwandte und die Messe ihren Fortgang nahm, knieten Ivo de Chazan und Marie nebeneinander, ohne den Blick voneinander zu lassen. Noch immer wie betäubt und nicht in der Lage, dies alles zu verstehen, gab es Le Diable auf, nach einer Erklärung für all die Wunder oder Rätsel zu suchen, die über ihn hereingebrochen waren. Zum ersten Male in seinem Leben senkte er in Demut das Haupt und dankte dem Himmel für die Erhörung seiner Gebete, die allerdings eher wütenden Flüchen geglichen hatten.

Auch Richard de St. Doye, der Graf von Mesnières, dankte dem Schöpfer dafür, daß er eine weitere seiner Töchter aus Armut und Schande gerettet hatte.

Er hätte sich für die sanftmütige Marie einen weniger herausfordernden Gatten gewünscht, aber es konnte kein Zweifel daran bestehen, daß sie nur Le Diable wollte und ihrerseits imstande gewesen wäre, ihm bis ans Ende der Welt zu folgen, wenn er es von ihr verlangt hätte.

Das Schicksal hatte seine Kinder auseinandergerissen, ihnen viel Leid und Kummer zugemutet, aber es hatte sie nicht zerstören können, denn sie alle besaßen die Stärke eines aufrichtigen Herzens und die Fähigkeit, sich selbst zu behaupten. Man würde sehen, wie Ivo de Chazan sich mit dieser ausgefallenen Mischung aus Warmherzigkeit und eisernem Willen zurechtfand, die Marie-Ange auszeichnete. Einer Sanftmut, der sich sogar der König beugen mußte, als er sich nach dem Ende der kirchlichen Zeremonie über ihre Hand beugte und dem neu vermählten Paar Glück für die gemeinsame Zukunft wünschte.

Marie bedankte sich artig, während Le Diables Miene bewies, daß er endlich den vollen Umfang des diabolischen Streiches begriff, den ihm der König gespielt hatte. Er war jedoch nicht so unklug, Rechenschaft von seinem Souverän zu fordern. Gezügelt von dem Druck der schmalen Hand auf seinem Arm, unterdrückte er die aufbrausenden Worte, die sich auf die Zunge drängten, und zwang sich zu mustergültigen Umgangsformen.

Allerdings nur bis zu dem schmerzlich herbeigesehnten Augenblick, in dem sie sich endlich allein gegenüberstanden, und diese Familie, die Marie-Ange so überraschenderweise gefunden hatte, ihnen endlich die Ungestörtheit gönnte, die sie sich wünschten.

»Verdammt will ich sein, wenn ich begreife, was sich ereignet hat«, brüllte der Seigneur de Chazan, kaum daß sich die Tür hinter ihnen geschlossen hatte. »Willst du mir nicht endlich erklären, was all das bedeutet? Ich fürchtete, meinen Verstand zu verlieren! Was soll das? Seit wann bist du die Tochter des Grafen von Mesnières?«

»Seid Ihr böse, weil Euch der König zu einer Heirat gezwungen hat, die nicht nach Eurem Sinn ist?« flüsterte Marie und ließ sich vor dem halbhohen Spiegel nieder, um die Nadeln aus dem Aufbau zu ziehen, der die Haube und den Schleier auf ihrem Kopf festhielt.

Le Diable sah ihr dabei zu, fasziniert von dem trauten, häuslichen Bild, das sie dabei bot. War es möglich, daß dies nun der Alltag sein würde? Sie Tag und Nacht um sich zu haben und sie all die tausend kleinen weiblichen Nichtigkeiten tun zu sehen, die ihn bisher nur gelangweilt hatten und die bei ihr so verlockend wirkten?

Marie, deren schönes Gesicht von den ungebärdigen kurzen Locken umspielt wurde, wandte sich ihm zu. Fragend sah sie ihn an, weil sie auf eine Antwort wartete, doch sie selbst hätte keinen Ton hervorgebracht, denn sie hatte das feurige Verlangen gesehen, das so deutlich in seinen Augen zu lesen war.

Mit zwei schnellen Schritten war er bei ihr und riß sie in seine

Arme. »Es ist mir egal, wer du bist und woher du kommst. Ich bitte dich nur um eines: Verlaß mich nicht mehr, mein Engel! Ich brauche dich!«

Marie erwiderte den wilden Kuß mit derselben Leidenschaft, ehe sie ein wenig atemlos antwortete. »Ich habe geschworen, dich nie mehr zu verlassen. Vor dem Altar, du erinnerst dich?«

Die neue Vertrautheit, die aus ihren Worten klang, die Hingabe, mit der sie sich an ihn schmiegte, überzeugte ihn noch mehr als ihre Worte. Mehr wollte er im Moment nicht von ihr wissen, über alles andere würden sie später sprechen. Viel später.

»Ooooh ... bist du verrückt? Das schöne Gewand!«

Marie wich zurück, aber es war schon zu spät. Le Diable hatte seinem teuflischen Namen einmal mehr alle Ehre gemacht und die wundervolle Robe mit beiden Händen am Schulterausschnitt gepackt, um sie mitsamt dem feinen Hemd, das sie daruntertrug, bis zur Hüfte aufzureißen. Es dauerte ihm zu lange, sie richtig auszuziehen.

»Du brauchst kein zweites Brautkleid«, meinte er nur, als sie nur noch mit den Strümpfen und den cremefarbenen Pantöffelchen bekleidet vor ihm stand.

Ein leiser Schauer rann über Maries Körper, aber sie widerstand der schamhaften Regung, sich zu bedecken. Sie gehörte ihm, und wenn ihr Anblick jenes Feuer in seine Augen brachte, dann wünschte sie sich ohnehin nur eines: in seinen Armen zu liegen und von ihm geliebt zu werden.

»Wie schön du bist!«

Plötzlich war jede Aggression aus seiner Stimme geschwunden. Nur noch staunende Bewunderung schwang darin mit, als er sie wieder in seine Arme zog. Er küßte sanft die schmale, rosige Narbe des Messerstichs an ihrer Schulter, der glücklicherweise problemlos und schnell verheilt war.

»Ich werde den Kerl töten, der dir das angetan hat!« schwor er dabei grimmig. »Er wird meiner Rache nicht entkommen.«

Marie verzichtete darauf, ihm zu sagen, daß diese Rache Melisandes Töchtern vorbehalten war. In dieser himmlischen

Stunde wollte sie nicht an Guy de St. Doye und die schrecklichen Verbrechen denken, die er an ihrer Mutter und ihren Schwestern begangen hatte. Diese Nacht gehörte ihnen, ganz allein ihnen und ihrer Liebe.

Sie schlang die Arme um seinen Nacken und suchte mit hungrigen Lippen seinen Mund. Sie hatte zu lange auf diese Küsse verzichtet, auf seine Liebkosungen und die Glut, die seine sensiblen Hände in ihr entfachen konnten, um jetzt auch nur einen Herzschlag länger darauf zu warten.

»Gemach, mein Herz«, raunte Ivo de Chazan und trug seine Gemahlin zu dem breiten Pfostenbett, dessen Decken einladend für sie zurückgeschlagen waren. »Dies ist unsere Hochzeitsnacht, kleine Novizin. Mir scheint, es mangelt Euch ein wenig an der jungfräulichen Scheu, Dame de Chazan.«

Für einen Moment blitzte die Erinnerung an Thérèses Hochzeit in ihr auf. An den Wirbel und das blumengeschmückte Brautbett, an die neugierigen Blicke und den betrunkenen Bräutigam. Wie wunderbar, daß der überstürzte Befehl des Königs ihnen diese Peinlichkeiten erspart hatte. Aber trotzdem ...

»Habt Ihr getrunken?« Ihr fiel plötzlich der scharfe Geschmack des Branntweines auf, der in seinen Küssen lag und den sie bisher nicht beachtet hatte.

»Mehr, als mir guttut«, gab Le Diable mit einem schiefen Grinsen zu. »Aber nicht soviel, daß Ihr mir davonkommt, kleine Hexe! Ich beabsichtige, meine Gemahlin bis zur Erschöpfung zu lieben ... Sie soll mir nicht nachsagen, daß ich meine neuen Pflichten in ihrem Brautbett vernachlässigt hätte.«

Marie kicherte übermütig, aber das Lachen wurde zum Seufzen, als er seinen Kopf auf ihre Brüste senkte und die zarten Spitzen zwischen die Zähne nahm. Marie stieß ein leises Wimmern aus und vergaß, was immer sie hatte sagen wollen. Ihr Gatte wußte mittlerweile zu gut, daß er sie mit solchen Liebkosungen in eine hemmungslose Geliebte verwandeln konnte.

Aber noch nie hatte er sich mit so verheerender Gründlichkeit dieser Aufgabe hingegeben. Seine Zunge umspielte begehrlich die Knospen ihrer Brüste, seine Zähne bissen spielerisch zu, bissen sanft hinein, so daß sie Schauer auf Schauer purer Lust überrieselte. Sie drängte sich sinnlich an den schlanken, festen Männerkörper, der wie geschaffen für ihren weichen Körper schien. Sie öffnete ihre Schenkel und schlang die Beine um seine Hüften, bog sich ihm entgegen, und Le Diable konnte ihr nicht länger widerstehen und drang in sie ein.

Obwohl er sich geschworen hatte, sie sanft zu behandeln, zärtlich und liebevoll zu sein, siegte sein heftiges Verlangen. Er nahm sie wild und zügellos in Besitz, doch sie lachte nur auf und kam seinem Rhythmus entgegen, verschmolz mit ihm, beherrschte ihn und ließ sich besiegen.

Marie vergaß alles um sich herum, es gab nur noch sie und Le Diable, ihre wilde, ungezügelte Leidenschaft, ihr Verlangen, dem anderen das höchste Glück zu schenken.

Und dann, endlich, spürte sie, wie die Erlösung kam, wie sie auf einer Welle des Glücks fortgespült zu werden drohte. Ihre Lust ließ sie beide erschauern, und ein Schrei löste sich von Maries Lippen und vermischte sich mit Le Diables tiefem Aufstöhnen, als er im selben Moment Erfüllung fand.

27. Kapitel

»Soll das heißen, dein Vater hat sich auf den Weg gemacht, um Louise de Luce zu befragen? Sofort nach unserer Hochzeit?«

Marie nickte und kuschelte sich enger an ihren Gemahl. »Es hielt ihn nicht länger. Er ist davon überzeugt, daß die Mutter Äbtissin weiß, wohin man meine Zwillingsschwester gebracht hat, denn Alison schwört, daß sie am Leben ist.«

»Woher will die Dame de Lassay das wissen?« Le Diable runzelte die Stirn.

»Sie weiß viele Dinge, die man nicht erklären kann«, flüsterte Marie. »Man spricht besser nicht darüber. Es macht den meisten Menschen Angst.«

»Michel de Lassay scheint keine Angst vor ihr zu haben«, warf Le Diable ein.

»Nein, er betet sie an.« Marie, die stets wußte, was andere fühlten, lächelte.

»Was für einzigartige, faszinierende Töchter der Graf von Mesnières doch hat«, meinte Ivo de Chazan und zog seine Gattin noch enger an sich. »Sie wirken sanft und zerbrechlich und schlagen einen Mann in Ketten, ehe er sich dagegen wehren kann. Was meint Ihr, mein Herz, wird die Äbtissin Eurem Vater verraten, was sie weiß?«

»Ich fürchte, daß sie Probleme machen wird«, erwiderte Marie ahnungsvoll. »Sie gehört zu jenen Menschen, die nie an der Richtigkeit ihrer eigenen Handlungen zweifeln. Sie wird ihr Wissen bis zum letzten Atemzug verteidigen und einem Krieger ohnehin den Zutritt zum Kloster verweigern. Wenn sie den Aufenthaltsort meiner Schwester kennt, wird sie ihn nicht verraten.«

»Und dann?« fragte Ivo de Chazan, das Kinn in ihre Haare gesenkt und die Arme um ihre Schultern gelegt. Mit wachsendem Entsetzen hatte er der verwickelten Geschichte gelauscht, die Marie ihm im Dunkel der Nacht enthüllt hatte.

Melisandes Schicksal und das ihrer Töchter Nadine und Alison, deren Leben Guy de St. Doye aus Gier und Rache ebenso bedroht hatte wie das Maries, seiner wunderbaren Gattin. »Was kann Euer Vater gegen ihr Schweigen ausrichten?«

»Nichts«, gab Marie ruhig zu. »Aber so wie Nadine, Alison und ich vom Schicksal zusammengeführt wurden, so wird auch unsere letzte Schwester den Weg zu uns finden. Es ist uns bestimmt, denn nur dann wird sich der Fluch unserer Mutter erfüllen und Guy de St. Doye endlich seine gerechte Strafe finden.«

»Ich werde Euch nicht erlauben, erneut auf Abenteuer auszuziehen, mein Herz!« fuhr Le Diable auf. »Ihr dürft Euch nicht mehr in Gefahr bringen.«

Marie lächelte sanft und antwortete nicht.

»Ihr habt mir Gehorsam geschworen«, erinnerte er sie.

»Und Liebe«, fügte sie hinzu. »Ich wußte in jen daß Ihr mein Schicksal seid, als ich Euch im Monds Klostermauer gegenüberstand.«

»So wie du das meine bist, meine kleine Nachtigall Gatte. »Auch wenn es bei mir geraume Zeit länger hat, bis ich es einsah.«

»Ich bin zufrieden, wenn Ihr's inzwischen wißt, mein Herr.« Wieder lächelte sie und zupfte zärtlich an den schwarzen Haaren, die seine Brust bedeckten. »Werden wir nach Bourges zurückkehren, oder wollt Ihr beim König bleiben?«

Ivo de Chazan schüttelte den Kopf. »Ich möchte diese Stadt so schnell wie möglich verlassen. Sobald mir der König Urlaub gewährt, bringe ich dich nach Hause. Die Rosen werden nicht mehr blühen, wenn wir die Burg erreichen, aber es wird einen neuen Frühling und einen neuen Sommer geben ...«

Er senkte seine Lippen auf ihren Mund, und Marie erwiderte den Kuß. Es gab noch viel zu planen und zu besprechen. Vieles hing auch davon ab, mit welchen Nachrichten ihr Vater aus dem Kloster der Damen vom Wald heimkehren würde.

Im Moment jedoch hielt die Zeit den Atem an und schenkte ihnen das wunderbare Glück, das sie sich unter Tränen und Schmerzen erkämpft hatten und das ihnen deswegen nur um so kostbarer war.

ENDE

Viviane –
Sklavin der Rache

Sommer 1437
Am Ufer der Aisne

Die zarten Schleier der Morgendämmerung hingen in den Ästen der Weiden, und der Fluß glitt sanft murmelnd und sommerlich flach über die Steine. Das Konzert der Vögel mischte sich mit dem leisen Geplätscher und dem unterdrückten Schnauben des zierlichen weißen Zelters, der an einer flachen Uferstelle im Sand stand und seinen Durst löschte.

Seine Reiterin lehnte an einem knorrigen Baumstamm unweit des Ufers. Sie hielt eine dünne Gerte in ihrer Hand und sah versonnen dem davoneilenden, kristallklaren Wasser nach, das sich in einer sanften Biegung zwischen den immer enger zusammenrückenden Ufern verlor.

Der grüne Samt ihres eleganten Reitkostümes hatte den gleichen Farbton wie die lanzettförmigen Weidenblätter; die Kanten der Säume und Ärmel waren durch zartgelbe Paspelierungen abgesetzt. Eine kesse Pagenkappe, mit einer wippenden, cremefarbenen Feder verziert, saß schräg auf dem Kopf und verbarg das straff aufgesteckte Haar.

In ihrer Reglosigkeit erschien die junge Frau wie ein Teil der Uferlandschaft, bis sie mit einer abrupten Geste die Hand hob und mit der dünnen Reitgerte pfeifend zwischen die Blätter schlug. Es wirkte, als rufe sie sich selbst zur Ordnung.

Dünne grüne Blattschnipsel segelten träge auf das dichte Moospolster zu ihren Füßen. Ein erschreckter Frosch stürzte sich mit einem lauten ›Platsch‹ in den Fluß, das Pferd hob den Kopf. Viviane de Valouses zartes Gemmengesicht verzog sich zu einer Grimasse. Sie trat zwischen den Weiden hervor und ging zu ihrer Stute, die sie sanft fragend mit weichen Nüstern anstupste.

»Du möchtest wissen, was in mich gefahren ist, Bijou?« murmelte sie und fuhr ihr zärtlich durch die seidigen Stirnfransen. »Bei Gott, ich wollte, ich könnte es dir sagen. Ich würde selbst zu gerne wissen, was mich so ruhelos und verwirrt macht, daß ich nicht mehr schlafen kann und mir selbst auf die Nerven gehe.«

Das Tier war derlei vertrauliche Geständnisse gewöhnt und antwortete mit einem unterdrückten Schnauben, doch noch etwas anderes schien seine Aufmerksamkeit erregt zu haben. Viviane hob den Kopf und verengte die Augen, während sie das Ufer gründlich absuchte.

Das Gefühl, beobachtet zu werden, verstärkte sich immer mehr, so daß sie unwillkürlich die Schultern straffte und sich vergewisserte, ob in ihrem Gürtel das Jagdmesser steckte, das sie stets trug, wenn sie allein ausritt. Sie war weit genug von der Burg entfernt, um auf der Hut zu sein vor Marodeuren und Plünderern, die das Land unsicher machten, obwohl der Krieg in dieser Region längst vorbei war.

Doch kein Zweig bewegte sich, und das junge Mädchen schalt sich selbst eine Törin. Dennoch blieb ein Rest von Unbehagen, und wieder versuchte sie, den dünnen Morgennebel über dem Wasser mit ihren Blicken zu durchdringen, bis sie sich eine närrische Gans nannte und wieder in den Sattel stieg. Es war sicher besser, daß sie Bijou in den Stall zurückbrachte, ehe ihr Vater von diesem Ausflug erfuhr. Er hatte ihr derlei Ausritte strikt verboten und erwartete Gehorsam.

Die Frau, die fern von ihr zwischen den Mauern eines Palastes in das lodernde Feuer starrte und sich ihr mitzuteilen versuchte, konnte die stolze Einsame nicht länger erreichen. Für einen kurzen Augenblick lang hatte sie den Eindruck gehabt, daß sie ihre Gegenwart spürte, dann war es wieder vorbei.

Alison de Lassay, die zweitälteste Tochter des Grafen von Mesnières und Gattin des Seigneurs de Lassay, schlug die Hände vors Gesicht und wandte sich von den Flammen ab, die im Kamin ihres Gemaches loderten. Sie würde nichts mehr sehen. Die Bilder ließen sich nicht befehlen. Sie kamen willkürlich und ohne Vorwarnung.

Ihr war kalt an diesem frühen Morgen, der sie mit den Erinnerungen an vergangene Schrecken geweckt und sie förmlich dazu getrieben hatte, die Glut im Kamin zu entfachen und in die tröstlichen Flammen zu starren. In dem glühenden Lodern hatte sie zu ihrer eigenen Überraschung das Bild der noblen Reiterin entdeckt. Es hätte nicht der Ähnlichkeit mit deren Zwillingsschwester Marie-Ange bedurft, um sie zu erkennen.

Aber noch ehe Alison sich über die Gewißheit freuen konnte, daß auch die letzte ihrer Schwestern lebte, wußte sie bereits um die tödliche Gefahr, in der die andere schwebte. Es war ein Wissen gepaart mit der schrecklichen Erkenntnis, daß niemand ihr helfen konnte.

Besaß auch jene stolze, verschlossene Edeldame am Fluß die gleiche geheimnisvolle Kraft, die ihre verzweifelten Schwestern aufgebracht hatten, um ihr Los zu meistern? Oder war sie das schwache Glied in der Kette der Rache, die den Mörder ihrer Mutter endlich seiner gerechten Strafe zuführen sollte? Noch wartete Melisande de Guînes vergeblich darauf, daß sie gerächt wurde!

Alison ließ die Hände sinken und blickte in die Flammen, bis ihre Augen tränten. Zum ersten Male seit langer Zeit empfand sie wieder Angst.

1. Kapitel

»Du lieber Himmel, wo habt Ihr nur gesteckt, Kind?« zeterte die mollige Kammerfrau und umflatterte Viviane de Valouse wie eine besorgte Glucke beim Versuch, ein rebellisches Küken einzufangen. »Seine Gnaden, Euer Vater, hat bereits nach Euch geschickt. Er erwartet Euch in seinem Arbeitskabinett ...«

Viviane ignorierte absichtlich die Neugier ihrer alten Dienerin, die vor vielen Jahren von der Amme zur Kammerfrau befördert worden war und ihren Schützling auch in dieser Position mit eifersüchtiger Liebe bemutterte. Sie war vermutlich noch neugieriger als sie selbst, was ihr Vater zu dieser frühen Stunde von ihr wollte.

Viviane hingegen ließ sich diese Wißbegier nicht anmerken. Sie zog die Nadel aus ihrer Kappe und warf die Kopfbedeckung auf das breite Pfostenbett, dessen aufgeschlagene Decken verkündeten, daß sie das Zimmer verlassen hatte, ehe sie von der tüchtigen Mireille zur üblichen Zeit geweckt worden war.

»Bring mir einen Krug frische Milch und die Mandeltörtchen, die gestern gebacken worden sind«, verlangte sie in aller Ruhe und zog die Handschuhe aus. »Außerdem möchte ich mich umziehen, und du mußt mir die Haare richten. Worauf wartest du?«

»Aber Euer Vater ...«

Viviane warf die Handschuhe mit einer nachlässigen Geste dem Hut hinterher.

»Kümmere dich nicht um meinen Vater«, beruhigte sie die Kammerfrau. »Vermutlich will er ohnehin nur wissen, weshalb die Stofflieferung aus Reims das Doppelte der veranschlagten Summe gekostet hat. Du weißt, wie genau er sein kann, wenn es um seine Goldstücke geht. Sobald er jedoch erfährt, wie wundervoll dieser gepreßte Samt aus Florenz ist, wird er sich wieder beruhigen. Du kennst ihn, er bellt gerne, aber er beißt nicht.«

Besänftigt eilte Mireille davon, um Vivianes Wünsche zu erfüllen. Es ließ sich nicht abstreiten, daß Viviane wußte, wie sie ihren Vater zu nehmen hatte, obwohl er ein schwieriger und ungerechter Mann sein konnte. Man mußte sich nur in diesem luxuriösen Gemach umsehen, dessen schöne handgeschnitzte Möbel, leuchtende Wandteppiche und prächtige Schauschränke ihresgleichen suchten.

Bis Mireille das gewünschte Frühstück brachte, hatte Viviane mit Hilfe einer Magd das elegante Reitkostüm abgelegt und saß nur in einem Hausmantel aus schwerer violetter Seide vor dem breiten Spiegeltisch. Die schmalen, elfenbeinfarbenen Spitzenbesätze an den Ärmeln und am Ausschnitt betonten die durchsichtige Zartheit ihrer Haut.

»Laßt mich das machen, Kind!« Die Kammerfrau nahm ihr die Bürste aus schwerem, fein ziseliertem Silber ab und begann die schweren Flechten der Frisur zu lösen, während ihre junge Herrin ein Mandeltörtchen naschte und seltsam abwesend vor sich hinträumte. Sie war stets ein Kind gewesen, das seine Gedanken für sich behielt und merkwürdig unberührt von all der vielen Aufmerksamkeit blieb, die man seiner ungewöhnlichen Schönheit und seinem hohen Rang zollte.

Jetzt, mit zweiundzwanzig Jahren, hätte sie längst Ehefrau und Mutter sein sollen. Die Herrin eines eigenen Hauses und nicht das verwöhnte Schmuckstück eines eher unscheinbaren Paares, dem andere Kinder versagt geblieben waren.

Die Kammerfrau unterdrückte einen schweren Seufzer und fuhr mit regelmäßigen Strichen durch die Fülle der Haare, die bis auf Vivianes Hüften reichten und in einer ungewöhnlichen Farbmischung aus Rotgold und hellem Sonnenschein schimmerten. Wie ein glatter, seidig schwerer Mantel aus Feuer lagen sie um die schmalen Schultern. Zu viel, zu schwer zu fassen, zu üppig und zu wild für das ansonsten so beherrschte und disziplinierte Mädchen.

Schon deswegen dauerte es geraume Zeit, bis Viviane de Valouse ihr exquisites Gemach verließ, die Haare unter einem spitz zulaufenden Hennin nach burgundischer Mode verborgen. Ein hauchzarter Schleier in hellstem Blau fiel von der

Spitze dieser absurden Kopfbedeckung bis auf die kleine Schleppe ihres Gewandes herab. Nun, nachdem der Morgennebel gewichen war, versprach dies ein warmer Sommertag zu werden; und so hatte sie eine leichte blaue Seidenrobe gewählt, deren Vorderteil in verschlungenen Perlenarabesken bestickt war. In dem eckigen, raffiniert geschnittenen Dekolleté trug sie an einem gleichfarbigen Samtband einen passenden, tropfenförmig geschliffenen Saphir.

Sie wirkte so schön und so makellos, daß ihrem Vater einmal mehr jede Ermahnung auf den Lippen erstarb, als sie mit beträchtlicher Verspätung in sein Arbeitskabinett trat. In der Tat war er jedesmal betroffen von dem Ausmaß ihrer Schönheit, einer Schönheit, wie sie sich sonst in seiner Familie nicht fand. Und diese Schönheit war auch der Grund für das Gespräch, dem er mit einigem Bangen entgegensah. Freilich, es mußte sein, der gewagte Zug würde alles sichern, was die Geburt eines Mädchens in Frage gestellt hatte.

»Ihr wünschet mich zu sprechen, Vater ...«, murmelte sie respektvoll und deutete eine graziöse Verneigung an. Erst als sie sich wieder aufrichtete, bemerkte sie, daß auch ihre Mutter im Raum war. Sie saß im Hintergrund auf einem Taburett, ihr braunes Kleid verschwamm mit dem Braun der getäfelten Wände.

»Mutter?«

Eine plötzliche Vorahnung ließ Vivianes Stimme ersterben. Ihre Blicke glitten zwischen den beiden Menschen hin und her, die ihre Eltern waren und von denen sie bis zu diesem Moment fest angenommen hatte, daß sie stets das Beste für sie tun würden. Manchmal schämte sie sich sogar für diese allzu bequeme Gewißheit, denn sie vergalt ihnen die elterliche Liebe lediglich mit einem eher distanzierten Gefühl der Freundlichkeit und mit anerzogenem töchterlichem Gehorsam.

Die heftigen Gefühle aus den Geschichten, die Mireille ihr erzählte, oder von denen die romantischen Balladen der Sänger berichteten, waren ihr fremd. Mehr als Freundlichkeit schien ihr Herz nicht hervorbringen zu können; dabei sehnte sie sich in ihrer Seele nach mehr, viel mehr.

Die Vorahnung, die sie eben schon verspürt hatte, schien

sich wie zu einer Wolke der Angst und Befangenheit zu verdichten und wie neuerlicher Nebel über diesen sonnigen Tag zu legen. Viviane hätte nicht zu sagen gewußt, ob es die Verlegenheit war, mit der die Herzogin plötzlich ihren Blick mied, oder die verkniffenen, strengen Falten, die die Stirn ihres Vaters teilten, die ihr Mißtrauen geweckt hatten. So sah er nur aus, wenn er ihr Unangenehmes zu berichten hatte.

»Setzt Euch, Tochter!« wies er sie knapp an, und Viviane sank dankbar auf das bereitstehende Taburett, um das sich ihre Röcke bauschten. Eine plötzliche Schwäche hatte ihre Knie weich werden lassen.

»Dein Vater hat dir eine höchst erfreuliche Mitteilung zu machen«, sagte leise Marguerite de Valouse, die neben ihrer strahlend schönen Tochter wie ein magerer, verhärmter Spatz wirkte, auch wenn das Geld, das sie für ihr erdbraunes, pelzverbrämtes Atlaskleid ausgegeben hatte, ein kleines Dorf mehrere Monate lang ernährt hätte.

»So redet doch!« Viviane nahm ihren ganzen Stolz zusammen und schob angriffslustig das Kinn vor. »Weshalb spannt Ihr mich dermaßen auf die Folter, wenn es um eine günstige Neuigkeit geht?«

»Weil es eine sehr ernste und weitreichende Angelegenheit ist, etwas, was Euer ganzes Leben verändern wird, Tochter«, meinte nun der Duc de Valouse. »Ich kann Euch die erfreuliche Mitteilung machen, daß der edle Baron de la Griffe um Eure Hand angehalten hat und Ihr ihm versprochen worden seid. Zum Erntedankfest werdet Ihr die Seine werden, meine Tochter.«

Viviane starrte ihren Vater an, als sähe sie die breite, untersetzte Gestalt mit dem schütteren mausgrauen Haarkranz zum ersten Mal. Der Herzog trug einen kostbaren, ärmellosen Samtmantel über dem Wams, und in den Goldstickereien fing sich das Licht, das in breiten Bahnen durch die halboffenen Glasfenster hereinfiel. Im Sitzen wirkte er mächtiger als im Stehen, denn seine Beine waren nicht besonders lang, und er erhob sich kaum eine Handbreit über seine auch nicht allzugroße Gemahlin. Viviane überragte beide, obwohl sie keine übermäßig große Person war.

Sie war nicht im geringsten auf das gefaßt gewesen, was ihr Vater ihr nun mitteilte, und es dauerte geraume Zeit, bis sie ihre Sprache wiedergefunden hatte. »Ein Gatte ...«, murmelte sie fassungslos, dann fügte sie hinzu: »Eine Heirat! Aber Ihr habt nie die geringste Andeutung ...«

»Ich habe eine Langmut an den Tag gelegt, die Euch vermutlich den Verstand vernebelt hat, mein Kind!« unterbrach ihr Vater sie grob. »Ihr könnt nicht im Ernst geglaubt haben, daß Ihr keine Pflichten gegenüber Eurem Namen und Eurer Herkunft habt, auch wenn es länger als üblich gedauert hat, bis sie eingefordert wurden. De la Griffe ist ein mächtiger und reicher Mann, er wird die Interessen unseres Hauses wahren, und Euer erster Sohn kann den Titel der Valouses übernehmen. Ich nehme an, daß es ein leichtes sein wird, den König von der Richtigkeit dieser Maßnahme zu überzeugen.«

»Aber ich ...«

Es gelang Viviane nicht, die richtigen Worte zu finden. In ihren Gedanken herrschte ein fürchterliches Chaos, doch noch bevor sie Ordnung da reinbringen und aussprechen konnte, was sie bewegte, hob ihr Vater die Hand. Es schien ihn nicht zu interessieren, was sie dazu sagen wollte.

»Ihr werdet tun, was ich Euch befehle, Tochter! Der Ehevertrag ist bereits unterschrieben, und die Einzelheiten sind zu meiner Zufriedenheit geregelt. Ihr habt die Ehre, für den Fortbestand des Hauses Valouse sorgen zu dürfen und dem Baron eine würdige Gattin und Mutter seiner Kinder zu sein. Ihr werdet Euch beeilen müssen, damit Euer Brautkleid rechtzeitig aus der Nähstube kommt.«

Viviane merkte nicht, daß sie die kostbare Seide ihres Gewandes mit nervösen Fingern zerknitterte. Sie suchte Hilfe bei ihrer Mutter, die ihren flehenden Blick auch richtig deutete.

»Der Baron de la Griffe ist ein ehrenwerter und bedeutender Mann, Viviane«, sagte sie beruhigend. »Seine Gemahlin wird zu den ersten Damen des Königreiches zählen. Außerdem kannst du von Glück sagen, daß er darüber hinwegsieht, daß du bereits jenseits der Zwanzig bist.«

»Vermutlich tut er das, weil er selbst bereits mit einem Bein im Grabe steht«, platzte Viviane heraus. Sie hatte den Verdacht, daß ihr Bräutigam vom Alter her ihrem Vater näher stand als ihr selbst, obwohl sie ihn noch nie zu Gesicht bekommen hatte.

»Euer künftiger Gatte ist ein Edelmann in seinen besten Jahren«, knurrte der Herzog, erzürnt über den trotzigen Widerspruch. »Ihr werdet ihm Respekt entgegenbringen und seinen Befehlen gehorchen. Es ist die Pflicht der Frau, sich dem Manne zu unterwerfen. Es ist an der Zeit, daß Ihr dies lernt.«

»Vater, das könnt Ihr mir nicht antun!« Viviane war klug genug, um zu begreifen, daß sie mit offener Rebellion nicht weiterkam, deshalb verlegte sie sich aufs Bitten. »Ich kenne diesen Mann überhaupt nicht!«

»Ihr werdet ihn kennenlernen, und nun Schluß! Ich fordere Gehorsam von meiner Tochter! Ihr werdet Euch meinem Befehl beugen und diese Ehe eingehen. Punktum!«

In diesem Ton hatte er noch nie mit Viviane gesprochen. Fassungslos starrte sie ihren Vater an, der ihr plötzlich völlig fremd vorkam.

»Nein!«

Sie wußte selbst nicht, ob sie das verhängnisvolle Wort tatsächlich gesagt hatte oder ob es so deutlich in ihrem Gesicht stand, daß sie es gar nicht auszusprechen brauchte.

»Ich warne Euch!« Der Herzog erhob sich. »Entweder Ihr gebt hier auf der Stelle Euer Wort, oder Ihr bekommt im Turmverlies Gelegenheit, über Eure Halsstarrigkeit und Euren Ungehorsam nachzudenken. Erinnert Euch an das vierte Gebot: Du sollst deinen Vater und deine Mutter ehren!«

Das würde er nicht wagen? Oder doch? Viviane entdeckte, daß sie ihn tatsächlich kaum kannte. Das war nicht der Vater, den sie zweiundzwanzig Jahre lang mit vorgetäuschtem Gehorsam und sanfter Raffinesse manipuliert hatte. Vor ihr stand der Duc de Valouse, der Lehnsmann seiner Majestät des Königs von Frankreich, der auf zahllosen Schlachtfeldern gekämpft hatte und der sein reiches und weitläufiges Besitztum mit eiserner Hand regierte.

Sein Wort war Gesetz im Schloß, genau wie in den Dörfern und Städten ringsum. Und Viviane war nicht nur seine Tochter, sondern auch sein Eigentum. Eine Frau, deren Leben und Wohlergehen allein in seiner Hand lag. Die er strafen oder belohnen konnte, ohne einem anderen als Gott darüber Rechenschaft ablegen zu müssen.

»Ich bin sicher, Viviane wird Euch zustimmen, mein Gemahl, wenn Ihr dem Kind Gelegenheit gebt, über all das nachzudenken, was Ihr eben gesagt habt«, mischte sich nun die Duchesse sanft ein.

Sie verließ ihren Platz und legte mahnend eine Hand auf Vivianes Schulter, die das Mädchen auf das Taburett bannte und von weiterem, gefährlichem Widerspruch abhielt. »Erlaubt, daß wir Euch verlassen. Vielleicht ist es an der Zeit, ein Gespräch unter Frauen zu führen.«

»Tut das, meine Beste!« stimmte der Duc erleichtert zu. Auch ihm mißfiel es, Viviane so zuzusetzen. Aber wenn es keine andere Möglichkeit geben sollte, seine eigenwillige Tochter zum Gehorsam zu zwingen, dann würde er es auch mit Kerker und Hunger versuchen. Es war doch nur zu ihrem Besten, wenn sie endlich lernte, das Haupt in Demut zu neigen, und ihre von Gott gewollte Aufgabe als Frau und Mutter annahm.

Hinzu kam, daß de la Griffes beträchtliches Vermögen dem Hause Valouse zufallen würde, wenn Viviane einen Sohn zur Welt brachte. Das Mädchen war gesund und im besten Alter, ein Sohn deswegen bereits so gut wie sicher. Warum zum Henker konnte Viviane nicht einsehen, daß sie eine fabelhafte Partie machte? Daß es an ihr lag, den Ruhm und Einfluß der Valouses zu mehren?

»Ich muß träumen! Es kann nicht wahr sein, was ich soeben gehört habe«, sagte Viviane bestürzt, kaum daß sich die Tür ihres eigenen Gemaches hinter ihrer Mutter und ihr geschlossen hatte. Marguerite de Valouse forderte die wartende Kammerfrau und die beiden Mägde unwirsch zum Gehen auf, ehe sie sich ihrer Tochter zuwandte und deren eiskalte Hände zwischen ihre Finger nahm.

»Beruhige dich, Kind«, sagte sie sanft. »Setz dich und hör damit auf, dich selbst närrisch zu machen. Worüber regst du dich so auf?«

»Wie könnt Ihr das fragen, Mutter?« brauste Viviane auf. »Ich will nicht heiraten, und einen Mann, den ich noch nie gesehen habe, schon gar nicht. Wie kann er das tun? Wie kann er über meinen Kopf hinweg einen Gemahl bestimmen und meine Hochzeit ansetzen?«

»Es ist so üblich, Kind, das weißt du genau«, entgegnete Vivianes Mutter milde. »Ehen werden nun mal von den Eltern beschlossen. Dein Vater hat jedes Recht dazu, dir einen Gatten zu bestimmen.«

»Einen Gatten ...« Viviane schien dieses Wort mit seinem üblen Geschmack fast auszuspucken.

Natürlich wußte Viviane, was sich für eine gute Ehefrau schickte. Eine gute Ehefrau hatte aufopferungsvoll und treu zu sein, sie war der Besitz ihres Mannes und hatte widerspruchslos alles zu tun, was ihr Gatte anordnete, ob es nun rechtens war oder nicht, wichtig oder belanglos, vernünftig oder unvernünftig. Empörende Aussichten für die Tochter des Herzogs von Valouse!

Viviane, die eine unüblich gute Ausbildung genossen hatte, hatte im Geiste schon früh gegen solche Sitten rebelliert. Sie war um so vieles klüger als die meisten Männer – warum also sollte sie sich dann einem unterordnen? Es war ihr wie ein Geschenk des Himmels erschienen, daß ihre Eltern sie bis jetzt mit Bewerbern um ihre Hand verschont hatten, und sie war so töricht gewesen zu glauben, es könnte immer so weitergehen.

Wieso gab Gott Vätern und Gatten ein solch absolutes Recht über Frauen? Bedeuteten Ihm Frauen gar nichts? Waren sie wirklich zum Dienen geboren?

»Es ist unsinnig, sich gegen das Wort deines Vaters aufzulehnen«, fuhr ihre Mutter fort, um jeden weiteren Widerspruch im Keim zu ersticken. »Ich bin sicher, daß du ihm dankbar sein wirst, sobald du die Herrin im eigenen Haus und die Mutter deiner Kinder bist. Was dir fehlt, ist eine Aufgabe, Viviane. Es tut nicht gut, wenn eine Frau ständig über alten Schriften brütet und wie ein Mann über die Felder reitet. Wir haben dir viel zu viele Freiheiten gelassen. Ich habe deinem Vater schon lange geraten, einen Gatten für dich zu suchen ...«

Viviane biß sich so heftig auf die Unterlippe, daß sie den metallischen Geschmack von Blut in ihrem Mund schmeckte. Auch wenn es eine Sünde sein sollte, in diesem Moment haßte sie ihre Mutter aus vollem Herzen. Wie kam sie dazu anzunehmen, daß sie sich nach einem Leben von so langweiliger Ereignislosigkeit sehnte, wie sie selbst es führte? Was wußte sie von der Sehnsucht nach Freiheit, die wie Gift in ihrem Blut rauschte, wenn sie dem davoneilenden Wasser, den fortfliegenden Vögeln oder dem sich entfernenden Galopp eines Pferdes lauschte? Von dem brennenden Wunsch, mit dem Wind zu fliegen und den Wolken zu folgen, die über die flachen eintönigen Felder segelten?

Wie konnte sie von ihr verlangen, sich in einer anderen hochaufragenden Burg einsperren zu lassen, einem alternden Seigneur als Bruthenne, Haushälterin und Spielzeug zu dienen? Nichts anderes zur Aufgabe als den sich täglich erneuernden, stets gleichen und erschöpfenden Kreislauf zwischen Vorratskammer und Spinnrad, zwischen Küche und Sudhaus, zwischen Bett und Wiege?

»Tut es mir nicht an, Mutter! Ich bitte Euch!« Viviane erkannte die eigene heisere, angestrengte Stimme kaum. »Ich ertrage es nicht!«

»Unsinn!« Die Herzogin winkte gereizt ab. »Ich will derartiges Geschwätz nicht mehr von dir hören. Du bist die Erbin des Herzogs von Valouse und keine dumme Gans, die nicht bis drei zählen kann. Du wirst dich beherrschen und gehorchen.«

Viviane begriff, daß sie bereits verloren hatte, noch bevor der Kampf eröffnet worden war. Ihr Vater hatte das Turnier ohne sie geschlagen. Sie hatte einzig und allein ihre Aufgabe als Siegespreis zu erfüllen. Sie senkte den Kopf und atmete in schweren Zügen. War das vielleicht Gerechtigkeit?

2. Kapitel

Das Gewand war so schwer, daß Viviane unwillkürlich die Schultern straffte, damit sich das Gewicht besser verteilte und sie nicht taumelte. Der prächtige venezianische Samt war über und über mit Goldstickereien bedeckt, so daß das ursprüngliche Mitternachtsblau des Stoffes kaum noch sichtbar zwischen den komplizierten Rauten, Blättern und Blüten hindurchschimmerte.

Die langen, geschlitzten Fensterärmel reichten bis auf den Boden, und die meterlange Schleppe wurde von vier kleinen Pagen getragen, welche in einer nagelneuen herzoglichen Livree steckten. Deren blank geschrubbte Gesichter waren vor Aufregung hochrot.

Edelsteine und matte Perlen funkelten in den Blüten der Stickerei, und der breite, juwelenbesetzte Gürtel, der die Robe unterhalb des Busens hielt, wurde von acht kräftigen Schlaufen aus Goldkordel gestützt, damit ihn der Reichtum seines Schmucks nicht bis auf die schmale Taille seiner Trägerin hinabzog.

Vorsichtig, um die mühsam gewahrte Balance nicht zu verlieren, neigte Viviane den Kopf. Mireille mußte dennoch auf ein Podest steigen, damit sie ihr den spitzen, tütenförmigen Kopfputz aufsetzen konnte, von dessen Spitze ein so zarter goldener Schleier herabfiel, daß er sich wie eine Vision aus Sonnenlicht um die fürstlich geschmückte Braut legte.

Das Bild im Spiegel warf die Reflexion einer gleißenden Prinzessin zurück, deren weißes, regloses und ebenmäßiges Gesicht unter all dem Reichtum ihres Schmuckes fast verschwand.

»Wie schön Ihr seid, mein Herz!« flüsterte die alte Kammerfrau gerührt und trat zurück, damit die Herzogin das fertige Werk betrachten konnte. Auch in ihren Augen stand der Stolz. Im ganzen Königreich Frankreich gab es sicher keine junge Edeldame, die es an Schönheit und Haltung mit Viviane aufnehmen konnte. Sie war einmalig, exquisit und von wunderbarer Eleganz.

»Das habt Ihr gut gemacht, Mireille«, lobte die Herzogin die alte Kammerfrau, die sich die Tränen der Rührung abwischte. »Komm, mein Kind! Du wirst in der Kirche erwartet.«

Viviane atmete tief durch und zwang sich, einen Fuß vor den anderen zu setzen. Es gab nichts, was sie noch tun konnte und was sie in den zurückliegenden, viel zu kurzen Wochen nicht bereits versucht hätte. Ihr Vater hatte weder auf Trotz noch auf Schmeichelei reagiert. Weder heiße Tränen noch logische Argumente hatten ihn von seinem Plan abgebracht, und ihr kindischer Ungehorsam hatte ebenfalls zu nichts geführt. Nach zwei Tagen im Burgverlies hatte Viviane kapituliert.

Die beschämende Niederlage, der erste bittere Mißerfolg eines bis dahin so sorglosen Lebens lastete auf ihrem Gemüt. Danach hatte sie die hektischen Hochzeitsvorbereitungen mit provozierender Gleichgültigkeit über sich ergehen lassen. Nicht einmal das peinliche, ausführliche Gespräch, das ihre Mutter am vergangenen Abend mit ihr über die genauen Pflichten einer Gattin geführt hatte, brachte die Gelassenheit ins Wanken, die sie sich zu eigen gemacht hatte.

Sie wußte ja, daß sie gehorsam zu sein hatte, daß es unangenehm, demütigend, schmerzhaft und peinlich werden würde. Es bedurfte keiner mütterlichen Ratschläge, um ihren Abscheu vor dem Kommenden zu vertiefen. Der Gedanke, daß ein wildfremder Mann ihre Haut berühren, ihren Mund küssen und all die absonderlichen Dinge mit ihr machen durfte, welche die Herzogin so verschwommen schilderte, verursachte ihr Übelkeit, aber sie ließ nicht zu, daß die Ältere es bemerkte. Ihre Selbstbeherrschung blieb tadellos und eisern.

Hinzu kam, daß die Ankunft ihres künftigen Gemahles am selben Tage sie auch noch der letzten Illusionen beraubt hatte. Der hochedle Baron Eduard de la Griffe hatte sich als bulliger, aufgeblasener Edelmann entpuppt, dessen pompöses Auftreten nicht darüber hinwegtäuschen konnte, daß er den Zenit seines Lebens bereits überschritten hatte und auch im ersten Teil davon sicherlich keine sonderlich anziehende Erscheinung gewesen war.

Unter seinen prunkvollen Gewändern steckte der schwammige Körper eines Mannes, der die leiblichen Genüsse schätzte, aber keinen Ausgleich im Kampf und Bewegung suchte. Eine bortengeschmückte Kappe hatte seinen fast kahlen Schädel bedeckt, und das faltige Männergesicht mit den schmalen Lippen und dem wabbeligen Kinn, das in Bewegung geriet, sobald er sich erregte, ließ ihn nicht aussehen wie einen Mann, von dem ein Mädchen träumte.

Viviane hatte mit Abscheu registriert, wie er mit seinen Blicken ihren Körper abtastete und ihrem Dekolleté besondere Aufmerksamkeit schenkte. Sie hatte den besitzergreifenden Griff der dicklichen Finger ertragen und die Zähne zusammengebissen. Welch ein Segen, daß man von einer sittsamen Jungfrau erwartete, die Lider niederzuschlagen. Sie mochte gar nicht daran denken, was es bedeutete, Jahr um Jahr diesem Mann zu gehören.

Doch bei seinem Anblick hatte sie noch etwas anderes empfunden: Angst. Instinktiv spürte sie, daß hinter der jovialen Maske eiskalte Berechnung steckte und daß es nicht ratsam war, sich diesem Mann zu widersetzen. Sie hatte die halbe Nacht im Gebetsstuhl verbracht, aber sie wußte, daß nur noch ein Wunder sie vor einer Zukunft, schwärzer als die Nacht selbst, retten konnte.

»So komm, mein Kind!« drängte die Herzogin, als spürte sie das sorgsam verborgene Widerstreben. »Dein Vater erwartet dich an der Kirchentür. Er wird dich deinem künftigen Gemahl zuführen.«

Viviane gehorchte und beugte sich dem Unvermeidlichen. Man ließ ihr keine andere Wahl. Sie mußte den Burghof überqueren, um zum Eingang des Gotteshauses zu gelangen. Sie schritt teilnahmslos durch das Spalier der Menschen, ohne ihre Freude und Bewunderung wahrzunehmen oder die Blumen zu sehen, die man ihr vor die Füße warf.

Das Hochzeitsfest hatte soviel Volk wie noch nie in die Festung gelockt, und alle Tore standen zur Feier des Tages weit offen. Geladene Gäste mischten sich mit Lehnsleuten, Dorfbewohnern, Handwerkern und fahrenden Gauklern, und alle bewunderten die märchenhafte Erscheinung, die so fromm und überirdisch schön über den Blumentepppich schritt. Der Baron würde seine helle Freude an diesem stolzen Mädchen haben, das ihm angetraut wurde.

Über den bunten Blumenteppich aus den Farben des zu Ende gehenden Sommers ging Viviane zu dem spitzbogigen Eingang mit den drei flachen Stufen, auf deren oberster ihr Vater auf sie wartete. Schon streckte er ihr die Hand entgegen.

Viviane zögerte einen Moment und blickte nach rechts, wo die Zugbrücke heruntergelassen war, um den Gästen dieses glanzvollen Festes Eintritt zu gewähren. Die Standarten der Valouses und des Barons de la Griffe flatterten über den Tortürmen und hoben sich gegen das seidige Blau des wolkenlosen Himmels ab, während die dunklen Pfeile der letzten Schwalben des Jahres die Luft durchschnitten. In diesem Augenblick hätte Viviane willig ihre ewige Seligkeit für ein gesatteltes Pferd gegeben oder für einen Zauberspruch, der sie in einen dieser Vögel verwandeln würde, die auf dem Weg nach Süden waren.

Dann jedoch hatte sie ihren Vater erreicht und legte die eisigen Finger in seine vertraute, kräftige Hand. Sie sah den Stolz auf ihre Schönheit in seinen Augen und preßte die Lippen aufeinander. Sie konnte ihm nicht verzeihen, was er ihr antat. Sie konnte ihn nicht länger als gütigen Vater betrachten.

Der blinde Haß, der sie durchfuhr, half ihr, die Haltung zu bewahren und an der Seite ihres Vaters in die kerzenfunkelnde Dämmerung des Gotteshauses zu treten. Sie war sich der Menschen, die sie beobachteten, bewußt, und sie zwang sich, den Blick ihres künftigen Gatten offen zu erwidern.

Er stand neben dem blumengeschmückten Marmoraltar mit dem prächtigen goldenen Kreuz und war sich der Wichtigkeit seiner Person voll bewußt. Das vielfache Kinn vorgestreckt und auf feine venezianische Spitze gebettet, sah er ihr entgegen. Ein dunkler, spitz zulaufender Samthut mit goldbesticktem Rand bedeckte seinen Kopf und überschattete seine tiefliegenden Augen. Über dem dunklen, langen Samtwams, das gnädig seine stämmigen Beine verbarg, trug er einen prächtig bestickten Mantel, dessen goldene Ornamente noch protziger als die auf ihrem Gewand schimmerten.

Er verströmte das herausfordernde Selbstbewußtsein eines Mannes, der sich seiner Macht und seines Reichtums bewußt ist und von allen anderen deswegen Bewunderung und Gehorsam erwartet. Als Viviane die Lider nicht senkte, zuckte es um seine Mundwinkel, dann zwang er sich jedoch zu einem gönnerhaften Lächeln, das jedoch eher dem nähertretenden Herzog von Valouse galt.

»Ich übergebe Euch hiermit vor Gott und den Menschen meine liebe Tochter, Viviane de Valouse, zum Weibe!« verkündete dieser und nickte dem Priester zu, damit er mit der Zeremonie der Eheschließung beginnen konnte.

Viviane sank wie von selbst auf die Knie, weil ihre Beine sie nicht mehr trugen. Alle ihre Sinne, ihre Vernunft, ihr Herz und ihr Körper schrien ›Nein!‹ Sie nahm kaum wahr, was der Geistliche sagte, obwohl sie normalerweise sehr wohl im Stande gewesen wäre, den lateinischen Worten zu folgen. Die Frage nach dem möglichen Einspruch gegen diese Ehe, der natürlich nicht erfolgte, empfand sie wie Hohn.

»Ich, Eduard, nehme dich, Viviane, zum Weibe, im Guten wie im Schlechten, bis daß der Tod uns scheide ...«

Die Worte senkten sich wie Messerstiche in Vivianes Herz. Sie fühlte die Blicke des Priesters, des Seigneurs de la Griffe und aller anderen. Sie zwang ihre steifen Lippen, den christlichen Treueschwur Wort für Wort zu wiederholen. Sie sprach damit ihr Todesurteil aus.

»Ich, Viviane, nehme dich, Eduard, zum Gatten, im Guten wie im Schlechten, bis daß der Tod uns scheide ...«

Nun saß sie endgültig in der Falle, nun gab es keinen Ausweg mehr! Sie hatte das Ehegelübde gesprochen, das sie ein Leben lang binden würde. Und was für ein Leben das sein würde – nun, wo sie vor Gott und der Welt die Gattin eines Mannes war, den sie bereits jetzt verabscheute!

Die lateinischen Segenssprüche, die der Geistliche über den schweren goldenen Ringen sprach, die ein Meßdiener auf einem Samtkissen bereithielt, bestätigten nur die Unabänderlichkeit des Geschehenen. Der ziselierte Reif, den ihr der Baron de la Griffe auf den Finger schob, war so schwer, daß er ihre Hand nach unten zog.

Und nun mußte sie ihrem Gatten den Ring überstreifen, obwohl sie eine instinktive Abneigung empfand, diesen Mann zu berühren. Ein Abscheu, den sie unbedingt unter Kontrolle bringen mußte, ehe er zu ihr ins Brautbett kam. Aber, bei allen Heiligen des Himmels, wie sollte sie das bewerkstelligen? Wäre es nicht vernünftiger, sich aus dem Fenster zu stürzen?

»Ihr dürft Eure Gemahlin küssen!« sagte in diesem Moment der Priester, und der Baron ließ sich nicht lange bitten. Er packte Viviane an den Schultern und bemächtigte sich ihrer eisigen Lippen mit einem gierigen Kuß. Viviane stand da wie gelähmt.

Es war ekelhaft. Um sie herum begann sich alles zu drehen. War es möglich, bei seiner eigenen Hochzeit vor Entsetzen zu sterben? Sie würde es als Gnade ansehen!

In diesem Moment drang eine laute, fremde Stimme in ihr Bewußtsein. Eine so spöttische, hochmütige Männerstimme, daß sie mühelos das Geschrei, den Lärm und das Waffengeklirr übertönte, die plötzlich den frommen Frieden des Gotteshauses störten.

»Ich nehme an, Ihr erinnert Euch an mich, Eduard de la Griffe!« sagte diese Stimme. »Ich habe geschworen, daß Ihr mir für Eure Verbrechen büßen werdet. Ich sehe mit Vergnügen, daß der Augenblick meiner Rache gekommen ist. Denkt an mich, wenn Ihr heute abend im Brautbett liegt, allein, und den lilienweißen Körper Eurer jungfräulichen Gemahlin vermißt. Sie wird mein Bett wärmen, so lange, bis ich ihrer überdrüssig bin und sie an meine Männer verschenke. Wenn ich sie zurückschicke, wird sie Euch den Bastard mitbringen, den Ihr verdient!«

Ehe Viviane begriff, was mit ihr geschah, wurde sie am Arm gepackt und vom Altar weggezogen. Ihr Aufschrei vermischte sich mit dem Wutgebrüll ihres Gatten, das abrupt abbrach, als sich die Schwertspitze jenes geharnischten Ritters an seine Kehle setzte. Er hatte das Visier des Helmes geschlossen und trug ebenso wie die Männer, die ihn umgaben, kein Wappenzeichen. War er ein Verfemter?

»Wer seid Ihr? Beim Henker, wie könnt Ihr es wagen, die Hochzeit meiner Tochter mit einem derartigen Eklat ...«, schrie der Herzog von Valouse.

»Erkundigt Euch bei Eurem neuen Schwiegersohn, Seigneur!« antwortete der schwarze Ritter dem zornigen Vater. »Fragt ihn, was aus seiner ersten Gemahlin geworden ist. – Falls Ihr daran denken solltet, uns aufzuhalten, so laßt Euch gesagt sein, daß meine Männer sämtliche Ausgänge bewachen. Und nun gehabt Euch wohl!«

Viviane wurde grob vorwärtsgedrängt. Die kleinen Pagen hatten verwirrt ihre Schleppe losgelassen, die nun wie eine prächtige, juwelenbesetzte Schlange hinter ihr herraschelte. Sie spürte, daß sich der schwankende Hennin auf ihrem Kopf aus den Nadeln löste und mitsamt dem goldfarbenen Schleier ins Rutschen kam.

Sie verlor den Kopfputz auf der Schwelle des Gotteshauses, als sie ohne viel Federlesens quer über ein mächtiges, tiefschwarzes Streitroß geworfen wurde, das auf einen rauhen Befehl hin förmlich durch den Torbogen flog.

Viviane gelang es, einen letzten Blick zurückzuwerfen. Sie nahm das Bild des zerdrückten Pfades aus Blumen und Blättern in sich auf, der an einem prächtig funkelnden Hennin endete, dessen zarter Schleier unter den Füßen der rennenden Krieger zerdrückt und schmutzig wurde. Dann endlich sank gnädiges Vergessen über sie, ergab sie sich der Ohnmacht, gegen die sie während der ganzen Zeremonie so tapfer gekämpft hatte.

Sie bemerkte nicht, daß man sie in einen dunklen Reitermantel hüllte und dem Anführer des wilden Ritts übergab. Die Männer verschwanden so schnell aus dem Gebiet des Herzogs von Valouse, wie sie vorhin aufgetaucht waren.

3. Kapitel

Viviane war in einem seltsamen Traum befangen – sie sah ein Feuer flackern, fühlte die wohlige Wärme eines Feuers, und sie hatte das Gefühl, nicht länger allein zu sein, endlich die andere Hälfte ihres Lebens gefunden zu haben, jene Hälfte, von der sie wußte, daß sie existierte und nach der sie sich so schmerzlich sehnte, seit sie denken konnte.

Doch die rauhe Wirklichkeit holte sie viel zu schnell zurück. Ihr ganzer Körper wurde von schmerzhaften Stößen erschüttert, und sie befand sich zudem in einer extrem unbequemen Lage – sie hing quer über einem Pferderücken, das Gesicht nach unten. Den Reiter schien es wenig zu kümmern.

Der Wind hatte ihr bei diesem mörderischen Ritt die Haare zu einer undurchdringlichen Matte verfilzt. Das Stöhnen, daß Viviane ausstieß, ging im Dröhnen des wilden Galopps unter.

Man brauchte nicht viel Verstand, um zu begreifen, daß es niemanden interessierte, ob sie diesen Tag überlebte oder nicht. Vielleicht war es diese Erkenntnis, die ihr die Kraft gab, sich zappelnd zu wehren und mit ihren Bewegungen endlich die Aufmerksamkeit des Mannes zu erregen, der die Zügel des Streitrosses hielt.

Eine Hand packte sie und zog sie trotz des rasenden Tempos nach oben. Viviane konnte nichts sehen, und erst bei dem Versuch, die Haare aus dem Gesicht zu streifen, merkte sie, daß ihre Handgelenke mit einem Lederriemen aneinandergefesselt waren.

Sofort wurde sie zur Ordnung gerufen. »Zapple nicht herum, du kannst eh nichts an deinem Schicksal ändern. Je weniger du uns behinderst, um so schneller wirst du wieder auf deinen eigenen Beinen stehen können.«

Viviane verstand nicht jedes Wort, das der Ritter sagte, aber der Grundton der Ermahnung war eindeutig genug. Sie versuchte, den bestmöglichen Platz zu finden und die Tatsache, daß sie eine hervorragende Reiterin war und sich instinktiv auf die Pferde einzustellen vermochte, die sie trugen, erleichterte es ihr, wenigstens einigermaßen die Balance zu halten.

Erst jetzt bemerkte sie, daß sie über ihrem juwelenflirrenden Kleid einen dicken Reiterumhang trug, der die auffälligen Ornamente ihrer Brautrobe verbarg und dafür sorgte, daß sie bei diesem Ritt nicht zuviel Aufmerksamkeit erregte. Bei einer knappen Rast, als die Pferde ihren Durst am Ufer eines seichten Baches löschen durften, während das gute Dutzend Ritter, das die Kavalkade bildete, stumm beieinanderstand, befaßte sich der Entführer zum ersten Male eingehender mit Viviane.

Sie erschrak und stieß einen leisen Schrei aus, als er einen gefährlich aussehenden Hirschfänger in die Hand nahm und nach ihr, Viviane, griff – doch dann trennte er nur mit ein paar schnellen Schnitten die lange, lästige Schleppe ihres Kleides ab. Er teilte den Umhang, den sie trug, und nahm ihr auch noch den juwelenbesetzten Gürtel ab, den er zusammen mit dem bestickten Stoff in eine Satteltasche stopfte. Offensichtlich kannte er den Wert der Steine sehr wohl und wollte nicht einen davon verlieren.

»Wer seid Ihr? Was wollt Ihr von mir?« rief Viviane und bemühte sich vergeblich, die Furcht aus ihrer Stimme zu verbannen. »Ihr seid kein Ritter! Kein Edelmann würde eine Dame so behandeln!«

Unter dem dunklen Stahlvisier erklang ein rauhes, freudloses Lachen. Es war ein furchterregendes, beunruhigendes Lachen und hätte jedes andere weibliche Wesen zum Einlenken veranlaßt. Doch Viviane de Valouse hatte noch nie zu jenen gehorsamen Töchtern Evas gehört. Zuviel war an diesem Tag auf sie eingestürzt, als daß sie sich noch um ein damenhaftes Benehmen gekümmert hätte.

Sie schnappte sich den Umhang, schlang ihn wütend wieder um sich und verbarg ihr Kleid darunter, das nun auch noch zerknittert und schmutzig war. Sie wirkte wie eine gereizte, verstrubbelte Katze, die versucht, ihre Krallen zu zeigen.

»Ich verlange, daß Ihr auf der Stelle …«, begann sie, aber die scharfe Stimme des Geharnischten ließ sie mitten im Satz innehalten.

»Knebelt sie! Ich habe Besseres zu tun, als mir dieses Gekeife anzuhören. Vermutlich habe ich de la Griffe noch einen Gefallen getan, als ich ihn fürs erste von dieser Bösen Sieben befreit habe!«

Ein Tuch von zweifelhafter Sauberkeit verschloß Vivianes Mund und erstickte jeden Protest. Der Riemen um ihre Hände wurde wieder festgezurrt, und kaum ein paar Atemzüge später saß sie wieder vor dem Anführer der Briganten im Sattel. Sie konnte von Glück sagen, daß man ihr dieses Mal gestattete, aufrecht zu reiten.

Die Erleichterung darüber hielt jedoch nicht lange vor. Allmählich senkte sich die Dämmerung über das Land, doch da ihre Begleiter weiterritten und offensichtlich gar nicht daran dachten, in einer Herberge haltzumachen, hatte Viviane de Valouse ausreichend Gelegenheit, über ihr Schicksal und die Ereignisse ihres Hochzeitstages nachzudenken.

An die Entführung aus der Kapelle hatte sie nur eine verschwommene, vom Schock getrübte Erinnerung. Ihr Vater hatte sie oft genug, wenn sie allein ausritt, vor solchen Briganten gewarnt. Es waren versprengte Söldner und Soldaten, die nun, nach dem vorläufigen Ende der Auseinandersetzungen mit dem englischen König, auf eigene Faust mordeten und eroberten. Aber daß ausgerechnet eine solche Bande es wagen würde, die Festung des Herzogs am Hochzeitstag seiner einzigen Tochter zu überfallen, erschien Viviane schlichtweg unglaublich.

Doch der Mann, dessen starke Arme sie gefangenhielten, gab ihr Rätsel auf. Sein Benehmen war eindeutig das eines Schuftes, eines üblen Verbrechers, und dennoch hielt sie ihn nicht für einen gewöhnlichen Schurken. Etwas in seiner Haltung, seiner Ausdrucksweise und der Art, wie er sich bewegte, verriet den Edelmann. Mit Sicherheit hatte er eine noble Erziehung erhalten, ehe er zum Halunken geworden war.

Was also, bei allen Heiligen des Himmels, hatte ihn zu dieser brutalen Entführung getrieben? Was bezweckte er mit seiner Tat? Wollte er Lösegeld? Doch allein die Juwelen auf ihrem Brautkleid hätten genügt, um mehrere Dörfer durch den Winter zu bringen. Nein, um Gold ging es nicht, das glaubte sie sagen zu können. Doch worum dann, wenn dies nicht der Grund war?

Daß sie keine befriedigende Antwort auf diese Frage fand, trug nicht eben zu ihrer Beruhigung bei. Sie biß sich auf die Unterlippe, um ein Schluchzen zu unterdrücken, aber sie konnte nicht verhindern, daß ihr Herz schmerzend hämmerte und würgende Angst ihr die Galle bis hinauf in die Kehle schickte. Obwohl sie durch die Nase atmen konnte, hatte sie ständig das Gefühl, unter dem Knebel ersticken zu müssen.

Das Mieder, das Mireille an diesem Morgen so unbarmherzig eng geschnürt hatte, um die glänzende Robe zu voller Wirkung zu bringen, quälte Viviane zudem. Mit einem solchen Mieder konnte man sich höchstens gemessen und vorsichtig bewegen; bei diesem wüsten Ritt durch die beginnende Nacht jedoch schnürte es Viviane fürchterlich die Luft ab. Dazu kamen die Furcht vor dem, was mit ihr noch passieren mochte, und die Erschöpfung, da sie in der vergangenen Nacht nicht geschlafen hatte.

Sie merkte nicht einmal mehr, daß sie zusammensackte und der Reiter mit einem wüsten Fluch einen Arm um sie legte, damit sie nicht vom Pferd stürzte. Er hatte zwar bis jetzt keine Rücksicht auf sie genommen, aber daß sein Opfer sich nun den Hals brach, schien auch nicht in seiner Absicht zu liegen.

Viviane kam erst wieder zu sich, als das erste zaghafte Grau der Morgendämmerung von Osten her über den Himmel kroch und die düsteren Umrisse einer alten Festung aus dem Dunkel hob, die sich hoch oben über dem Steilufer auf einem Felsen befand und wie ein Adler über dem dazugehörigen, aber verlassen wirkenden kleinen Dorf thronte, das sich der Straße entlang dahinzog.

Während die Reiter durch den Ort preschten, sah Viviane ihre Vermutung bestätigt. Hier lebte anscheinend niemand – also konnte sie hier auch keine Hilfe finden, wenn sie einen Fluchtversuch wagen sollte.

Der steile Weg zur Burg wand sich in Serpentinen den Hang hinauf; ein natürliches Hindernis für alle, die sich der

Burg in feindlicher Absicht näherten. Auch die Burg zeigte, genau wie das Dorf, Anzeichen von Verwahrlosung. Wenn das Gemäuer in den letzten Jahren bewohnt gewesen war, so hatten sich seine Besitzer wenig darum gekümmert.

Man hatte sie offensichtlich kommen sehen, denn das Fallgitter hob sich langsam über der herabgelassenen Zugbrücke. Im Durchgang des Torturmes flackerten Pechfackeln.

Wieder wurde Viviane von Schwäche überwältigt. Der Burghof verschwamm vor ihren Augen, und als das Roß zum Stehen kam und sein Reiter sie um die Taille packte und auf den Boden stellte, hatte sie nicht mehr die Kraft, sich aufrecht zu halten. Sie sank auf die runden Pflastersteine des Hofes, erschöpft, frierend, mit schmerzenden Gliedern und zitternd vor Angst und leidenschaftlichem, blinden Zorn.

»Bringt sie in den Turm!« hörte sie ihren Peiniger befehlen. »Die Baronin ist etwas ermattet von unserer Reise«, fügte er spöttisch hinzu.

Sein Spott belebte Viviane mehr, als es jede Medizin gekonnt hätte. Sie sprang auf, und ehe sie selbst begriff, was sie tat, hatte sie den Ritter angespuckt. Während der Speichel langsam über den Brustschild seiner Rüstung rann, schien um sie herum alles zu erstarren.

Einen Moment lang verspürte Viviane Triumph – offensichtlich hatte hier noch niemand eine derartige Beleidigung gewagt. Doch sie wurde bitter dafür bestraft. Ein harter Schlag an den Kopf schleuderte sie zurück und ließ sie stürzen. Ihr Schädel dröhnte, als habe man ihn mit der Axt gespalten, und rote Kreise tanzten vor ihren Augen.

»Schafft mir die Hündin aus den Augen!« sagte die verhaßte Stimme, dann wurde sie an den Armen gepackt und davongeschleift. Stufen hinauf, durch die mit raschelnder Streu ausgelegte Halle und wieder Stufen. Vivianes Kopf pochte, ihr wurde so übel, daß sich ihr ganzer Körper verkrampfte.

Man stieß sie durch eine Pforte, und als sie losgelassen wurde, sank sie hilflos an der Stelle nieder, wo sie sich befand. Sie befand sich in einem seltsamen Zustand. Es kam ihr vor, als habe sich ihr Geist aus dem Körper gelöst, den sie zerschunden und leblos wie aus weiter Ferne auf dem Boden eines kahlen Gemaches liegen sah, das eher einem Verlies als einer Kemenate glich. Die verfilzten Haare flossen wie schmutziges, zertretenes Herbstlaub über die Steine.

Zwei Mägde in einfachen, aber sauberen Kleidern flüsterten betroffen miteinander und bemühten sich, den schlaffen Körper auf die einfache Liegestatt zu zerren, deren Strohsack nur mit einem groben Leinentuch bedeckt war. Als sie es geschafft hatten, rückte eine von ihnen den Wasserkrug näher, der auf dem Boden stand, und breitete eine rauhe Decke über die leblose Gestalt.

»Sie sieht aus, als wäre sie längst tot«, wisperte sie dabei, und die andere runzelte die Stirn. »Vielleicht sollte man's ihr wünschen! Du weißt, was unser Herr mit ihr im Schilde führt. In seinem Kummer kennt er nichts als Rache.«

Viviane wollte die beiden fragen, was sie damit meinten, aber die Schmerzen in ihrem Kopf waren so stark, daß sie nicht ein einziges Wort herausbrachte. Der Schlag, der ihre Schläfe getroffen hatte, war mit dem eisenverstärkten Kampfhandschuh eines Ritters geführt worden. Er hatte sie in einen Ozean der Pein geworfen.

4.
Kapitel

»Wo bin ich?! Wer seid Ihr?«

Es fiel Viviane noch immer schwer, die Augen offenzuhalten, und das Licht tat ihr weh, obwohl die Kammer nur von einem schmalen, zweigeteilten Fenster erhellt wurde. Ein grauer Steinrahmen ohne Glasscheiben, der zwei Streifen Himmel freigab. Einen grauen und regnerischen Himmel. In der feuchten Luft lag der Duft abgeernteter Felder und herbstlich aufgebrochener Erde.

Die schmale, verhärmte Magd mit den flinken Händen

senkte den Blick und gab keine Antwort. Es war offensichtlich, daß man ihr verboten hatte, mit Viviane zu sprechen. Sie erneuerte den Leinenverband an Vivianes Schläfe, deutete stumm auf das Tablett mit dem Kanten Brot und dem Stück Käse und verschwand so lautlos, wie sie vor wenigen Augenblicken eingetreten war.

Viviane starrte auf die grobgezimmerte Tür und hätte am liebsten das ganze Tablett dagegen geworfen. Daß sie es nicht tat, hatte zwei Gründe. Zum einen konnte sie sich immer noch nicht bewegen, ohne daß sie das Gefühl hatte, ihr Schädel zerspränge in tausend kleine Splitter. Zum anderen hatte sie einen so unbeschreiblichen Hunger, daß ihr sogar der harte Bauernkäse und das grobe Brot wie die herrlichsten Köstlichkeiten aus der herzoglichen Küche erschienen.

Seit sie vor zwei Tagen in dieser Kammer wieder zu sich gekommen war, hatte sie mit keiner Menschenseele eine Silbe gesprochen. Die schweigende Magd erschien morgens und abends, verband ihr den Kopf, dort, wo der Eisenhandschuh die Schläfe aufgeschürft hatte, half ihr auf den Abtritt an der Wand und brachte das karge Mahl, das nur von einem Krug frischen Quellwassers ergänzt wurde.

Man hatte ihr die Fetzen des prächtigen Hochzeitsgewandes ausgezogen. Sie trug einen ähnlichen Wollrock wie die Magd und ein langärmeliges Leinenhemd, das auf ihrer empfindlichen Haut kratzte, als sei es aus steifen Pferdehaaren gewebt.

Als ihre Schmerzen nachließen, begann sie, über ihre Lage nachzugrübeln, und dabei wuchs ihre Ungeduld. Es hielt Viviane nicht länger auf dem klumpigen Strohsack. Ihr war kalt, sie war hungrig, verzweifelt und so wütend wie noch nie in ihrem Leben. Sie hatte nichts verbrochen. Weshalb also hielt man sie in diesem Turm fest, dessen Fenster so hoch über dem Erdboden waren, daß ihr schwindelig wurde, wenn sie nur hinaussah?

Am liebsten hätte sie geheult, wenn sie an ihre schöne Kemenate in der Burg ihres Vaters dachte – und an die vielen warmen, pelzgefütterten Hausmäntel, die dort in ihren Truhen lagen. Sie rieb die klammen Finger aneinander und schloß die Augen. Immer noch hoffte sie verzweifelt, sie würde in ihrem Bett aufwachen und dieses ganze abscheuliche Abenteuer nur geträumt haben.

Sie rief sich den Duft der Mandeltörtchen, die sie so gerne aß, in Erinnerung und die samtige Weichheit der zahllosen Kissen, die ihr großes, mit dicken Samtvorhängen geschütztes Pfostenbett so einladend und gemütlich machten.

Der kühle Schauer, den der Wind durch die leere Fensterhöhle wehte und bis zu ihr trug, holte sie einmal mehr aus diesen fruchtlosen Illusionen zurück. Der Strohsack sog die Feuchtigkeit auf, und es fehlte nicht viel, daß Viviane mit den Zähnen geklappert hätte.

Geduld hatte noch nie zu den Stärken Viviane de Valouses gehört. Von Kind auf daran gewöhnt, daß man ihr jeden Wunsch von den Augen ablas, schwankte sie seit Tagen zwischen zornigem Kreischen und verzweifelten Tränen. Womit hatte sie dies alles verdient? Was hatte sie verbrochen, daß sie nun so gestraft wurde? Alle ihre Gedanken kreisten um diese Fragen, die ihr niemand beantworten wollte.

Wenn sie sich doch nur an die Worte erinnern könnte, die der schwarze Ritter ihrem Gatten zugerufen hatte! Aber so sehr sie sich auch den Kopf zermarterte, sie fielen ihr nicht mehr ein. Sie entsann sich nur noch des harten Schlages, der sie hier im Burghof getroffen und zu Boden geschleudert hatte. Was davor geschehen war, daran konnte sie sich nicht erinnern.

Seit dem Tag, an dem ihr Vater ihr verkündet hatte, daß sie heiraten würde, hatte das Glück sie verlassen. Zwar war ihr das Hochzeitsbett mit ihrem ungeliebten Gatten erspart worden, aber sie war durch diesen fremden Ritter aus der behüteten, luxuriösen Sicherheit ihres Lebens gerissen und in andere Abgründe von Elend und demütigender Hilflosigkeit geworfen worden. Wenn sie nicht bald eine Erklärung für all das erhielt, würde sie noch das bißchen an Verstand verlieren, das ihr geblieben war.

Aber auch dieser Tag verlief in der üblichen nervtötenden Ereignislosigkeit, die sie bereits fürchten gelernt hatte. Viviane bettete ihren schmerzenden Kopf auf den zunehmend klammer werdenden Strohsack und versuchte, zu Träumen Zuflucht zu nehmen. Doch die Unbehaglichkeiten der Wirklichkeit verhinderten, daß sie auf so bequeme Weise floh. Ihre Gedanken ließen sich nicht verdrängen.

Durch das Fenster sah sie nur auf die endlose Weite eines Waldes, der sich bereits herbstlich verfärbte und dessen Blätter und Nadeldächer die grauen Regenwolken aufrissen. Kein Dorf, kein Turm, keine Straße, nichts, was ihr verriet, wo sie sich befinden mochte und ob es überhaupt eine Hoffnung für sie gab.

Hoffnung worauf? fragte sie sich prompt. Auf Freiheit? Auf die Rückkehr zu einem Gatten, der darauf brannte, sie auf seine Art zu versklaven, eine Art, die nicht minder demütigend war als die des fremden Ritters? In die Arme ihres Vaters, der sie doch längst daraus vertrieben hatte und Gehorsam forderte? Es ähnelte einer grausamen Schachpartie, die einzelnen Züge ihres Lebens nachzuvollziehen und zu wissen, daß sie, was auch immer sie tat, bereits matt gesetzt worden war.

Ihre sich ständig wiederholenden Gedanken quälten sie noch tausendmal mehr als die Mißlichkeiten ihrer Umgebung. Sicher wäre es besser zu wissen, was auf sie wartete, selbst wenn es noch so schrecklich sein mochte, als ständig der Angst vor dem Unbekannten ausgeliefert zu sein.

Viviane schreckte aus ihren Gedanken hoch, als sich am späten Nachmittag, kurz vor der Stunde der Dämmerung, die Tür erneut öffnete.

Das beginnende Zwielicht ließ sie im ersten Moment nur den Umriß eine großen, muskulösen Mannes erkennen, der die Tür sorgsam wieder hinter sich schloß. Sich ihr im Licht eines vielarmigen Leuchters zuwendend, den er bei sich hatte und nun auf dem einzigen Hocker ihrer Kammer abstellte, enthüllte er ihr ein Antlitz, das Viviane nach Atem ringen ließ.

Es wäre schön gewesen, mit edlen Zügen, einer ausgeprägten Nase und einem sinnlichen, empfindsamen Mund, der einem Künstler hätte gehören können. Doch der Ausdruck in seinen Tigeraugen verdarb das Bild der Schönheit. Es war der

Ausdruck eines Mannes, der mit größtem Vergnügen ein wehrloses Opfer betrachtet. Es war eine Mischung aus Haß, Arroganz, gebändigter Wut und offenem Triumph. Viviane lief ein eiskalter Schauder über den Rücken.

Sein spöttisches Lächeln fachte ihren Zorn von neuem an. Mit einer geschmeidigen Bewegung richtete sie sich auf und trat ihm gegenüber. Der Stolz hielt sie aufrecht, ließ sie vergessen, wie schmutzig sie war, daß sie ein grobes Gewand trug und ihre Haare verfilzt und dreckig waren.

»Wer seid Ihr?« wollte sie wissen und streckte trotzig das Kinn vor. »Was wollt Ihr von mir? Weshalb haltet Ihr mich gefangen? Ich fordere endlich eine Erklärung!«

»Kann es sein, daß Euch meine Gastfreundschaft mißfällt, Dame de la Griffe?«

Diese spöttische Antwort ließ das Feuer ihres Zorns nur noch heller lodern.

»Eine schöne Gastfreundschaft, Seigneur!« fauchte sie. »Auf Valouse sind sogar die Schweine besser untergebracht.«

»In der Tat?« erkundigte er sich mit mildem Erstaunen. »Dann wird es wohl daran liegen, daß Ihr noch unter diesen nützlichen Geschöpfen eines wohlgeordneten Haushaltes rangiert, Dame!«

Viviane hätte liebend gerne mit dem Fuß aufgestampft. Aber zum einen hatte ihr die Duchesse de Valouse derartige Trotzanfälle schon im Alter von fünf Jahren ausgetrieben, und zum anderen hatte es wenig Sinn, mit bloßen Füßen auf Steinquader zu stampfen.

»Sagt, was Ihr zu sagen habt, und erspart mir diese närrischen Spielchen! Ich habe bereits begriffen, daß Ihr mich beleidigen wollt, aber nennt mir wenigstens den Grund dafür!« forderte sie mit einem Hochmut, der dem seinen in nichts nachstand.

Sicher bildete sie sich nur ein, daß so etwas wie widerwillige Anerkennung in seinen Raubtieraugen aufblitzte. Ein Teil von ihr hatte immer noch Angst vor ihm, denn er strahlte etwas Bedrohliches aus. Doch sie hätte sich eher die Zunge abgebissen als zugegeben, daß sie sich vor ihm fürchtete. Aber vielleicht war es ja auch etwas ganz anderes, ein Gefühl, das sie nicht benennen konnte und sie noch mehr verunsicherte als bloße Furcht.

»Ihr habt das Pech, die angetraute Gemahlin des Barons de la Griffe zu sein«, erwiderte er schließlich und verschränkte die Arme vor der Brust. »Ihr werdet das Werkzeug meiner Rache sein. Bereitet Euch darauf vor, daß Ihr nicht eher zu ihm zurückkehren werdet, bis ich sicher bin, daß Ihr einen Bastard mit zurückbringt.«

Vivianes armer Verstand weigerte sich schlicht, das zu begreifen, was er ihr so kühl und unbeteiligt mitteilte. Sie lachte, aber es klang schrill und viel zu hoch, und sie erschrak selbst vor diesem Laut.

»Ihr müßt den Verstand verloren haben«, rief sie empört. »Die Schläge, die Euren schwarzen Helm getroffen haben, müssen Euch irre gemacht haben!« Sie zweifelte keinen Moment daran, daß er der geharnischte Mann in Schwarz gewesen war. »Ich bin keine Küchenmagd, mit der Ihr nach Belieben verfahren könnt. Ich bin die Tochter des Herzogs von Valouse! Er wird diese morsche Festung in Trümmer legen und Euch einen Kopf kürzer machen, wenn Ihr es wagt, mir auch nur ein Haar zu krümmen!«

An seinem Gesicht konnte sie nicht ablesen, was er dachte, es war völlig ausdruckslos. Bedrückt sagte sie sich, daß ihr eh schon Schlimmeres geschehen war als ein gekrümmtes Haar. Würde er sie darauf hinweisen?

»Dazu müßte der Herzog seine Tochter erst einmal finden, meine Beste!« antwortete er ihr gelassen. »Ihr befindet Euch im Niemandsland zwischen Burgund und dem Königreich Frankreich. Niemand wird es im Augenblick wagen, die Gewichte zwischen diesen beiden Herrn zu verschieben, nicht einmal der Herzog von Valouse. Er ist klug genug, zu wissen, daß der König keinen Wert auf weitere kriegerische Auseinandersetzungen legt.«

Viviane wußte genug über den Zustand des Königreiches, um dieser Feststellung beizupflichten. Weder ihr Vater noch ihr Gemahl konnten es sich leisten, den König zu verärgern, der seit dem Einmarsch in Paris mit neu erstarkter Macht herrschte.

»Warum tut Ihr mir das an?« fragte sie leise und verachtete sich selbst dafür, daß sie so flehend klang.

»Ich tue es Eurem Gemahl an, dem schurkischen Baron!« antwortete er. »Ihr seid nur seine Frau, sein Eigentum, das ich ihm geraubt habe.«

Eigentum, kein Mensch. Nur eine Frau. Die selbstverständliche Verachtung dieses Mannes für ihr Geschlecht traf Viviane wie ein neuerlicher Hieb mit dem Panzerhandschuh. Vor ihr stand kein edelmütiger Ritter, der zur Verteidigung der Schwachen und Armen in den Kampf zog, der Minnelieder sang und schöne Damen verehrte. Dies war ein Krieger der Rache, dem längst alle Feinheiten der höfischen Erziehung abhanden gekommen waren und der nur nach Mord und Totschlag gierte. Ein Mann, den weder Tränen noch Argumente umstimmen konnten und der gnadenlos seine verbrecherischen Ziele verfolgen würde.

»Ihr werdet heute abend in mein Bett gebracht«, erklärte er weiter. Seine Stimme klang dabei so ruhig, als handle es sich um die Anweisung, schlecht riechendes Stroh zu entfernen. »Die Magd wird dafür sorgen, daß man Euch vorher in die Badestube schickt. Mit Verlaub gesagt, stinkt Ihr wie eine Stallmagd.«

Mit sicherem Instinkt verstand er es, stets genau die Worte zu finden, die Vivianes Stolz von neuem anstachelten, wenn sie gerade dabei war zu resignieren.

Dieser Stolz auf ihre Geburt, ihren Namen, ihre Herkunft hatte sie von Kind an geprägt. Sie war eine Valouse, und es gab Dinge, die man einer Frau dieses Namens nicht antat und die sie selbst nie tun würde. Sie würde es niemals hinnehmen, gedemütigt zu werden, ohne sich dagegen zu wehren.

»Dann passe ich ja bestens zu Euch«, entgegnete sie spitz. »Eine Stallmagd ist die geeignete Gefährtin für einen herzlosen Schurken ohne Ehrgefühl und Erziehung!«

Im ersten Augenblick schien es, als wollte er ein zweites Mal die Hand gegen sie erheben, und Viviane straffte die Schultern. Aber dann stieß er deutlich hörbar den Atem aus und entspannte sich wieder. Viviane versuchte zu verbergen, wie erleichtert sie war.

»Ich werde mich kein zweites Mal dazu herablassen, dich zu schlagen«, knurrte er böse. »Wenn du es nicht lernst, deine vorwitzige Zunge im Zaum zu halten, werde ich dich knebeln. De la Griffe kann mir dankbar sein, wenn ich es übernehme, das Zankweib zu zähmen, das er sich ausgesucht hat.«

Dieses Mal stampfte sie wirklich mit dem Fuß auf, aber er hatte das schäbige Gemach bereits verlassen, und das einzige, was sie damit erreichte, war, daß sie einen scharfen Schmerz im Knöchel spürte.

Sie rieb sich fröstelnd die Arme und dachte über das nach, was sie eben erfahren hatte. Beabsichtigte dieser namenlose Schurke tatsächlich, sie mit Gewalt zu nehmen? Sich ihr wie ein marodierender Landsknecht aufzudrängen?

Doch das Benehmen, das er bis jetzt ihr gegenüber gezeigt hatte, gab wenig Anlaß zu Hoffnung. Natürlich würde er es tun, schon um jenen Mann, der inzwischen ihr Gatte war, aus welchen Gründen auch immer zu demütigen. Mit einem bitteren Lächeln dachte Viviane an das Gespräch zurück, das ihre verlegene Mutter am Vorabend ihrer Hochzeit mit ihr geführt hatte. Die Jungfräulichkeit einer Braut aus edlem Hause war mindestens genauso wichtig wie die Mitgift, die sie in die Ehe brachte. Jeder noble Bräutigam verlangte die Sicherheit, daß es auch tatsächlich seine Kinder waren, die im Leib seiner Gemahlin heranwuchsen, daß noch niemand vor ihm sein Eigentum besessen hatte.

Eine Edeldame, bei der es offensichtlich war, daß sie ihre Jungfräulichkeit schon längst verloren hatte, konnte noch in der Hochzeitsnacht verstoßen werden, denn sie verdiente keinen Schutz und keine Achtung. Es sei denn, sie hieße Agnes Sorel und wäre die Mätresse des Königs, wisperte eine boshafte kleine Stimme in Vivianes Kopf, aber sie verbannte diesen dummen Gedanken sofort. Sie hatte Wichtigeres zu überlegen, als sich über die zweifelhafte Moral des Königs auszulassen. Die Herrschenden hatten ihr eigenes Recht.

Viviane de Valouse war noch Jungfrau. Bisher war es noch keinem Mann gelungen, ihr ruhiges Herz in Aufregung zu versetzen, und auch sie selbst hatte noch nie die drängende

Sehnsucht verspürt, einem Mann völlig anzugehören. Im Gegenteil, der Gedanke an ihre Hochzeitsnacht hatte ihr den Schlaf geraubt und sie erzittern lassen. Sollte sie sich nach all dem, was sie schon erlitten hatte, auch noch von einem gewissenlosen Briganten in Schande stürzen lassen?

Sie blinzelte gegen das Licht, das er ihr dagelassen hatte. Tränen? Heilige Mutter Gottes, was nützten schon die Tränen einer Frau, die unschuldig in eine Fehde zwischen zwei Männern geraten war? Hatte nicht die Mutter Christi selbst am Fuße des Kreuzes ihre Machtlosigkeit beklagt? Auch Viviane de Valouse war allein, und niemand würde ihr helfen.

5. Kapitel

Daß ein bewaffneter Soldat mit der Magd den Raum betrat und Vivianes Handgelenke wieder mit Lederriemen fesselte, besagte genug über die Vorsicht ihres Kerkermeisters. Entweder wollte er generell kein Risiko eingehen, oder er traute ihr sogar in ihrem geschwächten Zustand einen Fluchtversuch zu.

Viviane stolperte unter den wachsamen Augen des Mannes der vorauseilenden Magd hinterher. Die steinernen Gänge und Treppen verwandelten ihre bloßen Füße in Eisblöcke, und sie biß die Zähne aufeinander, um nicht aufzuschreien, als sie sich ein paarmal anstieß. Sie war es nicht gewohnt, barfuß zu gehen, aber sie ahnte, daß es keinen Sinn haben würde, sich darüber zu beschweren.

Zum ersten Male bekam sie eine Ahnung von der Größe der Burg, in der sie sich befand. Es handelte sich um eine alte Festung, deren klobige Mauern den rechteckigen Wohnturm schützten, der ihr Mittelpunkt zu sein schien. Nichts hier deutete auf Reichtum hin, weder gab es kunstvoll geschnitzte Türen noch prächtige Wandbehänge, und die kahle, mächtige Halle, die sie passierten, lag dunkel und leer da.

Viviane vermißte Standarten und Kampfzeichen ebenso wie Bänke oder Tische. Die Luft roch dumpf und abgestanden. Die von steinernem Maßwerk umgebenen dreigeteilten Fenster waren mit Tierhäuten bespannt. Nicht einmal hier gab es gläserne Scheiben, die mehr Licht hereinließen. In diesem kargen, einsamen Saal wurden keine Gäste bewirtet oder Freunde empfangen. Vielleicht hatten die Briganten das verlassene Gemäuer einfach besetzt.

Das Badehaus, das auf der anderen Seite des staubigen Hofes lag, war ein kleines, flaches Gebäude neben dem Torturm, das sich in nichts mit der orientalischen Pracht des marmorgeschmückten Kabinetts vergleichen ließ, in dem sich Viviane zu Hause gesäubert hatte. Das Wasser wurde in einem mächtigen Eisenkessel erwärmt, und die Wanne glich eher einem Viehtrog.

Immerhin hatte sie wenigstens einen Auslaß, damit das gebrauchte Wasser von selbst in den Abfluß rann, der in der hinteren Ecke offensichtlich direkt in den Burggraben führte. Eine steinerne Massagebank, ein paar Hocker und ein Stapel sonnengebleichter Tücher, mehr befand sich nicht in diesem Raum.

Die Magd entzündete zwei weitere Fackeln an der steinernen Wand und verschloß die Tür vor dem Soldaten, der draußen Posten einnahm und ihre Ungestörtheit sicherte. Erst danach löste sie Vivianes Fesseln.

Die Gefangene rieb sich die geröteten Handgelenke, während sie reglos dabei zusah, wie das Mädchen Eimer um Eimer in die Wanne schüttete, kaltes Wasser aus einer Holztonne hinzugab und zuletzt auf das dampfende Bad deutete. Stumm und ohne ein Wort zu sagen.

Viviane streifte die Kleidungsstücke vom Leib, in denen sie nun seit Tagen lebte und schlief, weil es nachts viel zu kalt war, um auch nur den Rock abzulegen. Seit jenem Morgen, an dem man sie für ihre Hochzeit geschmückt hatte, war es ihr nicht einmal vergönnt gewesen, sich wenigstens die Hände oder das Gesicht zu reinigen. Noch nie in ihrem Leben war sie so schmutzig und übelriechend gewesen, und noch nie hatte sie sich so dankbar in warmes Wasser sinken lassen. Auf

Valouse hätte sich sogar jede einfache Stallmagd für diesen Zustand geschämt, geschweige denn die stolze Tochter des Burgherrn.

Einige Augenblicke lang brachte sie es fertig zu vergessen, weshalb sie dieses Bad nehmen mußte. Die Wärme drang in jede Pore ihres eisigen Körpers und löste die Schweiß- und Schmutzschicht, die bisher ihr wahres Aussehen verborgen hatte. Sogar der stummen Magd entfloh ein Seufzer der Bewunderung, als Viviane aus dem gräulichen Wasser tauchte und einen alabasterfarbenen Körper enthüllte, an dessen schlanker Vollkommenheit auch der härteste Kritiker nichts hätte aussetzen können.

Viviane wußte, wie sie aussah, die Spiegel in ihren Gemächern hatten es ihr stets verraten. Aber wenn sie bisher auf die Makellosigkeit ihrer Schönheit stolz gewesen war, so begriff sie nun zum ersten Male, daß diese Vollendung zugleich ihren Untergang besiegelte. Daran gewöhnt, bewundert zu werden, bezweifelte sie nicht, daß der Burgherr sich seiner Beute ebenfalls freuen würde. Dieser Körper, der bisher ausschließlich ihr selbst gehört hatte, sollte herabgewürdigt, beschmutzt und geschändet werden.

Wirre Gedanken an Flucht, Selbstmord und Auflehnung schossen ihr durch den Kopf, während die schweigsame Helferin ihre Haare entwirrte und mit einem feinzinkigen Kamm Ordnung in die Fülle der üppigen rötlichen Seidensträhnen brachte. Als sie den Kamm absetzte und auf die Kleider deutete, die Viviane vorhin achtlos auf den Boden geworfen hatte, schoß wieder heißer Zorn in ihr hoch.

»Diese Lumpen?« rief sie wütend. »Ich denke nicht daran, diese schmutzigen Sachen wieder anzuziehen. Bring mir saubere Kleider!«

Der stumme Widerstand, den ihr die junge Frau leistete, zerrte an Vivianes ohnehin nur geringer Geduld. Als die Magd jedoch Anstalten machte, zur Tür zu gehen und den Wachhabenden hereinzuholen, konnte Viviane nicht länger daran zweifeln, daß es der anderen völlig gleichgültig war, ob sie nun in paradiesischer Nacktheit oder züchtig bedeckt mit dem Mann ging. In diesen Mauern nahm niemand Rücksicht auf ihre Schamhaftigkeit oder ihre Gefühle. Im Gegenteil, jeder versuchte sie absichtlich zu demütigen und zu verletzen. Auf Befehl ihres Herrn?

Mit einen unterdrückten Fluch, von dem Viviane bisher nicht einmal gewußt hatte, daß sie ihn kannte, griff sie nach dem Hemd und zog es über den Kopf. Hatte das Kleidungsstück sich zuvor nur grob und unangenehm angefühlt, so kam es Viviane nun, nach dem unerwarteten Luxus des Bades, wie eines jener härenen Gewänder vor, die bußfertige Klosterfrauen hinter ihrer Kutte trugen, um sich selbst für ihre Sünden zu strafen. Mit fliegenden Fingern befestigte Viviane die Bänder des Rockes und warf die offenen, immer noch leicht feuchten Haare nach hinten.

Sie streifte die Magd mit einem Blick und hatte den Eindruck, so etwas wie Mitleid in deren Augen zu entdecken. Eine kleine Magd, ein Nichts in diesem Verbrecherhaufen, wagte es, die vornehme Viviane de Valouse zu bedauern. Wie weit würde sie wohl noch sinken müssen?

Immerhin verzichtete der Soldat dieses Mal darauf, sie zu fesseln. Er packte sie am Oberarm, als sie aus dem Badehaus trat, und führte sie in zügigem Tempo in das Haupthaus zurück. Auch jetzt achtete er nicht darauf, daß sie barfuß ging und daß sich die scharfen Steine und Splitter in ihre weichen Sohlen bohrten. Er ging an der Steintreppe zum Turm vorbei, über die Empore des großen Saales, wo sich normalerweise der Herrschaftstisch befand, zu einer niedrigen Türe, die er öffnete, nachdem er seine Gegenwart durch ein energisches Klopfen kundgetan hatte.

»Die Frau, Seigneur!« sagte er und bückte sich unter dem Türholm hindurch, ehe er ihr einen Stoß gab, der sie zwei Schritte nach vorne stolpern ließ und ihre stolze Haltung zunichte machte. Es dauerte einen Moment, bis sie ihr Gleichgewicht wiedergefunden und die Flut ihrer glänzenden Haare halbwegs gebändigt hatte. Dies gab ihrem Entführer die Gelegenheit, sie zu betrachten, ohne daß ihre Augen eisige Blitze sprühten und ihr Mund scharfe Beleidigungen sprach.

Falls er jedoch erwartet hatte, sie gedemütigt oder kleinlaut zu finden, so sah er sich enttäuscht. Selbst die Lumpen einer Dienstmagd konnten nicht verbergen, daß sie von edler Geburt war. Wie ein Mantel umgaben sie ihre rötlich-golden schimmernden Haare; ihr blasses, ovales Antlitz konnte man nicht anders als vollendet nennen, und ihre Haltung war wahrhaft königlich.

Man hatte ihm berichtet, daß die Tochter des Herzogs von Valouse eine Schönheit sei, aber daß sie ein Juwel war, das seinen Glanz nicht aus Kleidern und Schmuck bezog, sah er erst jetzt. Nun, de la Griffe hatte schon immer eine unheilvolle Vorliebe für schöne Frauen besessen, wer hatte diese schmerzvoller erfahren als er selbst? Chloé war ebenfalls bezaubernd gewesen, wenngleich blasser, ruhiger, weniger feurig als diese wilde Jungfrau hier.

Im selben Moment hatte sich Viviane endlich gefangen und straffte die Schultern. Ein schneller Blick in die Runde hatte ihr gezeigt, daß sie sich in einem Kabinett befand, das sowohl Arbeits- als auch Schlafraum war. Das Mobiliar war einfach; lediglich ein Tisch, ein Stuhl, zwei Truhen und ein mächtiges altes Pfostenbett auf einer Empore befanden sich in der Kammer. Auch ohne das Schwert und den Mantel, die auf der Truhe lagen, hätte Viviane gewußt, daß hier der Hausherr wohnte. Der Raum war erfüllt von seiner Gegenwart.

Obwohl sie die Lider gehorsam gesenkt hielt, beging der Hausherr nicht den Fehler, diese vorgetäuschte Demut für Gehorsam zu halten. Unter der ruhigen Oberfläche loderte sichtbar das Feuer.

»Zieh dich aus und leg dich dort ins Bett!« befahl er barsch und füllte sich erneut seinen Zinnbecher aus einem Krug Wein, den er bereits weit kippen mußte, damit noch etwas herauskam.

Die Reste einer Mahlzeit standen auf dem Tisch, und Viviane spürte, wie ihr beim Duft des frisch gebackenen Brotes und des würzigen Ragouts das Wasser im Mund zusammenlief. Ihr Magen erinnerte sich schmerzhaft an die karge Kost der letzten Tage.

Viviane blickte trotzig den Fremden an. »Nein!« sagte sie und verschränkte die Arme vor der Brust.

»Nein?« wiederholte er, als hätte er das Wort in seinem Leben noch nie vernommen.

Die Kerzen, die in dem schweren eisernen Ständer hinter ihr brannten, umgaben seine hohe Gestalt mit einem Rahmen aus Licht. Viviane konnte weder den Ausdruck seines Gesichtes noch den in seinen Augen erkennen. Sie bemerkte lediglich, daß seine Haare nicht schwarz waren, wie sie zuerst gedacht hatte, sondern vom tiefen Braun frisch aufgebrochener Erde. Das Licht malte goldene Schatten dazwischen und schimmerte in den halblangen Locken, die rücksichtslos auf Helmlänge gekürzt worden waren.

Vivianes Herz schlug in harten, dröhnenden Schlägen. Sie fürchtete, daß er es hören würde, so laut klang es in den eigenen Ohren.

»Nein«, wiederholte sie widerborstig. »Erwartet nicht, daß ich auch nur einen Finger bewege, um einem ehrlosen Schurken sein beleidigendes Werk zu erleichtern. Siegt mit Eurer Kraft und Eurer männlichen Brutalität, wenn Euch daran liegt, aber glaubt nicht, daß ich Euch wie eine dumme Gans auch noch dabei helfe.«

»Jeder Zoll eine Herzogin«, spottete der Seigneur und stellte den Becher so hart auf das Tablett zurück, daß Viviane unwillkürlich zusammenzuckte. »Aber dennoch eine Frau. Frauen haben zu gehorchen, hat man dir das nicht beigebracht, meine trotzige Prinzessin?«

»Ihr seid nicht mein Herr!« antwortete Viviane mit unverminderter Heftigkeit. »Ihr seid nicht einmal ein Mann, dessen Namen ich kenne. Für mich seid Ihr nichts anderes als ein ehrloser Schurke, der den Hochzeitsfrieden eines anderen gestört hat.«

»Mein Name ist Bertrand de Coville, und Ihr befindet Euch auf der zugegeben etwas baufälligen Festung meiner Väter. Euer Gatte kennt mich sehr wohl, so, wie er auch die Motive meiner Tat kennt. Wenn ihm etwas an Euch liegt, wird er Euch zu finden wissen, aber bis dahin werdet Ihr mir gehorchen oder …«

»Oder was?« Viviane ging das Temperament durch. Dieser Mann ließ sie jede Beherrschung vergessen. »Wollt Ihr mich auspeitschen? Auf den Pranger stellen? Mir die Zunge abschneiden? Erklärt Euch, Seigneur de Coville! Wollt Ihr mir Angst einjagen?«

Ihre Furchtlosigkeit nötigte dem Mann eine Art widerwilligen Respekt ab. Es war eine Sache, einen Racheplan zu entwerfen, und eine andere, in dessen Verlauf mit einer Frau konfrontiert zu werden, die es mit ihm an Mut und Eigenwillen aufnehmen konnte und ihm das unangenehme Gefühl vermittelte, nicht einen Deut besser als der Baron zu sein.

Er goß sich den Rest des Weines in seinen Becher und stürzte ihn ohne abzusetzen hinab. Es war nicht seine Art, unmäßig zu trinken, aber heute sehnte er sich nach einem Rausch. Um so sehr gegen die eigenen Wertmaßstäbe und tief sitzenden Ehrbegriffe handeln zu können, brauchte er die Hilfe des Alkohols.

Viviane beobachtete aufmerksam unter halb gesenkten Augenlidern den Mann, der sie bedrohte. Weder sein Benehmen noch seine Kleidung lieferten ihr den geringsten Hinweis. Er gab sich wie ein Edelmann, der keinen Wert auf Etikette legte, und sein einfaches, wollenes Wams war, wenngleich schmucklos, so doch von besserer Qualität. Sie verstand genügend davon, um auch die feine Machart des Hemdes und das exquisite Leder der halbhohen Stiefel beurteilen zu können. Auch erinnerte sie sich nur zu gut an das prächtige Streitroß, das klaglos doppeltes Gewicht getragen hatte. Wie paßte das zu der kargen Burg, die er bewohnte? Zu der kahlen Halle und den leeren Kaminen?

»Schluß mit dem dummen Gewäsch!« knurrte er in diesem Moment und wischte sich den Mund mit dem Handrücken ab, ehe er den Becher zurückstellte. »Es ist an der Zeit, zu Bett zu gehen.«

Viviane, die die Bewegung noch nicht einmal im Ansatz bemerkte, wurde durch einen kräftigen Stoß die beiden Stufen hinaufbefördert, wo das große Bett mit den gedrechselten Pfosten stand. Die Vorhänge auf der dem Feuer zugewandten Seite waren zurückgeschlagen, und Viviane griff nach einem der Pfosten, um nicht zu stürzen. Wie ein Vorhang hingen ihr die Haare vorm Gesicht, und als sie noch dabei war, sie zurückzustreifen, spürte sie, wie ihr Peiniger links und rechts an ihren Schultern die schmutzige Leinenbluse packte.

Ein heftiger Ruck, und der reißende Stoff rutschte über ihre Schultern. Der silberne Stahl eines Messers blitzte auf und zerschnitt das Rockband in ihrer Taille. Ein weiterer Streich befreite sie von den letzten Resten der Bluse, und ehe sie noch die Hände vor dem bloßen Körper kreuzen konnte, flog sie rückwärts in die Decken und Kissen des Lagers, einmal mehr von der Fülle des eigenen Haares behindert und gefesselt.

»Du bist schön!« hörte sie die rauhe Stimme Bertrand de Covilles. »Schöner, als es ein Mann wie Eduard de la Griffe verdient.«

Unerwartet sanft strich er ihr die Haarsträhnen aus dem Gesicht. Zorn und Verlegenheit hatten ihre Wangen in brennende Röte getaucht.

»Ich ...«, begann sie, doch der Rest des Satzes wurde von einem hungrigen Mund erstickt, der sich auf ihre Lippen preßte und sie in Besitz nahm. Wie gelähmt lag Viviane da und versuchte zu begreifen, was mit ihr geschah und welche verwirrenden Gefühle sie plötzlich ergriffen hatten.

Es war, als wäre sie plötzlich mit einem Zauberbann geschlagen. Nichts mehr war von der früheren Grausamkeit zu spüren; seine Lippen, sein Kuß waren pure Verführung. Eine wilde, sehnsuchtsvolle Zärtlichkeit erwachte in Viviane, und unwillkürlich öffneten sich ihre Lippen, gaben dem zarten und doch so leidenschaftlichen Drängen seines Mundes nach.

Sie hatte erwartet, nichts als Abscheu und Ekel zu spüren, doch nun empfand sie ein seltsames Sehnen, das ihren ganzen Körper erfaßte und wie Feuer in ihr loderte. Niemals in ihrem ganzen Leben hatte sie etwas Ähnliches verspürt.

Was machte dieser Mann mit ihr? War dies die Strafe, die er ihr zugedacht hatte? Daß sie ihn begehrte und mehr, viel mehr von ihm empfangen wollte als nur diesen Kuß? Von einem Mann, den sie eigentlich als ihren Todfeind betrachten sollte?

Doch auch Bertrand de Coville war verblüfft. Er entdeckte willige Hingabe, wo er Widerstand erwartet hatte, Zärtlichkeit statt sprödem Zorn, Verführung statt Verteidigung. Gefühle, die auch ihn selbst veränderten; wilde Gier in den Wunsch verwandelten, ihr Freude zu schenken statt sie stellvertretend für seinen Feind leiden zu sehen.

Er ließ seine Hände sanft über ihre zarte Haut gleiten und spürte, wie Viviane erschauerte. Angewidert von sich und dem, was er für die Pflicht seiner Rache hielt, hatte er dies alles so schnell wie möglich hinter sich bringen wollen, doch nun genoß er jede Minute, genoß es, mit welch unschuldiger Sinnlichkeit diese schöne Frau auf seine Zärtlichkeiten reagierte. Ein Verlangen, wie er es bis dahin nicht gekannt hatte, erfüllte ihn.

Seine Lippen glitten kosend über ihren schlanken Hals, fanden die pochende Ader unter der warmen Haut und glitten tiefer, hin zu der verführerischen Wölbung ihrer Brüste. Er küßte die alabasterfarbene Haut und kostete die empfindsamen Spitzen, die sich verhärteten, als er sacht die Zähne um sie schloß. Das leise Stöhnen, mit dem Viviane darauf reagierte, und das Zittern ihres Leibes, erregten ihn nur noch mehr.

Seine Berührungen erschütterten Viviane und verursachten einen seltsamen Schmerz tief in der Mitte ihres Leibes. Alle Nervenenden schienen dort zusammenzulaufen und pures Feuer in ihren Körper zu schicken. Den ungewohnten, neuen Empfindungen hilflos ausgeliefert, hörte sie sich stöhnen und wimmern und nach mehr verlangen.

Sie brannte unter seinen Küssen, den streichelnden Händen, die immer tiefer glitten, zu ihren Hüften, ihrem Schoß, dorthin, wo sich die Hitze ballte und die Qual so sehr pochte, daß sie sich der Berührung entgegen wölbte. Was tat er mit ihr?

»Hab Geduld, mein Kätzchen, Geduld …« Sie hörte seine Stimme wie aus weiter Entfernung, eine Stimme, die längst nicht mehr hart und wütend klang, sondern sie in einen Mantel aus Wohlbefinden und Zärtlichkeit hüllte. »Für einen Neuling in dieser schönen Sache bist du reichlich stürmisch. Warte, ich will dir doch nur Freude schenken …«

Viviane seufzte rauh, als die zärtlichen Finger sie dort

berührten, wo sie vor Sehnsucht nach ihm zerschmolz, wo ihr Körper ihm so deutlich verriet, daß sie nur darauf wartete, genommen und besessen zu werden. Jede dieser unglaublichen Liebkosungen steigerte nur das Verlangen nach einer weiteren Berührung, nach völliger Einheit und Hingabe.

Dann, als er seine Hand zurückzog, hätte sie vor Enttäuschung fast aufgeschrien, doch im selben Moment spürte sie etwas anderes, Größeres, Härteres, das in sie einzudringen versuchte.

Viviane erstarrte. Kam nun das, wovon ihre Mutter ihr am Vorabend ihrer Hochzeit erzählt hatte? Wovon sie seitdem geglaubt hatte, daß es das Schrecklichste wäre, was einer Frau zustoßen könnte? Mit angstvoll aufgerissenen Augen blickte sie zu Bertrand de Coville auf, doch als sie sein Antlitz sah, das ihr in diesem Moment erschien wie das eines heidnischen Gottes, als sie das Verlangen in seinem Blick las, seufzte sie leise auf.

Er schien zu zögern, zu warten, doch als er spürte, wie sich ihr Körper ihm unwillkürlich öffnete, drang er in sie ein.

Er tat ihr weh, und einen Moment lang verkrampfte Viviane sich, haßte ihn für den Schmerz, den er ihr zufügte. Doch als er sich langsam erst, dann immer drängender in ihr zu bewegen begann, spürte sie erneut diesen Zauber, mit dem es ihm wie eben schon auch jetzt wieder gelang, ihre Gefühle ins Gegenteil zu verkehren.

Sie spürte, wie er sie ausfüllte, wie er eine Lust in ihr weckte, die so quälend süß war, daß sie sie nicht mehr ertragen zu können glaubte. Sie schrie auf, als sie endlich Erlösung fand.

Danach blieben sie eine Weile reglos liegen, bis Bertrand sich schließlich neben sie rollte. Viviane hatte die Augen geschlossen und versuchte, wieder zu Atem zu kommen. Langsam, ganz allmählich, fing ihr Verstand wieder an zu arbeiten.

Viviane erstarrte, als sie endlich begriff. Er hatte ihr eine Schmach zugefügt, die schlimmer war als alles, was sie sich bis dahin hatte vorstellen können. Er war gemein, hinterhältig und grausam!

Dieser Teufel hatte sie dazu gebracht, die Strafe, die er ihr zugedacht hatte, mit Freude zu genießen! Er hatte ihr nicht die Ehre geraubt, sie ihr nicht mit Gewalt genommen, sondern sie mit seinen Verführungskünsten dazu gebracht, daß sie ihm willig schenkte, was ihm niemals hätte gehören dürfen! Hätte er sie roh und brutal vergewaltigt, so hätte sie ihn dafür verachten können, doch nun – nun verachtete sie sich selbst …

Und was konnte schlimmer sein als das?

6. Kapitel

»Du weinst?«

Viviane drehte stumm das Gesicht zur Seite, wollte ihm ihre Tränen nicht zeigen.

»Ich habe dich in all diesen Tagen nie weinen sehen«, fuhr er fort und streichelte sanft ihre Schulter.

Heftig schlug sie seine Hand fort und rollte sich wie ein Kind zusammen, wandte ihm ihren schmalen Rücken zu, der in geschwungene Hüften, einen reizvollen Po und lange schlanke Beine überging. Sie war sich nicht bewußt, welchen Anblick sie ihm bot. Sie wußte nur, daß sie sich elend fühlte und am liebsten tot gewesen wäre.

»Es hat keinen Sinn, mir zu trotzen«, sagte er überraschend milde, und an der Bewegung des Lagers fühlte sie, daß er aufstehen wollte. »Es ist geschehen, was hat sein müssen. Und ich muß gestehen, daß es mir mehr Vergnügen bereitet hat, als ich erwartet habe. Es wird mir leichtfallen, dir ein Kind zu machen.«

»Ooooh!« Viviane fuhr herum und richtete sich empört auf. »Ihr … Ihr … Ihr seid das abscheulichste Stück Vieh, das mir je in meinem Leben untergekommen ist. Ein Schurke ersten Ranges, ein Galgenvogel, ein …«

»Gemach ... gemach, mein Kätzchen!« Bevor sie begriff, was er tat, hatte Bertrand de Coville die rötlichgoldene Mähne gepackt und Viviane so nahe an sich herangezogen, daß ihre Brüste gegen seinen breiten Brustkorb gedrückt wurden. Viviane spürte, wie sich ihre Brustspitzen wieder verhärteten und das Blut in ihren Adern wieder schneller zu kreisen begann.

»Wenn wir hier schon beim Austausch von Komplimenten sind«, meinte er aufgebracht, »so laß dir sagen, daß sich hinter deinem vornehmen Getue eine verführerische Buhle verbirgt. Du kannst nicht leugnen, daß dir das, was wir getan haben, höchstes Vergnügen bereitet hat.«

Heiße Röte überflutete Viviane von der Stirn bis zu den Zehenspitzen. Wie kam er dazu, das auszusprechen, wofür sie sich so schämte? Wie kam er dazu, sie so anzufassen, sie so zu berühren, daß sie von neuem Verlangen nach ihm verspürte? Warum verriet ihr eigener Körper sie? War es tatsächlich möglich, daß Eigenschaften in ihr steckten, von deren Existenz sie bisher keine Ahnung hatte? Die sie in eine ganz andere Frau verwandelten?

»Ich hasse Euch!« stieß sie hervor. »Ihr seid betrunken und abscheulich!«

»Wen kümmert's, was du fühlst?« entgegnete er gelassen und ohne seinen Griff zu lockern. Er zog sie sogar noch näher an sich heran und umfaßte mit der freien Hand eine ihrer Brüste, und wieder begann er sie mit der Magie der Lust zu verzaubern. Mit dem Daumen reizte er die zarte rosige Spitze, dann senkte er ganz, ganz langsam den Kopf und beugte sich über die andere Knospe, die er mit seiner Zunge umkreiste und spielerisch liebkoste.

Viviane biß sich auf die Lippen, damit sie nicht aufschrie vor Lust und Verlangen. Nachdem sie sich schon einmal schamlos und in ungezähmter Leidenschaft ihm hingegeben hatte, wollte sie ihm diese Genugtuung nicht noch ein zweites Mal gönnen. Welche höllische Zauberkraft übten seine Berührungen auf sie aus, daß sie dahinschmolz wie Butter in der Sonne?

»Ihr habt mir weh getan!« warf sie ihm vor und versuchte, ihr heftiges Verlangen zu ignorieren.

»Beim ersten Mal tut's immer weh«, meinte er ungerührt und liebkoste weiter ihre Brüste. »Außerdem wirst du dich an Schmerzen gewöhnen müssen. De la Griffe ist kein Seigneur, der zart mit Damen umgeht. Je eher du dich damit abfindest, um so besser wirst du ihm dienen können. Aber vorerst hast du mir zu Willen zu sein. Ich habe schon lange nicht mehr soviel Vergnügen bei einer Frau empfunden, und du wirst auch nicht enttäuscht sein, das verspreche ich dir. Schlaf jetzt, für heute ist's genug!«

Viviane fiel in die Kissen zurück, als er ganz unvermittelt ihre Haare losließ. Gerade noch konnte sie sich eine weitere Beleidigung versagen. Bedeutete diese Aufforderung, daß sie hier schlafen konnte? Auf einer Matratze, die herrlich weich war, statt auf dem harten, kalten Steinboden? Unter einer Decke, die wärmte, und beim Flackern eines Feuers? Was war mit ihr passiert, daß sie nun bereit war, für solche Annehmlichkeiten, die sie bis zu ihrer Entführung als selbstverständlich hingenommen hatte, ihren Stolz zu verleugnen?

»Raus mit dir!« Er schubste sie so jäh vom Bett, daß sie die Stufen hinabstolperte und auf die Knie fiel. Dann wandte er ihr den Rücken zu, denn er wußte nicht, ob er der Versuchung widerstanden hätte, sie ein zweites Mal zu besitzen. »Du kannst dich vor dem Feuer zusammenrollen. Hier hast du eine Decke.«

Viviane glaubte ihren Ohren nicht zu trauen. Das Maß der Demütigungen schien kein Ende zu haben. Verlangte er allen Ernstes von der Tochter des Herzogs von Valouse, auf dem Boden seiner Kammer zu schlafen? Ohne einen Faden am Leib? Mit einer Kraft, die aus dem übermächtigen Zorn kam, rappelte sie sich hoch und wollte Bertrand gerade ihre Meinung sagen, als ihr plötzlich ein sonores Schnarchen verriet, daß der Wein im Verein mit der körperlichen Erschöpfung gesiegt hatte. Der Seigneur de Coville entzog sich jeder weiteren Diskussion durch den Schlaf.

Viviane wartete ein paar Herzschläge lang, dann hüllte sie sich in die weiche Decke, die neben ihr auf dem Boden lag, und schlich auf bloßen Sohlen zur Türe. Langsam, unendlich sacht drehte sie den Knauf und dankte dem Himmel, daß wenigstens die Schlösser und Angeln in dieser notdürftig eingerichteten Feste gepflegt und gefettet waren. Mit angehaltenem Atem zog sie die Pforte einen Spaltbreit auf und sah nach draußen – genau in das aufmerksame Gesicht eines Hellebardenträgers, der gegenüber im Schein von zwei Fackeln Wache stand.

Sie war eine Gefangene, auch wenn ihr Wärter im Moment schlief. Er hatte dafür gesorgt, daß es kein Entkommen und keinen Beistand für sie gab. Unter dem ungerührten Basiliskenblick des Mannes schloß sie die Tür mit einem deutlich hörbaren Knall. Jetzt war es ihr egal, ob der Schläfer sie hörte. Er rührte sich nicht, doch daß um seine Mundwinkel die Andeutung eines Lächelns spielte, konnte sie nicht erkennen.

Sie betrachtete nachdenklich den nackten, muskulösen Mann, der seine Blöße bis zur Hüfte mit einem Leintuch bedeckt hatte. Die Narben auf seinem Rücken verrieten ihr, daß er manch harten und gefährlichen Kampf bestanden hatte. Viviane beging nicht mehr den Fehler, ihn zu unterschätzen. Der Seigneur de Coville wußte, was er wollte, und gab seine Beute freiwillig nicht her.

»Der Satan soll dich holen«, murmelte Viviane erbost und lehnte sich mit dem Rücken gegen die warme Kamineinfassung. Freiwillig würde sie nicht auf dem Boden schlafen. Doch während der Nacht sank ihr Kopf zur Seite, und sie rutschte nach unten.

Sie bemerkte nicht, daß der Mann aufstand und einen Kaminschirm aufstellte, damit sie vor Funken geschützt war. Im Schein der erlöschenden Glut wirkte ihr nun im Schlaf entspanntes Gesicht rührend zart und verloren.

Bertrand de Coville preßte die Lippen zusammen und ging wieder zu Bett. Er verstand sich selbst nicht mehr. Warum hatte er sie nicht so grob behandelt, wie er es vorgehabt hatte? Was hatte in ihm den Wunsch geweckt, ihr die gleiche Freude zu schenken, wie er sie empfunden hatte? Das durfte nicht noch einmal passieren. Er durfte nur de la Griffes Gattin in ihr sehen. Das Werkzeug seiner Rache. Die Möglichkeit, einem Schurken heimzuzahlen, was dieser ihm angetan hatte. Und er hatte weiß Gott genügend Grund, diesen Mann seine Sünden büßen zu lassen. Mehr als dessen hochnoble Gattin wissen konnte. Ebensowenig, wie sie wissen konnte, daß alles, was er an Herz, an menschlichen Gefühlen und Empfindungen jemals besessen hatte, unter dem Stiefelabsatz eben dieses Mannes zertreten worden war.

»Steh auf, bring mir Waschwasser und fach das Feuer im Kamin an. Was ist los mit dir? Verstehst du die einfachsten Dinge nicht? Willst du den ganzen Morgen unter deiner Decke liegen und faulenzen?«

Viviane wußte im ersten Moment nicht, wo sie sich befand. Ihr war nicht kalt, aber ihr ganzer Körper fühlte sich wie zerschlagen an, und der Steinabsatz des Kamins drückte in ihre Rippen. Mit einem leisen Stöhnen stützte sie sich auf den Unterarm und strich sich die Fülle ihrer Haare aus dem Gesicht.

Das erste, was sie sah, waren zwei behaarte Männerbeine. Ihr Blick wanderte höher, zu dem Tuch, das sich Bertrand de Coville lässig um die Lenden geschlungen hatte, zu seinem spöttischen Gesicht.

Offensichtlich hatte er sie mit dem Fuß angestoßen, um sie zu wecken. Durch die bespannten Häute des großen Fensters fiel das milchige Licht des frühen Morgens herein und ließ das ganze Gemach irgendwie unwirklich erscheinen.

Da sie keine Anstalten machte, sich zu erheben, stupste der ungeduldige Mann sie noch einmal an. »Du wirst mir dienen!« befahl er.

Einen Ton wie den, in dem er mit ihr gesprochen hatte, hatte Viviane noch nie leiden können, und prompt wurden ihr Haß und ihr Trotz wieder wach. Vor allem, als auch noch die Erinnerungen an die vergangene Nacht zurückkehrten.

»Angekleidet oder nackt wie eine Sklavin?« fuhr sie Bertrand an und deutete auf das Häufchen Lumpen, das von ihrer Kleidung übriggeblieben war. »Bei Gott, ich wünschte ...« Sie hielt inne. Weniger, weil sie begriff, daß Beleidigungen sie nicht weiterbrachten, sondern weil ihr schlicht und einfach die Worte fehlten, um ihre Verachtung treffend auszudrücken.

Coville hatte ihr ohnehin nicht zugehört. Er war zur Pforte getreten, hatte sie aufgerissen und brüllte mit solcher Lautstärke einen Namen, daß Viviane zusammenzuckte. Offensichtlich handelte es sich um den Namen ihrer Magd, denn ein Mädchen tauchte in höchster Eile auf und verneigte sich respektvoll vor ihrem Seigneur.

»Bring Kleider für diese da!« forderte er sie auf und deutete mit dem Kinn auf Viviane, die neben dem Kamin stand. »Danach zeigst du ihr, was sie zu tun hat, damit alles so ist, wie ich es schätze. Laß dich auf kein Gespräch mit ihr ein, denn sie wird sich vermutlich ständig beklagen und Widerreden geben.«

Das Mädchen huschte hinaus, und Coville wandte sich wieder Viviane zu. »Falls du daran denken solltest zu fliehen, so laß dir gesagt sein, daß jeder Mann und jede Frau in dieser Burg mit seinem Leben für deine Anwesenheit haftet. Zudem wird das einzige offene Tor von meinen treuesten Männern bewacht.«

Viviane biß sich auf die Unterlippe und zog die Decke enger um sich. »Macht es Euch Vergnügen, mich zu demütigen und zu mißhandeln?« fragte sie leise. »Was seid Ihr nur für ein Mann, daß Ihr Euch an einer Frau vergreifen müßt? Reicht Euer bißchen Mut nicht für den Kampf Mann gegen Mann? Müßt Ihr Euch die Schwächsten aussuchen?«

»Ich zahle Gleiches mit Gleichem zurück«, entgegnete er so gleichmütig, als ginge ihn das alles gar nichts an. Dann trat er zum Fenster und öffnete den Rahmen mit der straffen, fast durchsichtigen Haut. Zum ersten Male, seit Viviane sich in dieser Burg befand, schien die Sonne, und ein breiter goldener Streifen fiel auf die hölzernen Bohlen des Bodens. Er funkelte auf der Decke, die Viviane um sich geschlungen hatte, und erst jetzt betrachtete sie den Stoff genauer, der sie gewärmt hatte. Aus vielfältig bunten Wollfäden gewebt und mit schwerer, schwarzer Seide gefüttert, war es ein Stück von unerwarteter Kostbarkeit. Gefertigt für einen König, einen Sultan, denn Vivianes geschultes Auge erkannte die orientalischen Muster ebenso wie die persische Seide.

Sie erinnerte sich daran, wie achtlos er ihr diese Decke hingeworfen hatte. Wußte er nicht, welch kostbares Stück er besaß? War er tatsächlich nur ein Raufbold ohne Bildung und Verstand? Ein Grobian, ein Haudegen mit beschränktem Auffassungsvermögen? Wie seltsam, daß sich alles in ihr sträubte, dies zu glauben, wenngleich seine Handlungen nur diesen einen Schluß zuließen.

Die Rückkehr der Magd riß Viviane aus ihren Überlegungen. Das Mädchen trug einen kleinen Stapel Kleidungsstücke, und es fiel der wütenden Gefangenen schwer, die schmeichelnde Seide der Decke gegen das zwar saubere, aber grobe Leinen des bodenlangen Hemdes einzutauschen, das mit einer Kordel am Hals geschlossen wurde. Der braune Wollrock, der dazugehörte, war ihr eine Handbreit zu kurz, und ihre schmalen Füße mit den zierlichen Fesseln erregten unwillkürlich die Aufmerksamkeit des Seigneurs. Er erinnerte sich wieder daran, wie sie die schlanken Beine in der Hitze der Leidenschaft um ihn geschlungen hatte.

Nein, er durfte nicht weich werden, er durfte seinem Mitleid nicht nachgeben. Wie konnte er seine Rache durchführen, wenn er Sympathie für das Opfer zeigte? Und so klang seine Stimme, als er wieder sprach, wesentlich schroffer, als er beabsichtigt hatte. »Das Wasser und mein Morgenmahl, spute dich, Mädchen!«

Viviane, die sich gerade bemühte, ihre Haarflut in einen dicken Zopf zusammenzufassen, verengte die hellen Augen, bis sie nur ein grüner Schlitz zwischen dunkelgoldenen Wimpern waren. Sie atmete einmal tief durch, doch bevor sie etwas antworten konnte, hatte die stumme Magd sie am Handgelenk gepackt und zog sie aus dem Gemach. Viviane hatte Mühe, mit ihr Schritt zu halten.

»So warte doch«, rief sie atemlos und raffte ihren Rock. »Wo läufst du hin?«

»In die Küche!« antwortete das Mädchen so überraschend, daß Viviane fast gestolpert wäre. »Der Herr will essen. Du mußt ihm sein Frühstück bringen. Eil dich, er liebt es nicht, wenn man ihn warten läßt.«

»Heilige Mutter Gottes, ich wüßte nicht, was mich weniger

interessiert als die Dinge, die dieser Schurke liebt«, platzte Viviane wütend heraus.

»Du mußt ihm gehorchen!« antwortete die kleine Magd. »Er duldet keinen Widerspruch. Während du das Tablett hinaufträgst, fülle ich die Eimer mit dem Badewasser auf. Du mußt sofort zurückkommen, um sie in sein Gemach zu tragen. Den Zuber stellen die Männer bereit ...«

Viviane hatte nicht einmal Zeit, sich in der großen Küche der Burg umzusehen, wo ein ständiges Kommen und Gehen herrschte und niemand die beiden Mägde beachtete. Das Tablett mit dem Morgenmahl des Burgherrn war bereit, und sie biß die Zähne zusammen, als sie die Last der zugedeckten Schüsseln, Kannen und Teller spürte. Daß sie ebenfalls nagenden Hunger hatte und sich nach einer Schale Milch oder wenigstens einem Stück Brot sehnte, schien niemanden zu kümmern.

Die frischen Äpfel und reifen Birnen in einem kleinen Korb dufteten so köstlich, daß ihr das Wasser im Mund zusammenlief. Endlich hatte sie das Gemach des Seigneurs erreicht. Sie schob das schwere Holzbrett auf den Tisch neben dem Kamin, und es juckte ihr in den Fingerspitzen, einen der glänzenden, rotbackigen Äpfel zu nehmen und die Zähne hineinzugraben. Lediglich ihr Stolz hinderte sie im letzten Moment daran.

Sie ignorierte die Blicke, die Bertrand ihr zuwarf, während sie Wassereimer um Wassereimer herbeischleppte, Seife und Laken bereitlegte. Das Joch mit den Eimern geschultert, verließ sie ohne einen Laut der Klage den Raum, und unwillkürlich fragte sich Bertrand de Coville, welche Kraft es war, die sie aufrechterhielt. Keine normale Frau konnte den tragischen Wechsel ihrer Lebensumstände so ohne weiteres hinnehmen – oder doch?

Vivianes Stolz hielt sie indes einen langen, zermürbenden Tag lang aufrecht. Wenn sie bisher gedacht hatte, daß sie alles tun würde, um der kargen Kammer im Turm zu entfliehen, so entdeckte sie bereits nach wenigen Stunden, daß sie sich danach sehnte, dorthin zurückkehren zu können und in Ruhe gelassen zu werden. Sie mußte alle Aufgaben der niedrigsten Magd ausführen, und schon bald wußte sie nicht mehr, was sie am meisten schmerzte. Ihre bloßen, geschundenen Füße, die Schultern, die Hände oder der Rücken.

Sie hatte nicht geahnt, wie mühsam es war, die Gänge einer Burg mit dem Reisigbesen zu kehren oder die Laken und Tücher eines Haushaltes auf dem Waschstein auszuschlagen, wenn die Hände klamm vor Feuchtigkeit und Kälte waren und den Dienst versagen wollten. Nie hatte sie sich bisher Gedanken darüber gemacht, wer im Haushalt des Herzogs von Valouse die Kessel mit Sand ausschrubbte oder die Essensreste für die Schweine mischte.

Es gab eine Fülle niedrigster Arbeiten, die man ihr ohne zu fragen zuschob und die sie, ständig von ihrer Begleiterin zur Eile getrieben, mit einer erbitterten Mischung aus Zorn und zunehmender Hilflosigkeit zu bewältigen versuchte, ohne zusammenzubrechen.

Sie ahnte, daß es der Wunsch des Seigneurs de Coville war, sie zu demütigen, sie zu brechen. Er wartete sicher nur darauf, daß sie aufgab und auch noch jenes bißchen Stolz verlor, das allein sie aufrecht hielt. Schließlich war es der tiefe Groll auf diesen Mann, der sie weitertrug. Der Wunsch, sich an ihm zu rächen und ihm jeden einzelnen entwürdigenden Augenblick heimzuzahlen.

Die Fackeln in den Gängen loderten längst zur Nacht, als endlich keine Aufträge mehr zu erledigen waren und ihre Aufpasserin sich zum Gehen wandte. Viviane hielt sie am Ärmel fest. »Wo willst du hin?«

»In die Mägdekammer«, entgegnete das Mädchen, von dem Viviane inzwischen wußte, daß es Joselle hieß und die Tochter eines Soldaten war.

»Ich habe Hunger«, sagte Viviane hilflos. »Wann bekomme ich etwas zu essen?«

»Für die Mägde sind die Reste da, die vom Tisch des Herrn und seiner Männer kommen«, erwiderte Joselle. »Willst du sagen, du hast dir nichts genommen, als die Schüsseln und Teller in die Küche gebracht wurden? Das war dumm. Jetzt ist es zu spät, die letzten Reste kommen ins Schweinefutter!«

Das Schweinefutter! Jener schreckliche Mischmasch, den sie selbst ... O Gott! Viviane wollte nicht daran denken. O nein, sie würde keinesfalls weinen und nicht verzweifeln. Morgen würde sie klüger sein. Morgen würde sie sehen, daß sie ihren Teil in dieser Hölle abbekam, in die sie der Seigneur de Coville geworfen hatte.

»Wo ist die Mägdekammer? Ist dort auch mein Strohsack?« fragte sie zähneknirschend und versuchte das laute Knurren ihres Magens einfach zu überhören. Man starb schließlich nicht, wenn man einen Tag hungerte.

»Aber nein.« Joselle schüttelte den Kopf. »Der Herr hat gesagt, du sollst zu ihm kommen, wenn dein Tagwerk getan ist. Du weißt doch, daß er dir beiliegen will. Du mußt ihm gehorchen.«

Viviane wich einen Schritt zurück, und ihre Hand fiel vom Ärmel des Mädchens. Dann war also der Alptraum dieses Tages noch nicht vorbei. Welch gräßliche Sünde hatte sie nur auf ihr Gewissen geladen, daß Gott sie auf diese Weise strafte?

»Geh!« forderte Joselle sie auf. »Und wasch dich am Brunnen, du hast Schmutz im Gesicht. Er mag es nicht, wenn man schmutzig ist.«

Viviane starrte auf ihre Hände, die nicht nur schmutzig, sondern auch rissig und gerötet waren. Sie wollte gar nicht wissen, wie der Rest von ihr aussah. Vermutlich so, wie sie sich fühlte. Ein Segen, daß es hier nirgendwo einen Spiegel gab, in dem sie sich betrachten mußte. Aber trotzdem ging sie nicht zum Brunnen. Sie hatte keine Absicht, sich für ihre Sklavendienste auch noch herzurichten.

Vielleicht ließ der Seigneur ja die Finger von ihr, wenn sie nach Schweinefutter stank und so aussah, als hätte sie den Koben der Tiere mit den Händen gesäubert. Sie wagte nicht darauf zu hoffen, daß ihr seine ›Zuwendung‹ in dieser Nacht erspart bleiben würde.

7. Kapitel

Als Viviane eintrat, sah Bertrand de Coville von dem Pergament auf, das er beschrieb. Obwohl er ihr nur einen kurzen Blick zuwarf, brannte sich ihr Bild wie mit einem glühenden Eisen in sein Auge. Er hatte sich schon genug über sich selbst geärgert, weil er sich immer wieder gefragt hatte, wie sie die Schikanen überstehen würde, die er sich für sie ausgedacht hatte, aber daß sie es nun fertigbrachte, ihm nach alldem mit einem solchen Ausbruch der Verachtung gegenüberzutreten, verschlug ihm die Sprache.

Sie sah müde aus, erschöpft und völlig verwahrlost. Einzelne Strähnen hatten sich aus ihrem Zopf gelöst und ringelten sich um das schmale Gesicht, das ein paar Schmutzstreifen aufwies, wie ein Kranz aus rötlichem Gold. Der rötliche Striemen auf dem rechten Wangenknochen kündete von dem Kampf, den sie hinter sich hatte, bis sie den nützlichen Gebrauch des Waschholzes begriffen hatte, und in ihren Rocksäumen hing der Kehricht eines ganzen Tages. Trotzdem loderte unbezähmbares Feuer aus ihren Augen, und die trotzige Haltung ihrer Schultern sprach Bände.

Sie sagte kein Wort. Sie stand einfach nur da und sah ihn an. Coville legte die Feder ab und erhob sich von seinem geschnitzten Lehnstuhl. Wenn er erwartet hatte, daß sie ängstlich zurückweichen würde, so sah er sich getäuscht. Unter einer Maske der Ausdruckslosigkeit verbarg er den aufkeimenden Respekt vor ihr. Sie war anders als alle Frauen, die er jemals gekannt hatte.

Auch Viviane ließ sich nicht anmerken, was sie dachte. Noch nie hatte sie einen Edelmann gesehen, der bei seinem Aussehen so wenig auf Etikette achtete. Er trug lediglich ein paar enge Beinlinge aus Wolle und ein lockeres Wams, dessen Bandverschluß halb offenhing. War Armut oder Achtlosigkeit der Grund dafür? Drückte er auch auf diese Weise die Verachtung für seine hilflose Gefangene aus?

Als er auf sie zukam, reckte sie das Kinn noch eine Spur höher. Ihr Nacken schmerzte, aber die Anstrengung verlieh ihrer mühsam bewahrten Würde ergreifende Ernsthaftigkeit.

»Wie es scheint, hast du im Verlauf des Tages deine Sprache verloren, Weib!« fuhr er sie an. Er wußte nicht, auf wen er wütender war: auf sich selbst oder auf sie. »Hat man dir nicht beigebracht, daß man einen Gruß sagt, wenn man ein Gemach betritt?«

»Seid dem Fürsten der Hölle und der Verdammnis befohlen, Seigneur!« murmelte Viviane widerborstig und erntete ein Schnauben.

»Wenn du einen Rat von mir annehmen willst, dann denk noch einmal über deine Manieren nach, ehe ich dich deinem Gatten zurücksende. Wie ich ihn kenne, wird er dich für derlei Bosheiten ohne zu zögern züchtigen«, erklärte er und verschränkte die Arme vor dem breiten Brustkorb.

Er machte den Eindruck völliger Gelassenheit und satter Genugtuung. Schon das Wort ›satt‹ zu denken, entlockte Vivianes schmerzend leerem Magen ein Geräusch, das wie gedämpftes Donnergrollen durch das stille Gemach klang. Sie hatte nicht gewußt, daß Hunger so demütigend und unerträglich sein konnte. Sie hatte sich über die karge Kost am Beginn ihrer Gefangenschaft aufgeregt, aber nun hätte sie alles für einen Kanten altes Brot gegeben.

»Hier, trink!«

Ohne zu zögern griff Viviane nach dem Zinnbecher, den er ihr hinhielt, und stürzte den schweren roten Wein in wenigen Schlucken hinunter. Er betäubte ihren Magen, verursachte eine überraschende Wärme in ihren Gliedern. Auch verlieh er den scharfen Konturen ihres Blickes weichere Linien.

»Sachte«, mahnte der Seigneur und stellte den Becher zu Vivianes Bedauern auf den Tisch zurück, ohne ihn erneut zu füllen. »Du sollst dich beruhigen und nicht betrinken. Und nun komm zu Bett!«

»Ich bin schmutzig«, erwiderte sie in der Hoffnung, ihn abzuschrecken.

»In der Tat, das ist nicht zu übersehen«, Coville nickte und rümpfte die Nase. Und dies kränkte Viviane seltsamerweise viel mehr als alles andere, was er ihr bisher angetan hatte. »Dennoch werde ich dir beiwohnen, bis du schwanger bist.«

»Ihr seid verrückt«, sagte sie und wich unwillkürlich vor ihm zurück, bis sie die Kante einer Fensternische im Rücken spürte. »Laßt mich gehen. Was hat Euch mein Gemahl getan, um …«

»Schweig!« fiel er ihr schroff ins Wort. Er wollte nicht über den Baron sprechen, nicht in diesem Augenblick. »Ich werde meinen Racheschwur halten, was immer du sagst. Zieh dich aus, oder soll ich dir die Kleider vom Leib schneiden? Diesmal wirst du sie selbst flicken müssen.«

Die Kälte des Mauerwerks drang in Vivianes Rücken, und der Alkohol verstärkte ihre Müdigkeit. Ob er sie heute im Bett schlafen lassen würde, nachdem er sie benutzt hatte? Was konnte sie tun, um es zu verhindern? Nichts. Absolut nichts. Sie befand sich in der Gewalt eines Wahnsinnigen, der keinem Argument zugänglich war. Wie er nun den Dolch aus der Schneide zog und mit dem Daumen die Schärfe prüfte, das sagte doch alles.

Viviane mochte erschöpft und am Ende ihrer Kräfte sein, aber sie war intelligent genug, um zu wissen, daß sie sich mit überflüssiger Gegenwehr im Moment nur selbst schadete. Und außerdem hatte er ihr sowieso schon alles genommen, was zu schützen sich lohnte. Eine Idee begann sich in ihrem Verstand zu regen, aber sie war noch zu fern und zu unbestimmt, um geprüft zu werden. Viviane unterdrückte einen Seufzer und löste die Rockbänder. Der Augenblick zählte, sonst nichts, und im Augenblick war sie die Unterlegene.

»Welche Fügsamkeit«, spottete der Seigneur und schob den Dolch in seine Hülle.

Die Verlegenheit zauberte ein zartes Rosa auf ihre bleichen Wangen. Mit gesenkten Augen blieb sie stehen, bis er sie am Handgelenk packte und mit einem heftigen Ruck an sich zog. Ehe sie auch nur reagieren konnte, senkte sich sein gieriger Mund auf ihre kühlen Lippen.

Viviane hätte eigentlich vorgewarnt sein müssen. Hatte sie nicht schon beim ersten Mal so unverständlich willig auf diesen Mann und seine Leidenschaft reagiert? Sein sinnlicher, drängender Mund ließ Verlangen wie ein helles Feuer in ihr auflodern; vergessen waren alle guten Vorsätze, ihm nicht noch einmal nachzugeben. Doch ihr verräterischer Körper erinnerte sich, welche Freude, welche Lust dieser Mann zu schenken wußte, und gab nach.

Als hätten sie ihren eigenen Willen, so legten ihre Arme sich um seine breiten Schultern. Viviane schloß die Augen. dieser Kuß zog ihr das Mark aus den Knochen und lieferte sie hilflos dem Rausch der Sinne aus, den Bertrand mit seinen Liebkosungen und Berührungen entfesselte.

Viviane konnte nicht ahnen, daß ihre unerwartete Hingabe Bertrand de Coville in einem Moment traf, in dem er ohnehin noch um Fassung kämpfte. Der bloße Anblick ihres geschmeidigen, betörenden Körpers hatte jeden vernünftigen oder rachsüchtigen Gedanken aus seinem Kopf vertrieben. Wie schön sie war, wie stolz, wie edel und von einer so bestrickenden Verführungskraft, daß auch er von seinem Verlangen schier überwältigt wurde.

Er ertappte sich dabei, daß er das rötliche Mal auf ihrer Wange küßte, als könne er damit den Schmerz lindern, den die Prellung verursacht hatte. Er löste mit bebenden Händen den zerzausten Zopf und vergrub die Finger in der seidigen Mähne, die schwer und verführerisch wie Wasser an ihrem Rücken herabglitt. Der Schmuck einer Königin und nicht der eines Opferlammes.

Mit einer schnellen Bewegung faßte er sie an den Schultern und unter den Kniekehlen und ließ sie auf das breite Bett gleiten. Kaum daß er seine Hände so lange von ihr lassen konnte, um die wenigen Kleidungsstücke abzulegen, die ihn behinderten.

Also war es kein Trugbild seiner berauschten Sinne gewesen! Im Alkoven verwandelte sie sich von der stolzen, hochfahrenden Edeldame, von der Widerspenstigen, rebellischen Sklavin in eine zärtliche Geliebte. In eine zauberhafte Hexe, die für die Liebe geboren zu sein schien und die jede Liebkosung, die er ihr schenkte, mit noch größerer Glut erwiderte. Nie hatte er eine Frau besessen, die sich so uneingeschränkt und ohne Scheu hingab.

Viviane bog sich ihm entgegen, wollte ihn ganz nah an sich spüren, sie schmiegte sich an den starken Männerkörper, der ihr Erfüllung versprach, Erlösung von jener süßen, verheerenden Qual, die ihr Seufzer auf Seufzer entlockte und sie unruhig und ungeduldig machte. Sie wußte nicht mehr, was sie tat, sie gehorchte nur noch dem fremden, urtümlichen Instinkt, der sie in die Arme des Mannes trieb, für den sie geschaffen worden war.

Bertrand de Coville war sich auf einer Ebene seines Verstandes sehr wohl bewußt, wie selten eine solche hingebungsvolle, unverfälschte Leidenschaft zu finden war, wie er sie mit Viviane de la Griffe teilte. Ausgerechnet die Gattin seines ärgsten Feindes verschaffte ihm Genüsse, von denen er nicht geahnt hatte, daß sie existierten. Ihre zierlichen Hände glitten über seinen Körper und vertieften den sinnlichen Rausch, der sie verband. Sie umfing ihn mit ihren geschickten Fingern und ließ ihn jede Zurückhaltung vergessen. Er konnte nicht länger warten!

Und ihr Körper hieß ihn willkommen. Er füllte sie aus, drang tief in sie ein, und ihre Reaktion entlockte ihm einen heiseren Aufschrei der Lust. Sie wollte ihn, sie verlangte nach ihm und umklammerte ihn mit ihren schlanken Schenkeln, als wollte sie, daß er sie niemals verließ.

Viviane bemerkte erstaunt, daß es dieses Mal überhaupt nicht weh tat. Vom ersten Augenblick an, als sie ihn in sich gespürt hatte, wurde sie von einer gewaltigen Woge der Leidenschaft erfaßt, die sie höher und höher trug. Es war eine Sehnsucht, eine himmlische Qual, die sie dazu zwang, sich dem Eroberer entgegenzuwerfen, seinen Rhythmus anzunehmen, so daß er noch härter und tiefer in sie dringen mußte.

Sie glaubte zu sterben, ohnmächtig zu werden, aber statt dessen fühlte sie sich von himmlischen Wonnen davongetragen. Von einem so mächtigen, anhaltenden Blitz der Lust durchrieselt, daß sie zutiefst erschauerte und fürchtete, den Verstand zu verlieren. Doch im gleichen Moment spürte sie, daß ein ähnliches Beben auch Bertrand erschöpfte, der sich in sie verströmte und mit einem heiseren Stöhnen ihren willigen Mund suchte.

Sich fest umklammernd, gaben sie sich der Erschütterung hin, und Viviane verlor jedes Gefühl für die Wirklichkeit. Sie ging unter in dem Blick seiner goldfarbenen Raubtieraugen, verlor sich in den Flammen der Lust. Sie waren eins. Vollkommen miteinander verschmolzen. Unvollständig ohne einander. Von Anbeginn aller Zeit füreinander bestimmt und für eine zweite Ewigkeit verbunden.

In diesem Moment war sie sich dieser Tatsache überdeutlich bewußt und beugte sich demütig dieser unerwarteten Bestimmung ihres Schicksal. Sie verstand nicht, wie es dazu gekommen war, und es war zu spät, um es zu verhindern. Sie starb und wurde neu geboren. Sie erfüllte die Aufgabe, deretwegen sie auf die Welt gekommen war: diesen Mann zu lieben und die Seine zu sein.

Diesmal war sie froh, daß er sich nicht gleich von ihr trennte. Sie merkte, wie sich allmählich sein Atem beruhigte, genau wie ihrer. Das Rasen seines Herzens ließ nach, genau wie bei ihrem eigenen. Irgendwann rollte er sich zur Seite, doch er hielt Viviane weiter in seinen Armen und blieb noch in ihr.

Viviane überließ sich der Zärtlichkeit, die sie durchströmte. Sie fühlte sich in eine Art fiebrigen Rausch versetzt. Ohne feste Nahrung, nur mit einem Becher schweren Weines im Magen und nach einem kräftezehrenden Tag, war sie dennoch nicht müde oder gar erschöpft.

Es war schön, weiter so eng mit Bertrand verbunden zu sein. Wenn sie miteinander schliefen, konnte sie all das Elend vergessen, das sie sonst hier ertragen mußte. Sie wollte nicht, daß er sie verließ. Als er eine Bewegung machte, spannte sie unwillkürlich ihren Körper an.

Sie spürte, wie er hörbar die Luft einsog. Hatte sie etwas getan, was ihn überraschte? Ihn verblüffte? Sie probierte es gleich noch einmal.

»Viviane, was tust du mir an, du Hexe?« rief er und stöhnte lustvoll auf. Dann suchte sein Blick den ihren. »Du willst doch wohl nicht noch einmal …«

Doch die Art, wie sie ihn lockte und reizte, war eindeutig und ließ keinen anderen Schluß zu. Er hatte ein Feuer entfacht, das noch nicht gelöscht war.

»Bei allen Heiligen, du könntest einen Toten zum Leben

erwecken, meine unersättliche Schöne«, raunte er heiser und umschloß eine ihrer Brustwarzen mit seinen Lippen. Viviane seufzte auf, als seine Zunge ein aufreizendes Spiel begann. »Mach weiter, und du wirst dich wundern, was passiert ...«, murmelte er.

Viviane hatte seine Worte überhaupt nicht mehr wahrgenommen. Sie gab sich ganz den Gefühlen und Empfindungen hin, die er in ihr geweckt hatte. Seine Lippen, die so zärtlich waren, seine Hand, die ihren Schoß fand und ihren Körper so unglaublich kühn erforschte, entlockten ihr ein leises Wimmern purer Lust.

Sie suchte fieberhaft Erlösung, bog sich ihm entgegen, und sie verzieh ihm, daß er sich doch aus ihr gelöst hatte, denn er schenkte ihr auch so unglaubliche Wonnen. Sie schrie wild und heiser auf, als er dann wieder in sie eindrang, als sie ihn stark und machtvoll in sich spürte.

Das Feuer im Kamin brannte zur Glut herab, doch die beiden fühlten nicht die Kühle der Nacht, die sich um die Mauern der alten Burg legte.

Als Viviane endlich ermattet und mit dem zufriedenen Ausdruck eines Kätzchens, das die Sahne aufgeleckt hat, in seinen Armen einschlief, blieb Bertrand de Coville noch lange wach und betrachtete sie. Mit schmalen Augen betrachtete er die feinen, durchsichtigen Züge, das unmerkliche Zittern des goldenen Wimpernkranzes, das davon kündete, daß sie träumte. Die blassen Elfenbeinschultern, die von rötlichen Seidensträhnen überrieselt leuchteten, und die entspannte geschundene Hand, die auf seiner Brust ruhte.

Die eingerissenen Nägel und die Abschürfungen an den Knöcheln verrieten, daß sie es nicht gewöhnt war, grobe Arbeit zu leisten, und dennoch hatte sie sich nicht bei ihm beschwert. Mit keiner Silbe nutzte sie die Stunden ihrer Liebe aus, um ihn um Milde oder Nachsicht zu bitten. Seltsam. Aber hätte er sie ihr denn gewährt?

Immerhin brachte er es dieses Mal nicht über sich, sie von seiner Seite zu schicken, denn es hätte bedeutet, ihre Wärme zu missen. Mit ihrer Leidenschaft, ihrer Hingabe hatte sie in dieser Nacht an etwas gerührt, wovon er geglaubt hatte, es sei für immer tief in seiner Seele verschlossen. Er hatte sich gegen Waffen, Verrat und Intrigen gewappnet geglaubt und vergessen, daß Zärtlichkeit weit tiefere Wunden schlagen konnte. Und er hatte doch nie wieder in seinem Leben schwach und verwundbar sein wollen.

Seine Gedanken raubten ihm den Schlaf und ließen ihn nicht zur Ruhe kommen. Er hatte sich der Rache, dem Schmerz, der Erinnerung und dem Tod verschworen. Mit dem Leben auch nur einen winzigen Flirt zu wagen, bedeutete, alles zu verraten, was ihm wichtig war. Die Schwüre zu vergessen, die ihn am Leben gehalten hatten.

War es das wert, das flüchtige Glück einer Nacht mit einer Frau, die ganz anders war, als er erwartet hatte? Die keiner anderen glich, die er je gekannt hatte? Er wollte nicht wissen, was sein Herz dazu sagte. Er hatte Angst vor der Antwort.

8. Kapitel

Das Tablett mit dem Morgenmahl des Seigneurs stand noch auf dem Tisch, als Viviane die Augen aufschlug. Sie lag allein im Bett. Ein breiter Streifen Sonnenlicht fiel quer über das Lager, dessen Vorhänge auf einer Seite geöffnet waren und ihr ein leeres Gemach zeigten. Offensichtlich war Bertrand de Coville schon vor geraumer Zeit aufgestanden und hatte sie nicht geweckt.

Vorsichtig lauschte Viviane, aber kein Laut drang an ihr Ohr. Es schien, als wäre sie allein in der Burg, und einen Herzschlag lang gab sie sich dem Luxus der Erinnerung hin. Sie lag warm auf einem bequemen Lager, und ihr Körper war ihr in einem Maße bewußt, wie sie es noch nie verspürt hatte. Die Ereignisse der vergangenen Nacht ließen sie erschauern, und unwillkürlich legte sie die Hände auf ihre Brüste.

Unwillkürlich wurde sie rot bei ihren Erinnerungen. So

hatte sie sich die Liebe nicht vorgestellt. Nicht so heftig, so wild, so bedingungslos. Von dem Moment an, als sie begriffen hatte, daß sie Bertrand Coville nicht nur mit ihrem Körper, sondern auch mit ihrer Seele und dem Herzen gehörte, hatte sich etwas in ihr gewandelt.

Zum ersten Mal in ihrem Leben war sie ausgesöhnt damit, eine Frau zu sein. Sie fand es unglaublich, welches Glück ein Mann einer Frau schenken und wie eine Frau einen Mann durch ihre Liebe verändern konnte. Auch ihr Körper fühlte sich ganz anders an, weicher, weiblicher; ihre Brüste schienen schwerer geworden zu sein.

Viviane gab sich einen Ruck und kletterte aus dem Bett. Auf bloßen Sohlen lief sie zu den Kleidern, die sie am Abend zuvor auf die Kaminbank gelegt hatte, und schlüpfte hinein. Als sie die Rockbänder befestigte, fiel ihr Blick erneut auf das Brett mit der Mahlzeit. Hatte Joselle nicht erwähnt, daß sie essen durfte, was die Herrschaft übrigließ?

Von diesem Gedanken bis zur Tat verging kein zweiter Herzschlag. Viviane trank in langen, durstigen Zügen die frische Ziegenmilch, aß den Getreidebrei auf und machte sich dann über das Gebäck, die Früchte und die Pasteten her, die der Seigneur übriggelassen hatte. Sie kaute noch, während sie ihre Haare zu einem Zopf bändigte und einen Faden aus dem Rock zog, damit sie die Strähnen an der Spitze zusammenbinden konnte. Danach empfand sie ein so unverhofftes Wohlbefinden, daß sie selbst darüber lächeln mußte.

Es war dieses Lächeln, das Bertrand de Coville sah, als er sein Gemach nach dem üblichen Morgentraining mit seinen Männern betrat. Er hatte Viviane nicht geweckt, weil er weder in ihre Augen sehen noch mit ihr sprechen wollte, und er hatte angenommen, daß sie längst fort wäre. Daß er sie vergessen könnte.

Nun starrte er wie in Trance die schlanke Gestalt an, beobachtete, wie Viviane sich die letzten Krümel von den Fingern leckte.

»Was hast du hier zu suchen?« fuhr er sie an. »Fort mit dir, ich will dich nicht mehr sehen.«

Ihr Erschrecken dauerte nur einen Moment, dann straffte

sie die Schultern und nahm wieder ihre stolze Haltung an und warf ihm einen verächtlichen Blick zu. Was für ein Mann war er, daß er so schnell vergessen konnte, was zwischen ihnen geschah, wenn sie sich in den Armen hielten? Waren alle Männer so? Empfanden sie auch die Liebe so anders? Machte es ihnen Spaß, jede Frau zu demütigen?

Sie griff nach dem Tablett und stemmte es hoch. Den Kopf stolz erhoben, ging sie an Bertrand vorbei zur Tür. Er blickte ihr nach, bewunderte den sanften Schwung ihrer Hüften und, wenn auch etwas widerwilliger, ihre unbeugsame Haltung. Er warf die Reithandschuhe auf den Tisch und wandte sich ab.

Er hatte so barsch sein, sie wegschicken müssen, sonst hätte er sie erneut in seine Arme gerissen. Es kostete ihn alle Beherrschung, sie nicht anzurühren. Als die Tür hinter ihr ins Schloß gefallen war, zitierte er seinen Majordomus zu sich und gab ihm eine Reihe von unwirschen, verblüffenden Befehlen.

Viviane schleppte das Tablett in die Küche. Sie hatte Mühe genug, nicht mit ihrer Last zu stolpern, aber eine neue Kraft, von der sie nicht gewußt hatte, daß sie sie besaß, stärkte ihr den Rücken. Joselle, die in der Küche damit beschäftigt war, die Zwiebeln zu Bündeln zu binden, die einen Winter lang in der Vorratskammer hängen würden, verlor kein Wort über ihr spätes Auftauchen. Sie schob ihr nur einen großen Weidenkorb mit Zwiebeln zu und zeigte ihr schweigend, wie sie die getrockneten Halme flechten mußte.

Viviane verzog den Mund, sie hatte sich nie Gedanken darüber gemacht, wie die Vorräte über die langen Wintermonate haltbar gemacht wurden und wer dafür sorgte, daß in Valouse die Mahlzeiten auch dann reichhaltig und gut waren, wenn Schnee und Frost die Fluren bedeckte. Sie machte sich vorsichtig an die Arbeit. Sie ging ihr leichter als gedacht von der Hand, und sie ließ ihr Muße genug, über die vergangene Nacht nachzudenken und den Mann, dessen Gefangene sie war.

Würde er sie am Abend erneut zu sich befehlen? Sie ertappte sich dabei, daß sie es sich wünschte. Alles, was ihr vorher in ihrem Leben wichtig gewesen war, war plötzlich unwichtig geworden. Sie lebte nur noch für den Augenblick, in dem sich erneut die Arme dieses rätselhaften, harten und zugleich faszinierenden Mannes wieder um sie schließen würden. Ihr Herz beschleunigte sich beim bloßen Gedanken daran. Es pochte so heftig, daß sie fürchtete, Joselle könnte es hören.

Sie seufzte leise und berührte unwillkürlich mit den Fingern ihre Lippen. Es kam ihr vor, als könnte sie noch die Küsse schmecken, die fieberhaften, hungrigen Berührungen eines harten Mundes, der ihr seinen Willen aufgezwungen hatte, bis sie erstaunt erkannt hatte, daß es auch ihr eigener war. Während ihre Hände wie von allein weiterarbeiteten, überlegte sie, welche Möglichkeiten es gab, Bertrand noch mehr zu erfreuen.

Aber dann erstarrte sie plötzlich mitten in der Bewegung. Heilige Mutter Gottes, Viviane de Valouse, bist du närrisch? fragte sie sich selbst und beugte sich tiefer über den Gemüsekorb. Du bist dabei, dich selbst zu versklaven – und nur, weil dich ein Mann in sein Bett genommen hat! schalt sie sich.

Was war aus der stolzen Herzogstochter geworden, die in Luxus und Sorglosigkeit nur für das eigene Wohlbefinden Interesse gehabt hatte? Sie wollte nicht näher darüber nachdenken, denn in plötzlicher Panik erkannte sie die Falle, in der sie sich zu verfangen drohte.

Denn schon die Erinnerung an ein paar funkelnde goldene Raubtieraugen genügte, daß ihre Glieder von süßer Schwere geschlagen wurden und ihr Atem schneller ging. Sie trug diesen Mann bereits in ihrem Blut; daran, wie es um ihr Herz bestellt war, wollte sie lieber nicht denken.

Sie versuchte sich abzulenken, indem sie das Treiben in der großen Küche betrachtete, und ihr fiel plötzlich auf, daß im Gegensatz zum vergangenen Tag kaum Frauen bei der Arbeit waren, obwohl es doch an der Zeit sein mußte, das Mittagsmahl vorzubereiten. Nur eine der mächtigen Herdstellen war beheizt, und nur ein paar Töpfe brodelten dort. Viviane glaubte nicht, daß es noch eine weitere Küche in der Burg gab; warum also ging es hier nicht geschäftiger zu?

»Der Herr will dich sprechen!«

Viviane fuhr auf, und die Zwiebeln rutschten von ihrem Schoß. Sie wollte sich schon danach bücken, aber ein weiterer Befehl ließ sie innehalten.

»Laß! Versäume keine Zeit ...«

Die junge Frau wischte sich die schmutzigen Hände an ihrem Rock ab und warf den Zopf über den Rücken. Sie begegnete dem haßerfüllten Blick des Haushofmeisters mit trotzig vorgerecktem Kinn. Was hatte sie diesem grauhaarigen, gedrungenen Mann getan? Wie kam er dazu, sie zu mustern, als habe sie die schwarze Pest?

Daran gewöhnt, daß man ihr mit ausgesuchtem Respekt und wortlosem Gehorsam begegnete, wußte sie nicht, wie sie mit diesem Haß und der unverhohlenen Verachtung umgehen sollte. Dieser Alte zeigte seine Gefühle deutlicher als der Burgherr. Doch was war der Grund dafür, eine Geisel, eine Gefangene zu verachten, eine Frau, die ihm nie etwas getan hatte? Die selbst durch die Umstände in die Fron gezwungen war und ihn nicht einmal für sein schlechtes Benehmen rügen durfte?

Sie wußte, es war nutzlos, ihm Fragen zu stellen, denn sie würde keine Antwort erhalten. Sie folgte dem vorauseilenden Majordomus in die große Halle und von dort in das Arbeitskabinett Bertrand de Covilles. Sie mußte sich zwingen, die Lider gesenkt zu halten und den Mann, der hinter einem Tisch stand, nicht mit ihren Blicken zu verschlingen.

»Die Frau, Seigneur!« verkündete der Grauhaarige, und Viviane preßte die Lippen aufeinander, weil selbst diese drei harmlosen Worte vor Verachtung trieften.

»Danke, Thibaut, ich brauche Euch nicht mehr!«

Viviane verschränkte die Arme vor der Brust, als könne sie sich auf diese Weise gegen die Wirkung schützen, die Bertrand auf sie ausübte. Sie versuchte sich abzulenken, indem sie die karge Einrichtung dieses Kabinetts musterte und einmal mehr zu dem Ergebnis kam, daß der Seigneur in den Jahren seines Kriegerdaseins keine Reichtümer angehäuft haben konnte.

Als der Majordomus ging und die Tür hinter ihm ins

Schloß gefallen war, fragte Bertrand brüsk: »Kennst du diesen Mann?«

Erst jetzt bemerkte Viviane die gefesselte Gestalt. Einen Burschen im staubigen Gewand, mit dem verschlagenen Gesicht eines Wiesels und einer prächtigen Beule unter den strähnigen gelben Haaren. Er war an beiden Händen gefesselt, kauerte auf einem Hocker und starrte sie mit so viel Neugier an, daß sie unwillkürlich errötete. Sie wußte zu genau, was er sah. Eine schmutzige Person in einfachsten Gewändern, mit zerzausten Haaren und bloßen Füßen. Kein Vergleich zu der Edeldame in Samt und Seide, als die er sie kannte.

O ja, er kannte sie, und sie ihn. Sie wußte zu gut, daß er dubiose Dienste für ihren Vater tat, daß er ein Schurke und Spion war. Daß es besser war, über die Einzelheiten seiner Aufträge nicht nachzudenken.

Sie hatte aus ihrer instinktiven Abneigung gegen ihn nie einen Hehl gemacht, und sie wußte, daß es ihn mit größter Schadenfreude erfüllen mußte, sie in dieser verzweifelten und demütigen Lage zu sehen.

Viviane, die bemerkte, daß Bertrand ungeduldig auf ihre Antwort wartete, nickte.

»Man nennt ihn Serpent, weil er wie eine Schlange sein Opfer beobachten kann. Er arbeitet für jeden, der ihn bezahlt. Auch mein Vater bedient sich seiner von Zeit zu Zeit«, sagte sie leise.

»Man hat ihn in der vergangenen Nacht dabei gefaßt, wie er durch die Abflußgräben in die Burg eindringen wollte«, erklärte Bertrand de Coville düster. »Ich hätte eher gedacht, daß wir eine Kreatur de la Griffes aufgegriffen hätten. Daß er ein Spion des Herzogs ist, verblüfft mich.«

»Der Herzog hat mich dem Baron empfohlen«, mischte sich der Gefangene ein, der nun zum ersten Male etwas sagte, bemüht darum, seine eigene Lage zu verbessern. »Der Baron sucht nach dem schwarzen Ritter, der die Kühnheit besessen hat, seine Braut aus der Kirche zu stehlen.«

»Und so hat dir der Baron den Rat gegeben, mit deiner Suche in dieser Feste zu beginnen«, stellte Coville fest, und dann überraschte er Viviane damit, daß er den dicken Zopf ihrer Haare um seine Faust wickelte und ihn straff nach hinten zog. Sie war gezwungen, dies regungslos zu dulden, denn selbst die kleinste Bewegung jagte Nadeln feinsten Schmerzes von den Haarwurzeln durch ihren Kopf. Nur wenn sie ganz still hielt, war es einigermaßen erträglich. »Er ahnt, daß seine liebenswerte Gemahlin in meiner Gewalt ist. Aber schließlich habe ich ihm ja auch einige Hinweise gegeben.«

»Wieso ...«, begann Viviane, brach aber gleich wieder ab, denn sie wußte, daß sie doch keine Antwort erhalten würde.

Sie versuchte, die Angst zu bekämpfen, die in ihr aufstieg. Einmal mehr wußte sie intuitiv, daß sie in diesem Moment für Bertrand de Coville keine Person, sondern nur Mittel zum Zweck war. Und der Zweck war seine Rache an Eduard de la Griffe!

»Wie wäre es, wenn ich das erbärmliche kleine Leben dieses Spions in deine Hände legte, mein anschmiegsames Kätzchen?« sagte er kalt lächelnd und umfing mit der freien Hand eine ihrer Brüste, über die sich das fadenscheinige Gewebe des Hemdes spannte.

Viviane spürte, wie ihre Wangen brannten. Daß Bertrand de Coville sie ausgerechnet vor diesem Mann wie eine billige Badhure behandelte, war noch demütigender als alles, was er ihr bisher angetan hatte.

»Macht, was Ihr wollt«, murmelte sie heiser. »Ihr tut mir weh!«

»Wie? Keine Bitte um Erbarmen für den treuen Diener deines Vaters und deines Gatten? Was wäre, wenn ich zu der Ansicht komme, daß es am vernünftigsten wäre, diesen Schurken im Hof aufzuknüpfen?« erkundigte er sich grimmig.

Viviane schloß die Augen. Sie haßte ihn dafür, daß er sie in diese Lage gebracht hatte. »Dieser Mann ist eine Kanaille«, antwortete sie. »Ihr tut der Menschheit einen Gefallen, wenn Ihr ihn beseitigt.«

»Hört nicht auf sie«, mischte sich der Gefangene mit weinerlicher Stimme ein. »Sie weiß nicht mehr, was sie sagt. Sie ist närrisch geworden, die arme Dame. Kein Wunder, bei dem schlimmen Schicksal, das ihr widerfahren ist. Habt Erbarmen mit einem unschuldigen Diener ...«

»Schweig!« fuhr der Seigneur ihn an, in einem so drohenden Ton, daß der Gefangene in sich zusammenzusinken schien. »Wenn du Erbarmen suchst, wende dich an die Pfaffen, bei mir findest du Gerechtigkeit und Rache. Und was dich betrifft, Frau, geh wieder an deine Arbeit.«

Der Stoß, der Viviane in Richtung Tür beförderte, war eher unerwartet als grob. Sie keuchte auf und stützte sich mit der Handfläche an der gekalkten Wand neben dem Eingang ab, ehe sie sich aufrichtete, um Bertrand einen vernichtenden Blick zuzuwerfen.

Sie trotzte seinem funkelnden Blick, ohne die Lider zu senken. In ihren kühlen silbergrünen Augen war nichts von ihren Gefühlen zu lesen, und es war der Seigneur de Coville, der sich dieses Mal als erster abwandte. Viviane verließ den Raum mit dem Gefühl, daß es ihr, aus welchen Gründen auch immer, gelungen war, Boden und Autorität zu gewinnen.

Sie hatte erwartet, daß der Haushofmeister oder wenigstens ein Bewaffneter sie in die Küche zurückbringen würde, aber der Gang lag leer und öde vor ihr. Durch die schmalen, bogenförmigen Fenster pfiff der Wind, und ein paar trockene Blätter raschelten auf den Steinfliesen. Vermutlich würde man auch heute wieder von ihr verlangen, diese dummen Gänge zu fegen. Warum in Dreiteufelsnamen kam niemand auf die Idee, wenigstens Häute vor diese leeren Löcher zu spannen?

Während Viviane langsam in Richtung Küche ging, nahm sie zum ersten Male bewußt das Bild dieser öden, leeren Burg in sich auf. Trotz aller Kargheit gab es Dinge, die auf einen geordneten Hausstand schließen ließen. An allen Türen waren die Schlösser geölt, die Angeln neu. Die Waffen der Männer, die sie bewachten, waren von bester Qualität. Wenn es also genug Geld gab, weshalb wurde es dann nicht dazu verwendet, das spartanische Gemäuer bewohnbar zu machen? Vielleicht, weil Bertrand de Coville plante, es bald wieder zu verlassen?

Die Frage beschäftigte sie so sehr, daß sie alle Zurückhaltung vergaß und sie Joselle stellte, die eben den letzten Korb Zwiebeln zum Lagern vorbereitete. Sie half ihr, die Bündel zwischen den Balken eines Vorratsraumes zu befestigen, und stellte fest, daß auch hier die Regale nicht für einen bevorstehenden Winter gefüllt waren.

»Die Burg war seit über zehn Jahren nicht bewohnt«, erklärte Joselle widerstrebend.

»Weshalb?« Vivianes herrische Art zu fragen schüchterte die Magd ein. Joselle vergaß, daß eigentlich die Gefangene ihr zu gehorchen hatte und nicht umgekehrt.

»Der König hat es befohlen, nachdem ...« Joselle brach ab und preßte die Lippen aufeinander. »Fragt Euren Gatten. Er trägt die Schuld an all dem Elend, das über uns gekommen ist.«

Der blanke Haß, der aus den Worten des jungen Mädchens klang, verblüffte Viviane. Es kam ihr so vor, als wären alle Gefühle in diesen Mauern doppelt so intensiv, die Leidenschaft genauso wie der Haß. Was war geschehen, was mochte der Grund dafür sein?

»Ich kann meinen Gatten nicht fragen«, antwortete sie ungeduldig. »Ist deiner Aufmerksamkeit entgangen, daß ich hier gegen meinen Willen gefangengehalten werde? Daß man mich weder meiner Herkunft noch meinem Rang entsprechend behandelt und mich demütigt? Bei allen Heiligen, ich gäbe einen Teil meiner ewigen Seligkeit dafür, wenigstens zu wissen, weshalb!«

»Ihr versündigt Euch«, flüsterte Joselle und bekreuzigte sich hastig. Sie vergaß, daß sie mit Viviane wie mit ihresgleichen sprechen sollte. Es war ihr ohnehin schwergefallen, und sie hatte es nur getan, um dem Seigneur zu gehorchen. »Ich würde meine ganze Seligkeit dafür hingeben, nicht zu wissen, was damals passiert ist. Niemals werde ich es vergessen können ...«

Das kalte Grauen, das in Joselles Zügen stand, ließ Viviane einen Herzschlag lang verstummen. Sie erinnerte sich an die eigenartigen Träume, die sie gehabt hatte, während sie mit ihrer Kopfwunde halb ohnmächtig im Turm lag. Sie hatte Schreie und Weinen gehört, Kampfgetöse und Todesröcheln.

Sie hatte es für Phantastereien gehalten, aber plötzlich kam es ihr vor, als hätten die Mauern der Burg die Schrecknisse gespeichert, die sich vor vielen Jahren hier ereignet hatten. Verbrechen, die zu grauenvoll waren, um in Vergessenheit zu geraten. Dinge, die aus Bertrand de Coville jenen zwiespältigen, seltsamen Mann gemacht hatten, der über so viele verschiedene Gesichter verfügte und die menschlichen Regungen seines Herzens brutal unterdrückte.

Sie verzichtete auf weitere Fragen, denn sie hatte plötzlich Angst vor den Antworten. Sie entdeckte trügerischen Frieden darin, Zwiebelbündel aufzuhängen und duftende Winteräpfel auf die Schragen zu sortieren. Es war, als hielte das mächtige Rad der Zeit für ein paar Augenblicke lang alle Dinge in der Balance, ehe es sich wieder in Bewegung setzte.

9. Kapitel

Obwohl sich Viviane sagte, daß es ihr egal sein konnte, was mit Serpent geschah, ertappte sie sich dabei, daß sie sich forschend auf dem Burghof umschaute, als sie am Nachmittag zwei Eimer voller Schweinefutter zu den Ställen schleppte. Doch außer den Wachen auf den Zinnen und im Torhaus, ein paar Männern bei den Pferdeställen und zwei Knechten, die am Ziehbrunnen arbeiteten, sah sie keine Menschenseele.

Ob Serpent noch am Leben war? Würde Bertrand ihn tatsächlich aufhängen? Nein, vermutlich nicht. Soviel glaubte sie von dem Seigneur de Coville zu wissen, daß er kein Mann war, der willkürlich ein Leben auslöschte. Vermutlich saß der Mann in einer Kerkerzelle. Aber was würden ihr Vater und ihr Gemahl tun, wenn er nicht zurückkam und die gewünschten Informationen brachte?

Zwischen Hoffen und Bangen hin und her gerissen, streute sie das matschige Futter in den Schweinekoben und blieb einen Moment lang zwischen den grunzenden Tieren stehen. Den Geruch, den sie anfangs kaum hatte ertragen können, nahm sie jetzt kaum noch wahr. Mit jedem Tag, der verging, fand sie die ihr zugeteilten Arbeiten leichter zu erledigen. Sie wurden nicht angenehmer, aber doch einfacher. An weite Ritte und wilde Jagden gewöhnt, besaß sie eine unerschöpfliche Energie und eine zähe Kraft, die man ihrem zierlichen Körper nicht ansah, die ihr aber nun zugute kam.

Aber wollte sie denn wirklich, daß ihr Gemahl hoch zu Roß die Burg stürmte, seine gedemütigte Gattin befreite und in Sicherheit brachte? Gewiß, sie sehnte sich nach ihrer Freiheit. Aber ihrer Freiheit war sie schon in dem Moment beraubt worden, als ihr Vater sie an ihrem Hochzeitstag zum Altar geführt hatte. Noch bevor Bertrand de Coville so jäh und verhängnisvoll eingegriffen hatte.

O nein, im Grunde ihres Herzens war sie dankbar dafür, daß sie den Baron nicht zu ertragen brauchte. Sie verabscheute Eduard de la Griffe, und ohne die Drohungen ihres Vaters hätte sie sich nie zu dieser unerwünschten Eheschließung erpressen lassen. Vielleicht verlangte de la Griffe ja die Annullierung, wenn er erfuhr, daß Coville sie besessen und gedemütigt hatte.

Viviane zog unwillkürlich die Unterlippe zwischen die Zähne und verengte die Augen. Um de la Griffe zu einer solchen Reaktion zu veranlassen, mußte er erfahren, was man ihr antat. Er mußte aus erster Hand hören, daß Coville seine Gattin als Schloßhure hielt und sie bei jeder Gelegenheit demütigte. Sicher würde er dann die Ehre seines Namens höher ansetzen als die Mitgift, die ihr Vater ihm zahlte. De la Griffe war reicher als der Herzog, ihm schien es bei dieser Heirat um eine unschuldige Braut aus bester Familie gegangen zu sein und nicht um eine Vergrößerung seines Vermögens.

Natürlich, das war die Lösung. Sie würde Serpent die Flucht ermöglichen, damit dieser ihrem Gatten in allen Einzelheiten berichten konnte, was mit ihr geschehen war. Immerhin hatte Serpent am Vormittag mit eigenen Augen gesehen, wie der Seigneur sie behandelte. Er würde ihre Erzählung nicht anzweifeln.

»In der Tat, so werde ich es tun!« teilte sie den schmatzenden Schweinen mit und packte die leeren Ledereimer. »Wenn es mir gelingt, meinen unerwünschten Gemahl auf diese Weise loszuwerden, war es sogar wert, eure grunzende Bekanntschaft gemacht zu haben, meine stinkenden Freunde.«

Begeistert von ihrem tollkühnen Plan und der Aussicht, die er eröffnete, eilte sie in den Palas der Burg zurück. So ungestüm, daß sie den Mann zu spät entdeckte, der ihr nicht minder eilig entgegenkam. Sie prallte mitsamt ihren schmutzigen Eimern gegen ihn und hüllte Bertrand de Coville in eine Wolke aus Gestank und Resten von Schweinefutter. Ein spitzer Ellbogen bohrte sich in seine Rippen.

»Beim Henker, Frau, bist du blind?« rief er unbeherrscht und wischte sich etwas von dem Schweinefutter vom dunklen Wams. Seine goldenen Augen verengten sich zu schmalen Schlitzen.

Viviane reagierte beleidigt. Wieso zeigte er solchen Abscheu, wenn doch er selbst sie zu dieser Arbeit verurteilt hatte? »Wenn Euch mein Ungeschick nicht paßt, dann hättet Ihr vielleicht eine der Schweinemägde in Valouse entführen sollen und nicht die Tochter der Herzogs!« antwortete sie schnippisch und ließ die Eimer endgültig fallen.

»Wahrhaftig, ein prächtiger Vorschlag«, erwiderte er ungehalten, aber Viviane glaubte, für einen Moment ein unterdrücktes Lachen in seinem Blick gesehen zu haben. Amüsierte er sich etwa über sie? »Erinnere mich daran, daß ich dich beim nächsten Mal, wenn ich wieder einen Raubzug plane, um Rat frage.«

»Wirklich? Tut Ihr das öfter?« fragte sie neugierig.

»Was? Schweinemägde entführen?«

»Unsinn! Raubzüge planen. Ihr habt mir gesagt, meine Entführung sei Teil eines Rachefeldzuges. Doch wenn Ihr in Wirklichkeit nicht viel mehr als ein Strauchritter seid, erklärt das vieles in Eurem Benehmen.«

Ihre Unverfrorenheit verblüffte Bertrand de Coville derart, daß ihm die Sprache fortblieb. Wie kam dieses wütende, stinkende kleine Etwas mit den silbergrünen Feueraugen dazu, ihm derartige Beleidigungen an den Kopf zu werfen? Hatte sie denn überhaupt keine Angst davor, was er tun könnte?

»Sticht dich der Hafer?« fragte er schließlich. »Du bist in meiner Gewalt. Du hast zu gehorchen und keine Forderungen zu stellen. Hast du das immer noch nicht begriffen?«

»O doch! Denn obwohl ich eine Frau bin, verfüge ich über die Fähigkeit zu denken und Schlüsse zu ziehen. Besser als Ihr, mein Herr!« Viviane sah ihn herausfordernd an.

Daß er sich so schnell gefangen hatte und nun wieder selbstsicher und gelassen wirkte, ärgerte sie. Sie mußte diese marmorne Fassade einfach ins Wanken bringen. Wie gelang es ihm nur, so provozierend leidenschaftslos zu bleiben? Sie wußte doch genau, daß auch er nur ein Mensch aus Fleisch und Blut war!

Die Herausforderung reizte sie und ließ sie jede Vorsicht vergessen. In diesem Moment wollte sie ihm beweisen, daß sie ebenbürtig war, auch wenn sie in Lumpen gehüllt war und wie ein ganzer Schweinekoben stank.

»Beantwortet mir eine Frage: Was wird sein, wenn der Baron de la Griffe keinen Wert darauf legt, beschädigte Ware zurückzubekommen? Wollt Ihr mich dann bis ans Ende meiner Tage als Schloßhure behalten? Mich Schweine füttern und Gänge fegen lassen?«

»Den Teufel werde ich tun und einen Feuerkopf wie dich länger als nötig unter meinem Dach festhalten«, knurrte er und zog die gepanzerten Reithandschuhe über. »Freilich, wenn dir meine Aufmerksamkeiten nicht zusagen, dann kann ich dich auch an meine Männer weiterreichen. Ich nehme an, sie werden für das Vergnügen, zwischen deinen Schenkeln zu liegen, über die unerfreulichen Seiten deines zänkischen Wesens hinwegsehen.«

Viviane wich zurück und schnappte nach Luft. »Das werdet Ihr ... Nein ...« Sie brach ab und schüttelte über die eigene Dummheit den Kopf. Das würde er nie tun! Aber kannte sie ihn wirklich so genau, um das zu behaupten?

»Nein? Wir werden sehen!« erwiderte er provozierend. »Ich rate dir, meine Geduld nicht auf die Probe zu stellen.«

Viviane reagierte ganz anders, als er es erwartet hatte –

wieder einmal. Sie wußte nicht, woher sie die plötzliche Sicherheit nahm, welcher Instinkt ihr eingab, wie sie sich verhalten mußte, aber sie nahm weder zu Flehen noch zu Tränen oder zu Schimpfworten Zuflucht. Sie lächelte. Sie schenkte ihm ein plötzlich aufblühendes Lächeln, das ebenso liebevoll wie spöttisch und selbstsicher war.

»Weshalb droht Ihr mir? Ihr wißt genau, daß Ihr es nicht tun werdet, warum spart Ihr Euch nicht das kindische Spiel?« sagte sie und stemmte die Arme in die Hüften.

»Beim Henker, bist du von Sinnen?«

Man sah dem Seigneur de Coville an, daß er sich nicht entscheiden konnte, ob er Viviane für eine Hexe oder für eine Irre halten sollte. In seiner Welt hatte es noch nie eine Frau gegeben, die es gewagt hätte, ihm die Stirn zu bieten. Nicht einmal in jener Welt, die Eduard de la Griffe zerstört hatte und deren Erinnerungen er sich strikt verweigerte.

»Vielleicht«, meinte sie nur. »Möglicherweise bin ich auch einfach zu dem Schluß gekommen, daß Ihr, so sehr Ihr es hinter Eisen und Stahl zu verbergen sucht, sehr wohl wißt, was Anstand und Ehre bedeuten. Ich mag Eure Gefangene sein, aber wenn Ihr mich in die Arme nehmt, seid Ihr ebenso mein Gefangener. Leugnet Ihr die Bande, die uns fesseln? Die Macht, die uns zusammenführt?«

»Pest und Verdammnis!« knirschte Bertrand de Coville und trat in so abergläubischem Schrecken zurück, daß Viviane erneut lächeln mußte. »Du bist eine Hexe! Eine Zauberin, die Menschengestalt angenommen hat. Man sollte dich auf dem Scheiterhaufen verbrennen!«

Jetzt lächelte Viviane nicht mehr, sie lachte lauthals. Volltönend und fröhlich, melodiös und unbefangen.

Es dauerte eine ganze Weile, bis sie sich wieder beruhigt hatte. »Kann es sein, daß Ihr Angst habt? Feige Furcht vor einer hilflosen Gefangenen, der gerade noch ihr schäbiges Leben gehört?«

Sein Fluch übertraf an Deutlichkeit alles, was Viviane in ihrem Leben jemals gehört hatte. Kaum hatte er die Lästerlichkeiten ausgestoßen, als er auch schon an Viviane vorbei über den Hof davonstürzte, so wütend wie ein gereizter

Eber, den der Jagdspieß an der falschen Stelle getroffen hatte.

Viviane strich sich die Haare aus der Stirn und bückte sich nach ihren Eimern. Sie lächelte zufrieden vor sich hin. Auch wenn sie ihm oft genug das Gegenteil vorgeworfen hatte, so war er doch ein Ritter. Mußte er nicht die Frau, die er entehrt hatte und die deswegen von ihrem Gatten verstoßen wurde, unter seinen Schutz nehmen? Mußte er ihr nicht die Ehre seines Namens anbieten, um ihre Schande zu tilgen? Sie, Viviane, würde sich gegen diese Ehe ganz bestimmt nicht wehren. Er war der einzige Mann, der sie jemals interessiert hatte … Hoffentlich war ihre Mitgift groß genug, um aus dieser verfallenen Räuberhöhle von Burg eine bewohnbare Festung zu machen.

»Noch ist es noch nicht so weit, mein Mädchen«, rief sie sich selbst zur Ordnung. Ehe diese verführerischen Träume Gestalt annehmen konnten, mußte sie erst einmal dafür sorgen, daß ihr verhaßter Gemahl erfuhr, wo sie sich befand und was ihr widerfahren war.

Während sich in ihrem Kopf die Gedanken und Pläne überschlugen, erledigte sie kommentarlos alles, was Joselle von ihr verlangte. Sie mußte die Abendstunden abwarten, erst dann konnte sie verwirklichen, was sie sich vorgenommen hatte. Allerdings mußte sie Serpent gefunden haben, ehe der Seigneur nach ihr schickte. Denn dann wollte sie sich von nichts mehr ablenken lassen, nur noch die Freuden genießen, die sie in seinem Schlafgemach miteinander teilten. Unter jenem schmucklosen Betthimmel, wo Bertrand sich wie durch ein Wunder aus dem wütenden Eisenfresser in den wundervollen Liebhaber verwandelte.

Der Zufall kam ihr zu Hilfe, denn da Joselle den Auftrag hatte, ihr die niedrigsten und unangenehmsten Arbeiten zu geben, war es auch Viviane, die nach dem Vesperläuten den Korb mit Brot, Käse, Äpfeln und Most in die Tiefen des Kellers schleppen mußte, wo man den Eindringling hinter einer stattlichen Reihe von eisernen Riegeln sicher verwahrt hatte.

Ein Bewaffneter hockte im flackernden Schein einer Unschlittkerze davor und langweilte sich offensichtlich. Er warf Viviane einen mürrischen Blick zu und interessierte sich wesentlich mehr für den Inhalt ihres wohlgefüllten Korbes als für ihre Person.

»Verflucht, dem fremden Schurken geht es gut«, knurrte er unwillig. »Und ich? Soll ich hier unten vielleicht verhungern?«

»In der Küche wartet auf jeden ein Napf Hasenragout und frisches Brot«, entgegnete Viviane, die diese unverhoffte Chance augenblicklich wahrnahm. »Die Männer waren gestern erfolgreich bei der Jagd. Der Haushofmeister hat auch ein frisches Faß Wein geöffnet. Du solltest hinaufgehen, ehe du nichts mehr davon bekommst. Die anderen sind bereits alle beim Schmausen.«

Der Mann kratzte sich am Kopf und warf einen Blick auf die Tür, hinter der sein Gefangener eingeschlossen war. Dann kam er zu einem zögernden Entschluß, der von seinem knurrenden Magen diktiert wurde.

»Bah, ist ohnehin umsonst, daß ich hier herumsitze. Der Kerl ist gebunden, und die Riegel sind stark. Bring ihm sein Essen und vergiß nicht, die Riegel wieder vorzulegen, hast du das verstanden?«

»Ich tu's für dich«, entgegnete Viviane und versuchte, Joselles Art zu sprechen, zu imitieren.

Es war ihr klar, daß der Bewaffnete sie für eine der Mägde hielt. Für eine der wenigen Frauen, die in der Burg lebten und das Schicksal der Männer teilten, die hier die Zeit totschlugen, bis ihr Herr sie auf den nächsten Raubzug mitnahm. Nur die wenigsten hatten sie bisher überhaupt zu Gesicht bekommen.

Sie wartete, bis der Mann die Treppe hinaufgepoltert war, dann begann sie die Riegel des Verlieses einen nach dem anderen zu öffnen. Serpent lag im Dunkeln des feuchten Kerkers und die Stricke, die seine Beine und Hände fesselten, verdammten ihn zur Reglosigkeit. Er stöhnte jämmerlich auf. Viviane ließ die Tür offen, damit ein wenig Licht hereinfiel, und eilte an seine Seite.

»Edle Dame.« Serpent hatte einige Zeit gebraucht, bis er in der unangenehm riechenden Magd die Tochter seines Herrn erkannt hatte. »Was hat man Euch angetan, wie ...«

»Schweig!« unterbrach ihn Viviane. »Wir haben keine Zeit.

Du mußt fliehen! Kehr so schnell wie möglich zu meinem Vater zurück. Ich flehe um seine Hilfe! Er muß mich retten, ehe ich getötet werde oder der Verdammnis anheimfalle. Der Seigneur de Coville verlangt, daß ich ihm wie eine Sklavin zu Diensten bin, er hat meine Ehre, meine Freiheit und meine Person erniedrigt und beschmutzt. Berichte, was du gesehen hast, ich flehe dich an. Meine Freiheit hängt von dir ab ... Ich werde dich reich belohnen, wenn du es schaffst. Ich besitze Schmuck, Pferde, Land ...«

Obwohl Viviane sehr wohl wußte, daß all das nicht mehr ihr gehörte, sondern ihrem Gemahl, nutzte sie die Gier aus, die sie in Serpents Wieselgesicht sah, und versprach ihm goldene Berge.

Sie kämpfte mit den Knoten seiner Fesseln, denn sie hatte kein Messer, um die Befreiung zu beschleunigen, doch dann konnte sich der Gefangene endlich aufrichten und die letzten Stricke selbst lösen. Stöhnend kam er auf die Füße, und während die junge Frau die vielen Riegel von außen wieder vorlegte und darauf hoffte, daß man frühestens am nächsten Morgen nach dem Inhaftierten sah, schaute er mit deutlichem Unbehagen um sich. Viviane täuschte mehr Sicherheit vor, als sie empfand.

»Nimm die Ausfallpforte neben den Ställen«, riet sie ihm. »Von dort werden die Schweine und Ziegen zu den Weiden im Vorwerk getrieben, sie ist nur von innen mit einem Balken verschlossen.«

»Habt Dank, edle Dame. Aber warum flieht Ihr nicht mit mir? Ich habe ein Pferd im Wald versteckt. Es kann uns beide tragen ...«

Serpent war unglücklicherweise nicht dumm. Warum einen Kriegszug wagen, wenn man die Entführte auch auf einfacherem Wege befreien konnte? Wer konnte schon sagen, was ihr passierte, bis die Rettung kam, und ob sie dann noch imstande sein würde, ihrer Dankbarkeit den versprochenen goldenen Ausdruck zu verleihen? Viviane las seine Gedanken ohne Schwierigkeiten.

»Unmöglich!« lehnte sie ab. »Ich würde deine Flucht behindern und den Fortkommen erschweren. Man kontrolliert mich, und wenn ich verschwunden wäre, würde man sofort Alarm geben und uns verfolgen. Du mußt es allein versuchen. Der Kerker wird frühestens am Morgen wieder geöffnet, bis dahin bist du in Sicherheit. Du bist meine letzte Hoffnung. Und vergiß nicht, ich werde dich reich belohnen, wenn ...«

Sie ließ den Satz im Raum stehen, aber Serpent hatte ohnehin verstanden, welche Chance sich ihm bot. Er huschte so lautlos die Stufen hinauf, daß Viviane nicht das geringste Geräusch seiner Schritte vernahm. Serpent würde es schaffen. Er trug den Namen Schlange nicht umsonst. Er würde sich im Schatten der Nacht wie ein Reptil an allen Wachen vorbeischlängeln und dem Baron die Nachricht von den demütigenden Umständen ihrer Gefangenschaft übermitteln.

Und dann ... Viviane preßte die Rechte auf ihr Herz, das dumpf und schwer pochte.

»Heilige Mutter Gottes, steh mir bei!« flüsterte sie, und der Rest ihres Stoßgebets war ein stilles Flehen. Ein so ungestümer, dringender Wunsch, daß er sich nicht in fromme Worte fassen ließ. Stand es denn in der Macht der himmlischen Frau, Gewalt in Liebe zu verwandeln? Leidenschaft in Zuneigung? Gier in Zärtlichkeit? Unmoral in Gewissen?

Was tat sie noch hier? Wollte sie alles gefährden, indem sie hier herumstand, bis der Wächter von seinem Mahl wiederkam? Viviane raffte ihren beschmutzten Rock und lief die Treppen hinauf. Diesmal spürte sie nicht bei jedem Schritt die Kälte und die Schmerzen.

Sie kehrte nicht in die Küche zurück, sondern suchte das Badehaus auf. Während sie den Kessel über dem mühsam entfachten Feuer mit Wasser aus dem Ziehbrunnen füllte und einen Teil davon in den Bottich schüttete, zwang sie sich, ihre Unruhe und ihre wilden Gedanken unter Kontrolle zu bekommen.

Dann legte sie den Balken vor die Tür und gab das leicht angewärmte Wasser aus dem Kessel zu dem kalten im Bottich. Das Gemisch war kaum handwarm, aber Viviane wollte nicht länger warten. Es konnte schließlich jeden Moment jemand kommen und sie fragen, was sie hier tat.

Daß sie es nicht länger ertrug, wie der Unrat zu stinken, der den Schloßgraben unter dem Abtritt füllte, ging niemanden etwas an. Sie riß sich den Rock und das Hemd vom Leib und tauchte beides in das restliche warme Wasser des Kessels. Nackt schrubbte sie ihre Lumpen und breitete sie vor dem warmen Feuer zum Trocknen aus, ehe sie in die kühle Wanne stieg.

Sie fröstelte und klapperte mit den Zähnen, doch sie tauchte ganz unter Wasser, um auch den letzten Rest Staub und Schmutz abzuspülen. Leider hatte sie nichts von der duftenden Seife gefunden, mit der Joselle sie gewaschen hatte. Sie konnte von Glück sagen, daß wenigstens ein paar Tücher herumlagen, damit sie sich anschließend wenigstens abtrocknen konnte. Also rieb sie mit den Händen ihre Haut und Haare, bis sie das Gefühl hatte, daß der gröbste Schmutz sich löste und ihre Haut von der ungewohnten Tortur glühte.

Mit einem letzten Eimer Brunnenwasser spülte sie sich ab, ehe sie aus der Wanne trat und sich in ein Laken hüllte. Sehr zum Bedauern des Mannes, der draußen in der Dunkelheit stand und durch den halbgeschlossenen Laden die Szene beobachtet hatte. Bertrand de Coville war gerade aus dem Pferdestall gekommen, wo eine Stute gefohlt hatte, als ihm die Gestalt ins Auge stach, die so emsig zwischen dem Brunnen und dem Badehaus hin und her lief.

Wie magisch angezogen war er auf das Badehaus zugegangen, und er hatte schon gegen die geschlossene Tür pochen wollen, als ihm der halboffene Laden aufgefallen war. Und nun stand er hier wie ein unreifer Page und betrachtete Viviane heimlich beim Baden. Ihren rosigen, nackten Körper zu sehen erfüllte ihn mit dem ihm inzwischen schon vertrauten Verlangen.

Es war so mächtig und gewaltig, daß er seine ganze Kraft brauchte, um ihm zu widerstehen und nicht die Tür einzutreten und Viviane auf der Stelle zu nehmen. Er sehnte sich schmerzhaft nach ihrem wundervollen, schlanken Leib, der ihm so ungeheures Vergnügen schenken konnte.

Er wollte sie fühlen, sie besitzen, sie behalten. Er wollte keinem anderen Mann erlauben, sich ihr zu nähern. Schon gar nicht Eduard de la Griffe, der soviel Schönheit nur zerstören und vernichten würde.

Nun schlang sie das feuchte Tuch um ihren Leib, steckte es über den Brüsten fest. Wie sie dastand, die nassen schweren Haare auswrang und sich bemühte, sie mit den Fingern zu entwirren, war sie Eva schlechthin.

Eine Frau, die sich ganz unbefangen und natürlich gab, da sie sich sicher und unbeobachtet glaubte. Bertrand stöhnte unter der Qual seiner unbefriedigten Begierde auf. Viviane. Sie war Gift, Gefahr und Wonne zugleich. Sie lenkte ihn ab, schwächte ihn und zerstörte die unüberwindlichen Mauern, die er um das dunkle Zentrum seiner Gefühle gezogen hatte.

Er mußte sie meiden, wenn ihm sein Leben und seine Rache lieb war. Er wußte es. Ihr Stolz, ihre Klugheit, ihre Energie, ihr Mut und ihr flinkes Mundwerk bildeten eine viel zu verführerische Mischung. Ganz zu schweigen von ihrer Schönheit.

Er hatte es schon in der vergangenen Nacht gewußt. Nie wieder durfte es eine Nacht wie diese zwischen ihnen geben. Nie wieder …

10. Kapitel

»Was tust du hier?«

Thibaut de Béarn, der Haushofmeister des Seigneur de Coville, kam aus dem Privatgemach seines Herrn und vertrat Viviane den Weg. Sie errötete unter seinem verächtlichen Blick. Es schien, als könne er in ihren Kopf sehen und wüßte, was dort vorging.

»Der Herr hat mich zu sich befohlen«, antwortete sie mit einem Anflug ihrer alten Arroganz. Wer war dieser alte Mann schon, daß er es wagte, die hochwohlgeborene Tochter des Herzogs von Valouse nach ihrem Woher und Wohin zu fragen?

Doch die List versagte. Thibaut de Béarn schaute sie auf eine Art und Weise an, als könnte er jeden einzelnen ihrer unkeuschen Wünsche entlarven. »Pack dich fort! Niemand hat dir erlaubt, den Herrn zu belästigen! Er wird nach dir schicken, wenn er dich zu sehen wünscht.«

»Aber ...« Viviane verachtete sich selbst für den flehenden Unterton in ihrer Stimme. Sie fühlte, daß ihr die Röte in die Wangen stieg. Wollte sie sich tatsächlich vor diesem alten Mann zur Närrin machen? Und auch vor sich selbst? Sollte sie nicht froh sein, daß Bertrand plötzlich darauf verzichtete, sie in sein Bett zu befehlen?

Nein, natürlich war sie es nicht. Sie genoß es, in seinen Armen zu liegen. Sie verzehrte sich nach ihm, vergaß jedes Ehrgefühl und jede Moral vor Sehnsucht nach ihm. Sie begriff nicht, weshalb er ihr nun aus dem Weg ging. Bereits am Abend nach dem heimlichen Bad hatte sie sein Gemach leer gefunden und umsonst auf ihn gewartet. Am Morgen darauf erfuhr sie, daß er Anweisung gegeben hatte, ihr eine einfache Kammer zu überlassen, und Joselle plagte sie auch nicht mehr mit niedrigen Arbeiten. Doch dieser Zustand erschien ihr noch schlimmer als der vorherige.

Ohne die Plackerei und die Anstrengungen dehnte sich der ereignislose Tag endlos vor ihr aus und mündete in leere, sehnsuchtsvolle, einsame Nächte. Niemand sprach mit ihr, niemand gab ihr Bescheid. Sie wußte nicht einmal, ob Serpents Flucht entdeckt worden war und wen man verdächtigte, ihm geholfen zu haben. Niemand zog sie zur Rechenschaft, obwohl der Wächter mit Sicherheit berichtet hatte, welche Magd dem Gefangenen die letzte Mahlzeit gebracht hatte.

»Pack dich!« wiederholte der Haushofmeister nun seinen barschen Befehl, weil sie keine Anstalten machte, zu gehorchen. Dann dämpfte er seine Stimme, damit niemand außer Viviane ihn hören konnte. »Dank dem Himmel dafür, daß er endlich zur Vernunft gekommen ist und nicht mehr über Eure Person verfügt. Geht, ehe er Euch sieht!«

Das Feuer auf Vivianes Wangen vertiefte sich. Gütiger Himmel, sie wollte doch, daß er sie sah! Sie verlangte nach ihm! Sie brauchte seine Zärtlichkeiten und seine Leidenschaft wie Nahrung und Wasser. Sie hungerte nach seiner Gegenwart, nach seinem Anblick. Sie wollte seine tiefe Stimme hören und in der Wärme seiner Umarmung Sicherheit und Geborgenheit finden. Wieso verweigerte er ihr diesen Trost? Was hatte sie ihm getan?

Freilich, Thibaut de Béarn war nicht der Mann, dem sie diese Fragen stellen konnte. Sie senkte stumm den Kopf und ging die wenigen Stufen in die große Halle hinab. Ein Abend mehr, an dem sie nicht wußte, wohin sie sich wenden sollte, weil der Gedanke an die stummen Wände ihrer leeren Kammer sie schreckte.

Sie lief blind hinaus auf den stillen Burghof, in dem die Tore für die Nacht längst geschlossen worden waren. Sie fand die Stiegen zum Wehrgang, und dort oben vermochte sie endlich ein wenig Atem zu schöpfen.

Ein fahler, fast voller Mond hing über den Baumwipfeln und tauchte die einsamen Wälder rings um die Burg in silberglänzende, schwarze Schatten. Weiß glitzernde frostige Sterne blinkten weit oben am samtdunklen Himmel auf, und der Rauch aus dem großen Kamin der Wachstube, am Fuße des Wehrganges, brachte den Geruch von Buchenscheiten und gerösteten Kastanien mit sich.

Viviane atmete zitternd aus und versuchte, ihre Gefühle unter Kontrolle zu bringen. Sie war besiegt, gedemütigt und zurückgestoßen worden.

Sie, die im geheimen stets gegen die Eintönigkeit ihres Lebens in Valouse rebelliert hatte, entdeckte plötzlich, daß sie sich schmerzlich danach sehnte. Das verhängnisvolle Netz aus Haß und Liebe, in das sie sich ohne ihr Zutun verstrickt hatte, jagte ihr Angst ein. Es umschloß sie fester als diese morschen Mauern und fesselte sie enger als jedes Lederband.

Was konnte sie tun? Wie konnte sie wieder jene Viviane werden, die mit sicherem Instinkt stets gewußt hatte, was richtig und was falsch war? Sie war eine andere geworden, sie konnte längst nicht mehr beurteilen, was gut und was Sünde war. Sie empfand es nicht als Sünde, daß sie sich so sehr nach

Bertrand verzehrte; ihr dummes Herz hatte sich freiwillig diesem Mann ausgeliefert, der ein Dieb und Entführer war.

War Bertrand de Coville tatsächlich der Mann, nach dem sie sich immer gesehnt hatte? Der die Leere in ihrem Herzen und ihrer Seele füllte? Konnte er ihr das Glück schenken, nach dem sie sich immer gesehnt hatte? Viviane zweifelte daran, auch wenn sie ihm verfallen war.

Männer wie er hatten keinen Platz für zarte Gefühle in ihrem kriegerischen Leben. Sie genossen die Frauen wie ein Glas Wein. Weil sie Durst hatten und Entspannung suchten. Dann ritten sie los und suchten den nächsten Kampf, die nächste Herausforderung. Etwas anderes anzunehmen, bedeutete, sich unerfüllbaren Hoffnungen auszuliefern. Wie ein Kind, das den Mond aus der Pfütze fischen will, in der er sich spiegelt.

Viviane verzog den Mund zu einem bitteren Lächeln. Der ständige Wechsel zwischen Hoffen und Bangen, zwischen Liebe und Verzweiflung begann an ihrer Kraft zu zehren. Sie war müde. Schrecklich erschöpft und tausendmal ratloser und verzagter als in den ersten Tagen nach ihrer Entführung.

Den unbeugsamen Stolz, der sie in den ersten Wochen ihrer Gefangenschaft aufrechterhalten hatte, hatte sie längst verloren. Er war zertreten worden wie das törichte Herz, das sie so vorbehaltlos an einen hartgesottenen Raubritter verschenkt hatte. Sie hätte es besser verteidigen sollen.

»Du? Verdammt, was hast du hier zu suchen? Wer hat dir gesagt, wo ich bin? Weshalb bist du um diese Zeit nicht in deiner Kammer?«

Die junge Frau erstarrte. Die dunkle, barsche Stimme klang zürnend aus dem Dunkeln, dort, wo die Stiege zum Wachhaus lag und der Schatten des Tores alle Konturen verbarg. Sie zog frierend die Schultern hoch, ehe sie die Kraft fand, sich umzudrehen und dem Mann ins Gesicht zu sehen, an den sie so intensiv gedacht hatte. Fast hätte sie glauben können, ihn mit der Kraft ihrer Gedanken herbeigerufen zu haben.

Das helle Mondlicht zeichnete metallische Reflexe in seine zerzausten, halblangen Haare und spiegelte sich in der gehämmerten Spange, die seinen langen Umhang an der

Schulter schloß. Der Umriß seiner Gestalt war ihr schmerzlich vertraut, und das wilde Hämmern ihres Herzens zeigte ihr, wie ohnmächtig sie den heftigen Empfindungen ausgeliefert war, die sein bloßer Anblick in ihr weckte.

Sie ballte die klammen Finger zu Fäusten, um nicht der Versuchung nachzugeben, seine breiten Schultern zu umfangen. Sie hatte die bittere Erfahrung gemacht, daß ihre Hände, ihr Körper und ihr Verstand sehr wohl die unterschiedlichsten Dinge wollten und tun konnten, wenn es um ihn ging.

»Ich konnte nicht schlafen«, flüsterte sie nervös. »Ich ... ich finde keine Ruhe.«

Falls er ahnte, weshalb sie keine Ruhe fand, so gab er es mit keinem Wort zu verstehen. Die Energie, die er ausstrahlte, überwältigte sie, raubte ihr jede Widerstandskraft.

»Man hat dir eine eigene Kammer zugewiesen, niemand stört dich. Weshalb diese Unrast?«

Viviane biß sich so heftig auf die Unterlippe, daß sie Blut schmeckte. Sie wollte ihn fragen, weshalb er sie abwies. Weshalb sie ihm plötzlich mißfiel, aber natürlich tat sie es nicht. Sie ahnte, daß seine Antwort sie nur noch mehr verletzen würde.

Das Schweigen zwischen ihnen dehnte sich, wirkte angespannt und bedrohlich. Die Luft knisterte wie vor einem heftigen Gewitter. Ein kurzes Atemholen, ehe die Blitze einschlugen und der Donner grollte. Ehe das Unwetter über alle hereinbrach und die Dämme zerstörte.

Der Seigneur fand als erster die Sprache wieder. »Ich werde dafür sorgen, daß man dich nach Hause bringt. Ich habe einen Fehler gemacht. Ich hielt mich für fähig, Gleiches mit Gleichem zu vergelten und finde mich letztendlich außerstande dazu.«

Viviane glaubte ihren Ohren nicht trauen zu können. Sie keuchte auf. »Ihr schickt mich fort?« fragte sie fassungslos.

»Ja!«

Der Zorn überfiel sie mit so unerwarteter Plötzlichkeit, daß es ihr fast den Atem raubte. Plötzlich war ihr nicht mehr kalt. Plötzlich hätte sie am liebsten eine Waffe gehabt. Ein Schwert, einen Dolch oder wenigstens ein Messer, mit dem sie diese steinerne, selbstgerechte Fassade durchstoßen konnte, hinter der er sich verbarg und so tat, als seien seine Entscheidungen das einzig Richtige.

»Ihr schickt mich also fort!« wiederholte sie heiser. »Wahrhaftig, eine prächtige Idee. Erlaubt, daß ich Euch dazu gratuliere! Vielleicht auch noch mit einer Eskorte und einem Entschuldigungsschreiben für meine geraubte Jungfräulichkeit? Wie wollt Ihr Eure Handlungen erklären? Ein dummer Irrtum? Ein närrischer Streich? Erwartet Ihr, daß mein Vater und mein Gatte Euch dazu gratulieren? Seid Ihr wirklich derart einfältig? De la Griffe wird diese nie vollzogene Ehe annullieren lassen, und mein Vater wird mich in das nächstbeste Kloster stecken, damit Gras über meine Schande wächst!«

Daß er nichts dazu sagte, fachte ihren Zorn nur noch heftiger an. »Ihr seid abscheulich. Herzlos, brutal und gewalttätig, Seigneur. Ist Euch klar, daß ich allein die Zeche für Eure Taten zahlen muß? Ihr drückt Euch um die Verantwortung!«

»Du bist eine Frau, was weißt du schon von Verantwortung?« antwortete er mindestens ebenso ergrimmt. »Ich möchte wetten, daß de la Griffe die Tochter des Herzogs von Valouse auch dann noch nimmt, wenn sie unter diesem Abenteuer ein wenig gelitten hat. Ihr werdet ihm eine ebenbürtige Gattin sein. So spitzzüngig, wie Ihr seid, und mit dem Mut einer ganzen Armee, wenn es darum geht, sich durchzusetzen. Gehabt Euch wohl, meine liebe Baronin!«

Die Art, wie er ihren Titel betonte, war der pure Hohn. Viviane zuckte zusammen, aber sie gab nicht auf. Sie hatte nichts mehr zu verlieren, und sie wollte wenigstens ein einziges Mal Antwort auf die vielen Fragen bekommen, die sie keine Nacht mehr schlafen ließen. Sie dachte nicht daran, sich demütig zu fügen.

»Ihr habt also nichts gefühlt, wenn wir uns in den Armen hielten? Keine Liebe? Keine Zärtlichkeit? Habt Ihr denn kein Herz?« wisperte sie tonlos, und obwohl die Worte nur ein Hauch in der Nacht waren, trafen sie den Mann, der sich gerade abwenden wollte, so heftig wie der Bolzen einer Armbrust.

»Nein«, antwortete er nach kurzem Zögern. Auch seine

Stimme klang rauh. »Ein Soldat ist besser dran, wenn er kein Herz hat, Kleines. Wenn ich einmal ein Herz besessen habe, so kann ich mich nicht mehr daran erinnern. Es ist verlorengegangen. Vergiß, was war, einen anderen Rat kann ich dir nicht geben.«

»Vergessen ...« Vivianes Stimme brach. »Die Liebe einfach vergessen? Ihr verlangt Unmögliches!«

»Die Liebe?« Ein rauhes Lachen sagte, was er davon hielt. »Es gibt keine Liebe. Es gibt den Rausch und das Vergessen, sonst nichts. Alles andere ist ein flüchtiger Traum, der der Wirklichkeit nicht standhält. Eine verhängnisvolle Schwäche, die sich ein Krieger nicht leisten kann, wenn er am Leben bleiben will. Gehabt Euch wohl!«

Seine Stiefel knirschten auf den Steinen, als er sich entfernte, und die eisige Stille, die Viviane umgab, schien immer drückender und beklemmender zu werden. Viviane fröstelte und steckte ihre kalten Hände unter die Achseln. Doch die Kälte, die sie fühlte, kam nicht von außen, sondern aus ihr selbst. Die Antwort dieses Mannes, der sich dem Kampf und der Rache verschworen hatte und leugnete, daß er zu tieferen, menschlicheren und edleren Empfindungen fähig war, ließ sie innerlich erstarren.

»Gehabt Euch wohl ...«, wiederholte sie, und ihr verzweifeltes Lachen endete in einem gequälten Aufschluchzen.

Ihr Körper schmerzte, denn seine Worte hatten sie wie Schläge getroffen. In diesem Moment zerbrach etwas in Viviane de Valouse und machte eine andere, fremde Frau aus ihr. Nichts blieb außer der ohnmächtigen Erkenntnis, daß sie allein war. Daß es auf der ganzen weiten Welt keinen Menschen gab, der ihr helfen würde und der sie so liebte, daß er bereit war, die eigenen Interessen oder Pläne dafür zu opfern.

Die silberne Scheibe des Mondes verschwamm vor ihren Augen, und sie ließ sich gegen die Mauer sinken. Wie leicht es doch wäre, jetzt das Gleichgewicht nur ein wenig zu verlagern und sich in die samtig dunkle Tiefe zu stürzen. Vergessen zu finden. Ruhe und Frieden.

Die Versuchung war groß, aber irgend etwas hielt Viviane im letzten Augenblick davor zurück. Eine unsichtbare Macht, eine sanfte Stimme, die ihre Bewegungen lähmte. Wenn sie die Augen schloß, konnte sie sie noch besser vernehmen. Es kam ihr vor, als würde irgendwo in der Ferne zwischen den Sternen eine Frau singen.

Ein einfaches schlichtes Kinderlied, eine Melodie, die sie hundertfach von ihrer Amme gehört und nie beachtet hatte. In diesem Augenblick jedoch linderte sie ihre Verzweiflung ein wenig und beruhigte ihren unregelmäßigen Atem. Ihr Körper entspannte sich, und ihre Hände sanken herab. Sie wandte dem Abgrund den Rücken zu und tastete sich im Dunkeln zur Treppe.

Ihr Herz lag wie ein schwerer Felsblock in ihrer Brust, aber die Verzweiflung war einem neuen Trotz gewichen. Es mußte eine Möglichkeit geben, das Schicksal zu beeinflussen. Zu verhindern, daß man sie einfach wieder dorthin zurückschickte, von wo man sie geraubt hatte. Beschädigt und längst nicht mehr imstande, sich in das Dasein einzufinden, das dort auf sie wartete.

Sie mußte darüber nachdenken. Vielleicht morgen. Heute war sie zu müde dazu. Bis in die Tiefen ihrer Seele hinein erschöpft.

In der leeren Halle der Burg gab es nicht einmal wie anderswo die Mäuse, die sich raschelnd im Bodenbelag aus Stroh und aromatischen Kräutern herumtrieben. In diesen Mauern legte niemand Wert darauf, die kühlen Steinquader zu bedecken und Wärme zu verbreiten. Lediglich das leise Geräusch ihres Rockes war zu hören, der über den Boden fegte. Diese unheimliche, gespenstische Lautlosigkeit zerrte an ihren ohnehin überstrapazierten Nerven. Unwillkürlich blieb sie stehen. War da jemand im Dunkeln, der ihr auflauerte?

Die Gegenwart eines anderen Menschen spürend, preßte sie die Hand auf den Mund und wagte kaum Luft zu holen. Durch das mächtige, dreigeteilte offene Fenster strich ein leiser Windhauch und bewegte die feinen Härchen an ihrer Schläfe. Hatte sie den Seufzer ausgestoßen, oder war es jemand anderer gewesen? Vivianes Herz hämmerte, und ein Schauder lief über ihren Rücken.

Jetzt fühlte sie es noch deutlicher. Die Gegenwart einer anderen Frau. Die Verzweiflung, die Hilflosigkeit und das Elend, das sie ausstrahlte. Eine Frau, die in diesen Mauern gelitten und geweint hatte und die hier gestorben war. Das Mondlicht fiel durch das Fenster und zeichnete drei blasse, helle Rundbogen auf die Steine. Fast konnte man glauben, daß dort die zerschmetterte Gestalt einer Frau lag, aber es war wohl nur das übliche Spiel aus Licht und Schatten.

Dennoch bannte die geisterhafte Illusion Viviane auf der Stelle.

Sie neigte nicht zum Aberglauben, und über Geschichten von derlei Erscheinungen hatte sie bisher nur gelacht. Freilich, in diesem atemlosen Moment konnte sie nicht beurteilen, ob sie nun träumte oder wachte. Wie in Trance stand sie da und starrte aus weit offenen, entsetzten Augen zu den leeren Fensterstöcken hinauf.

»Was treibt Ihr Euch noch immer herum? Findet Ihr den Weg in Eure Kammer nicht?«

Die Stimme Bertrand de Covilles ließ sie mit einem heiseren Aufschrei herumfahren.

»Bei Gott, was ist los?«

Das fassungslose Grauen auf ihren schönen Zügen veranlaßte ihn, gegen seinen Willen näher zu treten. Er hob die Laterne, die er bei sich hatte. Ihr Schein spiegelte sich in den weit aufgerissenen Augen, die wie durchsichtiges Silber schimmerten.

»Die Frau … Eine Edeldame …« Viviane legte die Handfläche an ihre schmerzende Kehle. »Ich dachte, dort läge eine Tote …«

»Unsinn!« unterbrach er sie barsch, obwohl er nun mindestens ebenso blaß wurde, wie sie selbst es war. »Kindische Ammenmärchen! Mägdetratsch! Versucht nicht, meine Aufmerksamkeit mit derlei dummem Zeug zu erringen. Gerade Ihr solltet wünschen, daß meine Erinnerung nicht erneut geweckt wird. Keine Macht der Erde vermag die Toten wieder zum Leben zu erwecken. Geht zu Bett! Ich will Euch bis morgen nicht mehr hier in der Halle sehen.«

Seine ausgestreckte Hand wies ihr herrisch den Weg, und

der Ausdruck auf seinen Zügen war so eigenartig, daß Viviane unwillkürlich zurückwich.

Sie las Haß in diesem verzerrten, schönen Männerantlitz, Verzweiflung, Hilflosigkeit, aber auch Mitleidlosigkeit und marmorne Kälte. Was immer dieser Mann fühlte, er hatte sich so unbarmherzig in Gewalt, daß niemand ihn in seiner eisigen Wüste erreichen konnte. Sie hastete in ihre Kammer, rollte sich im Dunkeln auf ihrem Strohsack zusammen und zog die Decke über sich.

Sie zitterte vor Anstrengung und innerer Anspannung. Eis klirrte statt Blut in ihren Adern. Sie war nicht mehr Viviane de Valouse, die verwöhnte, kapriziöse Tochter eines Herzogs, die selbstbewußte Edeldame. Im Verlaufe ihrer Gefangenschaft hatte sie ihre Identität verloren. Sie starrte mit weit offenen, brennenden Augen in die Dunkelheit und wußte nicht mehr, wer sie war.

Sie wußte nur, was sie fühlte. Grenzenlose Verzweiflung. Die beschämende Einsamkeit einer abgewiesenen Frau, die ihre närrischen Wunschvorstellungen für Wirklichkeit gehalten hatte.

11. Kapitel

Der herbstliche Morgen hüllte die einsame Burg in Nebelfetzen, dämpfte die Geräusche und ließ alles ein wenig unwirklich erscheinen. Wie geisterhafte Schemen tauchten die Reiter aus dem Wald auf. Das Quietschen des Sattelleders, das Klirren des Zaumzeugs und die dumpfen Kommandos erhoben sich kaum über das leise Klappern der vielen Hufe, das auf dem Teppich aus toten braunen Blättern ohnehin kaum zu hören war.

Ihr gerüsteter Anführer brachte die Männer mit einem Wink seiner Hand zum Stillstand. Dann wandte er sich an den

Reiter zu seiner Rechten und sagte leise: »Dort muß das Vorwerk sein, Seigneur, wo sich die Viehpforte befindet!«

Der Mann, an den er sich wandte, trug keinen Harnisch, sondern einen pelzgefütterten Reitumhang, der seiner gedrungenen Gestalt nicht unbedingt schmeichelte. Das prächtige Roß, der reichverzierte Sattel, das kostbare Gewand – das alles konnte nicht davon ablenken, daß der Reiter keine sehr glückliche Figur machte. Trotzdem klang untertäniger Respekt aus der Stimme des Troßführers, der geduldig auf den ausdrücklichen Befehl, wartete, der ihn auf den Weg bringen würde.

»Ihr wißt, was Ihr zu tun habt«, sagte nun der Mann. »Ich dulde keinen Mißerfolg. Nehmt die Burg und macht sie dem Erdboden gleich. Mit Ausnahme einer Person wünsche ich keinen Überlebenden, keinen Verwundeten und keinen Gefangenen. Nicht einmal eine Magd, ist das klar?«

Der Söldner schloß mit einem dumpfen Klacken das Helmvisier, und seine Antwort klang gedämpft, aber unmißverständlich. »Wie Ihr befiehlt, Seigneur! Vorwärts, Männer!«

Nur eine kleine Gruppe von Bewaffneten verharrte bei dem Mann im Umhang, während die anderen im grauen Dunst verschwanden. Im Nu schloß sich der Mantel des Schweigens um die Zurückgebliebenen, und alle horchten mit höchster Spannung auf den Moment, wenn ihnen die Schreie der überraschten Burgbewohner und das tödliche Klirren der Waffen verraten würden, daß ihr verräterischer Anschlag den erwünschten Erfolg gehabt hatte.

Le Serpent hatte das Vorwerk und die geheime Pforte gut genug beschrieben, daß die Männer auch im Nebel ihren Weg fanden. Aber auch ohne die Hilfe Viviane de Valouses, die Serpent die Flucht ermöglicht hatte, wäre es kein großes Problem gewesen, diese Festung einzunehmen. Eduard de la Griffe wußte es, denn er hatte sie bereits einmal als Sieger betreten. Vor genau acht Jahren.

Aber dieses Mal würde auch Bertrand de Coville unter den Opfern sein. Er würde ihn an der Zugbrücke seiner eigenen Burg aufknüpfen. Allerdings erst dann, wenn er ihm in der Folterkammer seinen Stolz und seine Rachsucht bis auf den letzten Tropfen Blut ausgetrieben hatte. Der bloße Gedanke an all die Dinge, die er mit ihm tun würde, bereitete dem Baron de la Griffe so großes Vergnügen, daß ein hämisches Lächeln seine Züge verzerrte.

Und nach der Hinrichtung würde er sich um seine verehrte Gemahlin kümmern müssen. Serpent hatte nicht mit deutlichen Hinweisen auf das Schicksal gespart, das sie hinter diesen Mauern erlitten hatte. Er erhielt beschädigte Ware zurück. Eine dumme kleine Dirne, die kaum noch den Namen und das bißchen Mitgift wert war, das sie in die Ehe mit ihm eingebracht hatte. Man würde sehen, wie er sich ihrer später entledigen konnte, ohne daß es deswegen Ärger mit dem Herzog oder gar mit dem König gab. Als Mutter für seine Söhne kam sie natürlich nicht mehr in Frage.

Freilich, der Skandal ihrer Entführung aus der Kirche hatte weit über Valouse hinaus Wellen geschlagen, und es würde seine Zeit brauchen, bis Gras über die Sache gewachsen war. Nun, soweit er gesehen hatte, war sie eine schöne Person, und er würde sich das eine oder andere Vergnügen mit ihr gönnen, ehe er sich nach einer würdigeren, unschuldigen, neuen Gattin umsah. Warum nicht zur Abwechslung einmal die eigene Ehefrau für die hübschen Spiele benützen, für die es normalerweise willige Dirnen und Mägde gab?

Der Seigneur de la Griffe war so tief in seinen Überlegungen versunken, daß ihm die anhaltende Stille nicht auffiel. Seine Begleiter indes begannen sich unruhige Blicke zuzuwerfen. Was hatte es zu bedeuten, daß keinerlei Lärm oder Waffengeklirr zu ihnen drang? Hatten die Männer die versteckte Pforte nicht gefunden? Gelang es ihnen nicht, die Burg heimlich zu besetzen?

Der ungezügelte Galopp eines Reiters, der genau auf ihr Versteck zuhielt, riß schließlich sogar den nachdenklichen Baron aus seinen Grübeleien. Sein Fluch war noch nicht verklungen, als der Bote sein Roß vor ihm parierte.

»Die Burg ist leer, Seigneur!« keuchte der Mann völlig außer Atem. »Keine Menschenseele befindet sich mehr in ihren Mauern. Nichts Lebendiges außer ein paar Hühnern und Schweinen. Coville ist geflohen!«

»Zur Hölle mit dem Schurken! Das will ich selbst sehen!«

Mit einem lästerlichen Fluch spornte der Seigneur sein Pferd an und erreichte mit seinen Begleitern die Festung in dem Moment, als die Zugbrücke mit rasselnden Ketten nach unten gelassen wurde. Aus dem Torbogen traten ihm seine eigenen Krieger entgegen.

Innerhalb kürzester Zeit konnte er sich selbst davon überzeugen, daß der Bote die Wahrheit gesprochen hatte. Bertrand de Coville war nicht in der Burg seiner Väter. Lediglich die Glut in der Küche und ein paar umgeworfene Becher, Decken und Vorräte verrieten, daß das Gemäuer bewohnt gewesen sein mußte. De la Griffe stürmte in das Wohngemach des Burgherrn, das er nur zu gut kannte. Er fand nichts als ein bescheidenes Pfostenbett, ein paar einfache Möbel und eine leere Truhe. Der Vogel war ausgeflogen!

Irgendwann waren Vivianes Augen ganz von alleine zugefallen, die Erschöpfung des Körpers und des Geistes forderte ihren Tribut, und sie sank in einen bleischweren, unnatürlich tiefen Schlummer. Verwirrende Träume und merkwürdige Bilder suchten sie heim, und immer wieder tauchte ihr eigenes, schmales Gesicht darin auf.

Das heißt, ein Gesicht, das dem ihren so ähnlich und doch anders war, so verschieden, daß es ihr nicht wirklich gehören konnte. Sie hatte nicht diese stille Sanftmut im Blick, diese grenzenlose Liebe und dieses unendliche Vertrauen. Dieses Wissen um das Gute in jedem Menschen und die Klugheit des Herzens, die jene andere Viviane auszeichneten.

Sie sah diese Frau an einer Wiege sitzen und ein Kind in den Schlaf singen. Ein Kind, das nicht ihr eigenes war und das sie dennoch zärtlich liebte. Ein schlanker Mann mit dunklen Haaren, von dem Viviane nur den Rücken sah, beugte sich über sie. Ein junger, kräftiger Mann mit den breiten Schultern eines Kämpfers. Aber ehe sie sich fragen konnte, ob ihr die Träume wie zum Hohn ein trügerisches Glück mit Bertrand de Coville vorgaukelten, verschwand das Bild wieder im Nebel.

Näher kommendes Waffengeklirr, Schreie, Flüche und polternde Schritte rissen sie abrupt und ohne jede Vorwarnung aus dem Schlaf. Bis Viviane jedoch begriffen hatte, das dieser infernalische Lärm nicht ihrem Traum entsprang, war es bereits zu spät. Die Tür ihrer Kammer wurde mit solcher Wucht aufgerissen, daß sie gegen die Wand prallte und wieder zurückfederte. Das blanke Schwert eines Kriegers in voller Rüstung hielt sie auf.

Viviane fuhr mit einem erstickten Schrei aus ihren Decken hoch und blickte in das bärtige Gesicht eines Söldners, der sein Helmvisier hochgeschlagen hatte, da er schon längst nicht mehr mit Widerstand rechnete. Der pure Selbsterhaltungstrieb sorgte dafür, daß sie blitzschnell reagierte. Mit einem einzigen Satz sprang sie von der Lagerstatt und brachte sich in der Fensternische vor dem Eindringling in Sicherheit.

Doch es war nur eine trügerische Sicherheit, denn zum einen war das Fenster zu schmal, um sich hindurchzuretten, und zum anderen lag es viel zu hoch in der Mauer. Es war nur eine Frage der Zeit, bis das auch ein schwerfällig denkender Mensch erkannte.

»Rührt mich nicht an!« rief sie mit einem Anflug ihrer alten Autorität und unterdrückte die aufkommende Panik. Erstaunlicherweise gehorchte der Bewaffnete ihrem Befehl ohne zu zögern. Er wich sogar zurück, bis er wieder draußen auf dem Gang stand.

Ehe sie sich fragen konnte, weshalb er ihr mit solchem Respekt begegnete, erkannte sie, daß er nur jemand anderem Platz gemacht hatte. Einem gedrungenen Mann mit einer pelzbesetzten, kostbaren Kappe, der nun mit allen Zeichen des Mißtrauens die Schwelle überschritt und Viviane entgeistert anstarrte.

Sie konnte ihm seine Fassungslosigkeit nicht verübeln, denn sie wußte, welchen Anblick sie bieten mußte. Eine Dienstmagd mit aufgelösten, zerzausten Haaren und bloßen Füßen. Eine Schlampe in zerlumpten, nachlässigen Kleidern, ungepflegt, nicht sehr sauber und von den Ereignissen sichtlich verwirrt. Kein Vergleich mehr zu der stolzen, eleganten Braut, die so rüde von seiner Seite gerissen worden war.

Viviane preßte die zitternden Lippen aufeinander und verschränkte die Arme vor der Brust. Sie wartete auf den Moment, wo seine Bestürzung sich in Verachtung und Wut verwandeln würde. Sie schätzte ihren Gemahl klar genug ein, um kein betontes Mitleid von ihm zu erwarten.

»Bei Gott, das wird mir der Kerl büßen«, sagte er denn auch heiser. »Man wird sich um Euch kümmern, Madame! Wann ist Coville aufgebrochen?«

Viviane begriff den Sinn dieser Frage nicht, denn sie war viel zu sehr damit beschäftigt, ihre eigenen Gefühle unter Kontrolle zu bringen. Daß Eduard de la Griffe vor ihr stand, konnte nur eines bedeuten: Er hatte die Burg genommen! Er hatte gesiegt, und Bertrand de Coville war entweder sein Gefangener oder längst tot. Ihre Furcht wich eisigem Entsetzen. Einem so brennenden, ausschließlichen Schmerz, daß sie seine nächsten Worte nur ganz verschwommen vernahm.

»Hat er den Verstand aus Euch herausgeprügelt? Wo ist Coville? Hört Ihr mich nicht?« De la Griffe war so wütend, daß er seine Gemahlin am Arm packte und grob schüttelte, als sie nicht schnell genug antwortete.

Nur langsam dämmerte es Viviane, was sein rasender Zorn bedeuten mußte. »Ihr sucht ihn? Hat er nicht gekämpft ... ist er ...«

»Gekämpft?« De la Griffe lachte höhnisch auf. »Diese Ratte hat nicht einmal den Mut, sich dem Kampf zu stellen. Dieses Gemäuer ist so leer wie die Taschen eines verhungerten Bettlers. Der Halunke ist geflohen. Bei Nacht und Nebel, als er bemerkte, daß es ihm an den Kragen gehen würde. Was wißt Ihr davon?«

Viviane schwankte. Sie massierte sich mit den Fingerspitzen die Schläfen und versuchte ihre Haltung wiederzufinden.

»Nichts«, murmelte sie heiser. »Ich habe geschlafen, ich weiß nichts ...« Und als ihr Gatte erbittert schnaubte, fügte sie hinzu: »Würdet Ihr mit einer Geisel über Eure Pläne sprechen, Seigneur? Sie informieren und ihr Einzelheiten verraten?«

Daß sie damit recht hatte, verärgerte den Seigneur nur noch mehr. Er zerbiß einen weiteren Fluch zwischen den Zähnen und winkte einem der Männer, die auf seine Befehle warteten. »Kümmert Euch um die Baronin, sie benötigt Kleidung und Schuhe, aber schnell! Danach führt ihr meine Befehle aus!«

Vivianes Schultern sanken nach vorne. Fragen über Fragen jagten durch ihren schmerzenden Kopf. Welche davon konnte sie stellen, ohne ihre schlimme Lage noch weiter zu verschlechtern?

»Seigneur!« rief sie, und de la Griffe wandte sich unwillkürlich zu ihr um.

»Was gibt's?«

»Weshalb ... wieso haßt Euch Bertrand de Coville so sehr, daß er nicht einmal davor zurückgeschreckt ist, den heiligen Frieden eines Gotteshauses zu stören? Wieso hat er mich gedemütigt, um Euch zu treffen?«

Unwillige Röte stieg in das faltige Gesicht ihres Gatten und trug nicht dazu bei, seine ohnehin unschönen Züge gefälliger wirken zu lassen. »Er wird für seine Tat büßen, darauf könnt Ihr Euch verlassen. Die Verbrechen, die er an Euch begangen hat, sollen nicht vergessen werden, wenn ich das Urteil über ihn spreche.«

Er stapfte davon, und Vivianes Schultern sanken nach vorne. Das war nicht die Antwort, die sie hatte haben wollen. Sie verriet ihr lediglich, daß ihr Gatte Bertrand de Coville mit derselben Intensität haßte, wie es umgekehrt der Fall war. Weshalb? Was hatte sich zwischen den beiden zugetragen, daß sie sich gegenseitig den Tod wünschten?

Aber im Grunde überraschte es sie nicht, daß auch der Baron sein Geheimnis für sich behielt. Männer waren offensichtlich zutiefst davon überzeugt, daß eine Frau ihren Kopf nur besaß, damit Haare darauf wachsen konnten. Schon ihr Vater hatte es nie versäumt, sie darauf hinzuweisen, daß einem Mädchen Gehorsam und Frömmigkeit besser anstanden als der Wunsch, ihren Verstand zum Denken zu benutzen.

Sie taumelte ein wenig, und der Söldner, der zu ihrer Bewachung oder Begleitung abgestellt worden war, sagte voller Mitleid: »Kommt, Madame! Wir dürfen nicht hierbleiben, es ist zu gefährlich. Könnt Ihr laufen? Ihr seid in Sicherheit, es kann Euch nichts mehr geschehen. Der Wagen mit Euren Kleidern und einer Magd wartet am Waldsaum. Ihr werdet dieses unliebsame Abenteuer bald vergessen haben. Stützt Euch auf mich …«

Dankbar legte Viviane eine Hand auf seinen Arm, erleichtert darüber, daß es wenigstens eine Menschenseele gab, die sich Sorgen um sie machte und sie nicht wie einen Gegenstand behandelte. Sie eilten die Treppe hinab, und in der großen Halle bemerkte Viviane, daß de la Griffes Männer aus den kargen Räumen die wenigen Möbelstücke zusammengetragen hatten, die den Burgbewohnern gehörten. Sie warfen Bänke, Strohsäcke, Truhen und Decken auf einen großen Haufen.

Viviane erkannte die weiche orientalische Decke, die sie in jener Nacht gewärmt hatte, als Bertrand de Coville sie genommen hatte, und sie streckte unwillkürlich die Hand danach aus.

»Nein, laßt!« mahnte sie ihr Begleiter. »Der Seigneur hat befohlen , daß alles vernichtet werden muß. Es ist ohnehin nichts Wertvolles dabei.«

»Vernichtet?« wiederholte Viviane verständnislos.

Aber noch bevor er ihr antworten konnte, entdeckte sie die beiden Reisigen, die mit rauchenden Pechfackeln eintraten. Sie hielten das Feuer von allen Seiten an den Scheiterhaufen, der aus den wenigen Besitztümern bestand, die Bertrand de Coville bei seiner überhasteten Flucht zurücklassen mußte.

Die Flammen fraßen sich gierig in das trockene Holz und die staubigen Strohsäcke. Im Nu verbreitete sich glühende Hitze im Saal, und es konnte nur wenige Augenblicke dauern, bis das Feuer die schwere Balkendecke erreicht hatte. Wenn sie erst einmal brannte, würden nur rauchgeschwärzte Mauern von dieser Festung übrigbleiben. Wo waren die Menschen, die hier gelebt hatten? Thibaut de Béarn, Joselle und die anderen?

»Die Festung war leer, als wir eintrafen«, antwortete der Mann an ihrer Seite gutmütig auf ihre Frage. »Ein Glück, daß wir die Räume trotzdem durchsucht haben, ehe wir sie ansteckten. Stellt Euch vor, erst das Feuer hätte Euch geweckt!«

Viviane zuckte nur mit den Schultern. Und wenn schon! Es gab doch eh nichts Schönes mehr, was auf sie wartete!

Rauch drang in ihre Lungen, und sie mußte husten.

»Kommt!« Der Bewaffnete führte sie hinaus. »Die aufgehende Sonne wird Euch besser wärmen als dieses Höllenfeuer.«

Der Baron erwartete sie bereits voller Ungeduld hoch zu Roß, während die übrigen Soldaten noch die Vorratsgebäude und die Ställe in Brand setzten. Aus dem kleinen Badehaus loderten längst die Flammen, und Viviane überlegte unpassenderweise, was wohl aus all den Zwiebeln wurde, die zu Bündeln geflochten in der Küche hingen.

»Wir haben hier nichts mehr verloren!« fuhr ihr Gemahl sie an. Sein Blick ruhte unwillig auf ihrer schäbigen Erscheinung, und mit einem Seufzer öffnete er seinen Umhang und warf ihn ihr zu. »Tragt das, Ihr werdet frieren!«

Sie fing das Kleidungsstück und legte es sich um, wohl wissend, daß dies keine Geste der Fürsorglichkeit gewesen war, sondern eine der Besitzdemonstration. Der schwere, pelzgefütterte Mantel zwang sie fast in die Knie. Sie schwankte und mußte erneut husten. Sowohl wegen des Rauchs als auch wegen des erstickenden Geruchs aus Moschus und Schweiß, der aus dem Stoff aufstieg. Ihre Augen brannten, und die Tränen ließen das Bild der brennenden Burg vor ihr verschwimmen.

Ihr Wächter nahm sie vor sich aufs Pferd und lenkte das Roß über die Zugbrücke den Hügel hinunter. Über seine geharnischte Schulter hinweg warf sie einen letzten Blick auf die Burg, in der Bertrand de Coville geboren worden war. Aus dem großen dreigeteilten Fenster des Palas drangen düsterschwarze Rauchwolken in den morgendlichen Himmel. Das Brausen der Flammen erfüllte die Luft, und irgendwo kreischten die Schweine, die entweder in ihrem Stall gefangen waren oder von den Eroberern noch abgestochen wurden.

Wie eigenartig, daß sie ausgerechnet jetzt voller Bedauern an die verhaßten Tiere dachte, die sie viele gräßliche Tage hindurch hatte füttern müssen. Es kam ihr vor, als verbinde sie mit ihnen mehr als mit den Männern, die Zerstörung und Trümmer hinter sich ließen. Auch mehr als mit dem düsteren Ritter, der sie im Stich gelassen hatte. Der im Schutze der Nacht verschwunden war und sie ihrem Gatten ausgeliefert hatte.

Instinktiv paßte sie sich dem Rhythmus des Pferdes an, während ihre Augen die Nebelfetzen zu durchdringen versuchten, die sich wieder um den Trupp schlossen, nachdem sie die brennende Burg hinter sich gelassen hatten. Das Nebelgrau verschluckte die alte Festung Bertrand de Covilles, als hätte Viviane die langen Tage ihrer Gefangenschaft nur geträumt.

»Er soll mir nicht entkommen«, knurrte in diesem Moment ihr ergrimmter Gatte. »Es wird keinen Stein im Königreich Frankreich und im Herzogtum Burgund geben, unter dem er sich verstecken kann, und kein Dach, das ihm Sicherheit verspricht. Dieses Mal wird ihm nicht einmal mehr die Hölle helfen können.«

Viviane schwieg. Sie hatte die Hände um den Sattelknauf vor sich geklammert und den Kopf gesenkt. Die Flut ihrer offenen, feuerfarbenen Haare verbarg das feine Profil und die erbarmungswürdige Verzweiflung in ihrem Blick. Sie vermochte nicht sich über die unerwartete Freiheit zu freuen. Sie wußte zu gut, daß sie lediglich von einem Gefängnis in das nächste wechselte.

»Hoh, halt ... hier steigt Ihr in den Wagen um«, kommandierte ihr Gemahl und gab Zeichen, daß der Trupp hielt. »Laßt Euch von der Kammerfrau in einen präsentablen Zustand versetzen. Ich möchte nicht, daß man Euch für eine Schweinemagd hält.«

Viviane biß sich einmal mehr schmerzhaft auf die Unterlippe, um das bittere Lachen zu unterdrücken, das in ihr hochkam. Wie eigenartig, daß sich die beiden Todfeinde in der Einschätzung ihrer Person so einig waren. Keiner von ihnen fühlte sich bei ihrem Anblick an die Tochter eines Herzogs erinnert, sondern lediglich an eine erbärmliche Schweinemagd.

»Wie Ihr wünscht, Seigneur ...«, flüsterte sie und mied die Anrede ›mein Gemahl‹.

Doch dieser feiste, mürrische Mann war ihr Gemahl, ob sie das Wort nun aussprach oder nicht. Je früher sie diese Tatsache akzeptierte, um so eher würde sie sich daran gewöhnen. Oder war jeder Versuch dazu schon von vornherein zum Scheitern verurteilt?

Nein, sie durfte nicht so viel denken, sie mußte sich auf die Tatsachen konzentrieren. Den tödlichen Schock überwinden, der sie noch immer umfangen hielt.

Bertrand de Coville hatte sie gebraucht und fortgeworfen. Er war bei Nacht und Nebel mit all seinen Leuten verschwunden, ohne sich auch nur im geringsten darum zu kümmern, was aus ihr wurde. Er hatte sie übriggelassen, wie etwas Überflüssiges, Unnützes, das niemand mehr benötigte und das ihn selbst nur belastete.

Seine harten Worte auf dem Wehrgang klangen in ihren Ohren nach. ›Es gibt keine Liebe. Es gibt den Rausch und das Vergessen, sonst nichts!‹

Nun, auch für sie würde es in Zukunft keine Liebe mehr geben. Keine Erinnerungen, keine Träume, keine Illusionen. Nur Kälte und Einsamkeit für den Rest ihres Lebens ...

»Madame?«

Die respektvolle Anrede einer neugierigen Zofe riß sie aus ihren Gedanken. Rund um sie warteten die Männer darauf, daß sie endlich abstieg und sich in den Wagen begab. Wie lange hatte sie geträumt? Hastig glitt sie aus dem Sattel und mußte sich am Steigbügelgeschirr festhalten, um nicht zu fallen. Unter ihren bloßen Sohlen spürte sie harte, kühle, reifbedeckte Erde. Die vergangene Nacht hatte den ersten Frost gebracht. Nicht nur über das Land, auch über ihr Leben.

Viviane unterdrückte einen Seufzer und stieg in den Wagen.

12.
Kapitel

»Nun, wenigstens seht Ihr nun der Frau wieder ähnlich, die ich zu heiraten glaubte!« Der herablassende Tonfall des Barons de la Griffe trieb seiner blassen Gemahlin die Röte der Empörung in die Wangen. Sie straffte die Schultern und gab ihrer Zofe, die soeben das schneeweiße Kinnband ihrer Spitzenhaube befestigt hatte, das Zeichen, den Raum zu verlassen.

Eingerahmt von kostbarster Brügger Spitze, wirkte ihr makelloses Antlitz wie das einer leidenden Madonna. Die Tage in der Gewalt Bertrand de Covilles hatten ihr den mädchenhaften Stolz geraubt, der ihn beim ersten Kennenlernen so an ihr fasziniert hatte. Damals hatte er sich in den buntesten Farben ausgemalt, wie er sie nehmen und diesen jungfräulichen Stolz brechen würde. Und nun war ihm ein anderer zuvorgekommen.

Das Geschöpf vor ihm war einwandfrei eine Frau. Blaß und vollkommen, aber mit dem Wissen der Schlange, die das Paradies beherrscht. Es verdroß ihn, daß sie so ruhig, so ohne jede Emotion und Bewegung vor ihm stand und abwartete. Er mochte es nicht, wenn sie ihm das Gefühl vermittelte, ihm ebenbürtig zu sein.

Das dunkelviolette Gewand aus knisternder Seide, das sie mit schlichter Raffinesse umschloß, betonte die durchsichtige Zartheit ihrer Haut und die verführerische Wölbung ihrer Brüste, die überraschend üppig wirkten. Sie hatte die Hände vor der Taille gefaltet, und er sah, daß sie den breiten Ring nicht mehr trug, den er ihr bei der Zeremonie in der Kapelle von Valouse angesteckt hatte.

»Euer Ehering? Wo ist er?« forderte er barsch eine Erklärung.

»Ich weiß es nicht.« Viviane senkte die Lider und wich seinem Blick aus.

Zu ihrer Schande hatte sie den Verlust bisher noch gar nicht bemerkt. Sie konnte nicht einmal genau sagen, ob sie den schweren Reif verloren hatte oder ob Bertrand de Coville das

Schmuckstück während ihrer Gefangenschaft an sich gebracht hatte, so wie er es auch mit den Juwelen ihrer Brautrobe gemacht hatte.

Der Baron reagierte mit einem unwilligen Brummen und warf sich in den gepolsterten Stuhl, der neben dem Kamin stand, dann musterte er sie aus engen, schmalen Augen. Er bat sie nicht, sich ebenfalls zu setzen.

»Berichtet«, forderte er sie barsch auf. »Ihr habt inzwischen Zeit genug gehabt, Euch zu erholen. Ich möchte genau wissen, was in dieser Burg gewesen ist. Jede Geste, jedes Wort, das Coville zu Euch gesagt hat. Ich will wissen, was er mit Euch gemacht hat.«

Viviane unterdrückte einen Seufzer. In den vergangenen Tagen war es ihr gelungen, diesen Moment immer wieder hinauszuzögern. So, wie es ihr auch gelungen war, Serpent an ihren Gemahl zu verweisen, als er die versprochene Belohnung endlich einforderte. Sollte sich doch jener mit einem habgierigen Spion abplagen, dessen Dienst ohnehin nicht den gewünschten Erfolg gebracht hatte. War sie wirklich einmal so naiv gewesen, zu glauben, daß sie ihr Schicksal selbst formen könnte?

Sie hatte bitter lernen müssen, daß dies ein Irrtum war. Es begann schon damit, daß der Baron sie nicht mehr zu ihren Eltern brachte. Sie hatten nach einem scharfen Ritt von mehreren Tagen sein eigenes Haus erreicht, und er hatte lediglich einen Boten nach Valouse geschickt, der von ihrer Rettung berichtete. Seitdem hatte sie weder von ihrem Vater noch von ihrer Mutter etwas vernommen.

Aber nun ließ sich ihr Gatte nicht länger mit dem Märchen von ihrer entsetzlichen Schwäche und ihren so überaus beanspruchten Nerven abspeisen, das ihr ein wenig Zeit zum Atemholen verschafft hatte. Es hatte ihn überraschenderweise sogar aus ihrem Schlafzimmer ferngehalten und die flüchtige Hoffnung geweckt, daß sich vielleicht doch noch alles zum Guten wenden würde. Nun jedoch sah es nicht mehr danach aus, wenn sie die gespannten, scharfen Züge ihres Gemahls betrachtete, der darauf wartete, daß sie endlich die Beichte ablegte, die er verlangte.

Sie versuchte, den Bericht so neutral wie möglich zu halten. Angefangen von dem Moment in der Kirche, über den Schlag mit dem Eisenhandschuh bis zu jener Nacht, in der Bertrand de Coville sie in sein Bett befohlen hatte. Sie wagte nicht, ihrem Gatten ins Gesicht zu sehen, aber sie spürte die fieberhafte Anspannung, die ihn bewegte. Die versteckte Wut und die verdrießliche Gier, die ihn Fragen stellen ließ, die ihr entsetzlich peinlich waren, die sie weder beantworten wollte noch konnte.

»Er hat Euch Schmerzen bereitet?« De la Griffe beugte sich vor. »Habt Ihr geblutet?«

»Ich weiß es nicht«, murmelte Viviane.

»Wie oft hat er Euch genommen? Öfter? Und wie?«

»Ich bitte Euch!« Viviane rang in tödlicher Verlegenheit die Hände. »Ich weiß nicht, wie Ihr das meint, mein Herr!«

»Das seht Ihr völlig richtig! Ich bin Euer Herr, und Ihr seid mir Rechenschaft schuldig. Hat er Euch Lust empfinden lassen?«

Viviane errötete bis zum Haaransatz hinauf. Noch weniger als über alles andere wollte sie über die ungezügelte Leidenschaft sprechen, die sie in die Arme Bertrand de Covilles getrieben hatte. Allein die Erinnerung daran vergiftete ihre Tage und raubte ihr in den Nächten den Schlaf. Nie würde sie bei ihrem Gatten etwas Ähnliches fühlen können, und die Vorstellung, daß er mit seinen kurzfingrigen Händen ihre Brüste berühren würde, ließ sie schon jetzt vor mühsam unterdrücktem Ekel erschauern.

»Er hat mir weh getan«, hauchte sie, und das war ja auch die Wahrheit, wenn sie sich auch auf andere Umstände bezog. Die Pein in ihrem Gesicht verlieh der Aussage tragische Glaubwürdigkeit.

»Papperlapapp, nun habt Euch nicht so!« rief er sie taktlos zur Ordnung. »Ich muß genau wissen, wie er Euch beigewohnt hat, damit ich weiß, wessen ich ihn anklagen kann, wenn er in meine Hände fällt. Hat er Euch gebissen? In die Brüste gezwickt? Eure Schenkel gewaltsam gespreizt? Ist er mit dem Finger in Euch gedrungen?«

Viviane zuckte zusammen. Unter den halb gesenkten

Lidern heraus musterte sie das fiebrig gerötete Antlitz ihres Gatten. Täuschte sie sich, oder bereitete es ihm perverses Vergnügen, sie mit diesen Fragen zu quälen? Allein die Art, wie er sich mit der Zunge über die trockenen Lippen fuhr und in seinem Sessel hin und her rutschte, drängte ihr diesen Verdacht auf. Sie versuchte ihn abzulenken.

»Ich bitte Euch, habt ein Einsehen mit mir«, wisperte sie. »Über derlei Dinge spricht man nicht. Ich bin eine anständige Frau.«

»Es dürfte wohl zu spät sein, bei mir die Unschuld zu spielen, beste Viviane«, erwiderte er unwillig. »Ich bin Euer Gemahl, und Ihr habt mir zu gehorchen. Ich verlange einen ausführlichen Bericht der Taten dieses Schurken, oder hat Euch seine Lanze etwa so viel Vergnügen bereitet, daß Ihr vor Lüsternheit vergeht, wenn Ihr davon sprecht?«

Viviane schluckte und verkrampfte ihre Hände. Warum durfte sie nicht vergessen und schweigen? Weshalb diese erneute Qual und Demütigung?

»Ihr tut mir unrecht, mein Gemahl …«, flüsterte sie und hoffte, daß der Himmel ihre Lüge nicht auf der Stelle strafen würde.

Was sie fühlte und wonach sie sich sehnte, wenn sie an Bertrand de Coville dachte oder von ihm sprach, wollte sie sich nicht einmal selbst eingestehen. Geschweige denn dieser feisten Kröte von Mann, der sich Rechte über sie anmaßte und lüstern jedem ihrer Worte lauschte.

»Sprecht, wie oft hat er es mit Euch getrieben? Was habt Ihr gefühlt, als er Euch gestoßen hat? Fleischeslust, oder habt Ihr Euch wie eine gute Frau gewehrt? Habt Ihr geweint, geschrien, ihn gekratzt und getreten? Ihr müßt es mir sagen, ich bin Euer Beichtvater. Befreit Euch von der unsittlichen Schuld, die Ihr auf Euch geladen habt, damit ich weiß, welche Strafe ich Euch zumessen muß. Ich warne Euch, belügt mich nicht!«

Viviane versuchte ihr Zittern zu unterdrücken. Strafe? Bei allen Heiligen, hatte sie denn noch nicht genug gelitten? Was konnte sie dafür, daß sie als Unschuldige in die Fehde dieser beiden Männer geraten war?

»An diesem Punkt bist zu wohl schuldlos!« flüsterte eine leise Stimme in ihrem Kopf. »Aber dafür, daß du dich ihm willig hingegeben hast, verdienst du Strafe. Für die Seufzer der Lust und der Liebe. Für deine verderbten Wünsche, deine Leidenschaft ... Du hast dich gegen den Schwur versündigt, den du vor dem Altar abgelegt hast!«

Ihr Schweigen verärgerte den Baron. Wieso brachte sie die Zähne nicht auseinander? Sie hatte zu gehorchen!

»Nun, was hast du mir zu sagen?« schnauzte er sie an.

»Ich weiß nicht, was ich sagen soll, Seigneur«, erwiderte Viviane und legte die Handflächen auf ihre brennenden Wangen.

»Ich werde mir den Schaden ansehen, den dieser Halunke angerichtet hat«, beschloß de la Griffe, und sein Ton jagte ihr einen eisigen Schauer über den Rücken. »Erwartet mich nach dem abendlichen Mahl, Madame. Es ist an der Zeit, daß Ihr Eure Pflichten als Ehegattin tut.«

Er vernahm Vivianes erstickten Aufschrei und betrachtete sie mit einem sardonischen Grinsen. Aha, sie hatte also doch gelitten. Sie bebte davor, daß er das gleiche mit ihr tat wie Coville. Gut. Die Angst in ihren Augen gefiel ihm. Sie machte ihm Appetit auf mehr. Er liebte es, wenn ihn eine Frau fürchtete.

»Und noch etwas, falls Euch der Schurke seinen Samen eingepflanzt hat, gibt es natürlich Mittel und Wege, den Bastard loszuwerden. Man wird sich dann beizeiten um Euch kümmern.«

»Was habt Ihr ihm getan, daß er Euch so sehr haßt?« Wieder stellte Viviane diese Frage, auch wenn sie nicht damit rechnete, daß er ihr antworten würde. Aber es war eine Ablenkung. Sie mußte etwas anderes denken, sonst würde sie den Verstand verlieren. Endgültig närrisch werden über die Frage, ob sie einen Mann geheiratet hatte, der sogar einen Kindesmord in Erwägung zog.

De la Griffe zog die Oberlippe hoch, und Viviane sah, daß seine wenigen Zähne sich bereits bräunlich verfärbt hatten.

»Er hat mir die Hand seiner Schwester verweigert, dieser Schurke«, antwortete er dann zu Vivianes Verblüffung. »Er hat es gewagt, mich abzuweisen und zu behaupten, daß ich nicht gut genug für seine kostbare kleine Schwester wäre. Nun, er hat es bereut. Ich habe mir die stolze Kleine geholt, sobald er aus dem Weg war. Es hat sich nicht gelohnt. Sie machte im Grunde mehr Ärger, als sie Vergnügen bereitet hat.«

Vor Vivianes weit aufgerissenen Augen tauchte plötzlich das Bild jener jungen Frau auf, die sie in der letzten Nacht in der Halle der Burg gesehen hatte. Sie zweifelte jetzt keinen Moment mehr daran, daß es sich dabei um Bertrand de Covilles Schwester gehandelt haben mußte. Nun begriff sie, warum er so außer sich gewesen war, als sie ihm davon berichtet hatte. Kein Wunder, daß ihn der Anblick seiner gemarterten Schwester verfolgte.

»Ihr … Ihr habt sie nicht zur Gattin genommen?« fragte sie, obwohl sie die Antwort bereits kannte.

»Warum sollte ich?« meinte ihr Gemahl und grinste zynisch. »Sie war ohnehin den Ärger nicht wert. Ein zimperliches, frömmliches kleines Ding, das nach dem ersten Mal keine großen Überraschungen mehr bereithielt. Ich gab sie an einen Freund weiter, aber auch der hatte sie schnell satt. Sie hat mich mit ihrem Freitod von einem Problem befreit.«

Viviane erschauerte. Hatte Bertrand de Coville sich diesen Punkt seiner Rache bis zum Schluß aufgehoben? Hätte er sie ebenfalls an seine Männer weitergereicht, wenn er ihrer müde geworden wäre? Heilige Mutter Gottes, was für eine Welt war das, in der sie lebten! Zählten denn nur noch Gewalt und Haß?

»Wollt Ihr sagen, daß Bertrand de Coville bis heute gewartet hat, um sich an Euch zu rächen?« Sie brach ab und biß sich auf die Lippen.

»Das mußte er wohl, denn der König hat ihn verbannt und seines Titels und Lehens enthoben. Es gab damals kein Problem, Karl von Frankreich gefälschte Beweise dafür vorzulegen, daß Coville in Wirklichkeit ein Spion des Herzogs von Burgund war. Damals regierte noch Georges de la Trémouilles, unser verehrter Kanzler, der dummerweise inzwischen entmachtet wurde. Karl war nicht mehr als eine Marionette für ihn. Der König konfiszierte wunschgemäß Covilles Vermögen und erklärte ihn zum Vogelfreien. Ein Spruch, der bis heute nicht aufgehoben wurde. Es war kühn von ihm, die leere Burg seiner Väter zu besetzen.«

Viviane sank auf ein gepolstertes Taburett und starrte ihren Gatten aus weit offenen Augen an. Die absolute Ruhe, mit der er über seine schurkischen Taten sprach, erschreckte sie fast noch mehr als deren schrecklicher Inhalt.

»Ihr habt einen unschuldigen Mann ...«, begann sie und wurde erneut unterbrochen.

»Papperlapapp, das versteht Ihr nicht, Ihr seid ja nur ein Weib! Ich habe mich für eine Beleidigung gerächt, das ist das gute Recht eines jeden aufrechten Mannes. Das einzige, was ich mir vorzuwerfen habe, ist, daß ich versäumt habe, ihn töten zu lassen. Es hätte uns eine Menge überflüssigen Ärger erspart.«

Viviane fand keine Worte. Sie hatte das Bedürfnis zu schreien, mit den Fäusten auf Eduard Seigneur de la Griffe loszugehen und ihm dieses selbstherrliche Grinsen aus dem Gesicht zu schlagen. Doch sie konnte sich nicht einmal rühren. Sie konnte nur dasitzen und den Blick nicht von ihm lassen.

O ja, ihr Gemahl würde weit mehr tun, als ein ungeborenes Kind zu töten. Er verkörperte das Böse in seiner schrecklichsten Form, denn er kannte keine Reue. Es bereitete ihm Vergnügen, schlecht zu sein. Und an einen solchen Mann war sie bis an das Ende ihres Lebens gefesselt!

Ihr Gatte hielt diese Starre für Bewunderung. Geschmeichelt erhob er sich und tätschelte ihre kühle, makellose Schulter.

»Ich werde dafür sorgen, daß auch Ihr gerächt werdet, macht Euch keine Sorgen. Und erwartet mich heute abend. Wenn Ihr mir Vergnügen bereitet, wird Eure Strafe geringer ausfallen, also bemüht Euch ...«

Er wandte sich zum Gehen, und Viviane fand sich nicht einmal fähig, ihm einen Gruß zu sagen. Die Bilder, die Erinnerungen und Empfindungen, die sie so sorgsam unter Verschluß zu halten getrachtet hatte, brachen mit ungeheurer

Gewalt in ihr auf. Die Erzählung ihres Gemahls hatte ihr endlich den Schlüssel zu Bertrand de Covilles harter, unverständlicher Persönlichkeit geliefert.

Er war doppelt und dreifach gedemütigt worden. Er hatte darin versagt, seine Schwester zu schützen. Er hatte weder ihre Unschuld noch ihr Leben retten können. Zudem war er hilflos im Netz der perfiden Intrigen gestrandet, das Eduard de la Griffe geknüpft hatte, um ihn nicht nur seiner Schwester, sondern auch seines Namens und seiner Ehre zu berauben. Er hatte aus einem stolzen jungen Edelmann einen vogelfreien Verräter gemacht. Einen Verfemten, ohne Zukunft und ohne Hoffnung. Es gab nichts mehr, was Bertrand de Coville verlieren konnte, denn ihm war bereits alles genommen worden.

Lediglich der Wunsch nach Rache trieb ihn noch vorwärts. Das Ziel, den Bösewicht zu erniedrigen und zu töten, der ihm all dies angetan hatte. Viviane konnte es ihm nachfühlen, und damit erlosch endgültig ihr Zorn auf den ruchlosen Ritter, hinter dem sich ein zutiefst verletzter Mann verbarg. Ein Mann, der aufgehört hatte, an das Gute, an echte Gefühle und Aufrichtigkeit zu glauben.

Sie war ein Objekt für ihn gewesen, kein Mensch aus Fleisch und Blut. Nur so lange von Wert, wie er damit rechnete, daß der Baron die Schändung seines Eigentums zu rächen gedachte. Weshalb nur tat diese Einsicht so entsetzlich weh?

Sie erhob sich mit Mühe und begann eine nervöse Wanderung durch das prächtig ausgestattete Kabinett, das ihr zugewiesen worden war. Es kam ihr noch immer merkwürdig vor, wieder von bemalten Wänden, kostbaren Möbeln und weichen Teppichen umgeben zu sein. Ihre geschundenen Füße steckten in hauchfeinen weißen Seidenstrümpfen und flachen Schuhen aus violett gefärbtem Ziegenleder. Seide, Spitze und Samt bedeckten ihren Körper, aber zum ersten Male in ihrem Leben ertappte sie sich dabei, daß sie all diesen Luxus kritisch betrachtete und nicht mehr für selbstverständlich hielt.

Ob diese Kostbarkeiten unter anderem mit dem Vermögen bezahlt worden waren, das ihr Gatte Bertrand de Coville geraubt hatte? Obwohl er nichts davon erwähnt hatte, so glaubte sie doch sicher zu wissen, wo die Besitztümer des Mannes gelandet sein mußten, der sie an ihrem Hochzeitstag entführt hatte und sich nun auch noch ihres Herzens bemächtigt hatte.

Die beschämende Erkenntnis, daß sie lieber barfuß und schmutzig bei einem Vogelfreien sein würde, als in Samt und Seide ihrem Gatten zu gehorchen, trug nicht dazu bei, daß sie sich in ihrem überreichen neuen Heim wohler fühlte. Weshalb schätzte man die Dinge immer erst dann, wenn man sie nicht mehr besaß? Weshalb war es ihr nicht gelungen, Bertrand von ihrer verzweifelten Liebe zu überzeugen? Sie hatte versagt!

Viviane blieb vor dem schönen großen Bogenfenster stehen, das in bunt eingelegtem Glas den Erzengel Michael zeigte, der mit hoch erhobenem Schwert Gerechtigkeit verkündete. Der Regen, der nun seit Tagen fiel, tauchte das Land in düsteres Grau und verlieh den kräftigen Farben eine matte, düstere Tönung. Versonnen berührte sie mit den Fingerspitzen die Linien aus Blei, die das Bild aneinanderfügten, und vor ihrem Auge entstand das Abbild eines anderen, eines dunklen Ritters in schwarzem Eisen.

Bei Gott, jetzt begriff sie wenigstens, warum er sie zurückgelassen hatte. Nicht aus Verachtung oder Haß, sondern aus tief verwurzeltem Ehrgefühl. Selbst wenn er ihre Liebe erwidert hätte, wäre es ihm nicht möglich gewesen, ihr einen Platz in seinem Leben einzuräumen. Nicht einmal die entehrte Tochter des Herzogs von Valouse war tief genug gesunken, um die Tage eines Verfemten zu teilen. Es hatte nie auch nur die geringste Chance für sie auf ein gemeinsames Glück gegeben. Sie hatte geträumt!

Was sie trotzdem nicht verstand, war die heimliche Plötzlichkeit seines nächtlichen Verschwindens. Hatte Bertrand de Coville ernstlich sein Heil in der Flucht gesucht, weil er mit de la Griffes Auftauchen rechnete, oder gab es einen anderen, wichtigeren Grund dafür?

Sie kam zu der Ansicht, daß es einen solchen Grund geben mußte. Der ausgestoßene Ritter war kein Feigling, der dem Kampf aus dem Wege ging, dazu war er zu stolz. So viel glaubte sie sagen zu können, aber damit war sie auch bereits am Ende ihres Lateins.

Sie wußte so gut wie nichts über die Gefühle, die ihn bewegten. Nur, daß ihre eigenen Emotionen nicht ausgereicht hatten, sein starres Herz zum Leben zu erwecken. Er hatte ihre Kraft in sich aufgesogen und sie leer zurückgelassen. Die taube Hülle einer Frau. Ein Phantom ohne Herz.

Aber vielleicht war das ja das einzige Glück in diesem Drama. Ein solches Gespenst paßte wenigstens an die Seite eines Mannes, der ebenfalls kein Herz besaß. So sehr sie ihren Gatten auch verabscheute, er konnte ihr nicht mehr weh tun. Sie hatte allen Schmerz und alle Demütigungen bereits hinter sich, und es gab nichts, was ihr noch angst machen konnte. Sollte sie darüber nun erleichtert oder betrübt sein?

Gefangen in die Zwänge ihrer Ehe, ihrer Geburt und ihres Namens, blieb ihr nur eines – Haltung zu zeigen und wenigstens ihren angeschlagenen Stolz zu retten. Niemandem zu zeigen, wie tief und lebensgefährlich die Wunde war, die Bertrand de Coville ihr geschlagen hatte.

»Du bist die Baronin Viviane de la Griffe, und nur der Tod wird etwas daran ändern«, sagte sie tonlos und beschwörend. »Finde dich damit ab und mach das Beste daraus, meine Liebe. Etwas anderes ist dir in diesem Leben nicht bestimmt.«

Der prächtig gearbeitete Heilige verschwamm vor ihren Augen. Tränen rannen über ihre Wangen und versickerten in der breiten Haubenbinde, die sich unter ihrem Kinn durchzog. Tränen, die weder Trost noch Erleichterung brachten, die nur ihre Niederlage bekräftigten. Sie mußte endlich damit aufhören zu weinen!

Ihre Kammerzofe, welche die treue Mireille ersetzt hatte, die der Baron nicht in seinem Hause haben wollte, fand sie auf Knien im Betstuhl. Die schmalen weißen Hände um die kostbaren Perlen eines Rosenkranzes geklammert und die blassen Lippen in murmelndem Gebet, fixierte sie das flämische Tafelbild einer Madonna mit Kind, ohne auch nur einmal zu blinzeln.

Sie repräsentierte geradezu das Idealbild einer schicklichen frommen Edeldame. Daß Viviane hinter ihren gefalteten Händen stumm blieb und nicht wußte, worum sie den Himmel bitten sollte, konnte das Mädchen nicht ahnen.

13. Kapitel

»Morgen um die Mittagszeit werden wir Paris erreichen«, verkündete Eduard de la Griffe und zog die bestickten Reithandschuhe aus. Ohne sich darum zu kümmern, daß neben ihm ein Becher stand, setzte er den Weinkrug an und trank in großen, durstigen Zügen.

Seine Gemahlin sah ihm dabei zu, viel zu müde und zu erschöpft, um mehr zu tun, als einfach stehenzubleiben und die Tatsache zu genießen, daß sie weder in einem rüttelnden Wagen saß noch auf einem galoppierenden Pferd. Ihr schwerer Umhang war naß vom Regen, und auch ihr Reisekostüm aus dunkelgrünem Brügger Wolltuch hatte auf den Schultern und den Rocksäumen große feuchte Flecken. Unter dem breitkrempigen Filzhut klebten nasse Härchen an ihrer Schläfe, und die großen Augen umgaben tiefe, violette Schatten. Viviane zitterte vor Kälte und Entkräftung.

Sie hatte in den letzten Tagen bei weitem nicht genügend geschlafen, um den vielfältigen Strapazen dieser Gewaltreise gewachsen zu sein. Wenn ihr unersättlicher und zügelloser Gatte des Nachts endlich von ihr abließ, blieb sie stets noch wach, mit schmerzendem Körper und brennenden Augen, verzweifelt die Wut und das Elend unterdrückend, die sie überfluteten, während er befriedigt schnarchend seine Kräfte auffrischte.

Es schien, als könne er nie genug davon bekommen, den blassen, ungerührten Körper zu benützen, der ihm jederzeit zur Verfügung stehen mußte. Mit einer geradezu fieberhaften

Verbissenheit versuchte er, ihr eine sichtbare Regung abzutrotzen, eine Reaktion auf seine schamlosen Bemühungen hervorzurufen. Aber ebensogut hätte er dies bei einer Marmorstatue versuchen können.

Viviane hatte festgestellt, daß sie seine Anstrengungen mit Haltung ertragen konnte, wenn sie die Lider schloß und sich ganz tief in sich selbst zurückzog. An einem Punkt, der es ihr sogar ermöglichte, die Schmerzen zu ertragen, wenn er sie vor Wut knuffte oder rücksichtslos in ihre Brüste biß. Sie hatte schnell erfaßt, daß es ihn erregte, Qualen zu bereiten, und daß ihr tränenersticktes Keuchen ihm gefiel. Allein, sie fragte sich, wie lange es ihr noch gelingen würde, dies zu ertragen.

Am vergangenen Abend hatte er sie zum ersten Male mit der Reitgerte geschlagen, um sie für ihre eisige Zurückhaltung zu strafen. Die ordinären Beleidigungen, die er ihr dabei an den Kopf geworfen hatte, jagten ihr noch jetzt die Schamröte in die Stirn.

»Man sagt, der König ist dabei, den Kreis seiner Ratgeber zu erweitern«, sagte er nun mehr zu sich selbst als zu Viviane. »Ich möchte rechtzeitig bei Hofe sein, um meine Position zu wahren. Wie dumm, daß Trémouille und St. Doye so an Einfluß verloren haben.«

Er stellte den halbleeren Krug zurück und maß Viviane aus schmalen Augen. »Was steht Ihr hier herum und gafft? Zum Henker, ich hoffe, daß Ihr bei Hofe ein wenig charmanter und weltgewandter seid. Ich benötige eine Frau, die meine Interessen vertritt, und keine dumme Gans, die ihre Zähne nicht auseinander bekommt.«

An seine Schmähungen gewöhnt, verzichtete Viviane auf eine Antwort. Sie hob die Hände, um den triefenden Hut abzulegen und die Schnalle ihres Umhanges zu öffnen. Sie mußte sich selbst behelfen, denn der hastige Aufbruch, den ihr Gatte veranlaßt hatte, als der Bote aus Paris die Neuigkeiten ins Schloß brachte, hatte keine großen Vorbereitungen zugelassen.

De la Griffe besaß angeblich ein großes, gutgeführtes Haus in Paris, und deswegen verzichtete er darauf, Lakaien und Kammermägde aus der Burg mitzunehmen. Sie hätten seinen

Troß nur vergrößert und lästigerweise aufgehalten. Die fehlenden Bequemlichkeiten seiner Gattin interessierten ihn nicht einmal am Rande.

Ehe er sich einmal mehr über den stillen, hartnäckigen Hochmut ärgern konnte, mit dem sie ihn behandelte, klopfte es an der Tür der Kammer. Der Wirt schleppte höchstpersönlich das Mahl für die unerwarteten Gäste herbei. Die kostbaren Stoffe ihrer Kleidung und die edlen Reittiere genau einschätzend, erhoffte er sich ein gutes Geschäft.

Die Verpflegung war zwar reichhaltig, aber in den Augen des Seigneur de la Griffe nicht besonders raffiniert. Brot, Käse, ein Hasenragout und dicke Kohlsuppe bildeten das Herzstück der Mahlzeit, die von den letzten Birnen und Trauben abgerundet wurde.

»Wenn Georges de la Trémouille nicht mehr an der Macht ist«, setzte Viviane unvermittelt das Gespräch fort, das ihr Gatte vorhin begonnen hatte, »was wollt Ihr dann tun, um Eure Interessen bei Hofe durchzusetzen? Man sagt, der König ist nicht gut auf dessen ehemalige Freude zu sprechen.«

Sie hatte lediglich ein paar Bissen Ragout und etwas Brot zu sich genommen, und jetzt zupfte sie nachdenklich eine Traube nach der anderen von der Rispe. De la Griffe sah verblüfft von seinem Napf hoch. Bisher hatte sie sich nie für seine Pläne interessiert.

»Das laßt nur meine Sorge sein«, meinte er unwirsch. »Belastet Euren kleinen Kopf nicht mit derlei Dingen. Sagt mir lieber, ob Ihr endlich Euer monatliches Übel bekommen habt.«

Viviane verschluckte sich an einer Traube. Die ungehobelte Direktheit, mit der ihr Gatte die delikatesten Dinge ansprach, bereitete ihr stets aufs neue Unbehagen. Er interessierte sich brennend dafür, ob ihre Entführung durch Bertrand de Coville Folgen haben würde, und ärgerte sich stets aufs neue darüber, daß sie ihm nicht befriedigend Auskunft geben konnte.

Es hatte nie sonderliche Regelmäßigkeiten in ihrem Frauenleben gegeben. Mal paßte es sich dem Zyklus des Mondes an, dann vergingen wieder mehrere Wochen, ohne daß etwas geschah. Daß sie seit ihrer Eheschließung umsonst darauf wartete, führte sie selbst eher auf die Aufregungen zurück als auf die wenigen, kostbaren Liebesstunden mit dem geächteten Ritter. Doch ihr Gatte gab es nicht auf, Fragen zu stellen. Vielleicht legte er es mit diesem brutalen Eilritt sogar darauf an, daß sie, sollte sie tatsächlich schwanger sein, daß Kind umgehend wieder verlor.

Unwillkürlich legte sie die Hand auf den flachen Leib, als könne sie damit halten und bewahren, was möglicherweise in ihr wuchs. Dann schüttelte sie errötend und stumm den Kopf.

»Um so besser«, knurrte ihr reizender Gemahl. »Es wäre mir lästig gewesen, für diese Nacht eine willige Magd zu suchen. Ich beginne Vergnügen an Euch zu finden, wenngleich es Euch an der Teilnahme fehlt. Das vernehmt Ihr sicher mit Freuden.«

Die Farbe auf Vivianes Wangen vertiefte sich. Sie wußte, daß er eine Antwort verlangte und daß sie es üblicherweise büßen mußte, wenn sie schwieg. Sie legte die restlichen Trauben in die Schale zurück. Der Appetit war ihr schlagartig vergangen, und die Röte in ihrem Gesicht machte marmorner Blässe Platz.

»Ich bin Eure gehorsame Gemahlin, Seigneur!« murmelte sie.

Sie fühlte sich grauenvoll. Jeder Knochen in ihrem müden Körper schmerzte, und sie mußte sich zwingen, nicht einfach voller Panik aus der Kammer zu laufen. Das Schlimmste jedoch war, daß sie ihrem Gemahl ansah, daß er ihre Gefühle durchschaute. Er belauerte sie wie die Schlange ihre Beute und wartete nur auf den richtigen Moment zum Zuschlagen.

»Wie angenehm es doch ist, eine so kluge Gattin zu haben«, antwortete er nun mit vollem Mund. Er gab sich keine Mühe, seinen Spott zu verbergen. »Es wäre mir tatsächlich arg, wenn Ihr unter den Folgen dieses Schurkenstreiches so sehr leiden würdet, daß Ihr Euch für immer in ein Kloster zurückziehen müßtet. Es freut mich, daß Ihr Euch auf dem Wege der Besserung befindet.«

Die Drohung, sie für den Rest ihres Lebens hinter die Mauern eines Klosters zu verbannen, hing seit geraumer Zeit über ihrem Haupt. Und so sehr sich Viviane anfangs vor einer neuerlichen Einengung ihrer Freiheit gefürchtet hatte, begann sie sich allmählich zu fragen, ob der Friede unter den frommen Dienerinnen Gottes nicht einem Leben unter der Knute eines launenhaften und durch und durch sadistischen Ehegatten vorzuziehen war.

Auch in dieser Nacht ging ihr der Gedanke durch den Kopf, als sie unter ihrem keuchenden Mann lag, der sich ihr wieder einmal aufgezwungen hatte, ohne auf sie Rücksicht zu nehmen. Seine groben Hände quetschten ihre zarte Haut, und die Spuren seiner Bisse zeichneten ein makaberes Muster auf ihre schönen Brüste, die ihr wie zum Hohn größer und voller erschienen, als sie es je gewesen waren. Und auch empfindlicher, weshalb sie nicht verhindern konnte, daß ihr Tränen der Qual aus den Augenwinkeln liefen.

Der Baron registrierte es und kicherte erfreut. »Nur zu, meine stolze Schöne. Wie angenehm, daß es mir gelungen ist, deinen Panzer aus Eis zu zerbrechen. Du hast mir zu Diensten zu sein, du mußt tun, was ich verlange. Da auf den Boden mit dir ...«

Was folgte, war eine schlimmere Qual, als sie jemals hatte ertragen müssen. Es war entwürdigend, und als es endlich vorbei war, schleppte Viviane sich hinter den Wandschirm und gab endlich der Übelkeit nach, die sie gepackt hatte.

Zitternd, frierend und von unaussprechlichem Ekel geschüttelt, kauerte sie halbtot auf dem Boden, nur noch ein gepeinigtes, ermattetes Bündel Mensch. Befriedigtes, sonores Schnarchen vom Bett verkündete, daß Eduard de la Griffe sein Vergnügen gehabt hatte und sich nicht weiter um seine Gemahlin kümmerte.

Viviane schlang die Arme um ihren bloßen Oberkörper und wagte keine weitere Bewegung. Sie hatte Angst zu zerbrechen. Angst, den schlafenden Mann zu wecken und weiteren Torturen unterworfen zu werden. Aber konnte man sich elender fühlen, als sie es ohnehin schon tat? Sie erinnerte sich an ihre Verzweiflung und ihren hilflosen Zorn, als Bertrand de Coville sie genommen hatte, aber das, was etwas Böses, eine Strafe hätte sein sollen, war zu etwas Schönem geworden, während es bei ihrem Gemahl genau umgekehrt war.

Aber der Gedanke an Bertrand vertiefte nur ihr Elend und ihre Verzweiflung. Das Paradies zu kennen bedeutete, die Schrecken der Hölle um so schlimmer zu empfinden. Warum quälten sie zu allem Überfluß auch noch die Erinnerungen?

»Wahrhaftig, wo bleibt Ihr? Ihr wißt genau, daß ich keine Zeit versäumen möchte. Ist es zuviel verlangt, daß Ihr Euch rechtzeitig erhebt?«

Viviane hörte die üblichen Vorwürfe ihres Gatten wie durch einen dichten Schleier. Sie war im Morgengrauen frierend, auf dem Boden kauernd zu sich gekommen, und als sie mit den Zähnen klappernd in das Bett kriechen wollte, hatte ihr Gatte zum Aufbruch gemahnt. Wie sie es schließlich geschafft hatte, ihre Kleider anzuziehen und auf die Beine zu kommen, vermochte sie nicht genau zu sagen.

Ihr war heiß und kalt zugleich und die schreckliche Übelkeit, die sie in der Nacht gewürgt hatte, lauerte auch jetzt noch in ihrer Kehle. Sie konnte nicht mehr als ein paar Schluck Quellwasser zu sich nehmen, und der Horizont wellte sich höchst seltsam vor ihren Augen, als sie im Sattel saß.

Wenigstens hatte der Regen nachgelassen, und die blasse Sonne lag im Kampf mit dem morgendlichen Nebel. Die Erde dampfte vor Feuchtigkeit, und der Schlamm verwandelte die Landstraße in eine Spur aus zähem Matsch. Trotz aller Flüche ihres Gemahls erreichten sie Paris erst kurz vor dem abendlichen Schließen der Stadttore, und sie konnten von Glück sagen, daß sie überhaupt noch eingelassen wurden.

Viviane bemerkte kaum etwas von der Stadt. Sie kannte Paris von ein, zwei Besuchen, die der Herzog gemacht hatte, aber an diesem Abend war sie nicht fähig, sich über die vertraute Silhouette der Dächer und Kirchtürme zu freuen, die im Schatten der frühen Dämmerung wie von einem Malerpinsel an den Himmel getupft wirkten. Ein hartnäckiger Schüttelfrost ließ ihre Zähne aufeinander klappern, und als sie im Hofe des weitläufigen Stadthauses aus dem Sattel stiegen, das Eduard de la Griffe sein eigen nannte, konnte sie kaum einen Fuß vor den anderen setzen.

Ihr Gemahl bellte wie üblich seine Befehle, ohne sich darum zu kümmern, was aus ihr wurde. Viviane fürchtete schon, einfach im Hof stehengelassen zu werden, als sich eine dunkel gekleidete Matrone näherte und schnaufend in eine gemächliche Reverenz versank.

»Wenn Ihr mir bitte folgen wollt, Madame, ich zeige Euch Eure Gemächer. Ich bin Jacquette, mein Mann ist der Haushofmeister des Barons. Ihr müßt sicher müde sein von der Reise, kommt ins Warme ...«

Die mütterliche Fürsorge tat Viviane gut und erinnerte sie an Mireille, die sie am Morgen ihres Hochzeitstages zum letzten Male gesehen hatte. Es schien unendlich lange her zu sein, daß sich jemand um sie gesorgt hatte, der nichts von ihr wollte und ihr anschließend auch keine Rechnung dafür präsentierte.

»Ihr habt recht«, erwiderte sie und lächelte ein wenig verzerrt. »Mir scheint, ich brauche ein Bad, eine Mahlzeit und eine kräftige Portion Schlaf.«

Dann würde es ihr bessergehen, das hoffte sie zumindest. Mit der Aussicht darauf mobilisierte sie die letzten Reserven ihrer Kraft, um mit hoch erhobenem Haupt das Haus zu betreten, das von Reichtum und Einfluß kündete. Im Schein der Fackeln, die rechts und links des Eingangs brannten, erhaschte sie den Blick auf ein Wappen, das der Steinmetz im Lanzettbogen hoch über der Tür eingefügt hatte und dessen Äußeres seltsam beschädigt und konturenlos wirkte.

Die beiden gekreuzten Schwerter, in deren Mitte ein hoch aufgerichteter Gerfalke saß, waren nur noch in Andeutungen zu erkennen, und der Kopf des Falken fehlte. Viviane, die die stolzen Vögel liebte, erkannte jedoch den typischen Körperbau, und es tat ihr weh, die mutwillige Zerstörung der schönen Arbeit zu sehen. Auch erschien es ihr seltsam, daß ihr Gatte keine Anweisung gegeben hatte, diesen Schandfleck zu tilgen oder zu erneuern.

Sie hatte bereits gelernt, welch großen Wert er darauf legte, seine Macht, seinen Einfluß und seinen Reichtum zu demonstrieren. Die Tatsache, daß dieses Wappen sehr hoch oben angebracht und schwer zu erreichen war, konnte ihn allein wohl nicht davon abgehalten haben. Sie wollte gerade eine entsprechende Frage an ihre Begleiterin stellen, als ihr etwas anderes auffiel.

Sie blieb noch einmal stehen und sah hinauf zum Türsturz, ehe sie tief durchatmend in die große Halle trat. Das Wappen ihres Gatten war zweigeteilt. Eine halbe Ährengarbe und eine Hellebarde wiesen darauf hin, daß er zu den größten Landbesitzern seiner Region zählte und seine Vorfahren dem König in vielen Schlachten gedient hatten. Weder ein Falke noch ein Schwert tauchten in seinem Wappen auf. Was hatte das zu bedeuten?

Sie war sich der Tatsache bewußt, daß ihre Begleiterin bemerkt haben mußte, welche Aufmerksamkeit sie dem Wappen schenkte, aber sie verlor kein Wort darüber. Sie führte Viviane in ein bezauberndes Gemach, dessen Wände mit honigfarbenem Holz getäfelt waren und auf dessen dunkelblauer, hoher Decke eine Künstlerhand den nächtlichen Sternenhimmel nachempfunden hatte.

Während Jacquette die zahllosen dicken Kerzen in den silbernen Leuchtern entzündete, die überall bereitstanden, sank Viviane in einen breiten gepolsterten Stuhl und schloß erschöpft die Augen. Hinter ihrer Stirn pochte der Schmerz, und mit einemmal brach ihr der Schweiß aus. Im selben Moment mußte sie auch noch niesen.

»Heilige Mutter Gottes, Ihr habt Euch erkältet!« rief Jacquette und eilte zu ihr, um prüfend eine Hand auf ihre glühend heiße Stirn zu legen. »Ihr fiebert ja! Kein Wunder, daß Ihr so blaß seid, arme Dame. Laßt Euch ins Bett helfen …«

Viviane tat nichts lieber, als sich der Fürsorge ihrer neuen Dienerin zu überlassen, und wenn sich Jacquette beim Anblick der blauen Flecken und Bißmale, die ihren Körper bedeckten, ihren Teil dachte, so schwieg sie darüber. Sie entkleidete ihre Herrin, wusch sie mit einem weichen Schwamm und hüllte sie in ein vorgewärmtes Nachthemd, ehe sie ihr Weidenrindentee zu trinken gab und ihr ein wenig Brühe einflößte.

»Die Ärmste sieht nicht danach aus, als bereite ihr das Eheleben sonderliches Vergnügen«, berichtete sie ihrem eigenen Gemahl unter vier Augen, aber der winkte unwirsch ab. Er wollte nichts davon hören.

»Es wird zuviel getratscht, misch dich nicht ein, Weib. Du weißt sehr gut, daß wir froh sein müssen, ein Dach über dem Kopf zu haben. Er hätte uns auch davonjagen können wie alle anderen.«

»An manchen Tagen denke ich, es wäre besser zu betteln, als ihm zu dienen«, murrte Jacquette. Aber als sie keine Antwort bekam, schwieg sie ebenfalls. Sie wollte nicht einmal ihrem eigenen Mann Näheres über das berichten, was sie gesehen hatte.

14.
Kapitel

Ein kühler Luftzug strich durch den Raum und ließ die zahllosen Kerzenflammen aufflackern. Viviane de la Griffe erschauerte an der Seite ihres Gatten und wünschte sich, sie hätte ein wärmeres, hochgeschlosseneres Kleid zu diesem Anlaß getragen. Nicht unbedingt diese Robe, die ihre Brüste bis an die Grenze des Schicklichen entblößte und ihr bewies, daß ihr Gemahl trotz aller perversen Quälereien sehr wohl daran gedacht hatte, daß es Stellen gab, die er unverletzt lassen mußte.

Es war jedoch nicht ihre Entscheidung gewesen, die auffällige goldfarbene Robe oder eine andere zu wählen, sondern die ihres Gatten. Er hatte Jacquette angewiesen, sie auf das prächtigste herauszuputzen. Vivianes hartnäckiger Stolz hatte sie davon abgehalten, ihm zu sagen, daß sie unter Fieber und mörderischen Kopfschmerzen litt. Sie ahnte, daß er ohnehin keine Rücksicht darauf genommen hätte.

In der Sänfte, die sie und ihren Gemahl in den königlichen

Palast brachte, hatte ein glutgefüllter eiserner Ofen etwas Wärme verstrahlt, und auch der pelzgefütterte Umhang hatte sie vor der ärgsten Kälte geschützt. Doch dieser Mantel war in den Händen eines Dieners geblieben, und nun stand Viviane inmitten der Menge der Höflinge, die sich leise unterhielten und darauf warteten, daß seine allergnädigste Majestät, König Karl von Frankreich, die morgendliche Audienz eröffnete.

Viviane wärmte die klammen Finger in den schweren Brokatfalten ihres Rockes und fühlte gleichzeitig, daß ihr der feine Schweiß auf der Stirn stand. Obwohl ihr Gemahl in der vergangenen Nacht zum ersten Mal darauf verzichtet hatte, sie in sein Bett zu befehlen, lagen unruhige und schlaflose Stunden hinter ihr.

»Reißt Euch zusammen«, mahnte er nun mit unterdrückter Stimme an ihrer Seite. »Wir haben uns nach Kräften bemüht, den Skandal zu unterdrücken, Euer Vater und ich, aber es ist erforderlich, daß man Euch in voller Schönheit sieht, um mögliche Gerüchte zu unterdrücken.«

Normalerweise hätte Viviane ihn gefragt, weshalb ausgerechnet sie, die doch die Leidtragende des Ganzen gewesen war, nun auch noch dafür sorgen sollte, daß niemand davon erfuhr, aber heute war sie nicht einmal mehr dazu fähig. Hinter ihrer Stirn hämmerte der Schmerz, und das Fieber verwandelte die prächtige Audienzhalle in ein merkwürdiges Zaubereich. Die Farben verwischten sich, und die auf- und abschwellenden Stimmen klangen wie das Gezwitscher fremdartiger Vögel.

Die schweren Säulen, die das Tonnengewölbe der königlichen Halle trugen, schienen immer massiger und gigantischer zu werden. Sie begrenzten ihr Gesichtsfeld und wölbten sich auf eigenartige Weise zu einem schwarzen Dach, das stetig niedriger wurde, ihren Blick einengte und sich wie eine samtige dunkle Decke über sie legte. Dann hatte die Finsternis sie erreicht.

Viviane merkte nicht mehr, daß sie sich mit der Hand an die Stirn faßte, taumelte und schließlich wie eine Gliederpuppe langsam in sich zusammensank, nur getragen von dem steifen Brokat ihres Gewandes und den zahllosen Unterröcken, die dann jedoch ebenfalls nachgaben.

Ehe sie allerdings ganz zu Boden fiel, griff ein hochgewachsener, schlanker Edelmann im silbergrauen Wams ein, der sich, durch Vivianes Handbewegung aufmerksam geworden, nach ihr umgedreht hatte. Er fing sie sanft auf und betrachtete fasziniert das blasse Antlitz mit den geschlossenen Augen.

Als Eduard de la Griffe sich unwillig zu Seite wandte, um zu sehen, was der plötzliche Aufruhr neben ihm bedeutete, sah er seine Gattin leblos in den Armen dieses Höflings. Seine buschigen Brauen schossen in die Höhe.

»Zum Henker, was tut Ihr da? Was ist passiert?« fluchte er unterdrückt.

»Eure Gattin ist ohnmächtig geworden«, erklärte Michel de Lassay und starrte der jungen Frau ins Gesicht, als habe er in seinem ganzen Leben noch nie eine bewußtlose Edeldame gesehen.

»Sie macht nichts als Ärger«, fluchte de la Griffe und schüttelte seine Gattin grob.

»Ich bitte Euch!« De Lassay wich mit seiner Last einen Schritt zurück, um sie davor zu bewahren. »Seht Ihr nicht, daß sie krank ist? Ihre Stirn glüht vor Fieber! Sie gehört ins Bett und nicht auf einen offiziellen Empfang des Königs. Sie wird sich hier den Tod holen!«

»Das laßt nur meine Sorge sein«, knurrte Vivianes Gatte, zwang sich aber trotzdem zu Höflichkeit.

Michel de Lassay gehörte zu jenen geheimnisvollen, einflußreichen Männern, die den König seit neuestem umgaben und von denen man munkelte, daß sie im Grunde im Dienste seiner Schwiegermutter Yolande von Aragon und Anjou standen. Es war nicht gut, sich mit ihm anzulegen. Einmal wegen seines Einflusses und einmal wegen der unbestrittenen Gefährlichkeit, die er ausstrahlte.

»Gibt es eine Möglichkeit, daß meine Gattin irgendwo ein wenig Atem schöpft, damit sie sich wieder erholen kann?« Der Baron schaute sich suchend um.

»Ich bringe sie in die Gemächer meiner Gemahlin«, schlug

Michel de Lassay kurz entschlossen vor, und ehe der Seigneur de la Griffe dagegen protestieren konnte, öffnete sich bereits eine respektvolle Gasse vor dem jungen Edelmann, durch die er die ohnmächtige Frau hinaustragen konnte.

Ihr stämmiger Gemahl hatte Mühe, den weit ausholenden Schritten de Lassays zu folgen, aber in Anbetracht seiner grimmigen Miene wagte niemand, darüber zu schmunzeln. Hinter der breiten, gefurchten Stirn des Barons überschlugen sich währenddessen die Gedanken. Vielleicht war es ja gar nicht so schlecht, auf diese Weise die Bekanntschaft des angesehenen de Lassay zu machen. Er entschied sich, abzuwarten und die Gunst der Stunde zu nutzen. Wer zum Haushalt des Königs zählte, war nicht auf die offiziellen Audienzen angewiesen, um seine Interessen zu vertreten. Das kostbar möblierte Empfangszimmer, wo ihnen die Gemahlin des jungen Mannes entgegentrat, verriet zudem, wie hoch er in der Gunst des Königs stand.

»Gütiger Himmel, was ist das?«

Alison de Lassay, die in einer bezaubernd einfachen Hausrobe an einem breiten Tisch saß und ein Pergament beschrieb, ließ die Feder fallen und stand auf, als ihr Gatte mit seiner Last eintrat. Sein vielsagender Blick auf das geisterhaft blasse Antlitz der ohnmächtigen Frau ließ ihren Blick dem seinen folgen, und ihre schön geschwungenen Lippen formten ein lautloses ›Oh!‹, als sie entdeckte, was auch er sofort bemerkt hatte.

Es gab für sie nicht den geringsten Zweifel, wer diese junge Frau war. Für einen Moment setzte der jähe Schock sogar ihrer sonst so unerschütterlichen Haltung zu. Sie preßte die Hand heftig auf das bändergeschmückte Mieder ihres Gewandes und atmete tief durch, ehe sie auf die Tür zum Nebenzimmer deutete.

»Legt sie in mein Bett. Was ist passiert? Ist sie verletzt? Warum ist sie ohnmächtig?«

»Keine Angst, meine Liebe«, beruhigte de Lassay seine erschrockene Gattin. »Erschöpft, fiebrig, erkältet, aber nicht verletzt. Ich habe dem Baron de la Griffe versprochen, daß Ihr Euch um seine Gattin kümmern werdet. Seid versichert, Seigneur, daß Dame Alison alles für sie tun wird. Sie versteht eine Menge von der Heilkunst, und Eure Gattin ist bei ihr in den besten Händen.«

Letzteres galt de la Griffe, der Alison wie eine überirdische Erscheinung anstarrte. Sie trug ihr lodernd rotes Haar offen, nur von einem schmalen Goldreif um die Stirn gebändigt. Es bildete einen phantastischen Rahmen für ihre feinen Züge, die von tiefgrünen, smaragdfarbenen Augen beherrscht wurden.

Er hatte nicht geahnt, daß de Lassay eine solche Schönheit geheiratet hatte, und irgendwie erinnerte sie ihn an Viviane. An jene Viviane, die er auf Valouse kennengelernt hatte. Stolz, selbstsicher und gelassen, nicht jenes empfindliche Wrack, das Bertrand de Coville aus ihr gemacht hatte.

Alison hingegen bewunderte einmal mehr das Geschick ihres Mannes, alle wichtigen Informationen in kurzen und prägnanten Sätzen unterzubringen. Allein sein Tonfall sagte ihr, daß er de la Griffe verabscheute und sie davor warnte, auch nur einen einzigen der Gedanken auszusprechen, die ihr in wildem Chaos durch den Kopf schossen. So schenkte sie dem kostbar gekleideten Edelmann lediglich ein oberflächliches Lächeln und eilte voraus, die Decke für die Kranke zurückzuschlagen.

De Lassay verhinderte, das Vivianes Gatte in die Ungestörtheit seines ehelichen Schlafgemaches einbrach. Er ergriff ihn mehr oder weniger energisch am Oberarm und drängte ihn hinaus. »Laßt uns zur Audienz zurückkehren. Ihr könnt sicher sein, daß Dame Alison für Eure Gattin sorgt. Ihr hattet doch die Absicht, dem König ein Anliegen vorzutragen, oder etwa nicht?«

De la Griffe verrenkte sich den Kopf auf seinem kurzen Hals, aber er sah nur, wie de Lassays Frau sich über Viviane beugte und die Schnüre des Mieders lockerte. Er hatte keine andere Wahl, als dem anderen zu folgen. Um so mehr, als ihm diese Aufforderung auch noch hervorragend in den Plan paßte.

»In der Tat.« Er nickte. »Ich muß den König sprechen. Wollt Ihr mir nicht einen Rat geben ...«

Alison de Lassay hörte, wie sich die Stimmen entfernten und die Tür ins Schloß fiel. Sie war allein. Allein mit der Frau, die ihrer jüngsten Schwester Marie-Ange glich wie ein Sonnenstrahl dem anderen. Marie-Anges vermißte Zwillingsschwester, kein Zweifel! Das Mädchen, von dem die Äbtissin des Klosters der Damen vom Wald behauptet hatte, daß es wenige Tage nach der Geburt gestorben sei.

Alison hatte diese Geschichte nie geglaubt, die Louise de Luce, die ehrwürdige Mutter Äbtissin, dem Grafen von Mesnières aufgetischt hatte, um nach dem Verbleib seiner letzten Tochter zu forschen. Marie-Ange war unter dem Schutz der Damen des Waldes aufgewachsen, aber auch sie hatte nichts davon geahnt, daß sie in Wirklichkeit noch eine Zwillingsschwester besaß, die als Säugling ebenfalls dort Zuflucht gefunden hatte*.

Aber Alison hatte jetzt keine Zeit, über Dinge nachzugrübeln, die sich auch von alleine aufklären würden. Zuerst galt es, dieser jungen Frau zu helfen, die offensichtlich an einen höchst unfreundlichen Gemahl gefesselt war. Im Nu hatte Alison ihre Zofe alarmiert und eine Magd auf diverse Besorgungen geschickt. Dann befreite sie die Kranke sachte von ihrem schweren und kostbaren Gewand.

Als sie den schmalen, fast ausgezehrten Körper in ein wärmendes Nachthemd hüllen wollte, entdeckte auch sie die Male, die de la Griffe dort hinterlassen hatte. Dieser Mann war nicht nur unsympathisch, er war ein absolutes Scheusal. Es durfte nicht erlaubt sein, daß man einer Frau solche Dinge antat. Kein Wunder, daß sie mit ihren Kräften am Ende schien und bei der geringsten Anstrengung in Ohnmacht fiel.

Alison preßte kampfeslustig die Lippen aufeinander. Man würde Viviane vor ihrem eigenen Gatten beschützen müssen. Sie, Alison, scheute die Auseinandersetzung mit diesem Kerl nicht, und sie wußte mit Sicherheit, daß die Fiebernde, die sich jetzt in den Kissen herumwarf, nicht ihn meinen konnte, als sie in wilder Heftigkeit rief: »Warum hast du das getan? Warum hast du mich zurückgelassen?«

* Band 18143 – Marie – Engel in Versuchung

»Psst!« versuchte sie die junge Frau zu beruhigen und entfernte die letzten Haarnadeln aus den festgesteckten rötlichen Flechten. »Es wird alles gut werden, kleine Schwester. Du mußt keine Angst mehr haben. Ich wußte, daß du irgendwann zu uns stoßen wirst.«

Viviane glaubte in ihren Fieberphantasien eine Frauenstimme zu hören. Sie sprach sanfte, beschwörende Worte, die in Bereiche drangen, die sie normalerweise vor allen anderen verschloß. Die den peinigenden Schmerz ihrer Seele linderten und die Glut dämpften, die sie von innen heraus zu verzehren drohte.

Warme Flüssigkeit rann in ihren Mund, sie schluckte, um nicht zu ersticken. Dann fiel die Dunkelheit wieder auf sie herab.

Die Schmerzen in ihrem Kopf, in ihren Gliedern, in ihrem Körper wurden unerträglich. Das Fieber schien sie von innen heraus bei lebendigem Leib zu verbrennen. Hitze. Wahnsinn. Feuer.

Sie stand mitten in den Flammen eines Scheiterhaufens, wie die bedauernswerte Jungfrau, die dem König zu seinem Sieg gegen die Engländer verholfen hatte. Viviane wollte Gott um Beistand bitten, wie Jeanne es getan hatte, aber kein Laut kam über ihre aufgesprungenen, spröden Lippen. Sie litt, ohne Erleichterung zu finden, und die Augenblicke, in denen sie am Rande der Klarheit zwischen Ohnmacht und Schlaf schwebte, wurden immer spärlicher. Sie hatte keine Kraft mehr, sie überließ sich dem Fieber.

»Ihr könnt sie unmöglich mit Euch nehmen«, erklärte Alison deswegen auch am dritten Tag dieser Krankheit dem Baron de la Griffe standhaft. »Sie ist nicht nur schlimm erkältet, sie leidet auch an einem hochgradigen Nervenfieber. Sie muß Arges erlebt haben, und es ist nicht ratsam, eine solche Kranke zu transportieren. Vertraut sie mir an, ich weiß mit derlei Leiden umzugehen.«

Weniger aus Vertrauen zu den ärztlichen Künsten der edlen Dame als aus dem Versuch heraus, sich die Sympathie des Sieurs de Lassay zu erhalten, stimmte Eduard de la Griffe diesem Vorschlag zu. Daß jener seiner Gemahlin reine Wunder zutraute, war nicht zu übersehen. Wie töricht diese jungen Edelmänner waren!

»Schickt mir einen Boten, wenn es meiner Angetrauten wieder bessergeht«, bat er übertrieben höflich. »Ich bin sicher, daß dies unter Euren kundigen Händen bald der Fall sein wird. Ich bin Euch für Eure Mühen und Eure Hilfe unendlich dankbar.«

Alison nickte höflich, aber sie entspannte sich erst wieder, als sich die Tür hinter dem Besucher geschlossen hatte.

»Ich verabscheue ihn«, teilte sie Michel mit, der ihr ein zärtliches Lächeln schenkte. »Er ist schlimmer als ein Tier. Wenn du die Spuren auf ihrem Leib gesehen hättest! Warum tötest du ihn nicht? Er verdient den Tod hundertfach. Am besten sollte man ihn rädern, vierteilen und aufhängen. Viviane wäre frei und gewiß sehr erleichtert, wenn sie nach ihrer Genesung von seinem Ableben erfährt.«

»Was für ein blutrünstiges, gefährliches Wesen du doch bist, Geliebte«, erwiderte de Lassay lachend. »Mord ist nur für Schurken und Hexen ein probates Mittel, sich seiner Feinde zu entledigen. Zivilisierte Menschen halten sich an solche Dinge wie Gesetz und Gerechtigkeit. Willst du es nicht auch besser damit versuchen?«

»Ihr macht Euch lustig über mich, Michel«, seufzte Alison und schmiegte sich in seine Umarmung. »Ich hasse diesen Mann. Er ist falsch, gewalttätig und ohne jeden Skrupel. Was wird sein, wenn Viviane wirklich wieder gesund ist? Wir können sie nicht zu ihm zurückkehren lassen.«

»Wird sie denn wieder gesund werden? Ihr Zustand scheint sich doch überhaupt nicht zu bessern.«

Zum ersten Mal wagte er seine Sorge auszusprechen. Viviane de la Griffe wirkte so durchsichtig blaß und elend, daß sie dem Tode näher als dem Leben zu sein schien. Alison wischte die Zweifel ihres Gemahls mit einer ungeduldigen Handbewegung zur Seite.

»Natürlich wird sie wieder gesund, welche Frage. Ich bezweifle sogar, daß dies eine richtige, ich meine, durch die Krankheit bedingte Ohnmacht ist. Sie hat diesen Weg gewählt, um der schlimmen Realität für eine Weile zu entfliehen. Gönnen wir ihr diese nötige Erholung, ehe sie sich der Wirklichkeit wieder stellen muß.«

»Hast du deswegen weder deinen Schwestern noch deinem Vater Bescheid gegeben, meine geliebte Hexe? Ich habe mich schon darüber gewundert …«

De Lassay zog die Worte seiner Gattin nicht in Zweifel. Er wußte, daß sie über die geheimnisvolle Fähigkeit verfügte, Dinge zu sehen, die anderen Menschen verborgen blieben. Das abenteuerliche Leben, das hinter ihr lag, hatte ihr eine Sensibilität besonderer Art verliehen, um derentwillen er sie besonders liebte und derentwegen er manchmal auch Angst um sie hatte.*

»Vielleicht«, meinte sie nachdenklich. »Viviane ist anders als wir alle. Ich spüre es, wenn ich bei ihr bin. Sie weigert sich, das Band zu akzeptieren, das uns verbindet. Ich habe immer wieder versucht, sie zu erreichen, aber sie leugnet unser Blut. Ich fürchte, sie wird weder Nadine noch mich oder Marie-Ange in ihre Arme schließen. Ganz zu schweigen von unserem Vater. Sie hat gelernt, den Menschen zu mißtrauen. Sie sehnt sich nicht nach dem Zusammenhalt einer Familie.«

»Aber sie ist ebenfalls eine Tochter Melisande de Guînes, wie kann sie das leugnen?« De Lassay wunderte sich über Alisons ungewohnte Bedenken. Er hatte schließlich aus allernächster Nähe miterlebt, wie ein wundersames Schicksal die Töchter des Grafen von Mesnières wieder zusammengeführt hatte. »Der erste Blick in Marie-Anges Gesicht muß sie überzeugen. Ich habe doch auch meinen Augen nicht getraut, als sie im Audienzsaal plötzlich vor mir stand. Wenn sie nicht plötzlich ohnmächtig geworden wäre, hätte ich vermutlich einen Skandal verursacht.«

»Wir müssen abwarten.«

Alison rieb sich die Stirn mit den Fingerspitzen und sah in weite Ferne. In diesem Moment nahm sie weder ihren Gemahl noch das prächtig eingerichtete Gemach wahr. Es kam selten vor, daß sie so geistesabwesend und fern wirkte.

* Band 18137 – Alison – Geliebte Gauklerin

Viviane de la Griffe beschäftigte sie mehr, als sie selbst zugeben wollte.

»Da ist etwas in Viviane, das ich nicht verstehe«, murmelte sie rauh. »Etwas, was nur in ihren Fieberträumen anklingt und was sie tief in sich verborgen hält. Es muß etwas passiert sein, das sie noch mehr und schlimmer verletzt hat, als es ihr skrupelloser Gemahl getan hat. Ihr Herz ist so tot wie ein Stein. Ich fürchte, Viviane kann nicht lieben ...«

15. Kapitel

»Das kann nicht wahr sein! Ihr erzählt mir Ammenmärchen, dergleichen gibt es nicht ...« Viviane de la Griffe fixierte mit gerunzelter Stirn die schöne Edeldame, die an ihrem Bett saß und ihre Hand hielt. Sie wollte diese Verbindung lösen, aber die andere ließ das nicht zu.

»Ich schwöre Euch bei allem, was mir heilig ist, daß Ihr die Tochter Melisande de Guînes und ihres Gemahls, des Grafen von Mesnières seid. Ihr kamt am Tage der Schlacht von Azincourt zur Welt und habt gemeinsam mit Eurer Schwester Marie-Ange diese Stunden dank der Gnade Gottes überlebt. Ihr wart zu jung und zu unschuldig, um die Schrecknisse dieses Tages in Euch aufzunehmen. Der Bruder des Grafen, Guy de St. Doye, begehrte Dame Melisande, doch sie hatte ihn stets abgewiesen. Er sah seine Stunde zur Rache gekommen, als alle Welt annahm, der Graf wäre auf dem Schlachtfeld gefallen. Er erdolchte seine Schwägerin und gab den Befehl, ihre Kinder zu töten. Während das Älteste von ihnen, unsere Schwester Nadine, gemeinsam mit mir fliehen konnte, brachte eine alte Amme die neugeborenen Säuglinge in Sicherheit. Sie vertraute sie der Äbtissin des Klosters der Damen vom Wald an und rettete so ihr zartes Leben.«

Viviane schob den dumpfen Schmerz in ihrem Kopf auf die

eben erst überstandene Krankheit. Sie schob aggressiv das Kinn vor und musterte Alison de Lassay voller Mißtrauen. Sie glaubte ihr nach wie vor kein Wort.

»Woher wollt Ihr denn wissen, daß ich eines dieser Kinder bin? Ihr täuscht Euch. Ich bin die Tochter des Herzogs von Valouse und seiner Gemahlin. Mein Gatte ist Eduard de la Griffe.«

»An letzterem ist nicht zu zweifeln«, meinte Alison seufzend und beschloß, das andere Problem auf später zu verschieben. Das Gespräch mit Viviane verlief wie erwartet heikel und nicht sehr erfolgreich. »Man könnte meinen, er wäre närrisch verliebt in Euch, so oft erkundigt er sich nach Eurem Befinden.«

Viviane erwiderte nichts auf die absichtlich provozierende Bemerkung, und Alison unterdrückte einen weiteren ungeduldigen Seufzer. Wie gut, daß sie im Verlauf der beiden Wochen, in denen ihre wiedergefundene Schwester krank gewesen war, eine Menge über sie und deren komplizierten Charakter gelernt hatte. Sie versuchte, die ganze Kraft ihrer starken Persönlichkeit auf Viviane zu konzentrieren. Doch sie spürte sehr wohl den Widerstand, den jene ihr entgegenbrachte.

»Dennoch werdet Ihr mir glauben müssen, wenn Eure Zwillingsschwester eintrifft«, fuhr Alison fort. »Es wird wie der Blick in einen Spiegel für Euch sein. Hinzu kommt, daß Louise de Luce, die Äbtissin des Klosters der Damen vom Wald, eine Schwester Eurer Ziehmutter ist, habt Ihr das gewußt? Die Herzogin ist eine geborene de Luce, und wie es scheint, hat sie zum Zeitpunkt Eurer Geburt selbst ein Kind erwartet. In der allgemeinen Angst vor der großen Schlacht suchte sie Zuflucht bei ihrer Schwester und brachte dort einen totgeborenen Erben zur Welt. Um den verständlichen Schmerz der Herzogin zu lindern, vertraute ihr die Äbtissin die Sorge um das zweite der beiden kleinen Mädchen an, die ihrer Obhut unterstellt worden waren. Die Herzogin kehrte mit einem Kind zu ihrem Gemahl zurück. Aber es war nicht jenes, das sie erwartet hatte. Daß Ihr angeblich im Kloster geboren seid, ist in den Papieren der Familie Valouse nachzulesen ...«

»Und wie habt Ihr davon Kenntnis erhalten?« platzte Viviane heraus.

»Mein Gatte hat Zugang zum Archiv des Königs, und manchmal sehe ich die Bilder im Feuer«, sagte Alison leise. »Ihr müßt mir glauben, daß ich die Wahrheit sage. Eure Ziehmutter wird es Euch irgendwann bestätigen ...«

Viviane schwieg hartnäckig. Lediglich ihre Gedanken rasten. War das nicht eine glaubwürdige Erklärung dafür, daß sie ihren Eltern so wenig glich? Daß sie nie jene Liebe für sie aufgebracht hatte, die man seinen Eltern entgegenbringen sollte?

Daß sie stets das Empfinden einer gewissen Fremdheit, einer untöchterlichen Distanz zu ihnen gehabt hatte, obwohl sie ihr doch nur Liebe entgegenbrachten? Zumindest hatten sie das bis kurz vor jener unheilvollen Eheschließung getan, und sogar jetzt vermochte sie nicht zu glauben, daß ihr Vater in ganzem Umfange geahnt hatte, welche Art von Mann er ihr aufzwang.

»Ich kann's nicht glauben«, beharrte sie dennoch auf ihren Zweifeln. »Ich begreife nicht, warum Ihr so etwas erfindet. Was ist Euch damit gedient? Ihr habt keinen Beweis für Eure Behauptungen. Ich möchte Euch nicht länger zuhören. Ich bin Euch zu Dank verpflichtet, aber Ihr seid nicht meine Schwester!«

Alison de Lassay unterdrückte den nächsten Seufzer und gab endlich die Hand ihrer widerspenstigen Schwester frei. Sie hatte es geahnt. Viviane verweigerte sich jeder persönlichen Bindung. Sie hatte sich in eine Welt zurückgezogen, in der sie Gefühlen keinen Raum ließ. Diese kühle, eisige Hölle, die sie sich geschaffen hatte, gaukelte ihr eine Illusion von Sicherheit vor. Wie konnte sie Viviane klarmachen, daß sie sich täuschte?

»Ihr beraubt Euch selbst«, murmelte sie leise. »Warum verweigert Ihr Euch der Zuneigung einer Familie? Begreift Ihr nicht, welches unendliche Wunder es ist, daß sich vier Kinder wiedergefunden haben, die von einem Schurken zum Tode verurteilt waren?«

»Er ist nicht der einzige Schurke in diesem Königreich«,

entgegnete Viviane und wich dem grünen, mahnenden Blick aus.

Sie legte keinen Wert auf eine ältere Schwester, die ihr Vorschriften machte und in ihr Leben eingriff. Sie hatte genug von Menschen, die über ihren Kopf hinweg Entscheidungen trafen, die ihr keinen Ausweg ließen. Egal, wie überwältigend und freundlich diese fremde Frau auch war, sie wollte nicht ihre Schwester sein!

Sie wollte nicht einmal etwas von der Mutter wissen, die ihr Leben und ihre Kinder auf so tragische Weise verloren hatte, nur weil sie einem Manne treu geblieben war, der es vorgezogen hatte, den Ruhm auf dem Schlachtfeld zu suchen, statt ihr beizustehen. Aber in dieser Welt bestimmten ja die Männer, das hatte sie schließlich leidvoll am eigenen Leib erfahren müssen.

»Nein«, antwortete Alison eisig. »Das ist er sicher nicht, aber für uns ist er der wichtigste Schurke! Die Rache für Melisande de Guînes ist ihren Töchtern übertragen. Verweigert Ihr Euch auch dieser Pflicht?«

Viviane biß sich auf die Unterlippe und konzentrierte sich auf das kostbare Rankenmuster der Bettvorhänge, die ihr Lager umgaben. »Meine Pflichten als Tochter liegen beim Herzog und der Herzogin von Valouse. Verzeiht, aber etwas anderes kann ich Euch nicht sagen. Es bedrückt mich, Euch zu mißfallen, aber bitte glaubt mir, daß ich keinen anderen Weg sehe.«

Alison de Lassay ertappte sich bei dem Wunsch, gereizt mit dem Fuß aufzustampfen, so wie es ihr jüngster Sohn machte, wenn ihm etwas nicht paßte.

»Ihr seid nicht glücklich in Eurer Ehe mit dem Herrn de la Griffe«, begann sie und versuchte damit, ihr Ziel auf einem Umweg zu erreichen.

Viviane warf ihr einen Blick zu und lachte freudlos. »Ist es der Sinn einer Ehe, glücklich zu sein? Meine Mutter, die Herzogin, sagte mir, es sei die natürliche Pflicht einer Frau, zu heiraten und die Wünsche ihres Gatten auf jede Weise zu erfüllen. Ich fühle mich meinem Schwur vor dem Altar verpflichtet.«

»Was seid Ihr nur für eine merkwürdige junge Frau«, tadelte Alison sanft. »Man hat Euch weh getan, nicht wahr? Warum erzählt Ihr nicht, was Euch bewegt und wie ich Euch helfen kann?«

»Weil mir niemand mehr helfen kann«, erwiderte Viviane ebenso leise. »Seid bedankt für die Mühe, die Ihr Euch macht, aber es hat keinen Sinn.«

Alison de Lassay verstummte. Ratlos musterte sie Viviane. Es war offensichtlich an der Zeit, daß sie den Rat ihrer Schwestern suchte. Sie konnte nur hoffen, daß eine von ihnen einen Ausweg aus diesem Dilemma fand.

Zu Beginn dieses Gespräches drohte jedoch erst einmal ein handfester Streit zwischen Nadine d'Harigny und Alison de Lassay. Die Gattin Colin d'Harignys, des Feldhauptmannes seiner Majestät, der man die vier lebhaften Kinder nicht ansah, musterte ihre Schwester, als trage die Dame de Lassay seit neuestem zwei Köpfe auf den Schultern

»Verstehe ich das richtig? Du weißt seit zehn Tagen, daß unsere letzte Schwester gefunden ist, ohne daß du es für nötig gehalten hättest, einer von uns ein Wort zu sagen?« rief sie in heller Empörung.

»So laß dir doch erklären ...«

»Allerdings, auf *die* Erklärung bin ich gespannt!« fiel ihr Nadine ins Wort.

»Es ist alles viel komplizierter, als du ...«

»Komm mir nicht mit Ausreden, Alison! Du neigst zu selbstherrlichen Aktionen!«

Alison verdrehte die Augen. »Es geht nicht um die Ausreden, sondern um *das* Ausreden, liebste Schwester. Solange du mich ständig ...«

»Jetzt sag nur noch, ich wäre schuld daran, daß du so lange geschwiegen hast?«

»Wir werden nie erfahren, was Alison uns zu sagen hat, wenn du dich nicht endlich beruhigst«, warf Marie-Ange de Chazan ein, die jüngste der drei. »Setz dich und laß sie endlich *ausreden!*«

Die leise, melodische Stimme der schönen Sängerin, die sogar das Herz des Königs gerührt hatte, besänftigte auch die aufgebrachte Edeldame. Marie-Ange verbarg hinter ihrer Liebenswürdigkeit eine Autorität, die bezwingend war. Nadine, die ohnehin viel zu gutmütig war, um jemandem lange böse zu sein, ließ sich auf ein Taburett sinken und stieß den angehaltenen Atem wieder aus.

Alison schenkte ihr ein entschuldigendes Lächeln und schilderte so genau wie möglich, wie ihr Gatte Viviane de la Griffe entdeckt und in Sicherheit gebracht hatte. Sie endete mit dem Gespräch, in dem sie Viviane von den Töchtern Melisande de Guînes berichtet hatte, und schloß mit der eigentümlichen, trotzigen Verweigerung ihrer gemeinsamen Schwester, die nichts von alledem glauben wollte.

»Sie will einfach nicht für möglich halten, daß ich ihr die Wahrheit gesagt haben könnte. Sie hält mich für eine Mischung aus Närrin und Märchenerzählerin, die sich aus unbekannten Gründen ihr gegenüber wichtig machen möchte«, endete sie traurig.

»Das ist verständlich«, meinte Nadine nach einer Weile. »Sie geht von anderen Voraussetzungen aus, begreift ihr das nicht?« Sie begegnete den fragenden Blicken der beiden anderen mit einem fatalistischen Schulterzucken. »Wir hatten alle drei nichts zu verlieren und nur zu gewinnen in dem Moment, als wir die Wahrheit erfuhren. Wir waren arm, ohne Familie und ohne einen starken Arm, der unsere Interessen vertrat, aber bei Viviane de la Griffe liegt die Sache doch völlig anders. Sie ist als behütete Tochter eines reichen Edelmannes aufgewachsen, und auch wenn ihr Gatte ein abscheulicher Schuft ist, so trägt er doch Rang und Namen. Weshalb soll sie all dies gegen die zweifelhafte Ehre eintauschen, die Tochter eines Grafen zu sein, dessen Frau vom eigenen Bruder ermordet wurde? Sie sieht vermutlich keinen Grund, auf diese Blutlinie stolz zu sein.«

»Daß ausgerechnet du sie verteidigen würdet, hätte ich nicht erwartet«, meinte Alison perplex. »Und was schlägst du vor?«

»Geben wir ihr Zeit«, schlug Nadine vor. »Es ist nicht

leicht, sich an den Gedanken zu gewöhnen, daß man jemand anderer ist. Wir sollten sie nicht bedrängen, wenngleich ich gestehen muß, daß ich sie liebend gerne einmal sehen würde. Gleicht sie Marie-Ange wirklich so verblüffend, wie du behauptest?«

»Äußerlich schon«, Alison nickte. »Aber es kommt mir vor, als habe sie einen Kern aus Stahl, dort, wo Marie-Ange ihr Herz trägt. Kommt mit und überzeugt Euch selbst davon ...«

Sie ging voraus und öffnete die Tür zum Nebenzimmer, wo Viviane an diesem Tag zum ersten Male ihr Bett verlassen hatte. Das Fieber war gefallen, und die entsetzliche Schwäche, die die Folge davon gewesen war, ließ unter der fürsorglichen Pflege ihrer aufmerksamen Gastgeberin ebenfalls nach. Die junge Baronin saß auf dem gepolsterten Fenstersitz, die Hände müßig im Schoß gefaltet und starrte hinaus über die herbstlich kahlen Baumkronen des Gartens.

Sie wandte ihren Besucherinnen ein makelloses, schmales Antlitz zu, das keine Regung erkennen ließ. Lediglich die hellen Augen weiteten sich in ungläubigem Erstaunen, als sie die drei jungen Frauen erblickte, die vor ihr standen. So beeindruckend und strahlend Nadine und Alison in ihrer Eleganz auch wirkten, am meisten faszinierte sie die dritte im Bunde.

Marie-Ange de Chazan trug an diesem Morgen ein sehr schlichtes hellbraunes Samtkleid, dessen Säume und Ärmel mit seidigem Marderpelz gefüttert waren. Die leuchtend rotgoldenen Haare waren in Flechten hochgesteckt und mit einem winzigen, perlenbestickten Käppchen bedeckt. Die raffinierte Einfachheit ihrer Erscheinung kontrastierte um so mehr mit den klaren grünen Augen und dem verführerisch geschwungenen Mund.

Sie war, wie Alison behauptet hatte, Vivianes Spiegelbild, dann aber doch wieder nicht. Denn ein Strahlen des Glücks und der inneren Zufriedenheit umgab sie wie ein Leuchten. Eine Aureole der Fröhlichkeit, um die Viviane sie nur brennend beneiden konnte. Sie konnte sich nicht vorstellen, daß diese junge Frau auch nur eine einzige Sekunde ihres Lebens unglücklich gewesen war.

»Ich bringe Euch Eure Schwestern«, sagte Alison in das

Schweigen hinein. »Zweifelt Ihr immer noch an meinen Worten?«

»Du mußt ihr nicht antworten!«

Mit zwei schnellen Schritten war Marie-Ange am Fenster und faßte nach den kühlen, reglosen Händen ihrer Zwillingsschwester, als könne sie durch die direkte Berührung leichter mit ihr Verbindung aufnehmen. Sie spürte das Beben, das Viviane durchlief, und hatte Mühe, ihre eigene Bewegung unter Kontrolle zu behalten.

O ja, sie fühlte das, was Alison beschrieben hatte. Die Distanz, die Kälte, die Angst, die Verzweiflung, die Viviane ausstrahlte. Was um Himmels willen hatte sie durchgemacht, daß sie sich so hartnäckig gegen jede menschliche Wärme sträubte?

»Erlaube uns nur, dich zu sehen, dich kennenzulernen ...«, bat sie nach einer endlosen Zeit des gegenseitigen Schweigens.

»Wozu ...«, hauchte Viviane, die ihren Blick nicht von Marie-Ange nehmen konnte. War das nun ein verspäteter Fiebertraum ihrer Krankheit, oder erlebte sie diese Szene in Wirklichkeit?

»Du spürst meine Hände, also ist es Wirklichkeit!« beantwortete Marie-Ange die Frage, die Viviane gar nicht laut gestellt hatte. Viviane zuckte zusammen. Die Tatsache, daß sich die andere so mühelos in sie hineinfühlen konnte, erschreckte sie noch mehr als deren Aussehen. Sie wollte ihre Gedanken mit niemandem teilen!

»Ich will das nicht!« Es kostete sie alle Kraft, die Lippen zu öffnen und ihre Ablehnung in maßvolle Worte zu fassen. »Laßt mich in Frieden! Geht! So geht doch endlich! Geht!«

Aufschluchzend riß sie ihre Hände aus Marie-Anges Griff und schlug sie vor das Gesicht. Alison und Nadine sahen sich betreten an, während Marie-Ange langsam nickte.

»Nur du selbst kannst dir deinen Frieden zurückgeben, Viviane. Aber wenn du uns brauchst, werden wir für dich dasein.«

Sie raffte ihre Röcke und verließ als erste das Gemach. Alison und Nadine zögerten einem Moment, folgten ihr aber dann doch.

»Nun wißt ihr, weshalb ich gezögert habe, euch zu benachrichtigen«, meinte Alison seufzend, nachdem sich die Pforte hinter ihnen geschlossen hatte. »Wer von euch will es auf sich nehmen, unserem Vater mitzuteilen, daß seine Tochter lebt, aber absolut nichts von ihm und seiner Familie wissen will?«

Richard St. Doye, der Graf von Mesnières, der mit geradezu abgöttischer Liebe an seinen wiedergefundenen Kindern hing, die das einzige Andenken an seine geliebte Gemahlin waren, stand wie ein unsichtbarer Geist zwischen den drei schönen Frauen. Was konnten sie tun, um ihm diesen neuerlichen Schlag zu ersparen?

Nadine, die das innigste Verhältnis zu ihrem Vater hatte, hob in einer ratlosen Geste die Hände und ließ sie wieder fallen. Fast wünschte sie nun, Alison hätte auch weiterhin geschwiegen und ihre Neuigkeit für sich behalten. Ein unsinniger Wunsch, sicher, aber bei allen Heiligen des Himmels, was konnten sie tun?

»Ich muß mit Colin darüber sprechen«, meinte sie endlich. »Vielleicht weiß er Rat.«

»Dein Vertrauen in Ehren«, entgegnete Alison. »Aber ich fürchte, unsere starrköpfige Schwester wird sich auch vom unleugbaren Charme deines schönen Hauptmannes nicht überzeugen lassen. Wie es scheint, ist es Guy de St. Doye am Ende doch noch gelungen, dieser Familie einen weiteren tödlichen Schlag zu versetzen.«

»Ob es uns jemals gelingen wird, ihn zur Rechenschaft zu ziehen?« überlegte Nadine, die sich nicht ohne einen Schauder an den schrecklichen Bruder ihres Vaters zu erinnern vermochte.«* Colin hat Nachforschungen angestellt und nirgendwo eine Spur von ihm gefunden. Er glaubt trotzdem, daß er sich noch in Paris befindet.«

»Wir müssen unsere Kräfte vereinen, dann kann er uns

* Band 18136 – »Nadine – Unschuldige Verführerin« von Marie Cordonnier

nicht entkommen«, entgegnete Alison. »Nur gemeinsam haben wir die Macht dazu.«

Marie-Ange bekreuzigte sich hastig. Wenn Alison solche Dinge sagte, wußte sie nie so ganz, ob deren geheimnisvolle Kräfte ein Geschenk des Himmels oder der Hölle waren, denn die langen Jahre im Kloster ließen sich nicht so ohne weiteres abschütteln. Sie hatte die Gewohnheit zu frommen Gesten beibehalten, die ihren Gatten amüsierten und ihr selbst kaum auffielen. »Nun, wenn das so ist«, meinte Nadine nüchtern, »dann wird dieser Schurke aller Voraussicht nach ewig leben. Es sieht nicht so aus, als würde unsere gemeinsame Rache ihn jemals treffen. Wir können von Glück sagen, daß wir wenigstens erfahren haben, daß unsere Schwester lebt.«

»Du bist zu pessimistisch«, widersprach Marie-Ange. »Ich bin sicher, daß das letzte Wort mit Viviane noch nicht gesprochen ist.«

Unwillkürlich wandten alle drei ihre Blicke der geschlossenen Tür des Raumes zu, in dem Viviane de la Griffe am Fenster saß. Die Überraschung und Freude, die Alisons Neuigkeit anfangs in ihnen ausgelöst hatte, war Zweifeln und Unruhe gewichen. Sie alle hatten sich dieses Wiedersehen anders vorgestellt.

16. Kapitel

»Seid Ihr sicher, daß Ihr wieder zu Eurem Gatten zurückkehren wollt?« Alison konnte nicht begreifen, daß Viviane diesen Entschluß gefaßt hatte. Viviane war nicht dumm, sie mußte doch wissen, daß sie sich damit wieder in die Gewalt eines Scheusals begab.

»Was bleibt mir anderes übrig?« entgegnete ihre Schwester unbewegt. »Ich bin ihm angetraut. Er ist mein Herr, er hat das Recht und die Gewalt über mich. Denkt Ihr, mein Vater würde mich mit offenen Armen empfangen, wenn ich zu ihm zurückkehrte?«

»Euer Vater würde Euch jederzeit und ohne Bedingungen in die Arme schließen«, erwiderte Alison vielsagend, und Viviane errötete, als sie begriff, daß die andere vom Grafen Mesnières sprach und nicht vom Herzog von Valouse.

»Fangt nicht wieder mit dieser albernen Geschichte an«, fuhr sie auf. »Ich habe Euch gesagt, was ich davon halte, und damit ist die Sache für mich erledigt.«

Viviane schloß die letzten Schlingen an ihrer warmen Robe aus dunkelgrünem, geriffeltem Samt. Sie hatte auf die Hilfe einer Zofe verzichtet, und die wenigen Schlaufen, die sie nicht erreichte, hatte Alison für sie geschlossen. Jetzt noch die Haube und den Umhang, dann war sie bereit, das gastliche und erholsame Quartier zu verlassen, das ihr die Dame de Lassay in den vergangenen drei Wochen so großzügig gewährt hatte.

»Ihr wart freundlich zu mir, und ich vergelte es Euch mit Starrköpfigkeit«, sagte sie leise um Verständnis bittend. »Allein, was bleibt mir für eine Wahl? Es ist nicht mehr wichtig, was ich vor meiner Heirat gewesen bin und wer mich geboren hat. Jetzt bin ich Viviane de la Griffe, und ich werde es bleiben, bis ich sterbe. Niemand wird etwas daran ändern können.«

Sie hatte recht, und das traf Alison noch mehr als alles andere. Alle drei Töchter Melisande de Guînes hatten in der Ehe mit einem geliebten Mann Glück und Zufriedenheit gefunden, nur die letzte, die Außenseiterin, bildete auch hier die Ausnahme.

»Seid Ihr sicher, daß Ihr zu ihm heimkehren wollt?« fragte Alison ein letztes Mal und wider besseres Wissen. »Wir könnten Euch helfen. Sowohl die Burg der Harignys als auch die unsere oder jene des Seigneurs von Chazan sind gut befestigte Bollwerke. Ihr wäret dort in Sicherheit vor Eurem Gemahl.«

»Ich laufe nicht davon«, erwiderte Viviane spröde. »Ich bin eine Valouse, und ich habe ein Wort gegeben, das ich halten werde.«

»So geht mit Gott!« Alison de Lassay seufzte und legte Viviane fürsorglich den Umhang um. »Aber versprecht mir wenigstens, daß Ihr es mich wissen laßt, wenn es Euch schlechtgeht oder wenn ihr Hilfe benötigt. Schwört es mir! Meinetwegen bei Eurer verdammten dummen Ehre als Tochter des Herzogs von Valouse!«

Viviane lächelte über den wenig damenhaften Ausbruch und erwiderte die herzliche Umarmung Alisons mit unerwarteter Wärme.

»Ihr macht Euch zuviel Sorgen um meine Person. Und Ihr mißt meiner Krankheit zuviel Wert bei. Es war nur eine Erkältung, ein Fieber, das ich mir beim Ritt durch den Regen geholt habe. Meine Gesundheit steht zum besten, und es gibt keinen Grund, weshalb es mir irgendwann schlechtgehen sollte ...«

Innerlich zitterte sie davor, daß Alison die Wahrheit spüren würde. Aber sie war nicht Marie-Ange. Sie besaß nicht jene ganz besondere Verbindung zu ihr, die sie spüren ließ, was sie dachte und fürchtete. Mit Marie-Ange zu sprechen bedeutete nicht nur in einen Spiegel zu blicken, sondern auch das Innerste vor einem anderen Menschen bloßzulegen. Es gefiel ihr nicht. Es machte sie schwach und auf eine gefährliche Art hilflos.

O Gott, ich muß fort von hier, ermahnte sie sich selbst. Wenn sie nur einen Tag länger in dieser Atmosphäre aus selbstverständlicher Freundschaft und unvoreingenommener Zuneigung blieb, würde sie sogar glauben, daß der mürrische König ihr Großvater war, falls das die Bedingung dafür wäre, dies alles noch länger genießen zu dürfen. Sie mußte weg, solange sie die Kraft dazu aufbrachte. Sie wollte keine Liebe! Sie ertrug es nicht, ein zweites Mal verlassen und verraten zu werden.

Die Sänfte erwartete sie im Innenhof des Louvre und brachte sie in das Haus ihres Gemahls zurück. Es war einer der letzten Novembertage, und die grauen Wolken hingen wie schmutzige Tücher über den Dächern der Stadt. Sie drückten den Rauch aus den Kaminen in die Gassen zurück, und Viviane hob den pelzgefütterten, parfümierten kleinen

Muff vor das Gesicht, um dem Gestank zu entgehen, der sogar durch die geschlossenen Ledervorhänge drang.

Die unverkennbar städtische Mischung aus Garküchen und Unrat, aus Färbereien und Schlächterkesseln, aus Pferdemist und frisch gebackenem Brot verband sich für ihre Nase zu einer ekelerregenden Mixtur. Sie fühlte, wie Übelkeit sie erneut überkam. Wenn nur die Sänftenträger ein wenig schneller gehen würden. Das Geschaukel dauerte wahrhaftig reine Ewigkeiten.

Dame Jacquette eilte die breiten Stufen des Hauses herab, gerade als Viviane aus der Sänfte stieg. Sie erinnerte wirklich an Mireille. Eine flatternde Glucke, die aufgeregt ihr Küken in den Hühnerhof zurückscheucht. Die junge Baronin schnitt ihre Begrüßung mit einer Handbewegung ab und eilte ins Haus, im selben Moment, als Eduard de la Griffe mit einem Besucher aus einem Raum im Erdgeschoß trat.

Durch die weit offene, doppelflügelige Tür fiel genügend Tageslicht, daß sie die beiden Männer erkennen konnte. Ihr Gatte war wie immer prächtig gekleidet und hatte den halb kahlen Schädel unter einer juwelengeschmückten Pelzkappe versteckt. Sein Begleiter indes hatte auf diese Eitelkeit verzichtet.

Er war ein gutes Jahrzehnt älter als de la Griffe, und er übertraf diesen noch bei weitem an abstoßender Häßlichkeit. Während auf seinem kahlen Schädel kein einziges Härchen wuchs, sprießten über den stechenden Augen riesige, buschige Brauen. Eine häßliche Narbe verunstaltete seine Stirn, und die vollen Lippen waren zu wulstig, um die Form des Mundes schön erscheinen zu lassen. Hinzu kam, daß eine Schulter höher war als die andere und sein Gang durch ein heftiges Humpeln beeinträchtigt wurde.

Viviane verbarg nur schwer die spontane Abneigung, die sie empfand und sich in dieser Heftigkeit nicht erklären konnte. Sie kannte den Fremden nicht und würde nie etwas mit ihm zu tun haben. Sie bot beiden Männern eine elegante, stumme Reverenz. Da sie selbst im Gegenlicht stand, erkannten die Männer nur ihre schlanke Silhouette. Zudem hatte sie sich den Schleier über das Gesicht gezogen, als könne sie damit verhindern, daß ihr Gatte sah, wie hervorragend sie sich unter den Fittichen von Alison de Lassay erholt hatte.

»Ihr!« sagte Eduard de la Griffe überrascht, und es war ihm anzusehen, daß er nicht damit gerechnet hatte, daß sie tatsächlich freiwillig wiederkäme.

Es schien fast, als sei es ihm unangenehm, daß sie seinen Gast ebenfalls mit einem hoheitsvollen Neigen des Kopfes gegrüßt hatte. Es verwunderte Viviane, daß er den Gast nicht vorstellte, sondern sie mit einem ungeduldigen Winken seiner Hand von der eigenen Schwelle vertrieb.

»Eure Gemächer sind bereit. Ich werde Euch aufsuchen, sobald es meine Zeit erlaubt. Und nun entschuldigt mich«, verkündete er knapp und verschwand mit seinem Begleiter hinter der Tür des Arbeitskabinetts.

Viviane zuckte mit den Schultern und wandte sich zur Treppe. Was interessierte es sie, welchen Geschäften ihr Gemahl nachging? Noch dazu mit einem derart unerfreulichen Komplizen. Dieser Mann hatte den Eindruck eines wahren Galgenvogels auf sie gemacht, und noch die Erinnerung an seinen stechenden, eiskalten Blick ließ sie erbeben. Es kam selten vor, daß sie auf Anhieb derartigen Abscheu vor jemandem empfand, den sie nicht einmal kannte.

Zum ersten Male seit ihrer Ankunft in der Stadt fand sie sich fähig, das Haus, das ihr Gemahl besaß, näher in Augenschein zu nehmen. Im Gegensatz zu vielen anderen Palästen hatte es unter der englischen Besetzung nicht gelitten. Mit Ausnahme des zerstörten Wappens über dem Eingang waren alle Steinmetzarbeiten intakt, die Böden wiesen keine Löcher auf, und die Wände, wo sie nicht hinter reichen Teppichen verschwanden, waren auf das freundlichste bemalt. Sollte es jemals geplündert oder beschädigt worden sein, so waren alle Spuren dieser Tat längst von fähigen Handwerkern beseitigt worden.

Auch die Gemächer, die Viviane bewohnte, zeichneten sich durch reiche Ausstattung und unerwarteten Luxus aus. Sie ließ sich aufatmend in eine üppig gepolsterte Fensternische sinken, von wo aus sie einen wundervollen Blick über den Fluß und die Spitze der Ile de la Cité hatte. Hinter ihr erhoben sich die mächtigen Zwillingstürme von Nôtre Dame über die Häuser.

»Wie schön«, murmelte sie und legte den Schleier über die Haube zurück, ehe sie die Spange ihres Umhanges löste. »Bei meiner Ankunft habe ich gar nicht gemerkt, daß wir direkt am Fluß wohnen.«

»Das Haus verfügt sogar über eine eigene Anlegestelle«, erzählte Jacquette und nahm ihrer Herrin den Mantel ab. »Der Graf fand es praktisch, daß die Holz- und Vorratskähne direkt am Haus entladen können, so daß man keine zusätzlichen Fuhrwerke benötigte.«

»Der Graf?« wiederholte Viviane fragend, denn der Seigneur de la Griffe verfügte zu seinem Kummer nur über den untergeordneten Titel eines Barons. Sie wußte, daß sein Aufenthalt bei Hofe ihm unter anderem auch eine baldige Erhöhung seines Ranges bringen sollte. Er hatte es oft genug betont.

Jacquette lief puterrot an und kämpfte mit sichtbarer Verlegenheit. »Verzeiht, ich vergaß mich. Ich sollte doch nicht ...«

»Was nicht?« Viviane richtete sich auf, und ein Anflug von Neugier brachte Leben in ihre ruhige Haltung. Sie witterte ein Geheimnis. Eines, das sie vielleicht von ihren eigenen Problemen ablenkte und sie auf andere Gedanken brachte. »Sprich, Jacquette!«

Ihr Befehlston schüchterte die Haushofmeisterin ein, aber sie warf trotzdem erst einen ängstlichen Blick zur Tür, ehe sie an die Fensternische trat. Sie hatte sichtlich Angst davor, belauscht zu werden, und sie dämpfte noch einmal ihre Stimme, bevor sie antwortete.

»Seine Majestät der König hat Euren Gatten mit diesem Haus und dem konfiszierten Vermögen des verstorbenen Grafen belohnt. Sein Sohn und Erbe hatte sich des Hochverrats schuldig gemacht und ist von seiner Majestät vor vielen Jahren verbannt und geächtet worden. Der Name der Familie wurde aus den Urkunden gelöscht und ist für immer verfemt ...«

Viviane umklammerte ihr eigenes Handgelenk. Ihr war nicht bewußt, daß sie Jacquette mit halboffenem Munde und weit aufgerissenen Augen anstarrte. Hinter ihrer blassen Stirn jagten sich die Gedanken, und eigentlich wußte sie schon, was Jacquette gleich sagen würde.

»Es gibt keine Herren von Coville mehr. Das Geschlecht ist für immer erloschen und mit Schande bedeckt. Es ist nur ein Glück, daß der Graf dieses Elend nicht mehr erlebt hat; es hätte ihn ohnehin ins Grab gebracht.«

Bertrand de Coville! Dies war sein Haus! Sein Wappen! Nachdem Eduard de la Griffe Bertrands Ehre und Zukunft mit seiner Intrige zerstört hatte, saß er nun wie eine dicke fette Spinne in diesem schönen Anwesen, und kein Blitz fuhr vom Himmel, um ihn zur Rechenschaft zu ziehen. Nannte sich das göttliche Gerechtigkeit?

Vermutlich gab es diese viel zitierte Gerechtigkeit gar nicht. Wie sonst war es zu verstehen, daß sie, Viviane, nachdem sie unter Aufbietung aller Beherrschung zurückgekommen war, um ihre Pflicht zu tun und an der Seite ihre Gatten auszuharren, erneut mit diesem Ritter konfrontiert wurde? Es trug nicht gerade zu ihrem Seelenfrieden bei, wenn sie sich fragte, ob dies einmal sein Gemach gewesen war und ob sein Haupt auf diesen Kissen geruht hatte.

»Mein Gatte und ich haben dem Seigneur de la Griffe unsere Ergebenheit geschworen«, flüsterte Jacquette bedrückt und sah sich erneut um. »Er ist unser neuer Herr, aber es ist mir doch nicht möglich, alles zu vergessen. Sie waren so bezaubernde, liebenswürdige Kinder, der junge Bertrand und seine schöne Schwester Chloé.«

Viviane konnte nichts dagegen tun, daß sie plötzlich wieder Bertrand de Coville vor sich stehen sah. Die goldenen Raubtieraugen, der lebendige Schwung seiner zärtlichen Lippen. Jede Einzelheit war für immer tief in ihr Herz gegraben, ob sie es wollte oder nicht. In ihr Herz, das er verschmäht hatte, für dessen Liebe er nur Verachtung übrig gehabt hatte. Spott und völlige Gleichgültigkeit.

Sie wäre ihm bis ans Ende der Welt gefolgt, aber er hatte keinen Wert darauf gelegt. Sie hatte sich umsonst gedemütigt, umsonst geliebt und umsonst gelitten. Nur damit sie jetzt erneut seine Spuren in ihrem Leben fand und mit

Erinnerungen konfrontiert wurde, die sie nicht mehr haben wollte.

Chloé also hieß die Dame, die in Coville den Tod gefunden hatte, indem sie sich aus dem Fenster stürzte. Bertrands Schwester, ein Mädchen von nobler Geburt, das entehrt, gedemütigt und letztendlich von de la Griffe ebenso getötet worden war, als ob er ihr den Dolch ins Herz gestoßen hätte. Kein Wunder, daß Chloés Bruder nur dem Haß und der Rache lebte, daß er Vergeltung forderte.

»Jeder muß vergessen«, sagte sie dennoch spröde zu der Älteren und brachte die Silben kaum über ihre widerstrebenden Lippen. »Was geschehen ist, ist geschehen und kann nicht mehr geändert werden. Ihr wißt es ebenso wie ich. Schweigt über die Angelegenheit und vergeßt sie.«

Jacquette stutzte, die Loyalität, die Viviane ihrem brutalen Gatten entgegenbrachte, verwunderte sie ebenso wie die dumpfe Warnung, die sie ihr zukommen ließ. Dies war entschieden keine Herrin, die zu Geplauder mit den Dienstboten neigte. Hoffentlich hatte sie keinen Fehler begangen, als sie ihr die fluchbeladene Vergangenheit dieser Mauern enthüllte.

Viviane versuchte sich abzulenken, indem sie mit Jacquette die Einzelheiten des Haushaltes durchging und das Gebäude genauestens besichtigte. Lediglich die Gemächer ihres Gemahls nahm sie davon aus. Zum einen, um ihm nicht zu begegnen, und zum anderen, weil ihr der Schreiber mitteilte, daß er noch immer mit seinem Besucher im Arbeitskabinett tagte und keinesfalls gestört zu werden wünschte.

Viviane tat nichts lieber, als dieser Anweisung zu gehorchen. Wäre es nach ihr gegangen, die beiden Männer hätten nie wieder zum Vorschein kommen müssen. Sie gab sich nach außen hin den Anschein völliger Gelassenheit, aber sie zitterte dem Augenblick entgegen, in dem Eduard de la Griffe ihr Schlafgemach betreten würde. Sie fragte sich, ob ihr Mut und ihr Stolz stark genug sein würden, um seine Demütigungen von neuem zu ertragen. Aber hatte sie denn überhaupt eine Wahl?

17. Kapitel

»So seid Ihr also wieder unter meinem Dach, Madame!« stellte der Baron de la Griffe fest und wippte auf den Ballen, so daß die hochgebogenen Schnabelschuhe, die er trug, absurd schwankten. Im Verein mit den zweifarbigen Strümpfen und dem bändergeschmückten Wams erinnerte er sie an einen eitlen Pfau, der sich räderschlagend produziert. Allerdings beging seine Gemahlin nicht länger den verhängnisvollen Fehler, nur aufgrund seines Äußeren einen harmlosen Mann in ihm zu sehen.

Viviane zwang sich zu einer respektvollen Reverenz und schlug in gespieltem Gehorsam die Lider nieder. Sie verzichtete darauf, die Feststellung zu beantworten. Sie blieb neben dem geschnitzten Betstuhl stehen, in der unsinnigen Hoffnung, das wunderschöne Tafelbild der flämischen Madonna, das die Wand dahinter zierte, würde ihn von seinen üblichen Bosheiten abhalten.

»Es hat mir auf das ärgste mißfallen, daß Ihr ausgerechnet die Audienz des Königs dazu benutzt habt, Eurer Schwäche freien Lauf zu lassen«, rügte er sie genau, wie sie es erwartet hatte. »Von dem Moment an, da Ihr vor dem Altar das Treuegelöbnis spracht, habt Ihr mir nichts als Ärger gemacht. Ich werde mir eine Strafe für Euch überlegen. Bis dahin verbiete ich Euch, das Haus zu verlassen, habt Ihr mich verstanden?«

»Sehr wohl, mein Gemahl.« Viviane behielt ihren Gleichmut bei.

Sie war zu stolz, um gegen dieses willkürliche Verbot zu protestieren und ihn zu korrigieren. Dabei trug, genaugenommen, er daran Schuld, daß sie entführt und entehrt worden war. Hätte er sich nicht den Haß Bertrand de Covilles zugezogen, hätte jener nicht zu so extremen Mitteln greifen müssen, sich an ihm zu rächen. Sie selbst war nur eine unwichtige Schachfigur in diesem Spiel dieser Feindseligkeiten gewesen. Eine Dame, die dummerweise im Weg gestanden hatte.

Ihre Selbstbeherrschung reizte ihren Gatte freilich erst recht. Er würde sie brechen und winseln lassen, diese stolze Herzogstochter, ehe er sie in irgendein Kloster steckte, wo sie vergessen werden konnte. Natürlich unter einem entsprechenden Vorwand, der es ihm ermöglichte, ihre Mitgift und den Anspruch auf das Herzogtum von Valouse zu erhalten. Es würden sich Wege finden lassen, dessen war er sich ganz sicher.

»Ich durchschaue Euch«, drohte er böse. »Daß es mir heute an der Zeit fehlt, mich eingehender mit Euch zu befassen, sollte Euch nicht zu der Meinung veranlassen, daß ich Euch vergessen würde. Sobald ich meine Geschäfte erledigt habe, komme ich zurück! Gehabt Euch wohl bis dahin und bittet den Himmel um Demut und Gehorsam.«

Erst als die Tür hinter ihm ins Schloß fiel, gestattete sich Viviane, den angehaltenen Atem auszustoßen und sich an der Kante des Betstuhls festzuhalten. Welche Geschäfte es wohl waren, die ihn davon abhielten, sie zu quälen und zu mißhandeln? Geschäfte mit seinem geheimnisvollen Besucher, dessen Augen sie so sehr erschreckt hatten? Neuerliche Betrügereien, Intrigen und Lügen, die einen anderen ins Verderben stürzten? Die beiden schienen das ideale Paar für derlei Schurkereien zu sein.

Sie schlug die Hände vors Gesicht und sank auf das nächste Taburett. Sie versuchte, die Worte des Gebetes zu sprechen. Vielleicht fand sie ja wirklich mit Hilfe Gottes zu jener Demut, die ihr das Leben an der Seite dieses Mannes abfordern würde. Doch es war eine Sache, die besten Vorsätze zu fassen, bei ihm auszuharren, und eine ganz andere, ihm gegenüberzustehen und die Bosheit zu fühlen, die er nicht nur ihr, sondern allen Menschen entgegenbrachte.

Vielleicht war es aber auch die gerechte Strafe des Himmels, die sie verdient hatte. Sie hatte sich Bertrand de Coville nicht nur mit ihrem Körper, sondern auch mit ganzem Herzen und ganzer Seele hingegeben. Sie hatte den Eheschwur, den sie im Angesicht Gottes abgelegt hatte, gebrochen.

»Ihr habt kaum etwas angerührt«, stellte Jacquette nach einem prüfenden Blick in Schüsseln und Teller fest. »Ihr müßt essen, Herrin, wie sollt Ihr sonst wieder zu Kräften kommen?«

»Nimm es fort, ich habe keinen Hunger«, wehrte Viviane ab und verkroch sich noch ein wenig tiefer in die Falten des warmen Hausmantels, den sie bereits über ihrem Nachtgewand trug. »Mir ist übel, ich kann nichts essen.«

»So probiert doch wenigstens etwas von dieser Eischaumspeise«, drängte die Haushofmeisterin besorgt und reichte ihrer Herrin ein kleines Schüsselchen. »Sie ist federleicht und genau das Richtige für einen empfindlichen Magen wie den Euren.«

Viviane verzog den Mund und nahm ein Löffelchen, ehe sie endgültig den Kopf schüttelte. So wunderbar die Creme schmeckte, sie ekelte sich davor. Allein der Geruch von Essen stülpte ihr den Magen nach außen.

»Ich kann nicht! Trag es in die Küche zurück.«

»Ihr werdet Hunger bekommen heute nacht«, warnte die Ältere besorgt.

»Ein bißchen Hunger hat noch niemandem geschadet«, wehrte Viviane ab und erinnerte sich gegen ihren Willen plötzlich daran, wie ihr Magen an jenen Tagen geknurrt hatte, als Bertrand de Coville sie die Arbeit einer Magd hatte verrichten lassen. Damals hätte sie auch ungewürzten Haferbrei gegessen, nur um etwas zwischen die Zähne zu bekommen. Es schien in einem anderen Leben gewesen zu sein.

»Wie Ihr wünscht!« antwortete Jacquette ein wenig beleidigt und verschwand mit dem Tablett.

Viviane schloß höchstpersönlich die Tür hinter ihr, da die Dienerin mit beiden Händen das Tablett tragen mußte. Sie legte auch den ziselierten Riegel vor, mit dem man die Pforte von innen verschließen konnte. Auch wenn ihr Gatte behauptet hatte, daß er in dieser Nacht unterwegs sein würde, der vorgelegte Riegel verlieh ihr im Augenblick wenigstens die Illusion einer trügerischen Sicherheit. Das Versprechen einer ungestörten Nacht, die nur ihr und ihren Träumen gehörte.

Doch die Träume ließen auf sich warten. Sie hatte die Vorhänge um das breite Bett geschlossen und starrte im Dunkeln in den Betthimmel hinauf. Je mehr sie sich den Schlaf ersehnte, um so mehr schien er sie zu meiden. Die Geräusche des nächtlichen Hauses und der Stadt verbanden sich zu einem leise murmelnden Teppich, aus dem nur ab und an ein besonderer Klang hervorstach.

Das Läuten der Glocken zum Beispiel, die verkündeten, daß es längst Mitternacht war. Der böige Wind, der an Dachtraufen und Schindeln zerrte. Das Knacken eines letzten Astes, der hinter dem Kaminschirm zerbarst, und das leise Knarren der hölzernen Wandverkleidungen.

Es kam ihr vor, als sei das Haus lebendig und als könne sie seine Seele atmen hören. Das Haus eines Mannes, der um alles betrogen worden war, was sein Leben lebenswert gemacht hatte. Noch nie, seit sie die brennende Burg verlassen hatte, war ihr Bertrand de Coville so nahe gewesen. Sie spürte seine Gegenwart mit jeder Nervenfaser.

Es hielt sie nicht länger unter den Decken, die ihr zu schwer und zu warm vorkamen. Ohne eine Kerze zu entzünden, richtete sie sich auf und schlüpfte zwischen den Bettvorhängen hindurch. Das Gemach war eine Spur heller, vom Schein der Glut im Kamin und dem eines schmalen Mondes beleuchtet, der die Silhouette einer Gestalt nachzeichnete, die Viviane genau gegenüberstand.

»Wa ...«

Ehe der Schrei sich löste, fühlte sie schon eine warme, starke Hand über ihren Lippen, und ein Arm preßte sie hart mit dem Rücken an eine athletische Männerbrust. In ihrer Panik versuchte sie zu strampeln und sich zu befreien, aber das führte nur dazu, daß ihr die Luft abgepreßt wurde und glühende Kreise vor ihren Augen tanzten, ehe sie in sich zusammensackte und das Bewußtsein verlor.

Ihr letztes Bemühen, ehe sie fiel, war der Versuch, eine hartnäckige Erinnerung zu fassen, die sich ihr trotz des schwindenden Bewußtseins aufdrängte. Etwas, das sie unbedingt begreifen mußte und das sich ihr doch unaufhaltsam entzog.

Der Schein flackernden Kerzenlichts brachte sie wieder zu sich. Die Honiglichter des vielarmigen Leuchters auf dem

Tisch brannten, und die Vorhänge ihres Bettes, auf dessen Decke sie lag, waren zur Seite geschoben. Am gedrechselten Pfosten des Fußendes lehnte eine vertraute, ruhige Gestalt. Ganz in schwarzes Leder gekleidet und mit vor der Brust verschränkten Armen erwiderte Bertrand de Coville ruhig ihren fassungslosen Blick.

»In der Tat, ein unerwartetes Zusammentreffen«, antwortete er auf ihre nicht gestellte Frage. »Ihr seht mich ebenso überrascht, wie Ihr selbst es seid. Ich hatte nicht damit gerechnet, daß Euer verehrter Herr Gemahl Euch in dieses Haus bringt.«

»Wie ... wie kommt Ihr hier herein?« fragte Viviane.

»Oh, das ist kein Problem«, erklärte ihr unverhoffter Besucher bedächtig. »Dies ist das Schlafzimmer der Hausherrin. Meine Mutter hat es bewohnt, und der versteckte Gang, der sowohl von der Zofenkammer als auch vom Schlafzimmer des Hausherrn hierherführt, ist kein besonderes Geheimnis. Sogar die Zofen und Lakaien pflegten ihn bei Bedarf zu benutzen. Ist es möglich, daß Euer liebenswürdiger Gemahl diese praktische Einrichtung noch nicht entdeckt hat?«

»Was wollt ihr?« Viviane konnte den Blick nicht von ihm wenden. Sie war sich immer noch nicht sicher, ob er eine Ausgeburt ihrer Phantasie oder Wirklichkeit war. Vielleicht träumte sie ja!

»Was ich will? Die günstige Gelegenheit nützen«, gab der rechtlose Ritter ungeniert zu. »Meine Beobachtungen haben ergeben, daß de la Griffe und sein sauberer Spießgeselle heute nicht hier sind. Ich wollte prüfen, ob er leichtsinnig genug geworden ist, um das eine oder andere Dokument im Hause aufzubewahren, das mir nützlich sein könnte.«

Mühsam richtete Viviane sich auf und strich sich die Flut der losen Haare aus der Stirn. Sie zog die Beine unter und lehnte sich gegen das geschnitzte Kopfende des mächtigen Bettes. Am liebsten wäre sie sogar hinter die Stirnwand geschlüpft, um ja genügend Abstand zwischen sich und den Mann, den sie so verzweifelt und hoffnungslos liebte, zu legen. Sie fürchtete ihn aus den verschiedensten Gründen, hoffentlich merkte er es ihr nicht an!

»Er hat zugegeben, daß er Euch betrogen und verleumdet hat, aber erwartet nicht, irgendwelche Beweise dafür zu finden«, sagte sie heiser. »Geht! Geht, bevor er zurückkommt und Euch findet. Habt Ihr noch nicht gelernt, wie er seine Macht zu gebrauchen weiß?«

»Was ist geschehen?« Bertrand de Coville stieß sich von der Säule ab und trat näher. In seinen goldfarbenen Augen schimmerte ein Gefühl, das Viviane nicht einordnen konnte. Mißtrauen? Anteilnahme? Besorgnis?

»Was hat er Euch angetan, um Eure unbeugsame Kraft zu brechen? Was jagt Euch derartige Angst ein, daß Ihr wie eine verschüchterte Maus in der äußersten Ecke dieses Bettes kauert? Ich hatte Euch anders in Erinnerung, mutiger, angriffslustiger ...«

Viviane lachte freudlos auf. »Erinnert Ihr Euch nicht mehr daran, daß Ihr alles getan habt, diesen Mut zu zerstören?«

»Aber es ist mir nicht gelungen!« Bertrand de Coville stemmte ein Knie auf das Lager und stützte sich mit beiden Händen auf ihren Decken ab. Nun lag kaum die Spanne eines einzigen Schrittes mehr zwischen ihnen, und Viviane atmete in kurzen, flachen Zügen.

Sie ahnte nicht, daß eine zarte Röte ihre blasse Haut färbte und das Licht der Kerzen ihren Augen die Schattierung eines Smaragdes mit silbernen Funken verlieh. Ein zarter Duft nach Sonnenblumen stieg aus ihren glänzenden Haaren, und eine verräterisch klopfende Ader an ihrem Hals verriet ihre Anspannung.

»Ihr seid wie die Klinge eines andalusischen Schwertes«, sagte er heiser, während seine Blicke von ihr Besitz ergriffen. »Im Feuer gehärtet und im Kampf gestählt. Niemand vermag Euch zu brechen. Hört auf, mir das schwache Weib vorzuspielen. In Wirklichkeit seid Ihr eine Löwin! Eine Kriegerin aus alten Zeiten!«

Viviane fand sich unfähig zu antworten. Hinter ihrer Stirn überschlugen sich die Fragen. Wie kam er nach Paris? Wußte er von dem Feuer in seiner Burg? Was hatte er vor? Weshalb dieser brennende Blick, der durch das dünne Gewebe ihres

Nachtgewandes drang und ihren Körper streichelte wie eine Liebkosung?

Ein unterdrückter Laut entschlüpfte ihr, als er langsam die Rechte hob und mit den Fingerspitzen die Umrisse ihres bebenden Mundes nachfuhr. Die Berührung, so leicht wie ein Lufthauch, fuhr dennoch wie Feuer in ihre Glieder. Sie zitterte.

»Nicht!« gelang es ihr zu sagen, und die Hand verharrte in ihrem Mundwinkel.

»Nicht?« wiederholte er so spöttisch, daß es keinen Zweifel daran gab, daß er auch die verborgenste ihrer Empfindungen kannte.

»Warum so spröde, schöne Dame?« Es hörte sich an, als hätten sie sich eben auf einem Fest des Königs getroffen. Als sei nie die Rede davon gewesen, daß er ihrem Gatten Rache, Tod und Vernichtung geschworen hatte. Daß er ihr niemals Gewalt angetan hatte und sie nie seine willenlose Sklavin gewesen wäre.

Dabei fühlte sie die Ketten noch immer. Das Dröhnen ihres Herzens klang in ihren Ohren, und das Blut rauschte schneller durch die Adern. Jene verhängnisvolle, verdammenswerte Schwäche, die seine Gegenwart stets in ihr auslöste, erfaßte sie von neuem. Mit einem Schlag erwachte in ihrem mißhandelten Körper die Erinnerung an das Entzücken und die Leidenschaft, die er sie gelehrt hatte. Und mit der Erinnerung erwachte die Sehnsucht.

»Eigenartigerweise habe ich es bedauert, dich zurücklassen zu müssen. Die Erinnerung daran hat mich belästigt wie eine Narbe, die nicht heilen will ...«, murmelte er und ließ seine Hand zu ihrem Hals wandern, wo der Daumen genau auf der Kehle liegenblieb und die langen, nervigen Finger ihren Nacken umfaßten. Viviane war nicht fähig, dem sanften Zug zu widerstehen, den sie ausübten. Erst als sein Mund nur noch ein kleines Stück entfernt war, begann sie sich zu sträuben.

»Warum habt Ihr das getan?«

»Was, meine schöne Katze?«

»Mich dort zu lassen. Bei Nacht und Nebel zu verschwinden und mich allein zu lassen. Ihr wußtet, daß mein Gatte kommen würde, nicht wahr?«

»Das hört sich an, als würdet Ihr Euch darüber beschweren, daß ich Euch Eurem Gemahl zurückerstattet habe. Verstehe einer die Frauen! Ich nahm an, Ihr wärt mir dankbar, daß ich meine Pläne geändert habe. Hättet Ihr Wert darauf gelegt, Zeugin von Mord und Totschlag zu werden? Ich nahm es nicht an. Es ist Euch erfolgreich gelungen, an ein Mitgefühl zu appellieren, von dem ich bis dahin nicht wußte, daß ich es noch besaß.«

Viviane starrte in das flüssige Gold seiner Augen und unterdrückte ein Aufstöhnen. Mitgefühl? Bei Gott, sie las etwas anderes in diesem Blick. Feuer, das sie magisch anzog, an dem sie sich verbrennen würde, wenn seine hungrigen Lippen sich auf ihre senkten und ihr jede Vernunft und Logik raubten.

Sogar in dem Wissen, daß sie verzweifelter und einsamer denn je sein würde, wenn er wieder verschwand, konnte sie nicht anders, als diesen Kuß erwidern, diese harten Schultern umfangen und sich in die schamlose, stürmische Umarmung schmiegen, die ihr seine starken Arme boten. Sie ließ sich fallen und gab sich dem vertrauten Fieber hin, das er in ihr entfachte.

Es war Wahnsinn, Bertrand wußte es genau, als er die Bänder ihres Nachtgewandes öffnete und den weiten Stoff sanft über ihre Schultern schob, um sie mit glühenden Augen zu betrachten. »Meine Erinnerung hat nicht getrogen«, sagte er rauh. »Oder du bist noch schöner geworden. Ganz Versuchung und Vollkommenheit.«

Viviane hatte nicht den Wunsch, sich zu bedecken. Im Gegenteil, sie bot sich dar, hilflos gefangen in einer Liebe, von der sie gedacht hatte, sie sei besiegt, erstickt vom Verrat und von der Mißachtung. Doch sie hatte sich einmal mehr getäuscht. Diese Liebe gehört so sehr zu ihr wie ihre Seele. Sie würde erst mit ihrem Tod enden und keinen Herzschlag zuvor. In diesem Augenblick war nur wichtig, daß er sie wollte und daß sie ihm nichts verweigern würde. Daß sie ihm gehörte, ganz und gar.

Und auch Bertrand de Coville fühlte die Fesseln, in die diese Liebe ihn schlug. Selbst jetzt war ihm nicht klar, weshalb er seinen Plan aufgegeben hatte, Viviane de la Griffe im selben elenden Zustand zu ihrem Gatten zu schicken, wie der, in dem seine Schwester sich befunden hatte. Als ihm seine Boten gemeldet hatten, daß der Seigneur und seine Männer im Anmarsch waren, hatte er schweren Herzens auf die Konfrontation verzichtet, die er eigentlich hatte herbeiführen wollen. Weshalb, in Dreiteufelsnamen? Weil er das Gefühl gehabt hatte, dieser Frau bereits genügend angetan zu haben? Weil ihm klargeworden war, daß er einen Fehler gemacht hatte?

Er gab es auf, nach Antworten zu suchen. Das Begehren nach ihr hatte ihn längst unterjocht. Keine andere Frau war so anbetungswürdig, so vollkommen und so verführerisch, keine hatte einen solch süßen, bebenden Mund, der gierig nach seinen Küssen verlangte. Sie ließ seinen schmerzlichen Wunsch nach Rache verschwinden, seine Pläne und seine Flüche verstummen. In ihrer Umarmung war nur Liebe. Nichts als reine, unverdorbene Hingabe; sie gab, ohne etwas dafür zu fordern.

Mit einem unterdrückten Stöhnen zog er sie wieder an sich. Er ertrank in ihrer Zärtlichkeit und den süßen Liebkosungen ihrer schlanken Finger, die nach den Schlingen und Bändern seiner Kleider suchten. Er wußte, er sollte ihr Einhalt gebieten, dieses Haus verlassen, die Gefahr meiden … aber ebensogut hätte er versuchen können, den Mond vom Himmel zu pflücken.

»Liebe mich«, hauchte Viviane selbstvergessen. »Ich möchte vergessen, was geschehen ist. Wenn du es fertigbringst, daß ich nicht mehr denken kann, werde ich dir alles verzeihen!«

Bertrand stöhnte auf. Er hatte gewußt, daß es zu spät war, von dem Augenblick an, als sie wie eine Erscheinung zwischen den Bettvorhängen aufgetaucht war, wie die Antwort auf einen Ruf seines Herzens.

Viviane verschlang die Finger in seinem weichen, dicken braunen Haar. In instinktiver Lust rieb sie ihre schmalen Hüften an den seinen und drückte sich gegen seinen heißen, erregten Körper. Wie sie es liebte, ihn zu spüren und die Wirkung, die sie auf ihn ausübte!

Dieser süße, wilde, leidenschaftliche Kuß nahm ihre Vereinigung voraus, und die suchenden Finger, die zwischen ihre Schenkel glitten, spürten, wie bereit sie für ihn war. Wildes, ungestümes Verlangen erfüllte Viviane, und sie wölbte den Rücken, während sie sich gleichzeitig an Bertrand klammerte und ihre Beine um seine Hüften schlang.

»Geduld, meine Löwin, Geduld ...«, murmelte Bertrand heiser und bettete sie zwischen die Kissen, damit er sie sehen konnte, wenn er in sie eindrang. Er wollte jenen Ausdruck wiederfinden, der ihr Gesicht erhellte, wenn sie den Höhepunkt der Lust erreichte, und jene schrankenlose Hingabe genießen, die nur sie zu geben vermochte.

Sacht schloß er seine Hände um ihre Hüften und hob sie an. »Komm!« hauchte Viviane kehlig und stützte sich auf die Unterarme. »Laß mich nicht länger warten! Ich ertrage es nicht!«

Sie kam ihm entgegen, und ein leises Wimmern drang tief aus ihrer Kehle, als er sich mächtig und tief in sie drängte. Sie löste sich auf, verschmolz mit der samtigen, mächtigen Kraft, die sie eroberte und in die Tiefen ihres Seins vorstieß. Sie tauchte in die heiße Wonne der sinnlichen Ekstase, und das unmerkliche Schauern, das ihre beginnende Kapitulation ankündigte, fand ihr Echo in dem letzten harten Stoß, der auch bei Bertrand den Höhepunkt der Lust auslöste, so daß sie beide im selben Moment den absoluten Gipfel erklommen.

Viviane riß die Augen auf, als die Kraft der Liebe sie erbeben ließ, und sie sah in das von Kerzen erleuchtete Gesicht des Mannes, dessen Züge in diesem Augenblick wie gemeißelt wirkten. Sein kantiges Antlitz war von strenger Schönheit, und die glühenden Bernsteinaugen fingen ihren Blick und drangen bis in ihre Seele hinein. Wie sie ihn liebte! Sie würde ihr Leben für ihn geben! Ihre Seligkeit, ihre Ehre, ihren Stolz. Alles.

Alison hatte sich getäuscht, sie besaß ein Herz. Eines, das Wachs in den Händen dieses Mannes war. Von Anbeginn der

Zeit hatte sie allein darauf gewartet, von ihm erweckt und besessen zu werden!

»Psst ... ich muß gehen, meine Schöne! In Kürze wird der Morgen grauen, und es wird kaum ratsam sein, daß Euer Gatte mich hier findet ...«

Sie hörte seine Worte kaum, und erst, als er sich von ihr löste und sie eine so entsetzliche Leere spürte, schlug sie widerstrebend die Lider auf.

Bertrand de Coville schlüpfte eben in sein Wams und gürtete den schlichten silbernen Dolch um, der seine einzige Waffe zu sein schien. Er schenkte ihr ein Lächeln, das seine Augen jedoch nicht erreichte. Die lagen tiefernst auf ihren Zügen, die, von zerzausten Locken umgeben, eine Sanftheit und kindliche Reinheit zeigten, die in krassem Widerspruch zu der Leidenschaft standen, die sie mit ihm geteilt hatte.

»Ihr seid eine Sirene, meine Schöne, ein Wesen, das einen armen Mann in sein Verderben lockt. Es hätte nicht viel gefehlt, und ich wäre aus dem Schlummer nicht mehr erwacht, in den ihr mich versetzt habt.« Seine gedämpfte, rauhe Stimme verlieh seinen Worten besondere Intensität. »Wenn Ihr noch einen Rat von mir annehmen wollt, so schweigt zu Eurem eigenen Besten über meinen Besuch.«

Er wandte sich zum Gehen.

»Wohin wollt Ihr? Werdet Ihr wiederkommen!« Viviane haßte sich für das Flehen in ihrer Stimme. Aber sie mußte es einfach wissen.

»Auf die Gefahr hin, daß ich mich wiederhole: Vergeßt mich, meine Schöne! Es ist besser!«

Sie hörte die Tür nicht, die sich lautlos hinter einem Wandteppich öffnete. Für sie sah es aus, als würde Bertrand mit den Figuren des gewebten Bildes verschmelzen. Ein Ritter, der für eine Nacht aus dem Rahmen getreten war, um sie zu lieben. Welch unsinniger, närrischer Traum!

18. Kapitel

»Ich bitte Euch, Ihr müßt essen!«

Dame Jacquette begann Viviane mit ihrer ständigen Besorgnis auf die Nerven zu gehen. Aber die Haushofmeisterin war nicht bereit, sich so schnell von Vivianes Unmut einschüchtern zu lassen. Sie stemmte die Arme in die Hüften und deutete auf das Tablett, auf dem die Speisen fast unberührt standen. »Ich habe Euch einen Kräutertee gebrüht, der Eure morgendliche Übelkeit beseitigen wird. Ohnehin ist es nur vorübergehend, Ihr könnt es mir glauben, ich habe selbst fünf Kinder geboren, und ich kenne mich aus in derlei Dingen.«

Viviane, die nachdenklich die silberne Bürste durch ihre Haare gezogen hatte, erstarrte mitten in der Bewegung. Sie runzelte die Stirn. »Wie meint Ihr das?«

Jacquette strahlte. »Wollt Ihr sagen, Ihr habt es noch nicht bemerkt? Ach, wie typisch für eine junge Ehefrau, die es zum ersten Mal erlebt. Ihr seid in Hoffnung, meine Liebe! Ihr werdet im Frühling ein Kindchen bekommen!«

Viviane schloß langsam die Augen, als könne sie nur so den Schock meistern, der sie plötzlich erfaßt hatte. Aber eigentlich war es doch keine Überraschung für sie. Sie hatte sich nur geweigert, den Tatsachen ins Auge zu sehen. Seit jener Woche vor ihrer Eheschließung hatte sie nicht mehr unter ihrem Frauenübel gelitten. Auch wenn sie die Aufregungen und körperlichen Mißhelligkeiten in Erwägung zog, die es verschoben haben konnte, inzwischen hätte es eintreten müssen.

»Kann es sein, daß Ihr es auch Eurem Gemahl noch gar nicht mitgeteilt habt?« schwatzte Jacquette unverdrossen weiter. »Ihr müßt es tun. Jeder Mann ist von der Aussicht auf einen Erben begeistert. Er wird Euch danken und sicher mehr Rücksicht auf Euch nehmen.«

Viviane preßte die Lippen zu einem schmalen Strich zusammen. Begeistert? Heilige Mutter Gottes, Eduard de la Griffe würde alles andere als begeistert sein, wenn er erfuhr, daß sie den Bastard Bertrand de Covilles in sich trug. Denn sie zweifelte keinen Atemzug lang daran, daß es Bertrands Kind war, das jene Veränderungen in ihrem Körper hervorgerufen hatte, die sie längst bemerkt hatte.

Aus jenen Scheußlichkeiten, zu denen ihr Gemahl sie gezwungen hatte, konnte nur Tod und kein Leben entstehen. Aus der leidenschaftlichen Vereinigung vollkommener Liebe jedoch ...

Unwillkürlich flog ihr Blick zu dem großen Pfostenbett, in dem sie sich in der vergangenen Nacht Bertrand so schamlos hingegeben hatte. Ihr schien, als könnte sie noch die Abdrücke ihrer Körper sehen, obwohl die prächtige Decke faltenlos und korrekt über Kissen und Laken gebreitet war. Die sanfte Röte, die ihr Gesicht überflutete, führte Jacquette auf ganz andere Gründe zurück.

»Verzeiht, wenn ich mich einmische, aber Ihr müßt es dem Seigneur sagen. Es ist nicht gut, eine schwangere Frau zu ...«

»Zu schlagen?« sprach Viviane das Wort aus, vor dem sie zurückschreckte. »Ich nehme nicht an, daß diese frohe Botschaft meinen Gatten davon abhalten wird. Er will das Kind nicht, das ich erwarte. Versprich mir, daß du niemandem ein Sterbenswort sagst. Ich möchte es so lange wie möglich verschweigen.«

»Aber das ist ein Fehler. Ihr ...«

»Überlaßt das mir«, unterbrach Viviane sie und nahm die Bürste wieder auf. »Ich befehle es Euch. Es ist meine Sache, wann ich es ihm mitteile.«

Wenn es sich vermeiden läßt, werde ich es gar nicht tun, fügte sie in Gedanken hinzu, während Jacquette beleidigt dreinschaute und über die Bettdecke strich, obwohl es da keine Falten zu glätten gab. Aber Viviane wagte es nicht, sich der Frau anzuvertrauen, auch wenn sie noch so besorgt und mütterlich wirkte. Die Ereignisse hatten ihr natürliches Mißtrauen ins Ungesunde verstärkt.

Das sogenannte Recht stand zweifelsfrei auf Seiten ihres Gatten. Ihm kam es zu, ihr Leben, ihr Denken und nicht zuletzt ihre Taten zu kontrollieren. Mit der Eheschließung war diese Macht von ihrem Vater auf ihn übergegangen, und somit befand sie sich in seiner Gewalt. Selbst wenn sie ihrer Mutter eine Botschaft sandte und sie um Hilfe bat, würde sie als Antwort vermutlich nur eine strenge Litanei erhalten, in der sie zu Demut und Gehorsam angehalten wurde. Sie hatte zweiundzwanzig Jahre nichts anderes getan, als Viviane diese Tugenden näherzubringen.

Hinzu kam, daß es Alison de Lassay ohnehin gelungen war, diese Familienbande als fragwürdig erscheinen zu lassen. Ein Blick in Marie-Anges Gesicht, und Viviane hatte gar nicht mehr zu leugnen vermocht, daß diese Ähnlichkeit mehr war als eine Laune der Natur. Dazu kam, daß die Ähnlichkeit zwischen ihnen nicht nur auf das Äußere beschränkt war, sie umfaßte auch ihre Gefühle und Gedanken und schuf eine Vertrautheit, wie Viviane sie mit niemand anderem teilte. Marie-Ange de Chazan war das Echo ihrer selbst, der verblüffende Gegenpol ihrer Persönlichkeit. Licht und Sanftmut, dort, wo Viviane nur Düsternis und Rebellion empfinden konnte. Ein Band, das sie umfing, auch wenn sie sich weigerte, seine Existenz vor den anderen einzugestehen.

Ob Marie-Ange diese Dinge ebenfalls spürte? Ob sie die hoffnungslose Verzweiflung, die Angst und die Sehnsucht nachempfinden konnte, die Viviane bewegten, ebenso wie Viviane wußte, daß ihre Schwester Liebe empfing und Liebe gab? Ahnte die Dame de Chazan um ihre panische Furcht vor dem, was ihrem Kind geschehen würde, wenn Eduard de la Griffe von seinem keimendem Leben erfuhr?

Vivianes Gedanken irrten weiter zu Melisande de Guînes, der Frau, die ihre Mutter gewesen sein mußte und von der sie nur das wenige wußte, was Alison de Lassay ihr erzählt hatte. Daß die Geburtsstunde ihrer Zwillingstöchter auch die Stunde ihres Todes gewesen war. Drohte ihr das gleiche Schicksal? Und was würde dann mit jenem unschuldigen neugeborenen Geschöpf geschehen, das seine Existenz den einzigen Stunden der Liebe verdankte, die seiner Mutter jemals gegönnt gewesen waren?

»Ihr habt Angst um Euer Kind«, murmelte Jacquette in diesem Moment und sah Viviane aufmerksam an.

Seit Viviane sich eingestand, was sie ohnehin befürchtet

hatte, schien sie ihre marmorne Gelassenheit verloren zu haben. Sie wirkte aufgewühlt, besorgt, ratlos und viel jünger als je zuvor. Der Haushofmeisterin kam sie eher wie eine Tochter denn wie eine Herrin vor. Sie war eine verzweifelte junge Frau, die Hilfe benötigte.

»Ja ...«, murmelte Viviane dann auch und stieß einen tiefen Seufzer aus. »Aber was kann ich tun?«

»Was ist mit Eurer Mutter, der Frau Herzogin?« schlug Jacquette ganz praktisch vor. »Es ist nur normal, sich in Eurem Zustand unter die Fittiche einer älteren Person zu begeben.«

Viviane lachte erstickt. »Die Herzogin würde mich umgehend zu meinem Gemahl zurückschicken. Sie hat mir zu Gehorsam, Geduld und Sanftmut geraten. Tugenden, die nicht viel helfen, wenn es darum geht, das Leben eines Kindes zu schützen.«

»Habt Ihr keine andere Verwandtschaft? Gibt es kein Herrenhaus, kein Kloster, wo Ihr Aufnahme finden könntet, bis ... bis ...« Jacquette brach ab. Unsicher darüber, was sie selbst sagen wollte. Bis sich der Seigneur beruhigt hat? Bis das Kind auf der Welt ist? Irgendeinen Grund mußte es doch geben, daß der Ehemann seine so schöne Frau derart brutal behandelte. Eifersucht?

»Ein Kloster?« überlegte Viviane nachdenklich und runzelte die makellose Stirn. »Richtig, das Kloster. Les Dames de Fôret , in dem Marie-Ange gelebt hat und dessen Äbtissin immerhin die Schwester meiner Mu... der Herzogin, meine ich ...« Sie brach ab, weil ihr erst in diesem Moment bewußt wurde, daß sie laut gedacht hatte. Nein, sie wollte Jacquette nicht mit in dieses Drama hineinziehen. »Ihr macht Euch umsonst Sorgen um mich, Jacquette. Überlaßt es mir, mit meinem Gemahl zu sprechen, dann ist schon alles in bester Ordnung ...«

»Wie Ihr meint«, murmelte die Ältere, aber man sah ihr an, daß sie sich auch weiter Sorgen machte. Es kam ihr hart an, sich von ihrer jungen Herrin einfach fortschicken zu lassen. Eine innere Stimme sagte ihr, daß es besser wäre zu bleiben. Doch was sollte sie gegen den Befehl ihrer Herrin tun? Wie konnte sie einer noblen Dame raten und sich einmischen? Diese nahm kaum Kenntnis von der Reverenz, die sie machte, ehe sie mit dem Tablett nach draußen verschwand.

Viviane spielte für einen kurzen Augenblick mit dem Gedanken, Marie-Ange de Chazan aufzusuchen und sich ihr anzuvertrauen, aber dann nahm sie wieder davon Abstand. Nicht zuletzt auch deswegen, weil ihr Gatte es ausdrücklich untersagt hatte, daß sie das Haus verließ. In ihrer augenblicklichen Lage konnte sie es sich nicht leisten, ihn zusätzlich zu reizen.

Wo er nur steckte? Seine Drohungen vom Vortag und der furchterregende Besucher kamen ihr wieder in den Sinn. Wie seltsam, daß sie sich von dem Fremden, mit dem sie kein Wort gewechselt hatte, fast noch schlimmer bedroht fühlte als von ihrem Gemahl. Es kam ihr vor, als übe der Kahlköpfige eine dämonische Macht über ihn aus.

Sie versuchte sich abzulenken, indem sie sich an den Tisch setzte und den Brief an die Herzogin von Valouse schrieb, den sie dieser längst schuldig war. Indem sie die Dame als ihre Mutter anredete und ihre töchterliche Pflicht tat, versuchte sie sowohl die Gedanken an Marie-Ange als auch an die übrigen Schwestern zu vertreiben, die sie angeblich hatte. Sie war Viviane de Valouse, und damit Schluß! Auch als solche hatte sie genügend Probleme, mit denen sie sich befassen mußte.

Sie verlor nur wenige Worte über ihre Entführung und ihre Zeit als Gefangene, dafür beschrieb sie das prächtige Haus ihres Gemahls in Paris um so ausführlicher und streifte das überstandene Nervenfieber ebenfalls lediglich am Rande. Sie ließ so viel weg, daß sich die Zeilen am Ende steif und unpersönlich lasen und nichts darüber verrieten, was in ihr vorging. Ob es ihrer Mutter auffallen würde?

Die einsetzende Unruhe im Haus, die schlagenden Türen und eiligen Schritte verrieten ihr die Rückkunft ihres Gatten, noch ehe die Nachricht zu ihr drang. Sie legte die Feder zur Seite und ließ das Pergament offen auf dem Tisch liegen. Sie wußte, daß ihr Gatte diesen Brief lesen wollte, und sie ersparte sich die Mühe, ihn zu versiegeln. Als er sie endlich aufsuchte, erwartete sie ihn auf ihrem Platz in der Fensternische.

Eine ruhige, stille Gestalt in einem sonnenblumenfarbenen Samtkleid, die offenen Haare in einem goldenen Netz gebändigt und das blasse, anmutige Gesicht von großen, fast grünschwarzen Augen beherrscht. Vivianes Amme hätte ihm sagen können, daß diese Färbung verriet, wie erregt sie innerlich war und wie mühsam sie sich beherrschte. Doch Eduard de la Griffe hatte sich noch nie die Mühe gemacht, über die Empfindungen der Frau nachzudenken, die er wegen ihrer respektablen Mitgift und ihrer noblen Herkunft geheiratet hatte.

Schweigend erhob sie sich von dem Polster und neigte den Kopf zu einem graziösen Gruß. Aber gerade die Tatsache, daß sie so ruhig und schön, so gelassen und vornehm wirkte, reizte Eduard de la Griffe jedesmal aufs neue. Was mußte noch geschehen, um sie zu brechen, einzuschüchtern und zu zähmen? Sie machte nicht den Eindruck, als bebe sie vor dem, was er sich für sie ausgedacht hatte. Im Gegenteil, unter ihrem Blick kam er sich vor wie ein Tolpatsch, und das trug nicht dazu bei, daß er seinen Grimm mäßigte.

»Wie ich sehe, steht es mit Eurer Gesundheit wieder zum besten«, knurrte er an Stelle eines Grußes und trat so nahe, daß sie den Wein in seinem Atem riechen konnte, den er vor seinem Besuch bei ihr hinuntergestürzte hatte.

Viviane schlug die Lider nieder, um dem Blick zu entkommen, der sich an ihrem Dekolleté festzusaugen schien, und seine Worte zeigten deutlich, woran er dabei dachte. »Dann werdet Ihr ja endlich wieder Eure Pflicht als Ehefrau tun können.«

Viviane preßte die Handflächen gegeneinander, um ihr Zittern zu verbergen. Sie schwieg aus Entsetzen, aber de la Griffe hielt es für Demut.

»Wie ich sehe, habt Ihr außerdem gelernt, den Mund zu halten«, stellte er zufrieden fest und packte sie grob mit einer Hand am Oberarm, während er mit der anderen eine Brust umfaßte und schmerzhaft drückte. »Euer Gehorsam gefällt mir. Legt Euch aufs Bett und hebt die Röcke!«

Viviane keuchte auf und starrte ungläubig in das grinsende Gesicht, das keine Handbreit von dem ihrem entfernt war. »Jetzt?« hauchte sie fassungslos und versuchte vergeblich, sich loszureißen.

»Jederzeit, wenn es mir einfällt«, meinte de la Griffe grinsend. Es freute ihn, Angst in ihrem Blick zu lesen. »Komm schon, oder muß ich zur Peitsche greifen?«

Es war genauso, wie Viviane es befürchtet hatte: demütigend und ekelerregend.

Sie lag wie erstarrt, als ihr Gatte sich schließlich erhob. Eduard de la Griffe ordnete gelassen sein Wams und seine Hose und rückte den juwelenbesetzten Gürtel wieder zurecht. An der Tür wandte er sich noch einmal zu Viviane um, die sich immer noch nicht gerührt hatte.

»Daß ich es nicht vergesse: Morgen vormittag kommt eine Hebamme, um Euch zu untersuchen. Es gibt mir zu denken, daß Ihr keine Anzeichen Eures monatlichen Übels zeigt. Besteht der Verdacht auf eine Schwangerschaft, wird sie Euch einen Trank geben, der die Frucht beseitigt. Ich bin es leid, zu warten, bis Ihr mir die Wahrheit sagt.«

Das Zuschlagen der Tür weckte Viviane aus ihrer Erstarrung, sie erhob sich schwankend und schleppte sich hinter den Wandschirm, um ihrer Übelkeit nachzugeben. Einer Übelkeit, die diesmal nicht von ihrer Schwangerschaft herrührte.

Das war das Ende. Was sollte sie tun?

Lange Zeit später benetzte sie sich das Gesicht mit kaltem Wasser und trat steif in das Gemach zurück. Wie eine Schlafwandlerin starrte sie auf die zerknüllte Bettdecke, den angefangenen Brief und das luxuriös eingerichtete Kabinett. Ein scharfer Schmerz in ihrem Schoß durchzuckte sie, und sie krümmte sich unwillkürlich zusammen, ihren noch flachen Bauch mit beiden Händen schützend.

»Heilige Mutter Gottes, mein Kind! Hilf, daß ihm nichts geschehen ist«, betete sie heiser.

Sie zweifelte keinen Augenblick daran, daß die Hebamme erkennen würde, daß sie in der Hoffnung war. Frauen, die einen solchen Beruf ausübten, wußten die Zeichen zu deuten.

Auch auf Valouse hatte es eine Hebamme gegeben, und Viviane hatte auch gesehen, daß sie manch einer leichtsinnigen Magd mit einem geheimnisvollen Trank geholfen hatte, wenn es darum ging, eine Leibesfrucht abzutreiben, die kein Vater anerkennen wollte.

Aber sie hatte auch die Folgen mitbekommen, die Schmerzen, das Blut und in machen Fällen sogar den Tod. Es war nicht einfach, der Natur ins Handwerk zu pfuschen, und bei manch einer Schwangeren war das Blut geflossen, bis auch das eigene Leben mit ihm dahinging.

Das scharfe Ziehen ließ langsam nach, und Viviane setzte sich vorsichtig in die Fensternische. Kein Zweifel, es machte ihrem Gemahl mehr Vergnügen, sie mit Gewalt zu nehmen, als ihr normal beizuwohnen. Er hatte Gefallen an ihrem Schmerz. Sie hatte Angst, daß seine Brutalität ihr Kind gefährdete.

Wie in einem fernen Spiegel sah sich Viviane mit einem Säugling an der Brust. Einem dunkelhaarigen, winzigen Jungen, dessen rosige Fäustchen sich in ihr weiches Fleisch gruben. Den sie lieben und behüten durfte und der das Abbild seines Vaters war. Ihr Herz war bereits jetzt schwer vor Liebe zu ihm.

O nein, sie würde ihn schützen und ihn vor allem Übel behüten. Niemand durfte sein Leben in Gefahr bringen, und schon gar nicht ein Schurke wie Eduard de la Griffe. Doch was konnte sie tun? Wo Zuflucht finden?

Sie dachte kurz an Alison de Lassay und deren Angebot, sie bei sich aufzunehmen, aber dann schüttelte sie den Kopf. Sie hatte die Krieger gesehen, die de la Griffe aufbot, um Bertrand de Coville zu vernichten. Sie ahnte, daß er nicht davor zurückschrecken würde, sich mit Michel de Lassay oder Colin d'Harigny anzulegen. Und egal, wie der Kampf ausging, es würde Blut fließen, und Menschen würden ihretwegen sterben.

Nein, sie würde an einen Ort gehen müssen, wo Eduard de la Griffe sie nie vermuten und nie finden würde. Und sie glaubte auch schon zu wissen, welcher Ort dies war. Alison, Nadine und Marie-Ange hatten ihr das nötige Rüstzeug in die

Hand gegeben, um dort Aufenthalt und Sicherheit zu erzwingen. Man mußte sie aufnehmen, bis ihr Kind auf die Welt gekommen war, und dann würde sie weitersehen.

Doch wie sollte sie dieses Versteck erreichen? Wie Paris verlassen, ohne daß ihr Gatte davon erfuhr? Wie überhaupt aus dem Haus kommen, in dem er so ausschließlich herrschte? Während sie überlegte, sah sie durch die milchig verschwommene Scheibe auf den Fluß hinaus. Das ewige Kommen und Gehen der Holz- und Heukähne, der Lastschiffe und Fischerboote zeichnete Muster der Betriebsamkeit auf das Wasser, und Viviane erinnerte sich an etwas, das Jacquette erzählt hatte.

»Natürlich! Das ist es ...« Viviane sprang auf und legte behutsam die Hand auf ihren Leib. »Du wirst in Sicherheit sein, mein Kleiner! Ich werde dafür sorgen, daß er dir nichts zuleide tun kann! Das schwöre ich dir bei meinem eigenen Leben!«

19. Kapitel

Der letzte Monat im Jahr bescherte dem ehemals so stolzen und prächtigen Paris, das noch immer unter den Folgen der jahrelangen Besetzung, der allgegenwärtigen Armut und dem ständig zunehmendem ›Hunger litt, durchdringende, feuchte Kälte, aber glücklicherweise keinen Schnee. Viviane fröstelte in ihrem wärmsten Umhang, denn die Nässe drang mühelos durch die Schichten mehrerer Unterröcke, die sie unter dem wärmsten Wollkleid trug, das sie in ihren Truhen gefunden hatte.

Sie nutzte die Stunde nach dem Vesperläuten, in der die Dämmerung bereits in die Dunkelheit überging, und der zusätzliche Nebel, der sich über die Dächer gesenkt hatte, kam ihren Plänen zugute. Ihr Gatte hatte sich in sein Arbeitskabinett zurückgezogen und Befehl gegeben, von niemandem gestört zu werden. Sie selbst hatte Jacquette fortgeschickt, angeblich, weil sie vor dem Mahl am Abend ruhen wollte.

Sie hatte diesen Zeitpunkt mit Absicht gewählt, denn es würde den Verdacht nahelegen, daß sie Paris vor dem Schließen der Tore verlassen hatte. Wenn ihr Gatte nach ihr forschte, würde er mit Sicherheit diese Möglichkeit in Erwägung ziehen. Sie kannte schließlich niemanden in der Stadt, und falls er auf die Idee kommen würde, bei Alison de Lassay nachzufragen, so konnte ihm diese auch nicht weiterhelfen. Sie würde von nichts wissen, wenn Vivianes Plan so aufging, wie sie es erhoffte.

Viviane zog die Gartenpforte vorsichtig zu und warf einen letzten, prüfenden Blick um sich. Die leichten Nebelschwaden verwandelten die kahlen Äste der Apfelbäume und Beerenbüsche in graue Finger und gespenstische Figuren. Die junge Frau atmete tief durch, ehe sie es wagte, zwischen diese unheimlichen Schleier zu tauchen und den breiten Anlegesteg zu suchen, an dem die Versorgungsboote festmachten und an dessen Pfosten sie zwei einfache Ruderboote gesehen hatte, die Jacquettes Mann bei gutem Wetter zum Fischen benutzte.

Falls es ihr gelang, mit einem dieser Boote bis zur nächsten Anlegestelle zu rudern, hatte sie bereits halb gewonnen. Alle Ausgänge des Hauses zur Straße waren bewacht, lediglich die Wasserfront lag still da. Welche Vorsichtsmaßnahmen auch immer ihr Gatte veranlaßt hatte, er schien nicht damit zu rechnen, daß jemand vom Fluß aus das Haus betrat oder das Anwesen über den Fluß verließ. In dieser Jahreszeit war die Seine zu gefährlich für Kahnpartien.

Auch Viviane hatte Angst vor dem mächtigen dunklen Strom, aber noch mehr schreckte sie der Gedanke an jene Dinge, die ihr Mann ihr und ihrem Kind antun würde. Lieber ertrinken als wehrlos und hilflos noch einmal erdulden, daß er sie verletzte.

Ihr Herz klopfte so laut, daß sie fürchtete, es würde sogar das leise Plätschern des Flusses übertönen. Nervös zog sie den Umhang fester um sich und raffte ihre Röcke, die im nassen Gras schleiften und bereits schwer von Feuchtigkeit waren. Über die Schulter warf sie einen letzten Blick zum Haus zurück, das sich massig und dunkel hinter ihr duckte.

Ob Bertrand de Coville noch einmal das Risiko eingehen würde, dort nach Beweisen für de la Griffes betrügerische Machenschaften zu suchen? Was er wohl empfand, wenn er begriff, daß sie fort war? Ob es ihn überhaupt kümmerte? Immerhin hatte er niemals auch nur angedeutet, daß er mehr für sie empfand als flüchtige Leidenschaft. Im Gegenteil, er hatte sogar geleugnet, daß es die Liebe überhaupt gab! Vorübergehende Lust in den Armen irgendeiner beliebigen Frau, mehr suchte er nicht mehr ...

Heilige Mutter Gottes, sie durfte nicht solche Dinge denken, nicht die eigene Stärke durch Zweifel zerstören. Sonst würde sie nie den Mut aufbringen, vor Eduard de la Griffe zu fliehen. Viviane straffte die Schultern und reckte trotzig das Kinn vor, ehe sie die Stufen zum Kai hinunterstieg. Sie war so in ihre Gedanken und Ängste versunken, daß sie im ersten Moment gar nicht den massigen dunklen Schatten bemerkte, der plötzlich vor ihr aufgetaucht war.

»Verdammt, was habt Ihr hier zu suchen, Dirne?« Die Stimme war kalt und raschelnd wie abgestorbene Blätter, die der Wind über Platten trieb.

Sie war entdeckt! Viviane wich zurück und verfing sich in den Säumen ihrer eigenen Röcke. Sie taumelte und hob die Hand, als eine Blendlaterne gehoben wurde und der plötzliche Schein ihr Gesicht erhellte.

»Wer ... bei Gott, *Ihr*? Schon wieder Ihr? Welche Verdammnis hat Euch ausgespien? Zur Hölle, was habt Ihr hier zu suchen?«

Die junge Frau blinzelte und wich ins Dunkel zurück. Nun erkannte sie im Licht auch die Züge des Mannes, der eben aus einem Boot gestiegen war, und unterdrückte im letzten Moment einen Schrei.

Ein grauer Schädel, eine wulstige Narbe über der Braue, Augen, die Kälte und Zorn versprühten. Eine hochgezogene Schulter und ein gedrungener, schwerfälliger Körper. Der geheimnisvolle Gast ihres Gatten! Jener furchterregende, tödliche Mann, der ihr wie Mensch gewordener Haß erschien!

Ein zitternder Schauer durchlief Viviane, die erst jetzt bemerkte, daß das Verhalten des Fremden ihr gegenüber mehr als seltsam war.

Die Laterne hoch erhoben, die Rechte mit allen Fingern abwehrend gespreizt, wich er vor ihr zurück. Abscheu lag auf seinen Zügen, der Mund war zu einem lautlosen Fluch verzogen, während das unförmige Bündel, das er unter dem Arm gehalten hatte, zu Boden fiel.

Viviane murmelte ein Stoßgebet. Er würde sie verraten, ihrem Gatten berichten, wo er sie gefunden hatte …

»O nein, nicht schon wieder! Hexenbrut! Genügt es nicht, daß du alle meine Pläne zum Scheitern gebracht hast?« krächzte er dumpf. »Daß mich der König verdammt und verurteilt hat? Was willst du schon wieder von mir? Genügt es dir nicht, auf der ganzen Linie zu triumphieren? Hexe! Geh! Geh fort in dein namenloses Grab und laß mich in Ruhe! Ich weiß, daß du nicht wirklich bist. Du bist ihr Gespenst, Melisandes Fluch, der mich verfolgt und mir zusetzt! Geh! So heb dich hinweg!«

Das abergläubische Entsetzen dieses Mannes kam Viviane ebenso unverständlich wie furchterregend vor. Sie konnte mit seinem kaum verständlichen Gestammel nichts anfangen, und seine Flüche verwirrten sie. Aber während sie sich noch den Kopf zermarterte, was sie sagen oder tun konnte, humpelte er mit unregelmäßigen, schweren Schritten davon, angetrieben von seinem Entsetzen.

Er floh! Er floh vor ihr, anstatt die Diener zu rufen!

Der trüber werdende Schein der Lampe markierte seinen Weg, und die junge Frau schüttelte verwirrt den Kopf. Hatte er sie tatsächlich für eine Erscheinung und nicht für einen lebendigen Menschen gehalten? Weshalb hatte ihr Anblick ihn so aus der Fassung gebracht? Woher war er gekommen? Vom Fluß?

Wie gelähmt verharrte sie auf den Stufen, fürchtend, daß jeden Moment vom Haus her Lärm und Stimmen kommen würden, daß ihr Gatte sie zurückholte und der Fremde sie erneut mit seinen Flüchen bedachte. Doch alles blieb still. Der Fluß rauschte gleichmäßig vorbei, irgendwo schlug eine einsame Glocke, und von den Straßen her kam jenes unverkennbare dumpfe Brausen, das über Paris lag wie der regelmäßig an- und abschwellende Atem eines Lebewesens.

Viviane hätte nicht zu sagen gewußt, wie lange sie neben dem Boot gestanden und gewartet hatte. Nichts passierte. Absolut nichts. Dennoch mußte sie ihren ganzen Mut zusammennehmen, um sich wieder in Bewegung zu setzen. Es fehlte nicht viel, und sie wäre entnervt und resigniert ins Haus zurückgekehrt. Sie hatte bereits zwei Schritte in diese Richtung gemacht, als sie über ein Hindernis stolperte und fast gefallen wäre. Im letzten Moment konnte sie sich an der glitschigen Böschung abstützen.

Sie wartete, bis sich ihr heftiger Atem beruhigt hatte, dann griff sie nach dem Paket, das auf den Stufen lag. Jetzt erinnerte sie sich wieder – der Fremde hatte es verloren. Unter einer gewachsten Hülle fühlte sie Pergamente, Schreiben, Briefe. Sie zögerte. Sollte sie das Paket liegenlassen, bis jemand danach suchte?

Aber dann tat sie es doch nicht. Ein eigenartiger Impuls zwang sie dazu, das sperrige Päckchen in ihr Bündel zu stopfen. Vielleicht war auch jenes mahnende Ziehen in ihrem Unterleib daran schuld, das eingesetzt hatte, als Eduard de la Griffe ihr Gewalt angetan hatte. Das Gefahr für ihr Kind signalisierte. Das sie mehr als alles andere wieder davon abhielt, feige zu sein und aufzugeben.

Die heimlichen Geschäfte, die ihr Gatte mit diesem schrecklichen Mann machte, waren mit Sicherheit nicht legal. Möglicherweise hatte ihr diese schlimme Begegnung ja eine Waffe gegen ihn in die Hand gespielt. Eine Waffe, die sie im Kampf gegen ihn vielleicht noch nötig haben würde. Später, wenn ihr Sohn in Sicherheit war und sie genügend Kraft hatte, den Kampf für ihn aufzunehmen.

Aber zunächst mußte sie fort, um ihn zu schützen. Was auch immer geschehen mochte, ihr Schicksal lag in Gottes Hand. Er würde nicht zulassen, daß ihr Kind die Schuld für die Fehler seiner Mutter zahlte.

»Bei Gott! Ihr?«

Bertrand de Coville hatte mit allem gerechnet, aber nicht mit dem Anblick dieser Frau. Er traf ihn wie der Hieb eines Schwertes. Das bezaubernde, einfache Hauskleid aus fließendem zartgrünem Atlas war mit einem gleichfarbigen Band unter der Brust gegürtet, und das tiefe V seines Ausschnittes enthüllte ein verführerisches Dekolleté.

Die offenen, seidigen Haare schimmerten im Kerzenlicht wie der Sonnenuntergang eines warmen Sommertages, und in den grünen Augen glühten eine Wärme und eine Fröhlichkeit, wie er sie dort noch nie gesehen hatte. Sie erwiderte seinen Blick eigenartig verwirrt.

»Wie schön Ihr seid«, sagte er, ohne zu merken, wieviel Anbetung in seinem Ton lag. Unwillkürlich trat er auf sie zu und hob die Arme.

»Wahrhaftig, mein Freund, das geht zu weit! Wenn Ihr meine Gemahlin weiterhin derart mit den Augen verschlingt, sehe ich mich gezwungen einzuschreiten!«

Bertrand de Coville sah seinen alten Freund Ivo de Chazan verwirrt an. »Eure Gemahlin? Ihr scherzt ...« Die Röte auf seiner Stirn wich grauer Blässe, und die goldenen Augen verloren ihr Funkeln.

»Zum Henker, Bertrand, Ihr ...«

»Nicht!« Die sanfte Stimme und die Hand, die sich leicht auf seinen Arm legte, besänftigten den Seigneur de Chazan. Zärtlich bedeckte er ihre Hand mit seiner eigenen. An manchen Tagen erschien es ihm immer noch wie ein Wunder, daß Marie-Ange ihn so sehr liebte.

»Seid willkommen, Seigneur«, wandte sich die Dame de Chazan nun an den Mann, den ihr Gatte als einen alten Freund aus vergangenen Kriegstagen beschrieben hatte. »Kann es sein, daß Ihr Euch in bezug auf meine Person ein wenig täuscht? Ich bin Marie-Ange de Chazan, und ich sehe Euch heute zum erstenmal.«

Sie bemerkte die gerunzelte Stirn, den verwirrten Ausdruck der goldenen Raubtieraugen und den schmerzlichen Zug um die fest zusammengepreßten Lippen. Sie spürte die Anspannung, unter der er stand, die Verzweiflung, die ihn erfüllte, und die Hoffnungslosigkeit, die schwer auf seinen Schultern lastete. Er war ein Mann, den sie durchaus interessant fand. Interessant und gutaussehend, und vielleicht sogar ein wenig mehr als anziehend.

»Verzeiht«, sagte er rauh. Er brachte es jedoch nicht fertig, den Blick von ihrem Gesicht zu lösen. »Ihr seht einer Dame, die ich kenne, so unglaublich ähnlich, daß ich Euch für einen Moment lang für sie gehalten habe. Wie ist das möglich ...«

Marie-Ange spürte die Bewegung ihres Mannes, aber sie schüttelte unmerklich den Kopf. Ehe sie das Rätsel löste, wollte sie mehr über diesen Söldner wissen, der vermutlich das Bild ihrer Zwillingsschwester vor Augen hatte, wenn er sie ansah.

»Ihr seht nicht glücklich aus, wenn Ihr von ihr sprecht«, sagte sie mit ihrer melodiösen Stimme, die ihn endgültig davon überzeugte, daß nicht Viviane vor ihm stand. Die faszinierende Gattin des Seigneurs de la Griffe mochte dieser Frau dort so ähnlich sehen wie ein klarer Wassertropfen dem anderen, aber ihre Stimme hatte ein anderes Timbre. Sie war dunkler, kehliger und aufregender. Sie machte ihn unruhig und vieles mehr, über das er nicht nachdenken wollte.

Die Dame Chazan hingegen beruhigte seine angespannten Nerven, gab ihm das Gefühl, sich in ihrer Gegenwart erholen zu können und keine Maske tragen zu müssen, ihr sein Vertrauen schenken zu können.

»Ich habe keine Veranlassung, glücklich zu sein«, antwortete er dann auch. »Meine größten Fehler und ärgsten Verbrechen habe ich gegen diese Frau begangen.«

»Und trotzdem liebt Ihr sie so unaussprechlich?« Marie-Ange legte mutig den Finger mitten in die offene Wunde ihres Gastes.

»O nein!« brauste Bertrand de Coville auf. »Das wollte ich damit nicht sagen. Sie ist störrisch, eigensinnig, viel zu stolz und zu sehr von sich selbst und ihrer Person eingenommen, um derartige Gefühle in einem anderen Menschen hervorzurufen!«

Marie-Ange lächelte, und allein dieses Lächeln sorgte

dafür, daß dem Mann, der ihr gegenüberstand, verlegene Röte in die Stirn stieg.

»Ihr müßt mir von ihr erzählen«, sagte sie ruhig. »Ich habe ein Faible für romantische Geschichten.«

Ivo de Chazan kam seinem Freund zu Hilfe, der sich vor Verlegenheit wand. »Später, meine Liebe! Vielleicht sollte ich Euch erst einmal sagen, daß Bertrand als namenloser Söldner an meiner Seite gegen die Engländer gekämpft hat, obwohl er von edelstem Blut ist. Daß er alles verloren hat, verdankt er einem Mann, der allem Anschein nach Guy de St. Doye Unterschlupf gewährt. Einem ehemaligen Spießgesellen unseres verehrten Georges de la Trémouille, dem edlen Eduard de la Griffe! Zu meiner nicht geringen Überraschung stieß ich auf ihn, als ich endlich St. Doyes Spur entdeckt zu haben glaubte.«

Marie-Ange erstarrte. So also schloß sich der Kreis einmal mehr. Es gab keinen Frieden für die Töchter Melisande de Guînes, solange dieser Mann lebte. Viviane war, so sehr sie sich dagegen auch wehrte, längst mit hineingezogen worden.

»Wie es scheint, haben sich der entmachtete Kanzler, de la Griffe und St. Doye zu einer unheilvollen Allianz zusammengeschlossen. Sie verfolgen auch weiterhin das Ziel, das die schon immer hatte: ihren eigenen Einfluß und ihren eigenen Reichtum zu mehren und den König zu schwächen«, erzählte Ivo de Chazan. »St. Doye ist auf der Flucht, der Kanzler gestürzt, aber de la Griffe hat durch seine Heirat mit der Tochter des Herzogs von Valouse an Einfluß gewonnen. Ihm etwas zu beweisen wird uns schwerfallen.«

Marie-Ange starrte auf die matt schimmernden Paneele der Holzverkleidung, die das Arbeitskabinett ihres Gatten schmückte, aber sie sah nicht die meisterliche Handwerksarbeit, sondern das Gesicht Guy de St. Doyes vor sich. Des Mannes, dessen Haß das Leben ihrer Mutter vernichtet hatte und der für sie das Böse schlechthin verkörperte. Was würde passieren, wenn Viviane ihm in die Hände fiel? Viviane, die keine Ahnung hatte, wer er war?

Oder doch? Besaß nicht auch sie, auch wenn sie es selbst vielleicht noch nicht erkannt haben mochte, eine besondere

Gabe, wie alle Töchter Melisande de Guînes? Gaben, die sie von anderen Frauen unterschied. Im Gegensatz zu Alison und Nadine war sie stets der Meinung gewesen, daß Viviane sehr wohl die Bande spürte, die alle vier Schwestern vereinten. Aber sie hatte auch am besten nachfühlen können, wie unerträglich tief man Viviane verletzt hatte und daß ihre Abwehr, ihre Gleichgültigkeit und Kälte reiner Selbstschutz waren.

Selbstschutz, den auch dieser Mann, ihr Gast, um sich aufgerichtet hatte, weil er fürchtete, ein weiteres Mal enttäuscht zu werden. Marie-Anges Fähigkeit, die Menschen zu durchschauen, ließ sie erkennen, daß er den gleichen selbstmörderischen Stolz hatte wie ihre Schwester. Die gleiche Angst zu lieben und deswegen verletzlich zu sein.

Bertrand de Coville brachte nicht die nötige Konzentration für das wichtige Vorhaben auf, dessentwegen er sich mit Ivo de Chazan getroffen hatte. Sie hatten einen Plan ausarbeiten wollen, der die Machenschaften de la Griffes aufdecken sollte. Die Anwesenheit der Gattin seines Freundes lenkte ihn ab und beunruhigte ihn. Es war ihm nicht möglich, den Blick von ihr abzuwenden. Immer wieder verglich er sie mit Viviane. Die Ähnlichkeit irritierte ihn wie ein hartnäckiger Schmerz.

»Verzeiht«, unterbrach er schließlich seinen Freund mitten im Satz. »Aber ich kann es nicht begreifen. Ist Eure Gattin ebenfalls ein Kind des Herzogs von Valouse? Ich dachte, er hätte nur eine einzige Tochter?«

»Er hat überhaupt kein Kind«, erklärte ihm Marie-Ange. »Zumindest keines, das sein Blut weiterträgt. Wenn Ihr von Viviane de la Griffe sprecht, so sprecht Ihr von meiner Zwillingsschwester. Wir sind beide Töchter des Grafen von Mesnières und am Tag der Schlacht von Azincourt geboren. Mesnières liegt in der Nähe von Azincourt, und als die Burg von den Engländern eingenommen wurde, brachte eine alte Amme die Neugeborenen in Sicherheit. Später wurden wir getrennt, und Viviane wuchs im Glauben auf, die leibliche Tochter des Herzogs zu sein.«

»Wie ist das möglich ...« Bertrand de Coville verstand das alles nicht.

Marie-Ange berichtete in grobem Umrissen, welche Rolle Guy de St. Doye in diesem Drama gespielt hatte und weshalb ausgerechnet Ivo de Chazan mit solcher Hartnäckigkeit nach diesem Mann suchte. Er hatte ihm den Tod geschworen, und die Angst, die er seinetwegen um Marie-Ange ausgestanden hatte, war die Kraft, die ihn vorwärts trieb.

»Ich fürchte wie Ivo, daß wir keine Ruhe haben werden, ehe er nicht endgültig vernichtet ist«, fügte sie seufzend hinzu. »Dieser Mann ist nicht mehr normal. Er hat sich so in seinen leidenschaftlichen Haß verrannt, daß ich um Vivianes Sicherheit fürchte, wenn er sie zu Gesicht bekommt. Er kann nicht begreifen, daß er selbst seinen Untergang herbeigeführt hat. Er gibt Melisandes Töchtern die Schuld daran. Seine Reaktionen sind völlig unvorhersehbar. Ich weiß, daß sie in Gefahr ist, in großer Gefahr. Ich spüre es mit allen Sinnen.«

»Sie ist jeder Gefahr gewachsen«, entgegnete Bertrand de Coville, zwischen Verblüffung und Widerstand hin und her gerissen. »Ihr könnt mir glauben, daß sie niemals auch nur die geringste Schwäche zeigt. Sie besteht aus Feuer, sich selbst genügend und die anderen nur verbrennend. Es gibt nichts, was sie von ihrem Weg abbringen könnte. Ihr macht Euch umsonst Sorgen um diese Frau.«

Marie-Ange runzelte die Stirn und strich sich eine lose Haarsträhne aus der Stirn. Nun, dieser Mann war doch nicht so einfach zu durchschauen, wie sie zunächst gedacht hatte. Offensichtlich war sie in ihm jemandem begegnet, der ein Meister darin war, seine Gefühle zu unterdrücken und zu verleugnen. Es steckte so viel wilder Zorn in ihm, daß sie es schwierig fand herauszufinden, was davon Viviane galt und was den Umständen seines eigenen Lebens. Ihre anfängliche Überzeugung, daß er ihre Schwester leidenschaftlich liebte, geriet plötzlich ins Wanken.

»Auch meine Schwester empfindet Schmerzen, wenn sie geschlagen wird«, antwortete sie unerwartet aggressiv, weil sie sich in die Defensive gedrängt fühlte. »Ich habe die Male auf ihrem Körper und das Leid in ihren Augen gesehen. Manchmal denke ich, der Himmel hat die Männer absichtlich mit Blindheit gesegnet. Es erspart ihnen das Nachdenken.«

»Wer hat sie geschlagen?« fragte Coville rauh, obwohl er die Antwort bereits kannte. Hatte er nicht seine Schwester gesehen?

»Ihr liebwerter Gatte«, antwortete Marie-Ange. »Und nun erzählt endlich, was zwischen euch beiden war!«

Es war Bertrand unmöglich, sich ihrer Aufforderung und dem zwingenden Blick ihrer klaren grünen Augen zu entziehen. Er konnte gar nicht anders, als ihr die Wahrheit zu sagen. Er versuchte Ivo de Chazan und seiner Gemahlin eine halbwegs erträgliche Version von Vivianes Entführung zu geben, aber er konnte nicht leugnen, daß er sie vom Altar weg geradewegs in eine Hölle geschleift hatte. In ein Verhängnis, dem sie nicht mehr entfliehen konnte und das ihrem Leben eine entscheidende Wendung gegeben hatte.

»Ihr könnt mich nicht öfter einen Schweinehund nennen, als ich selbst es bereits tue«, endete er dumpf. »Ich habe Unrecht mit Unrecht vergolten, aber ich hatte nicht das Recht, eine Unschuldige mit hineinzuziehen. Der Haß hat mich blind gemacht, insofern habt Ihr sicher recht ...«

Einmal mehr legte Marie-Ange eine mahnende Hand auf den Arm ihres Mannes, der sein Temperament nur schwer im Zaum halten konnte. Er wußte nur das von Viviane, was seine Gemahlin erzählt hatte, und bis zu diesem Zeitpunkt hatte er keine sonderliche Sympathie für die allzu stolze Dame verspürt, die ihre Schwestern ablehnte. Nur weil Marie-Ange sie so vorurteilslos liebte, war er bereit, auch für sie in die Schranken zu treten.

»Was empfindet Ihr für meine Schwester?« fragte sie leise.

»Sie ist die Gattin Eduard de la Griffes«, murmelte Coville und sah angestrengt an ihr vorbei.

»Also haßt ihr sie und wollt sie ebenfalls vernichten«, erwiderte Marie-Ange provozierend.

»Aber nein!« brauste Bertrand auf. »Wo denkt Ihr hin! Sie hat genügend gelitten. Ich be...«

Er brach mitten im Wort ab. Völlig fassungslos über das Geständnis, das er fast gemacht hätte und das sich ganz von selbst auf seine Lippen gedrängt hatte. Worte, die unmöglich von ihm stammen konnten!

»Ihr betet sie an«, vollendete Marie-Ange mit deutlich hörbarem Triumph. »Sie ist das Gift in Eurem Blut, der Stachel in Eurem Herzen und der Hieb, der durch Eure Rüstung aus Rache und Stolz gedrungen ist. Sie hat Euch eine Wunde geschlagen, die Ihr ihr nur schwer verzeiht, das sehe ich doch richtig, oder?«

»Bei Gott, woher wißt Ihr?« Bertrand de Coville war unter der zutreffenden Beschreibung zusammengezuckt. Unwillkürlich hatte er die Hände abwehrend erhoben, als könne er sich damit vor der Wahrheit schützen, die endlich ausgesprochen worden war.

Marie-Ange lächelte nur und verzichtete auf eine Erklärung. Auch sie hatte ihre Wunden davongetragen, ehe sich ein hochfahrender Ritter dazu bekannte, daß ihm ihre Liebe wichtiger als alles andere war. Aber wenigstens war sie, Marie-Ange, frei gewesen. Frei, ihr Leben mit Ivo de Chazan zu verbinden. Viviane war es nicht! Sie hatte ihrem Gatten vor dem Altar Treue und Gehorsam geschworen. Bis in den Tod hinein. Durfte es eine solche Ungerechtigkeit geben?

Das respektvolle Klopfen einer Magd unterbrach die Stille des Kabinetts, wo alle schweigend ihren Gedanken nachhingen. Das Mädchen knickste vor seiner Herrin und flüsterte eine Botschaft, die keiner der beiden Männer verstand.

Ivo de Chazan musterte seinen Freund, und so entging ihm das Zittern, das seine Gemahlin schnell unter Kontrolle bekam, ehe sie sich erhob.

»Entschuldigt mich bitte, ein Problem des Haushaltes ...«

Das kleine, aber luxuriös ausgestattete Palais, das der Seigneur de Chazan unweit des Königspalastes gemietet hatte, weil Marie-Ange ungern bei Hofe lebte, hatte sie von Anfang an begeistert, und sie widmete sich den anfallenden Aufgaben mit einem Ehrgeiz, der ihren Gatten amüsierte. Er war nicht böse, daß sie das Kabinett verließ.

Im Gegenteil, vielleicht gelang es ihnen ja, sich in ihrer Abwesenheit wieder auf jenes Problem zu konzentrieren, das sie eigentlich hatten lösen wollen. Es war eine wichtige Aufgabe, die getan werden mußte, ehe man sich daran machen konnte, die Dinge des Herzens zu ordnen.

Es ging um die Vernichtung Guy de St. Doyes und seines schurkischen Freundes Eduard de la Griffe. Ivo würde nicht ruhen, bis gerächt war, was Marie-Ange von diesem Manne erduldet hatte.

20. Kapitel

»Viviane! Bei allen Heiligen, wo kommt Ihr her? Was ist passiert? Seid Ihr verletzt?« Marie-Ange suchte in den Zügen ihrer Schwester nach einem Anhaltspunkt und zog die Widerstrebende energisch aus dem Schatten des Torgewölbes, in dem sie wartete. Sie hatte ihren Ohren nicht getraut, als die Magd ihr berichtete, eine Dame wolle sie sprechen, die sich darauf berief, daß sie ihr bei Alison de Lassay begegnet sei.

Viviane erwiderte die herzliche Umarmung ein wenig zögernd. Es widerstrebte ihr, Marie-Ange um Hilfe bitten zu müssen, aber sie war die einzige, an die sie sich wenden konnte und die nicht versuchen würde, ihr den eigenen Willen aufzuzwingen. Weder Alison de Lassay noch Nadine d'Harigny, die sie beide ein wenig einschüchterten, brachte sie ein solches instinktives Vertrauen entgegen.

»Es geht mir gut«, murmelte sie leise. »Verzeiht, daß ich Euch störe. Aber ... ich muß fort. Ich kann nicht länger bei meinem Gatten bleiben.«

Marie-Ange sah unwillkürlich über die Schulter zur offenen Seitentür des Hauses, wo nur ein Stockwerk höher Bertrand de Coville saß.

»Kommt ins Haus!« bot sie an.

»Nein«, Viviane schüttelte den Kopf. »Es ist besser, wenn mich niemand sieht. Ich muß verschwinden, aber ich benötige ein Pferd, einen Wagen oder wenigstens die Möglichkeit, auf einem Fuhrwerk die Stadt zu verlassen. Könnt Ihr mir helfen?«

»Was ist geschehen?« Marie-Ange stellte nicht ein einziges Mal Vivianes abenteuerlichen Entschluß in Frage. »Bedroht Euch Euer Gatte? Deswegen müßt Ihr nicht fliehen, bleibt bei mir.«

»Es geht nicht«, wisperte Viviane. »Ich darf nicht in der Stadt bleiben. Ich muß fort, ehe der Schnee das Reisen unmöglich macht.«

»Wohin wollt Ihr?«

»Fragt mich nicht«, wehrte Viviane ab. »Je weniger Ihr wißt, um so besser wird es sein. Mein Gatte ist mächtig, er hat Einfluß bei Hof, und ich möchte nicht, daß er Euch schadet. Das Recht ist auf seiner Seite.«

Marie-Ange spürte das Beben, das Viviane durchlief, und sie fühlte auch die Anspannung, unter der ihre Schwester stand. Jene neue, sorgsam kontrollierte Energie, die sie plötzlich erfüllte und vorwärts trieb. So, als habe sie endlich eine Aufgabe, einen Sinn gefunden, für den es sich wieder zu leben lohnte. Etwas, das wichtiger war als sie selbst. Und plötzlich begriff sie. Hatte Bertrand de Coville nicht gerade eben noch die verhängnisvolle Leidenschaft geschildert, in der sie sich beide verstrickt hatten?

»Du bekommst ein Kind!« sagte sie erschrocken. »Ein Kind, dessen Vater nicht dein Gatte ist!«

»Wahrhaftig, Ihr jagt mir Angst ein, Marie-Ange«, entgegnete Viviane und befreite sich hastig aus ihrem Griff. »Wie könnt Ihr das wissen? Ich habe es selbst kaum richtig begriffen.«

»Es stimmt also.« Marie-Ange versuchte sich zu konzentrieren. Sie zweifelte keinen Moment daran, daß das Kind in Vivianes Schoß seinen Ursprung jenem wilden Abenteuer verdankte, das auch Ivos verzweifelten Freund gezeichnet hatte. Und in dem Augenblick, in dem der Seigneur de la Griffe diese Wahrheit erfuhr, waren sowohl Viviane als auch ihr Kind in höchster Lebensgefahr.

»Das Kloster der Damen vom Wald«, sagte sie unwillkürlich. »Die Äbtissin muß dich aufnehmen; sie hat weiß Gott die Verpflichtung, für dich zu sorgen und dir einen ruhigen Hafen zu bieten, bis wir wissen, was zu tun ist. Ich werde dir einen Brief für sie mitgeben, damit sie dich aufnimmt.«

Viviane keuchte leise. »Woher wißt Ihr, daß ich dorthin will? Ich habe es satt, Beute oder Belohnung zu sein. Ich will endlich mir selbst gehören und erfahren, was ich will und kann.«

Marie-Ange schnaubte leise. »Hör endlich auf, dich gegen jede Art von Nähe und Liebe zu wehren.«

»Ich werde dagegen kämpfen, solange ich die Kraft dazu habe«, widersprach Viviane heftig. »Es tut nicht gut zu lieben, es führt zu Kummer und Verzweiflung, zu Einsamkeit und Würdelosigkeit. Ich will nicht mehr lieben. Zumindest keinen Mann, nur noch mein Kind!«

»Lieber Himmel, ich bin nicht Bertrand de Coville, den du davon überzeugen mußt, daß er dir nichts bedeutet«, warf Marie-Ange ein.

»Du weißt auch das?« Viviane kapitulierte. »Wie eigenartig das alles ist. Ich bin allein und doch nicht allein. Ich kann mich nicht daran gewöhnen, daß ich eine andere sein soll, und doch ... Ich vertraue dir.«

»Das ist wenigstens ein Anfang.« Marie-Ange lächelte sanft. »Komm ins Haus. Ich schwöre dir, daß ich dafür sorgen werde, daß du unbeschadet im Kloster ankommst und daß niemand erfährt, wo du bist. Auch nicht der Mann, den du in deinem Herzen trägst, obwohl du es vor dir selbst nicht zugeben willst.«

Dieses Mal erwiderte Viviane die Umarmung, und die Blicke der beiden jungen Frauen trafen sich in schweigender Übereinstimmung. Marie-Ange verzichtete darauf, Viviane zu sagen, daß Bertrand de Coville sich in ihrem Haus befand.

Wenn diesen beiden jemals so etwas wie Glück beschieden sein sollte, dann würde Bertrand den ersten Schritt tun müssen. Viviane hatte alles für ihn aufgegeben, den nächsten Zug mußte er machen. Leider jedoch lief Spiel der Herzen meist nach anderen Regeln ab als das der Schachfiguren.

»Ich fasse es nicht, woher hast du diese Dokumente?« Ivo de Chazan blätterte in den Briefen und Aufzeichnungen und warf seiner Gemahlin einen so entgeisterten, ratlosen Blick zu, daß sie ein Lächeln unterdrückte.

»Der Zufall hat sie mir in die Hände gespielt«, antwortete sie leise.

»Der Zufall?« Der Seigneur de Chazan schüttelte den Kopf. »Unmöglich! Das sind Briefe, die Georges de la Trémouille persönlich unterzeichnet hat. Ganz zu schweigen von jenen beiden, die der Herzog von Burgund an unseren Freund de la Griffe gerichtet hat. Derartige Schriftstücke läßt man nicht einfach irgendwo herumliegen!«

»Ich habe ja auch nicht behauptet, daß ich sie unter meinen Noten gefunden habe«, erwiderte Marie-Ange in provozierender Gelassenheit.

»Die Wahrheit, meine Geliebte!« forderte Ivo de Chazan und stützte sich mit beiden Händen links und rechts von seiner Gemahlin ab, die in einem Fauteuil ihres gemeinsamen Schlafraumes saß und seinem brennenden Blick standhielt. »Ihr verbergt etwas vor mir, ich weiß es.«

Marie-Ange schmiegte ihre Wange an einen seiner Arme und zögerte. »Es muß ein Geheimnis zwischen uns beiden bleiben«, murmelte sie. »Kein Wort davon zum Seigneur de Coville, versprich es mir!«

»Bertrand? Was hat er damit zu tun?« Die stets wache Eifersucht Ivo de Chazans flackerte auf. Er hatte den hungrigen Ausdruck in Covilles Augen nicht vergessen, als dieser Marie-Ange gesehen hatte.

»Viviane hat die Dokumente gefunden. Ein Besucher de la Griffes hat sie verloren, als er in erstaunlicher Panik bei ihrem Anblick davonstürzte. Ihrer Beschreibung nach ist es Guy de St. Doye gewesen, der, offensichtlich von seinen eigenen Dämonen gejagt, wohl der Meinung war, unsere Mutter sei ihm erschienen. Es scheint, daß er langsam, aber sicher wirklich den Verstand verliert.«

Ivo de Chazan runzelte ungläubig die Stirn. »Ich kann mir schwer vorstellen, daß diesen schurkischen Kerl etwas in die Flucht jagt und schon gar nicht der Anblick einer Frau …«

»Vielleicht sollte ich hinzufügen, daß diese Begegnung bei hereinbrechender Dunkelheit am nebeligen Seineufer stattfand. Die Atmosphäre hat sicher zu seiner panischen Reaktion beigetragen ...«

Das Stirnrunzeln wurde noch grimmiger. »Am Fluß in der Dunkelheit? Bei Gott, was soll das bedeuten? Was tut deine Schwester um diese Zeit dort? Woher weißt du das alles? Hast du deine Finger im Spiel?«

Marie-Ange lobte sich im stillen dafür, daß ihre Schwester längst in der behaglichen Sicherheit des Chazanschen Reisewagens auf dem Weg ins Kloster war. Ihr Gemahl sah ganz danach aus, als verspürte er größte Lust, persönlich ein Wörtchen mit seiner Schwägerin zu reden. Wenn es ihm um ihre Sicherheit ging, bekam er diktatorische Anwandlungen.

»Beruhigt Euch.« Sie versuchte, ihn mit ihrem zärtlichsten Lächeln zu besänftigen. »Wie Ihr seht, bin ich hier und bereit, Eure Fragen zu beantworten. Ihr müßt mich nicht mit Blicken erdolchen.«

»Diese Briefe beweisen nicht nur das Komplott, dem Bertrand vor Jahren zum Opfer gefallen ist, sie entlarven auch Eduard de la Griffe als Verräter. Um diese Dokumente wieder in die Hände zu bekommen, würden die Schuldigen nicht einmal vor einem Mord zurückschrecken.« Seine Stimme klang mehr als besorgt.

»Ich weiß!« Marie Ange nickte. »Aber wie es scheint, hat St. Doye zumindest bei diesem Zusammentreffen den Verlust nicht bemerkt. Er wird zu feige sein, um de la Griffe von seinem Zusammentreffen mit Viviane zu berichten. Er würde sich vor seinem Kumpan ja als Wirrkopf darstellen, der an Geister glaubt und sich vor einer Frau fürchtet ...«

»Und Viviane, Eure Schwester? Sobald St. Doye sie an der Seite de la Griffes sieht, wird er die Zusammenhänge erkennen und ahnen, wo die Dokumente sein können, die ihm abhanden gekommen sind.«

»Dazu bekommt er keine Möglichkeit«, erklärte Marie-Ange. »Viviane hat die Stadt verlassen. Sie ist vor ihrem Gatten geflohen, und beim augenblicklichen Stand der Dinge wird er Abstand davon nehmen, sie zu verfolgen. Der Baron de la Griffe wird andere Probleme bekommen, sobald der König diese Briefe gelesen hat. Deswegen ist es ja so wichtig, daß sie umgehend in seine Hände gelangen.«

»Wo ist sie? In Valouse?«

Marie-Ange schüttelte den Kopf. »Nein, aber fragt mich nicht weiter. Ich habe mein Wort gegeben, und ich werde es halten.«

Ivo de Chazan gab es auf. Er zog seine Gemahlin von ihrem Sitz in seine Arme. »Was hast du vor, Liebste? Willst du mit deinen kleinen Händen jenen gordischen Knoten lösen, in den deine Schwester verstrickt ist? Du kannst dich nicht darauf verlassen, daß der König de la Griffe zum Tode verurteilt. Wenn er ihn nur verbannt, was wahrscheinlicher ist, da er die direkte Gewalt scheut, bleibt sie dennoch an diesen Verräter und Schurken gefesselt.«

»Ich weiß.« Marie-Ange nickte und lehnte ihre Stirn an die breite Schulter, die ihr Schutz und Wärme bot. »Aber ich bitte Euch, erlaubt mir trotzdem, den König aufzusuchen und ihm diese Dokumente zu überbringen. Sie dürfen nicht in falsche Hände geraten. Schließlich wissen wir nicht, ob de la Griffe heimliche Freunde in der Umgebung des Königs hat. Wenn sie die Beweise verschwinden lassen, hat Bertrand de Coville jede Chance auf eine Rehabilitierung verspielt. Ihr wißt, daß der König mir vertraut.«

»Es ist mehr als nur das«, wandte der Ritter ein und preßte sie unwillkürlich fester an sich. »Er betrachtet Euch wie ein hungriger Hund einen Knochen. Er hat meine Eheschließung mit Euch befohlen, aber ich habe den Eindruck, er würde diesen Befehl am liebsten rückgängig machen. Ein Wink von Eurer Hand, und Dame Agnès Sorel ist nicht länger die königliche Mätresse.«

»Ihr redet Unsinn«, mahnte Marie-Ange. »Als nächstes verdächtigt Ihr noch Colin oder Michel, mit mir zu schäkern.« Das war ein geschickter Schachzug, sie wußte es. Die Gatten ihrer beiden Schwestern waren so unzweifelhaft in ihre Gemahlinnen verliebt, daß der bloße Gedanke an einen Flirt lachhaft schien.

Daß der König noch immer der schönen Sängerin nachtrauerte, die den Seigneur de Chazan zum Gatten genommen hatte, hielt sich bei Hofe als hartnäckiges Gerücht. Karl wurde nicht müde, ihre Stimme und ihre Schönheit zu rühmen, und Marie-Ange sehnte den Tag herbei, an dem sie endlich Paris und den Hof verlassen konnte, damit er sie vergaß. Doch zuerst mußte sie für Viviane alles tun, was in ihren Kräften stand.

»Bertrand de Coville verdient es, daß ihm Gerechtigkeit widerfährt.« Ivo de Chazan seufzte und zwang sich zur Vernunft. »Er ist ein tapferer Ritter und ein treuer Freund. Ich habe die Verleumdungen, die ihn Ehre und Vermögen kosteten, nie geglaubt, aber es hieß damals, daß dem König hieb- und stichfeste Beweise für seinen Verrat an Burgund vorgelegt worden wären. Er hat unter falschem Namen als Söldner in meiner Truppe gekämpft und mehr als einmal sein Leben für den König von Frankreich aufs Spiel gesetzt. Ein Verräter tut so etwas nicht. Wenn es Euch gelingt, den König von seiner Unschuld zu überzeugen, wird er für immer in Eurer Schuld stehen.«

Marie-Ange zog unwillig die Schultern hoch. »Er kann seine Schuld bei Viviane abtragen, wenn die Zeit dafür gekommen ist. Jetzt jedoch ...«

»Jetzt jedoch ist Mitternacht nicht mehr fern, meine bezaubernde Gemahlin, und ich habe den dringenden Wunsch, andere Dinge mit Euch zu tun, als politische Intrigen zu durchkreuzen. Laßt uns diese Briefe für eine Nacht vergessen und gemeinsam zu Bett gehen ...«

Der sinnliche Unterton in der dunklen Stimme ihres Gatten glitt wie ein zärtliches Streicheln unter Marie-Anges Haut. Sie spürte, daß seine Hand sich bereits an der Verschnürung ihres Hausmantels zu schaffen machte, den sie nach einem abendlichen Bad angezogen hatte und unter dem sie kein weiteres Kleidungsstück trug.

Ein süßer Schauer lief über ihre Haut, als Ivo eine ihrer Brüste umfing. Ihre Reaktion verriet ihm, daß auch sie dem vorgeschlagenen Zeitvertreib nicht abgeneigt war.

»Wie schön du bist, mein Engel ...«, raunte Ivo de Chazan und streifte ihr das überflüssige Kleidungsstück über die Schultern.

Und dann war da nur noch das Flüstern der Liebenden und das leise Knistern des Kaminfeuers, und Marie-Ange vergaß einmal mehr in den Armen ihres Gatten Vergangenheit und Zukunft.

Nur das Hier und Jetzt war wichtig. Die Gegenwart und ihre Liebe.

21. Kapitel

Bertrand de Coville konnte nicht umhin, sich höchst unbehaglich zu fühlen, als er durch die schweigende Reihe der aufmerksamen Höflinge auf den Thron zuschritt, vor dem König Karl von Frankreich stand und ihm mit leicht gelangweilter Miene entgegensah. Der König hatte seit der Einnahme von Paris an Profil gewonnen, aber er wirkte immer noch nicht sonderlich respekteinflößend.

Der Seigneur de Coville beging jedoch nicht den Fehler, den König aufgrund seiner körperlichen Mängel zu unterschätzen. Dieser Mann dort verkörperte das wieder erstarkte Königreich Frankreich, und er hatte es mit Geduld und List geschafft, die Besetzung durch die Engländer zu überleben und das Machtstreben des Herzogs von Burgund einzudämmen. Unter seiner Regentschaft gewann das Land den Frieden zurück, und sogar die kritischen Pariser konnten nicht anders, als dem König von Bourges, wie ihn Spötter jetzt nur noch heimlich nannten, Respekt entgegenzubringen.

Bertrands Schritt stockte nur unmerklich, als er im Schatten hinter dem König die prächtig gekleidete Dame de Chazan entdeckte, die neben ihrem Gemahl stand. In tiefblauen venezianischen Samt gekleidet, das prächtige Haar unter einem juwelenbesetzten Hennin versteckt und von einem hauchzarten blauen Schleier umflossen, gaukelte sie ihm das

Bild einer anderen, unvergessenen Frau vor, die allen Grund hatte, ihn zu hassen.

Bei Gott, er durfte jetzt nicht an Viviane denken. Er mußte seine Sinne beieinanderbehalten und nicht ausgerechnet diesen wichtigsten Moment seines Lebens mit Träumen vertändeln. Doch der brennende Wunsch, daß es Viviane wäre, die seinen Triumph miterlebte, ließ sich nicht unterdrücken. Wie gerne hätte er sich im Glanz seines Namens und seiner rechtmäßigen Güter und Lehen vor ihr präsentiert.

»Ihr seid dem König willkommen, Bertrand de Coville!« sagte Karl in diesem Moment, und der Ritter neigte das Knie zur Reverenz. »Euch ist durch einen Diener der Krone unrecht getan worden, und es ist an uns, dies wieder gutzumachen.«

Marie-Anges Gedanken schweiften ab, während der König die Verdienste Bertrands aufzählte und ihn in allen Ehren wieder unter seine Ritter aufnahm. Es war nur eine offizielle Zeremonie, zuvor hatte Karl von Frankreich in seinem Arbeitskabinett den Haftbefehl für Eduard de la Griffe unterzeichnet und die Festnahme Guy de St. Doyes angemahnt, der bereits seit Monaten gesucht wurde. Der Militärprofos von Paris und seine Männer waren unterwegs, beide Männer zu fassen und zu arretieren.

Trotzdem vermochte Marie-Ange sich nicht auf die glanzvolle Zeremonie zu konzentrieren. Eine innere Unruhe, eine plötzliche Angst hatte von ihr Besitz ergriffen, eine Angst, die sie längst überwunden zu haben glaubte. Das instinktive Bewußtsein drohender Gefahr legte sich wie ein dichter Schleier über ihr Gemüt, und am liebsten hätte sie auf der Stelle den Thronsaal verlassen, um selbst …

Ja, was eigentlich? Sie hatte ihr Möglichstes getan, Bertrand de Covilles Rehabilitierung beim König einzufordern, aber sie wußte, daß erst die Aussicht, de la Griffes Vermögen beschlagnahmen zu können, Karl von der Notwendigkeit des Handelns überzeugt hatte. Er scheute sich vor offenen Konfrontationen, und er wurde nicht gern an jene Jahre erinnert; in denen seine Macht gefährdet und gering gewesen war. Er wollte weder daran gemahnt werden, daß er einmal die Marionette Georges de la Trémouilles gewesen war, noch gefiel es ihm, daß er unter dessen Einfluß mehr als einen verhängnisvollen Fehler gemacht hatte.

Bertrand de Coville nahm sich glücklicherweise die Warnungen zu Herzen, die sie ihm in aller Eile vor dieser Audienz hatte zukommen lassen. Er erneuerte seinen Lehenseid in aller Form, bekundete seine Dankbarkeit und verzichtete auf jede weitere Forderung. Sie sah dem König die Erleichterung darüber an. Was er Bertrand zurückgab, war längst nicht alles, was de la Griffe an sich gerissen hatte, aber es war mehr, als der Seigneur in seinen kühnsten Träumen erwartet hatte.

Trotzdem stand keine Genugtuung in Bertrands Gesicht, als er nach dem Ende der offiziellen Audienz mit Marie-Ange und deren Gemahl sprach.

»Was wird mit ihr geschehen?« wandte er sich an die Dame de Chazan, und auch ohne daß er einen Namen nannte, wußte sie, von wem er sprach. »Wenn man ihren Gemahl verhaftet und sein Eigentum einzieht, was kann sie tun?«

Marie-Ange behielt die Nachricht von Vivianes Flucht für sich. »Vielleicht kehrt sie nach Valouse zurück?« erwiderte sie.

»Das wird vermutlich das beste sein.« Coville nickte, und seine bernsteinfarbenen Augen wurden noch eine Schattierung dunkler. »Dort ist sie in Sicherheit, was immer auch mit ihrem Gemahl geschieht. Unter dem Schutz des Herzogs wird sie sich erholen können.«

Marie-Ange unterdrückte den heftigen Wunsch, diesem starrköpfigen Menschen vor das Schienbein zu treten und damit einen Skandal zu verursachen. Hielt er die Gefühle, die Viviane und er empfanden, für eine Art Krankheit, die nur eine gewisse Genesungszeit benötigte, um von selbst zu verschwinden?

Sie öffnete gerade den Mund, um etwas zu sagen, als sich plötzlich Alison und Nadine zu ihr gesellten. Letztere war von ihrem Gatten Colin d'Harigny begleitet, der sich unter den Männern befunden hatte, die Eduard de la Griffe verhaften sollten.

»Was ist das für ein Spiel, das du treibst, ohne uns zu informieren, Marie?« fragte Nadine unterdrückt. Sie schenkte Bertrand de Coville keine besondere Aufmerksamkeit.

Marie-Anges Augen wanderten von ihrer ältesten Schwester zu Alison, die sie mit demselben düsteren Ausdruck im Gesicht musterte und nicht so aussah, als brächte sie Verständnis für ihr Handeln auf.

»Na, na, ich bitte Euch! Nicht hier! Wir müssen miteinander reden. Gibt es einen ungestörten Platz, wo dies möglich ist?«

Marie-Ange schenkte Colin d'Harigny ein dankbares Lächeln. Nur ihm gelang es stets, seine Gattin zu beruhigen, wenn sie ärgerlich war. Marie-Ange hatte gelernt, ihm zu vertrauen.

»Folgt mir!« Sie nickte und ging voraus. Nach wenigen Schritten fiel ihr jedoch auf, daß Bertrand de Coville zurückblieb. Sie zögerte. Verletzte sie Vivianes Vertrauen, wenn sie ihn mit einbezog? Nein, sie konnte ihn nicht gehenlassen. Er war der Vater des Kindes, das Viviane erwartete, und damit bereits dieser Familie verbunden.

»Ich wäre Euch dankbar, wenn Ihr mir Euren Arm leihen würdet, Seigneur de Coville«, bat sie und ignorierte den eifersüchtigen Blick ihres Gatten, der ihnen mit steinernem Gesicht folgte.

Bertrand folgte der Aufforderung, verwirrt von der offensichtlichen Ähnlichkeit der drei Frauen. Sie alle gehörten unzweifelhaft zur selben Familie. Die verschiedenen Rotschattierungen ihrer Haare, die Ähnlichkeiten, die sich in ihren Gesichtern fanden, bewiesen, daß auch sie Töchter des Grafen Mesnières sein mußten.

Marie-Ange führte die Gruppe in das Musikzimmer des Königs, das um diese Tageszeit leer und verlassen war und in dem niemand sie stören würde. Colin d'Harigny ergriff als erster das Wort, und seine Nachricht schlug wie eine Bombe ein.

»Eduard de la Griffe ist geflohen! Anscheinend hat er das Haus in aller Hast mit einem Besucher verlassen. Einem Manne, der den Haushofmeister als gedrungen, kahlköpfig und humpelnd geschildert hat. Er suchte de la Griffe mitten in der Nacht auf und schien beunruhigende Nachrichten mitzubringen.«

»Guy de St. Doye!« murmelte Marie-Ange, die plötzlich begriff, weshalb sie so unruhig und alarmiert gewesen war. Ihr Gefühl hatte sie nicht getäuscht. »Wir sind zu spät gekommen.«

»Hättest du vielleicht die Güte, uns in deine geheimnisvollen Pläne einzuweihen«, forderte Nadine, die ihre Hände in die Hüften gestemmt hatte. Irgendwie erinnerte sie Marie-Ange in diesem Moment an einen Feldhauptmann. »Was in Dreiteufelsnamen hat Guy de St. Doye mit dem Baron de la Griffe zu tun? Und weshalb verhilft er ihm zur Flucht? Unser verehrter Herr Onkel kennt nur seine eigenen schurkischen Interessen.«

»Beide sind enge Vertraute des ehemaligen Großkanzlers«, antwortete Bertrand de Coville an Marie-Anges Stelle. »St. Doye hat die Dokumente gefälscht, die dem König beweisen sollten, daß ich ihn an den Herzog von Burgund verraten habe. Ich nehme an, sie sind einander verpflichtet. Ich habe den Fehler begangen, diesen St. Doye vor vielen Jahren zu beleidigen, als ich in Bourges am Hofe des Königs als Page diente. Er ist eine Ratte, ein Schurke, der alles tut, um Macht und Reichtum zu erlangen. Ich ahnte nicht, daß er mit de la Griffe gemeinsame Sache macht, aber die beiden passen zusammen.«

Alison de Lassay hatte die Brauen gehoben und musterte den fremden Ritter. Natürlich hatte sie durch den Hofklatsch von seinem Schicksal gehört, aber das erklärte noch nicht, was er in dieser Runde zu suchen hatte. Sie sah ihre Schwester an, mit einem Blick, der Marie-Ange die Röte ins Gesicht trieb.

»Und wo befindet sich Viviane?« fragte sie, obwohl diese Frage eigentlich nicht mehr nötig war. »Begleitet sie etwa dieses liebenswürdige Paar auf seiner Flucht vor den Häschern des Königs?«

»Nein«, antwortete Marie-Ange.

In Nadine d'Harignys Pupillen blitzte Überraschung auf. Ausgerechnet die jüngste der Schwestern, die alle mit ihrer

Sanftmut, ihrer Liebenswürdigkeit und ihrer Geradlinigkeit beeindruckt hatte, hüllte sich jetzt in geheimnisvolles Schweigen.

»Du hast ihr geholfen«, stellte Alison fest, deren Überlegungen in die gleiche Richtung wie die von Nadine gingen und die sich als erste von ihrer Verblüffung erholt hatte. »Ich hoffe für dich, sie ist in Sicherheit. Du weißt, daß sie in Lebensgefahr schwebt, wenn sich ihr Gatte mit St. Doye verbündet hat und sie findet. Sie könnte zum Pfand werden, das dem König die Hände bindet.«

»Ich konnte sie nicht aufhalten«, sagte Marie-Ange leise und trat ein wenig näher an ihren Gatten, darauf vertrauend, daß er sie notfalls vor einer wütenden Schwester schützen würde, die ganz so aussah, als forderte sie Rechenschaft für etwas, was Marie-Ange jedoch nicht zu verantworten hatte. »Sie vertraut niemandem. Sie wurde zu oft verraten und verletzt, um sich auf andere zu verlassen.«

In dem plötzlich entstandenen Schweigen, das lastend über den Anwesenden lag, erklangen die harten Stiefeltritte des Ritters besonders laut, der die Tür aufriß und die Versammlung mit angespannter Miene musterte. Bertrand de Coville betrachtete ein wenig verblüfft den grauhaarigen Ritter, dessen zerklüftetes Gesicht die Spuren lebenslanger Kämpfe trug. Eine schwarze Samtbinde bedeckte ein Auge und zerstörte die Symmetrie der einstmals männlich schönen Züge.

»Ich wußte, daß ich Euch hier finden würde«, rief er aufgebracht. »Im Musikzimmer der Nachtigall des Königs! Wahrhaftig, hat es niemand für nötig gehalten, mir eine Nachricht zu schicken?«

Bertrand bemerkte sehr wohl, daß die Vorwürfe in erster Linie den beiden Edeldamen galten, die neben Marie-Ange standen und die nun einen schnellen Blick tauschten, der sowohl Besorgnis als auch eine Spur schlechten Gewissens enthielt.

»Vater!« Nadine d'Harigny trat auf den Krieger zu, um ihn mit einem Kuß zu begrüßen. »Ihr seid schon zurück? Was habt Ihr erreicht?«

»Weniger als Ihr, meine Liebe, wenn ich höre, daß Guy de St. Doye einmal mehr durch die Hilfe eines Spießgesellen der Verhaftung entgangen ist. Ist Euch klar, was das bedeutet? Viviane de la Griffe ist ...«

»Marie-Anges Zwillingsschwester, ja. Es genügte, sie zu sehen, um es zu wissen«, antwortete Alison de Lassay ruhig. »Ich sagte Euch, daß es sinnlos ist, durch die Lande zu reisen und in irgendwelchen Klostern nach längst verlorenen Spuren zu suchen. Ihr hättet Eure Gesundheit schonen und in Paris bleiben sollen.«

Der Graf von Mesnières knurrte etwas, das gefährlich klang, aber in krassem Gegensatz zum Ausdruck seiner Augen stand, die voller Zuneigung auf Alison ruhten.

»Es mißfällt mir, mich von meinen Töchtern manipulieren zu lassen«, seufzte er. »Aber dieses Mal war meine Reise wenigstens nicht umsonst. Ich habe mit Louise de Luce gesprochen und mit ihrer Schwester, der Herzogin von Valouse. Die Dame befindet sich ebenfalls im Kloster, und die beiden haben mir am Ende ein Geständnis gemacht, von dem ihr offensichtlich bereits wißt.«

»Das Kloster, natürlich«, murmelte Alison gedankenverloren und sah zu Marie-Ange hin.

Diese hatte die ersten Jahre ihres Lebens unter der strengen Obhut der Äbtissin Louise de Luce verbracht. Die fromme Frau war so etwas wie ihre Mutter gewesen, und sie hatte davon geträumt, daß die Tochter, die ihr der Himmel geschenkt hatte, einmal nach ihr das Kloster leiten würde. Dafür, daß sie Marie-Ange über ihre wahre Herkunft im dunkeln gelassen hatte, schuldete sie der jungen Frau mehr als nur einen Gefallen.

»O nein!« meinte Michel de Lassay, der sich bisher mit keinem Wort an dem Gespräch beteiligt hatte. »Ich weiß, wie raffiniert Ihr zu denken pflegt, und ich verbiete Euch diesen Plan!«

»Oh?« Alison riß erstaunt die Augen auf und sah ihren Gatten in gespielter Harmlosigkeit an. »Welchen Plan? Wovon redet Ihr?«

Michel de Lassay gönnte ihr ein kleines Lächeln, das dennoch besagte, daß er nicht bereit war, sich von seiner Gemahlin zum Narren halten zu lassen. Er liebte sie, aber er würde nicht zulassen, daß sie sich aus purer Dickköpfigkeit in Gefahr brachte.

»Im beginnenden Winter durch das Land zu reiten und Eure Schwester zurückzuholen«, sagte er ihr auf den Kopf zu. »Überlaßt es gefälligst den Häschern des Königs, St. Doye und de la Griffe zu fassen. Wenn sich Viviane wirklich in diesem Kloster befindet, so ist sie dort in Sicherheit. Ich möchte sogar annehmen, daß ihr eine Zeit der Besinnung und Ruhe guttut, noch dazu, wenn auch ihre Mutter dort ist.«

»Ihre Mutter ist Melisande de Guînes«, stellte Alison richtig. »Guy de St. Doye hat sie getötet, habt Ihr das vergessen? Und wenn St. Doye die englisch besetzten Gebiete erreicht? Noch gibt es genügend Schlupfwinkel in diesem Land, wo er sich verbergen kann. Wir dürfen nicht zulassen, daß er ungestraft davonkommt.«

»Das wird er nicht!« behauptete Michel de Lassay.

»Euer Vertrauen ehrt Euch, Michel«, mischte sich Nadine d'Harigny ein. »Aber haltet uns zugute, daß wir unliebsame Erfahrungen damit gemacht haben, mit welch teuflischer Raffinesse sich Guy de St. Doye stets ans Werk begibt.«

In dem allgemeinen Stimmengewirr, das nun ein mittleres Chaos aus diesem Familienrat zu machen drohte, blieb nur Bertrand de Coville ruhig. Und so war er auch der einzige, dem es auffiel, daß die drei jungen Frauen einen bedeutsamen Blick tauschten, ehe sich jede von ihnen daranmachte, Mann und Vater zu beruhigen. Die drei führten etwas im Schilde, ohne Zweifel.

Der Aufruhr brachte eine Saite in ihm zum Klingen, die er für immer verstummt geglaubt hatte. Es hatte niemanden mehr in seinem Leben gegeben, dem er Rechenschaft abzulegen hatte. Sein Vater war in der Schlacht von Azincourt gefallen, seine Mutter gestorben, als er noch als Page diente, und seine Schwester einem Schurken zum Opfer gefallen. Er war der letzte Coville.

Bisher hatte er sich nie danach gesehnt, die Sorge für andere zu tragen, wieder den liebenden Verbund einer Familie zu fühlen. Nachdenklich betrachtete er Marie-Ange, die ihn so sehr an die Frau erinnerte, an die er sein Herz verloren hatte.

Konnte er wirklich ungerührt hier stehen, wenn er hörte, daß Viviane möglicherweise in Lebensgefahr schwebte?

22. Kapitel

Der kleine Reitertrupp passierte das Stadttor kurz vor dem abendlichen Schließen, und die müden Torwächter schenkten den jungen Männern keine besondere Aufmerksamkeit. Es hatte zu nieseln begonnen, und sie sehnten sich nach der Wärme der Wachstube und einem dampfenden Becher Gewürzwein. Wenn jemand verrückt genug war, sich zu dieser Jahreszeit auf die Landstraßen zu begeben, so wollten sie ihn nicht davon abhalten.

Der wolkenverhangene Himmel schluckte schon bald den Rest des Tageslichts, und ein scharfer Wind drang durch die dicken Umhänge der drei Reisenden. Die gesenkten Köpfe unter eng schließenden Hauben verbogen und die breitkrempigen Filzkappen tief in die Stirn gezogen, trotzten sie den Unbilden der Witterung und dem eigenen schlechten Gewissen. Denn sowohl Nadine d'Harigny als auch Alison de Lassay und Marie-Ange de Chazan waren sich bewußt, daß sie den höchsten Zorn ihrer Gatten heraufbeschworen, weil sie sich gegen deren ausdrückliches Verbot auflehnten.

Doch Alison hatte keinen anderen Weg gesehen, und ihre Stimme hatte angestrengt und seltsam fremd geklungen, als sie ihren beiden Schwestern an diesem Morgen gegenübergetreten war.

»Guy de St. Doye muß vernichtet werden, und es ist unsere Aufgabe, dies zu tun. Deswegen hat uns das Schicksal zusammengeführt. Der Schwur unserer Mutter muß erfüllt werden, aber dazu ist es nötig, daß wir alle vier vereint sind. Nur gemeinsam können Melisandes Töchter den Mörder vernichten und endlich die Gefahr bannen. Auch Viviane kann sich dieser Pflicht nicht entziehen. Wir müssen sie finden und in unseren Kreis aufnehmen.«

Es war lächerlich einfach gewesen, ihre Gatten an der Nase herumzuführen. Bis sie herausfanden, daß sie belogen worden waren, mußten die drei Schwestern einen ausreichenden Vorsprung haben, der es ihnen erlaubte, das Kloster der Damen vom Wald als erste zu erreichen. Die Tatsache, daß alle drei vor ihrer Eheschließung ein ebenso hartes, abenteuerliches wie ärmliches Leben geführt hatten, erleichterte es ihnen, die Unbequemlichkeiten dieses Rittes ohne Klagen hinzunehmen.

Als sie ihre erschöpften Pferde endlich vom Weg abführten und sich unter dem Dach einer verlassenen Schäferhütte in ihre Umhänge rollten, um wenigstens ein paar Stunden Schlaf zu finden, glaubten sie sich in Sicherheit. Marie-Ange stieß jedoch einen erschreckten Schrei aus, als eine harte Hand sie an der Schulter packte und wach rüttelte. Im Morgengrauen sah sie die verschwommene Silhouette eines breitschultrigen Mannes vor sich.

»Psst! Beruhigt Euch! Du lieber Himmel, ich bin doch kein Marodeur!« Marie-Ange schluckte, während neben ihr Alison und Nadine hochfuhren. Ihr Zittern ließ nach, als sie in bernsteinfarbene Augen blickte, die sie halb besorgt, halb amüsiert betrachteten.

»Ihr?!« rief sie erleichtert. »Bertrand de Coville! Natürlich, das hätte ich mir denken können. Mußtet Ihr mich halb zu Tode erschrecken? Wieso schleicht Ihr Euch im Dunkeln an wie ein Bandit?«

»Warum habt Ihr niemanden von Eurem leichtsinnigen Vorhaben in Kenntnis gesetzt? Es ist sträfliche Dummheit, ohne männliche Begleitung und ohne jeden Schutz unterwegs zu sein. Ihr seid nur drei Frauen!«

»Pah! Ihr unterschätzt uns, werter Herr!« antwortete Nadine gar nicht so damenhaft und dehnte die steifen Schultern. »Allerdings gäbe ich etwas für ein warmes Bett und eine wohlschmeckende Mahlzeit! Anscheinend bin ich inzwischen doch verweichlicht. Könnt Ihr mir sagen, liebster Seigneur de Coville, wie Euer intensives Interesse an unserer kleinen Schwester zu erklären ist? Der Baron de la Griffe ist wahrhaftig kein Ehemann, auf den man sonderlich stolz sein könnte, aber unsere Schwester ist ihm dennoch angetraut.«

Es fiel Bertrand de Coville nicht leicht, die ungenierte Art Nadines zu akzeptieren. Andererseits mußte dieses Schwesternquartett vielleicht auch ungewöhnlich sein, um solche Männer wie Ivo de Chazan oder Colin d'Harigny zu fesseln. Von Michel de Lassay kannte er nur den Namen, aber ein Blick in Alisons smaragdfarbene Augen machte klar, daß auch sie keine Frau war, die dem herkömmlichen Ideal der gehorsamen, sanften Gemahlin entsprach.

»Ihr habt vergessen hinzuzufügen, daß es sich bei ihm um einen reizenden Menschen mit ungewöhnlichem Zartgefühl handelt. Um einen von jener Sorte, die nicht davor zurückschreckt, Frauen zu foltern …«

»Er hat Viviane gefo…« Nadine brachte das Wort nicht über die Lippen.

»Nein, sie nicht. Aber ihre Kammerfrau konnte sich nicht rechtzeitig genug in Sicherheit bringen. Man hat sie entführt, gefoltert und ihre Leiche in den Fluß geworfen, wo sie gestern nachmittag gefunden wurde. Der Profos von Paris sprach gerade mit ihrem Gatten, als ich ins Haus kam.«

Bertrand de Coville verzichtete auf weitere Einzelheiten. Es genügte, daß er gesehen hatte, wie Jacquette zugerichtet worden war. Es hatte die Rückkehr in das Haus seines Vaters überschattet, das ihm der König wieder übereignet hatte.

»Falls die Frau gewußt hat, wohin sich Viviane in Sicherheit gebracht hat, dann hat sie es gesagt. Derlei Scheußlichkeiten übersteht man nicht, ohne zu reden. Ihr Mann konnte mir nicht weiterhelfen, aber ich habe das Gefühl, daß wir keine Zeit verlieren sollten. Wenn sich Viviane vor de la Griffe in Sicherheit gebracht hat und er sie zurückholen will, droht ihr Gefahr für Leib und Leben.«

Die drei Schwestern sahen sich betroffen an, und wie

üblich war Alison die erste, die den Schock überwand und ihr Pferd am Zügel nahm.

»Und was bringt Euch zu der Meinung, daß wir wissen, wo sich unsere Schwester befindet?« erkundigte sie sich vorsichtig.

»Die Tatsache, daß Ihr sehr zielstrebig nach Norden reitet und es vermieden habt, die Einwilligung Eurer Ehegatten für diesen gefährlichen Ausflug einzuholen«, erwiderte Bertrand ungerührt. »Seit Ihr Euch im Musikzimmer des Königs getrennt habt, lag auf der Hand, daß Ihr eigene Pläne im Kopf habt. Es war nur nötig, Euch zu beobachten. Wäre nicht der Tod der armen Frau dazwischengekommen, hätte ich Euch bereits früher eingeholt.«

»Angenommen, Ihr vermutet richtig, was läßt Euch denken, daß wir dieses Geheimnis ausgerechnet mit Euch teilen wollen?« warf Nadine ein.

»Es wird Euch nichts anderes übrigbleiben«, antwortete er. »Ich begleite Euch, ob es Euch paßt oder nicht.«

»Ihr habt Angst um Viviane.« Alison nickte, als habe sich etwas bestätigt, was sie längst geahnt hatte. »Reiten wir!« rief sie energisch. »Wir haben ohnehin bereits zuviel Zeit verloren. Folgt uns, Bertrand!«

Die Formlosigkeit ihrer Anrede verblüffte Coville, aber Marie-Ange lächelte. Alison hatte längst zwei und zwei zusammengezählt und den Ritter in ihren Bund eingeschlossen, ohne ihn weiter zu befragen. Fragen konnten später gestellt werden, im Augenblick zählte nur, daß sie schnell genug vorankamen. Und es war in der Tat verblüffend, mit welch zielstrebiger Hartnäckigkeit die drei Schwestern weiterstrebten.

»Ihr seid nicht am Hofe des Königs geblieben, um Euren Triumph auszukosten, sondern reitet statt dessen hinter der Frau eines Verräters her«, sagte Alison ein paar Stunden später, als sie ihre Pferde an einer Herberge tränkten und sich selbst mit einem Becher Wein, Brot und Käse stärkten. Marie-Ange nahm an, daß sie das Kloster der Damen vom Wald im Laufe des Nachmittages erreichen würden.

Bertrand schwieg, unsicher, ob sie eine Frage gestellt oder eine Erkenntnis verkündet hatte. Er wußte, daß er von allen drei Schwestern genau beobachtet wurde, und er fühlte sich deswegen alles andere als wohl in seiner Haut. Er war es nicht mehr gewöhnt, sich bewähren zu müssen, und er schwankte zwischen Ärger und amüsiertem Staunen.

Er musterte den bleiern grauen Himmel, der ebensogut Eisregen wie Schnee verkünden konnte, und er überlegte, ob er nicht vorschlagen sollte, daß sie in dieser Herberge blieben, bis das Wetter sich wieder gebessert hatte. Es war keine Witterung, die zu Gewaltritten einlud, und wenn eines der Pferde lahmte, war es möglich, daß sie bei Frost und Kälte im Freien übernachten mußten.

»Ihr sorgt Euch umsonst«, sagte Alison, als habe er ihr seine Beobachtungen tatsächlich mitgeteilt. »Wir werden das Kloster erreichen.«

»Woher wollt Ihr das wissen?« Bertrand rettete sich in Spott. »Seid Ihr Hellseherin?«

Alison sah ihn ernst an, und sein spöttisches Lächeln verschwand. »Es gibt Dinge in Vergangenheit und Zukunft, die ich erkenne. Aber ich habe keinen Einfluß auf das, was passiert. Ich weiß nur, daß es an der Zeit ist, daß wir vier Schwestern uns vereinen und gemeinsam dem Mörder unserer Mutter gegenübertreten.«

Bertrand unterdrückte den plötzlichen Impuls, sich zu bekreuzigen. Alison hatte etwas an sich, das ihn um so heftiger erschreckte, je mehr er zu der Überzeugung kam, daß man nichts vor ihr verbergen konnte.

»Ihr sorgt Euch umsonst«, wiederholte sie ihre Worte und schenkte ihm ein so strahlendes Lächeln, daß sich seine abergläubische Anwandlung in Luft auflöste. »Verratet mir eines: Was empfindet Ihr für Viviane?«

»Sagt Euch das nicht auch Euer siebter Sinn, den Ihr so vortrefflich einzusetzen versteht?« brummte er verlegen. Er war nicht gewillt, Dinge auszusprechen, die er selbst noch nicht so recht akzeptieren konnte.

»Meine Schwester wird Euch dieselbe Frage stellen«, meinte Alison ein wenig ungeduldig. »Vielleicht solltet Ihr

Euch vorher überlegen, was Ihr darauf antwortet. Sie verbirgt unter ihrem Stolz ein empfindsames Herz, und ich werde nicht zulassen, daß Ihr sie verletzt.«

»Es wäre klüger, Ihr würdet nicht zulassen, daß wir noch länger hier säumen«, entgegnete Bertrand de Coville und rückte sein Schwert zurecht, ehe er sich wieder in den Sattel schwang. »Ich habe in meinem Leben zwei Frauen gesehen, die Eduard de la Griffe vom Leben zum Tod gebracht hat; es liegt nicht in meiner Absicht, zu spät zu kommen, um die dritte zu retten.«

Alison öffnete den Mund, entschied sich aber im letzten Moment, nichts zu sagen. Der geharnischte dunkle Ritter, dessen schwarze Silhouette vor dem Winterhimmel so bedrohlich wirkte, erschien ihr trotz allem eigenartig verwundbar. Er hatte Schlimmes erlebt und Wunden davongetragen, die so tief waren, daß nur bedingungslose und hingebungsvolle Liebe sie würde heilen können. Doch sie bezweifelte, ob einer so stolzen und selbstbeherrschten Frau wie Viviane dies gelingen würde.

Wenig später galoppierten die vier Reiter, tief über die Hälse ihrer Pferde gebeugt und vom beginnenden Eisregen behindert, in Richtung Hesdin. Dort in den Wäldern, in der Nähe des Flusses Canches, lag das versteckte kleine Kloster der Damen vom Wald. Dort hatte vor vielen Jahren eine völlig verängstigte Amme am Tag nach der schrecklichen Schlacht von Azincourt zwei wimmernde Bündel abgegeben und den Segen des Himmels für die armen Würmer seiner Herrin erfleht, die am selben Tag unter dem Dolch eines gewissenlosen Mörders gestorben war.

Ganz in der Nähe mußten auch die Reste der Burg von Mesnières liegen, die an diesem Tag von marodierenden Engländern zerstört worden war. Alison ertappte sich dabei, daß sie Ausschau danach hielt, während die Eiskristalle des Regens ihr ins Gesicht peitschten und die ohnehin eingeschränkte Sicht noch weiter minderten.

Es war etwas in ihr, was sie in diese Mauern zog, was nach ihr rief. Aber sie widerstand dem Wunsch, den Weg zu ändern, und zog sich die Krempe ihres breiten Filzhutes tiefer über die Stirn. Je näher sie dem Fluß und dem ausgedehnten Waldgebiet kamen, in dem sich vor vielen Jahren das Schicksal der Töchter Melisande de Guînes entschieden hatte, um so stärker wurde das Empfinden in ihr, daß sie erwartet wurden.

23. Kapitel

Viviane de la Griffe betrachtete das Flackern des ewigen Lichtes, das die kleine Kapelle im Kloster der Damen vom Wald in sein rötliches Glühen tauchte. Der Nachmittag neigte sich, und der ohnehin graue und düstere Dezembertag würde bald fast übergangslos in die noch tristere Dämmerung übergehen. Regenschauer trieben klirrende Eiskristalle gegen die schmucklosen Glasfenster. Ihr Blick streifte eine knicksende Nonne, die aus dem Beichtstuhl trat und dann mit gefalteten Händen vor dem Altar zum frommen Gebet niedersank.

Die junge Frau beneidete sie um ihre Frömmigkeit. Es mußte angenehm sein, wenn man bereit war, sein Schicksal in die Hände Gottes zu legen und darauf zu vertrauen, daß er alles zum Besten wendete. Ihr fehlte dieses kindliche Vertrauen seit geraumer Zeit. Sie war auch nicht bereit, ihre Seele durch das Sakrament der Beichte von den Schatten der Vergangenheit zu befreien.

Es gab vieles, was sie bereute, aber sie wußte, daß der fromme Pater, der den Nonnen die Beichte abnahm, auch Buße für Dinge von ihr verlangen würde, die sie nicht zu bedauern bereit war. Was wußte dieser heilige Mann schon von der Stimme des Blutes, der Hingabe und der Leidenschaft, die sie in den Armen Bertrand de Covilles empfunden hatte und aus der nun ein neues Leben entsprungen war. In diesen verzauberten Momenten hatte sie weder an ihren Gatten noch an die göttlichen Gebote gedacht.

Im Sinne ihres Eheschwures war es Verrat und Treuebruch, daß dieses Kind in ihr wuchs. Aber wenn es nach ihrem Herzen ging, war es der einzige Halt, der einzige Sinn, den ihr Leben noch hatte. Diesem Wesen konnte sie all die Liebe geben, die sie für seinen Vater empfand und die dieser so strikt abgelehnt hatte. Und ihr Gatte? Hatte er nicht selbst so viele Sünden auf sein Haupt geladen, daß sich die ihren daneben geradezu läßlich ausnahmen?

Die Herzogin von Valouse vertrat da eine andere Meinung. Sie hatte die hohe Dame zu ihrer großen Überraschung hier vorgefunden, als sie der Äbtissin Marie-Anges Brief übergab. Die Begrüßung war auf beiden Seiten eher zurückhaltend gewesen. Viviane hatte den Eindruck gehabt, als sei die Herzogin eher der Ansicht, daß sie sich die stürmischen Ereignisse der letzten Wochen selbst zuzuschreiben hatte und daß sie ein gerüttelt Maß Schuld daran trug, daß sich Eduard de la Griffe nicht als der Edelmann erwies, den man in ihm vermutet hatte.

Von den Vorfällen bei Vivianes Hochzeit zutiefst erschüttert, hatte sie ihrem Mann gebeichtet, daß Viviane ein Findelkind war und keine geborene Valouse. Sie brauchte nicht weiterzuerzählen, wie der Herzog reagiert hatte. Daß er seine Frau zu ihrer Schwester in das Kloster der Damen vom Wald verbannt hatte, sagte genug. Viviane begriff nun auch endlich, warum er jeden Kontakt zu ihr abgebrochen hatte.

Als sich die Kirchenpforte öffnete, flackerte das rötliche Flämmchen, und ein kühler Luftzug streifte Vivianes Gesicht. Wenig später sah sie in die strengen, asketischen Züge der Äbtissin und versteifte unwillkürlich die Schultern. Instinktiv wußte sie, daß dieser gottesfürchtigen Frau jedes menschliche Gefühl so fremd war, daß sie, Viviane, weder mit Nachsicht noch mit Verständnis für ihre Probleme rechnen konnte.

»Ihr solltet beichten, meine Tochter«, begann sie denn auch kühl. »Gott erbarmt sich der Sünderinnen, und es ist nicht gut, sein Herz vor ihm zu verhärten. Pater Leon wartet auf Euch!«

Viviane preßte die Lippen aufeinander und zwang sich zu schweigen. Wie hatte Marie-Ange eine so liebevolle, gutherzige und freundliche Frau werden können, wenn sie unter der knochenharten Disziplin dieser steinernen Nonne aufgewachsen war?

»Deine Mutter hat mich gebeten, mit dir zu sprechen. Sie ist wie ich der Meinung, daß es dir wohl anstände, den Schleier zu nehmen und Buße zu tun.«

»Ich?« Viviane hätte fast gelacht, so absurd erschien ihr der bloße Gedanke daran. »Wofür muß ich büßen? Dafür, daß meine Mutter mich mit einer Lüge aufwachsen ließ? Daß mein Vater mich mit einem Schurken verheiratet hat und daß mein Gemahl mich gedemütigt und gequält hat? Ist das die Art von christlicher Nächstenliebe, die Ihr hier lehrt?«

»Sie hat dich nicht absichtlich belogen. Sie war eine verzweifelte Frau, die damals keinen anderen Ausweg mehr gesehen hat. Du darfst ihr keine Vorwürfe machen. Sie glaubte, ihrem Gatten einen Gefallen zu tun, und außerdem hat sie dir stets die unvoreingenommene, zärtliche Liebe einer Mutter geschenkt.«

»O nein«, erwiderte Viviane. »Sie hat mich nur dann geliebt, wenn ich dem Ideal der Tochter entsprochen habe, die sie sich gewünscht hatte. Ich sollte der Beweis ihrer Tüchtigkeit und ihrer mütterlichen Qualitäten sein. Die schöne Tochter des Herzogs von Valouse, die Tochter einer außergewöhnlichen Mutter! Aber die davongelaufene Gattin des Barons de la Griffe paßt nicht mehr in dieses Bild. Sie ist verächtlich, liederlich und hassenswert. Am besten versteckt sie sich in einem Kloster.«

»Du bist nicht nur ungerecht und böse, du bist auch unverschämt und anmaßend!« Die Stimme der Mutter Oberin wurde eine weitere Nuance kälter und grausamer. »Du dankst es den Menschen nicht, die dir ein schönes Leben geschenkt haben. Du warst ein Nichts, ein halbtotes Würmchen, das vor unserer Tür abgegeben wurde und dem wir ein Leben in Reichtum und Sorglosigkeit geschenkt haben.«

Viviane erwiderte den Basiliskenblick der anderen ohne Wimpernzucken. Auch wenn sie einen gewissen Wahrheitsgehalt in deren Worten anerkennen mußte, würde sie ihren Dank nicht dadurch zeigen, daß sie sich selbst völlig aufgab.

»Ich habe nicht darum gebeten, als Viviane de Valouse aufzuwachsen«, murmelte sie leise. »Und am Ende war ich auch nicht mehr als ein Pfand des Herzogs, das ihm Vermögen und Ehren sicherte. Eines seiner Besitztümer, das er dort weiterverkaufte, wo er den größtmöglichen Gewinn erwartete. Wollt Ihr *mir* zum Vorwurf machen, daß er sich in der Ehrenhaftigkeit meines Gemahls getäuscht hat?«

»Ich mache dir Starrköpfigkeit, Hochmut, Eigensucht und Renitenz zum Vorwurf«, zischte die Äbtissin. »Es ist böses Blut in dir.«

»Dasselbe Blut, das Ihr in meiner Schwester geliebt habt«, konnte sich Viviane nicht versagen zu antworten. »Marie war Euch teuer, warum haßt Ihr mich? Sie hat Euch gebeten, mich aufzunehmen.«

»Marie war labil und aufsässig!« Zum ersten Male bekam die Maske der Älteren sichtbare Sprünge. Viviane hatte einen wunden Punkt entdeckt. »Sie ist der Versuchung des Weltlichen erlegen. Ich kann nur noch für ihre verlorene Seele beten!«

»Verlorene Seele!« Viviane stieß einen Laut aus, der fast einem Lachen glich. »Marie-Ange ist eine glückliche, zufriedene Frau, die von ihrem Gatten auf Händen getragen und von ihrer Familie geliebt wird. Wenn so Eure Vorstellung von einer verlorenen Seele aussieht, dann wünsche ich mir von Herzen, das gleiche tragische Schicksal erleiden zu dürfen.«

»Du versündigst dich!« rief Louise de Luce und hob die mageren, knochigen Hände, die den Rosenkranz hielten. »Ich rate dir, geh in dich und bereue deine Sünden! Nur ein Leben in Gebet und Reue kann dich noch retten!«

Sie packte mit überraschender Kraft den Arm der jungen Frau, die vergeblich versuchte, sich zu befreien.

»Auf die Knie mit dir! Bete!« kreischte sie, und Viviane überlief ein Schauer des Entsetzens. Sie taumelte und trat dabei auf eine lose Steinplatte, die wegkippte. Viviane verlor endgültig das Gleichgewicht und knickte mit dem Knöchel um. Ein stechender Schmerz schoß durch ihr Bein, und sie fiel.

Im Sturz riß sie die zeternde Nonne mit sich, und einen Moment lang waren sie beide ein wirres Knäuel aus Stoff und

Gliedern. Die steife weiße Haube mit den wehenden Flügeln raubte Viviane die Sicht, und der hagere, knochige Körper der frommen Frau erwies sich als überraschend schwer.

Zwei Nonnen, die sich ebenfalls in der Kapelle befunden hatten, liefen eilig herbei, um die Mutter Oberin zu stützen. Viviane rappelte sich mühsam auf die Knie und wollte sich erheben. Doch als sie den Kopf hob, fiel ihr Blick auf ein Paar schlammbespritzte Reitstiefel direkt vor ihr. Sie blickte auf und wurde leichenblaß.

Schockiert sank sie auf die Knie zurück, nicht fähig, auch nur eine weitere Bewegung zu tun, während die Pein in ihrem Fuß pochte. Nur ihre Augen bewegten sich, sie nahmen das Bild des haßverzerrten, bösen Gesichtes in sich auf, und ihre Ohren hörten die hämische Begrüßung ihres Gatten, der sich in Begleitung des Mannes befand, der jene Papiere verloren hatte, die sie Marie-Ange anvertraut hatte.

»Das nenne ich einmal den richtigen Ort für Euch, meine Liebe! Auf den Knien und um Vergebung flehend!« spottete er.

»Wie ...« Viviane mußte sich räuspern, um die Worte herauszubringen. »Wie kommt Ihr hierher?«

»Eure verehrte Mutter, die Herzogin, war so freundlich, mir nach Eurer Ankunft einen Boten zu senden«, erwiderte triumphierend Eduard de la Griffe. Viviane schloß erschauernd die Lider. Ihre Mutter, die Herzogin, natürlich. Waren das etwa die selbstlosen Gefühle, die sie für ein Kind aufbrachte, das zweiundzwanzig Jahre lang ihre gehorsame Tochter gewesen war?

»Eine höchst zuvorkommende unnötige Geste, da mir diese dumme Person in Paris nicht verraten wollte, wohin Ihr Euch zurückgezogen habt!«

»Welche dumme Person?« Viviane erblaßte. Etwa Marie-Ange? Was hatte er ihr angetan? Aber offensichtlich hatte ihre Zwillingsschwester sie bis zum letzten Blutstropfen verteidigt. »Was habt Ihr mit ihr gemacht?«

»Nun, sie ist es selbst schuld. Sie ging mir ohnehin auf die Nerven, wie sie ständig um Euch herumflatterte ...«

Nein, er konnte nicht Marie-Ange meinen. Er hatte sie nie

zusammen gesehen. Von wem also sprach er? Der Gedanke schoß ihr so plötzlich durch den Kopf, daß sie mit dem Namen einfach herausplatzte.

»Jacquette? Ihr redet von Jacquette?«

»Von wem sonst, dumme Gans?«

Erst in diesem Moment fiel Viviane auf, daß sie noch immer vor ihm kniete. Sein Begleiter bedrohte mit einem Dolch die Äbtissin, die mit ihren Frauen in wortlosem Entsetzen diesem Gespräch lauschte. Ihre bleichen Gesichter wirkten wie Masken vor den steinernen Mauern. Hastig erhob sich Viviane, den schmerzenden Fuß nicht belastend und die helle Pein ignorierend, die ihr den Atem abschnürte.

»Was habt Ihr mit der armen Jacquette getan?« fragte sie heiser. »Sie ist eine alte Frau, eine treue Dienerin. Was ist mit ...«

»Tot!« fiel ihr der Baron ungeduldig ins Wort und zuckte mit den Schultern. »Es galt keine Zeit zu verlieren, nachdem Ihr Euch dummerweise in meine Angelegenheiten gemischt und den König alarmiert habt.«

»Schluß mit dem Gefasel«, mischte sich Guy de St. Doye mit seiner eigenartig raschelnden Stimme ein. »Es ist Euch einmal gelungen, mich zu verwirren, ein zweites Mal gibt es nicht. Ich hätte wissen müssen, daß es allen von Melisandes Hexenbrut gelungen ist, am Leben zu bleiben. Ihr werdet mit uns kommen!«

»Mit Euch? Wohin?« Viviane prüfte ihren verletzten Fuß und zuckte zusammen, als ihr aufging, daß sie mit diesem Bein keinen Schritt gehen konnte, geschweige denn vor diesen Männern davonlaufen.

»Zu den Engländern«, antwortete Guy de St. Doye, und die Tatsache, daß er es so offen tat, ließ Viviane sowohl um ihr eigenes wie auch um das Leben der Nonnen fürchten. Marie-Ange hatte ihr genügend über diesen Mann erzählt.

»Der Herzog von Bedford schuldet mir einiges«, fuhr er fort. »Noch ist nicht aller Tage Abend, und es wird mir ein gesteigertes Vergnügen sein, eine Tochter Melisandes zu meiner Unterhaltung dabeizuhaben!«

»Ihr seid verrückt«, murmelte Viviane. »Was wollt Ihr von

mir? Ich bin die Gattin Eures Gefährten. Wenn jemand sich das Recht anmaßen kann, mir Befehle zu erteilen, dann höchstens er ...«

»Ihr seid Melisandes Tochter, und Ihr tragt den Bastard Bertrand de Covilles! Es wird mir besondere Erheiterung verschaffen, den Balg aus Eurem Hurenleib zu prügeln! Ich habe es ihm nicht vergessen, daß er mich in Bourges beim König angeschwärzt hat, als ich es wagte, mit seiner schönen Schwester zu tändeln. Haltet still, verdammte Krähe!«

Letzteres galt der Äbtissin, und ein mehrfacher Aufschrei hallte durch die Kapelle, als der Dolch St. Doyes sich in den mageren Hals Louise des Luces drückte. Ein Bluttropfen wurde sichtbar.

Viviane stand da wie gelähmt. *Dieses* Geheimnis hatte Jacquette also doch verraten, und de la Griffe hatte sich unschwer ausrechnen können, wann diese Schwangerschaft zustande gekommen sein mußte.

»Wagt es nicht, mich anzufassen«, flüsterte die junge Frau und legte unwillkürlich die Hände schützend vor den Leib.

Guy de St. Doye lachte und zog seinen Dolch von der Äbtissin zurück, die dennoch wie gelähmt neben ihren Nonnen kauern blieb. Zumindest glaubte Viviane, daß dieses befremdliche, raschelnde Geräusch ein Lachen sein sollte, denn er verzog das Gesicht zu einer Grimasse aufgesetzter Fröhlichkeit.

»Wagt es nicht«, wiederholte sie und blickte zu Eduard de la Griffe hin, der mit erstaunlicher Zurückhaltung seinem Begleiter die Anführerrolle überließ. »Sagt diesem humpelnden Scheusal, daß dies eine Angelegenheit zwischen Euch und mir ist!« versuchte sie ihren Gatten aufzuhetzen. »Was habt Ihr mit ihm zu schaffen? Wa...«

Sie schrie auf, als Guy de St. Doye ihr rechtes Handgelenk umfaßte und sie grob vorwärts riß, so daß ihr verletzter Knöchel belastet wurde. Der Schmerz schoß wie eine heiße Welle durch ihren Körper, und sie keuchte auf.

»Du wirst gehorchen, Melisandes Tochter!« St. Doye drehte ihr den Arm auf den Rücken, so daß sie halb vorgebeugt unter dieser weiteren Pein verharren mußte, weil er ihr sonst die

Schulter ausgerenkt hätte. »Du wirst gehorchen und tun, was ich sage. De la Griffe, erledigt diese frommen Weiber dort!«

»Nein!« Vivianes Schrei hallte durch die Kapelle und fand in seinem Entsetzen ein Echo in Marie-Anges Herz. Sie erstarrte förmlich im Sattel, und mit einemmal fiel alle Müdigkeit von ihr ab.

»Schneller!« rief sie und sprengte an den anderen vorbei, ihrem Pferd die Hacken gebend. Sie war leichenblaß, und ihre Schwestern begriffen zunächst nicht, was geschehen war. Lediglich Bertrand de Coville hatte die Geistesgegenwart, sein Roß sofort hinter der wilden Reiterin herzujagen, die plötzlich davonsprengte, als ginge es um ihr Leben.

Der Waldweg verengte sich, und die Zweige peitschten an den Reitern vorbei. Für Sekunden fragte sich Bertrand, was Ivo de Chazan wohl mit ihm tun würde, wenn sich dessen Gemahlin bei diesem Ritt ihren hübschen Hals brach und nicht mehr nach Hause zurückkehrte. Doch dann beschloß er, lieber nicht darüber nachzudenken.

Er beugte sich tief über den Hals seines Hengstes, als der Weg plötzlich auf eine weite Lichtung führte, wo er im Licht des nachlassenden Tages eine Ansammlung gedrungener Häuser entdeckte, die sich, von einer halbhohen Mauer umgeben, um eine schmucklose Kapelle mit einem niedrigen, viereckigen Turm scharten.

Das leise Bimmeln der dünnen Kirchenglocke drang kaum ein paar Meter weit, und er sah mit Erstaunen, daß Marie-Ange nicht auf das geschlossene Tor zuritt, sondern im Bogen einen schmalen Pfad verfolgte, der unterhalb der Obstbäume haltmachte, deren kahle Zweige über die Mauern ragten.

Bis er selbst diese Stelle erreicht hatte, war sie längst aus dem Sattel und über die Mauer geklettert, rannte mit weit ausholenden Schritten durch den Obstgarten auf die Kapelle zu. Sie hatte an einem tief hängenden Ast ihren Hut verloren, und die Kapuze, die ihre feuerfarbenen Haare versteckt hatte, war auf die Schultern geglitten. Nun befreiten sich die langen seidigen Strähnen mit jeder Bewegung mehr aus dem Gefängnis von Bändern und Nadeln. Als sie die schwere Pforte des Gotteshauses aufstemmte, fiel ihr das Haar wie ein schwerer, lebendiger Mantel über das dunkelbraune Tuch ihres Wamses.

»So wartet doch, in Gottes Namen ...« Bertrand de Coville löste im Laufen das schwere Schwert, das ihn in all den Jahren der Verfemung und Verbannung begleitet und dem er bisher mehr als jedem Menschen vertraut hatte.

Viviane hörte zwar das Geräusch der sich öffnenden Pforte und der Schritte, aber sie wagte nicht, den Blick von Eduard de la Griffe zu nehmen, der mit hocherhobenem Dolche auf sie zukam. Mit welcher Kraft sie sich aus dem mörderischen Klammergriff St. Doyes befreit hatte, vermochte sie selbst nicht mehr zu sagen.

Trotz ihres Entsetzens und der Schmerzen in ihrem verletzten Fuß hatte sie sich vor Louise de Luce gestellt, die an die Wand zurückgewichen war, nachdem die beiden jungen Nonnen an ihrer Seite, getroffen von zwei wohlgezielten Hieben, zu Boden gesunken waren.

»Tretet zur Seite«, forderte ihr Gatte. »Ihr habt keine Veranlassung, diese alte Hexe hinter Euch zu schützen. Habt Ihr nicht begriffen, daß sie es war, die der Herzogin die Entsendung des Boten ermöglicht hat?«

Viviane grub die Zähne in die Unterlippe, bis sie Blut schmeckte, und der Schmerz lenkte sie von den anderen Qualen ab, die sie empfand. Er mobilisierte ihre letzten Kräfte. »Um sie zu erreichen, müßt Ihr erst mich töten, mein Gemahl!« sagte sie mit jenem Stolz, der sie Zeit ihres Lebens in Schwierigkeiten gebracht hatte.

»So wenig empfindest du für den Bastard, den du im Bauch trägst?« höhnte der Mann und rückte näher. »Weshalb hast du dich dann mit diesem Kuckucksei hierher zurückgezogen? Wolltest du mir Covilles Erben als den meinen unterschieben? Es wäre unmöglich gewesen, ich kann keine Kinder zeugen, hast du das gewußt? Aber ich hätte mich möglicherweise sogar bereit erklärt, seinen Bastard für mein Kind auszugeben. Aber das hast du selbst zerstört ... Der König hat meine Güter eingezogen. Es gibt nichts mehr, das vererbt werden kann. Mir ist nur noch eine halsstarrige Person geblieben, die niemand mehr haben will. Nicht einmal die eigene vornehme Mutter!«

Viviane ahnte die Bewegung de la Griffes mehr, als daß sie sie kommen sah. Sie warf sich zur Seite und riß die Äbtissin mit sich, so daß der Dolch mit einem häßlichen Klirren gegen die Wand fuhr und dann klappernd auf den Steinboden fiel. Der lästerliche Fluch des Seigneurs erstickte in einem häßlichen Gurgeln, und Viviane sah, daß sich die Augen in seinem verzerrten Gesicht in grenzenlosem Erstaunen weiteten, während er auf die glänzende Stahlspitze sah, die aus dem dunklen Umhang aus seiner Brust ragte. Dann begann er zu taumeln.

»Narr! Du verdammter, dummer Narr!« kreischte Guy de St. Doye, der als einziger blitzartig auf die veränderte Situation reagierte. Trotz seiner Behinderungen war er so flink, daß Viviane nur einen Schatten wahrnahm, als er auf die Äbtissin zusprang, sie hochriß, als Schild vor die eigene Gestalt hielt und sich hinkend zur Seitenpforte hin entfernte.

Der Krieger, der nun, nachdem sein Schwert immer noch in de la Griffes Leib steckte, nur noch seinen Dolch hatte, konnte nichts tun, um ihn daran zu hindern.

»Nicht!« Marie-Ange hielt ihn zudem am Arm fest. »Er schreckt auch vor einem weiteren Mord nicht zurück. Laßt ihn, er entkommt uns nicht. Kümmert Euch lieber um Viviane! Sie braucht Euch dringender.«

24.
Kapitel

Viviane starrte auf die verrenkte Gestalt ihres Gatten, die in einer ständig größer werdenden Blutlache vor ihr lag. Er kam ihr so fremd vor, schien überhaupt keinen Bezug mehr zu haben zu dem Mann, der sie bedroht, gequält, gedemütigt hatte. Und obwohl ganz eindeutig kein Leben mehr in ihm war, wagte sie einfach nicht, sich zu bewegen. Tief in ihr lauerte die unbewußte Angst, daß ihre Vorstellung ihr einen

Streich spielte, daß er jeden Moment mit einem häßlichen Lachen aufstehen und das ganze als Täuschung ihrer überreizten Sinne verspotten würde.

Sie hatte immer noch nicht begriffen, daß sie frei war von ihrem Peiniger; zu plötzlich hatte der Tod ihn getroffen. Viviane stand da wie erstarrt.

Als Bertrand sie in die Arme nahm, kam es ihm vor, als hielte er eine Puppe. Auch er hatte nicht das Bedürfnis zu reden. Zu groß war die Erleichterung, sie unverletzt und wohlbehalten zu sehen.

Der Anblick, der sich ihm geboten hatte, als er in die Kapelle stürzte, hatte ihn bis in das Mark hinein getroffen. Erst zu diesem Zeitpunkt hatte er begriffen, daß Marie-Ange gespürt haben mußte, in welcher Gefahr sich ihre Zwillingsschwester befand. Und erst in diesem Moment war ihm das volle Ausmaß der Liebe bewußt geworden, die er für diese ungewöhnliche Frau empfand. Liebe, neben der alles andere unwichtig wurde; Liebe, die bedingungslos war und ohne Ende. Nie würde er den Alptraum dieser schlimmen Szene vergessen können. Viviane, hoch aufgerichtet, stolz, unbeirrbar und kühn, wie sie dem Dolch trotzte, der ihr Leben bedrohte. Ein Leben, das ihr nicht mehr allein gehörte, wenn er die hämischen Worte de la Griffes richtig verstanden und die sie nicht geleugnet hatte.

Es überraschte eigentlich auch nicht sehr, daß sie schwanger war. Sie waren beide jung und gesund und hatten einander oft und voller Leidenschaft geliebt. Anfangs hatte es sogar zu seinem Plan gehört, sie zu schwängern, aber nun konnte er über seine unbegreifliche Dummheit nur den Kopf schütteln.

Hatte er wirklich einmal gedacht, er könnte eine Frau, die sein Kind trug, zu einem Ungeheuer wie Eduard de la Griffe zurückschicken? Er hätte es nicht einmal einer Frau angetan, die er verabscheut hätte. Um wieviel weniger dieser einen, die sein Herz, seine Seele, sein gesamtes Leben in den Händen hielt!

Er spürte das Zittern, das durch ihre starre Gestalt lief. Endlich wurde sie warm und lebendig, wich die eisige Kälte von ihr, und sie vergrub das Gesicht an seiner Schulter.

»Er hat die Mutter Äbtissin in der Gewalt«, murmelte Viviane. »Er wird sie töten, man muß ihr helfen ... Dieser Mann ist der Teufel in Person!«

»Er ist der Mörder unserer Mutter«, antwortete Marie-Ange, als erklärte dies alle Bosheiten. Sie atmete einmal tief durch, dann trat sie näher. »Aber mach dir keine Sorgen, er wird unserer glaubensstarken Oberin nichts tun. Diese Frau ist imstande, es mit dem Teufel selbst aufzunehmen. Hast du das nicht gemerkt in den wenigen Tagen, die du unter ihrer Obhut verbracht hast?«

Die ruhige Antwort ihrer Schwester veranlaßte Viviane, den Kopf zu heben, und nun erst begriff sie, wer sie so tröstend in seinen Armen gehalten hatte. Ihr Versuch, sich zu befreien, scheiterte, da Bertrand de Coville sie nicht mehr loslassen wollte, und sei es auch nur für einen Moment.

»Ihr?« sagte sie fassungslos.

Lautes Geschrei von draußen und eilige Schritte lenkten sie ab. Eine höchst aufgebrachte, zerzauste und wütende Mutter Oberin mit halb herabhängender Haube und einem Habit, in dem ein großer Riß an der Schulter klaffte, stürzte auf Marie-Ange zu.

»Heilige Mutter Gottes«, zeterte sie dabei. »Wie seht Ihr aus? In Männerkleidern, mit offenem Haar wie eine Dirne! Ist es das, was dieser Mann aus Euch gemacht hat, den Ihr zum Gatten genommen habt? Ihr solltet hier sein, als meine Nachfolgerin, meine Tochter ...«

»Ich bin nicht Eure Tochter«, berichtigte Marie-Ange sehr ruhig. »Ebensowenig wie Viviane die der Herzogin von Valouse ist. Wann werdet Ihr damit aufhören, Euch selbst zu belügen, Madame? Was ist mit dem Mann, der Euch bedroht hat? Ist er fort?«

»Wir haben ihn durch den Obstgarten verschwinden sehen, und hinter der Mauer klangen Hufschläge«, antwortete eine andere Frau, die, in steife, dunkle Seide gewandet, die Haare unter einer weißen Haube verborgen, zwar nicht die Tracht einer Nonne trug, aber der Mutter Oberin dennoch zum Verwechseln ähnlich sah.

Sie trat näher, während hinter ihr die Nonnen hereindrängten, weitere Kerzen entzündeten und sich unter gemurmeltem Entsetzen um ihre Schwestern kümmerten, die nun zum Herrn gegangen waren. Sie fixierte Marie-Ange mit einer Mischung aus Verblüffung und aufkommender, abergläubischer Furcht. »Wer seid Ihr?«

»Vivianes Zwillingsschwester«, gab ihr Marie-Ange höflich Bescheid und wandte sich wieder der Äbtissin zu, die Viviane anstarrte, als machte sie diese für den Tod und den Schrecken verantwortlich, die plötzlich in ihr stilles Kloster eingebrochen waren.

»Untersteht Euch, ihr Vorwürfe zu machen«, mahnte Marie-Ange dann überraschend streng. »Ihr habt nicht das Recht, die Verantwortung für diese Ereignisse von Euch zu weisen, die Ihr in Gang gesetzt habt, als Ihr Viviane Eurer Schwester anvertraut habt.«

Louise de Luce starrte die junge Frau an, die einmal eine sanfte, gehorsame Novizin gewesen war und nun die Stimme gegen sie erhob. Sie begriff endlich, welche Verwandlung in Marie-Ange vorgegangen war, und sie erkannte die frappante Ähnlichkeit der beiden Schwestern.

»Maßt Euch nicht an, mir Vorhaltungen zu machen«, erwiderte sie mit einer Stimme, die so eisern beherrscht klang, daß sie jeden Moment zu brechen drohte. »Sagt mir lieber, was wir mit diesem toten Mann dort machen sollen? Dies ist ein Gotteshaus und kein Schlachtplatz!«

»Legt ihn in irgendein Grab, ohne Namen!« forderte Marie-Ange hart. »Er hat Tod und Vernichtung gesät, und er wird sich vor einem anderen Herrscher dafür rechtfertigen müssen. Die Menschen sollen ihn vergessen.«

»Er war der Baron de la Griffe, wie könnt Ihr so etwas behaupten?« mischte sich die Herzogin von Valouse ein, die an die Seite der Äbtissin getreten war und ihr half, die verrutschte Haube wieder zu befestigen. »Woher nehmt Ihr das Recht, über einen Seigneur zu urteilen? Er hatte allen Grund, einer ungehorsamen Gemahlin nachzueilen. Es muß das fremde Blut sein, das jeden Versuch vereitelt hat, Viviane zu einer Edeldame zu erziehen, die sich ihrer naturgegebenen Pflicht beugt.«

»Es war nicht nötig, Viviane zu einer Edeldame zu erziehen, sie ist es von Geburt an«, widersprach Marie-Ange würdevoll. Die kleine Novizin, die sich von einer Herzogin hätte einschüchtern lassen, gehörte längst der Vergangenheit an. »Der Graf von Mesnières steht an Rang und Adel dem Herzog von Valouse in nichts nach. Und was diesen Toten dort betrifft, das Urteil über ihn hat der König längst gesprochen! Es existiert ein Haftbefehl. Er war ein Mörder und Betrüger. Seine Güter sind eingezogen, sein Vermögen beschlagnahmt. Daß er den sauberen Tod eines Kriegers erhalten hat, ist eine unverdiente Gnade für ihn.«

Die streitenden Stimmen hallten in Vivianes Kopf wider, und hinter ihren Schläfen pochte es. Sie wußte nicht mehr, was sie fühlen sollte. Sie schämte sich für die unendliche Erleichterung, die sie darüber empfand, daß de la Griffe nicht mehr lebte. Gleichzeitig fürchtete sie sich vor dem, was dieser Tod für sie bedeutete.

Wer sprach nun wieder das Recht über sie? Abermals der Herzog von Valouse? Der König? Der Graf von Mesnières, den sie nicht kannte? In wessen Besitz ging die Person Viviane de la Griffes über? Sie wagte nicht zu hoffen, daß diesmal sie selbst es bestimmen durfte.

Sie hatte nicht mehr an ihren verletzten Knöchel gedacht, und als sie ihn nun belastete, entfuhr ihr ein leiser Schmerzenslaut.

»Ihr seid verletzt?« Bertrand de Coville fuhr auf.

»Mein Knöchel«, murmelte Viviane. »Ich bin gestürzt und muß mir den Fuß vertreten haben ...«

»Ich trage Euch!« Ehe sie es sich versah, hatte er sie hochgehoben. »Wo seid Ihr untergebracht? Im Gästehaus, nehme ich an. Weist mir den Weg, Ihr müßt Euch sofort hinlegen. Ihr braucht endlich Ruhe und Pflege ...«

»Er hat recht.« Marie-Ange, die den flehenden Blick ihrer Schwester völlig richtig deutete, nickte. »Vertrau ihm, Viviane. Er meint es nur gut mit dir.«

Trotzdem vermochte Viviane den Mann nicht anzusehen, der sie die kurze Strecke zum Gästehaus des Klosters trug. Sie war sich seiner Gegenwart, seiner Kraft, seiner Ausstrahlung bewußt, aber sie hatte nicht den Mut, ihn noch einmal zu fragen, weshalb er gekommen war. Sie fürchtete die Antwort. Außerdem überlegte sie, ob er wohl die letzten Worte de la Griffes gehört hatte. Wußte er nun, daß sie sein Kind erwartete?

Im Kamin des Gästehauses brannte ein loderndes Feuer, und die beiden Nonnen, die dort über einer Altardecke saßen, fanden sich von einem herrischen Seigneur an die Pforte geschickt, um zwei Reiterinnen zu empfangen, die dort jeden Moment eintreffen mußten. Sie gehorchten verschüchtert, aber man sah ihnen an, daß es ihnen widerstrebte, die Dame de la Griffe mit dem fremden Ritter allein zu lassen.

»Sie sorgen sich um Eure Tugend«, meinte er lächelnd und bettete sie in einen Lehnstuhl, an den er einen Hocker schob, damit sie das verletzte Bein darauf legen konnte. »Wir werden sie besänftigen, sobald es mir gelungen ist, in diesen Gemäuern einen Priester aufzutreiben. Es muß doch einen geben, der die Messen liest und die Beichten abnimmt ...«

Die Geschicklichkeit, mit der er den angeschwollenen Knöchel abtastete, nachdem er ihr die Röcke hochgeschoben, Schuh und Strumpf abgestreift hatte, verblüffte sie ebenso wie das, was er sagte.

»Wollt Ihr zu Beichte gehen?« murmelte sie. »Au ... Ihr tut mir weh!«

»Verzeiht, aber Ihr scheint nichts gebrochen zu haben. Es ist wohl nur eine Verstauchung.«

Er sah sich um, nahm eines der Tücher, in welche die Schwestern ihre Stickerei eingehüllt hatten, und tauchte es in den Wasserkrug auf der Truhe. Nachdem er es sorgsam ausgewrungen hatte, faltete er es zu einer Binde und legte die kühle Kompresse stützend um Vivianes Knöchel. Erst dann nahm er sich die Zeit, seinen Umhang abzulegen und die junge Frau zu betrachten, die er unter so dramatischen Umständen lieben gelernt hatte.

Die bescheidene Batisthaube einer einfachen Bürgerin bedeckte ihre ungewöhnlichen Haare und rahmte das feine, blasse Antlitz ein. Die großen Augen waren tiefe Teiche aus schattigem Waldgrün, und eine bläuliche Ader, die an ihrem

Hals schlug, verriet, daß ihre äußerliche Gelassenheit nur Fassade war.

»Wie fremd Ihr ausseht in diesem klösterlich kargen Gewand«, murmelte Bertrand.

»Es ist besser als die Fetzen, die ich in Eurer Burg tragen mußte«, erwiderte Viviane. Absichtlich beschwor sie wieder diese Erinnerung herauf, damit sie ihr half, nicht von neuem seiner Faszination zu erliegen.

»Ich werde Euch mit Samt und Seide entschädigen«, versprach er. »Doch Ihr werdet wohl dieses hier als Hochzeitsgewand nehmen müssen.«

»Hochzeitsgewand?« Ungläubig sah sie ihn an.

»Ihr werdet mich heiraten«, verkündete Bertrand de Coville mit einer Selbstherrlichkeit, die Viviane ebenso aufbrachte wie seine scheinbare Gleichmut.

»Ich wüßte nicht, warum ich das tun sollte!« erwiderte sie störrisch und ignorierte die Tatsache, daß ihr Herz wie ein Hammer schlug und das Blut schneller durch ihre Adern floß.

»Weil Ihr meinen Sohn unter dem Herzen tragt«, sagte er und bewies damit, daß er de la Griffes Worte gehört hatte. »Es ist ohnehin an der Zeit, daß ich die Verantwortung für den bösen Streich übernehme, den ich Euch gespielt habe, findet Ihr nicht auch?«

»Ihr habt keine Verpflichtungen«, erwiderte sie leise. »Ich stelle keine Forderungen an Euch. Ich brauche Euch nicht. Geht ... so geht doch!«

Bertrand runzelte die Stirn. »Warum schickst du mich fort?« fragte er verblüfft.

»Nennt mir einen Grund, warum ich Euch zum Manne nehmen sollte!« rief sie und starrte auf ihre verschlungenen Hände.

»Weil ich Euch liebe!« entgegnete er so leise, daß sie es kaum verstand. Aber lauter fuhr er dann fort: »Weil ich festgestellt habe, daß ich ohne Euch nicht leben kann. Weil ich Euch nicht ansehen kann, ohne daran zu denken, wie Eure Küsse schmecken. Weil mir dieses neue Leben, das mir der König geschenkt hat, nur dann etwas bedeuten kann, wenn Ihr an meiner Seite, in meinem Bett, in meinem Haus seid.

Weil Ihr alles seid, wovon ich geträumt habe, und alles, was ich mir für morgen und übermorgen wünschen werde. Weil ich der Vater Eurer Kinder sein, an Eurer Seite alt werden möchte. Weil ich meinen Kopf in Euren Schoß legen möchte, wenn ich müde und verzweifelt bin.«

Viviane bemerkte nicht, daß sie ihn mit offenem Munde anstarrte. Daß ihre grünen Augen leuchteten wie der beginnende Frühling. Draußen brach die Nacht herein, aber ihr kam es vor, als sei soeben die Sonne aufgegangen und sie aus einem langen, erschöpfenden Schlaf erwacht, der von unzähligen Alpträumen begleitet gewesen war.

»Ihr liebt mich?« fragte sie schließlich staunend und berührte ihre Wangen mit den Handflächen, als müsse sie sich so bestätigen, da sie wach war und nicht träumte.

»Mit der Kraft meiner Seele, meines Herzens und meines Körpers«, bestätigte Bertrand de Coville, der selbst erstaunt war, daß er solche Worte fand, um seine Liebe zu beschreiben. »Ich habe genug Liebe, um Euch davon abzugeben, falls Ihr zögert, Euer Leben in meine Hände zu legen.«

»Ich zögere nicht!« Viviane lächelte und legte endlich ihre Hände in seine. »Ich weiß keinen Platz, wo mein Leben besser aufgehoben wäre. Ihr wißt, daß ich Euch gehöre.«

Und dann waren keine Worte mehr zwischen ihnen nötig.

Alison de Lassay und Nadine d'Harigny, die soeben die kleine Halle des bescheidenen Gästehauses betraten, in das die Nonnen sie geführt hatten, sahen vor sich ein eng umschlungenes Paar, das in seinem Kuß die Welt vergessen hatte.

25. Kapitel

»Bei Gott, ich könnte alles vergessen, was ich je über Nächstenliebe gelernt habe, wenn ich mit dieser Frau spreche!« sagte Marie-Ange de Chazan ungewohnt böse und zog die Tür der kleinen Kammer hinter sich zu, in der Alison, Nadine und Bertrand an Vivianes Lager saßen. Ihr Fuß war hochgelagert, ihr Gesicht immer noch blaß von den ausgestandenen Schrecken, doch in ihren Augen lag ein derartiges Leuchten, daß es keinen Zweifel an den Gefühlen geben konnte, die sie für Bertrand empfand.

Nadine warf ihrer normalerweise so ruhigen und sanften Schwester einen verblüfften Blick zu. »Wer hat sich dein Mißfallen zugezogen, Kleines?«

»Die Herzogin von Valouse!« fauchte Marie-Ange. »Sie maßt sich tatsächlich an, Einspruch dagegen zu erheben, daß der Priester Bertrand und Viviane traut. Sie wagt es, für einen Toten Respekt zu fordern, der in seinem Leben nichts getan hat, um sich Respekt zu verdienen!«

»Sie ist enttäuscht von mir.« Viviane durchschaute die Gründe ihrer Ziehmutter. »Sie hat ein Bild von mir geliebt, dem ich nicht mehr entspreche, und nun sucht sie die Schuld dafür bei mir. Der Herzog hat sie in dieses Kloster verbannt, und sie weiß, daß sie es nie wieder verlassen wird. Sie ist keine sonderlich fromme Frau, und sie hat eine leidenschaftliche Vorliebe für Putz und Klatsch. Dinge, die sich hier von selbst verbieten. Sie verbirgt hinter ihrem hochfahrenden Benehmen die Angst vor einem trostlosen und einsamen Alter. Sie tut mir leid.«

Viviane war selbst darüber verblüfft, daß sie plötzlich das Gefühl hatte, die Herzogin gegen diese drei Frauen verteidigen zu müssen, die sie nicht kannten und sicherlich nur schwer begreifen konnten, welche Konsequenzen all diese Ereignisse für sie hatten. Noch immer verspürte sie eine gewisse Distanz zu Alison und Nadine, so dankbar sie ihnen auch für ihre Hilfe war. Lediglich bei Marie-Ange existierte diese Fremdheit nicht. Unwillkürlich wandte sie sich hilfesuchend an Bertrand de Coville, der nicht von ihrer Seite wich.

»Wird es ihr Alter vergnüglicher machen, wenn sie Hindernis um Hindernis ersinnt, damit du Bertrand nicht heiraten kannst?« meinte Marie-Ange trocken. »Ginge es nach ihr, müßtest du dich dem König zu Füßen werfen und dich dem Spruch beugen, den er für dich ersinnt. Wenn du mich fragst, ist das ein Vorschlag, dem du lieber nicht folgen solltest. Seine Majestät hegt eine unheilvolle Vorliebe für unser Gesicht, und die Gefahr, daß er deine Heirat nur zu gerne verzögert, ist groß. Ich habe mit Pater Leon gesprochen; er erwartet Euch umgehend in der Kapelle, ob es der Herzogin nun paßt oder nicht. Die Schwestern sind bereits dabei, sie zu säubern und die Spuren der Ereignisse zu tilgen.«

Es war eine schlichte, ergreifende Zeremonie, als der weißhaarige Priester wenig später Bertrand de Coville und Viviane de Mesnières vermählte. Kein Vergleich zu jener prunkvollen Aufführung, die ein verfemter Ritter gestört hatte und deren Bande durch sein Schwert getrennt worden waren. Drei junge Frauen in Männerkleidern bezeugten den Bund. Weder die Herzogin von Valouse noch Louise de Luce hatten es über sich gebracht zu erscheinen.

Auch Viviane glich in nichts der juwelenübersäten blassen Braut, die gegen ihren Willen einem verhaßten Mann zur Frau gegeben worden war und jedes Wort ihres Schwurs mit Abscheu gesprochen hatte. Sie saß auf einem schlichten Hocker, den dick geschwollenen Fuß entlastet, in bescheidenes braunes Wolltuch gekleidet. Marie-Ange hatte ihre Haare gebürstet, bis sie wie flüssiges rotes Gold glänzten und im Halbdämmer der Kirche alles Licht auf sich zogen.

Bertrand kniete neben ihr und hielt ihre schmale, kühle Hand, während Viviane mit fester Stimme die Worte des Priesters nachsprach, die sie zu Viviane de Coville machten. Das unmerkliche Zögern, als sie mit Viviane de Mesnières angesprochen wurde, bemerkte nur er. Zwischen Familien, Namen und Titeln hin und her gerissen, wurde es nun Zeit, daß sie einen Namen bekam, den sie für immer behalten durfte.

Auch die drei Schwestern, die diese ungewöhnliche Eheschließung verfolgten, kamen jede für sich zu dieser Erkenntnis. Marie-Ange fühlte ohnehin die Zerrissenheit ihrer Zwillingsschwester. Die Brutalität, mit der Viviane aus einem behüteten Leben in die Wirklichkeit gestoßen worden war, hatte ihre Spuren hinterlassen. Sie hatte zu kämpfen gelernt, aber noch nicht zu siegen. Es würde seine Zeit dauern, bis die Wunden vernarbten und sie wieder lachen lernte.

Nadine d'Harigny, die Älteste der Schwestern, dachte an ihre eigene Eheschließung, die im belagerten Compiègne stattgefunden hatte. Damals war jeder Tag kostbar gewesen, denn man hatte nicht wissen können, wie lange die Stadt den Engländern standhalten würde. Auch damals waren Prunk und Ehren unwichtig gewesen, denn der Hunger hatte die Stadt beherrscht und der Tod den Horizont in Blut getaucht. Doch noch heute bewahrte Nadine die Erinnerung an die Momente unendlicher Seligkeit, die sie empfunden hatte, als sie mit Colin zusammengegeben worden war. Sie konnte Viviane nur wünschen, daß sie ähnliches Glück in ihrer zweiten Ehe finden würde.

Alison hingegen hatte Mühe, sich auf die Zeremonie zu konzentrieren. Sie litt unter einer schrecklichen Migräne, die stetig zugenommen hatte, seit sie im Kloster angekommen waren. Der dumpfe Druck in ihrem Kopf, die grellen Bilder, die ungebeten durch ihren Geist flirrten, und das unwirkliche Gefühl, daß sie alle die trügerische Ruhe vor dem Sturm erlebten, ließen sie erbeben. Sie sehnte sich nach Michel, nur in seiner Gegenwart vermochte sie den Kräften standzuhalten, die sie ungebeten und unerwünscht zu ihrem Werkzeug machten.

»Wem eine tüchtige Frau beschert ist, die ist viel edler als die köstlichsten Perlen. Ihres Mannes Herz darf sich auf sie verlassen, und Nahrung wird ihm nicht mangeln«, zitierte Pater Leon die Sprüche Salomons, und Alison preßte die gefalteten Hände heftiger zusammen, während er seinen Segen über dem Paar sprach. Sie spürte, daß Viviane sich zwar Bertrand geöffnet hatte, ihren eigenen Schwestern aber noch mit Vorbehalten gegenüberstand.

Was konnte sie tun, um diese Bedenken auszuräumen? Nur wenn Viviane sich in den Bund einfügte, würde es möglich sein, die Aufgabe zu erfüllen, die noch vor ihnen lag. Wenn nicht, würde der Mörder ihrer Mutter endgültig und ungestraft entkommen. Das durfte nicht sein!

Alison kam sich vor, als wäre sie in zwei Personen gespalten. In eine liebenswürdige Schwester, die dem Paar gratulierte und mit den anderen lachte, und in ein unruhiges, angespanntes Geschöpf, das von fremden Gefühlen, Bildern und Erinnerungen belagert und zu Handlungen gezwungen wurde, von denen das andere normale ›Ich‹ wußte, daß sie nicht zuletzt auch den Zorn ihres Gatten erregen würden.

Sie ahnte nicht, daß Nadine den Zwiespalt spürte, in dem sie sich befand. So verschwommen auch die Kindheitserinnerungen waren, die die älteste von Melisande de Guînes Töchtern hatte, so hatte sie doch stets das unerschütterliche Wissen besessen, daß sie für ihre jüngere Schwester Alison verantwortlich war, sich um sie kümmern mußte. Seltsamerweise verstärkte sich dieses Empfinden jedesmal, wenn sie den Eindruck hatte, daß Alison sich nicht wohl fühlte, Probleme hatte oder in Schwierigkeiten steckte.

Sie begab sich an Alisons Seite, während Bertrand de Coville seine Gattin in das Gästehaus zurücktrug. Wenigstens hatte Marie-Ange die Mutter Oberin dazu gebracht, daß ein kleines Mahl auf die Hochzeitsgäste wartete. Alison verlangsamte den Schritt, während Nadine ihren Arm berührte und ihren Blick suchte.

»Du denkst an Guy de St. Doye, nicht wahr?« sagte Nadine und dämpfte die Stimme, damit die anderen nichts von diesem Gespräch hörten. »Er ist uns entkommen. Es ist an der Zeit, daß wir dieser Tatsache ins Auge sehen. Wer weiß, wozu es gut ist. Ihn zu strafen würde nur bedeuten, ihn in den Tod zu schicken, und damit sind wir doch kein Haar besser als er selbst. Du solltest aufhören, dir seinetwegen Vorwürfe zu machen ...«

Alison schenkte ihr ein flüchtiges Lächeln und schüttelte den Kopf. »Ich machte mir keine Vorwürfe, und der Mörder ist uns auch noch nicht entkommen. Doch die Zeit drängt, wir müssen handeln. Am besten noch heute ...«

»Handeln?« Nadine runzelte die Stirn. »Willst du mir nicht sagen, was du damit meinst?«

Alison seufzte tief. Es hatte keinen Sinn, es länger hinauszuschieben, und sie benötigte Nadines Unterstützung. »Wir müssen nach Mesnières!«

Ihre Schwester konnte mit dieser Erklärung wenig anfangen. »Nach Mesnières?« wiederholte sie verblüfft. »Die Burg ist zerstört, das weißt du. In Mesnières findest du nur noch Trümmer und Fledermäuse.«

»Und Gräber!« antwortete Alison.

»Gräber?« Nadine wich unwillkürlich einen Schritt zurück. »Was willst du von den Toten? Ich bitte dich, du redest Unsinn! Laß uns nach Paris zurückkehren, sobald Viviane reiten kann. Die Gastfreundschaft der Damen vom Wald ist nicht so, daß man sich gern überreden ließe, seinen Aufenthalt noch ein Weilchen zu verlängern.«

»Paris kann warten«, erwiderte Alison ungeduldig. »Wir müssen nach Mesnières, am besten noch heute, und Viviane muß uns begleiten.«

»Natürlich!« Nadine rettete sich in Spott, weil sie sah, daß sie an Alison nicht herankam. »Es wird sowohl unsere Schwester als auch ihren frisch angetrauten Gatten ungeheuer entzücken, wenn sie ihre Hochzeitsnacht zwischen den Gräbern und Trümmern von Mesnières verbringen dürfen. Sehr apart, dein Vorschlag.«

Alison machte sich nicht die Mühe zu antworten. Sie ging einfach voraus. Eine schmale, hoch aufgerichtete dunkle Gestalt in einem weiten Umhang, der verbarg, daß sie noch immer ihre Männerkleidung trug. Ein Ärgernis für die Äbtissin, die Alison ohnehin mit schmalen, mißtrauischen Augen betrachtete.

Nadine fragte sich unwillkürlich, ob die fromme Frau ahnte, daß sie es hier mit jemandem zu tun hatte, dessen Kräfte und Visionen über das normale Maß hinausgingen. Die Gefahr, in der sich Alison deswegen befand, durfte nicht unterschätzt werden. Alles, was in diesen Zeiten nach Hexerei aussah, wurde gefürchtet und verfolgt, selbst wenn es dem Guten diente. Vielleicht war es doch besser, wenn sie dieses Kloster so schnell wie möglich verließen.

Als sie Marie-Ange diese Gedanken anvertraute, während sie mit einem Becher Gewürzwein nach dem bescheidenen Festmahl am Kamin saßen, nickte jene. »Ich hatte zwar gehofft, wir würden hierbleiben, bis Ivo und die anderen hier auftauchen, aber du hast sicher recht.«

»Ivo und die anderen?« Nadine hatte an diesem Tag Probleme, die komplizierten Gedankengänge ihrer Schwestern zu begreifen.

Marie-Ange lachte. »Ich bin sicher, sie benötigen keine drei Tage, um herauszufinden, wo wir geblieben sind. Kann es sein, daß du deinen Gatten nach so vielen Jahren Ehe immer noch unterschätzt? Ich möchte wetten, daß sie bereits im Sattel sitzen.«

Nadine seufzte auf, dann lächelte sie. »O nein, noch ein Mann, der den Frieden dieses Klosters stört, und die Äbtissin schickt eine Abordnung zum Papst, um uns alle miteinander für immer exkommunizieren zu lassen.«

»Vier Männer, um genau zu sein«, verbesserte Marie-Ange nur der Ordnung halber. »Du vergißt unseren Vater und Michel. Ich teile Alisons Meinung, daß wir das Kloster so schnell wie möglich verlassen sollten. Wenngleich diese Idee, nach Mesnières zu reiten ...«

Die beiden zueinander geneigten Köpfe, deren rötliche Flechten von dem flackernden Kaminfeuer beleuchtet wurden, so daß sie selbst wie Flammen wirkten, erregten Vivianes Aufmerksamkeit, doch dann wurde sie wieder abgelenkt. Sie saß an der Seite ihres Gatten am Tisch und lauschte Alison, die voller Stolz von ihren Kindern erzählte, die bei Michels Großmutter geblieben waren und nach denen sie sich so sehr sehnte. Doch obwohl sie über die Streiche des jungen Seigneur de Lassay und seiner kleinen Schwester lachte, konnte sie sich doch nicht recht konzentrieren, weil ihre Gedanken immer wieder abschweiften.

War es wirklich erst wenige Stunden her, seit der Tod die Bande gelöst hatte, die sie an Eduard de la Griffe fesselten?

Die Ereignisse glichen einem Alptraum. Sie fühlte sich erschöpft von all dem, was in so kurzer Zeit über sie hereingebrochen war. Todesangst und Glück, Schrecken und Erleichterung, Zorn und Freude, Pein und Linderung waren so schnell aufeinandergefolgt, daß Viviane sich vorkam, als könnte sie nun überhaupt nichts mehr fühlen.

Allenfalls noch eine vage Zufriedenheit, wie ein warmer Umhang, unter den man sich flüchtete, wenn der Sturm auffrischte. Und über allem das eigenartige Wissen, daß noch nicht alles zu Ende sein konnte. Daß sie nur ein wenig Luft schöpfen durfte, ehe von neuem das Chaos über sie hereinbrach. Aber es gab ja Bertrand, der versprochen hatte, sie zu beschützen. Bertrand, der jetzt von Alison einen Becher Wein annahm und höflich auf ihr Wohl trank, ehe er sich wieder Viviane zuwandte und sie in den Bann seines Blickes zog.

»Ich sehne den Augenblick herbei, in dem es die Höflichkeit erlaubt, uns endlich in die Kammer zurückzuziehen, in der Euer Bett steht!« murmelte er dabei.

Die Faszination, die er auf sie ausübte, trieb das Blut schneller durch ihre Adern, und die Hand, die er an seine Lippen zog, bebte. Auch sie fieberte diesem Moment entgegen.

Es schien ihr, daß erst Bertrands Liebe ein Ganzes aus ihr machte, ohne ihn zerfiel sie in Stücke, in zusammenhanglose Teilchen, vom Wind verweht und ohne jeden Halt. Scherben, die nirgendwohin gehörten und die keiner haben wollte. Doch so bedingungslos sie ihn auch liebte, es jagte ihr ein wenig Angst ein, daß sie sich so abhängig von ihm fühlte. Sie wünschte sich, stark und selbstsicher zu sein, und mußte entdecken, daß sie schwach war. Auch weiterhin eine Sklavin.

»Ich werde nie müde, Euch zu betrachten«, raunte Bertrand so leise, daß nur Viviane seine Worte verstand. »Wißt Ihr, daß die Kerzen Eure Augen in flüssiges Silber verwandeln? Sie wechseln oft die Farbe. Ich werde herausfinden müssen, was es bedeutet, wenn sie heller werden oder wenn sie sich verdunkeln, wie ein Schatten, den die Wolken auf einen Teich werfen ...«

Alison beobachtete unter halb gesenkten Lidern das Paar, dessen Worte sie zwar nicht verstehen, sich jedoch unschwer vorstellen konnte. Sie konnte nur hoffen, daß Viviane ihr nicht böse war. Sie hatte Bedenken, aber sie wußte, daß sie gar keine andere Wahl gehabt hatte. Es dauerte nicht allzu lange, bis sich die ersten Anzeichen zeigten, daß ihr kleiner Anschlag Erfolg gehabt hatte.

Bertrand de Coville gähnte ein paarmal hintereinander, und er rieb sich unwillig die Stirn, als wollte er Spinnweben wegwischen, die ihn belästigten. Viviane legte die Hand auf seinen Arm und sagte lächelnd etwas, noch hielt sie die Bewegungen ihres Gatten für wohlgespieltes Theater. Für den Versuch, dezent, aber wirksam die Schlafenszeit vorzuverlegen. Als indes der Kopf ihres Gatten auf den Tisch sank, seine Augen sich schlossen und nicht mehr öffneten, starrte sie fassungslos auf das Haupt mit den dunkelbraunen, dichten Haaren. Sie rüttelte ihn vorsichtig an der Schulter.

»Bertrand! Gütiger Himmel, was habt Ihr?« rief sie entsetzt.

»Er schläft«, erklärte Alison, die nun drei fragende Gesichter auf sich gerichtet sah und eine leichte Verlegenheit bekämpfen mußte. »Ich bitte Euch, schaut mich nicht so an, es ist unsere einzige Möglichkeit. Es wird ihm nichts geschehen; die Schwester, die den Kräutergarten pflegt, hat mir versichert, daß er lediglich einen Tag lang tief und fest schlafen wird.«

Viviane fuhr empört hoch und stöhnte unwillig auf, als ihr verletzter Knöchel gegen diese heftige Bewegung protestierte.

»Seid Ihr wahnsinnig?« fuhr sie Alison an, und ihre Stimme versagte fast. »Wollt Ihr sagen, Ihr habt ihm einen Schlaftrunk gegeben? Den Wein vergiftet?«

»Nicht vergiftet«, widersprach die Dame de Lassay betroffen. »Was denkst du von mir, ich will ihm doch nichts Böses. Er ist dein Mann! Ich habe nur dafür gesorgt, daß er uns nicht im Weg ist.«

»Uns nicht im Weg?« Marie-Ange sprach die Frage aus, die Viviane auf der Zunge lag.

»Wir reiten nach Mesnières!« Alison versuchte allen Einfluß aufzubieten, den sie über ihre Schwestern besaß. »Es ist wichtig, daß wir es tun, und es muß heute nacht geschehen. Wir können nicht länger warten!«

»Erklärt Euch!« fuhr Viviane sie an.

In diesem Moment war sie ganz die Edeldame, zu der sie erzogen worden war. Sie verströmte eine Autorität, die sich sowohl mit der von Alison als auch mit der von Nadine messen konnte.

»Wir müssen nach Mesnières«, wiederholte Alison und versuchte ihre Kopfschmerzen einzudämmen, indem sie ihre Schläfen mit den Fingerspitzen massierte. »Gemeinsam sind wir stark genug, den Tod unserer Mutter zu rächen und Guy de St. Doye für immer zu vernichten. Aber nur gemeinsam! Der Bund muß vollständig sein, sonst ist alles umsonst gewesen. Die Zeit drängt, Viviane! Euer Gatte kann warten, die Rache nicht!«

»Die Rache«, wiederholte Viviane. Ihre Gedanken überschlugen sich. »Guy de St. Doye ist geflohen. Es ist viel zu spät, um noch hinter ihm herzureiten. Er ist entkommen!«

»Nein!« Alison schüttelte den Kopf, gab aber keine weiteren Erklärungen ab.

Viviane zögerte. Jene Rache, was hatte sie denn mit ihr zu schaffen? Was wußte sie von der Mutter, die sie geboren hatte, und welche Verpflichtung hatten sie gegenüber dieser Unbekannten? Die, ihr persönliches Glück hintanzustellen? Würde Bertrand ihr ein solches Verhalten jemals verzeihen? Was hielt er von Schwägerinnen, die ihn auf so heimtückische Weise einschläferten?

»Du mußt!« Marie-Ange legte ihr die Hand auf den Arm und suchte eindringlich ihren Blick. »Du kannst dich nicht länger ausnehmen. Wir müssen gemeinsam tun, was Alison verlangt. Es hat keinen Sinn, wenn du dich dagegen auflehnst. Das Schicksal muß sich erfüllen, wenn auch du deinen Frieden finden willst.«

»Meinen Frieden?« Viviane lachte rauh und freudlos. »Ich nahm eben an, ich hielte ihn seit eben in den Händen, bis ...«

Marie-Anges Griff verstärkte sich, und Viviane unterbrach sich. Gefangen in den unterschiedlichsten Emotionen. Sie konnte Marie-Anges Gedanken wie ihre eigenen lesen. Ihre

Schwestern waren gekommen, um sie zu retten. Ohne deren rechtzeitiges Eingreifen hätte Eduard de la Griffe sie und ihr Kind getötet! Sie schuldete ihnen etwas dafür.

Dieser Gedanke gab schließlich den Ausschlag. Viviane kapitulierte gegen besseres Wissen. Sie stützte sich auf dem Tisch ab und biß die Zähne zusammen, weil ihr Knöchel schmerzte.

»Ihr werdet mir helfen müssen«, meinte sie resigniert, während sie mit brennenden Augen ihren schlafenden Gatten betrachtete. »Ich bin ein wenig schlecht zu Fuß!«

»Ich danke dir!« sagte Alison ernst, und der bedeutungsschwere Ton ihrer Stimme ließ die anderen jungen Frauen betroffen verstummen.

26. Kapitel

Wenn sich die Schwester Pförtnerin über den Aufbruch der vier Frauen zu nächtlicher Zeit wunderte, so behielt sie das für sich. Es lag sogar etwas wie Erleichterung in der Geste, mit der sie das Tor hinter ihnen wieder verschloß. Die Ereignisse, welche die Ankunft der Töchter Melisande de Guînes in Gang gesetzt hatten, waren nicht von der Art, daß sie zu der Stille und Frömmigkeit eines einsamen Klosters paßten.

Viviane, deren Knöchel Marie-Ange mit einer festen Leinenbinde stabilisiert hatte und die sogar mit dieser Behinderung das Reitpferd beherrschte, das auch Marie-Ange trug und dessen Zügel ihr die andere gerne überlassen hatte, war dankbar für die Gegenwart ihrer Zwillingsschwester. Eng an ihren Rücken gelehnt, teilten sie eine Vertrautheit, die ihr gefiel und ihre schlimmen Befürchtungen wenigstens ein bißchen eindämmte.

Sie ritten dicht hintereinander, und niemand von ihnen wagte zu fragen, woher Alison den Weg kannte, den sie so zielsicher im bleichen Mondlicht der frostklaren Dezembernacht einschlug. Die schmale Gestalt, die ihren Trupp anführte, wählte wie von einem fernen Magneten angezogen den Weg nach Osten. Der selten genutzte Pfad durch die hohen Stämme des Waldes war teilweise überwachsen und von gefallenen Bäumen versperrt. Trotzdem hielt Alison eisern die Richtung, als würde sie jeden Stein und jede Markierung genau kennen.

Der winterliche Forst schien im Reif erstarrt; die gefrorenen Blätter brachen unter den Pferdehufen. Es war eine geisterhafte Kulisse, in der das leise Klirren der Geschirre und ein vereinzeltes Schnauben der Tiere die einzigen Laute bildeten. Es bewirkte, daß Viviane und Marie-Ange noch enger aneinanderrückten. Diese Vertrautheit mit ihrer Schwester war neu und fremd für Viviane, aber sie gefiel ihr unerwartet gut.

Die Herzogin von Valouse hatte sie nie herzlich in den Arm genommen. Ein steifer Händedruck, ein flüchtiger hingehauchter Kuß – an liebevollere Zärtlichkeiten konnte sie sich nicht erinnern. Die Wärme von Marie-Anges Gegenwart taute das Eis, das um ihre Seele gelegen hatte. Es war Viviane gar nicht bewußt gewesen, daß es neben der Liebe noch andere Dinge gab, nach denen sie sich instinktiv gesehnt und die in ihrem Leben gefehlt haben. Dinge wie Freundschaft, Lachen, Gemeinschaft, Fröhlichkeit, Unbeschwertheit.

»Mein Gott, das ist es!«

Sie hatten den Wald hinter sich gelassen, und im blassen Licht eines fast vollen Mondes lag Mesnières vor ihnen. Viviane wußte sofort, daß dies das Schloß ihrer Familie war, und sie war sich der verblüfften Blicke der anderen nicht bewußt. Sie starrte auf die mächtige Silhouette der zerstörten Festung, die sogar in ihrer Verwüstung noch den Eindruck von wehrhafter Größe machte. Nur Verrat konnte ein solches Bauwerk dem Untergang geweiht haben.

Die Umrisse eines viereckigen Turmes ohne Dach, die Front eines mächtigen Wohngebäudes mit eleganten Rundbogenfenstern, durch die man nur noch den Himmel sah, und die Reste der eingefallenen Rundmauer lagen schwarz und massig auf der Kuppe eines abgeflachten Hügels, der das Land weithin beherrschte. Viviane atmete heftig und versuchte die Gefühle, die sie bei diesem Anblick packten, zu begreifen.

»Woher weißt du …?« hauchte Nadine, die ihr Pferd an der Seite der Zwillingsschwestern gezügelt hatte und selbst vergeblich nach Erinnerungen suchte. Immerhin war sie fünf Jahre alt gewesen, als das Unglück geschah, und sie hätte am ehesten vertraute Formen entdecken müssen. Doch sie sah nur eine Ruine, nichts, was ihr bekannt vorkam. Die traurigen Relikte eines Verbrechens, das bis heute ungesühnt geblieben war.

»Ich kann es nicht sagen«, entgegnete Viviane mit fremder, kehliger Stimme. Sie räusperte sich und legte eine Hand an die Kehle. »Die Bilder sind plötzlich in meinem Kopf, aber ich weiß nicht, woher sie kommen. Laßt uns reiten, Alison ist schon dort vorne …«

Sie spornte das Pferd an, ohne auf die Schmerzen in ihrem Bein zu achten, und Marie-Ange mußte die Arme um ihre Taille schlingen, damit sie in dem plötzlichen Galopp nicht das Gleichgewicht verlor. Nadine hatte Mühe, den Anschluß zu halten.

Sie ließen das Dorf Mesnières, das sich linker Hand in den Schatten des Waldes schmiegte, beiseite, und Alison und Viviane hielten auf den heruntergekommenen Weg zu, der seit Jahrzehnten von keinem Fronarbeiter mehr instand gesetzt worden war. Er führte geradewegs zum mächtigen Haupttor der Burg, das schutzlos offen vor ihnen lag.

Die Ketten der verbrannten Zugbrücke hingen in den Burggraben, der mit Steinen und Schutt aufgefüllt worden war, so daß man den inneren Hof betreten konnte. Offensichtlich hatten die Dorfbewohner in den vergangenen Jahren, wann immer sie Steine benötigten, die von Meisterhand behauenen Quader verwendet, die in der geschleiften Festung herumlagen.

Das Mondlicht verhüllte die ärgsten Wunden des Gemäuers, und Viviane sah wie in einer Vision das Mesnières von einst vor sich liegen. Mit bunten Bannern, Knechten und Mägden und einem Herrenhaus, in dem Richard St. Doye, der Graf von Mesnières, und seine schöne Gemahlin Melisande lebten. Ihr Herz weitete sich, und ihre Blicke trafen sich mit denen Alisons.

»Du hattest recht«, sagte sie rauh. »Ich bin hier zu Hause!«

Sie lauschte den eigenen Worten nach, spürte Marie-Anges Gegenwart und hörte Nadines Pferd, das schnaubte, als es neben ihnen gezügelt wurde. Dieses überwältigende Gefühl, zur richtigen Zeit am richtigen Ort zu sein und genau dort hinzugehören, hatte sie in ihrem Leben bisher nur ein einziges Mal empfunden: Als sie sich Bertrand de Coville hingegeben hatte.

Mit derselben unvoreingenommenen und bedingungslosen Zuneigung öffnete sie nun ihr staunendes Herz für einen Haufen zerborstener Steine. Für die Ruine eines einstmals herrschaftlichen Hauses, in dem jetzt nur noch Fledermäuse hausten und durch dessen zerbrochene Fenster der Wind heulte. Sie sah die Schönheit unter der Vernichtung und fühlte, daß sie willkommen war.

»Ich wußte, daß du imstande bist, es zu erspüren«, sagte Alison erleichtert. »Wir müssen das Grab unserer Mutter finden. Bleib im Sattel, ich werde dein Pferd führen, damit du deinen Fuß schonst.«

Marie-Ange schwieg. Sie spürte die Spannung, unter der Viviane stand, als Widerhall in ihrem eigenen Herzen. Auch wenn sie nicht nachempfinden konnte, was ihre Zwillingsschwester sah, so begriff sie doch, daß sie in diesem Moment zutiefst erschüttert war und von Gefühlen heimgesucht wurde, die sie noch nie wahrgenommen hatte.

»Dort, in der Kapelle«, sagte Viviane tonlos und deutete auf ein Steingeviert, das ohne Dach und ohne Westmauer zwischen dem Haupttor und dem Wohngebäude stand. Das Feuer hatte Balken und Dach vernichtet, und im Laufe der Jahre war ein glattgeschliffener Steinquader nach dem anderen verschwunden. Schmale, lanzettförmige Fenster, in deren Spitzbögen steinernes Maßwerk von früherer Schönheit kündete, bewiesen, daß sie recht haben mußte.

Sie ließ sich aus dem Sattel gleiten und stützte sich auf

Marie-Anges Arm, damit sie ihren verletzten Fuß nicht belasten mußte. Der scharfe Schmerz, der trotz allem durch ihr Bein schoß, veranlaßte sie dazu, die Lippen aufeinanderzupressen.

»Die Familiengruft«, keuchte sie und versuchte, die Pein zu ignorieren. »Wir müssen hinein, Alison!«

Gemeinsam halfen die drei Frauen der vierten Schwester über die herumliegenden Steine, den Schutt und das Gestrüpp, das niemand beseitigt hatte, denn in diesem Gotteshaus wurden keine Messen mehr gelesen. Allen gemeinsam war die Befangenheit, welche dieses befremdliche Heimkommen verursachte. Der verbrecherische Mord, der vor zweiundzwanzig Jahren an ihrer Mutter verübt worden war und der Melisandes unschuldige Töchter zu abenteuerlichen Schicksalen verdammt hatte, gewann in den schwarzen Schatten der alten Ruine jähe und tragische Realität.

»Dort!« Unwillkürlich wandten sich alle Köpfe in die Richtung, in die Vivianes ausgestreckte Hand zeigte, kaum daß sie die zerstörte Kapelle betreten hatten.

Die Gruft der Grafen von Mesnières war von Plünderern verschont geblieben. Nicht nur aus Respekt vor den Verstorbenen, sondern vermutlich auch, weil sie so schlicht und ohne jeden Pomp war und eine Würde verströmte, die auch den abgebrühtesten Söldner beeindruckt hatte.

Wie ein filigranes Zelt aus Stein hoben sich zwei letzte Rundbogen über die schweren Steinplatten, welche die Gräber der Grafen von Mesnières beschützten. Ein schlichtes, steinernes Kreuz beherrschte die Stirnseite, und im Wechselspiel aus Mondlicht und Schatten sah man nur die Spuren eingemeißelter Zeichen und Namen auf den Gräbern.

»Wieso denkst du, daß unser schurkischer Onkel sie in dieser Gruft begraben hat?« forschte Nadine mit gedämpfter Stimme.

»Wegen unseres Vaters«, antwortete Alison für Viviane. »Er spielte ihm schließlich den untröstlichen Bruder vor, dem es nicht gelungen war, den Überfall und den Mord an seiner Familie zu verhindern. Dafür mußte er ihm das Grab präsentieren, in dem Melisande und ihre angeblich gemordeten Töchter liegen.«

Viviane nickte und humpelte mit Hilfe von Marie-Ange zu den Gräbern. Genau in diesem Moment erreichte der Mond die Kante der letzten, mächtigen Stirnmauer und stieg auf, so daß sein bleiches Licht die kleine, einstmals so bezaubernde Burgkapelle in Helligkeit tauchte. Mit traumwandlerischer Sicherheit deutete Viviane auf eine der steinernen Platten. Es stand kein Name darauf, aber sie war offensichtlich nach dem Brand eingefügt und zurechtgehauen worden.

Ihre Kante stand ein wenig höher als alle anderen, und anstelle von Buchstaben, die einen Namen gebildet hätten, befand sich darauf lediglich ein quer verlaufendes Fries aus Stein, das fünf Rosen in lichtem Blattwerk zeigte. Von einer Mauerkante vor der Witterung geschützt, hatte das Blumenband nichts von seiner zeitlosen Schönheit eingebüßt.

»Hier«, sagte Viviane. »Das ist das Grab unserer Mutter.«

Plötzlich hatte sie das Gefühl, aus der Wirklichkeit gerissen worden zu sein. Ihr schien, als sei sie von einer Macht erfüllt, die aus fernen Zeiten und Bereichen zwischen Traum und Magie kam und die ihr ihre Handlungen diktierte.

Sie streckte die Hände aus, und Alison bedeutete den anderen, mit Viviane zusammen einen Kreis um das Grab zu bilden. Eine Einheit, die nicht zerstört werden konnte und die eine unbezwingbare Macht besaß, die in diesem geweihten Augenblick über menschliches Begreifen hinausreichte.

Eine Stärke, die den einsamen Reiter, der sich Mesnières näherte, wie ein Köder anzog. Guy de St. Doye hätte nicht zu sagen gewußt, was ihn dazu trieb, sein Elternhaus ein letztes Mal sehen zu wollen, ehe er in das wartende Boot stieg, das in Abbeville lag und das ihn die Somme abwärts zum Kanal bringen sollte. Er selbst hatte in seinem maßlosen Haß dafür gesorgt, daß die einstmals stolze Burg zerstört worden war. Er hatte sie niemandem gegönnt, wenn er selbst nicht länger in ihr herrschen durfte. Es war ihm damals als würdiges Fanal für diese Frau erschienen, die er nicht brechen, wohl aber töten hatte können.

Jene zierliche Edeldame, die es gewagt hatte, ihn zu beleidigen. Ihn abzuweisen. Sie war tot, für immer gegangen. Aber ihre verdammten Töchter lebten allesamt. Eine viermal wiederholte höhnische Variation eines verhaßten und leidenschaftlich geliebten Bildes, das er so sehr hatte besitzen wollen, daß er dafür seine Ehre, sein Vermögen und seine Familie ruiniert hatte.

Seine Gattin mußte ihren Ehrgeiz und ihre Intrigen bis an ihr Lebensende in einem Kloster büßen, sein eigener Sohn war ein nichtswürdiger Feigling, den der König unter strenger Kuratel hielt. Daß er selbst auch diese beiden Schicksale auf dem Gewissen hatte, wollte er nicht einmal in diesem Moment zugeben. Es war zu einfach, die Schuld auf Melisandes Töchter zu schieben.

Ihm blieb letztlich nur die zweifelhafte Genugtuung, daß ihre Mutter den Triumph nicht mehr erlebte. Daß ihre Knochen unter den Steinen von Mesnières vermoderten und nur das Heulen des Nachtwindes von ferner Pracht und Schönheit kündete.

Sein Pferd scheute, als er es mit Hilfe seiner Sporen über Steine und Schutt hinweg in den Burghof zwang. Es schnaubte und spürte die Gegenwart anderer Pferde. Guy de St. Doye hingegen machte sich nicht einmal die Mühe, sich zu versichern, daß er allein war.

Er sprang aus dem Sattel, rieb sich stöhnend den Rücken, der die Gewaltritte der letzten Tage übelnahm. Dann schlang er die Zügel des Tieres um einen halb eingesunkenen Pfahl, der einmal der Türstock des Backhauses gewesen sein mußte.

Die öde Verlassenheit der ehedem so stolzen Feste legte sich wie ein schweres, erstickendes Tuch über seine Brust. Es schien, als strahlten selbst die Steine Feindseligkeit aus. Als zitterte die Luft unter den Vorwürfen, die die gemarterten Seelen der Menschen ausstießen, die auf seinen Befehl hin an jenem schrecklichen Tag zu Tode gekommen waren. Allein, er war doch im Recht gewesen – oder? Melisande hatte ihn verhöhnt, verspottet, mißachtet, abgewiesen und verlacht! Niemand durfte das wagen, niemand!

Es fiel ihm schwer, seine Lungen zu füllen, und er legte unwillkürlich die Hand an seine Kehle, als könne er so leichter atmen. Mehr als sonst zog er sein Bein nach, und doch humpelte er ohne Zögern auf dic Ruinen dcr Kapelle zu.

Das Geräusch seiner schlurfenden Tritte, die auf Kies und Sand knirschten, hallte durch die tiefe Stille der Nacht. Es schien ihm, als habe sich rings um Mesnières unvermittelt eine silberne Nebelwand aufgebaut, die es vor der übrigen Welt völlig verbarg. Und hier, in dieser Insel aus kaltem, gnadenlosem Mondlicht, wartete Melisande de Guînes auf seine Rückkehr. Seit zweiundzwanzig Jahren wartete sie dort!

Auch Melisandes Töchter hörten die Schritte. Sie sahen sich an, und der Griff ihrer Hände verstärkte sich. Ohne die Lippen zu bewegen, verständigten sich Viviane und Alison, die beiden anderen in den Kreis einbeziehend, die fühlbar bebten und deren Tapferkeit mit der Angst vor dem Unerklärbaren in heftigem Wettstreit lag. Nur das Vertrauen in die beiden anderen Schwestern verhinderte, daß sie in Panik gerieten.

Das Keuchen des Mannes, der ebenso unter der Last seiner Jahre wie unter der seiner Verbrechen nach Atem rang, kam näher und näher. Das Murmeln der raschelnden, bösen Stimme, die sie alle fürchteten, klärte sich zu abscheulichen Flüchen, die mit einem Schlag abbrachen, als er sah, wer an Melisandes Grab auf ihn wartete.

»Die Töchter der Hexe!« krächzte er und griff mit zitternder Hand nach dem Dolch, der in seinem Gürtel steckte. Ein matt schimmernder Silberdolch, dessen juwelenbesetzter Griff wie Feuer glühte. die Waffe, mit der Melisande de Guînes zu Tode gekommen war.

»Die Töchter der Hexe!« wiederholte er mit kräftigerer Stimme und brach in ein Lachen aus, das kreischend und schrill von den Mauern widerhallte.

Viviane spürte, daß Marie-Ange erstarrte und ihre Hand aus der ihren reißen wollte.

»Nicht«, murmelte sie leise. »Du darfst den Kreis nicht brechen. Tu, was unsere Mutter verlangt!«

Auch Alison bebte. Jede der vier hatte auf ihre Art unter dem Mann gelitten, der mit gezücktem Dolch und dem gefährlichen Lächeln eines wahnsinnigen Mörders Schritt für

Schritt näher kam. Sie wünschte sich Vivianes absolutes Vertrauen. Ihre Sicherheit, die sich in ihrer ganzen Haltung und ihrem klaren Blick zeigte.

Ausgerechnet die letzte ihrer Schwestern, die sich bis vor Stunden noch hartnäckig geweigert hatte, sich jemals in diese Familie einzugliedern, bildete nun die treibende Kraft, die den magischen Zirkel aufrechterhielt.

Alison spürte, wie ihr der kalte Schweiß ausbrach und über den Rücken rann. Sie sah, daß Nadine sich auf die Unterlippe biß, als müßte sie darum kämpfen, nicht loszuschreien. Ihr Magen krampfte sich angstvoll zusammen, und sie vergaß zu atmen.

»Welch ein Geschenk!« hörte sie die verhaßte Stimme. »Du wirst es sehen, Melisande! Ich werde sie töten, alle! So, wie ich es vor zweiundzwanzig Jahren selbst hätte tun sollen! Hier mit diesem Dolch!«

Ein tiefer Atemzug weitete Vivianes Brust. Sie warf die schwere, seidige Mähne nach hinten, die sich während des Rittes einmal mehr aus Nadeln und Flechten befreit hatte. Es war diese stolze und anmutige Bewegung, die Guy de St. Doye irritierte und den Kopf drehen ließ. Die gleiche Gebärde, die so typisch für Melisande gewesen war. Er schauderte und übersah dabei einen großen, rechteckigen Steinbrocken, der halb über einem kleineren lag. Sein Fuß verfing sich in dem Spalt, der dadurch entstanden war, und er stolperte mitten im Schritt.

Der wüste Fluch auf seinen Lippen brach abrupt ab, als er heftig nach vorne stürzte und liegenblieb. Stille senkte sich über die kleine Kapelle. Absolutes, tiefes Schweigen, das bis hinauf in den nächtlichen Himmel zu reichen schien. Es legte sich samten und dunkel über die vier Frauen, das nächtliche Gotteshaus, die reglose Gestalt. Ein Friede, dessen wohltuende Ruhe sich nach und nach den vier Töchtern Melisandes mitteilte.

Keine von ihnen hätte sagen können, wie lange es dauerte, bis die erste eine Bewegung machte. Bis sich verkrampfte Finger voneinander lösten und normale Atemzüge dafür sorgten, daß das Blut wieder regelmäßig durch ihre Adern pulsierte.

»Was ist mit ihm?« flüsterte Marie-Ange, als hätte sie Angst, die Stimme zu erheben.

Nadine nahm ihren ganzen Mut zusammen und trat zu der verkrümmten, leblosen Gestalt. Sie rüttelte an der knochigen Schulter unter dem Mantel, aber nichts passierte. Sie wagte einen weiteren Stoß, und der Körper rutschte über den Stein, fiel zur Seite. Die Arme schlugen links und rechts vom Oberkörper auf, wie die Glieder einer Stoffpuppe. Aus der Mitte der Brust ragte tödlich glitzernd und endgültig der juwelengeschmückte Dolch, der sich durch die Wucht des Sturzes bis zum Heft in seine Brust gebohrt hatte.

»Er ist tot!« hauchte Marie-Ange entsetzt.

»Er ist tot!« bestätigte Viviane und taumelte plötzlich vor Schwäche. Hämmernde Kopfschmerzen setzten mit einem Schlag ein, und alles drehte sich vor ihren Augen.

Alison erkannte diese Reaktion auf die gewaltige körperliche und geistige Anstrengung, der Viviane sich ohne zu zögern unterworfen hatte, und eilte an ihre Seite, um sie zu stützen. »Du mußt dich setzen«, sagte sie sanft. »Dort auf den Stein.«

»Mir ist schwindelig«, seufzte Viviane. »Und übel ist mir auch. Was ...«

»Es ist vorbei!« unterbrach Alison sie und strich ihr sanft die Haare aus der Stirn. »Unsere Mutter ist gerächt und kann endlich in Frieden ruhen.«

»Seht nur, worüber er gestolpert ist!« rief in diesem Moment Nadine und deutete auf den querliegenden großen Stein. Sogar Viviane machte sich die Mühe, mit Alisons Hilfe näher zu humpeln. Der Mond beleuchtete die andere Hälfte des Rosenfrieses, das Alisons Grab schmückte, und Nadine schrie leise auf.

»Ich erinnere mich! Endlich erinnere ich mich wieder an etwas in Mesnières! Dieses Fries zog sich um den Altar. Ich habe stets die Schönheit der Blumen bewundert, statt mich auf meine Gebete zu konzentrieren, wenn Mama davor kniete. Sie hat mir erzählt, daß sie ein reisender Steinmetz angefertigt hat, nachdem sie Papa geheiratet hat, damit sie auch im Winter Blumen hat.«

Nadine staunte über die Erinnerungen, die plötzlich wiederkamen. Sie sah sich um und suchte dann wieder die Blicke ihrer Schwestern.

»Es war eine so schöne Kapelle. Licht und freundlich und zu jeder Jahreszeit mit Blumen, Zweigen und den schönsten Kerzen des Hauses geschmückt. Ich wünschte, sie wäre nicht zerstört worden ...«

Viviane nickte zögernd. Es fiel ihr leicht, sich zu Nadines Erzählungen die passenden Bilder vorzustellen. Die Burg von Mesnières übte eine eigenartige, schwer zu beschreibende Faszination auf sie aus.

»Was tun wir mit ihm?« forschte Nadine, praktisch wie immer, und deutete auf den Toten, der in seiner Reglosigkeit mit einemmal keinen Schrecken mehr für sie besaß. Es war nur ein entseelter Körper, den man eigentlich nicht so liegenlassen durfte.

»Laßt ihn, wo er ist«, forderte ausgerechnet die sanfte Marie-Ange. »Die Tiere der Nacht und des Tages werden ein Stück Aas vorfinden.«

Viviane schüttelte den Kopf und legte einen Arm um ihre Zwillingsschwester. »Das meinst du nicht im Ernst. Willst du, daß Mesnières auch in Zukunft ein Ort des Schreckens bleibt?«

»In Zukunft?« Marie-Ange zog fragend die Augenbrauen hoch. »Du denkst doch nicht, daß es hier eine Zukunft gibt?«

»Warum nicht?« widersprach Viviane. »Wem gehört die Burg und das Land?«

»Dem König, unserem Vater, ich weiß es nicht ...«, entgegnete Nadine, die einen fragenden Blick mit Alison tauschte, um deren Lippen plötzlich ein wissendes Lächeln lag. »Weshalb ist es wichtig für dich?«

»Ich weiß es nicht, ich muß mit Bertrand darüber sprechen«, murmelte Viviane, noch immer tief in Gedanken versunken. »Natürlich nur, falls er überhaupt jemals wieder mit mir spricht.«

Ihr ahnungsvoller Seufzer fand ein Echo in drei anderen schweren Herzen. Nun, nach überstandenem Schrecken, war es wohl nötig, den Tatsachen ins Auge zu sehen. Und eben diese Tatsachen versprachen für jede der vier Frauen häusliche Schwierigkeiten. So leidenschaftlich sie ihre Gatten liebten, keine von ihnen machte sich Illusionen über deren empfindsames Ehrgefühl und Unbeugsamkeit. Sie waren keine Männer, die man an der Nase herumführte.

»Am besten kehren wir ins Kloster zurück«, schlug Nadine vor. »Es drängt mich nicht dazu, unter freiem Himmel zu übernachten. Die Mutter Oberin kann morgen dafür sorgen, daß man ein paar Männer aus dem Dorf hierherschickt und Guy de St. Doye in ein Grab legt. Es muß ein Ende mit den Grausamkeiten und der Rache haben. Er wird vor einem höheren Schöpfer Rechenschaft über seine Taten ablegen müssen, und es ist nicht unsere Aufgabe, seinen seelenlosen Leib zusätzlich zu strafen. Ich bin sicher, unser Vater wäre ebenfalls dieser Meinung.«

Die anderen gehorchten ihr ohne Widerrede, und wenig später waren die Mauern und Trümmer von Mesnières wieder den Nachtvögeln überlassen. Lediglich Viviane nahm etwas aus dieser Ruine mit. Die Erkenntnis, daß sie endlich eine Heimat gefunden hatte.

27. Kapitel

»Und Ihr seid sicher, daß sich die armen Mädchen dort befinden?«

Die drei Männer, die den geharnischten Ritter mit der Augenklappe begleiteten, warfen sich einen verständnisvollen Blick zu. So sehr sie die Besorgnis von Richard de St. Doye, dem Grafen von Mesnières, um seine bezaubernden, starrköpfigen und unlenkbaren Töchter teilten, so wenig stimmten sie mit ihm darin überein, sie als ›arme Mädchen‹ zu bezeichnen. Eine jede von ihnen war imstande, es allein mit einem Regiment des Königs aufzunehmen.

»Der Bote, den uns Bertrand de Coville entgegengeschickt hat, ließ keinen Zweifel daran«, erwiderte Colin d'Harigny. »Viviane de la Griffe hat sich hierher zurückgezogen, um ihrem Gatten zu entkommen, und ihre Schwestern sind ihr unvernünftigerweise zu Hilfe geeilt.«

»Der Gedanke, daß de la Griffe nach England entkommen ist und für seine Brutalitäten nicht zur Rechenschaft gezogen werden kann, besorgt mich ebenso wie das Entkommen meines Bruders«, knurrte der Graf, dessen ehemals dunkler Haarschopf nun ein kräftiges Grau zeigte. »Man könnte meinen, die beiden hätten sich wie Ratten davongemacht. Ohne Spur, ohne Helfer, ohne einen Hinweis. Ich hoffe nur, ich kann den König davon überzeugen, daß er der Annullierung dieser unglücklichen Ehe zustimmt!«

»Laßt uns die vier erst einmal finden, dann können wir über die Zukunft reden«, schlug Michel de Lassay vor. Er deutete auf die Waldlichtung, die sich vor ihnen öffnete, während das dünne Gebimmel der Klosterglocken bereits verkündete, daß sie ›Les Dames de Forêt‹ erreicht hatten.

Die Schwester Pförtnerin bekreuzigte sich wie beim Anblick des Leibhaftigen persönlich, als sie die vier Krieger an ihrer Pforte entdeckte, die zwar höflich, aber sehr bestimmt Einlaß forderten. Daß sie davoneilte, um die Mutter Oberin zu holen, ehe sie eine Entscheidung traf, mißfiel den Männern, aber sie hatten keine andere Möglichkeit, als zu warten oder einen Skandal zu provozieren.

Louise de Luce ließ den Grafen von Mesnières höchst ungern und mit der Haltung einer beleidigten Königin eintreten. Sie hatte keine sonderlich erbaulichen Erinnerungen an seinen ersten Besuch in ihrem Kloster. Sie verabscheute diesen Mann, wie sie alle Männer verabscheute.

»Wenn Ihr gekommen seid, Eure Töchter mit nach Hause zu nehmen«, begann sie aufgebracht, »so seid versichert, daß ich nichts dagegen habe, wenn Ihr dies tut. Der Tod heftet sich an die Fersen dieser jungen Frauen, und ich fürchte, alle Gebete der Welt werden nichts daran ändern können. Ihr findet sie im Kreuzgang!«

»Der Tod?« Ivo de Chazan packte die Nonne am Arm, ehe

sie sich entfernen konnte. »Was meint Ihr damit? Geht es ihnen gut? Ist eine von ihnen krank? Verletzt? Oder gar ...« Das letzte Wort wagte er nicht auszusprechen, aber die schmale blasse Linie um seinen Mund und das höllische Glitzern seiner Augen sagte genug.

»Nur unwesentlich«, erwiderte Louise de Luce pikiert. Die Schwiegersöhne konnten es an ungehobeltem Benehmen mit dem Grafen aufnehmen. Alles eine flegelhafte Sippschaft in ihren Augen. »Ein verstauchter Knöchel. Überzeugt Euch selbst im Kreuzgang!«

»Habt Dank«, brummte Ivo de Chazan, aber er war noch nicht ganz beruhigt und winkte den anderen, ihm zu folgen. Wenn Marie- Ange auch nur ein Haar gekrümmt worden war, würde er denjenigen, der das getan hatte, mit dem Schwert zur Rechenschaft ziehen. Und danach würde er seine bezaubernde kleine Sängerin übers Knie legen, damit sie ihm nie wieder einen derartig närrischen Streich spielte. Er war um Jahre gealtert von dem Moment an, als er festgestellt hatte, daß sie es gewagt hatte, ihn zu belügen.

»Nehmt es ihm nicht übel!« Colin d'Harigny grinste die wutschnaubende Oberin vergnügt an. »Er ist erst seit einem halben Jahr mit Marie-Ange verheiratet, er weiß noch nicht, daß die Ehe mit einer Comtesse de Mesnières ein steter Quell der vielfältigsten Überraschungen ist.«

Louise de Luce ersparte sich jede Antwort. Mit eisern durchgedrücktem Rücken schritt sie von dannen.

»Vorwärts!«

Colin d'Harigny hieb seinem Schwager freundschaftlich zwischen die Schulterblätter und eilte dem Dritten im Bund und ihrem gemeinsamen Schwiegervater nach, die bereits in Richtung Kreuzgang unterwegs waren. Sie wären fast gegen die beiden breiten Lederrücken geprallt, da die beiden Männer unvermittelt stehengeblieben waren, als sie in den Schatten des kleinen, bescheidenen Kreuzganges traten.

Der morgendliche Nebel war einer klaren, milden Dezembersonne gewichen, die in dem Rechteck des Kreuzganges die schmalen Steinbänke wärmte, die dort für diejenigen Nonnen bereitstanden, die ein wenig Zeit zu seltener Muße hatten.

Jetzt saßen dort vier junge Frauen, die in ihrer bezaubernden Vielfalt auch das wütendste Herz rühren mußten.

Aus den Truhen der Mutter Oberin war für jede ein zwar bescheidenes, aber sauberes dunkles Gewand erschienen, denn die Dame hatte sich über den Anblick der Pagenkostüme mehr als erregt. Sie wirkten in diesen schlichten Kleidern ein wenig wie übermütige Novizinnen, die ihre Köpfe fröhlich plaudernd zusammensteckten.

Nadine, mit den veilchenfarbenen Augen ihrer Mutter, hatte die üppigen Locken mit einem Band im Nacken zusammengefaßt und sprach eifrig auf Alison ein, die ihre Hände im Schoß gefaltet hatte und das Antlitz mit geschlossenen Augen friedlich der Sonne entgegenhielt. Die leuchtende Fülle ihrer Haare umgab sie wie ein Heiligenschein, der nicht ganz zu dem spöttisch-liebevollen Lächeln paßte, das um ihre Mundwinkel spielte.

Marie-Ange saß über eine alte Laute gebeugt, und sie sang ein ganz und gar nicht frommes, freches kleines Liebeslied, das zur Zeit bei Hofe von jedermann geträllert wurde. Sie hatte die Haare zu Zöpfen geflochten und zu einem kleinen Krönchen auf dem Kopf aufgesteckt, das Ivo einmal mehr eifersüchtig daran denken ließ, daß der König selbst in sie verliebt war.

Aus dem Kreuzgang heraus erklangen die Stimmen eines streitenden Paares, das in eine heftige Auseinandersetzung vertieft war. Sie alle, bis auf Ivo, sahen Viviane zum ersten Male und registrierten verblüfft die unglaubliche Ähnlichkeit mit Marie-Ange. Lediglich Ivo de Chazan kannte schon die feinen Unterschiede in ihrer Erscheinung.

Viviane erschien ihm geschmeidiger, gefährlicher, nicht so weich und sanft wie seine bezaubernde Liebste. Stolzer und unnachgiebiger. Auch gingen ihre Augen eher ins Grünlich-Silberne, und die Haare hatten mehr das Rot von Alisons Locken als das warme goldene Feuer von Marie-Ange.

»Ich bitte dich«, sagte Viviane in diesem Moment aufgebracht. »Du bist albern. Was hast du von mir erwartet? Daß ich meine Familie im Stich lasse, nur weil ich deine Gattin bin? Was denkst du von mir?«

»Ich denke, daß du einen beklagenswerten Hang zu leichtsinnigen Handlungen hast, daß du dich in Gefahr bringst und zudem dazu neigst, dich über meine Einwände hinwegzusetzen. Die Frau hat dem Manne zu gehorchen, und du hast vor dem Altar geschworen, es zu tun! Konnte ich ahnen, daß du noch in deiner Hochzeitsnacht davonläufst?«

»Ich bin zurückgekommen!«

»In der Tat, aber mit einer weiteren Leiche. Einem Toten, der auf rätselhafte Weise ums Leben gekommen ist! Was ist geschehen?«

»Guy de St. Doye hat den Tod tausendfach verdient. Behaupte nicht, daß du sein Ableben bedauerst!« schrie Viviane und schüttelte ihre offene Mähne in den Nacken. »Ich habe dich um Verständnis gebeten, ich habe dir erklärt, was geschehen ist und weshalb es sein mußte. Ich war bereit, dir diese Hochzeitsnacht hundertfach zu entgelten, und was tust du? Du streitest dich lieber mit mir, anstatt mich zu lieben! Verstehe einer doch euch Männer ... Ooooh!«

Viviane hatte die vier Besucher entdeckt, und brennende Röte schoß in ihre Wangen, als ihr klar wurde, daß sie alles mit angehört hatten. Das Grinsen auf vier amüsierten Gesichtern bewies ihr, daß es sinnlos wäre, etwas abzuschwächen ...

»Willkommen in der Familie«, sagte Ivo de Chazan als erster und warf seinem Freund einen verständnisvollen Blick zu. »Wenn ich auch nicht fähig bin, mit der Geschwindigkeit der Ereignisse Schritt zu halten, so entnehme ich doch Eurer aufschlußreichen Diskussion, daß Ihr Viviane zur Frau genommen habt.«

»Ivo!« Bertrand strich sich mit einer Hand das wirre Haar aus der Stirn und zog eine Grimasse. »Bei Gott, Ihr werdet es nicht fassen, was dieses närrische Quartett getan hat!«

»Klärt uns auf«, forderte der Graf von Mesnières und versuchte sich ein Bild von seinem brandneuen, vierten Schwiegersohn zu machen, der im Moment so aussah, als genieße er diese Ehre nicht gerade besonders. »Ihr seht uns alle höchst gespannt!«

Alison, Nadine und Marie-Ange hatten keine Bewegung gemacht. Sie saßen einfach nur da und warteten ab, während

Viviane sich automatisch in ihre Richtung zurückzog und neben Alison auf die Bank sank. Es schien ihr sicherer, die Unterstützung ihrer Schwestern zu suchen, als jener Phalanx von Männern gegenüberzutreten, die allesamt sehr streng und kritisch wirkten.

»Sie sind in einer Nacht-und-Nebel-Aktion zu viert und ohne jede Begleitung zu den Ruinen von Mesnières geritten, um dort jenem Verbrecher aufzulauern, der ihre Mutter getötet hat. Allein, bedenkt nur! Und das, obwohl Viviane einen verletzten Knöchel hat und kaum laufen kann, geschweige denn reiten oder Kämpfe führen, die einem Mann angemessener wären!«

»Und was ist geschehen?« wollte Michel de Lassay ruhig wissen.

»Er ist tot!« antwortete Alison. »Er ist über einen zerborstenen Stein gestürzt und in den Dolch gefallen, mit dem er unsere Mutter getötet hat.«

»Und de la Griffe?« forschte der Graf von Messnières, der seinen Ohren kaum traute.

»Ist durch Bertrands Schwert gestorben, als er die Waffe hob, um Viviane zu erdolchen.« Alison beantwortete auch diese Frage. »Ist das Tribunal nun beendet, oder wollt ihr den Rest des Tages damit verbringen, zu nörgeln und zu tadeln? Es ist vorbei. Guy de St. Doye wird niemand mehr Böses tun, und es wäre vielleicht freundlich, liebster Vater, wenn Ihr Eure vierte Tochter in die Arme schließen würdet, nachdem sich schon ihr unausstehlicher und aufgeblasener Gemahl nicht dazu aufraffen kann.«

»Unausstehlich und aufgeblasen ...«, wiederholte Bertrand de Coville fassungslos und starrte auf die Gruppe auf der Bank. »Also, das ist doch ...«

»Die Waffe meiner Gattin«, klärte ihn Michel de Lassay freundlich auf. »Ihre Zunge ist tödlicher als jede Schwertspitze.«

»Ich wäre Euch dankbar, wenn Ihr den Frieden dieses Klosters endlich respektieren würdet«, mischte sich in diesem Moment die kalte Stimme der Äbtissin ein. »Unsere Gemeinschaft ist nicht reich genug, um so viele Gäste zu beherbergen.

Das Gästehaus ist zu klein, und die Wintervorräte sind in Gefahr. Bitte verlaßt uns.«

»Ihr werft uns hinaus?« fragte erstaunt der Graf von Mesnières, der Viviane noch im Arm hielt und nicht fassen konnte, was er soeben gehört hatte. »Es ist Dezember! Ihr müßt uns wenigstens für eine Nacht Obdach gewähren, ehe wir zurückreisten!«

»Es ist nicht nötig«, warf Ivo de Chazan ein, der sich geschworen hatte, seine Gemahlin keinen Atemzug länger in diesem Kloster zu lassen, als es sein mußte. Für seinen Geschmack war schon eine Stunde unerträglich zuviel. »Der Troß mit dem Gepäck wird uns in Kürze einholen, und wir können selbst ein Lager aufschlagen, wo auch immer wir Platz dafür finden.«

»In Mesnières!« erklärte Viviane. »O bitte, laßt uns nach Mesnières reiten! Ich möchte es so gerne.«

Der Graf sah verwirrt in ihre Augen und konnte dem Flehen nicht widerstehen.

»Meinetwegen«, gab er nach. »Besser eine Ruine, die uns gehört, als ein Kloster, in dem wir nicht willkommen sind. Reiten wir! Gehabt Euch wohl, fromme Frau. Ich weiß Euch Dank, daß meine Töchter durch Eure Hilfe leben, aber es ist nicht christlich, daß Ihr uns heute die Tür weist.«

Schon nach kurzer Zeit hatten die Schwestern ihre wenigen Habseligkeiten gepackt und bis auf Viviane ihre Männerkostüme wieder angezogen. An der Seite ihrer Gatten ritten sie hocherhobenen Hauptes zur Pforte. An der Tür des Torhauses wartete die Herzogin von Valouse, und Viviane zügelte ihr Pferd.

»Lebt wohl, Mutter!« murmelte sie.

»Lebe wohl, Viviane«, erwiderte sie gemessen und ohne sichtbare Gefühle. »Ich werde für dich beten. Der Herr möge dir deine Sünden verzeihen.«

»Sie hat nicht gesündigt!« knurrte Bertrand de Coville und beugte sich zu der Frau hinunter, die Viviane aufgezogen hatte. »Betet lieber für Eure eigenen Verfehlungen. Es ist nicht Euer Verdienst, daß es Eduard de la Griffe doch nicht geglückt ist, Viviane zu zerstören!«

Er faßte in Vivianes Zügel und zog ihr Pferd hinter sich her. »Ich mag es nicht, wenn sie dich so hochfahrend behandelt und so tut, als wärst du ein ungezogenes dummes Kind!« erklärte er böse.

Viviane unterdrückte ein zärtliches Lächeln. »Bin ich das nicht auch in deinen Augen? Ungezogen und dumm?« erkundigte sie sich scheinbar ruhig.

»Du bist störrisch und überheblich, und in dir ist kein Funke Demut oder Gehorsam, aber du bist mein Leben. Ich liebe dich, und ich werde nicht zulassen, daß du dich jemals wieder in Gefahr begibst, ist das klar?«

Viviane erwiderte glücklich seinen funkelnden Blick. »Wenn Ihr mir das gleiche Versprechen für Euch gebt, ja!«

Die anderen hörten Bertrands fröhliches Lachen, und ein Teil der Spannung, die über der kleinen Reisegesellschaft gelegen hatte, löste sich. Alles würde gut werden. Es bestätigte sich, als sie schon bald den angekündigten Troß trafen, und bis zur Dämmerung war das Lager im Burghof von Mesnières errichtet. Die Rundzelte standen im Windschutz der östlichen Mauer, und ein großes, prasselndes Feuer beleuchtete den weiten Hof mit dem alten steinernen Ziehbrunnen, dessen Wasser so klar und köstlich schmeckte, daß Viviane den Wein abgelehnt hatte, den es zum Mahl gab.

Die Liegestatt mit den dicken Lagen aus Pelzen und Decken bot Schutz vor der Kälte. Viviane schmiegte sich eng an Bertrand, während die Wollust ihrer stürmischen Vereinigung noch in ihren hastigen Atemzügen mitschwang und die Mattigkeit seliger Erschöpfung ihren Körper erfüllte. Unendlicher Friede lag über allem.

»Diese Burg muß einmal sehr schön gewesen sein«, sagte Bertrand nach geraumer Zeit, seine Gedanken anderen Dinge zuwendend. »Lediglich die Befestigungen ließen zu wünschen übrig, kein Wunder, daß sie so leicht zerstört werden konnte. Man hätte ein Vorwerk bauen und die natürlichen Gegebenheiten des Hügels besser ausnützen müssen. Diese Rundtürme waren gut gemeint, aber viel zu leicht zu erobern. Trotzdem müssen sie einen phantastischen Blick weit über das Land und die Wälder bieten. Die alte Burg von Coville war nicht halb so imposant ...«

Viviane nagte nachdenklich an der Unterlippe, ehe sie Bertrand einen vorsichtigen Blick gönnte. »Was geschieht mit Coville? Wo werden wir wohnen? In Paris? Das Stadthaus ist wunderschön, aber wenn ich an die arme Jacquette denke, die dort ihr Leben lassen mußte ...«

Bertrand stützte sich auf den Unterarm und strich Viviane eine Haarsträhne aus der Stirn. »Lese ich da eine Frage in deinen Augen, mein Herz?«

»Vielleicht.« Viviane seufzte, den eigenen Gefühlen nicht ganz trauend. »Wie lautet deine Antwort?«

»Wenn es dein Glück bedeutet und dein Vater damit einverstanden ist ...«

»Ich bin sicher, er ist es!«

»Und der König?«

»Mein Vater wird ihn überzeugen ...«

»Von ihm also hast du die Kunst, jemanden so geschickt zu umgarnen!«

Viviane legte sanft einen Finger auf seine Lippen und schüttelte den Kopf. »Ich umgarne dich nicht, Bertrand de Coville! Ich liebe dich!«

Sommer 1439

Burg Mesnières

Es war ein Festtag, über dem die Sonne strahlte, und die Gäste, die von weit her anreisten, schenkten den Dorfbewohnern ringsum Gesprächsstoff, der sicher bis weit in den Winter hineinreichen würde. Schließlich war es eine Ehre besonderer Art, daß Karl dem Haus Mesnières seine königliche Gunst erwiesen hatte. Nicht nur, daß der beste Festungsbaumeister des Landes den Wiederaufbau der zerstörten Burg geleitet hatte, seine Majestät war auch damit einverstanden gewesen, daß der Titel des Grafen von Mesnières auf den jüngsten Schwiegersohn des alten Grafen überging, der mit seiner Familie die schöne neue Burg bewohnte.

Die alten Rundtürme wirkten mit ihren spitzen, frisch eingedeckten Schieferdächern wie vier gemütliche Bastionen, die jedoch jetzt von einer breiten Ringmauer am Fuße des Hügels umgeben waren. Im Vorwerk dazwischen waren nun die Zelte und Buden für die Belustigungen aufgebaut, und der Markt, der sich vor dem Eingang ausgebreitet hatte, bezeugte, daß sogar das fahrende Volk von diesem Ereignis gehört hatte, das auf seine Art verkündete, daß die Wunden der Schlacht von Azincourt in ganz Frankreich nach und nach geschlossen wurden.

Im Palas, dem großen, neuen Wohngebäude der Burg, stand Viviane de Coville, die junge Gräfin von Mesnières, und sah hinunter in den Burghof. Im Grunde konnte sie es immer noch nicht ganz fassen, wie sich ihr Leben in den vergangenen zweieinhalb Jahren geändert hatte. Das galt nicht nur den beiden kleinen Buben, die auf der Suche nach den Welpen der großen Jagdhündin übermütig durch die große Halle tapsten. Es galt dem Alltag, der in dieser Zeit ein fröhliches Chaos zwischen Handwerkern und Mägden, zwischen leidenschaftlichen Nächten und arbeitsamen Tagen gewesen war. Und nun hatten sie es geschafft.

Mesnières war schöner denn je, und der König hatte das Lehen für Bertrand bestätigt. Was wohl ihre Schwestern und ihr Vater dazu sagen würden? Sie hatte sie alle seit fast einem Jahr nicht mehr gesehen, denn Marie-Ange war ebenfalls mit einem Zwillingspaar niedergekommen und hatte nach einer schweren Geburt geraume Zeit benötigt, ehe sie sich davon wieder richtig erholt hatte.

Ihr Vater war in Diensten von Königin Yolande unterwegs gewesen, der Schwiegermutter des Königs, die trotz seines Alters nicht auf ihn verzichten wollte, und Alison und Nadine aus ihrer ländlichen Idylle loszueisen, in der beide mit ihrer Kinderschar lebten, hatte sich als schweres Stück Arbeit herausgestellt.

Würden sie alle kommen? Sie hoffte es so sehr! Das Reisen

war weniger gefährlich geworden in einem Königreich, das sich mit jedem Jahr mehr stabilisierte. Karl von Frankreich, inzwischen seiner schönen Agnès Sorel treu ergeben, besaß das Talent, sich mit den fähigsten Männern zu umgeben, und so war es im Moment nur noch eine Frage der Zeit, bis endlich ein letzter Friedensvertrag geschlossen wurde, der sowohl England wie auch das Herzogtum Burgund in seine Schranken verwies.

Das schrille Quietschen eines Hündchens und der gutmütige Fluch eines Mannes rissen Viviane aus ihren müßigen Tagträumen.

»Ist es denn die Möglichkeit? Was habt ihr hier zu suchen, ihr nichtsnutzigen Welpen? Eure Kinderfrau macht den halben Haushalt rebellisch auf der Suche nach Euch! Wie habt ihr es fertiggebracht, der armen Joselle schon wieder zu entwischen?«

Die begeisterten Schreie ihrer Söhne bewiesen Viviane, noch ehe sie sich umdrehte, daß ihr Vater sie jeweils auf eine seiner Schultern gesetzt hatte und sie dort festhielt. Die stämmigen kleinen Fäuste in seinen Haaren vergraben, um das Gleichgewicht zu wahren, schauten sie furchtlos und stolz auf sie herab. Sie waren Miniaturausgaben Bertrands, mit wirren nußbraunen Locken und hellen goldenen Augen.

Vincent war der sanftere von beiden. Er liebte es, von seiner Mutter in den Arm genommen zu werden, während Cyril schon jetzt jedem Abenteuer nachlief und sich aus jeder Umarmung befreite.

»Sie kommen!« verkündete der Seigneur und betrachtete seine Gattin mit jenem glühenden Blick, der ihr Herz an jedem Tag aufs neue aus dem Takt brachte. »Der Turmwärter hat Nachricht gegeben, daß sie in einer halben Stunde hiersein werden. Die Banner sind unverkennbar!«

Viviane biß sich nervös auf die Unterlippe und verschlang die Hände. »Bei Gott, ich bin so aufgeregt wie der Komödiant in einer Jahrmarktsbude. Was meint Ihr, werden sie zufrieden sein?«

»Wenn nicht, lassen wir sie wieder in Rundzelten auf dem Burghof übernachten«, erwiderte Bertrand trocken. Er lachte.

Dann jedoch gewann seine Stimme eine unerwartete Eindringlichkeit und Wärme. »Dies ist unser Haus, Viviane! Hast du es vergessen? Du bist seine Herrin, und du hast es geschaffen, erst in deinem Herzen und dann in Wirklichkeit! Niemand kann es dir nehmen.«

Er beugte sich zu ihr nieder, um sie zu küssen, und Viviane spürte, wie ihre Söhne an ihrem eleganten Kopfputz aus feinem cremefarbenen Musselin zogen. Sie würde eine neue Haube aufsetzen müssen, aber sie brachte es nicht fertig, sich Bertrands leidenschaftlicher Zärtlichkeit zu entziehen.

»Ihr Teufel!« Der Graf grinste, als er den Schaden bemerkte, den seine Söhne während dessen verursacht hatten. »Ihr verwandelt Eure Mutter in ein beschädigtes Schlachtschiff, wenn ihr so weitermacht. Aaah, Joselle! Da seid Ihr ja, bemüht Euch um die beiden hier!«

Joselle betete die Zwillinge an, und die beiden ließen sich denn auch leidlich geduldig von ihr entfernen. Die Liebe war gegenseitig, und Joselle, die sich von der stummen Magd in eine energische Kinderfrau gewandelt hatte, nahm einen bedeutsamen Platz in den Herzen ihrer Schützlinge ein. Die zurückbleibenden Eltern hingegen sanken sich in die Arme, und der ohnehin schon hungrige Kuß entzündete flammende Leidenschaft.

»Es ist nur eine halbe Stunde, *mon amour*«, hauchte Viviane. »Ich fürchte, wir sollten sie besser nützen, um alles zum Empfang meiner Schwestern und ihrer Familien in die Wege zu leiten ...«

»Wie immer hast du recht ...«, gab Bertrand de Coville bedauernd zu. »Der gute alte Thibaut wird mich sonst mit einen seiner strafenden Blicke bedenken und sich einmal mehr auf deine Seite schlagen, wenn ich es nicht tue.«

Viviane lachte. Daß ausgerechnet Thibaut de Béarn, der seinen jungen Herrn auch in Not und Verbannung nicht im Stich gelassen hatte, ihr ergebenster Verbündeter geworden war, verblüffte sie immer noch. Als der bescheidene Hausstand ihres Gemahls, unter anderem mit ihm und Joselle, in Mesnières auftauchte, war sie auf Kritik und dieselbe barsche Behandlung gefaßt gewesen, die er ihr in Coville hatte zuteil werden lassen, aber die gemeinsame Liebe zu Bertrand hatte sie geeint.

Es war leicht gewesen zu erkennen, daß der alte Mann ihrem Gemahl zutiefst ergeben war, und als er begriffen hatte, welche Wandlung Viviane in dem stolzen und rachsüchtigen Krieger bewirkt hatte, hatte er seine Zuneigung kritiklos auf sie ausgeweitet.

Nun war es so etwas wie der würdige Nestor dieses Hauses, in dem er nur allzu oft drunter und drüber ging. Sein unerbittlicher Blick trieb die Mägde zur Eile, die Knechte an die Arbeit und hielt die Bewaffneten im Zaum, die in den Gesinderäumen auf dem Vorwerk ihre Heimat gefunden hatten. Niemand würde diese Burg ein zweites Mal einnehmen und zerstören können.

Keiner sah dem gräflichen Paar die unziemliche Eile an, mit der es seine reich geschmückten Staatskleider angelegt hatte, um die Gäste zu empfangen. Dem weißhaarigen Grafen, seinen Töchtern und Schwiegersöhnen bot sich das Bild eines stolzen Ritters, der mit sichtlichem Stolz auf die schöne Frau an seiner Seite blickte.

Viviane de Coville trug an diesem Tag ein raffiniert schlichtes Seidenkleid in tiefstem Veilchenblau. Das Mieder war über und über mit cremefarbenen Perlen bestickt, und cremefarben war auch der hauchzarte Schleier, der von der Spitze des blauen Hennins wallte und sie wie eine duftige Wolke umgab. Eine Schnur größerer Perlen lag in dem eckigen Ausschnitt, und der klare Diamant des Ringes an ihrer Rechten sprühte bei jeder Bewegung Feuer. Sie sah elegant aus, ohne aufgeputzt zu wirken. Stolz, aber nicht arrogant, erfreut, aber auch mit einer Spur Aufregung in den großen Augen, die ihre Wangen rosig färbte und sie jünger denn je erscheinen ließ.

Das Fest warf seine Schatten voraus. Morgen würde die Abordnung des Königs erwartet, die Edelmänner aus den benachbarten Grafschaften und nicht zuletzt die fahrenden Ritter, die bei dem eigens ausgerichteten Turnier um die Ehre des Sieges kämpfen würden. Mesnières erstrahlte in einer Mischung aus alter Pracht und neuer Bedeutung.

Richard de St. Doye schloß seine schöne Tochter als erster

in die Arme, dann hielt er sie ein wenig von sich ab, um ihr in die Augen zu sehen.

»Die Angst ist verschwunden«, stellte er zufrieden fest. »Ich habe nicht gewagt zu glauben, daß es so schnell gehen könnte.«

»Ich hatte Hilfe«, entgegnete Viviane und umschloß die Hand ihres Gatten. »Ich bitte Euch, kommt ins Haus, Vater! Es ist das Eure!«

Die turbulente Begrüßung der Schwestern, das wilde Kindergeschrei derjenigen Sprößlinge, die alt genug gewesen waren, diese Reise anzutreten, die eilenden Mägde und Knechte, das Wiehern der Pferde, die in die Ställe geführt wurden, und das Gurren der Tauben auf den Dächern vermischte sich mit dem Knattern der steifen Standarten im Wind zu einer Melodie der Freude und des Lebens.

Viviane löste sich aus den Armen Marie-Anges, welche die Folgen der schweren Geburt endlich überstanden und wieder Farbe auf den Wangen hatte. Ivo de Chazan stand wie üblich hinter ihr, und Viviane sah den Hauch von Silber an seinen Schläfen. Die Angst um seine Frau und seine Kinder hatte ihn gezeichnet, und das Lächeln fiel ihm noch ein wenig schwer. Das Fest würde ihnen allen guttun.

Alison und Nadine hingegen fanden kaum Zeit für eine Umarmung, denn sie waren vollauf damit beschäftigt, ihre lebhaften Sprößlinge davon abzuhalten, sich zwischen allen Pferdebeinen und Wagenrädern in Gefahr zu bringen. Viviane half ihnen dabei, als sie plötzlich sah, daß ihr Vater der Gruppe den Rücken kehrte.

»Vater, wohin ...«

»Laß ihn!« hielt Marie-Ange sie zurück. »Siehst du denn nicht, wohin er geht?«

Natürlich, wie hatte sie so dumm sein können? Ob es ihm gefiel, was sie getan hatten? Sie hatte sich solche Mühe gegeben.

Die friedliche Stille eines frommen Gotteshauses umfing den Mann, als er die Tür zur Kapelle aufstieß. In den schmalen Fenstern zeigten bunte Scheiben das Leben der heiligen Familie, und vor dem schlichten Marmoraltar mit dem prächtigen Goldkreuz stand ein bunter Strauß Sommerblumen in einer Ampore aus durchsichtigem Alabaster. Das ewige Licht glühte darüber. Es war wie früher, nur daß die Fenster damals nicht so fein ausgeführt gewesen waren.

Der Schein brennender Kerzen zog seine Aufmerksamkeit in das kleine Seitenschiff, das neben der Gruft der Grafen von Mesnières neu angefügt worden war. Eine entzückende Kapelle in der Kapelle, deren Mittelpunkt die leicht erhobene Grabplatte mit dem Rosenrelief bildete. Die Blüten glänzten poliert und gepflegt, in goldenen Buchstaben leuchtete Melisandes Name darunter.

An der Stirnseite des Raumes jedoch stand eine Mutter-Gottes-Statue auf einem schlichten Sockel. Eine sanfte, liebenswürdig lächelnde Madonna hielt ein Kind auf dem Arm, das sie fragend ansah. Ein allerliebstes Geschöpf, das in seiner unbeschwerten Fröhlichkeit ein Tribut an alle Kinder dieser Welt war. Und ein Gebet für alle kleinen Menschen, denen es nicht vergönnt war, an der Hand einer Mutter aufzuwachsen.

Gerührt spürte der alte Ritter das Brennen in seinen Augen, und er sah sehr wohl, daß die Madonna die Züge Melisandes trug. Einer unbeschwerten, jungen, gewinnenden Mutter. Dem Künstler, der diese Skulptur geschaffen hatte, war ein Meisterwerk gelungen.

Ein geschnitzter Betstuhl stand neben dem Eingang, und Richard de St. Doye kniete sich ein wenig seufzend auf das Polster. Er spürte das Alter in seinen Knochen und betrachtete schwermütig das Rosenband, das einmal das Entzücken einer ahnungslosen Braut gewesen war, die auf Mesnières nur Glück und ewige Harmonie erwartet hatte.

Zum ersten Male konnte er mit einem Gefühl von melancholischer Zuneigung an die schöne Melisande de Guînes denken, die er geliebt hatte. Der Haß auf ihren Mörder und das Aufbegehren gegen das Schicksal waren verschwunden. Das Leben war weitergegangen, der Mörder ruhte irgendwo unter diesen namenlosen Steinen, und die Töchter, die ihm seine Gemahlin geschenkt hatte, waren erwachsen und hielten ihr eigenes Glück in den Händen.

Es gab nichts mehr zu tun. Das Rad neigte sich dem Ende entgegen; die Spanne seines Lebens war erschöpft. Er war nicht böse darum. Er war schon lange sehr müde. Müde und erschöpft. Aber er würde nicht gehen, ehe er nicht auch diese letzten beiden Enkel in den Arm genommen hatte und der Abordnung des Königs entgegengetreten war, die morgen den neuen Grafen von Mesnières mit allen Ehren in seinem Lehen bestätigen würden.

»Aber bald, Melisande«, murmelte er vor sich hin. »Bald werde ich kommen, und dann werde ich an deiner Seite ruhen und dich nie wieder verlassen!«

ENDE